STUART MACBRIDE
Ein kalter Tod

AF178879

GOLDMANN

Buch

Der Auftrag klang so harmlos: DC Edward Reekie und seine Vorgesetzte sollen einen todkranken Häftling aus dem Gefängnis abholen und nach Glenfarach bringen, wo er seine letzten Monate verbringen darf. Der Ort wirkt wie ein verschlafenes Dorf im Herzen des Nationalparks. In Wahrheit ist er eine Hochsicherheitszone mit Überwachungskameras, Wachpersonal und elektronischen Fußfesseln. Hier leben Straftäter, die ihre Haft verbüßt haben, aber zu gefährlich sind, um in die Freiheit entlassen zu werden. Nachdem die Detectives den neuen Bewohner abgeliefert haben, drängt ein heraufziehender Schneesturm sie zur Rückkehr nach Aberdeen. Doch als in Glenfarach ein Mord geschieht, müssen sie die Ermittlungen übernehmen. In der vom Schnee eingeschlossen Gemeinschaft werden die wachsenden Spannungen bald zur tödlichen Gefahr. Denn etwas Böses ist nach Glenfarach gekommen …

Weitere Informationen zu Stuart MacBride sowie zu lieferbaren Titeln des Autors finden Sie am Ende des Buches.

Stuart MacBride

Ein kalter Tod

Thriller

Aus dem Englischen
von Andreas Jäger

GOLDMANN

Die Originalausgabe erschien 2023 unter dem Titel
»The Dead of Winter« by Bantam Press, an imprint of Transworld Publishers,
part of the Penguin Random House group of companies.

Der Verlag behält sich die Verwertung der urheberrechtlich
geschützten Inhalte dieses Werkes für Zwecke des Text- und
Data-Minings nach § 44 b UrhG ausdrücklich vor.
Jegliche unbefugte Nutzung ist hiermit ausgeschlossen.

MIX
Papier | Fördert
gute Waldnutzung
FSC
www.fsc.org   FSC® C104608

Penguin Random House Verlagsgruppe FSC® N001967

2. Auflage
Deutsche Erstveröffentlichung Oktober 2024
Copyright © der Originalausgabe
2023 by Stuart MacBride
Copyright © der deutschsprachigen Ausgabe 2023
by Wilhelm Goldmann Verlag, München, in der
Penguin Random House Verlagsgruppe GmbH,
Neumarkter Str. 28, 81673 München
Umschlaggestaltung: UNO Werbeagentur, München
Umschlagfoto: © M Hallahan/500px / GettyImages;
© FinePic®, München
Redaktion: Eva Wagner
AB · Herstellung: ik
Satz: Uhl + Massopust, Aalen
Druck und Bindung: Nørhaven A/S, Viborg
Printed in Denmark
ISBN: 978-3-442-49491-0

www.goldmann-verlag.de

Für Victoria Wood
Meisterin der unerwarteten Pointe, Virtuosin des Absurden –
eine Alchemistin, die das Alltagsleben
in reines Gold verwandeln konnte.

Und die wahrscheinlich einen größeren Einfluss
auf mein Schreiben hatte als irgendjemand sonst.

1953–2016

– traue niemandem –

(es sei denn, du willst *unbedingt*
ein Messer in den Rücken kriegen)

0

Eigentlich wollte ich ja nie Polizist werden.

Dicke weiße Flocken trudeln aus einem tief hängenden grauen Himmel herab, lasten schwer auf den durchhängenden Buchenzweigen, drücken die Ginstersträucher gnadenlos zu Boden.

Ein Bächlein gluckert irgendwo hinter dem Stacheldrahtverhau eines undurchdringlichen Brombeergestrüpps.

Eine weiße Decke verhüllt die Waldlichtung, der Schnee löscht alle Formen und Farben aus und hinterlässt nur die erstarrten Geister dessen, was darunter vergraben ist.

Ich wollte Astronaut werden oder Fußballspieler oder Rockstar ...

Alles ist ruhig und still und unberührt, bis auf eine Reihe tiefer Fußstapfen und eine Narbe mit glatten Rändern, wo etwas Schweres durch die Schneewehen geschleift wurde.

Und dann durchbricht etwas die Stille: das *Ping* und *Klonk* der Spitzhacke, die den gefrorenen Boden bearbeitet – ein regelmäßiges, methodisches Geräusch, ein industrielles Metronom, das die Stunde des Todes markiert. Jeder Schlag von einem angestrengten Ächzen begleitet.

Mein großer Bruder Dave war derjenige, der die Familientradition hochhalten und zur Polizei gehen sollte, aber dann ist ein Besoffener mit Vollgas über die Holburn-Kreuzung gerast, und damit war das Thema erledigt.

Die Frau, die die Spitzhacke schwingt, ist groß, breitschultrig, kräftig. Die Haare aus dem geröteten Gesicht zurückgebunden. Mitte vierzig.

Ihre gefütterte Warnjacke hängt am Ast einer knorrigen Kiefer, wie eine abgezogene Haut – ein Ärmel schwarz von Blut, weitere Flecken auf der Vorderseite. Eine zweite Jacke, dunkel wie Kohle, und eine petrolblaue Bluse sind über einen anderen Ast drapiert.

Dampf steigt von den Schultern ihres burgunderroten T-Shirts auf. Man sollte meinen, dass sie ein bisschen … na ja, *Death-Metal-*mäßiger gekleidet wäre. Also irgendwas mit einem Totenschädel oder einer Schlange mit einem Messer zwischen den Zähnen oder so ähnlich. Aber auf ihrem T-Shirt prangt eine Zeichnung einer schwarzen Katze mit Schleife um den Hals und Augenklappe, die mit einer Pistole posiert, wie auf einem James-Bond-Filmplakat.

Das Loch ist bereits hüfttief, daneben liegt ein Haufen dunkler Erde. Der Holzstiel einer Schaufel ragt aus dem Haufen wie ein kahler Flaggenmast.

Dave tauschte seine Träume von einer Polizeikarriere gegen einen Rollstuhl, und ich tauschte meine gegen einen Dienstausweis. Denn so macht man das, wenn der Vater Polizist ist, so wie sein Vater vor ihm und dessen Vater vor ihm.

Eine reglose Gestalt liegt ein Stück abseits, halb verdeckt von einem blutigen Laken, an die hungrigen Wurzeln der Kiefer geschmiegt.

Die Warnjacke des Mannes sieht genauso aus wie die am Ast, nur mit viel mehr Blut. Der neongelbe Rücken ist von dunkelroten Flecken überzogen, auch der schmutzig graue Anzug darunter ist damit getränkt. Der Besitzer der Jacke sieht keinen Tag älter als vierundzwanzig aus, aber er sieht auch sehr, sehr tot aus. Seine Haut hat diesen wächsernen, durchscheinenden Leichenhallen-Teint, jedenfalls an den Stellen, die nicht dunkelrot verschmiert sind. Auch auf seinem Hemd ist Blut und auf den Wangen in seinem scharf geschnittenen Gesicht. Dunkle Ringe unter den geschlossenen Augen. Kurze braune Haare und ebensolcher Knebelbart …

Schon komisch, wie es manchmal läuft, nicht wahr?

Die muskulöse Frau mit dem Comic-Katzen-T-Shirt hält im Hacken inne und steht eine Weile so da, den Kopf in den Nacken gelegt. Atemwolken steigen auf, während der Schnee fällt. Ihr Gesicht glänzt rosig.

Entschuldigung – wo bleiben meine Manieren? Bei der Dame mit der Spitzhacke handelt es sich um eine gewisse Detective Inspector Victoria Elizabeth Montgomery-Porter, North-East Division.
Manche nennen sie »Bigtoria«, aber nur hinter ihrem Rücken.

Sie wirft die Spitzhacke aus der Grube und packt stattdessen die Schaufel. Die Muskeln in ihren massigen Armen treten hervor und wölben sich, während sie gräbt, das Schaufelblatt in die gelockerte Erde rammt und sie mit Schwung auf den Haufen wirft.

Ich habe schon schlechtere Chefs gehabt als sie. Und ja, nach dem, was passiert ist, fällt es schwer, das zu glauben. Manchmal entgleiten einem die Ereignisse einfach, und ehe man sich's versieht, findet man sich in einem abgelegenen, verschneiten Glen wieder und muss eine Leiche verscharren.

Die Schaufel knirscht, als Bigtoria sie in den steinigen Boden bohrt. Steine und Erde verströmen einen Geruch nach schimmligem Brot, der sich mit dem pfeffrigen Ozonhauch des Schnees vermischt.

Ich selbst bin übrigens Detective Constable Edward Reekie. Und man könnte wohl sagen, dass ich einen sehr schlechten Tag habe.

Eine letzte Schaufel Erde landet auf dem Haufen, dann klettert Bigtoria aus der Grube, stapft hinüber zu der Leiche, fasst sie unter den Achseln und schleift sie zurück zu dem Loch.

Es ist merkwürdig. Ich weiß, eigentlich müsste ich wütend sein deswegen – stinkwütend sogar –, weil ich ja schließlich die Leiche bin, verstehen Sie? Aber hauptsächlich ist mir nur kalt.

Bigtoria rollt Edward in die Grube. Steht einen Moment lang da und starrt auf ihn hinunter, den Kopf zur Seite geneigt, auf die Schaufel gestützt wie ein Henker auf seine Axt. Dann brummt sie etwas und schnappt sich ihre Jacke von dem Ast.

Sollte meinen, dass sie es fertigbringt, ein paar Worte zu sagen, oder? Zu sagen, dass es ihr leidtut. Mich um Vergebung zu bitten vielleicht? Eine verdammte Entschuldigung könnte auch nicht schaden.

Aber Bigtoria sagt kein Wort. Stattdessen fischt sie ein Handy und ein Spielzeug-Walkie-Talkie aus ihren Jackentaschen. Das Walkie-Talkie ist geformt wie der Kopf eines Clowns, mit einer lustigen roten Nase und breitem Grinsemund, und es verschwindet fast in ihrer Pranke.

Ist nicht ganz die Beerdigung, die mir vorgeschwebt hätte, das muss ich schon zugeben. Hätte irgendwie gehofft, dass mehr Trauergäste kommen würden, dass vielleicht ein paar Tränen fließen. Bewegende Reden darüber, was für ein feiner Kerl ich doch war. Verzweifelte Witwe, zwei Komma vier untröstliche Kinder und ein todunglücklicher Golden Retriever.

Nachdem sie die Taschen geleert hat, wirft Bigtoria ihre Jacke in die Grube. Sie landet auf Edward, verdeckt sein blutiges, dreckverschmiertes Gesicht. Das fleckige Laken, in das er gehüllt war, fliegt hinterher.

Und ich hätte ja kein protziges Mausoleum gewollt – ein schöner Grabstein hätte es auch getan.

Eine Schaufel Erde landet prasselnd auf der Jacke. Dann noch eine. Und noch eine.

Schließlich war das alles nicht meine Schuld.

Irgendwo in der Nähe setzt ein elektronisches Gedudel ein. Es ist eine billige, einstimmige Version dieser altmodischen Zirkus-Melodie: *Dam-dam dadda-dadda dam-dam daaaaa-da.*

Eine Pause, ein paar Flüche, dann ein Piepsen, als Bigtoria auf die Nase des Clowns drückt. Sie blafft hinein, ihr Ton hart und scharf wie die Klinge der Spitzhacke. *»Was?«*

Eine verzerrte Stimme tönt aus dem Walkie-Talkie. Es ist ein alter Mann, und er klingt genauso kalt und scharf wie Bigtoria, aber im Gegensatz zu ihrem vornehmen Tochter-aus-gutem-Hause-Schottisch ist seine Reibeisenstimme reinstes Glasgow und klingt nach Sozialsiedlungen, Whisky und Stiefeltritten. *»Ist es erledigt?«*

»Herrgott noch mal. Ich wäre schneller fertig« – sie wird mit jedem Wort lauter –, *»wenn du mich nicht jede verdammte Minute«* – jetzt brüllt sie regelrecht – *»MIT DEINEN KONTROLLANRUFEN NER-VEN WÜRDEST!«*

Schweigen senkt sich mit den Schneeflocken herab, legt sich über die Landschaft. Jetzt sind die einzigen Geräusche der murmelnde Bach, das raue Krächzen einer Krähe in der Ferne und Bigtorias Atem. Ein und aus, wie ein wütender Blasebalg.

Die Stimme des Mannes ertönt wieder. *»Bring's einfach hinter dich.«*

Ein wütendes Fauchen. Ein Seufzer. Und dann klatscht eine weitere Schaufel voll Erde auf Edwards Leiche.

Bigtoria füllt die Grube nach und nach auf. *»Ich hätte mich nie darauf einlassen sollen.«*

Als ob sie es wäre, die da in der Grube liegt.

Wieder und wieder prasselt die Erde herab, bis nichts mehr übrig ist als dumpfer Tod.

Aber ich greife vor. Am besten fangen wir ganz am Anfang an ...

– der Anfang –

(sprich: bevor alles ganz fürchterlich schiefging)

1

»... *also bleiben Sie dran!*« Die Stimme der gut gelaunten DJ tönte aus den Lautsprechern des Poolwagens, die Lautstärke so weit runtergedreht, dass man sie gerade eben verstehen konnte. »*Sie hören Carole's Cavalcade, es ist zehn Uhr fünfundvierzig an einem wunderbaren Dienstagmorgen, und wir haben ein paar fantastische Nummern für Sie im Programm ...*«

Dieses eigenartige knarzende Quietschen war wieder da – und jedes Mal, wenn Edward aufs Bremspedal trat, wurde es noch lauter. Nicht gerade beruhigend.

Das Armaturenbrett des Vauxhall war genauso dreckig wie der Rest: ein grauer Staubpelz, hier und da von Fingerspuren durchzogen. Das war das Problem mit Poolwagen – niemand machte sich je die Mühe, die Dinger zu reinigen. Nein, jeder hinterließ bloß seinen eigenen Dreck und überließ es dem nächsten armen Schwein, ihn zu beseitigen. Bloß dass das nächste arme Schwein das nie machte. Und so ging es weiter und weiter und weiter.

Der Dreck blieb, und die Verantwortung wurde munter weitergeschoben.

Was eine ganz treffende Metapher für die Verhältnisse bei Police Scotland war.

Bigtoria füllte den Beifahrersitz aus wie eine missgestimmte Bärin, den Blick starr geradeaus gerichtet, das Handy ans Ohr gepresst. »Ja, m-hm ... Nein ... Keine Chance.«

Was beinahe so viele Worte waren, wie sie bisher an ihn gerichtet hatte, seit sie in Aberdeen losgefahren waren. Denn warum sollte man auch mit einem einfachen Detective Constable reden, wenn man selbst den erhabenen Rang einer DI bekleidete?

»*So, dann bringen wir die Party mal wieder in Schwung mit Stereoface und ihrer aktuellen Single ›Dancemonkey‹!*« Peppige Musik blubberte aus der Stereoanlage. Nicht übel. Nicht überragend. Aber nicht übel.

Immerhin hatte er so etwas zum Mitsummen. Er trommelte mit den Fingern auf das Lenkrad, während ein gesichtsloser Streifen des Nordostens vorbeiglitt. Nur der hoch aufragende Schornstein des Kraftwerks Peterhead, von dem sich eine strahlend weiße Dampffahne über den saphirblauen Himmel zog, durchbrach die Monotonie.

Ein heimlicher Blick nach links.

Bigtoria war immer noch damit beschäftigt, grimmig und verkniffen dreinzuschauen und mühsam unterdrückte Aggressivität auszustrahlen. Denn Detective Inspectors liebten so was, nicht wahr? Als ob sie zu viele Fernsehkrimis gesehen und beschlossen hätten, dass der Look ihnen stand. »Es interessiert mich nicht, was er sagt – der Mann ist ein Idiot ... Ja ... Dumm wie Brot, das ist er.«

Sie hatte nicht mal ein Lächeln zustande gebracht, als Edward darauf hingewiesen hatte, dass sie heute Partnerlook trugen: beide im maschinenwaschbaren grauen Anzug mit weißem Hemd. Tja, es würde ein langer Tag werden, so viel stand fest.

»... M-hm ... Sekunde, ich frag mal nach.« Sie verlagerte ihren finsteren Blick von der Landschaft auf Edward. »Wir hätten schon vor einer Stunde dort sein sollen.«

Er zuckte mit den Schultern. »Bei allem Respekt, Chefin, aber ich war nicht derjenige, der einen Sattelschlepper voller Kartoffeln auf der A90 quergestellt hat.«

»Wir haben immer noch fünf Stunden Fahrt vor uns, und wenn ich heute Abend zu spät zur Probe komme, sind Sie dran schuld. Also ...« Sie sprach langsam und deutlich, als ob er auch dumm wie Brot wäre: »Wann – sind – wir – da?«

Edward sah auf sein Handy, das mit aktivierter Navi-App in der kleine Plastikhalterung neben den Lüftungsschlitzen steckte. »Fünf Minuten? Plus-minus. Ich fahr, so schnell ich kann.«

Ein missmutiges Brummen, dann sprach sie wieder ins Telefon. »Haben Sie das gehört? ... Ja ... Okay. Ich sag Ihnen Bescheid, wenn wir irgendwas rauskriegen.«

In der Ferne tauchte der Stadtrand von Peterhead auf – alles Lagerhallen und Gewerbegebiete, mit der einen oder anderen beigebraunen Häusergruppe im Hintergrund.

Am Kreisverkehr – einem mit Unkraut bewachsenen Buckel, eingeklemmt zwischen einer Autowerkstatt, einem McDonald's und dem einsamsten KFC der Welt – bog Edward rechts ab, dann scharf links, immer den Wegweisern zu »Her Majesty's Prison and Young Offender Institution, Grampian« und »← Besucher« nach, über eine ruhige Landstraße, gesäumt von Bäumen und übersät mit Schlaglöchern.

Bigtoria beendete ihr Gespräch, und ihre Miene wurde noch ein paar Stufen finsterer. »Sie wollen, dass wir ihn auch wegen des Abercrombie-Mordes ausquetschen.«

»Nie gehört. Wer ist …«

»Bis jetzt hätten wir also den Postraub in Mintlaw« – sie zählte es an den Fingern ab –, »den Banküberfall in Fraserburgh, die Brandstiftungen in Huntly, den Mord an Gerald Freebairn, das Verschwinden von Emily Lawrie, und jetzt auch noch den verdammten Wayne Abercrombie.«

Die Bäume wichen einer gesichtslosen Wohnsiedlung – lauter Bungalows in der Farbe von Tankstellen-Kaffee, gedeckt mit braunen Dachpfannen.

»Hm.« Er ging vom Gas, als sie den abweisenden rosa Granitklotz der Burnhaven School passierten. »Keine Ahnung, wer die alle sind.«

»Hmmpf … War vor Ihrer Zeit.« Sie zog die Stirn in Falten. »Auch vor *meiner* Zeit, um ehrlich zu sein. Aber im Gegensatz zu gewissen Leuten habe ich meine Hausaufgaben gemacht.«

Ach, komm …

Er versuchte es mit einem Lächeln. »Bin nur ein einfacher DC, schon vergessen? Wir werden ›nicht fürs Denken bezahlt‹, bis wir zum Sergeant befördert werden. Und selbst dann ist das letzte Wort noch nicht gesprochen.«

Nichts. Nicht mal ein sarkastisches Grinsen. Sie saß nur da und machte ein Gesicht wie ein versohlter Arsch, während vier Reihen von pittoresken altmodischen Häuschen vor ihnen auftauchten, ein Wall aus grauem Granit, mit Lücken, in denen man ein Stückchen Nordsee erspähen konnte.

»Okay …« Neuer Versuch. »Und wie soll ich meine Hausaufgaben machen, wo ich doch erst vor anderthalb Stunden erfahren habe, dass ich jetzt Ihr Sidekick bin?« Bei den »HMP & YOI GRAMPIAN«-Schildern bog er scharf rechts ab und fuhr den Berg hinunter zu dem halb leeren Parkplatz. Hinter der letzten Reihe von Parkbuchten lauerte die Nordsee, glitzernd im Sonnenschein und gesprenkelt mit den malerischen bunten Klecksen der Offshore-Versorgungsschiffe.

Der größte Teil des viktorianischen Nicht-mehr-Gefängnisses war hinter einer hohen Granitmauer links der Straße verborgen, aber nichts verstellte den Blick auf die klobigen Klötze neueren Datums, in denen die Grampian-Haftanstalt untergebracht war. Deren Einfriedung war wahrscheinlich noch höher als die des alten Gefängnisses, aber die Gebäude selbst waren viel, viel größer und erinnerten eher an eine Ansammlung von Travelodge-Hotels an einem Flughafen als an eine Justizvollzugsanstalt.

Edward folgte den Pfeilen auf dem Asphalt zu dem hässlichen Besucher- und Informationszentrum, erbaut im Stil eines Supermarkts in einem Industriegelände. »Hatte mich eigentlich auf einen gemütlichen Dienstag eingestellt – von morgens bis abends Überwachungsvideos sichten und Tee trinken. Was kann ich dafür, wenn DC Guthrie sich die Kante gibt und die Treppe runterfällt, wie wenn er einen auf Stuntman machen wollte.« Das kleine humorvolle Bild fügte er hinzu, um nicht ganz so wehleidig rüberzukommen.

Ein Schniefen. »Als ob.«

Sie lächelte nicht, aber es war immerhin ein Anfang.

»Genau – als ob jemand so blöd wäre, Guthrie als Stuntman zu engagieren. Der Kerl hat eine Koordination wie ein …«

»Ich meinte, es heißt ›als ob‹ und nicht ›wie wenn‹. ›Er ist die Treppe runtergefallen, *als ob* er eine Art Stuntman wäre.‹ Hat man Ihnen in der Schule keine Grammatik beigebracht?«

Warum? Warum machte er sich überhaupt die Mühe?

Detective Inspectors waren doch alle gleich.

Er fuhr um das Gebäude herum, parkte quer über den Stellplätzen, die für Motorräder reserviert waren, und stieg aus in die frische sonnige Luft. Seine Ohren schmerzten im Wind, die rasiermesserscharfe Kälte verwandelte seinen Atem in eine dünne, bleiche Nebelfahne.

Keine Spur von Grammatik-Päpstin DI Victoria »Als ob« Montgomery-Porter. Also zog er die Fahrertür wieder auf und schaute zu ihr hinein. »Chefin?«

Sie fixierte ihn mit einem Gesicht wie Beton. »Sie sind schuld, dass wir uns verspätet haben, also gehen Sie jetzt auch nachfragen.«

Er richtete sich auf und knallte die Tür zu.

Dann verdrehte er die Augen und fletschte die Zähne.

Er zeigte dem Autodach den Stinkefinger, machte auf dem Absatz kehrt und stampfte davon zum Haupteingang. Der es, wenn man ehrlich war, an architektonischem Reiz durchaus mit einer Kreuzung zwischen einem Einkaufszentrum und der Abflughalle eines Airports aufnehmen konnte. Aber immer noch tausend Prozent sympathischer als Detective Inspector Victoria Montgomery-Porter.

Edward fand ihn schließlich ganz hinten am Ende des Parkplatzes, wo er an einen alten Volvo-Kombi gelehnt die arktische Sonne genoss und aufs Meer hinausblickte.

Mr Bishop war eindeutig jenseits der achtzig, sein Rücken gebeugt von der Last der Jahre. Sein Anzug war wahrscheinlich schon lange vor Edwards Geburt aus der Mode gekommen – so ein blaues Tweed-Teil mit Fischgrätmuster, dazu eine graue Tweedweste, weißes Hemd und blaue Krawatte. Und darüber ein luxuriöser Kamelhaarmantel. Nur dass ihm die Sachen alle nicht zu passen schienen, als ob sie für einen kräftigeren, jüngeren Mann gemacht wären, nicht für diesen kleinen, weißhaarigen Greis mit krummem Rücken und arthritischen Fingern.

»Mr Bishop?«

Eine Zigarette klemmte in seinem runzligen Mundwinkel. Was

wohl keine so tolle Idee war angesichts der Sauerstoffmaske in seiner linken Hand. Die Maske war an eine kniehohe braune Gasflasche angeschlossen, die an ein kleines Rollwägelchen geschnallt war. Einer dieser altmodischen Koffer – die Sorte, die noch nicht mal *Räder* hatte – und ein billiger Krankenkassen-Krückstock aus Metall rundeten die Ausstattung ab.

»Mr Bishop? Mr Mark Bishop?«

Der bucklige Mann wandte seine trüben Augen vom Meer und den Schiffen ab. Eine Stimme wie ein in Honig getunktes Reibeisen. »Kommt drauf an, wer fragt, Junge.«

»DC Reekie. Edward. DI Montgomery-Porter und ich sind hier, um Sie nach Glenfarach zu bringen.«

Der Blick ging wieder aufs Meer. »Ach ja?« Ein Lächeln breitete sich gemächlich auf Mr Bishops Zügen aus, dann sog er an seiner Zigarette, die er in der hohlen rechten Hand versteckt hielt, als ob er fürchtete, sie würde ihm gestohlen. »Edward Reekie‹? Lass mich raten: Die anderen Kinder in der Schule waren sicher gemein zu dir, oder? Bei dem Namen.«

Frecher Kerl.

Edward warf sich in die Brust. »Wollen Sie jetzt mitkommen oder nicht?« Er deutete auf die Sauerstoffflasche. »Und Sie sollten in der Nähe von so einem Ding nicht rauchen.«

»Hör nicht auf die, Junge. Kinder sind boshafte kleine Mistkerle. Vor allem, wenn sie Schwäche wittern.«

»Ich meine es ernst – Sauerstoff und offenes Feuer, das passt nicht zusammen.«

Mr Bishop zog noch einmal an seiner Zigarette und nahm dann eine Lunge voll Sauerstoff. »Dann geh ich wenigstens mit einem Knall ab.« Er betrachtete seine Zigarette, als ob sie ein Kätzchen oder ein Hundewelpe wäre. »Außerdem ist das das einzige Laster, das mir geblieben ist.« Ein Seufzer. Dann nickte er, stieß sich von dem Volvo ab und lehnte sich stattdessen auf seinen Krankenkassen-Krückstock. Der Gummifuß schrappte über den Asphalt, begleitet vom Quietschen der Räder seines Sauerstoffwägelchens, als er davonschlurfte und den Koffer einfach stehen ließ. Er blickte sich nicht einmal um. »Sei so gut und nimm den mit, ja?«

Fauler alter Sack.

Aber Edward packte dennoch den Griff des Koffers und ächzte, als das Ding wie angeklebt am Boden blieb. Was zum Teufel hatte er da drin – Wackersteine? Er musste den Koffer mit beiden Händen nehmen, um ihn schleppen zu können, und sich zur Seite lehnen, um das Gewicht auszugleichen, während er hinter Mr Bishop herwatschelte.

Trotz des Greisentempos holte Edward Mr Bishop erst ein, als sie an dem versifften Vauxhall ankamen, wo Bigtoria ihren Hintern auf der Motorhaube geparkt hatte, mit dem Rücken zu ihnen. Sie beugte sich vornüber und massierte sich mit einer Hand die Schläfe, während sie sich mit der anderen das Handy ans Ohr hielt.

Ihre Stimme klang gequält. »Das *sage* ich ja gar nicht, ich sage nur … Natürlich gebe ich die Operation nicht auf. Dafür sind wir schon zu weit gekommen … M-hm … Ja.«

Edward ließ den fürchterlich schweren Koffer vor dem Kofferraum auf den Boden plumpsen. »Chefin?«

Keine Reaktion. »Ja, ich weiß, es ist nicht ideal, aber dann müssen wir eben improvisieren, nicht wahr … M-hm – das Beste draus machen … *Genau.* Das dachte ich mir.«

Er hob die Stimme. »CHEFIN?«

Immer noch nichts. »Wir können die Sache noch retten, aber dazu müssen wir …«

Ein schriller Pfiff zerschnitt die Luft, dann nahm Mr Bishop die Finger aus dem Mund. »HE, BIGTORIA! Stehst du immer noch auf diesen Laientheater-Scheiß?«

Bigtoria erstarrte einen Moment lang, dann setzte sie sich gerade auf. »Ich ruf zurück.« Sie legte auf, drehte sich aber nicht um. Die Stimme hart und kalt wie ein Seziertisch. »*Wie* haben Sie mich gerade genannt?«

Ein Grinsen spaltete Mr Bishops Gesicht. »Sieh an, sieh an, wenn das nicht Police Constable Victoria Montgomery-Porter ist – in Zivil, und richtig groß ist sie auch geworden.«

Sie drehte sich um und durchbohrte ihn mit einem waffenschein-pflichtigen Blick.

Was ihm aber nichts auszumachen schien. Er zog noch ein letztes Mal an seiner Zigarette und schnippte die glimmende Kippe ins Gebüsch.

»Abfall auf die Straße werfen ist eine *Straftat*, Mr Bishop.«

»*Aye*, und was willst du jetzt machen – mich verhaften? Und außerdem seid ihr spät dran.« Er schlurfte zur hinteren Beifahrertür des Poolwagens, verstaute die Sauerstoffflasche im Fußraum und zwängte sich ächzend hinein. »Und jetzt macht mal voran, ich hab nicht den ganzen Tag Zeit.«

Bigtorias Gesicht nahm eine ungesunde dunkelrote Färbung an.

Edward versuchte es mit einem Lächeln. »Ich habe ihn gefunden.«

»Hurra.«

Edward klappte den Kofferraum auf, wuchtete den sauschweren Koffer hoch ... und hielt inne. Irgendein Idiot hatte einen verbeulten Werkzeugkasten da drin vergessen, bepflastert mit Stickern, die für verschiedene Theaterproduktionen warben: *Sweeney Todd, Dracula Reborn, Les Misérables, Hexenjagd* ... Aber auf dem größten Aufkleber von allen stand in großen schwarzen Lettern »V.E.M.P.«.

Ah, okay. Victoria Elizabeth Montgomery-Porter. Das Ding gehörte der DI.

Er schob es zur Seite und quetschte Mr Bishops Koffer daneben rein.

Edward schielte nach links und nach rechts, um sicherzugehen, dass niemand hinschaute, dann warf er einen verstohlenen Blick in den Werkzeugkasten. Die verschiedenen Etagen fächerten sich auf, als er ihn aufklappte, und zum Vorschein kamen Reihen über Reihen von Dosen mit Theaterschminke und Make-up-Stiften, die den muffigen Wachsgeruch von alten Kerzen ausströmten.

Igitt.

Er machte den Kasten wieder zu.

Na ja, sie hatte doch gesagt, dass sie heute Abend eine Probe hatte.

Nachdem er den Kofferraum zugeklappt und sich hinters Steuer gesetzt hatte, funkelte sie ihn vom Beifahrersitz aus an und tippte auf ihre Uhr, als ob das alles irgendwie seine Schuld wäre.

»Lassen Sie sich nur Zeit, *Constable*.«

Mr Bishop saß auf dem Rücksitz und blickte zu der grauen Gefängnismauer auf, mit verschleiertem Blick und feuchten Augen, als ob er etwas sehen könnte, was dahinter war.

»Hmpf.« Bigtoria schnallte sich an. »Schon Heimweh nach Ihrer Zelle?«

Ein rasselnder Seufzer erfüllte das Wageninnere. »Es ist nicht der Ort, es sind die *Menschen*, die man vermisst. Ich habe da drin Freunde, die erst rauskommen werden, wenn ich längst tot und begraben bin.« Eine Pause, dann nickte er. »Das gibt einem schon zu denken.«

Edward ließ den Motor an und gab sich alle Mühe, heiter und positiv zu klingen. »Sie können ja jederzeit wiederkommen und Ihre Freunde besuchen, Mr Bishop. Die würden sich sicher freuen.«

»Halt die Klappe, Junge. Da bringen mich keine zehn Pferde mehr rein.«

2

Beruhigende klassische Musik blubberte aus den Autolautsprechern, während sie nach Süden fuhren, in Richtung Ellon. Felder und Wiesen waren in gedeckte Töne von verbranntem Toast und billiger Margarine gekleidet, keine Spur von Grün mehr im Gras und den Hecken, Bäume und Sträucher nur noch krakelige Tintenkleckse.

Bigtoria und Mr Bishop waren nicht gerade die unterhaltsamsten Reisegefährten. Sie hatte den Kopf gesenkt und spielte mit ihrem Handy herum, er saß hinten und starrte aus dem Fenster, die Falten und Runzeln zu einer melancholischen Miene arrangiert, als würde er über unglücklichere Zeiten nachsinnen. Aber es war nicht nur seine trübselige Ausstrahlung, die den Wagen ausfüllte, es war noch etwas anderes: der schmutzig braune Geruch von altem Zigarettenrauch und der scharfe, chemische Gestank eines Rasierwassers, das wahrscheinlich zur gleichen Zeit wie sein Anzug aus der Mode gekommen war. Beides konnte man mit jedem Atemzug schmecken – säuerlich und verbrannt.

»Also ... Marky.« Bigtoria drehte das Radio leise. »Sie waren zu Ihrer Zeit doch ein ganz toller Hecht, wie?«

Vom Rücksitz kam ein Brummen, und der alte Mann sah auf seine Uhr. »Zwölf Minuten. Muss so was wie 'n Rekord sein.«

»Ich mache bloß Konversation, Marky. Wir haben noch eine lange Fahrt vor uns.«

»Haben sie dir 'ne Liste von Sachen gegeben, über die du mich ausquetschen sollst? Um zu sehen, ob ich vielleicht irgendwen verpfeife oder nebenbei noch das eine oder andere Mördchen gestehe, damit eure Aufklärungsquote besser aussieht?«

Sie schürzte die Lippen und zuckte übertrieben mit den Schultern. »Wie gesagt, es wird eine lange Fahrt.«

Der Wagen rollte dahin.

Ein Taxi kam ihnen entgegen.

Ein Ford Focus mit einem pickligen kleinen Dödel am Steuer überholte sie, obwohl Edward genau die vorgeschriebenen sechzig Meilen pro Stunde fuhr.

Und immer noch wuchs das Schweigen an.

Edward räusperte sich. »Interessieren Sie sich für Fußball, Mr Bishop? Wie schätzen Sie die Chancen der Dons morgen ein? Die Hibs scheinen sich in dieser Saison einiges vorgenommen zu haben.«

Wieder ein Brummen. »Netter Versuch, Junge.« Er schlug mit dem Griff seines Krückstocks an die Rückenlehne von Bigtorias Sitz. »Na los, nun sag schon – haben sie dir eine Liste gegeben oder nicht?«

»Natürlich.«

Mr Bishop beugte sich vor. »Du musst wissen, Junge, dass das hier nicht das erste Mal ist, dass sich die Wege von deiner DI und mir kreuzen. Oder unsere Schwerter. Wann war eigentlich das erste Mal, Bigtoria? Vor sechsundzwanzig, siebenundzwanzig Jahren?«

Sie versteifte sich. »Verdammt noch mal, ich heiße nicht Bigtoria!«

»*Aye.* Könnte schlimmer sein. Zum Beispiel ›Stinky Ted‹, was, Junge?«

Edward packte das Lenkrad fester und biss die Zähne zusammen.

Der alte Mistkerl grinste. »Nichts für ungut.«

»*... was uns natürlich zum Jahr 1838 und Chopins leidenschaftlicher Affäre mit der französischen Schriftstellerin George Sand bringt, die mit bürgerlichem Namen Amantine Lucile Aurore Dupin hieß ...*«

Die Welt hatte sich zu beiden Seiten der Straße zu einer gesichtslosen Ebene geweitet, aufgeteilt in Rechtecke mit totem Gras oder frostbleichen Furchen gepflügter Erde. Hier und da standen Schafe herum, eifrig damit beschäftigt, sich die Bäuche mit Steckrüben vollzuschlagen, eingepfercht zwischen den neonorangen Drähten mobiler Elektrozäune.

Was für ein Spaß.

»*... doch sie mussten Mallorca verlassen, als Chopin an Tuberkulose* *erkrankte, und ließen sich in Marseille nieder, wo er Erholung und Genesung suchte ...«*

Edward räusperte sich erneut.

Mr Bishop seufzte.

Bigtoria tippte schon wieder eine neue Textnachricht. *Tick-tick, tick-tick-tick-tick-tick-tick, tick-tick ...*

Doch, echt – zum Schreien komisch.

»Aber dort komponierte Chopin schließlich seine großartige Klaviersonate Nummer drei in h-Moll, hier interpretiert von dem wunderbaren Ray Ushikubo.«

Während die ersten Takte den Innenraum erfüllten, rutschte Mr Bishop auf seinem Sitz vor. »Man sollte meinen, dass sich mehr verändert hätte, nicht wahr? Aber hier ist es noch genau so öd und beschissen wie vor einem Vierteljahrhundert.« Er blickte finster auf eine riesige Schlammpfütze hinaus. »In fünfundzwanzig Jahren hat man viel Zeit zum Nachdenken, Junge. Weißt du, es gab eine Zeit, da hätte ich alles dafür gegeben, deine DI hier in einen schalldichten Raum mit einer Zange und einem Lötkolben zu kriegen.« Er schlug wieder gegen die Lehne ihres Sitzes. »Ist doch so, Bigtoria, oder nicht?«

Sie schrieb unbeirrt weiter. *Tick-tick-tick, tick-tick, tick-tick-tick-tick-tick ...*

»Damals warst du natürlich noch eine kleine PC, nicht wahr? Oder hießen die Weiber damals noch WPC? Bevor ihr angefangen habt, einen auf politisch korrekt zu machen. Eine kleine Police Constable mit großer Nase und einem eigenartigen Talent, manche meiner Geschäftspartner dazu zu bringen, Dinge zu verraten, die sie wirklich besser für sich behalten hätten.«

Sie blickte nicht auf, aber sie lächelte immerhin. »Die waren erstaunlich hilfreich.«

Mr Bishops Stimme wurde düsterer. »Lebenslänglich mit Entlassung nach frühestens zweiunddreißig Jahren hört sich für mich nicht sonderlich hilfreich an.«

»Und doch sind Sie jetzt hier, nur fünfundzwanzig Jahre später, und genießen eine schöne Landpartie.«

Edward spannte sich an in Erwartung eines Wutausbruchs, doch stattdessen ließ Mr Bishop einen Lachanfall vom Stapel, der bald in einen rasselnden Husten überging. Er schüttelte sich, rang nach Luft und sackte schließlich auf seinem Sitz zusammen, während er hektisch nach der Sauerstoffmaske tastete.

Dann ein paar tiefe, zischende Atemzüge, die Augen geschlossen, bis das Zittern nachließ. »Herrgott noch mal …« Jetzt hörte man ihm jedes einzelne seiner achtzig-plus Jahre deutlich an, und mit der Maske klang er wie ein sterbender Darth Vader. »Na los … nun mach schon … her mit deiner … deiner Liste.«

Sie legte ihr Handy weg. »Wayne Abercrombie.«

»Sagt mir … nichts.«

»Bauunternehmer. Jemand hat ihm vor seinem Haus in Stonehaven aufgelauert – mit einer abgesägten Schrotflinte.«

Mr Bishop nahm seine Maske herunter. »Ich habe Männer gekannt, die haben ihren Knarren Namen gegeben. Haben sie besser behandelt als ihre Frauen.« Ein nostalgischer Ton schlich sich ein. »Hast du mal mit Bulldog Riley zu tun gehabt? Hat Schutzgelder für Wee Hamish Mowats Truppe eingetrieben. Der hatte diese wunderschöne doppelläufige Winchester Kaliber zwölf, mit graviertem Schaft und allen möglichen Verzierungen. ›Maggie‹ hat er sie genannt, nach seiner guten alten Mama, und er hat sie benutzt, um Typen, die sich um ihre finanziellen Verpflichtungen drückten, die Kniescheiben zu zertrümmern.«

»Wollen Sie damit sagen, dass ›Bulldog Riley‹ Wayne Abercrombie auf dem Gewissen hat?«

Eine wegwerfende Handbewegung. »Nee, natürlich nicht. Ich schwelge bloß in Erinnerungen. Hab nie verstanden, wieso man seiner Knarre einen Namen gibt. Eine Knarre ist ein Werkzeug, wie ein Schraubenschlüssel oder ein Hammer, und man gibt ja auch seinen Schraubenziehern keine Namen, oder?«

Stimmt.

Edward nickte. »Vielleicht machen sie es, weil sie glauben, dass sie den Leuten damit mehr Angst einjagen können?«

»Wenn du um sieben Uhr morgens bei einem Kerl auf der Matte stehst und ihm eine abgesägte Schrotflinte unter die Nase hältst, hat der auch so mehr als genug Schiss, Junge.« Bigtorias Sitz bekam noch einen Schlag ab. »Wen hast du noch?«

»Gerald Freebairn.«

Ein Stirnrunzeln im Rückspiegel. »Ist das der Kinderschänder aus Glasgow, den sie wie eine Zwiebel geschält und im Loch of Skene versenkt haben?« Er hörte sich zunehmend müde an. »Oh, an den erinnere ich mich noch gut. Es hieß, dass er für die Morrison-Brüder als Scout gearbeitet hat – die haben gedacht, sie könnten sich in die Drogenszene einmischen. Offenbar ist Freebairn den falschen Leuten auf die Zehen gestiegen.«

»*Ihre* Zehen?«

»Nee …« Es war eine Weile still, als ob Mr Bishop Mühe hätte, die Energie zum Weitersprechen aufzubringen. »Ich hatte es nicht so mit dem Schälen … Nicht mein Stil. Zu … viel Fieselarbeit. Wer hat denn Zeit für so was?«

Sie drehte sich zu ihm um. »Würden Sie es denn sagen, wenn Sie es getan hätten?«

Die Falten auf seiner Stirn wurden tiefer. »Du weißt schon noch … warum sie mich … sieben Jahre früher rausgelassen haben?« Jeder Atemzug ein pfeifendes Keuchen. »Hab … hab keinen Grund, zu lügen … Ich wäre längst … über den Jordan … bevor sie mir den … Prozess machen können.« Mr Bishop setzte sich die Sauerstoffmaske auf, die seine Stimme wieder dämpfte. »Müde … Glaub', ich mach … einfach mal 'n Weilchen … die Augen zu.«

Die Sonate klimperte weiter, aber von Mr Bishop kam nichts mehr.

Noch mehr triste Felder zogen vorbei. Noch mehr triste Bauernhöfe. Noch mehr triste Schafe.

Der arme alte Kerl im Rückspiegel sah gar nicht gut aus. Er hing da auf dem Rücksitz, der Kopf nach hinten gekippt, und gab Schnorchellaute von sich.

Edward senkte die Stimme. »Glauben Sie, er geht uns hops, bevor wir dort sind?«

Bigtoria schnaubte und senkte die Stimme nicht. »Ich wag's nicht zu hoffen.«

Der blaue Himmel, der ihnen während des größten Teils der Fahrt von Peterhead gefolgt war, hatte sich verdunkelt und seinen Glanz eingebüßt, als sie Bridge of Alford erreichten. Jetzt landeten winzige weiße Flöckchen auf der Frontscheibe, die schmolzen, sobald sie mit dem warmen Glas in Berührung kamen.

Mr Bishop hatte wieder seine nachdenkliche Miene aufgesetzt. »Ein Banküberfall in Peterhead? Nee …«

»*Fraserburgh.*« Bigtoria fixierte den Rückspiegel mit zusammengekniffenen Augen. »Die Bank war in Fraserburgh. Und es war kein Banküberfall, es war ein Tiger-Kidnapping. Die Täter entführten die Frau und die Tochter des Filialleiters und drohten damit, sie zu vergewaltigen und zu töten, wenn er nicht den Tresor aufschloss und ihnen beim Ausräumen half.«

»Ach ja?« Mr Bishop hätte kaum gelangweilter klingen können. »Haben sie viel erbeutet?«

»Zwei Komma fünf Millionen in bar, und dazu Gott weiß wie viel aus den Tresorboxen. Das Geld ist nie wieder aufgetaucht. Und sie haben die Frau und die Tochter trotzdem vergewaltigt.« Sie drehte sich zu Mr Bishop um und starrte ihn an. »Ein halbes Jahr später bringt die Frau des Filialleiters sich selbst und ihre Tochter mit Schlaftabletten um. Hat es nicht verkraftet. Er erleidet daraufhin einen Zusammenbruch und stürzt sich beim Kinnaird Head Lighthouse von den Klippen.«

Mr Bishop reckte das Kinn so energisch, dass die blassen, runzligen Hautlappen schlackerten. »Glaubst du ernsthaft, ich könnte was mit der Vergewaltigung von einem *Kind* zu tun haben? Ich hoffe, die Dreckschweine schmoren in der Hölle.« Diesmal klopfte der Krankenkassen-Krückstock Edward auf die Schulter. »Sind wir bald da?«

Edward warf einen Blick auf die Karte auf seinem Handy. »In einer Stunde und zwanzig Minuten.«

»Gah …« Mr Bishop bleckte die nikotingelben Zähne und sah aus dem Fenster. »Was für ein hässliches Dorf. Gibt's denn heutzutage nur noch Fertighäuser?«

Bigtoria startete einen neuen Versuch. »Was ist denn mit Emily Lawrie? Sie ist spurlos verschwunden.«

»Habt ihr was zu essen da?«

»Siehst das hier etwa aus wie Essen auf Rädern? Jetzt beantworten Sie die Frage: Emily Lawrie. Wir wissen, dass Sie sie gekannt haben. Was ist passiert?«

Mr Bishop rutschte auf seinem Sitz hin und her. »Ich muss zu festen Zeiten essen, sonst komm ich in den Unterzucker. Willst du das?« Er holte seine Zigaretten hervor. »Ich muss zwanzig verschiedene Pillen nehmen.«

Ihr Finger zielte auf ihn. »Nix da. Im Auto wird nicht geraucht, das ist verboten.«

»Dann halt an und lass mich verdammt noch mal eine rauchen.«

Edward ging vom Gas, als sie um eine Kurve bogen, hinter der man das Ortszentrum vermutet hätte. Doch sie waren offenbar schon daran vorbeigefahren, ohne es zu merken, denn kurz darauf hörten die Häuser auch schon wieder auf. Aber immerhin war das letzte links vor der Brücke ein Pub. Edward zeigte darauf. »Ich könnte fragen, ob sie uns ein paar Sandwiches machen?«

Bigtoria schüttelte den Kopf. »Fahren Sie weiter.«

Okay …

An der Kreuzung bog er rechts ab, den Schildern zur A97 nach, und verschmähte die süßen Verlockungen, die die A944 verhieß – Alford, Aberdeen und Banchory –, um stattdessen den Weg zum Cairngorms-Nationalpark einzuschlagen.

Noch fünf weitere Granithäuser, dann hatten sie den Ort hinter sich, und er gab wieder Gas. Vorbei an noch mehr Bäumen und Feldern.

Mr Bishop fing wieder an zu zappeln. »Ich muss auch pinkeln.«

Bigtoria drehte sich wieder nach vorne. »Machen Sie sich 'nen Knoten rein.«

»Werd' du erst mal zweiundachtzig – wirst schon sehen, wie robust deine Blase dann noch ist.«

»Wir halten *nicht* an.«

»Aber wenn ihr nachher den Rücksitz mit dem Schlauch abspritzt, sagt nicht, ich hätte euch nicht gewarnt!«

Edward zuckte zusammen. »Chefin?«

»Oh Mann, ich glaub's nicht.« Sie grummelte eine Weile vor sich hin, und dann: »Na schön.« Sie funkelte Edward an. »Anhalten.«

»Wo?« Da waren nur Felder und Bäume, weit und breit keine Spur von einer öffentlichen Toilette.

»Am nächsten gottverdammten Busch.«

»Uah ...« Edward stampfte mit den Füßen auf, dann hauchte er sich in die hohlen Hände und bekam dafür eine Dampfwolke ins Gesicht. Nun ja, immer noch besser als der Dampf, den Mr Bishop produzierte.

Von Privatsphäre konnte nicht direkt die Rede sein – es war ein Waldstück neben einem Feldweg, gerade eben weit genug weg von der Straße, um zu verhindern, dass vorbeikommende Autofahrer einem alten Mann bei seinem mühsamen Wasserlassen zuschauen konnten.

Immerhin war ihr rostiger Vauxhall durch die Büsche und Bäume kaum zu sehen.

Das Wägelchen mit der Sauerstoffflasche drohte umzukippen, also gab Edward den Versuch auf, seine Hände zu wärmen, und packte wieder den Griff.

Mr Bishop schaukelte vor und zurück, Zigarette im Mundwinkel, während er den Stamm eines Ahorns mit seinem spärlichen Getröpfel zu gießen versuchte. Der Urin hatte die Farbe von Tee, der zu lange gezogen hatte, und stank außerdem ganz erbärmlich.

Edward verzog das Gesicht, als eine neuerliche bittergrüne Schwade in seine Richtung waberte. »Hatten Sie Spargel zum Frühstück?«

»Ich kann nichts riechen.« Er wackelte ein wenig hin und her, aber es kamen trotzdem nur ein paar Tropfen. »Es würde verdammt noch mal schneller gehen, wenn du mir nicht dabei zugucken würdest.«

Na klar. Weil Edward sich ja seine Mittagspause an diesem Dienstag genau so vorgestellt hatte.

»Tut mir leid, aber meine DI sagt, ich muss. Ich glaube, sie hat Angst, dass Sie abhauen.«

»Hmmmpf. Sie war immer schon ein Miststück.« Er quetschte ächzend noch ein paar Spritzer hinaus. »Werd' bloß nie alt, Junge, deine Prostata wird dich hassen.«

»Sie hat mir die Anklageschrift gezeigt, von Ihrer Verurteilung damals.« Er sah sich zum Wagen um. Keine Spur von Bigtoria. Auch gut. »Haben Sie wirklich Nigel McLean mit einer Kreissäge getötet?«

»Nee. Getötet hab ich ihn mit 'nem Brecheisen. Hab mir schön Zeit gelassen. Die Kreissäge war zum Zerlegen. Junge, war das eine Sauerei. Weißt du, da ist so ein kleines Loch, wo Sägemehl und Späne und so ausgeworfen werden, aber wenn du eine Leiche zerlegst, ist sofort alles voller Knochensplitter und Blut und *Zeugs* ...« Mit letzter Kraft produzierte er noch ein paar erbärmliche, faulig-braune Tropfen. »Der Richter hat gesagt, es wäre ein ›besonders niederträchtiger und brutaler Mord, ohne eine Spur von Gnade oder Mitleid‹. Da war ich ganz schön stolz drauf.«

Was für ein *sympathischer* alter Herr.

Trotzdem, das war doch jetzt eine Chance, bei der DI ein paar Fleißpunkte einzuheimsen, solange Mr Bishop in so gesprächiger Stimmung war. »Was war denn mit dieser Emily Lawrie?«

»Das war nicht ich, das war Black Joe Ivanson. Und du musst nicht meinen, dass ich ihn verpfeife, er hat nämlich in der ersten Welle den Löffel abgegeben. Na ja, ich hab gehört, dass er zu der Zeit schon dement und im Heim war, also war es vielleicht ein Segen, dass er Covid gekriegt hat.« Noch ein fruchtloser Versuch mit Schaukeln und Wackeln und vor Anstrengung verzerrtem Gesicht, dann holte er tief Luft und brüllte seine eigenen Genitalien an: »JETZT PISS ENDLICH, IN DREITEUFELSNAMEN!«

Edward schlüpfte wieder hinters Steuer.

Als seine Tür ins Schloss fiel, blickte Bigtoria *tatsächlich* zur Abwechslung von ihrem Handy auf. Sie runzelte die Stirn und beäugte ihn argwöhnisch. »Wo ist Marky Bishop?«

Edward wies mit dem Daumen über die Schulter. »Er sagt, es war ein gewisser ›Black Joe Ivanson‹, der Emily Lawrie ermordet hat, aber der Kerl ist tot, also ...«

Bigtoria riss die Augen auf. »Was fällt Ihnen ein, ihn unbeaufsichtigt zu lassen?« Sie sprang aus dem Wagen. »Wenn er abgehauen ist, reiß ich Ihnen den Kopf ab!«

Mist.

Edward hastete hinterher. »Wie soll er denn abhauen? Er ist zweiundachtzig, hängt an der Sauerstoffflasche und kann kaum gehen!«

Damit erntete er einen vernichtenden Blick.

»Bei ... allem Respekt. Chefin.« Edward deutete auf den Feldweg. »Schauen Sie.«

Mr Bishop kam aus dem Waldstück gehumpelt, auf seinen Krückstock gestützt, als ob das Ding das Einzige wäre, was ihn noch aufrecht hielt, und zog sein Sauerstoffwägelchen hinter sich her.

»Sehen Sie? Nichts passiert.«

Bigtoria ging auf ihn los, ihr Gesicht eine Masse von Zornesfalten und Zähnen. »Wenn ich Ihnen sage, Sie sollen einen Verdächtigen bewachen, *Constable*, dann bewachen Sie ihn gefälligst!« Spucketröpfchen flogen durch die Luft.

Er wich vom Auto zurück. »Ich war ... Es war nicht ...«

Mr Bishop schleppte sich zur hinteren Beifahrertür und zog sie umständlich auf. Er stand eine Weile schnaufend und keuchend da, dann hob er die Hände wie ein Chirurg. »Hat jemand ... Feuchttücher da?«

Bigtoria verengte die Augen zu Schlitzen und quetschte die Worte mit zusammengebissenen Zähnen hervor: »Steigen – Sie – endlich – ein!«

Er warf ihr noch einen bösen Blick zu, dann schniefte er, zuckte mit den Schultern, als ob es ihm egal wäre, und klappte sich auf seinem Sitz zusammen. »Da geht's ja im Knast noch hygienischer zu.«

Sobald seine Tür zu war, zeigte Bigtoria über das Autodach hinweg mit dem Finger auf Edward und schenkte ihm ihre volle Aufmerksamkeit. »Machen Sie das *ja* nie wieder! Wenn Sie noch einmal einen direkten Befehl ignorieren, mach ich Sie alle, das schwör ich beim Leben meiner Mutter!« Sie blieb noch kurz stehen und schoss böse Blicke auf ihn ab. Dann drohte sie noch einmal mit dem Finger und stieg ein.

Sobald sie außer Sichtweite war, verdrehte er die Augen und sackte zusammen. Sprach so leise, dass er sich selbst kaum hören konnte. »Mr Bishop hat recht, Sie sind ein richtiges ...«

Ihre Stimme dröhnte aus dem Auto: *»Jetzt, Constable!«*

Es gab Tage, da war es eine Freude, Polizist zu sein.

Der heutige Tag gehörte nicht dazu.

3

Eisige weiße Tupfen drifteten aus dunkelgrauen Wolken herab, als der Poolwagen vor dem zweieinhalb Meter hohen, mit einem Vorhängeschloss gesicherten Maschendrahttor ausrollte, das die einspurige Straße versperrte. Links und rechts des grauen Asphalts setzte sich der Maschendraht fort, bis er von den Bäumen verschluckt wurde, die sich in grimmigen Formationen den Hang hinaufzogen.

Berge blickten finster auf den Wagen herab, links, rechts und geradeaus. Dunkle Silhouetten, die sich drohend vor dem schneebeladenen Himmel abzeichneten. Mehr Yeti-Revier als Heidi-Idylle.

Die Monotonie des Zauns, der sich bei näherem Hinsehen als von Stacheldrahtrollen gekrönt erwies, wurde durch ein Trio von Schildern ein wenig aufgelockert: »GLENFARACH ESTATE – ZUFAHRT VERBOTEN AUSSER FÜR RETTUNGSFAHRZEUGE« wurde perfekt ergänzt durch »WEITERFAHRT FÜR UNBEFUGTE FAHRZEUGE VERBOTEN« und – damit auch der Letzte es kapierte – »WARNUNG: MAUL- UND KLAUENSEUCHE – KEINE ZUFAHRT!«

Auf einer hohen Betonsäule am Straßenrand gleich hinter dem Tor waren drei Überwachungskameras montiert … zwei zeigten in die Richtung, aus der sie kamen, die dritte deckte die Straße ab, die sich in den Wald hineinschlängelte.

»Abschreckend« war wohl ein ganz treffender Ausdruck.

Edward löste seinen Gurt, holte tief Luft und stieg aus.

Heilige Scheiße. Es war, als würde man in ein Eisbad springen – die Kälte legte sich um seinen Brustkorb und drückte ihn zusammen. Er trabte auf das Tor zu, fischte den Schlüsselbund aus der Tasche und schloss das dicke Messing-Vorhängeschloss auf – das Metall war so kalt, dass es an seinen Fingern kleben blieb. Dann zog er die rasselnde Kette heraus und drückte die Torflügel unter dem Kreischen der rostigen Angeln auf.

Fröstelnd eilte er zum Auto zurück und warf sich hinters Steuer. »Meine Fresse, ist das kalt da draußen.«

Bigtoria brummelte nur etwas, wie üblich über ihr Handy gebeugt. Mr Bishop war auf seinem Sitz eingenickt, den Mund aufgesperrt wie eine feucht glitzernde Höhle, als ob er seine dritten Zähne zur Schau stellen wollte.

Edward legte den Gang ein und fuhr durch das Tor. Auf der anderen Seite hielt er an, holte tief Luft, gürtete seine Lenden und wagte sich wieder hinaus in den arktischen Winter.

Das Tor ließ sich leichter öffnen als schließen – jeder Zentimeter war ein Kampf, die Scharniere quiekten wie Schweine in einem Schlachthof, als er sich mit der Schulter dagegenstemmte. Er benutzte seine Ärmel als Handschuhersatz, um die Kette wieder anzubringen, und sicherte sie mit dem Vorhängeschloss.

Verdammt, warum musste alles so *kalt* sein?

Und dann schnell zurück ins Auto. Er plumpste auf seinen Sitz, knallte die Tür zu und kauerte sich fröstelnd zusammen, während er hektisch in die zitternden rosaroten Klauen hauchte, die sich als seine Hände ausgaben. »Gaahhhh …«

Bigtoria sah nicht von ihrem Handy auf. »Lassen Sie sich ruhig Zeit, Constable Reekie.«

Sie hatte gut reden, sie durfte ja die ganze Zeit im warmen Auto hocken bleiben.

Sobald er wieder etwas Leben in seine armen gemarterten Finger gehaucht hatte, fuhr er los, hinein in das stärker werdende Schneetreiben. Die Wischer klackten hin und her und schafften es kaum, die Scheibe freizubekommen, ehe wieder eine weiße Schicht die Sicht verdeckte. Die Straße begann auch schon unter einer Schneeschicht zu verschwinden, ihre Farbe wechselte von frostigem Grau zu schmutzigem Weiß.

Der Wagen erklomm grollend eine kleine Anhöhe und rollte auf der anderen Seite wieder bergab, immer die einspurige Straße entlang, die sich durch den dichten dunklen Wald wand. Die Äste der Kiefern griffen wie Krallen nach dem vorbeifahrenden Auto, hungrig, tastend.

Fehlte bloß noch ein verdammtes Pfefferkuchenhaus mit einer kannibalischen Seniorin und einem sprechenden Wolf. Das einzig Gute war, dass die Bäume ein bisschen Schutz vor dem Schnee boten, aber bei dem, was da inzwischen runterkam, würde das vermutlich nicht so bleiben.

Edward sah im Rückspiegel nach ihrem Fahrgast. Der schlief immer noch tief und fest und ließ seine achtundzwanzig künstlichen Zähne sehen. »Wie kommt es eigentlich, dass wir hier Taxi spielen müssen?«

Bigtoria *tick-tick-tick-tick*te weiter auf ihrem Handy. »Mark ›Marky‹ Bishop hat ausdrücklich nach uns verlangt.« Sie hob einen Moment lang den Kopf. »Das heißt, er hat nach *mir* verlangt. Sie sind mehr so was wie eine Dreingabe.«

Die Flocken wurden größer. »Aber er wirft Ihnen doch vor, dass Sie seine Kumpels dazu gebracht haben, ihn zu verpfeifen. Wieso sollte jemand sich wünschen, zweieinhalb Stunden mit der Person, die ihn für dreißig Jahre oder mehr hinter Gitter gebracht hat, im selben Auto zu hocken?«

Keine Antwort.

Die Straße schlängelte sich weiter bergab, die Scheibenwischer arbeiteten jetzt im Akkord. *Klonk, squonk, klonk, squonk.* Edward schaltete das Licht ein. Nicht dass es allzu viel gebracht hätte – nur ein kleiner Lichtkegel unmittelbar vor dem Auto, der im Nu von den wirbelnden Flocken verschlungen wurde.

Bäume spickten die Talhänge bis hinauf zu den tief hängenden Wolken und klemmten den Poolwagen zwischen sich ein. Tausende und Abertausende uralte Kiefern, die über ihnen aufragten.

Die sie beobachteten.

Belauerten.

Und anstatt das einzig Vernünftige zu tun, nämlich zu wenden und zuzusehen, dass sie hier rauskamen, fuhren sie immer noch tiefer in den Wald hinein.

Immer noch nichts von Bigtoria.

»Chefin?«

Sie fixierte weiter ihr Handy. »Ich nehme an, dass sich Marky Bishop ein paar seiner alten Schandtaten von der Seele reden will. Wie er schon sagte – selbst wenn er etwas gesteht, was sollen wir denn machen? Der alte Mistkerl ist ja schon aus Gesundheitsgründen vorzeitig entlassen worden. Die Staatsanwaltschaft wird keine Anklage gegen ihn erheben, wenn klar ist, dass er längst tot sein wird, ehe es zum Prozess kommt. Wäre reine Zeit- und Geldverschwendung.«

Hinten auf dem Rücksitz zuckte Marky und röchelte kurz, dann fing er an zu schnarchen – ein leises, rhythmisches, feuchtes Raspeln.

Bigtoria runzelte die Stirn. »Na ja, entweder das, oder er wollte uns einfach nur ein bisschen ärgern.«

Der Poolwagen brach aus dem tiefen, dunklen Wald hervor, und eine lang gezogene Lichtung tat sich vor ihnen auf, mit einem kleinen Keksdosen-Dorf am hinteren Ende, reifglitzernd im Schneetreiben. Kränklich gelbes Sonnenlicht stach aus der grauen Wolkendecke hervor, mehr Warnung als Willkommensgruß.

Hier gab es keine wuchernden Neubausiedlungen, nur altmodische schottische Häuser: schlichte Granitfassaden, schwarze Schieferdächer, Gauben für die Angeber, die glaubten, sich ein ausgebautes Dachgeschoss leisten zu müssen. Das meiste schien um die Hauptstraße herum angeordnet zu sein, mit vielleicht noch ein, zwei Nebenstraßen auf jeder Seite. Aber das Kaff war wirklich winzig. Sicher kaum mehr als 250 Einwohner. Allenfalls 300.

Schmutzige Schneehaufen säumten die Straße, dazwischen sandige Stellen, wo der Asphalt hervorschaute – offenbar war erst kürzlich geräumt und gestreut worden. Auch die Gehsteige hatten sie nicht vergessen, aber der Neuschnee machte alle Bemühungen schon wieder zunichte.

Das Dorf war von Bäumen umstanden – gleichmäßige Reihen von Kiefernpflanzungen, die weiter hinten in etwas deutlich Älteres übergingen, vielleicht sogar richtigen Urwald. Knorrig und stachlig und abweisend.

Bigtoria sah stirnrunzelnd auf ihr Handy, hielt es hoch und

schwenkte es hin und her. Rauf, runter, links, rechts. »Immer noch kein verdammtes Netz.«

Ein großes Schild am Straßenrand verkündete »WILLKOMMEN IN GLENFARACH«, doch die freundliche Begrüßung wurde von den anderen Hinweisen untergraben, die es bedrängten wie wütende Demonstranten: »PARKEN ÜBER NACHT VERBOTEN!«, »ZUFAHRT NUR FÜR BEFUGTE«, »ALLE BESUCHER MÜSSEN SICH AUF DEM POLIZEIREVIER MELDEN!«

Edward streckte den Arm durch die Lücke zwischen den Sitzen und rüttelte an Mr Bishops knochigem Knie. »Mr Bishop? Wir sind da.«

»Mmmmmpf?« Das Tiefseetaucher-Geschnorchel brach abrupt ab, Mr Bishop setzte sich kerzengerade auf und ließ vor Schreck einen fahren. Blinzelte und schmatzte und blickte sich verschlafen um, als ob er sich wunderte, warum er in einem Auto statt in einer Zelle aufwachte. »Wobinnch?«

»In Glenfarach. Wir sind …« O nein, o nein, o nein. Der Gestank einer brennenden Müllkippe, durchsetzt mit einer Million Eiern und vier Tonnen vergammeltem Kohl, breitete sich explosionsartig im Wagen aus.

»Uahh …« Bigtoria prallte zurück und wedelte hektisch das Giftgas von ihrem Gesicht weg.

Hustend und prustend ließ Edward sein Fenster herunter und einen Schwall kalter, frischer Luft herein. »Ach du Schande. Was hat man Ihnen denn zu essen gegeben?«

Im Rückspiegel machte der alte Stinksack ein finsteres Gesicht. »Seid nicht so verdammt kindisch. Ich kann nichts riechen.«

»Natürlich nicht, Sie rauchen ja auch vier Millionen Zigaretten am Tag.« Edward drehte das Gebläse voll auf. »Gah … Da schmilzt ja das Plastik vom Armaturenbrett! Ihr …«

Bigtoria boxte ihn. »So, Constable, das reicht. Wir können auf Ihren Fäkalhumor gut und gerne verzichten, vielen Dank auch.«

Spielverderberin.

Aber er ließ das Fenster offen und das Gebläse an, denn das war einfach nicht mehr normal.

Vor ihnen war die ganze Straße von Laternenpfählen gesäumt. Jede Menge Laternenpfähle – ungefähr zwei- oder dreimal so viele, wie man selbst in einem belebten Stadtzentrum erwarten würde. Edward beugte sich vor und spähte nach oben, als sie an einem vorbeifuhren – da waren zwei Überwachungskameras montiert. Auch am nächsten Pfahl. Und an dem danach. Und auch an denen auf der anderen Straßenseite.

Das war ein bisschen … nicht wahr?

Wer in aller Welt brauchte *so* viele Kameras? Was zum Teufel trieben die Leute hier, dass man sie so gründlich überwachen musste?

Bigtoria rutschte so weit herum, wie ihr Gurt es zuließ. »Unsere Zeit ist fast um, Marky. Gibt's noch irgendwas, was Sie sich von der Seele reden wollen? Irgendwas, was nicht auf unserer Liste steht?«

Ein herzhaftes Gähnen gab erneut den Blick auf dieses makellose künstliche Gebiss frei, dann streckte er sich und bog seinen runzligen Hals nach links und nach rechts, dass es nur so knackte und knirschte. »Mir hängt der Magen echt auf den Knien …«

Noch etwas anderes schien mit diesem Ort nicht ganz zu stimmen – all die malerischen Granithäuschen mit ihren schneebedeckten Schieferdächern und bunt gestrichenen Haustüren – und auf keinem einzigen war eine Satellitenschüssel.

Sonderbar.

Eine Handvoll Leute waren unterwegs – dick eingemummt gegen die Kälte stapften sie die Gehwege entlang. Und alle blieben stehen und gafften den vorbeifahrenden Poolwagen an. Ein paar winkten Edward sogar munter zu und lächelten.

Eigentlich ganz nett und freundlich, aber irgendetwas war da nicht ganz sauber – etwas, das Edward mit schleimigen kleinen Pfoten das Rückgrat hinaufkroch.

»Okay …« Er winkte zurück und versuchte sich nicht anmerken zu lassen, dass ihm diese Freaks alles andere als geheuer waren.

»Hmmpf.« Bigtoria drehte sich wieder nach vorne. »Hab ich mir schon gedacht.«

In manchen der Häuser waren Läden untergebracht, mit bunt

gemischten Auslagen in den Sprossenfenstern: eine Galerie, ein Geschäft für Kunsthandwerk, ein Antiquariat, ein Café, in dem nur ein einsamer Gast saß.

Und dann, alles andere überragend: ein Landgasthof, volle drei Stockwerke hoch, mit einem Schild in Gold und Rot an der Giebelfront, die sich über einer Klempnerei erhob: »GLENFARACH HOUSE HOTEL – TÄGLICH MITTAG- UND ABENDESSEN – RESERVIERUNG ERFORDERLICH«.

Im Rückspiegel gönnte sich Mr Bishop eine Lunge voll Sauerstoff und betrachtete stirnrunzelnd die pulsierende Metropole. »Pinkeln müsste ich auch mal wieder.«

Bigtoria brauste auf. »Danke, dass Sie einen vollen Tag meiner Lebenszeit verschwendet haben, Marky. Sehr freundlich von Ihnen. Was sollte das sein – so eine Art kindische Rache?«

Ein Seufzer. »Es geht nicht immer nur um dich.«

Das Hotel stand am Rand eines relativ großen Dorfplatzes, der von seiner eigenen kleinen Ringstraße und Reihen von kahlen Bäumen gesäumt war. Die Konturen der Parkbänke waren vom Schnee verwischt. Hier und da ein paar Mülleimer für Hundekot. Kein Spielplatz, keine Schaukel, nicht mal eines dieser auf einer Stahlfeder montierten Schaukelpferde. Aber dafür stand in der Mitte des Platzes ein Kriegerdenkmal mit einem Uhrturm obendrauf. Es war gut sieben oder acht Meter hoch, mit Bronzetafeln rund um den Sockel, darüber in den rosa Granit gemeißelte Helme und Gewehre, Schwerter und Flaggen, und dann der Turm selbst, gekrönt von einem beleuchteten Zifferblatt. Die Zeiger standen auf vier Minuten nach zwei, aber es gab noch zwei zusätzliche Zeiger – einen roten bei zwanzig nach vier und einen grünen bei halb neun.

Ach ja, und dazu noch ein ganzer Haufen Laternenpfähle.

Denn von denen konnte man doch nie genug haben.

Edward deutete zur anderen Seite des Platzes. »Da wären wir.«

Es war in einem früheren Leben vielleicht mal ein Gemeindezentrum gewesen, aber es sah aus, als wäre es irgendwann in den architektonisch unterbelichteten Siebzigerjahren »modernisiert« worden.

Jetzt thronte auf dem imposanten Granitbau mit Säulen und Portikus noch ein weiteres Stockwerk aus Beton und Glas. Dazu hatten sie an einer Seite einen Anbau drangepappt – diesmal aus *Backstein*, Beton und Glas. Die Bahnen von dunkelblauer Verkleidung zwischen den Fensterreihen verliehen dem Ganzen das Aussehen einer wütenden Zombie-Biene. Jemand hatte den Versuch unternommen, es ins Dorfbild einzupassen, und über den Eingangstüren diese kitschigen blauen Lampen aufgehängt, aber das von hinten angestrahlte Schild zerstörte die Illusion: »POLIZEIREVIER GLENFARACH«. Für so ein kleines, verschlafenes Nest war es eindeutig viel, viel zu groß.

Als Edward vor dem Revier parkte, trat eine Frau aus einer Seitentür des neuen Anbaus. Sie stülpte eine Schirmmütze über ihre rotbraunen Locken, die das Police-Scotland-Outfit aus schwarzer Uniform und gefütterter Warnjacke ergänzte. Sie gehörte nicht gerade zu den Größten in der Truppe – leicht elfenhafte Gesichtszüge, stechend grüne Augen und Schulterklappen mit Sergeants-Streifen. Ihre Ohren und ihre Nase liefen in der kalten Luft sofort hellrosa an. Sie marschierte zur Straße, baute sich vor dem Poolwagen auf und hob die Hand, als ob sie ihn anhalten wollte – dabei standen sie ja schon.

Bigtoria nickte. »Constable.«

Seufz. »Ja, Chefin.« Und er stieg aus in den eiskalten Nachmittag. Schon wieder. Die Schultern hochgezogen, die Hände in den Taschen vergraben, stapfte er durch den knöcheltiefen Schnee. »Sarge?« Er schenkte ihr sein bestes professionelles Lächeln. »Wir haben einen neuen Bewohner für Sie. Mr Mark Bishop.«

Die Elfenaugen verengten sich. »Sie sind spät dran.«

»Das höre ich öfter.« Er zog eine Hand aus der behaglichen warmen Tasche und streckte sie aus. »Ich bin übrigens Detective Constable Reekie. Edward.«

Ihr Händedruck war fest wie eine Schraubzwinge. »Louise Farrow, Duty Sergeant, Glenfarach.«

»Alles klar.« Er nickte in Richtung des rostigen Vauxhall. »Wo sollen wir ihn hinbringen, Sarge?«

Sergeant Farrow ging über die Straße zu einem Land Rover

Defender mit langem Radstand. »Folgen Sie dem Großen Wagen.« Es war keines von den modernen Modellen, sondern ein richtig altmodischer, kastenförmiger Fährt-in-jedem-Gelände-Defender, ausgestattet mit Winterreifen, Kuhfänger, Frontseilwinde, Suchscheinwerfern und einem riesigen Dachträger. Sie stieg ein, und der Motor erwachte grollend zum Leben, wie der erste Husten eines Kettenrauchers am Morgen. Nur dass anstatt tumorbraunem Sputum blaugraue Abgase aus dem Auspuff quollen.

»Entzückend.« Edward eilte zum Auto zurück. »Vielen Dank für den herzlichen Empfang.« Er warf sich auf den Fahrersitz. Fröstelte …

Moment mal.

Der Müllkippen-Gestank hatte sich verzogen, aber offenbar war etwas anderes passiert, während er draußen mit Sergeant Nicht-ganz-so-freundlich geredet hatte, denn ein lastendes Schweigen lag in der Luft. Die Art von Atmosphäre, die man mit dem Messer schneiden konnte. Bigtoria starrte aus dem Beifahrerfenster, Mr Bishop saß da mit verschränkten Armen und ausdruckslosem Gesicht.

Okay …

Edward wendete den Vauxhall. »Jetzt dauert es nicht mehr lange.«

Wenn überhaupt, wurde das Schweigen noch dichter.

Na und – war nicht sein Problem. Was immer es war, sollte sich die DI doch den Kopf darüber zerbrechen.

Er folgte dem Land Rover, an der einen Seite des Dorfplatzes entlang und weiter in eine kleine Straße, vorbei an weiteren putzigen kleinen Granithäusern. Noch ein Café. Ein Laden für Künstlerbedarf. Dann rechts ab in eine schmale Straße mit Bungalows auf der einen Seite und Bäumen auf der anderen. »Scheint ein netter Ort zu sein, Mr Bishop. Ich bin sicher, dass Sie hier sehr glücklich sein werden.«

»Hmmmpf. Ich werde hier sterben. Was glaubst du, wie glücklich mich das macht?«

Na gut.

»Aber ist doch viel besser, als in HMP Grampian zu sterben.«

Die Straße weitete sich zur Linken, wo die Bäume einer brusthohen Mauer mit einem mächtigen, kunstvoll verzierten schmiedeeisernen Tor wichen. Die Kirche, die sich dahinter verbarg, war nicht riesig, verfügte aber immerhin über einen ordentlichen Turm und einen weitläufigen Friedhof. Und es waren auch nicht alles verfallene, flechtenbewachsene Grabsteine. Manche waren eindeutig neueren Datums – der Marmor noch ganz glänzend, alle mit einer kleinen Mütze aus Schnee obendrauf.

Ein rostiger Mini-Bagger war dort zugange und hob eine neue Grube aus. Der Baggerführer unterbrach seine Tätigkeit, um Edward und dem Land Rover zuzuwinken und zu lächeln, als sie gegenüber dem Friedhofstor anhielten.

Das wurde ja immer abartiger.

Sergeant Farrow stieg aus dem Land Rover aus und marschierte die verschneite Rampe hinauf, die zu einem zweigeschossigen Einfamilienhaus führte. Es war mindestens doppelt so groß wie alle anderen in der Nachbarschaft. Sogar die Haustür hatte Übergröße. Sie drückte die Klingel.

Im Vauxhall löste Bigtoria ihren Gurt. »Eine letzte Chance, Marky.«

Mr Bishop klopfte Edward auf die Schulter. »Ein kleiner Rat von einem sterbenden Mann, Junge. In diesem Leben fängst du mehr Fliegen mit Honig als mit Essig. Aber mit Scheiße ist es viel einfacher.« Er fummelte seine Tür auf und hievte sich ächzend hinaus in den Schnee. »Sei so nett und trag mein Gepäck rein, Junge.« Dann zerrte er seine Sauerstoffflasche heraus und stieß die Tür wieder zu.

Bigtoria sah ihm nach, als er davonschlurfte. »Alter Stinksack.«

Genau.

Edward wuchtete den leistenbruchschweren Koffer aus dem Kofferraum und folgte Mr Bishop die Rampe hinauf. Keine Gehwegplatten und keine Stufen – alles rollstuhlgerecht. Das erklärte auch die extrabreite Tür.

Ein schmiedeeisernes Schild ragte aus dem Schnee, die Worte »JENKINS HOUSE« schon halb vom unablässigen Geriesel verschlungen.

Auf halbem Weg die Rampe hinauf blieb Mr Bishop stehen und schielte argwöhnisch über die Straße zum Friedhof, wo dieser gelbe Bagger gerade Platz für einen Neuzugang machte. »Wenn das 'ne Anspielung sein soll, find ich's nicht witzig.« Er spuckte aus und kämpfte sich mit seinem Krankenkassen-Krückstock und dem Sauerstoffwägelchen, das parallele Furchen im Schnee hinterließ, zur Haustür vor.

Sergeant Farrow klingelte noch einmal. Dann blickte sie sich zu Mr Bishop um. »Angesichts Ihres … Zustands haben wir Ihnen einen Betreuer zugewiesen, der mit Ihnen im Haus wohnen wird: Paul Richards. Keine Sorge, er ist ausgebildeter Pfleger. Sehr erfahren.«

Endlich ging die große Tür auf, und ein kleiner Mann mit scharfen Gesichtszügen blinzelte ihnen entgegen. Mitte fünfzig, vielleicht auch Anfang sechzig. Brille und Halbglatze, Flanellhemd, braune Cordhose, weißer Kittel und rote Crocs. Ein Netz aus Narbengewebe verzerrte seine linke Wange und verzog seinen Mund zu einem schiefen, sarkastischen Grinsen. Und dazu eine Nase wie eine glühende Orange – sah aus, als ob er sie tagelang geputzt hätte. Mit Schmirgelpapier. Seine Stimme klang maximal verschnupft, mit seinem harten Glasgow-Akzent hätte man Robben erschlagen können. »*Aye?* Das ist der Neue, nicht …« Dann riss er die Augen weit auf. »Marky? Heilige Scheiße, Mann, er ist's tatsächlich – Marky Bishop!«

Ein betrübtes Lächeln schlich sich über Mr Bishops Gesicht. »Razors. Was machst du denn hier?«

»Ich kümmer mich um Todkranke und tattrige alte Knacker. Und du?«

Er tippte mit seinem Krückstock an den Sauerstofftank. »Todkranker, tattriger alter Knacker.«

»O Mann … Das ist ja Oberkacke.«

Sergeant Farrow versteifte sich. »Sie beide *kennen* sich?« Sie sah Mr Richards streng an. »Warum haben Sie mir nicht gesagt, dass Sie ihn kennen?«

Eine hochgezogene Braue, ein Schniefen, dann putzte Mr Richards sich die Nase mit einem schmuddlig aussehenden, bräunlichen

Taschentuch. »Hab ja nicht gewusst, dass er kommt. Sie hätten was sagen sollen.«

Mr Bishop blickte sich zu Edward um. »Razors und ich waren in Shotts eine Zeit lang im selben Trakt, Junge.«

Das zauberte ein schiefes Grinsen auf Mr Richards' Narbengesicht. »Wir waren dabei, als Owen Morrison seine Geschlechtsumwandlung hatte. War nicht seine Idee, wohlgemerkt, aber das passiert nun mal, wenn man Big Paul Paterson auf den Sack geht.« Er formte die Finger zu einer Schere.

Mr Bishop richtete sein betrübtes Lächeln auf Sergeant Farrow. »Um ehrlich zu sein, ich hab wahrscheinlich mit der Hälfte der Bewohner von Glenfarach eingesessen. Nicht mit den *Kinderschändern*, nur mit den anständigen Leuten.«

»Bah …« Mr Richards schüttelte sich. »Wir konnten einen Monat lang keine Würstchen mehr sehen, da haben wir gleich das kalte Kotzen gekriegt. Wie er da im Aufenthaltsraum auf dem Boden gelegen hat, wie ein …«

»Danke, wir haben schon verstanden.« Sergeant Farrow reckte das Kinn. »Es ist ein Verstoß gegen die offiziellen Richtlinien, aber es ist sonst niemand verfügbar. Also …« Schulterzucken. »Rein mit Ihnen.«

4

Der Hausflur hatte außer einem klapprig aussehenden Treppenlift und einer ausgesprochen altmodischen Einrichtung wenig zu bieten. Dafür war es im Wohnzimmer immerhin angenehm warm, dank der stoischen Bemühungen eines elektrischen Heizofens, der unter einem von Nippes unbelasteten Kaminsims vor sich hin glühte. Triste, staubige Rechtecke an der Tapete ließen erkennen, wo bis vor Kurzem Bilder gehangen hatten. Jetzt waren die einzigen dekorativen Elemente zwei Wandleuchten mit Tartan-Lampenschirmen. In einer Ecke stand ein Rollstuhl unter einer Art Hebevorrichtung mit Schlingen. Neben der Tür waren einige Pappkartons gestapelt, die in krakeliger Edding-Schrift mit »SOZIALLADEN« oder »RECYCLING« beschriftet waren. Die Decke hatte die gleiche bräunlich gelbe Farbe wie Mr Bishops Zähne. Der Teppichboden: ein einziges Schlachtfeld von Flecken.

Und das ganze Zimmer stank nach kaltem Zigarettenrauch, durchsetzt mit dem aggressiven Kloreiniger-Geruch von Altweiberparfüm.

Edward schlurfte näher an den Heizofen heran. »Hübsch haben Sie's hier.«

Mr Richards half Mr Bishop auf ein gammliges Sofa und beobachtete ihn besorgt, während der Alte an seiner Sauerstoffmaske nuckelte. Bigtoria tippte auf ihrem Handy herum, die Augenbrauen mürrisch zusammengezogen.

Sergeant Farrow zog einen großen verschließbaren Plastikbeutel aus der Tasche ihrer Warnjacke, öffnete ihn und entnahm ihm eine elektronische Fußfessel. Aber keine von den schlanken, modernen – nein, das hier war ein dicker grauer Ring mit einem Kästchen von der Größe einer Zigarettenschachtel. Das Ding gehörte eigentlich in ein Museum. »Mr Bishop, die Konditionen Ihres Aufenthalts hier sind Ihnen bekannt.« Es war keine Frage.

Er antwortete dennoch, seine Stimme gedämpft und hallend hinter der Sauerstoffmaske. »*Aye* ...« Es hörte sich an, als ob er es in diesem Leben nicht mehr schaffen würde, noch einmal richtig Luft zu holen.

»Sie müssen innerhalb der ausgeschilderten Grenzen von Glenfarach bleiben. Sie müssen jederzeit mit dem Betreuerteam kooperieren. Sie werden die Anweisungen aller Polizeibeamten befolgen und können nach deren Ermessen jederzeit durchsucht werden.«

Mr Bishop schaffte es, ein wenig Schärfe in seine Stimme zu legen. »Ich sagte ... ›Ich weiß!‹«

Sergeant Farrow konterte im gleichen Ton. »Jeglicher Umgang mit Personen, die auf Ihrer Kontaktverbotsliste stehen, ist Ihnen *strengstens* untersagt. Sie werden sich nicht an missbräuchlichem oder gewalttätigem Verhalten beteiligen. Sie werden keine Drohungen aussprechen. Sie werden die Sperrstunde einhalten.«

Die Augen des alten Mannes verengten sich. »Erzählt mir hier ... mit wem ich ... reden darf und ... mit wem nicht ... Ich bin kein Kind mehr!«

»Es ist das Gleiche, wie wenn Sie aus dem Gefängnis entlassen werden, Mr Bishop, das sollten Sie eigentlich wissen. Sie sind auf Bewährung, und Sie halten sich an die Bewährungsauflagen, sonst fliegen Sie hier raus.«

Mr Richards rückte Mr Bishops Maske zurecht. »Komm schon, Marky, reg dich nicht auf. Schön atmen.«

Farrow deutete auf Mr Bishops Bein. »Krempeln Sie Ihr Hosenbein hoch.«

»Herrgott noch mal, Mädel, siehst du nicht, dass der Mann krank ist? Warte ...« Er zog Markys linkes Hosenbein hoch, unter dem fünfzehn Zentimeter bleiche, behaarte Haut zum Vorschein kamen.

»Das reicht.« Sergeant Farrow legte ihm die Fußfessel um und fummelte ein wenig daran herum, bis ein rotes Licht an dem klobigen Sender zu blinken begann. Dann zog sie ihr Airwave hervor und drückte ein paar Tasten. »Golf Foxtrot Vier an Leitstelle. Sprechbereit?«

Die Stimme eines jungen Mannes tönte aus dem Lautsprecher. »*Alles klar, Golf Foxtrot Vier.*«

»Check doch mal rasch Mr Bishops neue Fußfessel.« Sie baute sich vor dem alten Mann auf. »Und kommen Sie *ja* nicht auf die Idee, sie entfernen zu wollen – da reißen Sie sich eher den Fuß ab. Und das Signal können Sie auch nicht blockieren.«

»*Die GPS-Ortung zeigt Jenkins House an. Batterie- und Übertragungsstatus sind grün.*«

Marky brachte ein kleines, pfeifendes Lachen zustande. »Wo ... soll ich denn ... hingehen, hm? ... Nach Dundee? Oder Paris? ... San Francisco? ... Zum Mars?«

»Der Aufenthalt in Glenfarach ist ein Privileg und kein Rechtsanspruch, Mr Bishop.« Sie deutete mit ihrem Airwave durch das Wohnzimmerfenster auf die andere Straßenseite. Durch den Schleier aus träge herabtrudelnden Schneeflocken konnte man gerade so den Minibagger hinter der Friedhofsmauer ausmachen, mit seinem hydraulischen Arm, der sich abwechselnd hob und senkte. »Wenn nicht durch Mrs Jenkins' bedauerliches Ableben ein Platz frei geworden wäre, wären Sie gar nicht hier.«

Mr Richards seufzte. »Das arme alte Mädel ist die Treppe runtergefallen.« Er schüttelte betrübt den Kopf. »Jammerschade, sie war wirklich nett. Für eine kettenrauchende Päderastin, meine ich.«

»Wenn Sie auch nur gegen eine unserer Regeln verstoßen, fliegen Sie raus.«

Mr Bishop grummelte ein wenig, doch dann ließ er die Schultern sacken und nickte.

»Gut.« Sergeant Farrow steckte ihr Airwave ein und wandte sich Edward zu. »DC ... Entschuldigen Sie, ich habe Ihren Namen vergessen.«

»Reekie. Edward.« Aus unerfindlichen Gründen begannen seine Ohrläppchen zu glühen. »Äh ... Ich meine: Detective Constable Edward Reekie.«

»DC Reekie, Sie müssen bitte Mr Bishop durchsuchen, während ich mir sein Gepäck vornehme. Wir müssen uns vergewissern, dass nichts hereingeschmuggelt wurde.«

Hä?

»Aber er kommt direkt aus dem Gefängnis. Wie soll er da ...«

Sie unterbrach ihn in scharfem Ton. »Die Vorschriften und Verfahrensregeln von Glenfarach haben ihren Sinn, DC Reekie.«

»Verstehe. Ja ... Okay.« Warum mussten sich alle so arschig aufführen?

Er gab seinen Posten am Heizofen auf und ließ sich vor Mr Bishop in die Hocke fallen. »Verzeihung.« Dann machte er sich an die gründliche Leibesvisitation – er sah in allen Taschen und Aufschlägen nach, überprüfte Gürtel und Schuhe und die Innenseite des Hemdkragens, tastete das Futter des Kamelhaarmantels und des Tweed-Anzugs ab. Und fand nichts weiter als eine Schachtel Zigaretten, ein Feuerzeug und eine Brieftasche aus Leder, die knisterte, als er sie aufklappte. Sie enthielt vier abgelaufene Kreditkarten und ungefähr dreihundert Pfund in Scheinen, die schon längst kein gesetzliches Zahlungsmittel mehr waren. »Er ist sauber.«

Sergeant Farrow hatte inzwischen den schweren, altmodischen Koffer durchstöbert. Als sie sich aufrichtete, hielt sie mehrere Tablettenschachteln in den Händen. Sie zog eine Braue hoch. »Na, na, na, was haben wir denn da?«

Mr Bishops Atem zischte und pfiff in seiner Kehle, er hatte den Mund weit aufgerissen, um so viel Luft wie möglich in die Lunge zu bekommen. Die Augen geschlossen, die Hände zitternd, stieß er krächzend hervor: »Alles auf ... Rezept.«

»Sie können sie von Dr. Griffiths wiederbekommen.« Sie zog eine Stofftasche mit der Aufschrift »BÜCHEREI GLENFARACH – LESEN IST COOL!« hervor und ließ die Tablettenschachteln hineinfallen. »Willkommen in Glenfarach, Mr Bishop.« Ein strenger Blick und ein Nicken in Richtung von Mr Richards. »Sorgen Sie dafür, dass er die Regeln kennt.« Und damit rauschte Sergeant Farrow zur Tür hinaus.

Bigtoria eilte ihr hinterher. »Moment mal.«

Die beiden verschwanden in der Diele, dann öffnete sich knarrend die Haustür ... und fiel mit dumpfem Knall in Schloss. Jetzt störten nur noch das Knacken und Klicken des Heizofens und Markys angestrengte, keuchende Atemzüge die Stille.

Edward ließ sich wieder in die Hocke fallen. »Geht es Ihnen gut?«

»Der wird schon wieder.« Mr Richards ließ die Hand auf Mr Bishops Schulter fallen. »So einen zähen alten Sack gibt's nicht noch einmal. Stimmt's, Marky?«

Keine Reaktion.

In der folgenden Stille ließ Mr Richards einen gewaltigen Nieser vom Stapel, dann putzte er sich die Nase, als ob es die größte Qual überhaupt wäre.

»Ähm ...« Edward sah zur offenen Wohnzimmertür. »Ihre Chefin ist ein bisschen ... Sie wissen schon?«

»Sie ist nicht meine Chefin. Ich mach das hier rein ehrenamtlich. Na ja, und es bringt mir noch ein paar Sozialpunkte extra ein. Ein paar kleine Privilegien hier und da.«

Mr Bishop nahm seine Sauerstoffmaske ab, drehte das Ventil an der Flasche und beugte sich vor, die Hände auf die Knie gestützt, während er seine neue Fußfessel beäugte, jeder Atemzug von Pfeifen und Rasseln begleitet. »Verdammter ...«

»Ach, das ist halb so schlimm, wie es aussieht, Marky. Bloß am Anfang juckt's noch ein bisschen, aber da gewöhnst du dich schnell dran.« Mr Richards zog sein eigenes Hosenbein hoch und ließ eine identische Fußfessel sehen, mitsamt blinkendem rotem Licht.

Interessant.

Edward stellte sich wieder vor den Kamin. »Sie sind auch auf Bewährung?«

Die Reaktion war ein näselndes Lachen. »Die haben Ihnen wohl gar nix erzählt, junger Mann, hm? Hier ist jeder auf Bewährung. Dafür ist Glenfarach da – ein sicheres Versteck für Leute wie uns, weit weg von den neugierigen Blicken der gierigen Klatschpresse.« Mr Richards überprüfte Mr Bishops Sauerstoffflasche. »Nicht mehr viel drin. Wie geht's uns denn?«

Marky zog eine Grimasse. »Ich müsste dringend mal pissen.«

»Na komm, dann wollen wir uns mal drum kümmern. Und wir tauschen deine Flasche gegen eine neue. Der Knabe hier findet schon selber raus.«

Edward verließ Jenkins House und stand vor einer wirbelnden weißen Wand. Wenn es so weiterging, würden sie einen Schneepflug brauchen, um aus Glenfarach zu entkommen. Schlimmer noch – was, wenn sie eingeschneit würden? Dann würde er hier festsitzen, zusammen mit dieser geballten Ladung Miesepetrigkeit namens Detective Inspector Victoria Montgomery-Porter. Allein die Vorstellung war unerträglich.

Sie stand beim Poolwagen und machte schon wieder an ihrem Handy rum.

Sergeant Farrow hing an ihrem Airwave. »... nicht ideal, aber wir werden wohl damit leben müssen. Der Sozialdienst soll mal vorbeischauen, und er muss auch von Doc Griffiths untersucht werden. Letzteres so bald wie möglich.«

Dieselbe Stimme wie zuvor quäkte aus dem Apparat. »*Wird gemacht, Sarge.*«

»Danke, Shammy.«

Bigtoria schwenkte ihr Handy hin und her. »Kriegt man in diesem gottverlassenen Kaff vielleicht irgendwo ein vernünftiges Netz?«

»Leider nein – keine Sendemasten.« Sergeant Farrow deutete zu der dunstigen Grenzlinie zwischen den umliegenden Wäldern und den tief hängenden Wolken. »Und über die Berge kommt nichts rein. Glenfarach ist ein einziges Funkloch.« Sie lächelte. »Deswegen müssen wir uns auch keine Sorgen machen, dass unsere Gäste Mobiltelefone reinschmuggeln, um mit ihren zwielichtigen Kumpels chatten zu können.«

Edward trat zu ihnen und wies mit dem Daumen hinter sich aufs Haus. »Er sieht ziemlich schlecht aus.«

»So ist das, wenn man Lungenkrebs hat.« Sergeant Farrow streckte die Hand aus. »Tut mir leid wegen vorhin, aber die Neuankömmlinge machen weniger Stress, wenn sie glauben, dass ich ein knallhartes Miststück bin. Die ersten paar Wochen jedenfalls.«

»Ah, okay.« Na, das erklärte ja einiges. Er schüttelte ihr die Hand. »Sarge.« Dann rümpfte er die Nase. »Aber im Ernst, ich hab schon Leichen bei Obduktionen gesehen, die haben gesünder ausgesehen als der da.«

Sie wandte sich Bigtoria zu. »Sind Sie sicher, dass Sie nicht noch auf ein Tässchen bleiben wollen? Das Hotel hat dienstags einen ziemlich guten Chili-Burger auf der Mittagskarte.«

Die DI steckte endlich ihr Handy ein. »Ich habe heute Abend Probe, da will ich nicht zu spät kommen.«

»Na ja, mehr als anbieten können wir's nicht.« Sie schloss ihren uralten Land Rover auf. »Falls sich was Neues ergibt – falls er irgendwas gesteht, meine ich –, rufen wir Sie an.«

»Schön wär's. Marky Bishop ist ein ganz durchtriebener Bastard, schon immer gewesen.« Bigtoria ließ sich in den Poolwagen plumpsen.

»Wie Sie meinen.«

Edward nickte Sergeant Farrow zu. »Sarge.«

Sie lächelte und erwiderte das Nicken. »Edward.« Dann stieg sie in ihren Land Rover, warf den ratternden Dieselmotor an und fuhr davon.

Zu schade, dass er nicht mit ihr fahren konnte anstatt mit Bigtoria.

Wäre schön, zur Abwechslung mal mit jemandem zu arbeiten, die kein mürrisches, egoistisches Ungeheuer …

»Constable!« Die DI hatte ihre Tür offen und tippte wütend mit dem Finger auf ihre Uhr.

Na ja, was soll's … Edward setzte sich ans Steuer. Gab sich alle Mühe, optimistisch zu klingen. »Zurück aufs Revier?« Er fummelte sein Handy in die Halterung, ließ es die schnellste Route nach Aberdeen berechnen und räusperte sich, während das Ding vor sich hin rödelte. »Chefin – und ich sage das mit allem gebührenden Respekt und so weiter –, aber hätten Sie nicht ein bisschen … na ja … *netter* zu Mr Bishop sein können? So von wegen mehr Fliegen mit Honig als mit Essig und so?«

»Nett? Zu Mark ›Marky‹ Bishop?« Sie bedachte Edward mit einem vernichtenden Blick. »Haben Sie eine Ahnung, was der Mann getan hat?«

Edward schaltete die Scheibenwischer ein – höchste Stufe, und die Dinger hatten trotzdem noch Mühe, die Frontscheibe vom Schnee zu befreien – und fuhr bis zum Ende der schmalen Straße. »Ich sag ja nicht, dass er ein Heiliger ist oder so, aber ...«

»Mord, räuberische Erpressung« – sie zählte die Punkte an den Fingern ab –, »schwere Körperverletzung, Drogen, Prostitution ... Einmal hat er einem rivalisierenden Dealer die Augen ausgestochen und ihn gezwungen, sie zu essen. Marky Bishop hat zweiunddreißig Jahre gekriegt, und wir haben gerade mal ein bisschen an der Oberfläche gekratzt.« Sie schnaubte. »Lassen Sie sich nicht von der Nummer mit dem tattrigen alten Sack hinters Licht führen – Marky Bishop ist ein brutaler, bösartiger, gemeingefährlicher Dreckskerl.«

An der Einmündung ging es rechts ab, vorbei an einer weiteren Reihe malerischer kleiner Cottages, die laut Mr Richards allesamt von zwielichtigen Straftätern auf Bewährung bewohnt waren.

Drei der Letzteren standen in ihren verschneiten Vorgärten und sahen zu, wie der Poolwagen vorbeifuhr. Alle drei lächelten und winkten.

Aber diesmal winkte Edward nicht zurück. »Okay, er ist also gefährlich. Umso wichtiger, dass wir so tun, als wären wir auf seiner Seite. Dass wir sein Vertrauen gewinnen, damit er uns erzählt, was wir wissen wollen.« Edward riskierte einen Seitenblick. »Sie machen doch Laientheater, wenn ich das richtig verstanden habe?«

An der nächsten T-Kreuzung links, und es ging wieder aus dem Ort raus.

Man hätte es nicht für möglich gehalten, aber die Wolken waren noch tiefer gesunken – sie hatten die Bäume zu beiden Seiten der Straße fast ganz verschluckt und die Welt zu einer einzigen schneeweißen Schneise verengt.

Bigtoria reckte das Kinn. »Ich wirke bei *professionellen* Aufführungen mit, vielen Dank auch! Laientheater! Wir haben Auftritte im ganzen Land und kriegen Fünf-Sterne-Kritiken im *Guardian*.«

»Okay, okay, tut mir leid, nichts für ungut.« Mein Gott, wir sind gar nicht empfindlich, wie?

Sie erreichten den Ortsrand und passierten die Ansammlung von Nicht-willkommen-Schildern. Wäre schön, jetzt so richtig Gas geben zu können, aber bei dem vielen Schnee würde er das ganz bestimmt nicht riskieren.

Er checkte die Karte auf seinem Handy – die Navi-App hatte endlich ihre Route errechnet. Etwas über zwei Stunden. Von wegen. Nie und nimmer würden sie so schnell zu Hause sein. Nicht bei diesen Straßenverhältnissen.

Was immer der Wald auf ihrem Weg nach Glenfarach an Schutz geboten hatte, jetzt auf dem Rückweg bot er es nicht mehr. Vielleicht hatte der Wind gedreht? Was auch immer der Grund sein mochte, jetzt schneite es jedenfalls, als ob Frau Holle auf Speed war. Es spielte fast keine Rolle, wie schnell die Scheibenwischer arbeiteten – selbst bei freier Frontscheibe betrug die Sichtweite gerade mal fünf Meter. Eher weniger.

Nach vierzig Minuten taten Edward die Hände weh – so fest hielt er das Lenkrad gepackt, dass alle Farbe aus den Knöcheln gewichen war. Mit vor Anstrengung verzerrtem Gesicht mühte er sich nach Kräften, ihren rostigen Vauxhall daran zu hindern, in einen der Entwässerungsgräben zu schlittern, die sich an der kurvenreichen Straße entlangzogen.

Ein doppelter Piepton drang aus seiner Jackentasche, gefolgt von einer verzerrten Stimme, die bei dem statischen Rauschen, Knacken und elektronischen Quäken kaum zu verstehen war. »*Golf Foxtrot Vier an DC Reekie, sprechbereit?*«

Er sah Bigtoria an und lächelte bedauernd. »Das ist mein Airwave.«

»Ich weiß, wie ein Airwave sich anhört, Constable.«

»Na ja, ich habe gerade alle Hände voll zu tun, damit wir nicht im Graben landen, also …?«

Sie zog eine Grimasse. »Wo ist es?«

»In der Innentasche. Tut mir leid.«

Bigtoria beugte sich zu ihm herüber und fummelte nach dem Funkgerät. Zog es heraus und drückte die Sprechtaste. »DI Montgomery-Porter, schießen Sie los.«

»*Inspector?*« Schwer zu sagen, ob Sergeant Farrow sich räusperte oder ob es wieder nur statisches Rauschen war, aber auf jeden Fall klang sie ernsthaft besorgt. *»Sie müssen so schnell wie möglich zurückkommen – wir brauchen Sie hier.«*

Bigtoria setzte sich auf. »Ist etwas mit Marky Bishop?«

»Wir …« Sergeant Farrow atmete tief durch. *»Wir haben eine Leiche.«*

Schon klar, worauf das hinauslief. Edward nahm den Fuß vom Gaspedal und ließ den Wagen ausrollen. »Scheiße.«

»Wir hatten hier seit dreißig Jahren keinen Mord mehr. Es ist ein bisschen …« Wieder eine Atempause. *»Wie schnell können Sie hier sein?«*

»Was ist denn mit Ihrem diensthabenden Inspector?«

»Kommt von Ballater her, Ma'am. Der Staatsanwalt will, dass Sie die Stellung halten, bis er da ist.«

Bigtoria lutschte eine Weile an ihren Zähnen, dann nickte sie. »Okay. Sichern Sie den Tatort, wir sind unterwegs.« Sie gab Edward das Airwave zurück. »Na los, worauf warten Sie noch? Wenden Sie!«

Hätte er sich ja denken können.

War ganz offensichtlich nicht sein Glückstag heute.

Ganz zu schweigen davon, wie schwierig es sein würde, ihren schrottigen alten Vauxhall um hundertachtzig Grad zu drehen, ohne in einem dieser Gräben zu landen.

»Heute noch, Constable.«

Puh.

»Ja, Chefin.«

Zeit für ein *sehr* behutsames Wendemanöver in acht Zügen …

Zehn nach vier, und von der Sonne war nichts mehr zu sehen. Sie hätte um diese Zeit eigentlich tief am Himmel stehen sollen, vielleicht die Wipfel der Bäume am Ausgang des Tals streifen, aber stattdessen deutete nichts darauf hin, dass sie jemals existiert hatte. Alles war dunkel und grau, als Edward den Wagen durch eine von Glenfarachs kleinen Seitenstraßen steuerte.

Und dann flackerten eine nach der anderen die Straßenlaternen auf. Bloß dass es nicht die üblichen gelben Natriumdampf-Funzeln waren, sondern hochintensive LED-Lampen, die mit ihrem grellweißen Schein die wirbelnden Schneeflocken aufleuchten ließen.

Sie bogen rechts ab in die Gallows Row, eine Reihe von vier Cottages mit nur einem schmalen Streifen Weiß zwischen dem letzten Haus und den düsteren Tiefen des Waldes dahinter.

Ein Streifenwagen stand am Ende der Straße, ohne Licht. Von der Besatzung weit und breit nichts zu sehen.

Edward wollte dahinter parken, doch als er auf die Bremse trat, fuhr der Poolwagen einfach weiter. Das ABS ruckelte, während der Wagen rutschte und rutschte und rutschte und die Hinterräder ausbrachen, als das verdammte Ding ins Schleudern geriet.

O Gott, sie würden voll in den Streifenwagen krachen, und er konnte absolut gar nichts tun, um den Crash zu verhindern.

Er steuerte hektisch gegen und pumpte das Bremspedal, die zusammengebissenen Zähne gebleckt, den Schließmuskel zusammengekniffen, während er auf das Knirschen und Kreischen von Metall auf Metall wartete …

Doch der klapprige Vauxhall kam schlitternd ein paar Zentimeter vor der hinteren Stoßstange des Streifenwagens zum Stehen.

»Oh Gott.« Edward sackte vornüber, die Hände immer noch ums Lenkrad geklammert. »Das war knapp.«

Bigtoria sah ihn an, als sei er ein kompletter Vollidiot, dann kletterte sie hinaus in den Schnee.

»Bitte, gern geschehen.« Edward stieß einen zittrigen Atemzug aus. Schloss die Augen und zählte bis fünf, während das Wummern in seiner Brust sich auf ein moderateres Tempo einpendelte. Dann folgte er ihr.

Ein schmiedeeisernes Schild, ähnlich dem vor Mr Bishops neuem Zuhause, stand neben der Gartenpforte: »NEWMAN COTTAGE«. Noch so ein putziges schiefergedecktes Granithäuschen mit Dachgauben, wie aus einem Prospekt von VisitScotland. Drinnen brannte Licht, das einen warmen goldenen Schimmer über den verschneiten Vorgarten warf. Nicht dass die LED-Straßenlaternen die Unterstützung nötig gehabt hätten.

Bigtoria warf einen Blick in den Streifenwagen und folgte dann den Fußspuren, die zur Haustür führten. Ihre Füße sanken tief ein – als ob niemand hier Schnee geräumt hätte, seit das Wetter umgeschlagen war.

Edward holte sie ein, als sie gerade an der Tür klingelte.

Bigtoria wartete gar nicht erst auf eine Antwort, sondern ging einfach rein. »Hallo?« Sie trat sich die Schuhe auf der Fußmatte ab und verschwand in der Diele.

Edward blieb auf der Schwelle stehen. »Chefin, sind Sie sicher, dass wir das machen sollten? Chefin?« Aber sie ging einfach weiter.

»Na toll.« Denn warum sollte sich irgendjemand an die Vorschriften für die Tatortarbeit halten? War ja nicht so, als ob irgendjemand ihnen gesagt hätte, dass da drin eine Leiche lag, oder?

Okay. Sie war schließlich die Ranghöhere – wenn sie unbedingt auf die Regeln scheißen und den Tatort kontaminieren wollte …

»*Constable!*«

»Ja, Chefin.« Edward trat auf die Fußmatte.

Newman Cottage war … gemütlich. Auf eine leicht antiseptische Art und Weise. Hier drin war es eher noch kälter als draußen, jeder Atemzug produzierte eine kleine Nebelwolke. Ein eigenartiger Gestank hing in der Luft – wie nach Schweiß und gammligem Fleisch.

Bigtoria ging weiter und sah im Vorbeigehen in alle Zimmer, deren Türen offen standen.

Er tat es ihr gleich. Wohnzimmer: Chintzsofa, dunkler Teppichboden, kleiner Fernseher. Badezimmer: hässliche lachsrosa Keramik, Duschvorhang mit Narzissen, Bodenfliesen aus blauem PVC. Schlafzimmer: Doppelbett, schwarze Seidenbettwäsche und billige Selbstmontage-Möbel. Und schließlich: die Küche.

Sie war mittelgroß und im Shaker-Stil eingerichtet, mit ein paar klapprigen Schränken Marke Eigenbau. Miese Landschaftsbilder an den Wänden. Alles andere war von den beiden uniformierten Constables in Warnjacken verdeckt, die die Tür versperrten. Sie bewachten sie nicht, sie standen bloß mit dem Rücken zum Flur da, hielten ihre Schirmmützen in beiden Händen und starrten mit offenem Mund in die Küche.

Der eine war ungefähr fünf Zentimeter kleiner als Edward, mit praktischem Kurzhaarschnitt und ernster Miene. Die Augen verkniffen, als ob es ihm ständig zu hell wäre. Sein Kollege war eher der Schlägertyp: der rasierte Schädel mit blaugrauen Stoppeln bedeckt, ein Unterkiefer wie ein Nussknacker.

Der Große pfiff leise durch die Zähne. »Du Scheiße ...«

Der Kleine blinzelte. »Wie kann denn ... Ich meine ...«

Beide schienen nicht bemerkt zu haben, dass sie nicht mehr allein waren.

Bigtoria erlöste sie kurz und schmerzlos von ihrer Unwissenheit. »Wer hat hier das Kommando?«

Der Große zuckte zusammen, aber sein Kumpel sprang mindestens eine Handbreit in die Luft und gab ein erschrockenes Quieken von sich. Sie drehten sich gleichzeitig um und stießen dabei aneinander. Als ob sie in einer Slapstick-Komödie mitspielten, geschrieben von und für Idioten.

Der Große fing sich als Erster wieder – wölbte die Brust, straffte die Schultern und intonierte mit seiner offiziellen Hier-spricht-die-Polizei-Stimme: »Was zum Teufel tun Sie denn hier? Sie dürfen hier gar nicht sein!«

Das schien den Kleinen zu ermutigen. »Das hier ist ein Tatort!« Er hob eine Hand und versperrte ihnen den Weg. »Raus mit Ihnen! Aber schnell!«

Bigtoria hielt ihnen ihren Dienstausweis unter die Nase. »DI Montgomery-Porter.« Ihre offizielle Hier-spricht-die-Polizei-Stimme war deutlich einschüchternder als die der beiden Trottel. »Ich frage Sie noch einmal: Wer hat hier das Kommando?«

Der Kleine leckte sich die Lippen. »Ähm ... Sie?«

»Nein, Sie Schwachkopf – wer ist der Tatortkoordinator?«

Der Große räusperte sich. »So weit sind wir noch nicht ...«

Ein unbehagliches Schweigen machte sich im Flur breit, während Bigtoria eine angewiderte Grimasse schnitt. »Der Himmel steh uns bei.« Sie steckte ihren Dienstausweis ein. »Wo ist Sergeant Farrow?«

Der Kleine schien mit der Tapete verschmelzen zu wollen, so flach, wie er sich an die Wand drückte. Er deutete an Edward vorbei zur Haustür. »Sie ist noch mal zurück aufs Revier, muss ein paar Anrufe machen. Chefin. Ich meine, Inspector. Ma'am?«

»Wo ist die Leiche?«

»Ah ...« Der Große trat zur Seite und gab den Blick auf den Rest der Küche frei.

Edward zog die Luft durch die zusammengebissenen Zähne ein.

Kein Wunder, dass Sergeant Farrow bei ihrem Anruf so besorgt geklungen hatte.

»Oh, verdammt ...«

5

Eine männliche Leiche lag rücklings ausgestreckt auf einem Küchentisch aus Kiefernholz. Bis auf die Unterhose ausgezogen, die Hand- und Fußgelenke an die Tischbeine gefesselt. Der Kopf hing über die Kante, sodass er auf den Herd und das Kochfeld starrte – oder gestarrt hätte, wenn ihm der Täter nicht die Augen ausgestochen hätte.

Dem Rest von ihm war es nicht viel besser ergangen – die nackte Haut war mit Schnittwunden und kleinen kreisförmigen Blutergüssen übersät, nebst einigen wesentlich größeren Hämatomen und Wunden. Das Blut hatte die butterbleiche Haut mit scharlachroten Schmierflecken verfärbt und sich in Lachen auf dem Linoleum gesammelt. Ein breites lila Band um seinen Hals ...

Und der *Geruch*. Wie eine Mischung aus Klärgrube und Metzgerei.

Edward schlug sich eine Hand vor Nase und Mund.

Der Tote trug noch seine elektronische Fußfessel, an der das rote Licht blinkte. Bigtoria schauderte und kniff die Lippen zusammen, den Blick auf die Leiche geheftet. Und dann, ruhig und gelassen wie nur irgendwas: »Alle raus.« Als ob sie nicht gerade in einen Horrorfilm geraten wären.

Der Große scharrte mit den Füßen. »Hören Sie, Ma'am, wir haben nicht ...«

»RAUS!« Bigtoria fuhr herum und versetzte beiden einen Stoß. »DAS HIER IST EIN MORDTATORT, IHR IDIOTEN! RAUS MIT EUCH, ABER EIN BISSCHEN PLÖTZLICH!« Sie scheuchte die beiden vor sich her.

Sie stolperten hastig hinaus in den Schnee, dicht gefolgt von Bigtoria. Edward bildete die Nachhut. Sobald er draußen war, schlug er die Tür hinter sich zu und sog die herrlich saubere, eisige Luft tief in seine Lunge.

Bigtoria bohrte dem Großen einen Finger in die Warnjacke, so fest, dass er rückwärtstaumelte. »Was fällt Ihnen eigentlich ein, hier den Tatort zu kontaminieren? Und Sie wollen Polizisten sein?« Noch ein Stoß mit dem betonharten Zeigefinger. »Das hier ist kein verdammter Spielplatz, wo Sie tun und lassen können, worauf Sie gerade Bock haben – hier gibt es Vorschriften und Verfahrensregeln, an die Sie sich zu halten haben!« Sie schwenkte die andere Hand in Richtung Newman Cottage. »Was glauben Sie, was passiert, wenn wir keine Fingerabdrücke oder DNA vom Tatort kriegen können, weil ihr zwei *gottverdammten* Trottel ALLES ZERTRAMPELT HABT?!«

Er senkte den Kopf, seine Ohren wurden rot. »Ja, Ma'am. Tut mir leid, Ma'am. Es war nur … Ich meine, so was Furchtbares sieht man nun mal nicht alle Tage …«

»Ich werde mit Ihren Vorgesetzten reden.« Sie schnippte mit den Fingern. »Namen!«

Er zuckte zusammen. Senkte den Blick auf seine Schuhe. »Phil Samson. Und er heißt Dave Harlaw.«

Der Kleine hörte sich an, als würde er sich jeden Moment in die Hose machen. »Ich bin noch ganz neu!«

Edward, der ja schließlich kein Idiot war, hielt schön den Mund und blieb in gebührendem Abstand hinter Bigtoria stehen, um nicht von Querschlägern getroffen zu werden.

Sie funkelte die beiden an. »Wer hat die Leiche entdeckt?«

PC Sampson bemühte sich, hilfsbereit zu klingen. »Agatha Reynolds vom Sozialarbeiter-Team. Sie hat ihn gefunden, als sie ihre tägliche Kontrollrunde machte.«

»Wo ist sie?«

»Wir …« PC Harlaw wich zurück, als ob er es bereute, den Mund aufgemacht zu haben, aber jetzt war es zu spät. »Wir haben Aggie nach Hause geschickt. Es ging ihr nicht so toll.«

Sein Mit-Idiot nickte. »Sie haben's ja selbst gesehen, die Leiche ist nicht gerade …«

»Das Opfer?«

»Geoff Newman, Ma'am.« Samson versuchte es mit einem einschmeichelnden Lächeln. Es half nicht. »Hat öfter mal Ärger gemacht, aber nie so sehr, dass sie ihn rausgeschmissen hätten. War früher bei der Metropolitan Police, hat zwanzig Jahre gesessen wegen Geldwäsche, Korruption und Erpressung.«

Harlaw zog eine Grimasse. »Er hatte es auch ein bisschen mit … Kinderpornos.«

»Sie wissen ja, wie die bei der Met drauf sind. Die ziehen jedes verdammte Desaster an wie ein toter Hund die Fliegen.«

Das müsst ihr gerade sagen.

Sie starrte ihn an, bis er den Blick wieder senkte.

»Tut mir leid, Ma'am.«

»Wissen wir ungefähr, wie lange er schon tot ist?«

Samson versuchte wieder, Fleißpunkte zu sammeln. »Gestern Nachmittag hat er auf jeden Fall noch gelebt – die Sozialarbeiter schauen täglich vorbei, sieben Tage die Woche.«

Bigtoria hob das Kinn. »Und angesichts der beschämenden Demonstration von Unprofessionalität, die ich soeben miterlebt habe, gehe ich davon aus, dass keiner von Ihnen beiden die Tatort-Management-Schulung absolviert hat?«

»Ähm …?« Harlaw sah Samson an, dann das Haus, dann Bigtoria und schließlich den Schnee um seine Schuhe herum. »Nein, Ma'am. Inspector. … Tut mir leid.«

»Natürlich nicht, was frage ich. Sie …« – sie deutete auf Samson – »sind Tatort-Koordinator, so lange bis jemand *Kompetentes* hier auftaucht. Ich will einen vorgeschriebenen Zugangsweg, ein Tatort-Logbuch und eine Absperrung. Niemand betritt oder verlässt den Tatort ohne mein Okay.«

Harlaw hob die Hand, als ob er austreten müsste. »Wollen Sie, dass ich den Garten absuche, Inspector? Der Täter muss ja irgendwie rein- und wieder rausgekommen sein – vielleicht hat er ja verräterische Spuren hinterlassen?«

Sie wandte sich zu ihm um, schön langsam, um die einschüchternde Wirkung noch zu steigern, ihre Stimme ein trügerisch sanftes Schnurren. »Aber natürlich, Constable, was für eine *hervorragende*

Idee. Warum nicht da rausgehen und ein bisschen herumstöbern und sämtliche Spuren, die es eventuell geben könnte, versauen, bevor die Spurensicherung hier ist? Ich bin sicher, der Staatsanwalt wird begeistert sein, wenn er das erfährt. Er wird Ihnen wahrscheinlich einen VERDAMMTEN ORDEN verleihen!«

Er wich ängstlich zurück, die Augen weit aufgerissen. »Huch …«

Bigtoria bohrte Samson wieder den Zeigefinger in die Brust. »Was stehen Sie hier noch rum? Ich will, dass dieser Tatort gesichert wird, und zwar *jetzt*!«

»Ja, Ma'am.« Und schon sprintete er los, zurück zum Streifenwagen, wo er im Kofferraum zu kramen begann.

»Constable Harlaw, Sie fangen mit der Anwohnerbefragung an. Ich will sämtliche ungewöhnlichen Beobachtungen in den letzten sechsunddreißig Stunden. Und versuchen Sie, das nicht auch noch zu verbocken.«

Harlaw nahm Haltung an. »Ja, Inspector.« Er drehte sich um und schlitterte hastig durch den Schnee auf das Nachbarhaus zu.

Bigtoria gab sich keine Mühe, die Stimme zu senken. »Verdammte Amateure, alle beide.«

Okay, jetzt konnte er sich nicht mehr länger im Hintergrund halten. Zeit, sich nützlich zu machen.

»Chefin?« Edward blickte demonstrativ zum nächsten Laternenpfahl auf. »Was denken Sie, sind diese ganzen Überwachungskameras echt? Ich meine, die sind doch wahrscheinlich nicht bloß zur Dekoration?«

Eine Pause, dann nickte sie. »Das lässt sich rausfinden.«

Edward rüttelte an den Türgriffen des Polizeireviers. Verschlossen. Das Vordach und die Säulen boten ein wenig Schutz vor dem Schnee, und die altmodische blaue Lampe leuchtete, aber ansonsten: Fehlanzeige.

Er ging die Stufen wieder hinunter und blickte zu dem hässlichen Anbau aus Glas und Beton auf. Es brannte Licht – also musste doch *irgendjemand* zu Hause sein?

Vielleicht mal die Seitentür versuchen – die, aus der Sergeant Farrow getreten war, als sie mit Mr Bishop angekommen waren.

Doch als er am Türgriff zog, war das Resultat das gleiche. Und als er den Knopf der Gegensprechanlage drückte, war nicht einmal ein schrilles Summen zu hören – die war also vermutlich hinüber. Sergeant Farrows Land Rover parkte am Bordstein, gekrönt von einem fünf Zentimeter hohen Toupet aus Schnee. Sie konnte also nicht weit sein. Und sie würde auch kaum früher Feierabend machen, nachdem sie gerade die Leiche eines zu Tode gefolterten Bewohners gefunden hatten.

Aber weit und breit war kein Mensch zu sehen.

Bigtoria hatte sich nicht von ihrem bequemen, warmen Sitz in ihrem versifften Vauxhall gerührt, aber sie erwies ihm immerhin die Höflichkeit, die Fensterscheibe runterzulassen und ihn mit einem finsteren Blick zu bedenken. »Rufen Sie sie auf Ihrem Airwave an.«

Diese verdammten Detective Inspectors.

Doch er fügte sich, zog den Apparat aus der Halterung und drückte ein paar Tasten. Das Ding piepste ihn an. »DC Reekie an …« Er bückte sich und schaute zum Beifahrerfenster hinein. »Wie war noch mal ihr Rufzeichen?«

»Ist doch egal, Sie Idiot.«

Na, herzlichen Dank auch.

Er richtete sich auf. »DC Reekie an Sergeant Farrow, sprechbereit?«

Noch mehr Schnee sank aus dem dunkelorangefarbenen Himmel herab.

Edward stampfte mit den Füßen, um seinen Kreislauf in Gang zu halten.

Bigtoria beschränkte sich wieder mal darauf, unterdrückte Aggressivität auszustrahlen.

Endlich meldete sein Airwave einen eingehenden Anruf, rasch gefolgt von einem fürchterlichen quäkenden Geräusch. Sergeant Farrows Stimme war von Knacken, Zischen und Rauschen überlagert – sie hörte sich an, als wäre sie eine Million Meilen entfernt, umschwärmt von wütenden Roboterwespen. »…llo? Wer ist … Hallo?«

»Sarge? Wir sind hier draußen, könnten Sie uns reinlassen? Es ist saukalt.«

»Sagen Sie ihr, sie soll ein bisschen Dampf machen!«

»*Kann Sie kaum ...stehen. Wo sind ...*«

»Herrgott noch mal.« Bigtoria fuhr ihr Fenster wieder hoch, stieg aus, stapfte auf den Seiteneingang zu und hämmerte mit der flachen Hand gegen die Tür, dass es nur so dröhnte. »LASSEN SIE UNS REIN!«

Das Rauschen und Knacken verstummte.

Edward schüttelte das Airwave, aber ohne Erfolg. Die Verbindung war abgebrochen. »Ob sie das wohl gehört hat?«

Das hatte sie offenbar, denn von der anderen Seite kam ein dumpfes Rasseln, dann ging die Tür auf, und Sergeant Farrow steckte den Kopf heraus. Ein Gesicht wie ein verregnetes Wochenende in Lossiemouth. Die Augenbrauen zusammengezogen, der Mund verkniffen. »Tut mir leid, Ma'am, wir haben schon seit Monaten diese Probleme mit den Airwaves. Jedes Mal, wenn das Wetter schlecht ist, ist es, als ob man mit zwei Konservenbüchsen und 'ner nassen Schnur telefoniert.« Sie trat zurück, um die beiden einzulassen.

Kein Zweifel – von allen Polizeirevieren, die er bisher von innen gesehen hatte, war das hier das größte. Und das schmuddeligste.

Sie befanden sich in einer Art Empfangsbereich, mit einem Tresen, der dringend gestrichen gehörte, und einer kugelsicheren Trennscheibe, die von oben bis unten zerkratzt und mit Spinnweben verziert war. Eine Treppe führte hinauf in die oberen Stockwerke, eine andere hinunter in die Erde.

Sergeant Farrow schloss die Tür hinter ihnen ab. »Aber schicken die uns vielleicht mal jemanden raus, um sie zu reparieren? Nix da – ich muss einen Bewohner bitten, das bescheidene System mit Klebeband und Popeln zu flicken. Es ...«

»Überwachungsvideos?«

»Erster Stock, Ma'am.«

»Gut.« Bigtoria marschierte auf die Treppe zu. »Wir haben immerhin eine Mordermittlung zu organisieren, da brauchen wir diese Airwaves.«

»Ich lasse Jenna gleich morgen früh kommen.« Sie eilte der DI hinterher, und Edward bildete die Nachhut. Schon wieder. »Inspector Draper hat angerufen, er steckt auf der A939 bei Torbeg fest – ein Streufahrzeug ist mit einem Minibus kollidiert. Also …« Schulterzucken. »Wo wollen Sie anfangen, Ma'am?«

Bigtoria stapfte die Treppe hinauf. »Wie wär's mit den zwei Idioten, die Sie hier als Polizisten verkleidet rumlaufen lassen? Sie hatten nicht einmal den Tatort abgesperrt – sie waren im selben Raum mit dem Opfer!« Sie erklomm trampelnd die letzten Stufen.

»Also, das ist doch …« Sergeant Farrow hielt einen Moment inne und ballte die Fäuste. »Ich dreh ihnen den Hals um, ich schwör's.« Dann ging sie voran, durch eine Doppeltür in einen Gang, wo eine Handvoll verblasste Police-Scotland-»Motivations«-Poster mit eingerollten Ecken an Pinnwänden hingen. Fleckige Deckenfliesen, der blaue Terrazzo-Bodenbelag entlang der Mitte des Flurs von Tausenden Sohlen fast bis auf den Beton durchgescheuert.

»Und wir werden mehr Leute brauchen. Kompetente Leute. Wie viele Beamte haben Sie hier?«

»Drei pro Schicht. Aber die wohnen alle nicht vor Ort, aus verständlichen Gründen.«

Okay, *wie* war das eben?

»Drei?« Edward blieb wie angewurzelt stehen. »Sie haben *drei* Leute zur Bewachung von *vierhundert* Sexualstraftätern?«

Sergeant Farrow ging weiter. »Es sind *zweihundert* alles in allem, und von denen sind nur hundertachtzehn Sexualstraftäter. Ich muss mit dem arbeiten, was ich habe – ich setze schließlich nicht die Budgets fest.« Sie warf einen entschuldigenden Blick über die Schulter. »Sorry, Ma'am.«

»Lassen Sie alle kommen. Was ist mit Staatsanwalt, Rechtsmedizin, Spurensicherung?«

»Der Staatsanwalt ist bei einer Schießerei in Govan, er wird nicht so schnell kommen können. Die Rechtsmedizinerin ist auf dem Weg von Aberdeen. Das Team von der Spurensicherung ist immerhin schon bis Kincardine O'Neil gekommen, also werden sie bei diesem

Wetter noch zwei, vielleicht drei Stunden brauchen.« Stirnrunzeln. »Falls der Pass offen bleibt. Wie war es, als Sie dort waren?«

Edward verzog das Gesicht. »Eine Katastrophe.«

»Es war in Ordnung.« Bigtoria folgte Sergeant Farrow durch eine Tür mit der Aufschrift »VIDEOÜBERWACHUNG – ZUTRITT NUR FÜR BEFUGTE« und ließ Edward allein auf dem Flur stehen.

Er wartete, bis die Tür ins Schloss fiel, und zeigte ihr dann den Mittelfinger, die Stimme zu einem verbitterten Murmeln gesenkt. »Was hast du schon für eine Ahnung? *Du* hast die ganze Zeit auf deinem Hintern gesessen und auf deinem Handy rumgespielt, während *ich* die verdammte Karre gefahren habe.«

Ihre Donnerstimme ertönte, nur unwesentlich gedämpft durch die geschlossene Tür: »*CONSTABLE!*«

Wenigstens konnte sie nicht sehen, wie er die Augen verdrehte. »Ja, Chefin. Bin schon da, Chefin.«

Der Videoüberwachungsraum war viel zu riesig für so ein winziges Kaff – sicher viermal so groß wie der zu Hause in Aberdeen. Und der war für über zweihundert*tausend* Einwohner. Das alles hier für gerade mal zweihundert?

Dutzende und Aberdutzende von Fernsehern – keine Flachbildschirme, sondern altmodische Röhrenfernseher – nahmen drei der Wände komplett ein und erfüllten den fensterlosen Raum mit ihrem flackernden Schein. Jeder zeigte einen anderen Ausschnitt von Glenfarach, taghell erleuchtet von diesen LED-Straßenlaternen.

In der Mitte des Raums befand sich eine Arbeitsinsel mit einem einzelnen Bürostuhl und einem Trio von Bildschirmen – moderne, flache diesmal – an Schwenkarmen. Eine Karte des Dorfs nahm einen gehörigen Teil der vierten Wand ein, auf einer Art überdimensionalem Whiteboard, markiert mit farbigen Streifen und Kästchen.

Sergeant Farrow nahm auf der einzigen Sitzgelegenheit im Raum Platz und hantierte eine Weile mit einer Maus herum, wobei sie zwischendurch immer wieder eine Taste an einer professionell aussehenden Videobearbeitungsanlage drückte. »Ich kann's noch gar nicht fassen, dass jemand Geoff umgebracht hat – ich habe gestern noch mit ihm gesprochen. Na ja, ich habe mit ihm geschimpft, weil er seinen Müll auf die Straße geworfen hatte, aber trotzdem …«

Eine nach der anderen verschwanden die Ansichten von Glenfarach und wurden durch vier große zusammengesetzte Bilder ersetzt: Bildschirm 1: das Ende der Gallows Row mit Newman Cottage genau in der Bildmitte und dem dunklen Wald im Hintergrund. Bildschirm 2: das Nachbarhaus und ein kleines Stück von Newman Cottage. Bildschirm 3: ein anderes Cottage. Bildschirm 4: das erste Cottage in der Straße, mit den drei anderen im Hintergrund.

Ihre Finger verharrten über der Tastatur. »Wo wollen Sie anfangen?«

Bigtoria verschränkte die Arme. »Vor sechsunddreißig Stunden.«

»Vor-sechs-und-drei-ßig-Stun-den …« Sergeant Farrow schob an den Reglern herum, und jedes der vier zusammengesetzten Bilder flackerte, während die Zeitstempel auf sieben Uhr morgens am vorigen Tag zurücksprangen. Jenseits der grellweißen LED-Lichtinseln herrschte Dunkelheit.

Sie drehte an einem großen Knopf, der wie ein Lautstärkeregler aussah, und die Aufnahme spulte mit dem Mehrfachen der normalen Geschwindigkeit vor – die Zeitstempel sprangen binnen weniger Minuten anderthalb Stunden weiter, bis die stahlgraue Sonne über den Bäumen hervorkroch, nur um gleich darauf in einem Schleier tief hängender Wolken zu verschwinden.

Die Aufnahme lief weiter bis gegen zehn Uhr, als ein dicker Mann aus dem Haus neben Newman Cottage stapfte.

Sergeant Farrow schaltete auf normale Geschwindigkeit um und deutete auf den Mann. »Leonard Walker. Hat achtzehn Jahre gesessen, weil er einen dreiundsechzigjährigen Mann vergewaltigt und ermordet hatte.«

Mr Walker steuerte auf die Kamera zu – ein untersetzter Typ mit roten Backen, in eine Daunenjacke gehüllt, Wollmütze auf dem Kopf, und mit einem Schnauzbart, der geradezu »Sexualverbrecher« schrie. Er blickte verstohlen die Straße hinauf und hinunter, dann eilte er los, beladen mit zwei prallvollen Stofftaschen.

Man sah ihn noch über die Bildschirme drei und vier hasten, dann war er weg.

Sergeant Farrow spulte zurück bis kurz vor der Stelle, wo er aus dem Blickfeld der Kamera verschwand, und zoomte heran, bis sein Gesicht den Bildschirm ausfüllte. »Wir glauben, dass Leonard für mindestens ein halbes Dutzend weiterer Sexualstraftaten verantwortlich ist, aber er schweigt hartnäckig.« Und die Aufnahme wechselte wieder in den Schnelldurchlauf. »Ehrlich gesagt – die Kameras sind so ziemlich das Einzige, was hier immer noch funktioniert. Also, jedenfalls die meiste Zeit. Unsere besch…eidene Regierung denkt, dass das hier so eine Art Luxus-Ferienanlage ist und nicht eine Einrichtung mit der Aufgabe, Gangster und Sexualstraftäter von der Bevölkerung fernzuhalten.« Ein säuerlicher Ausdruck verzerrte ihre Züge. »Alle Jahre wieder: Mittelkürzungen.«

Es folgte ein Schnellvorlauf über einen Zeitraum, in dem in der Gallows Row rein gar nichts passierte. Das Highlight kam kurz nach elf Uhr, als eine pummelige schwarze Katze mit weißem Lätzchen den Gehsteig entlangtapste. Und dann passierte noch mehr nichts.

Sergeant Farrow schüttelte den Kopf. »Wir sind Opfer unseres eigenen Erfolgs, vermute ich mal. Dreißig Jahre und mehr haben wir hier alles unter Kontrolle gehabt. Die schwersten Vergehen, mit denen wir es zu tun hatten, waren einzelne Fälle von Ladendiebstahl. Ja, es *scheint* sicher zu sein, weil die Bewohner alle panische Angst davor haben, aus Glenfarach rauszufliegen, aber wenn man ein bisschen genauer hinschaut …« Sie schaltete wieder auf Normalgeschwindigkeit. »Da wären wir.«

Laut Zeitstempel war es gegen Mittag, als Geoff Newman aus seinem Cottage trat. Ein großer, hagerer Mann, der einen dunkelgrünen Parka trug und eine rote Sporttasche in der Hand hatte. Es gab keine gute Nahaufnahme seines Gesichts, da er sich, statt nach rechts abzubiegen und in den Ort zu gehen, an seinem Gartentor nach links wandte. Er marschierte bis zum Ende der Straße, überquerte den kleinen Streifen Brachland und verschwand im Wald.

Bigtoria schniefte. »Ist er das?«

Ein betrübter Seufzer. »Ja, das ist er.« Es hatte den Anschein, als wollte sie noch etwas sagen, doch dann registrierte sie den leicht empörten Ausdruck im Gesicht der DI. »Die Bewohner dürfen sich in einem Radius von zwei Meilen außerhalb der Ortsgrenzen frei bewegen.«

»Und wohin geht er?«

»Keine Ahnung.«

Edward deutete auf die braune und grüne Masse am Ende der Gallows Row. »Im Wald gibt's keine Kameras?«

»Bei *unserem* Budget?« Sergeant Farrow wechselte wieder zum schnellen Vorlauf.

Die zusammengeschalteten Bildschirme wurden mit der zunehmenden Bewölkung immer dunkler, und dann fing es an zu schneien. Zunächst nur kleine Flocken, die immer dichter und dichter fielen und bald Straßen und Gärten unter sich begruben, bis alles ein einziges weißes Meer war.

Und dann, genau um zehn nach vier, trippelten Geoff Newman und Leonard Walker zu ihren Cottages zurück. Beide trugen Einkaufstaschen, aber Walker schien an seinen sehr viel schwerer zu tragen als sein Nachbar.

Sergeant Farrow ließ das Video weiterlaufen. »Nach Sonnenuntergang ist Ausgangssperre, deshalb müssen alle spätestens um zwanzig nach in ihren Häusern sein.«

Doch ehe es völlig dunkel wurde, flammten die LED-Straßenlaternen auf und verwandelten die Schneeflocken in glitzernde, wirbelnde Blütenblätter. Auch in den Häusern gingen jetzt die Lichter an. Und schließlich tauchte ein Scheinwerferpaar auf, und ein Wagen hielt vor dem ersten Haus in der Straße.

Eine Frau stieg auf der Fahrerseite aus, ein Klemmbrett in der Hand. Sie wirkte recht füllig, was aber vielleicht an der unförmigen Daunenjacke lag, die sie trug. Schulterlange kastanienbraune Haare.

Sergeant Farrow ließ das Video langsamer laufen.

»Das ist Aggie. Agatha Reynolds. Sie muss sich jeden Tag um vierzig Bewohner kümmern.«

Edward zog überrascht eine Augenbraue hoch. »*Vierzig?*«

»Wie ich bereits sagte: Mittelkürzungen. Eigentlich sollte unser Team aus zehn Mitarbeitern bestehen, aber wir haben nur fünf.«

Auf dem Bildschirm ging Agatha Reynolds durch den Vorgarten auf das erste Haus zu und klingelte.

»Okay.« Er rechnete kurz nach. Gehen wir von einem Acht-Stunden-Tag aus – mal sechzig ergibt vierhundertachtzig Minuten – minus sechzig für die Mittagspause, und vielleicht noch zwei vorgeschriebene Pausen von fünfzehn Minuten – also dreihundertneunzig, geteilt durch vierzig Sextäter ... »Das sind nicht mal zehn Minuten für einen Besuch!«

»Einschließlich Fahrzeit.«

Wie aufs Stichwort trat Aggie aus dem ersten Haus und eilte weiter zum nächsten, wo sie klopfte und eintrat.

So machte sie es auch bei den letzten beiden Cottages.

Als sie bei Geoff Newman herauskam, sah sie auf die Uhr und lief eilig zurück zu ihrem Wagen. Die Scheinwerfer leuchteten auf, sie wendete in drei Zügen und fuhr davon.

Bigtoria lehnte sich vor. »Und sie hat nichts Außergewöhnliches bemerkt?«

»Nicht dass ich wüsste.« Sergeant Farrow schaltete wieder auf schnellen Vorlauf, doch das Einzige, was sich zwischen diesem Zeitpunkt und dem Morgengrauen des folgenden Tages bewegte, war ein einsamer Fuchs, der über die Straße trabte, ehe er in Richtung Wald abdrehte und verschwand.

Die Sonne hievte sich mühsam über die Baumwipfel. Einer der Bewohner kam aus seinem Haus, um zu joggen. Leonard Walker machte sich auf den Weg in den Ort. Eine Handvoll Leute kamen und gingen. Ein ramponierter Schneepflug räumte die Straße und türmte den Schnee auf der gegenüberliegenden Straßenseite zu einem hohen Wall auf. Und dann war es Viertel vor drei, und Mr Walker kam eiligen Schritts zurück, wieder beladen mit zwei prallvollen, offensichtlich schweren Einkaufstaschen.

Das einzige Haus, in dem sich absolut nichts gerührt hatte, war Newman Cottage. Niemand hatte es betreten oder verlassen.

Edward blies die Backen auf. »Nicht gerade der Gipfel an Nervenkitzel, wie?«

Sergeant Farrow schnaubte. »Glauben Sie mir, das Allerletzte, was Sie in einem Dorf voller Berufsverbrecher und Sexualstraftäter haben wollen, ist ›Nervenkitzel‹.«

»Stimmt. Hat er normalerweise jeden Tag das Haus verlassen?«

Agatha Reynolds' Auto tauchte wieder auf – diesmal fuhr sie wesentlich langsamer, vermutlich wegen des Schnees. Sie besuchte das erste Cottage in der Reihe, genau wie am Tag zuvor.

»Manche tun das, aber es ist nicht weiter ungewöhnlich, dass ein Bewohner drei oder vier Tage nicht aus dem Haus geht. Solange sie die Ausgangssperre beachten und mit ihrer Sozialarbeiterin kooperieren?« Schulterzucken. »Sie kommen schon wieder zum Vorschein, wenn sie Hunger kriegen.«

Reynolds arbeitete sich vor bis Newman Cottage, klopfte an und wartete. Und klopfte noch ein zweites Mal. Dann versuchte sie es mit der Klingel. Sah auf die Uhr. Und ging schließlich einfach rein.

Sergeant Farrow ging auf normale Geschwindigkeit zurück, und fünfzehn Sekunden später stürzte Aggie zur Tür heraus, wankte in den Garten und dekorierte etwas, das nach einem schneebedeckten Rosenstrauch aussah, mit ihrem Mittagessen, die Hände auf die Knie gestützt.

Edward versuchte nicht so genau hinzuschauen. »Also, wenn niemand ihn besucht hat, dann war vielleicht die ganze Zeit schon jemand dort? Ein Gast, der bei ihm übernachtet hat, meine ich?«

»Das ist nicht erlaubt. Auch wenn ein Bewohner nur einen Freund zum Tee einladen will, muss er das vierundzwanzig Stunden im Voraus anmelden und dafür mit Sozialpunkten bezahlen.« Das Video lief wieder schneller, aber es dauerte nicht lange, bis PC Harlaw und PC Samson eintrafen und sich anschickten, kreuz und quer durch den Tatort zu latschen.

»Hmm.« Bigtoria deutete auf den Bildschirm. »Was ist mit den Hintertüren – sind die auch videoüberwacht?«

Wieder ein betrübter Seufzer. »Vor fünfzehn Jahren vielleicht – das war das Erste, was aus dem Budget gestrichen wurde. Jetzt sollen wir uns darauf verlassen, dass alle elektronische Fußfesseln tragen. Aber immerhin wird alles genau erfasst.« Sie rollte ihren Stuhl zu einem Computerterminal an der hinteren Wand, das mit ein paar weiteren Flachbildschirmen ausgestattet war. Ihre Finger ratterten über die Tastatur, bis ein Plan von Glenfarach auf den Monitoren erschien, übersät mit zahlreichen kleinen roten Punkten. »Unsere Bewohner.« Sie attackierte wieder die Tastatur. »Das da ist Geoff Newman.« Das Kartenbild zoomte auf die Gallows Row, und man sah Newmans rotes Licht im Inneren des Hauses blinken.

Bigtoria schürzte die Lippen. »Zu dumm, dass Sie diesen zwei Idioten Harlaw und Samson keine Fußfesseln anlegen können.«

»Gehen Sie nicht zu hart mit Dave und Shammy ins Gericht.« Sergeant Farrow hob eine Hand. »Hören Sie, ich will ihr absolut besch… eidenes Verhalten am Tatort in keiner Weise entschuldigen, aber so etwas kommt hier bei uns einfach nie vor.«

»Sie haben recht – das ist keine Entschuldigung.« Ein großer, strenger Finger zeigte auf den Bildschirm. »Spulen Sie zurück.«

Farrow tat wie geheißen, und der Zeitstempel schnurrte rückwärts. Geoff Newmans kleiner roter Punkt blieb, wo er war, isoliert, tot und allein. Und dann, als der Countdown den gestrigen Nachmittag erreichte, erwachte er zum Leben und verließ das Haus, um rückwärts durch den Ort zu mäandern.

An drei Stellen hielt er jeweils kurz inne, dann bewegte er sich ganz aus Glenfarach hinaus, um etwa zwei Stunden an derselben Stelle im Wald auszuharren – nach dem Zeitstempel zu schließen. Dann setzte sich das Licht wieder in Bewegung, zurück in die Gallows Row und nach Hause.

Edward beugte sich weiter vor. »Gehen Sie bitte noch mal eine halbe Stunde oder so zurück, Sarge.«

Sie tat es, und Geoff Newmans Fußfessel blinkte vor sich hin, kurz vor der Außengrenze der erlaubten Zwei-Meilen-Zone.

»Was treibt er da?« Bigtoria fixierte mit zusammengekniffenen Augen den Bildschirm.

Farrow zuckte mit den Schultern. »Viele unserer Bewohner suchen gerne den ›Kontakt zur Natur‹. Manche malen, andere zeichnen, wieder andere lesen Bücher, manche … nun ja, sagen wir, sie nutzen die Gelegenheit, um sich unter freiem Himmel zu vergnügen.«

Was für ein Bild.

Die DI schürzte die Lippen. »Und Geoff Newman?«

»Er hat gerne Sachen aus Holz gebastelt. Aber es würde mich nicht überraschen, wenn er sich auch … vergnügt hätte.« Sergeant Farrows Ohrläppchen leuchteten in einem zarten Rosa. »Geoff war so ein Typ. Doc Griffith sagt, es ist eine Art Zwang. Wie bei Alkoholikern.«

Eine zweistündige Wichsorgie im Wald, bei der Kälte? Ganz schön ambitioniert.

Sergeant Farrow drückte ein paar Tasten, und Geoff Newmans GPS-Marker kehrte wieder nach Hause zurück.

»Hmmm …« Bigtoria tippte auf den Bildschirm. »Gehen Sie zurück zu seinem letzten Besuch von der Sozialarbeiterin und zoomen Sie dann ein Stück raus. Ich will alle sehen, die sich in der Nähe des Hauses rumgetrieben haben.«

Aber abgesehen von Geoff Newman war der einzige GPS-Marker, der in der Gallows Road vorbeikam, der von Leonard Walker. Newmans andere Nachbarinnen, Laura Dundry und Jane Miller, setzten den ganzen Tag keinen Fuß vor die Tür.

Edward nickte. »Okay, es kann also kein Bewohner gewesen sein, der ihn getötet hat, oder? Das hätte man sonst sehen müssen. Wie viele von Ihnen tragen *keine* elektronische Fußfessel, Sarge?«

»Keiner der Polizeibeamten, und auch die Sozialarbeiter und der Polizeiarzt nicht.« Sie kniff die Augen zusammen, und ihre Lippen bewegten sich, als sie zählte. »Neun, mit mir.« Dann machte sie ein langes Gesicht. »Aber das ist … Ich meine, ich vertraue diesen Leuten. Ich arbeite jeden Tag mit ihnen.«

Bigtoria wirkte vollkommen unbeeindruckt. »Zählen Sie sie besser mal durch und vergewissern Sie sich, dass alle da sind, wo sie sein sollten. Mitarbeiter *und* Bewohner.«

Sergeant Farrow unterdrückte ein Stöhnen. »Ja, Ma'am.«

Jetzt hatte immerhin noch jemand eine Ahnung davon, wie viel Spaß es machte, für Detective Inspector Montgomery-Porter zu arbeiten.

»Und besorgen Sie zwei Warnjacken. Eine für mich, eine für DC Reekie.« Die DI steuerte die Tür an. »Und ich will mit dieser Abbie vom Sozialdingsbums reden.«

»*Aggie*. Sie heißt Aggie, das ist die Abkürzung von …«

Aber Bigtoria war schon draußen.

Sergeant Farrow verzog das Gesicht – die Mundwinkel nach unten, die Zähne zusammengebissen, die Nase gerümpft, die Augenbrauen zusammengezogen. »Constable, ist sie immer so …?« Eine gequälte Grimasse.

»O ja, allerdings.« Edward klopfte ihr auf die Schulter. »Willkommen im Club.«

6

Edward zog den Reißverschluss seiner nagelneuen, glänzenden Warnjacke hoch, während er die Straße überquerte und durch den Schnee zu ihrem scheußlichen, versifften, rostfleckigen Vauxhall stapfte. Die Jacke leuchtete nukleargelb, als diese LED-Straßenlaternen sie erfassten, wie die identische Jacke, die Bigtoria trug, als sie sich auf den Beifahrersitz zwängte.

Sie waren vielleicht eine Stunde im Revier gewesen, aber der Poolwagen war schon mit einer zwei Finger dicken Schicht Neuschnee überzogen. Edward wischte rasch die Frontscheibe frei, dann warf er sich hinters Steuer und kurbelte den Motor an.

»Sind Sie sicher, dass wir uns nicht den Großen Wagen ausleihen können, Chefin? Mit der Karre hier ist es, als ob man mit einem Teetablett auf einer Schlittschuhbahn rumfährt.«

»Würden Sie lieber bei zweihundert Gangstern und Sexualverbrechern nach dem Rechten sehen? Sergeant Farrow braucht ihn dringender als wir.«

»Mag sein.« Aber blöd war es trotzdem.

Er fuhr vom Bordstein weg und weiter über den Marktplatz, immer schön langsam, mit maximal fünfzehn Stundenkilometern, und gab sich Mühe, den besonders rutschigen Stellen auszuweichen.

Bigtoria streckte ihm die Hand hin. »Die Ausdrucke.«

»Liegen hinten.«

»Herrgott noch mal …«

Weil er ja im Moment nichts Wichtiges zu tun hatte, nicht wahr? War ja nicht so, als ob er gerade ein Auto durch eine winterliche Horrorshow steuern müsste, nicht wahr?

Sie schuckelte auf ihrem Sitz herum und reckte und streckte sich, um unter allerhand Grummeln und Ächzen nach den Papieren zu tasten. Dann setzte sie sich wieder gerade hin, in der Hand die Dokumentenmappe, die sie von Sergeant Farrow bekommen hatten. »Wissen Sie, was mir Kummer macht?«

»M-hm.« Edward drehte das Gebläse voll auf, um gegen das Beschlagen der Frontscheibe anzukämpfen. »Geoff Newman wurde gefoltert, nicht wahr? Und das tut man nur, wenn jemand ein Geheimnis hat, das man erfahren will. Und man selbst muss wissen, dass derjenige etwas weiß, wofür es sich lohnt, ihn zu foltern.« Rechts ab in die Thistle Lane, vorbei an Gärten und einer alten Waldkiefer, die sich schon unter der Last der Schneemassen bog. »*Und* die Information müsste wertvoll genug sein, um das Risiko einzugehen, ihn an einem Ort zu foltern, der mit Überwachungskameras gespickt ist und wo die Bewegungen von fast allen Bewohnern permanent aufgezeichnet werden.«

Sie machte den Mund auf. Dann machte sie ihn wieder zu und runzelte die Stirn. »Eigentlich wollte ich sagen, dass wir die Zentralheizung in Newmans Haus hätten ausschalten sollen – das ist bestimmt nicht gut für die Leiche. Aber das ist *sehr* gut beobachtet.«

»Wir könnten doch PC Harlaw oder Samson fragen, ob sie die Heizung abstellen können?«

Bigtoria schnaubte. »Und darauf vertrauen, dass sie nicht wieder durch den Tatort trampeln wie eine Herde betrunkener Gnus?« Sie zog eine Handvoll Ausdrucke aus der Mappe, die dank der grellen Straßenlaternen mühelos lesbar waren. »Wir machen es selbst, gleich nachdem wir mit dieser Agatha Reynolds gesprochen haben.« Ein boshaftes Lächeln schlich sich in ihre Züge. »Die zwei können derweil in den Wald gehen und rausfinden, was Geoff Newman dort zwei Stunden lang getrieben hat.«

»Sie meinen, außer seiner ›Vergnügungssucht‹ zu frönen?«

Sie erwiderte Edwards Grinsen nicht.

»Aber Chefin, finden Sie nicht, dass das ein bisschen gemein ist? Ich meine, schon klar, sie haben Mist gebaut und so, aber es ist dunkel, es schneit, und da draußen hat es bestimmt weit unter null.«

»Das hätten sie sich überlegen müssen, bevor sie meinen Tatort kontaminiert haben.«

Doch der schrecklichste der Schrecken ist die DI in ihrem Wahn.

Aber das Gute daran war: Wenn Harlaw und Samson dazu verdonnert wurden, musste Edward es nicht machen. War doch eine erfreuliche Abwechslung, dass jemand anderes den Scheißjob aufs Auge gedrückt bekam.

Am Ende der Thistle Lane bog er links ab und …

Das Heck des Wagens brach aus, die Reifen schlitterten und rutschten über Schnee und Eis, und sie begannen sich in einer Art Zeitlupen-Pirouette zu drehen.

»Aaaaaaaah …« Er kurbelte am Lenkrad, versuchte gegenzusteuern, wie er es in der Fahrschule gelernt hatte, aber ohne den geringsten Erfolg, und dann zeigte die Schnauze plötzlich in die andere Richtung, und sie drehten sich immer noch weiter, und *o Gott*, da kam ein Laternenpfahl frontal auf sie zugerast!

Aber anscheinend waren die Vorderräder an den vom Schnee verdeckten Bordstein gestoßen, denn der Vauxhall blieb mit einem Ruck stehen, nur wenige Zentimeter von dem Pfosten entfernt.

Edward nahm die Hände vom Lenkrad und sackte in seinem Sitz zusammen, schwer atmend, den Kopf in den Nacken gelegt. Gott sei Dank waren hier keine anderen Autos unterwegs. Wäre das Ganze in Aberdeen passiert, dann hätte er jetzt mindestens ein halbes Dutzend SUV mit Wunschkennzeichen zu Schrott gefahren.

Stattdessen waren sie hier allein, mit einer Reihe von drei Häusern zur Linken, in deren Fenstern Licht brannte, einem verschneiten Abhang, der weiter unten von der Dunkelheit verschluckt wurde, und zwei Cottages, die aussahen, als ob sie irgendwann im letzten Jahrhundert den Geist aufgegeben hätten. Windschiefe Dächer, mit Brettern vernagelte Fenster und Türen, abbröckelnde Schornsteine und zugewucherte Gärten. Alles kurz davor, von den Schneemassen verschlungen zu werden.

Bigtoria blickte nicht einmal von ihren Unterlagen auf. »Können Sie vielleicht mal fahren wie ein normaler Mensch?«

Wie ein …?

Tief durchatmen. »Ich tu mein Bestes.« Er setzte zurück – gaaanz, ganz vorsichtig –, bis der Wagen wieder richtig herum in der South Street stand. »Wir brauchen Schneeketten oder so was in der Art. Oder den Großen Wagen.«

»Hmmpf.« Sie blätterte um. »Hier steht, dass Newman sieben Jahre als Sergeant bei der Metropolitan Police gearbeitet hat, bevor sie ihm auf die Schliche gekommen sind.«

»O Schreck, o Graus. PC Samson hat erzählt, dass …«

»Ich frage mich, ob er früher schon mal mit einem der Bewohner hier zu tun hatte? Sei es in seiner offiziellen Funktion oder im Zusammenhang mit seinen zwielichtigen Nebentätigkeiten.«

»Vielleicht könnten wir die Met bitten, uns seine Akte zu schicken? Wer weiß, vielleicht haben sie hier ja sogar eine Kopie, wenn sie über ihre Bewohner ordentlich Buch führen.«

Sie zog eine Schulter hoch. »Einen Versuch ist's wert. Also, können wir jetzt vielleicht mal weiterfahren? Da wären wir ja zu Fuß noch schneller gewesen.«

Edward gab sich wirklich große Mühe, nicht die Augen zu verdrehen. »Ja, Chefin.«

Aber er fuhr trotzdem nicht schneller als Schritttempo.

Das Sanctuary House war ein weitläufiger Komplex von miteinander verbundenen Bungalows, mit einer Art Hof in der Mitte, nicht weit außerhalb von Glenfarach und vom Dorf abgeschirmt durch eine Palisade aus Geißblatt und Douglasien.

Edward hielt kurz vor dem Parkplatz an, weil der Schnee dort mindestens fünfzehn Zentimeter hoch lag. Und er kein Idiot war. Fünf Kleinwagen waren auf ihren Stellplätzen eingeschneit, und sie würden so bald nicht von dort wegkommen, es sei denn, jemand grub sie aus.

Bigtoria stampfte auf den Empfangsbereich zu, der mit den Gittern vor den Fenstern und der Eingangstür nicht gerade einladend wirkte. Edward schloss den Wagen ab und schlurfte hinter ihr her, wobei er vorsichtshalber in ihre Fußstapfen trat, denn er war wie gesagt kein Idiot.

Es war eher noch kälter geworden. Die Luft war wie ein brennendes Gewicht auf seiner Haut, sie drückte von oben auf seinen Kopf und ließ seinen Atem im harten Licht der LED-Lampen beinahe zu Eis gefrieren.

An der Sprechanlage neben der Eingangstür standen keine einzelnen Namen, es gab nur den einen Knopf mit der Aufschrift »NUR FÜR NOTFÄLLE!«.

Er drückte mit dem Daumen darauf. »Ob das als Notfall zählt?« Er stampfte mit den Füßen und hauchte sich in die hohlen Hände, während sie warteten.

»Sobald wir zurück auf dem Revier sind, möchte ich, dass Sie bei den Anwohnerbefragungen helfen. Ich traue diesem Trottel Harlaw nicht weiter, als ich ihn werfen kann.«

Puh.

»Chefin.« Er klang ungefähr so begeistert, wie er sich fühlte.

»Und wenn Sie schon dabei sind – wir brauchen auch eine Mordtafel und eine Einsatzzentrale. Wir müssen voll einsatzbereit sein, sobald die Verstärkung ...«

Eine Luke in der Tür wurde aufgeschoben, und ein misstrauisches Augenpaar spähte durch das verstärkte Sicherheitsglas. Ein verzerrtes Piepsen drang aus einem verborgenen Lautsprecher irgendwo über ihren Köpfen, gefolgt von einer Stimme. Weiblich, irgendwo in den Vierzigern und sehr, sehr müde. »*Hallo? Wir haben schon Ausgangssperre, Sie dürften gar nicht ...*«

Bigtoria knallte ihren Dienstausweis an die Scheibe des Gucklochs. »DI Montgomery-Porter und DC Reekie. Wir möchten mit Agatha Reynolds sprechen.«

Schweigen.

»Haben Sie mich gehört? Polizei, Sie müssen bitte aufmachen.«

Ein zischender, elektronischer Seufzer. »*Augenblick.*« Dann ein gedämpftes Klackern und Rasseln, und endlich ging die Tür auf, auf der eine kleine Schneewehe – wie eine gefrorene Welle – zurückblieb, die nur darauf wartete, auf den Fliesenboden zu klatschen.

Eine kleine, mollige Frau sah sie fragend an – dicke Tränensäcke unter den Augen und eine braune Bobfrisur, unter der drei Zentimeter graue Ansätze zu sehen waren. Große runde Brillengläser. »Aggie geht es nicht so gut. Der Doktor hat ihr Tabletten gegeben für die Nerven.«

Bigtoria trat über die Schwelle und zwang die Türwächterin, ihr auszuweichen. »Es wird nicht lange dauern.«

Edward folgte ihr ins Haus. »Hallo. Entschuldigen Sie bitte.«

Es gab keinen Empfangstresen oder so etwas Ähnliches, nur einen großen Flur, von dem eine Reihe von Türen abgingen: »TEAMLEITUNG«, »GRUPPENRAUM 1«, »GRUPPENRAUM 2« UND »ARBEITSMEDIZIN«. Eine weitere Tür am Ende des Flurs, die zu den miteinander verbundenen Bungalows führte, war mit einem Zahlencode gesichert. Nicht gerade heimelig, aber irgendjemand hatte sich die Mühe gemacht, das Ganze mit Topfpflanzen und Gemälden an den mattweißen Wänden etwas aufzuhübschen.

Bigtoria zeigte mit dem Finger auf die Frau. »Name?«

Die Frau blinzelte. »Was?«

»Ihr Name. Wie heißen Sie?«

»Oh …« Ihre Wangen färbten sich rot. Dann reckte sie in einem Anflug von Trotz das Kinn. »Helen Sneddon. Teamleitung. Ich bin hier verantwortlich.«

»Tatsächlich.« Bigtoria klang nicht im Geringsten beeindruckt. »Wo ist Agatha Reynolds?«

Ms Sneddon öffnete die Tür eines Gruppenraums und führte sie in ein fensterloses Zimmer mit einem runden grauen Tisch in der Mitte. Dazu vier ebenso graue Plastikstühle und ein graues Sideboard mit Schreibblöcken und einer Dose mit angekauten Stiften. Der einzige Farbtupfer im Raum war ein gerahmter Druck von van Goghs Sonnenblumen. »Warten Sie hier.«

Bigtoria trat näher und baute sich vor ihr auf. »Es ist sehr wichtig, dass wir uns mit Ms Reynolds unterhalten.«

»Also … warten Sie hier, okay?«

Sie ging hinaus und machte die Tür hinter sich zu. Man hörte noch ein wenig gedämpftes Grummeln, und dann war sie weg.

Bigtoria drehte noch eine Runde durchs Zimmer und sah auf ihre Uhr. »Wie lange kann es denn dauern, eine einzige verdammte Sozialarbeiterin zu holen?«

Edward schlug die nächste Seite der Dokumentenmappe auf – ein Polizeifoto von Geoff Newman. »Es sind doch erst fünfzehn Minuten, Chefin. Geben Sie ihnen eine Chance.«

Nach dem Datum zu urteilen war es wahrscheinlich an dem Tag aufgenommen worden, als sie Newman wegen seiner kriminellen Aktivitäten verhaftet hatten. Er starrte in die Kamera, seine Miene schwankend zwischen Angst und Trotz. Er sah jünger aus und bei Weitem nicht so tot. Ein großgewachsener Mann mit markanter Nase und fliehendem Kinn. Mehr Stirn als Haare. Seine Augen waren blutunterlaufen und blau, aber wenigstens waren sie noch in seinem Kopf …

Auf dem nächsten Foto war er wesentlich älter, mit tief eingegrabenen Krähenfüßen, deutlichen Marionettenfalten in den Mundwinkeln und runzligen Schläfen. Ein grau melierter Bart verbarg sein fliehendes Kinn.

Bigtoria drehte noch eine Runde. »Wir vergeuden hier unsere Zeit. Wir haben schließlich einen Mörder zu fangen.«

Nach den Fotos kam eine Art alljährliche Beurteilung, durchgeführt vom Sozialarbeiterteam.

»Hier steht, dass er in der Schreinerwerkstatt mitgearbeitet hat, und er hatte angefangen, Malstunden in der Bücherei zu nehmen.« Was die selbst gebastelten Schränke und die amateurhaften Landschaftsbilder in seiner Küche erklärte. »Sollten wir uns vielleicht die anderen Malschüler und die Kollegen aus der Schreinerei vornehmen? Und sie über Newmans Vergangenheit ausquetschen – vielleicht weiß ja jemand, ob er ein Geheimnis hatte?«

Sie ließ ihre Knöchel knacken. »So, das reicht. Ich habe die Schnauze voll von …«

Es klopfte an der Tür, und Helen Sneddon steckte den Kopf herein. Die Miene ernst und streng. »Okay, sie ist bereit, mit Ihnen zu reden, aber Sie müssen versprechen, dass Sie sie nicht zu sehr aufregen. Okay?« Sie nickte, wie um sich selbst zuzustimmen. »Okay.«

Dann ging die Tür ganz auf, und herein kam die Sozialarbeiterin aus dem Überwachungsvideo. Auch ohne die Daunenjacke war Agatha Reynolds füllig. Eine grobschlächtige Frau in einem formlosen weißen Smock-Top, Jeans, einer zweckmäßigen Brille und einem Umhängeband. Die Tränensäcke unter ihren Augen waren noch tiefer und dunkler als die von Ms Smeddon. Sie war sichtlich fix und fertig und – nach den großen Pupillen zu schließen – möglicherweise ein wenig bekifft.

Sie schlurfte herein und ließ sich auf einen freien Stuhl fallen. Ms Sneddon nahm neben ihr Platz und überließ Bigtoria die letzte verbleibende Sitzgelegenheit. Der DI schien es gar nicht zu behagen, dass noch eine zusätzliche Person im Raum war.

Ms Sneddon lehnte sich entspannt zurück. »Entweder ich stehe meiner Kollegin zur Seite, oder ich begleite sie zurück in ihre Wohnung. Ihre Entscheidung.«

Eisiges Schweigen, dann in bisschen empörtes Schnauben und Augenrollen. Und dann: »Na schön. Sie können bleiben.« Bigtoria riss Edward die Ausdrucke aus der Hand, blätterte sie durch und klatschte das Foto von Geoff Newman vor Agatha Reynolds auf den Tisch. »Ich will alles über diesen Mann wissen.«

Edward zog Stift und Notizbuch hervor und machte sich bereit mitzuschreiben.

Ms Reynolds schmatzte ein paarmal mit den Lippen, und die Falten zwischen ihren Augenbrauen wurden tiefer, als ob sie Mühe hätte, das Foto zu fixieren. »O Gott, es war einfach … *entsetzlich*. Das ganze Blut und … und … es … Er hat ihm die Augen ausgestochen! Die Augen! Wer tut denn so was?«

»Ist Ihnen Newman irgendwie verändert vorgekommen, als Sie ihn das letzte Mal gesehen haben?«

»Verändert?« Ms Reynolds schien eine Weile zu brauchen, um zu begreifen, dass Bigtoria das letzte Mal meinte, dass sie ihn *lebend* gesehen hatte. »Er war … Geoff hat sich über irgendetwas aufgeregt, aber er wollte nicht darüber reden.« Sie malte mit einer zittrigen Hand einen Kreis in die Luft. »Manchmal wird er ein bisschen … depressiv. Aber das war jetzt eher so was wie … Paranoia? Vielleicht?

Er ... er hat die ganze Zeit vor sich hingemurmelt, dass irgendwer hinter ihm her sei.« Eine kleine Pause, während ihr anscheinend klar wurde, was das bedeutete, und dann brach Ms Reynolds in haltloses Schluchzen aus. »O Gott, er hatte *recht.*«

Ms Sneddon legte ihr den Arm um die bebenden Schultern. »Schhh ... Schhhh ...«

Edward ließ den Stift sinken und sagte im sanftesten Ton, zu dem er fähig war: »Es ist schon in Ordnung. Lassen Sie sich Zeit.«

Sie brauchte eine Minute oder zwei, um sich zu fassen, doch endlich schniefte sie, wischte sich die Augen und nickte. »Ich glaube, er hatte ... getrunken. Er soll nicht trinken, weil das ... sexuelle Fantasien bei ihm auslöst. Pädophile Fantasien.«

Bigtoria schürzte die Oberlippe. »Hat er gesagt, wer ›hinter ihm her‹ war?«

»Alle. Die Polizei, das Zivilpersonal, die Nachbarn, sogar Doc Griffiths.«

Edward schrieb sie alle auf. »Was den Kreis der Verdächtigen nicht gerade eingrenzt.«

»Nein, Sie ...« Noch ein ausgiebiges, feuchtes Schniefen. »Sie müssen verstehen. Geoff Newman war quasi die Verkörperung von allem, was falsch ist.«

Ms Sneddon tippte mit einem abgekauten Fingernagel auf die Tischplatte. »Die organisierten Kriminellen sehen auf die Sexualstraftäter herab. Die Sexualstraftäter sehen auf die Pädophilen herab. Und sie *alle* hassen korrupte Bullen.«

Was man ihnen nicht unbedingt verdenken konnte.

»Und Geoff erfüllte alle drei Kriterien: ein Ex-Bulle, der zum Gangster und Kinderschänder wurde.«

Bigtoria startete noch einen Versuch. »Aber gab es da nicht jemand Bestimmtes? Jemanden, über den er sich ganz besonders aufgeregt hat?« Als die einzige Reaktion ein Schulterzucken war, änderte sie die Fragerichtung. »Hat er gesagt, was er gestern im Wald gemacht hat?«

Ms Reynolds lehnte sich zurück, die Augen zusammengekniffen. »Im Wald?«

»Constable.« Bigtoria schnippte mit den Fingern – denn warum höflich bitten wie ein zivilisierter Mensch, wenn man sich auch wie ein Arschloch benehmen konnte?

»Also …« Edward konsultierte seine Notizen. »Elf Uhr sechsundfünfzig: Mr Newman verlässt sein Haus mit einer roten Sporttasche und verschwindet im Wald am Ende der Gallows Row. Um zehn nach vier taucht er wieder auf, und zwar aus der entgegengesetzten Richtung.«

Ms Reynolds' Stirnfalten wurden tiefer. »Davon hat er mir kein Wort gesagt. Sind Sie sicher?«

»Es ist auf dem Video zu sehen.«

»Im Wald? Warum sollte er in den …«

Die Tür des Gruppenraums wurde aufgerissen, und herein stürzte ein junger Mann mit wilder Frisur, der sich gerade eine Daunenjacke über sein langärmeliges T-Shirt und seine Regenbogen-Hosenträger zog, die mit kleinen Metallplaketten gespickt waren. Es fehlte nur noch, dass er mit amerikanischem Akzent gerufen hätte: »MORK AN ORSON, BITTE MELDEN, ORSON!« Stattdessen klang sein Akzent nach vornehmer Edinburgher Privatschule. »Hels, Aggie – entschuldigt die Störung.« Er sah Helen an und schnitt eine Grimasse. »Hast du Caroline gesehen, Hels? Sie ist nicht in ihrer Wohnung, und ich muss dringend weg.«

»Ich weiß nicht …«

»Wenn du sie findest, sag ihr, sie soll schauen, dass sie sich schnellstmöglich zum Feuerwehrhaus beamt, okay? Sergeant Farrow hat mich angeklingelt.« Er zog seinen Reißverschluss hoch und nickte Bigtoria zu. »Sie sind von der Polizei, nicht wahr?« Er klopfte sich auf die Brust. »Ian Casey. Sergeant Farrow sagt, es ist dringend – jemand hat Shammy Samson eins über die Rübe gezogen und Geoff Newmans Haus angezündet.«

Eine Pause, während alle ihn anstarrten.

Dann wuchtete Bigtoria sich aus ihrem Stuhl hoch. »Constable, Bewegung!« Und weg war sie.

Edward raffte die Ausdrucke und sein Notizbuch zusammen. Er

warf Helen und Agatha ein flüchtiges Lächeln zu. »Danke. Entschuldigen Sie.« Dann rannte er hinaus und ihr nach.

Ian Casey folgte ihnen.

Bigtoria steuerte auf den Ausgang zu. »Ist schon gut, Sir, wir finden selbst raus.«

»Ich bin Leiter der hiesigen freiwilligen Feuerwehr. Ich muss das Löschfahrzeug anwerfen. Außerdem brauchen Sie jemanden, der Ihnen die Haustür aufsperrt.« Er tippte den Code in das Tastenfeld und riss die Tür auf, dann trat er zurück, und sie stolperten hinaus in das Winter-Wunderland.

Das Schneetreiben war noch heftiger geworden, doch der Himmel war jetzt von einem grellorangefarbenen Schein erfüllt. Als ob sich die Tore der Hölle weit geöffnet hätten.

Ian zog die Tür hinter ihnen zu, dann blieb er stehen und starrte mit großen Augen auf den eingeschneiten Parkplatz. »Verdammte *Flitzkacke.*« Er schenkte Bigtoria ein gequältes Lächeln. »Kann ich vielleicht bei Ihnen mitfahren?«

Sie wies mit dem Daumen auf den Poolwagen. »Rein mit Ihnen.«

Sie setzten ihn an einer Garage aus rotem Backstein ab, nicht weit von der einzigen Straße, die aus Glenfarach hinausführte, dann wendete Edward den Vauxhall und fuhr zurück zur Gallows Row – oder besser gesagt, er manövrierte die Karre supervorsichtig über die spiegelglatten Straßen und umklammerte an jeder Ecke krampfhaft das Lenkrad, um nicht noch einmal eine Dreihundertsechzig-Grad-Pirouette hinzulegen.

Je näher sie kamen, desto heller wurde der höllische Feuerschein.

Edward bog von der West Main Street ab – schön langsam, um nicht die Kontrolle über das Auto zu verlieren. »Sie wissen, was das bedeutet, nicht wahr?«

»Natürlich, ich bin ja nicht blöd.«

Noch eine letzte rutschige Kreuzung, und sie waren in der Gallows Row.

»Heilige Scheiße …«

Lodernde orangerote und gelbe Flammen schlugen prasselnd aus Newman Cottage und ließen den dichten Schleier aus waberndem schwarzem Rauch aufleuchten, während der beißende Gestank nach verbranntem Plastik und Holzrauch aus den Lüftungsschlitzen des Autos strömte.

Jemand hatte den Streifenwagen aus der Gefahrenzone gebracht und zwei Häuser weiter geparkt, gleich dahinter stand Sergeant Farrows Großer Wagen. Bei beiden Autos war das Blaulicht eingeschaltet, das zwischen den wirbelnden Schneeflocken aufblitzte.

Drei Gestalten in Warnjacken standen dicht zusammen an der offenen Heckklappe des Land Rovers.

Edward hielt am Bordstein, mit gehörigem Abstand nach dem Beinahe-Desaster vom letzten Mal, und stieg aus. Einen Moment lang stand er nur da, während die schiere Wucht der Feuersbrunst in heißen, prasselnden Wellen über ihn hinwegzog, begleitet vom Knacken und Krachen von Dingen, die irgendwo tief in dem Inferno explodierten. Das Feuer brüllte wie eine wütende Bestie, Schatten tanzten auf dem frischen weißen Schnee in Blut- und Goldtönen.

Bigtoria stapfte auf den Land Rover zu und hob die Stimme, um das Getöse zu übertönen. »WAS IST DENN HIER PASSIERT?«

PC Samson hockte auf der Ladefläche des Land Rovers, die Beine über die Kante baumelnd, und hielt sich mit einer Hand ein Mullkissen an den Hinterkopf. Er zitterte, und selbst im Geflacker der Flammen war zu sehen, dass er kreidebleich im Gesicht war.

Sergeant Farrow blickte von dem Erste-Hilfe-Kasten auf, in dem sie gekramt hatte. »JEMAND HAT VERSUCHT, IHM DEN SCHÄDEL EINZUSCHLAGEN.«

Samson hob kraftlos die Hand und reckte den Daumen in die Höhe.

»ES IST EINFACH ...« PC Harlaw schüttelte sich. »ICH MEINE ... ICH HABE JANE MILLER VERNOMMEN, BIN ZUR TÜR RAUS, UND DA LAG SHAMMY SCHON AUF DER STRASSE!«

Bigtoria ließ sich vor Samson in die Hocke fallen. »HABEN SIE GESEHEN, WER SIE GESCHLAGEN HAT?«

Die Antwort war ein kaum verständliches Murmeln. »Hinter mir ...«

Edward trat einen Schritt zurück, weg von der Hitze, während leuchtend orangefarbene Funken wirbelnd und kreisend in den Himmel aufstiegen wie ein Schwarm Stare. »UND WIR HABEN UNS NOCH GEDANKEN WEGEN DER HEIZUNG GEMACHT.«

Bigtoria richtete sich auf. Zitternd, die Fäuste geballt, holte sie tief Luft und brüllte aus voller Lunge: »AAAAAAAAAAAAHHH!« Sie holte mit einem Fuß aus und trat in den Schnee, der aufstob und im Feuerschein blutrot aufleuchtete. »WIE SOLL ICH EINEN MÖRDER FANGEN OHNE TATORT UND OHNE EINEN EINZIGEN GOTTVERDAMMTEN SACHBEWEIS?«

Harlaw reckte die Nase in die Luft. »ICH HAB DOCH GESAGT, WIR HÄTTEN DEN GARTEN DURCHSUCHEN SOLLEN.«

Autsch ... Das war gar nicht gut.

Bigtoria fauchte und fletschte die Zähne, worauf Harlaw mit einem panischen Quiekser hinter Sergeant Farrow in Deckung ging.

Sergeant Farrow boxte ihn. »HAST DU SIE NOCH ALLE?«

Aus der Ferne kam das klagende Heulen einer Sirene. Das war dann wohl das Löschfahrzeug.

Okay, vielleicht war es ja doch nicht ganz so schlimm, wie es aussah.

Edward schlug den beruhigenden Ton an, in dem man sprach, wenn es um ein vermisstes Kind ging. Den Ton, in dem man den Eltern einzureden versuchte, dass der kleine Jack oder die kleine Lucy nicht längst tot in einem Straßengraben lag. »ALSO ... DIE WERDEN ES SCHON LÖSCHEN, NICHT WAHR? DIE FREIWILLIGE FEUERWEHR WIRD DAS FEUER LÖSCHEN, UND WIR WERDEN IMMER NOCH ETWAS RETTEN KÖNNEN, DAS WIR VERWENDEN KÖNNEN, UM ...«

Ein Teil des Dachs brach mit einem Ächzen und einem dumpfen Knall ein – Flammen schlugen aus den Fenstern, begleitet von einem glitzernden Hagel aus Glasscherben. Alle duckten sich, hielten sich die Arme über den Kopf und gingen hinter dem Land Rover in

Deckung, während Trümmerteile prasselnd und scheppernd auf das Autodach herabregneten.

Und als sie sich aufrichteten, brüllte das Feuer wie ein verletztes Raubtier, noch heller und heißer als zuvor.

»Ah …« *Den* Brand würde so bald niemand löschen, so viel war klar. Edward leckte sich die Lippen, der beruhigende Ton wie weggeätzt von der lodernden Glut. »WIR SIND GELIEFERT, NICHT WAHR?«

Bigtoria starrte nur vor sich hin. »Verdammt …«

7

Edward zog die Vorhänge ein Stück zurück.

Das Löschfahrzeug parkte draußen vor Newman Cottage, während Ian Casey und PC Harlaw an den Schläuchen standen und Wasser auf das Inferno spritzten. Es war kein modernes, schickes, mit neuester Technik ausgerüstetes Feuerwehrauto, sondern ein altes, kastenförmiges Gefährt, dessen einst knallrote Farbe zu einem schmutzigen Rosa verblasst war, mit Rost um die Kotflügel und grauen Spachtelstellen. Und auch wenn Caseys und Harlaws Bemühungen, das Feuer zu löschen, nicht gerade von Erfolg gekrönt waren, musste man doch anerkennen, dass sie es wenigstens versuchten.

»Constable! Sie sollen doch Protokoll führen!«

»Tut mir leid, Chefin.« Er ließ den Vorhang wieder zufallen, der das flackernde Licht von draußen abschirmte, und drehte sich wieder zum Zimmer um. »Wollte nur mal schauen, wie sie vorankommen.«

Der beengte Raum wurde von staubigen Tierköpfen beherrscht. Wildschwein, Wolf, Gepard, Dachs, Fuchs und Tiger hingen an den Wänden und blickten mit gefletschten Zähnen aus ihren glänzenden Glasaugen auf sie herab, im schwachen Licht einer einzelnen Stehlampe.

Der Rest des Wohnzimmers war mit Büchern vollgepackt. Tausende von Büchern. Bücher in den Regalen, die wahllos mit Hardcovers, Taschenbüchern, Bildbänden, Romanen, Sachbüchern vollgestopft waren; Bücherstapel in den Ecken, Bücher auf dem Kaminsims, Bücher auf dem Sideboard, im Sideboard, *unter* dem Sideboard – und alle zerfleddert und abgegriffen, die Rücken gebrochen, die Schutzumschläge zerknittert und eingerissen.

Als ob ein Serienmörder einen Secondhand-Buchladen eröffnet hätte und dann zu faul gewesen wäre, die Bestände zu sortieren.

Bigtoria nahm eine kleine Lichtung in dem Bücherwald ein, die

Arme verschränkt, die Miene grimmig – eine weitere Demonstration ihres *überragenden* Talents, ihrem Gegenüber bei einer Zeugenbefragung die Befangenheit zu nehmen.

Weitere Bücher umgaben die einzige andere Sitzgelegenheit im Raum, einen Ohrensessel aus geknöpftem Leder, dessen uralte grüne Haut mit grauem Klebeband geflickt war. Und der Besitzer des Sessels, der in demselben saß, war auch nicht gerade ein Ölgemälde.

Leonard Walker war in natura genauso stämmig und rotwangig, wie er auf dem Überwachungsvideo ausgesehen hatte. Kein einziges Haar wuchs mehr oben auf seinem Kopf, doch weiter unten waren noch genug übrig für einen verfilzten Pferdeschwanz – ein modisches Detail, das durch die dunkle, ausgeleierte Strickweste, getragen über einem Tartan-Pyjama, auch nicht gerade gewann. Dazu eine Stimme, so schleimig, dass es selbst einem Porridge gegruselt hätte, und der Bilderbuch-Sexualverbrecher war perfekt. »Und ich weiß, über Tote soll man nicht schlecht reden, aber was will man machen?«

Bigtoria bedachte ihn mit einem strengen Blick. »Haben Sie gesehen, wer es war?«

»Wer das Haus angezündet hat, oder wer ihn getötet hat?«

»Beides.«

»Oh, über Ersteres habe ich mich bereits mit Ihrem kleinen Freund David unterhalten.« Ein schleimiges, gekünsteltes Lächeln. »Für Uneingeweihte: Die Rede ist von Police Constable *Harlaw.* Und was Letzteres betrifft …« Walker zog eine leinengebundene Ausgabe von *Nicholas Nickleby* aus dem Stapel neben seinem Sessel und streichelte den Einband wie ein James-Bond-Bösewicht seine Katze. »Sind Sie sicher, dass wir hier nicht in Gefahr sind und das Feuer sich nicht ausbreiten wird?« Er ließ den Blick über seine Sammlung schweifen. »Es würde mich wirklich sehr schmerzen, wenn meine Babys zu Schaden kämen.«

»Haben Sie jemanden gesehen oder nicht?«

»Ich kam mit meiner üblichen Ausbeute von der Bücherei zurück.« Er deutete auf zwei prall gefüllte Einkaufstaschen, die am Fenster standen. »Können Sie sich vorstellen, dass Leute der Ansicht sind,

Bücher sollten am Ende ihres Arbeitslebens *weggeworfen* werden? Das ist barbarisch.«

»Mr Walker!« Bigtoria wurde schon leicht rot im Gesicht.

Er seufzte – ein leises, feuchtes Geräusch, bei dem sich Edward die Nackenhaare aufstellten.

»Ich kam von der Bücherei nach Hause, machte mir eine Tasse Tee, zog die Vorhänge zu und verbrachte etwas Zeit mit meinen Kindern, Inspector. So, wie ich es jeden Tag tue. Ich habe niemanden gesehen. Ich habe nichts gehört. Und es tut mir nicht im Geringsten leid, dass Newman tot ist.« Er betrachtete das Buch in seinen Händen mit einem kalten, aalglatten Lächeln. »Und jetzt, wo sein Haus niedergebrannt ist, werden wir so bald keinen neuen Nachbarn bekommen, der zu allen Tages- und Nachtzeiten Lärm macht.« Ein befriedigtes Summen. »Wäre vielleicht nicht schlecht, wenn das Haus von dieser Miller auch abbrennen würde. Dann könnten wir vielleicht endlich in Ruhe lesen.«

Der Schneefall hatte nicht nachgelassen. Die dicken Flocken kreisten in der heißen Luft, die von der Feuersbrunst aufstieg, wie ein Zeitlupen-Tornado.

Edward und Bigtoria standen auf der Waldseite des Löschfahrzeugs, wo das Dieseldröhnen der Pumpen nicht ganz so ohrenbetäubend war. Ihr Atem bildete dichte weiße Wolken im Licht der Scheinwerfer. Man hätte gedacht, dass es in der Umgebung eines solchen Infernos ein bisschen wärmer wäre, aber dem war nicht so.

Sergeant Farrow kam durch den Schnee auf sie zugestapft, die Nase rot glänzend im Feuerschein.

Bigtoria deutete mit einem Nicken auf die anderen Cottages in der Gallows Row. »Was erreicht?«

»Jane Miller sagt, sie hat gebadet. Dass es brennt, hat sie erst mitbekommen, als sie die Sirenen hörte.« Sergeant Farrow zeigte auf das Haus weiter hinten. »Laura Dundry sagt, sie hat den ganzen Tag an ihrem Buch gearbeitet. Eine Art Horrorroman, der in den Schützengräben des Ersten Weltkriegs spielt. Sie hat nichts gesehen oder gehört.«

Edward winkte Farrow zu. »Genau wie Mr Walker. Nur dass er gelesen hat und nicht geschrieben.«

»O Mann …« Bigtoria verzog das Gesicht und rieb sich die Augen. »Sprich, irgendjemand ist einfach reinspaziert, hat Geoff Newman zu Tode gefoltert und sich dann vom Acker gemacht, und dann ist er *noch einmal* reinspaziert, hat das Haus in Brand gesteckt und sich wieder vom Acker gemacht.« Sie brach die Augenmassage ab und blickte stattdessen mit finsterer Miene zu den Überwachungskameras auf. »Und das im bestüberwachten und am schärfsten kontrollierten Ort im ganzen verdammten Land? UND KEIN SCHWEIN HAT IRGENDWAS GESEHEN!«

Edward wechselte einen Blick mit Sergeant Farrow. Denn wer liebte nicht launische, wütende, brüllende Vorgesetzte?

»Unfassbar!« Bigtoria schob die Hände in die Taschen und stapfte davon in Richtung Poolwagen.

»Chefin?« Edward eilte ihr nach. »Wohin wollen Sie …«

»Zurück aufs Revier – ich will, dass die Einsatzzentrale *jetzt* eingerichtet wird. Mordtafel, die Akte des Opfers, bekannte Kontakte, Aufenthaltsorte, alles. Wir werden den finden, der dafür verantwortlich ist!«

– eine bessere Sorte Kriminelle –

(aber trauen kann man ihnen trotzdem nicht)

8

Edward balancierte den Kaffeebecher und den mit Alufolie abge-
deckten Teller irgendwie auf der linken Hand, um mit der rechten an
die Zellentür klopfen zu können.

Er unterdrückte einen Gähnkrampf.

Rülpste.

Blinzelte.

Schüttelte den Kopf.

Viel zu früh am Morgen für diesen Quatsch.

Im Zellentrakt herrschte Stille – das heißt, abgesehen vom Summen der Leuchtstoffröhren, aber die zählten nicht. Sie verliehen dem
fensterlosen Raum eine schummrige U-Boot-Atmosphäre. Dabei war
der nicht gerade klein – es gab reichlich Platz für einen Schalter,
mehrere Pinnwände mit zerfledderten alten Aushängen und Info-
plakaten, drei Vernehmungsräume, eine Reihe von Edelstahl-Wasch-
becken, einen Duschraum und ein Dutzend Zellen, sechs auf jeder
Seite eines düsteren Korridors, jede verborgen hinter einer schweren
blauen Metalltür.

Edward klopfte noch einmal. Räusperte sich. »Chefin?«

Immer noch nichts.

Er musste wieder gähnen.

Die Dusche hatte ein bisschen geholfen, aber anschließend
schmutzige Sachen über einen sauberen Körper anziehen zu müssen, das ist doch nicht gut für die Seele, nicht wahr? Natürlich nicht.
Und außerdem stank alles nach Rauch.

Also, jetzt wurde es ihm doch zu blöd.

Er schob die Abdeckung des Gucklochs hoch und … guckte.

In der Zelle war es stockfinster.

Na toll.

Er drehte den Griff und wuchtete die riesige, schwere Tür auf.

Künstliches Licht flutete über die Schwelle und erhellte den Inhalt: ein zerschrammter grauer Fußboden, eine verchromte Metallhalbkugel an der Decke, die als Fischaugen-Spiegel diente, ein flotter blauer Rallyestreifen an den mattweißen Wänden, und ein erhöhter Betonsockel mit einer blauen Plastikmatratze drauf. Und auf dieser lag ein großer rundlicher Klumpen, etwas kleiner als ein Bär, bedeckt von einem Berg kratziger Decken. Dann und wann durchbrach ein kräftiges Schnauben die Monotonie der gleichmäßigen Schnarchlaute.

Ihr verbeulter Werkzeugkasten stand neben der Pritsche am Boden, mit ihrem Ausschlag aus Theater-Aufklebern und dem muffigen Geruch nach ranziger Fettschminke.

Edward schlich hinein. »Chefin?« Und noch mal, in einem trällernden Singsang: »Che-fin?«

Und immer noch schnarchte Bigtoria weiter.

»Chefin, es ist sieben Uhr.«

Das entlockte ihr immerhin ein Grunzen.

»Raus aus den Federn!«

Unverständliches Gebrummel.

So, jetzt reichte es aber mit dem Rumgeeiere. »CHEFIN!«

Sie fuhr aus dem Schlaf hoch, kämpfte sich aus dem Deckenwust hervor, wobei dann und wann ein Arm oder ein Bein, ein Unterhemd und eine XXL-Unterhose mit Grauschleier aufblitzten.

Bigtoria blinzelte ihn aus einem käsigen, fleckigen Gesicht an. Massive blauschwarze Ringe unter den Augen. Ihre Stimme klang gequetscht und rau. »Wie spät ist es?«

»Sieben. Sie haben doch die Morgenandacht auf halb acht angesetzt, schon vergessen?«

Sie ließ sich wieder auf den Rücken fallen. »Uhh …«

»Machen Sie mir keinen Vorwurf – *ich* habe gesagt, verschieben wir es auf neun. Wir haben schließlich bis drei Uhr morgens geschuftet, wie soll man da so früh wieder fit sein?«

»Ach … verschwinden Sie.«

Er stellte den Kaffee und den Teller auf den Boden. »Hab Ihnen ein Bacon-Roll gemacht.« Und damit Organisationstalent, Findigkeit *und* kulinarische Fähigkeiten unter Beweis gestellt, vielen Dank auch.

»Ketchup?«

»Ist alle, Sie müssen mit HP-Sauce vorliebnehmen.«

»Oh, das ist doch …« Sie verbarg ihr Gesicht in den Händen. »Kann der Tag überhaupt noch schlimmer werden …«

»Gern geschehen.« Er zog sich zurück und knallte die Tür viel fester zu als nötig, aber das geschah ihr nur recht.

Dann zeigte er der geschlossenen Tür noch den Mittelfinger.

Eine andere Tür ging auf, hinten am anderen Ende des Flurs, und PC Dave Harlaw schlurfte heraus. Im Gehen stopfte er sein schwarzes Police-Scotland-T-Shirt in seine schwarze Police-Scotland-Hose und gähnte. Er sah aus, als ob ein besoffener Teenager ihn als Schlafsack benutzt hätte.

Seine Wangen waren rußverschmiert, und seine Haare hatten von dem gestrigen Feuer einen drahtigen, leicht angesengten Look. Er blieb stehen, um sich ausgiebig zu strecken und noch einmal zu gähnen. Dann sackte er zusammen. »Pfff …«

»Morgenandacht um halb acht.«

»Ich fühl mich, als wär ich von einem Feuerwehrauto überfahren worden.« Harlaw rieb sich das Gesicht. »Gibt's was Neues von Shammy?«

Edward sah ihn nur an.

»Shammy? Phil. PC *Samson.*«

»Ach so. Nein, noch nicht. Sie sollten sich besser frisch machen, es wird ein langer Tag.«

Harlaw schloss die Augen und stöhnte.

Edward schleppte sich die Treppe hinauf und schlurfte den Flur entlang, während er an einem Becher Instantkaffee mit einem Schuss H-Milch und zwei Stück Zucker nippte. Er blieb kurz stehen, um die Poster zu bewundern, die nach Auffassung von Police Scotland »motivierend« wirken sollten. Eines zeigte einen bärtigen Typen, der irgendwo auf einer Straße stand, darüber in fetten Großbuchstaben das Wort »Respekt!« und darunter ein sehr erfunden klingendes Zitat mit dem Tenor, dass er niemals Bürgerinnen oder Bürger als »Arschlöcher« bezeichnen würde, auch wenn sie sich noch so arschlochhaft benahmen.

Wer dachte sich nur so einen Mist aus?

Die Tür des Videoüberwachungsraums ging auf, und Sergeant Farrow wankte heraus. Die Säcke unter ihren Augen waren noch größer und dunkler als die von Bigtoria, und ihr Gähnen war auch gewaltiger als das von Constable Harlaw – ein richtiger Kieferbrecher, der sämtliche Backenzähne sehen ließ. Sie hatte einen Becher mit Tee oder Kaffee an die Brust gedrückt und einen Stoß Papiere unter den Arm geklemmt.

Edward prostete ihr mit seinem Kaffee zu. »Die DI ist auch schon munter. Morgenandacht ist in zehn Minuten.«

Sie blinzelte ihn mit blutunterlaufenen Augen an. »Wie war Ihre Zelle?«

»Fürchterlich. Und alle meine Sachen stinken nach Rauch.« Ein missmutiges Brummen. »Ich versteh immer noch nicht, warum wir nicht im Hotel übernachten konnten.«

»Weil seit zwanzig Jahren niemand mehr im Hotel übernachtet hat – das heißt, bis auf Andy und Charlie, die dort wohnen …« Sie gähnte wieder ausgiebig und ließ dabei eine Ausstellung echt schottischen Zahnarzthandwerks aus zwei Jahrzehnten sehen, dann sackte sie zusammen. »Da sind jetzt nur noch Lagerräume und Schränke, in denen wir Zeug aufbewahren, das wir wahrscheinlich nie mehr brauchen werden.« Sie bohrte sich mit dem Ballen ihrer freien Hand ein Auge in den Schädel. »Uahh …«

Es wäre sehr unhöflich gewesen, etwas zu sagen, aber sie sah wirklich fürchterlich aus.

»Geht es Ihnen gut, Sarge?«

»Konnte nicht schlafen.« Sie wies mit dem Daumen auf die geschlossene Tür. »Ich hab stattdessen überprüft, ob irgendjemand letzte Nacht nicht zu Hause war, als Shammy überfallen wurde.«

Hallo … Dafür lohnte es sich doch, sich gerade aufzurichten.

Sergeant Farrow rieb sich das andere Auge. »Auf den Überwachungsvideos ist niemand zu sehen, und sämtliche elektronischen Fußfesseln sind da geblieben, wo sie sein sollten. Die ganze Nacht.« Sie zog einen der Ausdrucke hervor, die sie unter dem Arm trug. »Hier.«

Es war eine computergenerierte Karte von Glenfarach mit einer roten Linie, die kreuz und quer durch das Dorf verlief. »Äh, danke.«

»Es ist eine grafische Darstellung aller Wege, die Geoff Newman am Montag zurückgelegt hat. Vor seinem Tod.« Sie gähnte erneut, und diesmal riss sie den Mund so weit auf, dass es aussah, als wollte sie den oberen Teil ihres Kopfs ausklinken. »Dürfte ein langer Tag werden ...«

»Na dann, in diesem Sinne.« Er ging den Flur entlang. »Wir sollten uns beeilen. Die Chefin nimmt es einem leicht übel, wenn man zu ihren Einsatzbesprechungen zu spät kommt.«

Die Sonne war noch nicht aufgegangen, doch der kalte weiße Schein der Straßenlaternen von Glenfarach fiel durch die Fenster des Besprechungsraums. Er war groß genug für sechzig Personen oder mehr, mit Reihen von diesen Stühlen aus Resopal und Metall mit einem kleinen eingebauten Tischchen als Armlehne. Die technische Ausstattung war wahrscheinlich irgendwann mal modern gewesen, aber jetzt sah alles nur veraltet und schäbig aus.

Ein klobiger Projektor war an der Decke befestigt, überzogen mit einer dicken Staubschicht. Whiteboards und Pinnwände an allen Wänden, behängt mit all den Kommentaren, Beobachtungen, Protokollen, Ausdrucken und Fotos, an deren Zusammenstellung sie die halbe Nacht gearbeitet hatten. Geoff Newman starrte sie aus seinem Mugshot missmutig an, umgeben von Post-its und handgeschriebenen Maßnahmenlisten.

Bigtoria hatte sich mit dem Hintern auf einen Tisch am vorderen Ende des Raums gepflanzt, neben sich einen Becher Kaffee. Sie deutete auf das verwirrende Netzwerk von Kästchen und Linien, das sie gerade angezeichnet hatte.

Die DI hatte kaum noch Ähnlichkeit mit dem verschlafenen und mürrischen Etwas, das Edward geweckt hatte. Sie sah vielmehr quicklebendig, hellwach und kerngesund aus. Fast strahlend. Es war wirklich nicht normal …

Sie musste wirklich sehr tief in ihren Werkzeugkasten gegriffen haben.

Und man musste zugeben, dass sie es verdammt gut hinbekommen hatte.

Ihr Publikum sah dagegen einfach nur scheiße aus: Edward, Sergeant Farrow und PC Harlaw, alle drei in diese albernen Stühle mit Armlehnen-Tischchen gequetscht, machten sich gähnend und blinzelnd Notizen, um den Eindruck zu erwecken, dass sie noch nicht zu hundert Prozent zombifiziert waren.

Bigtoria schob die Kappe auf ihren Whiteboard-Marker. »Noch Fragen?«

Edward nickte. »Wenn auf den Überwachungsvideos niemand zu sehen ist und die Fußfesseln der Bewohner zeigen, dass niemand letzte Nacht das Haus verlassen hat, sollten wir uns dann nicht auf die Mitarbeiter konzentrieren?«

»Das tun wir auch. Aber wir schließen die Möglichkeit nicht aus, dass einer oder mehrere Bewohner involviert sein könnten.« Sie zeigte auf Farrow. »Ja, Sergeant?«

»Ist das überhaupt machbar, wo wir doch nur zu viert sind?«

Gute Frage.

»Gerade so. Wie lange müssen wir noch auf die Verstärkung warten?«

»Ah …« Sergeant Farrow zog eine Grimasse. »Wollen Sie zuerst die schlechte Nachricht hören oder die noch schlechtere?«

Eine Pause, während der Bigtoria grimmig die Decke beäugte. »Wär ja auch zu schön, wenn irgendwas mal *nicht* schiefgehen würde.«

»Das sind meine neuesten Informationen: Die A939 ist komplett gesperrt, von Cock Bridge bis Tomintoul. Das Team der Spurensicherung ist bis Tarland gekommen und musste dort übernachten. Inspector Draper ist in Gairnshiel steckengeblieben und war erst um fünf Uhr heute morgen zurück in Ballater. Die Rechtsmedizinerin musste in ihrem Auto schlafen. Und der Staatsanwalt sagt, er bleibt so lange in Glasgow, bis die Straßen frei sind.«

Fauler Sack.

»Und der Wetterbericht sagt ergiebige Schneefälle und starken Wind von heute bis Freitagmittag voraus.«

Bigtoria fixierte weiter die Decke. »Natürlich, was sonst.« Dann stand sie auf, reckte das Kinn und straffte die Schultern. »Okay, wir haben also keine Wahl. Wir machen weiter, bis wir Verstärkung bekommen.«

»Ja, aber – und das sage ich aus Erfahrung – Glenfarach ist mit keinem anderen Ort zu vergleichen, an dem Sie je gearbeitet haben. Der Mord an Geoff Newman dürfte fünfzehn Minuten nach Ende der Ausgangssperre die Runde durchs ganze Dorf gemacht haben.«

»Wundert mich, dass es so lange dauert.«

Sergeant Farrow zuckte mit den Schultern. »Sie haben kein Internet. Keine Handys. Und die einzigen Festnetztelefone befinden sich hier, im Sanctuary House und in der Arztpraxis. Ich meine, können Sie sich vorstellen, was passieren würde, wenn wir unseren Bewohnern freien Zugang zum Internet gewähren würden? Oder wenn sie sich mit Leuten da draußen verständigen könnten? Da darf man gar nicht drüber nachdenken.« Sie blies die Backen auf, als ob sie die Szenarien im Kopf durchspielte und zu höchst unerfreulichen Resultaten käme. »Die Sache ist die: Selbst wenn sie den Feuerschein am Himmel gesehen haben, werden sie nicht wissen, was ihn verursacht hat, bis sie ihre Häuser verlassen dürfen, was in …« – sie sah auf ihre Uhr – »sechzehn Minuten der Fall ist.«

Harlaw nickte. »Dann wird es die Runde durch Glenfarach schneller machen, als man ›Sexualstraftäter‹ sagen kann.«

Ein tiefes, bedrohliches Grollen von Bigtoria. »Dieser Ort ist ein Albtraum.«

»Oh, zweifellos.« Sergeant Farrow wand sich aus ihrem Tisch-Stuhl. »Ich weiß, was da hilft.« Sie eilte zur Tür hinaus, und Bigtoria konnte nur verdutzt blinzeln ob dieses unerhörten Verstoßes gegen die heiligen Regeln der Morgenandacht.

Zeit, diesem ganzen Trauerspiel irgendeine positive Wendung zu geben, bevor die Motivation der Anwesenden auf ein suizidales Niveau absank. Edward bemühte sich um einen zuversichtlichen Ton. »Okay, wir können also nicht mit Fingerabdrücken oder DNA arbeiten, aber wir haben immer noch den Polizeicomputer, nicht wahr? Und wir könnten auch die Akten der Bewohner durchgehen und schauen, ob irgendjemand vor seiner Haftstrafe eine Verbindung zu Geoff Newman hatte.«

Bigtorias Miene wurde etwas milder. »Einen Versuch ist's wert.« Sie zeigte mit dem Finger auf Harlaw. »Können Sie das machen?«

»Äh … glaub schon.«

Das hörte sich doch schon besser an.

Edward wandte sich ihnen zu. »Wir interessieren uns für alle, die sich zu der Zeit, als Newman bei der Met war, in London aufgehalten haben. Vielleicht hat er einen von ihnen mal verhaftet? Oder fragwürdige Geschäfte gemacht? Und beziehen Sie auch das Sozialarbeiter-Team mit ein, den Polizeiarzt und alle Polizeibeamten, die hier arbeiten – nicht nur diese Schicht, sondern alle.«

Ein verkniffener Ausdruck schlich sich in Harlaws Gesicht. »Okay …«

»Sind Sie sicher?«

»Ja.« Er atmete tief durch. »Nein, ich war in der Schule gut in diesen Dingen. Ich krieg das ganz bestimmt hin.«

Bigtoria schenkte ihm doch tatsächlich diese kostbare Rarität – ein echtes Lächeln. »Schön. Ich will auch einen Plan von Glenfarach und eine Liste sämtlicher Bewohner: Namen, Adressen, was sie getan haben, seit wann sie hier wohnen.«

Ja, warum sollte der Mann nicht ein bisschen was tun für sein Geld? Edward lud noch eine Schippe auf Harlaws Pensum drauf. »Und wir brauchen alles, was die Metropolitan Police über Geoff Newman hat: Fallakten, Verdächtige, Vernehmungen, wen er hinter Gitter gebracht hat, wen er hat davonkommen lassen. Den ganzen Kladderadatsch.«

»Äh …«

»Gute Idee.« Bigtoria ließ die Schultern kreisen, sie kam langsam in Fahrt. »Also, wir werden jetzt ...«

Die Tür flog wieder auf, und herein kam Sergeant Farrow, einen Laptop in der Hand, den sie neben Bigtoria auf den Tisch stellte. »Jeder neue Beamte bekommt eine Einführung, weil es hier nun mal so anders ist als anderswo.« Ein Bündel Kabel war hinter dem Schreibtisch mit Klettband zusammengebunden. Sergeant Farrow griff sich eines und fummelte es in einen Port an dem Laptop. Sie drückte ein paar Tasten, und auf dem Whiteboard erschien ein Bild der Schreibtischplatte, während der Projektor an der Decke flackernd zum Leben erwachte.

Sie zog einen Stuhl heran und stieg darauf, reckte sich nach einem Metallgriff und zog eine Leinwand aus dem Gehäuse. »So, das hätten wir ...« Noch ein paar Tastenklicks, und ein Video startete, begleitet von einer eigenartigen elektronischen Melodie, die ihrer Aufgabe eindeutig nicht gewachsen war.

Der Schriftzug »EIN JOB WIE KEIN ANDERER« erschien, eingeblendet über einer Szene, die das geschäftige Treiben in einer Leitstelle zeigte. Es musste schon eine Weile her sein, nach den Frisuren und den Pornobalken zu urteilen. Über ein Dutzend Schreibtische füllten den Raum, jeder mit einem voluminösen Computer und einer kantigen Tastatur ausgestattet, dazu eine Schalttafel mit blinkenden Lichtern, mindestens zwei Telefone, ein Mikrofon auf einem Ständer sowie ein Constable in weißem Hemd, schwarzer Krawatte, schwarzen Schulterklappen und einem vorsintflutlichen Haarschnitt. Während er eifrig bei der Arbeit war oder wenigstens so tat, trat eine Person mit kantigem Unterkiefer vor ihm ins Bild. Sie war von Kopf bis Fuß in die alte Grampian-Police-Montur gekleidet: schwarze Jacke, weißes Hemd, karierte Krawatte, kariertes Hutband an der Melone, die sie unter den Arm geklemmt hatte. Drei Sterne auf den Schulterklappen.

Eine neue Einblendung: »CHIEF INSPECTOR JESSICA SMITH.«

Sie sprach ein nahezu akzentfreies Standard-Englisch, mit nur einem Hauch von Glasgow in der Stimme. *»Sie haben sich also entschlossen, Teil unserer Polizeifamilie hier in Glenfarach zu werden. Will-*

kommen.« Smith deutete auf ihre Kollegen. *»Sie werden Teil einer hoch-modernen Polizeieinheit sein, die speziell darauf ausgerichtet ist, eine der anspruchsvollsten Strafvollzugseinrichtungen des Landes zu managen.«*

Schnitt zum Haupteingang des Reviers, wo Chief Inspector Smith zur Tür heraustrat und die Stufen hinunterstieg, in den strahlenden Sommersonnenschein.

Sie ging auf die Kamera zu, die gleichzeitig einen Schwenk machte und den Marktplatz mit den Bäumen und ihrem smaragdgrün glänzenden Laub, den gepflegten Rasen und das Kriegerdenkmal mit dem Uhrturm erfasste. Der rote Ausgangssperre-Strich stand auf zehn Uhr, aber der grüne zeigte immer noch auf halb neun. Zwei Bewohner waren als Staffage im Hintergrund arrangiert, sie saßen auf verschiedenen Bänken und ignorierten einander geflissentlich.

Und die Kamera richtete sich wieder auf Smith. *»Wie Sie sicher schon gehört haben, ist Glenfarach eine Gemeinde wie keine andere. Im neunzehnten Jahrhundert eigens zum Zweck der Versorgung des Guts Glenfarach gegründet, dient der Ort nunmehr der Unterbringung von Straftätern, die aus der Haft entlassen wurden, aber nicht in ein normales Leben in Freiheit zurückkehren können aufgrund der Gefahr, die ihnen durch Vertreter der Presse und der lokalen Bevölkerung droht.«* Sie nickte einem der Bewohner zu. *»Na, bleiben wir auch schön sauber, Charlie?«*

Charlie sah aus wie etwas aus einer dieser furchtbaren Fernsehshows à la *So waren die Achtziger!* – bekleidet mit Stonewashed-Jeans, High-Tops und einem weiten, knallroten Hemd. Er hatte sogar einen lockigen Vokuhila-Schnitt und eine Kreole im Ohr. Im Gegensatz zu Smiths präziser, abgehackter Sprechweise klang Charlie auf geradezu ungesunde Weise munter: *»Aber sicher doch, Chief Inspector Smith. Herrlicher Tag heute!«* Und dann winkte er ihr auch noch zu.

Smith winkte nicht zurück, sondern ging weiter, während sie in die Kamera sprach. *»Wir dürfen allerdings eines nicht vergessen: Auch wenn diese Menschen ihre Schuld gegenüber der Gesellschaft beglichen haben, kann man ihnen dennoch nicht einfach gestatten zu tun, was ihnen beliebt.«*

Im Hintergrund winkte und grinste Charlie immer noch, offenbar entschlossen, so viel wie möglich aus seinem Kurzauftritt herauszuholen.

Smith schlug einen der Wege ein, die über die Grasfläche führten. *»Viele haben Bewährungsauflagen, die ihren Umgang mit den anderen Bewohnern einschränken – etwa diejenigen, die wegen Sexualstraftaten verurteilt wurden. Aus diesem Grund ist den Bewohnern die Benutzung jedweder Kommunikationsmittel strengstens untersagt.«*

Chief Inspector Smith blieb neben einem altmodischen Streifenwagen vom Typ Rover SD1 stehen, auf dessen Fahrertür das Logo der Grampian Police prangte. Sie öffnete die Tür. *»Wir wollen uns nun ein wenig im Dorf umsehen und über die verschiedenen Kategorien von Straftätern sprechen, die bei uns untergebracht sind.«*

Bigtoria trat zwischen den Projektor und die Leinwand, als Smith zu ihrer Rundfahrt aufbrach. »So, genug von diesem Flugzeug-Sicherheitsvideo-Mist.« Sie haute mit dem Daumen auf die Leertaste und hielt das Video an, dann zeigte sie mit dem Finger auf Sergeant Farrow. »Fassen Sie mir die Highlights zusammen.«

Sergeant Farrow ließ die Schultern sacken. »Okay. Dann also die Kurzversion.« Sie trat wieder an den Laptop und hantierte daran herum, bis ein Plan von Glenfarach auf Bigtoria und der Leinwand erschien. Er hatte große Ähnlichkeit mit dem, den sie Edward gegeben hatte, nur dass die krakelige rote Linie fehlte und alle Häuser farbcodiert waren.

Sie wartete, bis Bigtoria zur Seite getreten war, und zog einen meterlangen Teleskop-Zeigestock aus. »Wir haben aktuell hundertachtzehn Sexualstraftäter« – sie tippte auf die Leinwand –, »das sind die gelben, orangen und roten Häuser. Sechzig, die der organisierten Kriminalität zuzurechnen sind – grün sind Drogen, blau ist Gewalt« – *tipp, tipp, tipp* – »und zweiundzwanzig sonstige Straftäter – lila, rosa, braun und türkis, je nach Kategorie.« *Tipp, tipp, tipp, tipp.* »Damit sind wir voll ausgelastet: zweihundert Bewohner.« Ein gequältes Lächeln. »Weshalb wir letzte Nacht in den Zellen schlafen mussten.«

Harlaw reckte und streckte mit Märtyrermiene seinen Hals. »Es gibt hier ein paar leer stehende Gebäude, aber da würde man nicht mal einen Hund drin wohnen lassen. Löcher in der Decke, Mäuseplage, Tauben, Katzenpisse und was weiß ich noch alles.«

»Sexualstraftäter dürfen nicht mit Personen verkehren, die das gleiche Täterprofil haben wie sie. Ein Pädophiler darf also mit einem Vergewaltiger befreundet sein, aber nicht mit einem anderen Pädophilen. Deswegen dürfen keine zwei Roten Tür an Tür wohnen.«

Edward starrte die Karte an. »Haben Sie viele Serienmörder?«

»Natürlich nicht.« Sie sah ihn an, als ob er ein bisschen beschränkt wäre. »Die kommen in geschlossene psychiatrische Einrichtungen, wie etwa die große bei Montrose.«

»Oh.« Schade.

»Wir wollen keinen ›Nervenkitzel‹, schon vergessen? Wir haben so schon genug am Hals.« Sie tippte wieder auf die Leinwand. »Glenfarach ist eine Art Mittelding aus offenem Vollzug, Pflegeheim und Hospiz. Nehmen Sie zum Beispiel Geoff Newman. Bevor er hierherkam, war er aus fünf verschiedenen Städten verjagt worden. Jedes Mal das gleiche Muster: Jemand erkennt ihn und ruft bei der Boulevardpresse an. Schon ist sein Bild auf allen Titelseiten, und wütende Mobs schmeißen ihm Ziegelsteine und Tüten mit brennender Hundekacke durch die Fenster.« Ein Seufzer. »So gut wie niemand will einen Sexualstraftäter in der Nachbarschaft haben.«

Na, so was aber auch.

Harlaw verzog die Oberlippe. »Sogar die Jungs vom organisierten Verbrechen halten hier die Füße still. Nur dass es bei ihnen weniger die Schundpresse ist, wegen der sie sich Sorgen machen müssen, sondern rivalisierende Gangs, die Rechnungen zu begleichen haben.«

»Ganz offensichtlich ist es billiger, sie alle hier abzuladen, als sich um jeden Einzelnen draußen in der normalen Welt zu kümmern. Sie bekommen täglich Besuch von einer engagierten Sozialarbeiterin, und einmal pro Woche gibt es eine polizeiliche Beurteilung. Und jedes Jahr kürzen die da oben uns das Budget.« Farrow schob ihren Zeigestock mit einem Klacken auf Kugelschreibergröße zusammen und klappte den Laptop zu. »Gibt es sonst noch etwas, das Sie wissen müssen?«

Bigtoria starrte einen Moment lang ins Leere, dann nickte sie. »Wo ist das nächste Telefon? Ich muss jemanden anrufen.«

Die Leitstelle war die gleiche wie in dem Orientierungsvideo, nur viel, viel schmuddeliger. Die altmodischen, klobigen Computer und Tastaturen waren verschwunden, aber nicht ersetzt durch moderne Geräte auf dem neuesten technischen Stand. Stattdessen machte alles einen vernachlässigten, eingestaubten Eindruck. Das meiste sah aus, als wäre es seit Jahren nicht mehr benutzt worden. Falls es überhaupt noch funktionierte.

Eine große Karte von Glenfarach nahm eine Wand ein. Die Konturen waren verblasst, und die Häuser waren zwar entsprechend den Kategorien ihren Bewohner farblich gekennzeichnet, doch die Markierungen waren schon so oft ausradiert und erneuert worden, dass jetzt ein unbestimmter schmutziger Braunton vorherrschte.

Es war düster hier drin, obwohl das Licht brannte.

Edward zog die Jalousien hoch und hustete, als eine Staubwolke aufwirbelte. Das schwache, trübe Tageslicht, das durch das Fenster fiel, ließ den Raum eher noch deprimierender wirken. Die Straßenlaternen hatten sich bereits automatisch ausgeschaltet, sodass Glenfarach nur vom spärlichen Schein eines schottischen Januarhimmels erhellt wurde. Und es schneite immer noch …

Sergeant Farrow deutete auf einen der Schreibtische. »Für externe Gespräche müssen Sie die Neun vorwählen.«

Bigtoria sank auf einen Bürostuhl, zog das Telefon zu sich heran und wählte. Dann saß sie da, den Hörer ans Ohr gedrückt, und runzelte die Stirn. Sie legte auf und versuchte es noch einmal. Noch mehr Stirnrunzeln. Diesmal legte sie den Hörer nicht wieder auf und drückte stattdessen ein paarmal auf die Gabel.

Edward ging auf sie zu. »Gibt's ein Problem, Chefin?«

»Neun für ein externes Gespräch?« Sie drückte wieder auf die Gabel. »Ich krieg nicht mal ein Freizeichen.«

Sergeant Farrow probierte es an einem anderen Telefon. »Verf...lixt.«

Edward folgte ihrem Beispiel, doch der Hörer zischte ihm nur ins Ohr. »Das hier ist auch kaputt.«

»Also wirklich!« Sergeant Farrow griff nach einem anderen Telefon und mahlte mit dem Unterkiefer, während sie horchte. »Wie sollen wir denn so arbeiten? ›Hochmoderne Polizeieinheit, speziell darauf ausgerichtet, eine der anspruchsvollsten Strafvollzugseinrichtungen des Landes zu managen‹ – dass ich nicht lache.« Sie knallte den Hörer auf die Gabel.

»Okay ...« Edward sah Bigtoria an und zog die Brauen hoch. »Wir haben also kein Mobilfunknetz, die Airwaves sind im Arsch, und das Festnetz ist ausgefallen. Wir sind vollkommen von der Außenwelt abgeschnitten, nicht wahr?« In einem Dorf, bevölkert von Sexualstraftätern, Mördern und dem generellen Abschaum des Strafjustizsystems.

»Scheiße.«

Das kannst du laut sagen.

9

Es klopfte an der Tür, und PC Harlaw platzte herein. »Sarge? Jenna Kirkdale wär jetzt da.« Er wies mit einem Kopfnicken zum Gang. »Soll ich ...«

Sergeant Farrow probierte es mit einem anderen Telefon. »Wir kriegen keine Verbindung nach draußen.«

»Was denn – schon wieder?«

Edward kroch unter einen der Schreibtische. »Vielleicht hilft's, wenn wir sie einmal ausstöpseln und wieder einstöpseln?« Er verfolgte die Kabel bis zu einer kleinen Klappe in den Teppichfliesen.

Oben in der wirklichen Welt setzte Sergeant Farrow zu einer Schimpftirade an. »*Seht ihr? Ich hab doch gesagt, dass die Telefonanlage dringend instandgesetzt gehört.* ›*Es ist eine besch…eidene Katastrophe mit Ansage‹, hab ich gesagt. Aber das ist ja, als ob man gegen den Wind pisst.*«

Edward klappte die Luke auf. Darunter befanden sich zwei Steckdosen mit Steckern drin, eine Telefonbuchse und ein Netzwerkanschluss. Er zog alles heraus.

»*Verdammte Sch…*« Man konnte beinahe hören, wie Bigtoria mit den Zähnen knirschte. »*Es muss doch noch eine andere Möglichkeit geben, mit der Außenwelt Kontakt aufzunehmen!*«

»*O Gott, ich wünschte, es wäre so, Ma'am, aber im Moment bliebe uns nichts anderes übrig, als acht Meilen weit durch den Schnee zu stapfen, über den Pass hinaus und weiter, bis wir ein Mobilfunksignal haben.*«

Edward zählte bis zehn und steckte alles wieder ein.

Oben piepste etwas.

»*Dieses Kaff ist ein einziger Albtraum!*«

»*Willkommen in unserer Welt.*«

Er klappte die Luke zu, kroch unter dem Schreibtisch hervor und lugte über die Kante. »Versuchen Sie's jetzt mal.«

Aber niemand beachtete ihn, weil alle zusahen, wie Harlaw eine kleine Frau ins Zimmer führte. Sie war wirklich sehr klein – maximal eins vierzig. Breit in den Hüften, aber nicht dick. Kleine Stupsnase, sommersprossige Wangen und ein strahlendes Lächeln. Leuchtend orangefarbene Jacke, die angegrauten schwarzen Haare zu einem Pferdeschwanz gebunden, der unter einer gepunkteten Beanie-Mütze hervorschaute.

Sie schleppte einen großen Werkzeugkasten aus Metall und Plastik, so schwer, dass sie mit Schlagseite ging. Ihr Akzent klang nach oberer Mittelschicht, Londoner Speckgürtel und Mädcheninternat, als sie in voller Lautstärke schmetterte: »Morgen, Lulu, was machen die Knutschflecken auf deinem Hintern? Hab gehört, eure Airwaves haben mal wieder die Grätsche gemacht.«

Sergeant Farrow hielt einen Hörer hoch. »Und das Festnetz ist auch ausgefallen.«

»Was, schon wieder? Habt ihr vielleicht …« Sie starrte Edward an, der sich gerade aufrichtete und sich den Staub von den Hosenbeinen klopfte. Sogleich stellte sie ihren Werkzeugkasten ab und steuerte mit ausgestreckter Hand auf ihn zu. »Morgen, mein Hübscher. Jenna Kirkdale, zu Ihren Diensten.« Als er ihre Hand nicht ergriff, zwinkerte sie verschmitzt. »Keine Sorge, ich bin keine von den Pädos.«

»Äh …« Ihm wurde plötzlich ganz warm in seinem nach Rauch stinkenden Hemd. Komm jetzt, benimm dich wie ein Profi. Er begrüßte sie mit einem festen Händedruck. »Detective Constable Edward Reekie.«

Sergeant Farrow deutete auf den Friedhof der toten Telefone. »Jenna, es ist wirklich wichtig, dass die so schnell wie möglich wieder funktionieren.«

Ms Kirkdale ließ Edwards Hand nicht los. Sie trat näher heran und blickte zu ihm auf. »Ist schon okay, Lulu, ich mach mich bloß gerade mit Eddie bekannt. Habt ihr mal das lokale Netzwerk ausprobiert? Könnte ein Problem mit der externen Leitung sein.«

»Sie sind alle tot.«

Edward räusperte sich und deutete mit dem Kopf auf das Telefon auf dem Schreibtisch, unter den er gekrochen war. »Ich hab's ausgesteckt und wieder eingesteckt.«

»Ah, der beste Freund jedes ITlers, das gute alte ›Power-Cycling‹ – Kompliment, junger Mann.« Wieder ein Zwinkern. »Wusste ich's doch, dass Sie nicht bloß ein hübsches Gesicht mit nichts dahinter sind.«

Es wurde eindeutig wärmer hier drin.

Ms Kirkdale ließ seine Hand los, nahm den Hörer von der Gabel und drückte neun, eins, zwei und drei. Sie lauschte eine Weile und legte schließlich auf. »Okay, also kein Amtsanschluss. Versuchen wir's mal im Sanctuary House …« Sie tippte eine Nummer ein. »Schon besser – wenigstens läutet es jetzt.«

Sergeant Farrow ging auf sie zu und nahm ihr den Hörer ab. »Na, das ist ja immerhin etwas. Wir – Helen? … Hels, Louise hier, wie geht es Aggie? … M-hm … M-hm … Nein, das war bestimmt ein ziemlicher Schock … Sag ihr, dass wir nach ihr gefragt haben, okay? … Du, sag mal, funktionieren eure Telefone heute? … M-hm … Nein, bei uns ist es das Gleiche …« Und dann erstarrte sie. »Was?« Irgendetwas war mit ihrer Stimme – sie klang plötzlich so verändert, dass alle sich zu ihr umblickten. »Bist du sicher, Hels? Hast du nachgeschaut, ob … Okay … Okay. Nein, ich verstehe. Wir kommen sofort … Okay, danke, Hels. Bye. Bye.« Sie legte den Hörer auf die Gabel, stand da und fixierte das Telefon mit abwesendem Blick.

Ms Kirkdale schloss die Lücke, bis ihre Brust Edwards Bauch berührte, und blickte mit Rehaugen zu ihm auf. Es fehlte nur noch, dass sie mit den Wimpern klimperte. »Ich *liebe* Männer mit geschickten Händen.«

Sergeant Farrow räusperte sich vernehmlich. »So ungern ich Ihr Liebesleben störe, Jenna, aber wir brauchen hier dringend funktionierende Telefone.«

Das strahlende Lächeln wurde noch strahlender. »Ich wette, der Schnee hat die Leitung irgendwo gekappt, aber ich kann mal schauen, was sich hier machen lässt, wenn du möchtest? Und vielleicht könnt ihr mir im Gegenzug einen *klitzekleinen* Gefallen tun?« Sie zwinkerte

Edward vielsagend zu. Dann wandte sie sich Sergeant Farrow zu. »Meine liebe alte Oma wird nächste Woche in Edinburgh beerdigt, und da sollte ich wahrscheinlich dabei sein. Allein schon Mutter zuliebe. Sie soll doch nicht denken, dass ich ein *totales* Monster bin.«

Sergeant Farrows Miene sprühte nicht gerade vor Begeisterung.

»*Bitte*, Lulu – ich versprech auch hoch und heilig, dass ich brav sein werde. Brauchst keine Angst haben, dass ich tagelang abtauche oder irgendwie auf den Putz haue. Nee, ich fahr hin, wir begraben die Oma, dann noch auf ein Sandwich in Omas Häuschen, und zum Abendessen bin ich wieder da. Großes Ehrenwort.«

»Vielleicht.« Sergeant Farrow starrte wieder das Telefon an. »Wir reden später darüber. Wenn Sie die Airwaves reparieren.«

»Alles klaro! Mach mich gleich an die Arbeit.« Sie warf Edward noch einen Zwinkerblick zu. »Bis später, mein Hübscher.« Und damit packte sie ihren schweren Werkzeugkasten und watschelte schwankend zur Tür hinaus.

Irgendwie … *interessant*, die Frau.

Bigtoria setzte sich an einen nicht ganz so verstaubten Computer. »Kann ich wenigstens eine E-Mail verschicken?« Sie lockerte ihre Finger.

Edward schüttelte den Kopf. »Wenn die Telefone im Eimer sind? Wohl kaum.«

Sie stöhnte, dann reckte sie entschlossen das Kinn. »Das ändert nichts. Wir machen weiter, bis die Kavallerie eintrifft.« Sie stand auf. »Ich will wissen, wo Geoff Newman am Tag seines Todes hingegangen ist. Wir müssen seine Aktivitäten rekonstruieren. Wer war die letzte Person, die ihn lebend gesehen hat? Wo war …« Bigtoria klopfte mit den Knöcheln auf den Schreibtisch. »Hören Sie mir eigentlich zu, Sergeant?«

Offenbar nicht, denn Sergeant Farrow kehrte erst jetzt mit einem kleinen Ruck auf die Erde zurück. Sie blinzelte Edward und Bigtoria an. »Hels … Ich meine, Helen Sneddon – sie sagt, eine Mitarbeiterin des Sozialarbeitsteams ist verschwunden: Caroline Manson. Ihr Bett ist unberührt …«

116

»Na toll.« Edward ließ sich mit dem Hintern an eine staubige Fensterbank sinken. »Wir haben also eine vermisste Sozialarbeiterin, die keine elektronische Fußfessel trägt, und einen toten Ex-Polizisten und Sexualstraftäter, der von jemandem ermordet wurde, der keine elektronische Fußfessel trug. Ganz zu schweigen von einem Polizeibeamten, der niedergeschlagen wurde, und einem abgefackelten Tatort.« Er verzog das Gesicht. »Findet hier irgendjemand, dass das nach einem Zufall klingt?«

Sergeant Farrow machte einen Umweg vorbei an einem Schreibtisch in der hinteren Ecke, wo sie einen in eine Mülltüte gehüllten Gegenstand aufhob – ungefähr so groß wie ein Kricketschläger, aber rechteckig – und damit zur Tür hinausmarschierte. »Ich hole den Großen Wagen.«

Als Helen Sneddon die Tür des Sanctuary House öffnete, umwaberte sie eine Wolke von Rachenputzer-Gin, und sie schwankte leicht, als sie zur Seite trat, um Bigtoria, Sergeant Farrow und Edward einzulassen.

Alle drei stampften sich auf der Fußmatte den Schnee von den Schuhen und schüttelten ihre identischen Warnjacken aus.

Ms Sneddon machte die Tür wieder zu, dann schob sie die Hände in die Taschen ihrer ausgeleierten pastellblauen Strickjacke. »Sie ist noch nie ... Ich meine, niemand ist jemals ... Ich mache mir Sorgen, dass etwas passiert sein könnte.«

Sergeant Farrow tätschelte ihr die Schulter. »Es ist okay, Hels, ich bin sicher, dass sie wohlauf ist. Caroline ist ja nicht dumm, oder?«

»Zu ihrer Wohnung geht's da lang.«

Sie folgten ihr durch die innere Zahlencode-Tür in einen kreisförmigen Korridor mit bodentiefen Fenstern, der einen großen Innenhof umschloss. Eine dicke Schneedecke verhüllte Gartenmöbel, Bäume, Bänke und einen gemauerten Grillplatz, und nur hier und da schaute etwas unter dem Leichentuch hervor wie ein Scheintoter, der nach Luft ringt.

Die Türen, die vom Korridor abgingen, waren mit »KÜCHE«, »FIT-

NESSRAUM«, »GEMEINSCHAFTSRAUM« und »THE GLENFARACH ARMS« beschriftet. An der Wand neben der Letzteren hing ein Anmeldebogen: »FREITAG KARAOKE-ABEND!«

Helen wandte sich nach links und wankte weiter, wobei sie sich mit einer Hand am Glas abstützte.

Bigtoria folgte ihr. »Wer war die letzte Person, die Caroline Manson gesehen hat?«

»Das wissen wir nicht.«

»*Was?*« Bigtoria packte ihren Arm und zog sie hoch. »Wie kann es sein, dass Sie das nicht wissen?«

»Weil ich mich nicht *erinnern* kann.« Ihre Unterlippe zitterte, und ihre Augen glänzten feucht, als die Tränen zu fließen begannen. »Jeden Tag ist es das Gleiche, okay? Du gehst raus und besuchst deine vierundzwanzig Sexualstraftäter, zwölf Gewaltverbrecher, einen korrupten Bullen und noch drei gemischte Dreckskerle, dann kommst du zurück, versuchst dir den Dreck abzuduschen und verbringst den Rest des Abends drüben im Glenny, wo du dich nach Kräften bemühst, alles in billigem Gin und Supermarkt-Tonicwater zu ertränken.«

Edward öffnete die Tür mit der Aufschrift »THE GLENFARACH ARMS« einen Spaltbreit und spähte in einen schäbigen, mittelgroßen Raum, der wie ein traditionelles schottisches Pub eingerichtet war, samt einem Tresen mit einer Batterie von Spirituosen und einer Zapfanlage sowie Sitzmöbeln mit rotem Kunstlederbezug. Eine Discokugel hing über einer handtuchgroßen Tanzfläche und strahlte ungefähr so viel Lebensfreude und Charme aus wie ein paillettenbesetzter Tumor.

Er ließ die Tür wieder ins Schloss fallen.

Helen wandte den Blick ab und deutete mit erhobener Hand auf die Welt draußen. »Man kämpft sich durch diesen … Horror, man versucht, sie wie normale Menschen zu behandeln, obwohl man genau weiß, was für üble Dinge sie getan haben. Obwohl man die Fotos gesehen und die Berichte und die Aussagen der überlebenden Opfer gelesen hat.« Sie wischte sich die Tränen von den feuchten Wangen.

»An manchen Tagen ist es … Ich bin nicht religiös, wirklich nicht, aber an manchen Tagen ist es, als ob wir alle gestorben wären und *das hier* die Hölle wäre.«

»Hey, alles gut.« Sergeant Farrow streichelte Helen den Rücken. »Es wird schon wieder.«

Bigtoria schnippte mit den Fingern. »Gibt's hier Videoüberwachung?«

Sergeant Farrow zögerte einen Moment, als ob sie eine nicht ganz so freundliche Erwiderung hinunterschlucken müsste, dann sagte sie: »Am Haupteingang.«

»Überprüfen Sie das.« Die DI ließ nun auch Helen ihren geballten Mangel an Sozialkompetenz spüren. »Ich muss mit allen im Team sprechen. Und ich will Caroline Mansons Personalakte. *Jetzt.*«

Wer brauchte da noch Fliegen, Honig oder Scheiße?

Der Gruppenraum 1 sah genauso aus wie Gruppenraum 2, nur mit einem anderen gerahmten Druck an der Wand.

Bigtoria und Edward saßen an dem runden grauen Tisch gegenüber von Ian Casey, der schlaff über einem Becher mit Kaffee hing. Er hatte sein *Mork-vom-Ork*-Outfit gegen Jeans und ein »Timmy and the Timeonauts«-T-Shirt getauscht und blinzelte sie aus trüben Augen an. Sein Kinn war von einem bläulichen Bartschatten überzogen, und er strömte einen bitteren Rauchgeruch aus, der an eine schwärende Wunde erinnerte.

Er unterdrückte wieder ein Gähnen und kniff die Augen zusammen. »Entschuldigung – ob ich glaube, dass Caroline einen Menschen *töten* könnte?«

Bigtoria richtete sich kerzengerade auf ihrem Stuhl auf. Selbst im Sitzen schaffte sie es, bedrohlich zu wirken. »Eine ganz einfache Frage, Mr Casey. Ist sie fähig, jemanden zu töten?«

»Caroline?« Er rieb sich die Augen. »Caroline ist *verschwunden.* Sollten Sie nicht lieber versuchen, sie zu finden? Was, wenn ihr etwas zugestoßen ist?«

Edward legte seinen Stift hin. »Ich weiß, es klingt ein bisschen hart, aber wir müssen alle Möglichkeiten in Betracht ziehen, Mr Casey. Hat Ms Manson je über Geoff Newman gesprochen? Hatte sie irgendwann im Rahmen ihrer Arbeit mit ihm zu tun?«

»Wahrscheinlich.« Er nahm einen Schluck Kaffee. »Es ist eine Art ungeschriebenes Gesetz bei uns: Wenn jemand zum Beispiel die Scheißerei hat oder einen freien Tag, dann springen alle anderen ein und teilen sein oder ihr Arbeitspensum unter sich auf. Wir sind hier ein eingespieltes Team.«

Bigtoria beugte sich vor und fixierte ihn mit stählernem Blick. »Sie hat also nie erwähnt, dass sie irgendwelche Probleme mit Geoff Newman hatte? Angesichts dessen, was er getan hat? Wofür er gesessen hat?«

»Nee, wirklich nicht. So was kann man nicht abends mit nach Hause nehmen, glauben Sie mir. Wir haben zweihundert Bewohner, und die sind alle hier, weil sie irgendeinen richtig üblen Mist gebaut haben. Wenn man das persönlich nehmen würde, würde man durchdrehen.«

Das war ja genau die Sorge.

Agatha Reynolds wirkte nicht mehr ganz so fertig wie gestern – auch nicht gerade putzmunter, aber wenigstens sahen ihre Augen nicht mehr aus wie riesige schwarze Knöpfe. Heute trug sie ein Smock-Top in leuchtendem Blau mit Gänseblümchenmuster, ihre Haare waren ordentlich frisiert, und ihr Mitarbeiterausweis baumelte schief an seinem Band. Der Gruppenraum war vom widerlich süßen, erstickenden Geruch nach Patschuli-Öl erfüllt.

Sie beäugte Bigtoria über den Rand ihrer Brille hinweg. »Ja, doch, ich schätze mal, dass Caroline gelegentlich gern einen über den Durst getrunken hat. Was hat das denn damit zu tun?«

»Hatte sie gestern Abend getrunken?«

»Woher soll ich das wissen? Ich war doch mit Glückspillen zugedröhnt, wenn Sie sich erinnern. Nach dem, was passiert war mit …« Sie schüttelte sich. »Haben Sie keine Sorge, dass derjenige, der Geoff Newman *das* angetan hat, das Gleiche mit Caroline ge-

macht haben könnte? Was, wenn sie tot irgendwo in einer Schneewehe liegt? Oder ... oder wenn sie sich im Wald verirrt hat? Oder
vielleicht hat einer der Bewohner sie ... keine Ahnung, im Keller
eingesperrt?«

Edward packte seine beruhigende Stimme aus – wieder mal, da
Detective Inspector Victoria Montgomery-Porter ja offenbar über
keine verfügte. »Es ist schon in Ordnung, Ms Reynolds. Wir versuchen nur herauszufinden, wie das alles zusammenpasst.«

Damit erntete er einen empörten Blick. »Ich *verbitte* mir die Unter-
stellung, dass Caroline verdient hätte, was immer ihr zugestoßen sein
mag, nur weil sie betrunken war. Sie sitzen hier und betreiben Täter-
Opfer-Umkehr, dabei ist sie vielleicht verletzt oder liegt gerade im
Sterben!«

Bei einem Namen wie Clive Fox-Johnson sah man einen rotgesich-
tigen Typen mittleren Alters in Tweedanzug und auf Hochglanz
polierten Brogues vor sich. Fassonschnitt, ein Labradoodle und
eine verbitterte Ehefrau. Und Kinder mit Namen wie »Zeus« oder
»Monty« oder »Ophelia«.

Stattdessen verbarg sich dahinter ein Sozialarbeiter mit langen, angegrauten blonden Haaren, die er hinter die Ohren gesteckt hatte, sodass die mindestens drei Piercings auf jeder Seite gut zu sehen waren.
Nickelbrille, Wildlederweste, Jeanshemd. Ein Akzent, der sich beim
besten Willen nicht einordnen ließ, als ob er eigentlich von nirgendwo
käme. An seinen gelben Fingerspitzen hätte man schon erkennen
können, dass er Kettenraucher war, selbst wenn sämtliche zehn Finger nicht permanent damit beschäftigt gewesen wären, eine endlose
Serie von Selbstgedrehten zu fabrizieren. Nach und nach landeten sie
alle in einer kleinen Metalldose, wie kleine dünne Leichen, in Leintü-
cher gehüllt und in ein Massengrab gelegt.

Mr Fox-Johnsons Zunge glitt über den Rand eines Papierchens.
»*Sie* stellen vielleicht Fragen.« Er rollte das Papier und den Tabak zu
einem perfekten filterlosen Zylinder zusammen. »Ich glaube, Caroline hatte schon länger Probleme, wissen Sie? Ich meine, das hier ist

schon zu den besten Zeiten kein einfacher Arbeitsplatz, aber die letzten dreizehn, vierzehn Monate? Ein Albtraum.«

Edward notierte das. »Inwiefern, Mr Fox-Johnson?«

»Sagen Sie Clive zu mir, Edward. Ist viel leichter, eine persönliche Beziehung aufzubauen, wenn man sich mit Vornamen anredet. Nachnamen werden nur hervorgeholt, wenn es irgendeinen Ärger gibt.«

Bigtoria neigte den Kopf zur Seite und fixierte ihn. »Sie haben die Frage nicht beantwortet.«

»Sehr gut beobachtet.« Die geschickten Finger zupften ein weiteres Blättchen aus der Packung. »Es war in letzter Zeit ganz schön …« Seine freie Hand machte eine Schaukelbewegung. »Ich meine die Bewohner. Nicht alle natürlich, aber einige schon. Man spürt regelrecht, wie die Spannung sich aufbaut. Als ob eine Abrechnung ansteht.«

Sie schniefte. »Eine ›Abrechnung‹?«

»Sexualstraftäter und Mobster. Mods und Rocker. Die Sharks und die Jets. Fisch und Chips.«

»Und Ms Manson war auf der Seite der Mobster?«

Er streute eine schnurgerade Bahn Tabak in die Mitte des Papiers. »Nein. Caroline hat es zu sehr an sich rangelassen. Sie hat zugelassen, dass der Stress sie von innen auffrisst.« Ein merkwürdiges windschiefes Lächeln. »Wie eine schwärende Wunde.«

»So sehr, dass sie durchdrehen und Geoff Newman ermorden würde?«

Mr Fox-Johnson zog eine Schulter hoch, während seine Zunge das nächste Papier anleckte. Seine Finger rollten die Zigarette in Form, und sie wanderte zu ihren toten Schwestern in die Dose. »Wissen Sie was, Sie sollten mal mit Dr. Singh reden. Er war forensischer Psychologe, bis zu dem … Vorfall, und er ist einer von Carolines Klienten. Würde mich nicht überraschen, wenn der gute Doktor eine Idee hätte, wozu sie fähig ist und wohin sie verschwunden sein könnte.«

Die Discokugel drehte sich langsam und ließ ihre kalten weißen Lichtpunkte durch das Glenfarach Arms gleiten. Sie blitzten auf Gläsern und Flaschen, wurden vom Messing der Zapfhähne und der

Haltestange reflektiert und funkelten im Spiegel über der Bar – wie die Augen kleiner Kreaturen, die sie aus dem Halbdunkel anstarrten. Auf der Anlage in der Ecke lief eine Adele-CD und trug zur allgemeinen Atmosphäre von Verzweiflung und Hoffnungslosigkeit bei.

Helen Sneddon saß am Tresen, mit gebeugtem Rücken, die Ellbogen gespreizt, und hing mit dem Kopf über einem großen Wasserglas, das Gin Tonic zu enthalten schien.

Sie blickte nicht auf, als Bigtoria über die winzige Tanzfläche marschierte. »Wir haben mit allen gesprochen.«

Die einzige Reaktion war ein Brummen.

»Ist es nicht ein bisschen früh, um sich die Kante zu geben?«

»Ist mein freier Tag heute.« Die Worte, obwohl betont sorgfältig ausgesprochen, waren an den Rändern aufgeweicht. »Mein *einziger* freier Tag in der Woche. Ich kann trinken, so viel ich will.«

»Ms Sneddon, wir …«

»Versuchen *Sie* mal, hier zu leben. Und mit diesen … diesen *Bestien* fertigzuwerden!« Sie drehte ihren Barhocker zu ihnen. »Glauben Sie, ich bin froh, dass Geoff Newman ermordet wurde? Natürlich nicht.« Sie nahm einen großen Schluck. »Ich bin *begeistert*.«

Edward hockte sich neben sie. »Kommen Sie, Ms Sneddon, das meinen Sie doch nicht so.«

»Sechs Jahre bin ich jetzt hier. Sechs. Jahre.« Sie hob ihr Glas und prostete ihm zu. »Von mir aus können sie alle miteinander verbrennen.«

Du liebe Zeit, und sie war die *Leiterin* des Sozialarbeitsteams? Kein Wunder, dass es hier Probleme gab.

Die Tür ging auf, und Sergeant Farrow kam herein. »Ma'am? Ich hab Caroline auf Video. Sie hat gestern Morgen das Haus verlassen, ist zum Mittagessen zurückgekommen und um halb zwei wieder gegangen. Und nicht mehr zurückgekommen.«

Bigtoria nickte. »Rufen Sie auf dem Revier an – ich will, dass dieser Idiot Harlaw sämtliche verfügbaren Überwachungsvideos durchgeht. Finden Sie sie.«

»Ja, Ma'am.«

»Und was Sie betrifft …« Bigtoria baute sich vor Ms Sneddon auf. »Ich will eine Liste von Caroline Mansons Klienten. Und ich muss ihre Wohnung durchsuchen.«

Ein kleines Lachen, dann beugte sich Ms Sneddon wieder über ihren Gin. »Tun Sie sich keinen Zwang an.«

Auf dem Schild an der Tür stand »Maison du Manson«, aber drinnen erinnerte es eher an eine Hotelsuite. Keine billige Absteige, aber auch kein Boutique-Hotel. Eher ein Dreisterne-Hotel von irgendeiner Kette, die Wände in fadem Mattweiß gestrichen. Aber eines musste man Caroline Manson lassen – sie hatte sich bemüht, es mit Fotos und Gemälden und Zierrat wohnlich einzurichten. Eine nachgemachte Fender stand in der Ecke, neben einem Verstärker und einem Notenständer mit einem Exemplar von *Heavy-Metal-Gitarrenriffs für Dummies.*

Also vielleicht nicht gerade die ideale Nachbarin.

Drei Türen gingen von dem zentralen Wohnbereich ab.

Bigtoria begann das Sideboard zu durchwühlen, während Edward sich ein Paar Nitrilhandschuhe überstreifte und die erstbeste Tür ansteuerte.

Dahinter kam ein sauberes, ordentlich aufgeräumtes Badezimmer zum Vorschein – gerade eben groß genug, um keine Klaustrophobie auszulösen. Gut, die lachsrosa Fliesen waren scheußlich, aber immerhin waren sie sauber. Und sie passten zum Lachsrosa von Badewanne, Toilette und Waschbecken.

Ein Wäschekorb aus Weidengeflecht am Boden neben der Wanne, ein Arzneischrank über dem Waschbecken.

Edward öffnete die Spiegeltür. Ein ganzes Fach war mit Tablettenschachteln, Fläschchen und Dosen angefüllt. Er ging sie durch und hob die Stimme in der Hoffnung, dass sie bis ins Wohnzimmer zu hören war. »Schmerztabletten, Entzündungshemmer, Schlaftabletten – und ich bin mir sicher, dass drei von den Medikamenten hier für Depressionen sind.«

Bigtorias Antwort hallte durch die Wohnung. »*Wundert mich nicht.*«

Er schloss den Spiegelschrank, nahm den Deckel des Wäschekorbs ab und nahm sich den Inhalt vor, sah in den Taschen und Aufschlägen von allem nach, was Taschen und/oder Aufschläge hatte, und warf die durchsuchten Teile in die Badewanne, damit sie aus dem Weg waren. »Ms Sneddon ist ja schon ganz schön … ›angeheitert‹ für zehn Uhr an einem Mittwochvormittag, nicht wahr? Ich frage mich, wie hoch die Burnout-Quote bei Sozialarbeitern ist. Bestimmt enorm hoch.«

»Hier ist nichts. Bei Ihnen?«

»Auch noch nichts. Ich meine, können Sie sich vorstellen, so etwas beruflich zu machen und nur *einen* freien Tag in der Woche zu haben? Dieser Ian Casey hat recht, das treibt einen doch in den Wahnsinn.«

Edward warf die letzte schmutzige Unterhose ins Bad. Seine ganze Ausbeute bestand in ein paar zerknüllten Taschentüchern und zwei, drei Haargummis.

Er hob den Deckel des Spülkastens ab und spähte hinein. Keine verdächtigen Päckchen aus Mülltüten und Klebeband. Keine Schusswaffen, keine Drogen, kein Bargeld. Nur versifftes Wasser.

Na ja, den Versuch war's wert.

Er setzte den Deckel wieder drauf und ging zurück ins Wohnzimmer.

Keine Spur von Bigtoria.

Eine der anderen Türen stand jedoch offen und gab den Blick in einen kleinen Hobbyraum mit einem Tisch, einer Stereoanlage und Malutensilien frei.

»Ich mach dann mal das Schlafzimmer, okay?«

Keine Antwort.

Warum machte er sich überhaupt die Mühe?

Edward betrat ein geräumiges Zimmer mit einem ordentlich gemachten Doppelbett mit Bettkasten und einem aufgeräumten Nachttisch. Kommode. Spiegelschränke.

Fangen wir doch mit den Klassikern an.

Er ging vor dem Nachttisch in die Hocke und arbeitete sich von oben nach unten durch die Schubladen, durchsuchte alles systematisch und legte den Inhalt auf die Tagesdecke. »Glauben Sie, dass sie dazu in der Lage wäre? Jemanden so zu foltern?«

Immer noch nichts.

»Ich meine, Geoff Newman war der allerletzte Abschaum, aber er war trotz allem ein Mensch. Ganz egal, was für üble Sachen er gemacht hat, *so was* hat niemand verdient.«

Vielleicht war sie eingenickt?

»Womit ich nicht sagen will, dass er nicht eine ordentliche Tracht Prügel verdient hätte.« Das war leicht gesagt, nicht wahr? Groß tönen und den harten Mann markieren. »Obwohl, ich glaube nicht, dass ich jemandem eine ordentliche Tracht Prügel verpassen könnte. Also, jemanden einfach so zusammenschlagen, nicht in Notwehr oder so. Ich meine, wozu hat man schließlich ein Strafjustizsystem, wenn man dann jeden, der etwas Verbotenes tut, gleich verprügelt?«

Er hatte alles durchsucht bis auf die unterste Schublade und nichts Aufregenderes gefunden als billigen Schmuck, Taschentücher, diversen Plunder, grauschleierige BHs und ausgeleierte Unterhosen. Die letzte Schublade enthielt ordentliche Reihen von bunten Socken.

»Chefin?«

Immer noch keine Antwort.

Da konnte man doch gleich mit sich selbst reden.

Edward arbeitete sich durch die bunten Baumwollbündel, zog jedes einzelne Paar auseinander und sah in jeder einzelnen Socke nach. Und fand nichts Spannenderes als Fusseln. Bis ... »Sieh an, sieh an, was haben wir denn da?« Ganz hinten unter der letzten Sockenreihe war ein Etui aus schwarzem Kunstleder versteckt, ungefähr so groß wie ein Hardcover-Buch.

Das sah ja *überhaupt* nicht verdächtig aus.

»CHEFIN? HAB WAS GEFUNDEN!«

Er legte das Etui aufs Bett und zog den Reißverschluss auf, während Bigtoria ins Zimmer geeilt kam.

»Was? Was haben Sie?«

»Finden wir es raus.« Er klappte den Deckel auf, und da, einzeln gebettet in schwarzen Schaumstoff, waren eine gläserne Bong, ein

Feuerzeug, zwei kleine Plastiktütchen mit einem weißen Pulver, eine etwas größere Tüte mit einem Dutzend roter Pillen, eine weitere mit vielleicht zwanzig kleineren gelben Pillen sowie ein daumengroßer, in Klarsichtfolie gehüllter brauner Harzklumpen in einem verschließbaren Plastikbeutel. Jedes Teil in seine eigene Aussparung eingepasst, als ob das Ganze aus einem Präsentationskoffer stammte.

Bigtoria lächelte. »Sieht aus, als wäre unsere vermisste Sozialarbeiterin doch nicht so ein Ausbund an Tugend …«

10

Der Große Wagen wälzte sich die verschneite Straße entlang, das Gebläse voll aufgedreht, Sergeant Farrow am Steuer, Bigtoria, die in Caroline Mansons Akte blätterte, auf dem Beifahrersitz, und der kleine Edward hinten auf dem metaphorischen Kindersitz.

Der Schnee führte einen scheinbar aussichtslosen Angriffskrieg gegen die Scheibenwischer. Doch nach dem grauschwarzen Himmel zu schließen, war noch jede Menge Verstärkung auf dem Weg zur Front.

Sergeant Farrow fixierte Edward im Innenspiegel, obwohl sie doch lieber auf die glatte Straße achten sollte. »Drogen?«

Er hob den Beweismittelbeutel mit Ms Mansons Pillen, Haschisch und Pulver hoch. »Wahrscheinlich Koks – um es genau zu wissen, müssten wir einen präsumtiven Test machen. Aber was das für Pillen sind – keine Ahnung.«

»Caroline war auf *Drogen*?«

Sie bogen links ab auf die East Main Street. Zwei Bewohner machten dort gerade einen Schaufensterbummel, beide in dicke Mäntel gehüllt. Auf der anderen Straßenseite räumte jemand den Gehsteig mit einer Schneefräse, die eine stotternde weiße Fontäne auf die Fahrbahn schleuderte. Alle drei hielten inne, als sie den Großen Wagen erblickten, und winkten ihm fröhlich zu, ein strahlendes Lächeln im Gesicht.

Edward drückte sich in seinen Sitz. »Finden Sie das nicht auch irgendwie unheimlich?«

»Wie kann es sein, dass Caroline auf Drogen war? Wie soll sie die überhaupt nach Glenfarach reingeschmuggelt haben? Wir durchsuchen *jeden*.«

Bigtoria blickte nicht von ihren Papieren auf. »Uns haben Sie nicht durchsucht.«

»Ich find's *total* unheimlich.« Edward sah hinaus zu den vorbeiflanierenden Bewohnern. »Ich meine, sie sind alle so nett und gesittet. So nach dem Motto *Die Frauen von Stepford* trifft auf *Das Dorf der Verdammten*. Bloß natürlich mit Sexualverbrechern.«

»Ja, Ma'am, aber …« Sergeant Farrow biss sich auf die Oberlippe, als ob sie sich eine Bemerkung zu verkneifen versuchte, die sie später bereuen könnte. »Dafür war keine Zeit. Sie sind ja gleich wieder aufgebrochen, und Sie haben nichts hiergelassen außer Marky Bishop, und den *habe* ich durchsucht.«

Edward drehte sich auf seinem Sitz um und sah zu, wie die grinsenden Bewohner vorbeiglitten. »Finden Sie das nicht unheimlich?«

»Hmmm …« Bigtoria legte die Ausdrucke ab. »Gibt es irgendeinen Ort, wo die Sozialarbeiter hingehen, um Dampf abzulassen? Wo Caroline Manson abgetaucht sein könnte?«

»Dafür haben wir ja das Glenny.« Sergeant Farrow deutete durch die Frontscheibe auf den abweisenden Klotz des Glenfarach House Hotel. »Wer will schon zusammen mit den ganzen Bewohnern im Hotel abhängen? Und außerdem ist es während der Ausgangssperre geschlossen.« Sie bog rechts ab und fuhr über den Marktplatz in Richtung Norden.

Bigtoria runzelte die Stirn. »Wir wollten doch zu…«

»Ich weiß, Ma'am, aber ich muss zuerst noch kurz nach Marky Bishop sehen. Ihn fragen, wie er sich so einlebt.« Schulterzucken. »Ist nun mal Vorschrift.«

»Herrgott noch mal.« Sie wandte sich wieder ihren Papieren zu. »Haben wir gestern nicht schon genug Zeit mit dem alten Sack verbracht?«

»Alle Bewohner bekommen einen Kontrollbesuch von einem betreuenden Beamten. Eigentlich sollte das der diensthabende Inspector machen, aber der ist ja nicht da, also bleibt es an mir hängen.« Ein verschlagener Seitenblick. »Es sei denn, Sie möchten es machen, Ma'am. Sie haben den höheren Dienstgrad, also …?«

Schweigen vom Beifahrersitz. Gefolgt von ein paar halblauten Flüchen.

Edward stand am Fenster von Jenkins House und sah hinaus ins Schneetreiben. Bigtoria war im Großen Wagen sitzen geblieben, wo sie mit finsterer Miene ihre Ausdrucke studierte und dabei ungefähr so viel Charme, Herzenswärme und Wohlwollen verströmte wie eine Kettensäge in einem Kindergarten.

Sergeant Farrow ging noch eine weitere Checkliste mit Mr Bishop durch, während Mr Richards die Augen verdrehte und hin und wieder mit einem »Das hab ich ihm doch schon erklärt, Mädel!« dazwischenfunkte.

Die Umzugskartons von gestern waren verschwunden, ersetzt durch Malerutensilien: Leitern, ein Tapeziertisch, einige Eimer Farbe, Rollen und Pinsel. Jemand hatte auch schon damit angefangen, die hässliche nikotingelbe Tapete um den Kamin herum abzureißen, was die Atmosphäre nicht gerade wohnlicher machte.

Immerhin arbeitete der elektrische Heizofen auf Hochtouren und sorgte für angenehme Wärme.

»Das weiß er, Mädel, das weiß er!«

»Ich muss mich aber vergewissern, Razors, okay? Das ist mein Job.«

Mr Bishops keuchende Stimme klang schwächer als gestern während der Fahrt vom Grampian-Gefängnis. Als ob ihm jemand die Luft rausgelassen hätte. Als ob er über Nacht geschrumpft wäre. Als ob heute dieses kleine bisschen weniger von ihm übrig wäre. »Ich habe die … Bedingungen meines … Aufenthalts hier … verstanden.«

Aber so war das nun mal, wenn man Krebs hatte.

»Dann wären wir auch schon fertig.« Sergeant Farrow hielt ihm ihr Klemmbrett und einen Stift hin. »Unterschreiben Sie hier auf der gepunkteten Linie, und dann sind Sie offiziell aufgenommen.«

Mr Bishop befolgte die Anweisung und krakelte mit zitternder Hand seine Unterschrift auf das Blatt, dann nahm er einen kräftigen Zug von seinem Sauerstoff.

»Wunderbar.« Sie steckte den Stift in ihre Tasche und nahm das Klemmbrett unter den Arm. »Ab und zu wird jemand vorbeischauen, um sicherzustellen, dass Sie sich gut einleben, aber wenn Sie irgendwelche Fragen oder Probleme haben, wissen Sie ja, wo Sie mich finden – wir wollen doch eine einzige große, glückliche Familie sein hier in Glenfarach.« Pause. Ein Lächeln. »Ach, und ehe ich's vergesse – wir haben ein Geschenk für Sie.« Sie reichte ihm das Mülltüten-Paket, nickte und verschwand.

Mr Richards nahm Mr Bishop das Paket ab und schlurfte dann hinter ihr her. Man hörte ihre gedämpften Stimmen im Flur, während Mr Bishop sich mühsam aus seinem Rollstuhl hievte und schwer auf seinen Stock gestützt zu Edward ans Fenster trat.

Es dauerte allerdings eine Weile.

Als er endlich ankam, marschierte Sergeant Farrow schon den Gartenweg entlang auf den Großen Wagen zu. Was vermutlich bedeutete, dass Edward sich auch sputen sollte.

»Wie geht es Ihnen, Mr Bishop?«

»Scheiße.« Der alte Mann blickte zu ihm auf, was gar nicht so einfach war, da er wegen seines Buckels den Kopf nicht sehr weit heben konnte. »Hast du eine Ahnung, was das für ein … Gefühl das ist, zu wissen … dass du hier sterben wirst, Junge?« Er klopfte mit der Spitze seines Gehstocks auf den scheußlichen Teppichboden. »Hier in diesem Zimmer.« Seine grau umringten Augen blicken am Großen Wagen vorbei zu dem Friedhof auf der anderen Straßenseite. »Das Leben ist ein ganz schlechter Witz … glaub's mir, Junge.«

Edward nickte. »Mr Bishop? Ich wollte Sie fragen … ähm … haben Sie schon gehört, dass hier gestern jemand gestorben ist?«

»*Aye.* Razors hat's mir erzählt.«

»Sein Name war Geoff Newman. Ex-Sergeant bei der Metropolitan Police. War in Geldwäsche, Erpressung und Kinderpornographie verwickelt.«

Mr Bishop nahm ein paar zittrige Züge von seinem Sauerstoff. »Und jetzt hat irgendjemand ihn abgemurkst.«

»Ja.«

Eine einzelne Silbe schnarrte aus ihm heraus: »Gut.«

Im Großen Wagen schienen Bigtoria und Sergeant Farrow über irgendetwas zu diskutieren. Sie deuteten auf die Papiere und dann hinaus in die verschneite Landschaft.

»Ich habe mich gefragt, ob Sie irgendwelche Ideen dazu haben, Mr Bishop. Ich meine, es ist schon irgendwie ein merkwürdiger Zufall, nicht wahr? Sie kommen hierher, und schon hat Glenfarach seinen ersten Mordfall in dreißig Jahren.« Er hob die Hand. »Ich will Sie übrigens keinesfalls beschuldigen – ich weiß ja, dass Sie mit uns zusammen waren –, aber finden Sie nicht, dass der zeitliche Zusammenhang ein bisschen verdächtig ist?«

»Hmm …« Das Spiegelbild des alten Mannes kräuselte sich in der Fensterscheibe. »Ich habe mich gefragt, ob es vielleicht … eine Warnung war, oder eine Drohung … oder vielleicht sogar ein Geschenk? … Ein *Willkommensgeschenk.*« Er deutete hinter sich. »Wie das da, was immer es ist … ›Da hast du einen toten Kinderschänder, um dir … den Aufenthalt ein bisschen … zu versüßen.‹« Er schnaubte abschätzig. »Eine Tüte Lakritz wär mir … allemal lieber gewesen.« Dann zuckte er mit den Schultern. »Das Problem ist, ich kenne hier kein Schwein, außer Razors … Wer sollte mir also einen … toten Pädo zum Geschenk machen?«

»Ich dachte, Sie hätten mit den meisten Leuten hier schon gesessen?«

»*Aye,* mal ein paar Worte gewechselt … vielleicht. Aber *kennen* … kann man nicht sagen. Nicht so, dass ich … ihnen helfen würde, eine … Leiche zu verscharren … oder so.«

Interessant.

Edward wandte sich vom Fenster ab, als Bigtoria und Sergeant Farrow zum Haus schauten und Setz-deinen-Arsch-in-Bewegung-Gesten machten. »Wieso sind Sie dann eigentlich hierhergezogen?«

Ein freudloses Lächeln. »Wo sollte ich … sonst hingehen, Junge? … Meine Irene ist vor dreißig Jahren gestorben … Ich hab damals fünf Jahre in Barlinnie abgesessen, und … Leo ›Big Boy‹ McQue … hat das Haus abgefackelt … Seine Art, sich dafür zu bedanken … dass ich seinen Dad … zum Krüppel gemacht hatte.« Mr Bishop schlurfte zurück zu seinem Rollstuhl. »Da kann man leicht den starken … Mann markieren … wenn der andere im Knast sitzt, was?« Seine Stimme wurde milder. »Man konnte sie nur … anhand ihres … Zahnstatus identifizieren.« Er ließ sich auf den gepolsterten Sitz sinken.

»Das tut mir leid.«

»*Aye*, mir auch, Junge.« Er blinzelte, und sein Blick wurde verhangen. »Mir auch.« In der Pause, die folgte, hätte man bis zehn zählen können, ehe Mr Bishop endlich von seinem geistigen Ausflug zurückkehrte. »Mein Ältester, Neil … der sitzt fünfzehn Jahre in einem … australischen Gefängnis ab … wegen Drogen … Tina hat dieses … Arschloch von Investmentbanker geheiratet … und wirft ein Kind nach dem anderen … wie ein Karnickel … Glaubst du, die wollen, dass … ein alter Sack … in ihrem Gästezimmer … den Löffel abgibt?« Er drückte sich die Maske aufs Gesicht und nahm einen keuchenden Atemzug nach dem anderen, bis sich das Zittern in seinen Armen und Beinen legte.

»Soll ich den Arzt rufen?«

Er tat das Angebot mit einer Geste seiner leberfleckigen Hand ab. »Also hab ich mich umgeschaut … ein bisschen in der Gefängnisbücherei recherchiert … und das hier war die beste Option.«

»Ich sollte jetzt besser gehen. Sie müssen sich ausruhen.«

»Es hieß nicht immer Glenfarach … Damals im sechzehnten … Jahrhundert hieß es … Gleann na Fola – das Tal des Bluts … Wegen einer kleinen Meinungsverschiedenheit … die damit endete, dass allen … männlichen Einwohnern über sechs Jahre … an einem Wasserfall die Kehle durchgeschnitten wurde … dort drüben in den Bergen.« Ein knochiger Finger zeigte zum Fenster. »Und alle Bäche färbten sich rot … Die Legende sagt, dass man … in einer stillen Nacht … immer noch ihre Geister schreien hört …«

Im Großen Wagen herrschte betretenes Schweigen, als Edward auf den Rücksitz stieg, aber wenigstens brüllte ihn niemand an, weil er sich verspätet hatte. Stattdessen saßen Sergeant Farrow und Bigtoria einfach nur da, ohne ein Wort zu reden, bis sie den Marktplatz erreichten. Als ob sie sich gestritten hätten oder so.

Dann gab Farrows Airwave drei Piepser von sich. PC Harlaws

Stimme tönte laut und deutlich aus den Lautsprechern des Wagens und löste den Krampf.

»Golf Foxtrot Sechs an Golf Foxtrot Vier, sprechbereit?«

»Na, Gott sei Dank.« Sergeant Farrow zwang ein wenig Munterkeit in ihre Stimme. »Anscheinend hat Jenna die Airwaves repariert.« Dann drückte sie einen Knopf am Lenkrad. »Schieß los, Dave.«

»Äh … Sarge? Ich … ähm …«

»Na los doch, Dave, spucks aus.«

»Okay …« Ein tiefer Atemzug. *»Sarge, du hattest mich doch gebeten, die ganzen Überwachungsvideos durchzugehen? Und zu schauen, ob ich Caroline Manson entdecken kann? Na ja … also … es gibt keine.«*

Niemand rührte sich.

Die Scheibenwischer ächzten und wimmerten.

Der Schnee fiel.

Der Wagen wurde langsamer und hielt an.

Und Bigtorias Wangen liefen dunkelrot an. »Was?«

Tja, das klang nicht gut.

Edward drückte sich tief in seinen Sitz und hielt sich aus ihrem Blickfeld raus, denn wenn bei einem DI der Blutdruck stieg, musste man zusehen, dass man kein leichtes Ziel abgab.

Sergeant Farrows Stimme war überraschend ruhig und tonlos. »Was soll das heißen, ›es gibt keine‹?«

»Ich bin sämtliche Disketten und auch die Backups durchgegangen« – er redete immer schneller und schneller – *»und überall ist nur Schnee, und ich kann alles von Montagabend und davor sehen, aber weder von gestern noch von heute gibt es Bilder, und ich weiß nicht, was ich tun …«*

Bigtoria schlug mit der Faust aufs Armaturenbrett. »WAS HABEN SIE GEMACHT?«

»Ich hab gar nichts gemacht! … Ich weiß nicht. Ich hab erst ein oder zwei Mal mit den Videos gearbeitet und … vielleicht hab ich…«

»DAS IST DOCH NICHT ZU FASSEN!« Spucketropfen landeten auf der Frontscheibe.

»Okay, okay.« Sergeant Farrow hob die Hand. »Erst mal tief durchatmen.« Sie wandte sich mit ihrer besonnenen Stimme an die DI.

»Die Systeme sind alle gestört, schon vergessen? Das passiert immer wieder mal, könnte ein Problem mit den Leitungen sein oder so.« Sie sah wieder nach vorne. »Ist schon okay, Dave, mach dir keinen Kopf. Sag einfach nur Jenna, dass sie es sich mal anschauen soll, wenn sie mit den Telefonen fertig ist.«

Zwei klägliche Wörtchen tröpfelten aus den Lautsprechern. »*Ja, Sarge.*« Dann piepste das Airwave, und er war weg.

»*Wunderbar.*« Bigtoria versetzte dem Armaturenbrett noch einen Hieb. »Wir haben also *keine* DNA, *keine* Fingerabdrücke, *keinerlei* forensische Spuren und *keine* Überwachungsvideos! Wie um alles in der Welt soll ich da …«

»Ich weiß, Ma'am, ich weiß.« Sergeant Farrow schenkte ihr ein trauriges Lächeln. »Ich sagte Ihnen doch, dass Glenfarach anders ist als jeder Ort, an dem Sie je gearbeitet haben.«

Bigtoria sackte in ihrem Sitz zusammen und schlug sich beide Hände vors Gesicht. »Himmel, hilf …«

Okay, jetzt, wo die Gewitterfront durchgezogen war, konnte man sich wahrscheinlich gefahrlos wieder blicken lassen.

Edward beugte sich vor. »Was unternehmen wir wegen Caroline Manson?«

Bigtoria rieb sich die Augen. »Normalerweise würde ich keine voreiligen Schlüsse ziehen und von zwei getrennten Fällen ausgehen, solange wir keine konkreten Indizien haben, die auf ihre Verwicklung in Newmans Tod hindeuten. Aber ich habe nicht das Personal für einen Vermisstenfall *und* eine Mordermittlung.«

»Wir können sie nicht einfach ihrem Schicksal überlassen, Ma'am!« Sergeant Farrow legte wieder den Gang ein. »Caroline gehört zum Team. Was, wenn sie verletzt ist? Was, wenn …«

»Oder tot.« Edward zuckte mit den Schultern. »Tut mir leid, aber seit gestern Mittag hat sie niemand mehr gesehen – und bei diesem Wetter?«

Bigtoria sah aus dem Beifahrerfenster.

Sergeant Farrows Kiefermuskeln spannten sich an, als sie am Marktplatz rechts abbog.

Edward rutschte auf seinem Sitz hin und her.

Er sah zu, wie ein weiterer Bewohner, der eine Einkaufstasche mit Tartanmuster trug, lächelte und dem Großen Wagen zuwinkte.

Er räusperte sich.

»Sarge? Von Ihren zweihundert Bewohnern – wie vielen von denen vertrauen Sie?«

»Kommt drauf an.« Und dann in argwöhnischem Ton: »Wieso?«

»Wie die DI sagt – wir haben nicht die Leute, um *beide* Ermittlungen durchzuführen, aber wir *könnten* Zivilpersonen heranziehen, um das Dorf zu durchsuchen, oder nicht? Wäre doch möglich, dass sie Ms Manson finden.«

Sie zog die Stirn in Falten. »Einige von den Sexualstraftätern müssten wir ausschließen ... aber vielleicht ...?« Sie blickte sich zu Bigtoria um. »Aber das überschreitet meine Kompetenzen.«

Ein Nicken. »Machen Sie's.« Dann zog Bigtoria ein Blatt aus der Dokumentenmappe und drückte es Farrow in die Hand. »Und lassen Sie Ihren Trottel Harlaw die Liste von Mansons Klienten durchgehen. Er soll ermitteln, mit wem sie zuletzt Kontakt hatte. Wenn wir Glück haben, ist das etwas, was nicht mal er vermasseln kann.«

Edward sah zu, wie wieder ein unheimlicher winkender Bewohner vorbeiging. »Und was ist mit uns, Chefin?«

»Wir müssen mit einem gewissen forensischen Psychologen reden.«

Singh House war ein hübsches kleines zweigeschossiges Häuschen in der Nordostecke von Glenfarach. Die Straße war voll von der Sorte, jedes ein klein wenig anders als seine Nachbarn, auf eine dezente, stilvolle Weise. Es war eine dieser Ecken, wo wahrscheinlich früher die Leute mit Geld gewohnt hatten – damals, bevor das Dorf zu einem Refugium für Gangster und Sexualstraftäter geworden war.

Edward sprang hinaus in den Schnee und schloss den Großen Wagen ab, dann folgte er Bigtoria den Gartenweg entlang zur Haustür. »Chefin? Haben Sie keine Angst, dass wir ein bisschen viel von Constable Harlaw verlangen? Ich meine, er ist ...«

»Ein Trottel.« Sie drückte die Klingel.

Stimmt.

Aber trotzdem …

»Er ist jung. Sieht aus, als wäre er kaum aus der Probezeit raus.« Er setzte eine halb kritische, halb mitleidige Miene auf. »Es ist nur so, dass wir ihm eine Menge aufhalsen, und ich mache mir Sorgen, dass …«

Die Tür von Singh Cottage ging auf, und ein alter Mann in einem schlecht sitzenden Rugby-Trikot und einem Turban stand vor ihnen, die Arme verschränkt, einen grimmigen Ausdruck in seinem zerfurchten Gesicht. Sein grau glänzender Bart reichte ihm fast bis zum Nabel. Große rechteckige Brillengläser, ein Diamantstecker im Ohr. Sein Akzent war irgendwo zwischen der gedehnten Sprechweise eines Grundschülers aus Dundee und dem spöttischen Ton eines St.-Andrews-Studenten stecken geblieben. »Sie *wünschen*?«

Bigtoria hielt ihren Dienstausweis hoch. »Mr Singh? Helen Sneddon hat mir gesagt, dass Sie Kriminalpsychologe waren.«

Er reckte das Kinn mitsamt dem wallenden Vollbart. »*Forensischer* Psychologe. Ja, das bin ich.« Eine schmerzerfüllte Pause. »Das heißt, ich war es bis zu dem bedauernswerten Missverständnis. Zwanzig Jahre als Gutachter für die Tayside Police.«

Sie musterte ihn kritisch. »Und taugen Sie was?«

Da schlug mal wieder DI Montgomery-Porters legendäre Sozialkompetenz zu.

»Ob ich was *tauge*?« Seine Augen weiteten sich, seine Wangen bebten, während sein Mund ganz verkniffen und seine Stimme ganz scharf wurde. »Erinnern Sie sich an den Stobswell Strangler und den Perthshire Ripper? Ich wollte ihn ›Desperate Dan‹ nennen, aber die Anwälte der Polizei haben uns das nicht erlaubt, aus Copyright-Gründen. Aber es war *meine* verhaltensbasierte Fallanalyse, durch die sie beide gefasst wurden.« Ein arrogantes Schniefen. »Und viele andere mehr.«

Edward trat vor und versuchte nach Kräften gegenzusteuern. »Ms Sneddon sagt, dass Sie vielleicht der klügste Mensch in ganz Glenfarach sind, und wir sollten auf jeden Fall mit Ihnen sprechen. Das heißt, in Ihrer Eigenschaft als Experte.«

Seine Miene entspannte sich. »Soll das heißen, Sie, die Polizei, bitten Dr. Kuwarjeet William Singh – DSc, FBPsS, FacSS – um Hilfe bei der Ergreifung eines Verdächtigen?« Sein Blick wurde ganz verschleiert und hoffnungsvoll. »Nach all den Jahren?«

»Sozusagen. Absolut. Wenn Sie uns helfen könnten, wäre das super.«

Jetzt traten Tränen in die verschleierten Augen. »Sie wissen ja nicht, wie lange ich darauf gewartet habe, dass jemand das zu mir sagt.«

Mr Bishop hatte recht – mit Honig und Scheiße fing man grundsätzlich mehr Fliegen.

Edward legte noch eine Schippe drauf. »Das wäre *enorm* hilfreich, nicht wahr, Chefin?«

Bigtoria stand nur da und schwieg. Hielt es nicht für nötig, sich zu beteiligen. Na schön, auch egal. Wurde auch Zeit, dass ihr jemand demonstrierte, wie ein richtiger Polizist das meiste aus einem Zeugen herausholte.

»Ich glaube nicht, dass wir es ohne Sie schaffen können, Dr. Singh.«

Ein seliges Lächeln teilte den Bart. »Nun, wenn das *so* ist … können Sie sich gleich wieder verpissen.«

Er knallte Edward die Tür vor der Nase zu.

»Ah …«

Bigtoria applaudierte Edward ironisch. »O ja, sehr gut. Ihre Scheiße-und-Honig-Nummer hat mich ja *so* beeindruckt. Ich kann offenbar noch sehr viel von Ihnen lernen.« Sie schnaubte. »Idiot.«

»Ach, Mensch, was kann ich denn …«

Die Tür ging wieder auf, und da stand Dr. Singh: die Brust gewölbt, das Kinn gereckt, musterte er sie von oben herab. »Eine Bedingung: Sie reden mit jemandem über die Aufhebung meines absolut lächerlichen Schuldspruchs – bei dem es sich übrigens um einen eklatanten Justizirrtum handelt –, und ich bekomme für meine Dienste Sozialpunkte im Wert von drei Wochen.«

Bigtoria trat vor. »Wir denken darüber nach. *Wenn* sich das, was Sie uns erzählen, als brauchbar erweist.«

Er verbeugte sich formvollendet. »Dann dürfen Sie jetzt eintreten.«

Dr. Singhs »Arbeitszimmer« war sehr geräumig, mit Erkerfenstern, die auf einen weitläufigen, vollkommen eingeschneiten Garten hinausgingen. Bücherregale säumten zwei Wände, doch der restliche Platz wurde von einer Reihe von vier Aktenschränken und einem riesigen Schreibtisch aus massiver Eiche eingenommen. Eine bunte Mischung von Pinnwänden bedeckte nahezu die gesamte verbleibende Tapetenfläche, doch den Ehrenplatz nahm eine übergroße Karte von Glenfarach ein, auf der sämtliche Häuser mit Filzstift farbig markiert waren.

Singh nahm auf einem Drehstuhl mit schwarzem Lederbezug Platz und lächelte wie ein stolzer Vater, als seine Besucher sich im Zimmer umsahen. »Man will ja nicht aus der Übung kommen.« Er deutete auf die Aktenschränke. »Ich habe Akten von allen Bewohnern Glenfarachs sowie von sämtlichen Zivilbediensteten und Polizeibeamten.«

Auf seinem Schreibtisch lagen zwei Sammelmappen. Die eine war so dick wie ein Telefonbuch und mit »GEOFF NEWMAN« beschriftet. Die andere schien noch fast leer zu sein: »MARK ›MARKY‹ BISHOP.«

Bigtoria griff sich Newmans Akte und blätterte sie durch. »Und Ihre Sozialarbeiterin findet das in Ordnung, ja?«

»Caroline findet es gut, wenn man ein Hobby hat.« Er rollte mit seinem Stuhl zum Aktenschrank und begann darin zu stöbern. »Also, Sie möchten *alles* über sie wissen. Manson, Manson ... Ah, da haben wir sie.« Er rollte wieder zurück, in der Hand eine dritte Aktenmappe, die er auf den Schreibtisch legte und aufschlug. Er verteilte den Inhalt auf verschiedene Stapel. »Ist vor sechs Jahren zu unserer glücklichen kleinen Familie gestoßen.«

Er griff ein großformatiges Hochglanzfoto heraus und hielt es hoch.

Laut dem handgeschriebenen Etikett in der unteren Ecke handelte es sich um Caroline Manson. Eine attraktive Frau – lange, gerade Nase; dunkles, welliges Haar, an den Spitzen sonnengebleicht; Mitte zwanzig. Ein etwas unbehagliches Lächeln, als ob sie sich nicht ganz sicher wäre, dass sie fotografiert werden wollte.

Dr. Singh nahm seine Brille ab, steckte sie in eine Falte oben in seinem Turban und ersetzte sie durch eine kleine Lesebrille mit runden Gläsern, die er aus einer Schublade nahm. Dann nahm er sich einen der Papierstapel vor und ging ihn durch. »Aha.« Er zog ein paar Bögen mit handgeschriebenen Notizen in einer engen, unleserlichen Schrift hervor. »Caroline Rosemary Manson, neunundzwanzig« – also älter, als sie aussah –, »Masterabschluss in Sozialer Arbeit an der Glasgow Caledonian University. Ihre erste Stelle war bei der Stadtverwaltung von Edinburgh, Abteilung Strafjustiz für den North East District, in der Beratungsstelle für von häuslicher Gewalt betroffene Frauen. Carolines Fälle brachten sie häufig in …«

Bigtoria pochte auf den Schreibtisch. »Schon gut, wir müssen ja nicht bis zum Urknall zurückgehen. Nur die relevanten Details.«

Er versteifte sich. »Aha.« Wieder dieses arrogante Naserümpfen. »Es würde mir helfen zu entscheiden, was relevant ist und was nicht, wenn Sie mir sagen könnten, *warum* Sie nach ihr fragen.«

Eine Pause, dann ein Nicken. »Geoff Newman wurde ermordet.«

»Tatsächlich?« Dr. Singhs Augen funkelten. »Ich muss natürlich die Tatortfotos sehen, den vorläufigen Bericht der Rechtsmedizin, und ich finde es immer sehr erhellend, den Ort des Geschehens persönlich in Augenschein … Ah.« Sein Lächeln wurde breiter. »Aber das geht ja nicht, weil die Person, die ihn getötet hat, das Haus niedergebrannt hat. Nun ja, auch gut.« Er rieb sich die Hände. »Ich habe schon sehr, sehr lange nicht mehr an einem aktiven Fall gearbeitet.« Sein Blick ging von Bigtoria zu Edward und wieder zurück. »Nun?« Er streckte die Hand aus, mit der Handfläche nach oben. »Fotos?«

Die DI schien sich plötzlich sehr für den Teppich zu interessieren. »Wir haben keine. Wir hatten den Tatort abgesperrt, um ihn bis zum Eintreffen der Spurensicherung im ursprünglichen Zustand zu erhalten.«

»Ja, aber vorher haben Sie doch sicher ein paar Bilder mit Ihrem Handy gemacht, oder?« Wieder dieser fragende Blick. Dann zog er eine Augenbraue hoch, als er endlich begriff. »Oje.«

Edward zuckte mit den Schultern. »Das ist uns eigentlich gar nicht mehr erlaubt. Falls es hilft: Er wurde zu Tode gefoltert. Die Augen ausgestochen, zahlreiche Blutergüsse und Stichwunden. Unmengen von Blut. Und er war an einen Tisch gefesselt.«

»An einen *Tisch* gefesselt?«

»Auf dem Rücken liegend, Hand- und Fußgelenke an die Tischbeine gebunden, mit dem Kopf über die Kante hängend. Nackt bis auf die Unterhose.«

Dr. Singh nahm seine Lesebrille wieder ab und kaute auf einem Bügel herum, die Stirn gerunzelt. »Verstehe. Verstehe. Als ob er ein Menschenopfer wäre … Man hat ihm nicht das Herz rausgeschnitten, oder?«

Na toll, so konnte man das Bild im Kopf noch ein bisschen schlimmer machen.

»Nein, nur die Augen.«

»Schade. Und Sie haben den begründeten Verdacht, dass Caroline Manson dafür verantwortlich sein könnte?«

Bigtoria pflanzte sich auf die Schreibtischkante und blätterte in Dr. Singhs Notizen. »Die Tat wurde von jemandem begangen, der keine elektronische Fußfessel trug. Manson trägt keine, und sie ist unauffindbar.«

»Verstehe … Ja.« Er kniff sich in die Nasenwurzel. »Wissen Sie, mit Fotos wäre das Ganze wirklich wesentlich einfacher.« Er atmete lange und langsam aus. »Aber lassen Sie uns sehen, was wir mit dem vorhandenen Material anfangen können.« Er setzte die Brille wieder auf, ganz geschäftsmäßig. »Wer hat die Leiche gefunden?«

»Agatha Reynolds, gestern um …?«

Edward konsultierte seine Notizen. »Fünfzehn Uhr sechzehn.«

»Erster Beamter vor Ort?«

Wieder antwortete Edward. »Constable Harlaw und Constable Samson.«

»Interessant. Und ich nehme an, dass auf den Überwachungsvideos nichts zu sehen ist – oder jedenfalls nichts *Identifizierbares* –, denn sonst wären Sie nicht zu mir gekommen.« Er legte die Fingerspitzen aneinander. »Es wird nicht einfach sein, bei einer so dürftigen

Ausgangslage ein Profil zu erstellen, aber ich hätte vielleicht die eine oder andere Idee dazu.«

Bigtoria warf seine Notizen wieder auf den Schreibtisch. »Kommen Sie zur Sache: Könnte sie Newman das angetan haben?«

Er verharrte reglos.

Draußen fielen die Schneeflocken, lautlos und langsam wie Federn eines sterbenden Vogels.

Eine Katze balancierte über den Gartenzaun.

Und dann: »Caroline hatte ein schwieriges Verhältnis zu ihrer Mutter, zweifellos verursacht durch …«

»Nur die relevanten Details!«

Nach seiner Stimme zu urteilen, hätte man denken können, dass Dr. Singh mit einem kleinen Kind sprach. »Ich spreche von Carolines psychischer Verfassung, Detective Inspector. Sie möchten wissen, ob sie in der Lage ist, einen Mann zu Tode zu foltern. Das *ist* relevant.« Dr. Singh hielt inne, den Kopf zur Seite geneigt, als ob er auf die Erlaubnis wartete, fortzufahren. Und als Bigtoria mit den Augen rollte: »Carolines Vater war ein gewalttätiger Alkoholiker. Ihre Mutter hat furchtbar unter ihm gelitten, und Caroline ebenso. Möglicherweise nicht nur emotionaler Missbrauch und körperliche Misshandlungen. Mein Eindruck ist, dass es auch ein sexuelles Element gab.«

Edward zog das Kinn ein. »Woher wollen Sie das wissen?«

»Sie ist seit sechs Jahren hier. Die Leute reden gerne mit mir.« Er schwenkte die Hand zu den Aktenschränken. »Wenn man nur aufmerksam und lange genug zuhört, ist es erstaunlich, was man sich alles zusammenreimen kann.«

»Sie wird also Sozialarbeiterin wegen der Erfahrungen mit ihrem Vater. Und deswegen ist ihre erste Stelle eine, bei der sie mit häuslicher Gewalt befasst ist.«

Dr. Singh wandte sich Bigtoria zu und lächelte. »Sehen Sie? Relevant.« Dann sah er auf die Akte herab. »Aber bedauerlicherweise ist die Geschichte wie so oft dazu verdammt, sich zu wiederholen. Caroline ging mehrere missbräuchliche Beziehungen ein, mit ausgesprochen unangenehmen Männern, bis sie vor sechs Jahren beschloss, dass sie einen Neuanfang brauchte, und zu uns kam.«

Bigtoria sah auf ihre Uhr. »Ich warte immer noch.«

Ein Seufzer. »Caroline wurde höchstwahrscheinlich von ihrem Vater missbraucht, und jetzt ist sie hier in Glenfarach, wo sie täglich mit Kinderschändern und gewalttätigen Gangstern zu tun hat. Das hat seinen Tribut gefordert.«

»Wie denn – sie rastet eines Morgens einfach aus, fesselt Newman an einen Tisch und foltert ihn zu Tode, in einer Art stellvertretendem Racheakt?«

»Sie beklagte sich seit Monaten über ihren Stresspegel. Wenn sie nun beschlossen hat, etwas gegen die Ursachen zu unternehmen? Dann ja.« Dr. Singh nickte. »Dann könnte Caroline tatsächlich zu sehr schlimmen Dingen fähig sein.«

11

Edward lenkte den Wagen vorsichtig zurück auf die West Main Street. Immerhin durfte er jetzt vorne sitzen, was ja schon eine Steigerung war. »Haben Sie ihm irgendwas davon abgekauft?«

Bigtoria hielt wie üblich auf dem Beifahrersitz Hof. Sie studierte mit zusammengekniffenen Augen die Notizen, die sie von Dr. Singh beschlagnahmt hatte, und bewegte die Lippen, während sie mit dem Finger über das unleserliche Gekritzel fuhr. »Warum haben Mediziner immer so eine Sauklaue?«

»Ms Manson wacht eines Morgens auf und beschließt, dass das Zu-Tode-Foltern von Pädophilen ihr neues Hobby ist?«

»Hmmm …«

Herrgott noch mal!

»Sie hören mir gar nicht zu, oder?«

Bigtoria ließ einen tiefen, schnaufenden Atemzug entweichen. »Warum läuft hier nie irgendwas nach Plan?«

»Weil, für mich sieht das nicht nach dem Werk eines Amateurs aus. Wer das mit Geoff Newman gemacht hat, wusste ganz genau, was er tat.«

Sie schlug die Mappe zu und starrte eine Weile aus dem Fenster. Die Lippen zusammengepresst, mahlte sie mit dem Kiefer, als ob sie wiederkäute.

Sie machte es immer noch, als Edward den Wagen parkte.

»Chefin?« Er deutete aus dem Fenster. »Da wären wir. Der letzte Ort, den das Opfer vor seinem Tod aufgesucht hat.«

Der Glenfarach General Store war ein pittoresker alter Kaufladen von der Sorte, wie man sie auf Supermarkt-Weihnachtskarten sieht. Ein zweigeschossiges Häuschen wie aus einem Dickens-Roman, dessen Erker mit Sprossenfenstern eine ideale Kulisse für Weihnachtslieder singende Straßenkinder abgegeben hätte. Der Zuckerguss aus

Schnee auf den Holzrahmen verstärkte noch den Effekt, zusammen mit dem einladenden goldgelben Licht, das in den winterlichen Morgen hinausschien.

Bigtoria schnallte sich ab. »Wir müssen Caroline Manson so schnell wie möglich finden!«

»Wir tun doch, was wir können, Chefin. Ich meine, unter den gegebenen Umständen.«

»Uaah.« Sie rieb sich das Gesicht. Dann ließ sie die Schultern sacken. »Ich brauche zehnmal so viele Leute, plus ein HOLMES-Terminal, Spurensicherung, Rechtsmedizin, Staatsanwalt, Budget- und Ressourcenmanagement, Supervision ... Und was habe ich? Eine Sergeant und zwei Idioten.«

Womit ja hoffentlich die Constables Harlaw und Samson gemeint waren.

Edward trommelte mit den Händen aufs Lenkrad. »Vielleicht haben Sergeant Farrows Suchteams ja Erfolg?«

»So, wie *meine* Woche bisher läuft, finden sie wahrscheinlich eine weitere Leiche.« Bigtoria wuchtete sich aus dem Großen Wagen. »Aber bis dahin machen wir weiter wie geplant.«

Na gut.

Er trat zu ihr auf den Gehsteig und sah auf den Ausdruck. »Hier steht, dass der Glenfarach General Store von einem gewissen Kevin Clarke geführt wird. Zweiundsechzig, war Drogendealer in Stirling, bis er eines Tages drei Menschen tötete und flüchtete. Brachte einen Polizeibeamten in den Rollstuhl und einen anderen für acht Monate ins Koma.« Klang nach einem wirklich sympathischen Zeitgenossen. »Ist seit zwanzig Jahren hier.« Edward blätterte um. »Seine Mitarbeiterin heißt Wendy Hamilton. Hat das ganze Geld ihrer Mutter unterschlagen und die Nummer dann bei zwei Hilfsorganisationen wiederholt, die Geld für unterernährte Kinder in Afrika sammelten. Insgesamt drei Komma sechs Millionen. Lebte in Saus und Braus in Monaco, als sie gefasst wurde.«

»Was Sie nicht sagen.« Bigtoria betrat den Laden, wobei ein altmodisches Türglöckchen erklang.

Von außen sah der General Store aus, als ob man drinnen von Leuten in gestreiften Schürzen bedient würde, die vor polierten Holzregalen standen. Stattdessen fanden sie sich in einem langen, offenen Raum, der durch Metallregale unterteilt war, vollgestopft mit Dosen und Flaschen und Behältern und Schachteln. Neben der Kasse gab es eine Auslage mit Konfekt, eine Reihe von Sammelbüchsen für verschiedene wohltätige Zwecke und eine beheizte Vitrine mit Pasteten.

Edward folgte Bigtoria, vorbei an einem halben Dutzend Regalen und Drehständern mit Artikeln, die man nur als »Kunsthandwerks-Ramsch« bezeichnen konnte.

Ein Mann und eine Frau waren hinter dem Tresen beschäftigt. Sie plauderten und lachten, während sie eine Palette Bohnenkonserven mit einer Etikettierpistole auszeichneten. Er war hochgewachsen und dürr und hatte seine langen Haare, deren schwarze Farbe angesichts seines Alters unmöglich natürlich sein konnte, zu einem schlaffen Pferdeschwanz gebunden. Mindestens vier Piercings in jedem Ohr und einen Stecker in seiner schiefen Nase. Aber das Auffälligste an ihm waren die Tattoos. Unmengen davon, die meisten direkt aus dem Handbuch *Selbstverunstaltung für Gefängnisinsassen* entnommen. Sie färbten seine Handrücken, sprossen aus dem Kragen seines karierten Hemds und bedeckten beide Wangen und den größten Teil seiner Stirn.

Seine Kollegin war Ende vierzig, groß, mit grauen Locken, die ein herzförmiges Gesicht umrahmten. Eine Frau, die in einer Vorstandsetage, auf dem Golfplatz oder bei einer Swingerparty nicht fehl am Platz gewirkt hätte.

Der Mann blickte sich um, als das Bimmeln der Türglocke verhallte. »Oho, sind das etwa neue Bewohner, die ich da erblicke? Willkommen in Glenfarach, meine Lieben! Immer hereinspaziert. Keine Sorge, wir beißen nicht, oder, Wendy?«

Sie zog die Augenbrauen hoch. »Na ja, wenn man mich höflich bittet, vielleicht.« Ein Upperclass-Akzent, mit dem sie in jeder Jane-Austen-Verfilmung der BBC hätte mitspielen können.

Sie lachten beide.

Edward und Victoria lachten nicht.

Der Dienstausweis kam zum Einsatz. »Detective Inspector Montgomery-Porter. Sind Sie Kevin Clarke? Ich muss Ihnen ein paar Fragen zu Geoff Newman stellen.«

»Uuuui.« Der tätowierte Mann stützte sich mit den Ellbogen auf den Tresen. »*Faszinierend.* Ich muss sagen, der Klatsch heute Morgen war einfach köstlich. Stimmt es, dass er bei lebendigem Leib in seinem Cottage verbrannt wurde?«

Ms Hamilton umklammerte eine imaginäre Perlenkette an ihrer Brust und riss die Augen weit auf. »Ich habe gehört, er sei *zerstückelt* worden.«

»Newman war vorgestern hier bei Ihnen im Laden.«

»Das war er in der Tat.« Kevins Spinnennetz-Hand beschrieb eine kreisende Geste. »Soweit ich mich entsinne, waren es Baked Beans, eine Packung Würstchen und eine Tüte Weißbrot in Scheiben.« Ein Seufzer. »Warum ich überhaupt Prosciutto crudo, Panettone und Trüffelöl im Sortiment habe, ist mir schleierhaft.«

Seine Kollegin schüttelte den Kopf. »Manche Leute wissen die guten Dinge im Leben einfach nicht zu schätzen.«

»Wie oft hat er ...«

»Bohnen und Würstchen auf Toast. Ich bitte Sie.«

Die DI straffte den Rücken. »Wie oft hat Geoff Newman ...«

»Wir geben uns ja weiß Gott Mühe, ihren Geschmack zu schulen, aber was können wir tun, wenn sie sich einfach weigern, an sich zu arbeiten?«

Bigtoria wandte sich an Edward. »DC Reekie, Sie gehen jetzt mit Ms ...?«

Sie kam hinter dem Tresen hervor. »Hamilton.« Dann bot sie ihre Hand zum Handkuss dar. »Reizend, Sie kennenzulernen.«

Bigtoria ignorierte sie. »Gehen Sie mit Ms Hamilton in ein anderes Zimmer und stellen Sie ihr Fragen zu Mr Newman.«

Na toll, jetzt war er die Ablenkung.

Obwohl – wenn er es schon machen musste, dann konnte er

auch versuchen, es gut zu machen – und es wieder mit der Honig-und-Scheiße-Masche probieren. Auch wenn sie bei Dr. Singh nicht funktioniert hatte. »Chefin.« Er hakte sich bei Ms Hamilton ein und imitierte Kevin Clarkes künstlich munteren Tonfall. »Wollen wir? Übrigens, Ihre Frisur gefällt mir ausgesprochen gut. Sehr schick.«

Sie kicherte und ließ sich von ihm hinausführen.

Hinter ihnen ertönte Bigtorias gewohnt unfreundliches Knurren. »*Also, Mr Clarke, versuchen wir's noch einmal: Geoff Newman ...*«

Der Inbegriff des Charmes.

Wendy Hamilton lehnte sich an die Arbeitsplatte. »Ich würde Ihnen ja eine Tasse Tee anbieten, aber ...?«

Die kleine Küchenzeile war im hinteren Teil des Ladens unterge-bracht, am Ende eines kurzen Flurs, in dem es nach Kreuzkümmel und Linsen roch.

Edward behielt den aufgesetzt munteren Tonfall bei. »Ich kann ihn machen, wenn Sie möchten?«

Sie deutete in die ungefähre Richtung des Wasserkochers.

Er füllte ihn an dem kleinen Waschbecken. »Kevin ist schon ein Original, nicht wahr? Bei seiner Statur und den ganzen Tattoos, da würden man denken, er wäre so ein richtig harter Kerl, vor dem man Angst haben muss.«

»Für mich nur Milch, kein Zucker. Ich bin selbst süß genug.«

»Vor allem bei seinem Strafregister.« Er setzte den Kocher auf und schaltete ihn ein.

Ihre Stimme wurde hart. »Wir sprechen nicht über diese Dinge. Das gehört sich nicht.«

»Genau. Verstanden. Bitte vielmals um Entschuldigung.« Edward nahm zwei Becher vom Abtropfbrett und schenkte ihr ein entwaff-nendes Lächeln. »Das alles hier ist mir noch ziemlich neu. Muss mich erst noch reinfinden.«

Sie starrte ihn an, den Kopf zur Seite geneigt, und sah zu, wie er die Teebeutel in die Becher hängte. Und dann: »Es sei Ihnen verzie-hen.«

Er legte noch eine Schippe drauf. »Sie kriegen sicher so einiges zu sehen, wenn Sie hier arbeiten. Wie war Geoff Newman so?«

»Es ist mein Schicksal, dass ich dazu verdammt bin, mit Menschen wie Geoff Newman zu verkehren.« Ms Hamilton blähte die Nasenflügel. »Ein *Kinderschänder* – das muss man sich mal vorstellen.«

Ach, wenn *sie* es machte, »gehörte« es sich schon, oder wie?

»Muss eine beeindruckende Erfahrung sein.« Der Wasserkocher schaltete sich ab, und Edward füllte die Becher. »Solche Leute kennenzulernen.«

»Er hat natürlich ständig versucht, uns dazu zu überreden, dass wir ihm Alkohol verkaufen. Ich hab's ihm immer wieder erklärt. ›Geoff‹, hab ich gesagt, ›Sie bekommen keinen Alkohol, das steht hier in Ihrer Akte.‹« Sie senkte die Stimme und beugte sich vor. »Wir müssen über alle unsere Kunden Buch führen, für den Fall, dass sie Dinge zu kaufen versuchen, die ihnen nicht erlaubt sind. Und es ist fast immer Alkohol.«

»Wow.« Na ja, so *wow* nun auch wieder nicht – aber es war eine unverbindliche Antwort, die wie Zustimmung klang.

Schien auch gut anzukommen.

»Und unter uns gesagt: Montag war nicht das erste Mal, dass er hier reinkam und nach billigem Schnaps und Fusel roch.«

»O Gott, ja, ich habe gehört, dass er sich heimlich irgendwo Alkohol besorgt hatte.« Er quetschte die Teebeutel mit einem Löffel an der Becherwand aus. »Wie *furchtbar*.«

»Ich weiß, und von uns bekommt er ihn nicht, also wo hat er ihn dann her? Unser Laden ist der einzige mit einer Lizenz zum Verkauf von Bier, Wein und Spirituosen. Gut, im Hotel kann man etwas bekommen, aber nur zusammen mit einer Mahlzeit, und auch nur, wenn man keinen Vermerk in seiner Akte hat.«

»Wow.« Ein Schuss Milch in jeden Becher.

»Wenn Sie mich fragen: Dieser junge Mann hat sein eigenes Gebräu hergestellt. Na ja, eine bestimmte Sorte von Leuten macht doch so was, nicht wahr? Die machen in ihren Heizkörpern ›Gefängniswein‹, wo wir doch hier einen absolut erschwinglichen Merlot anbieten.«

»Absolut.« Er reichte ihr einen Becher. »Mit Milch, aber ohne Zucker, weil Sie ja schon süß genug sind.«

»Sie sind ja ein richtiger Charmebolzen.« Sie nahm einen Schluck und beäugte ihn über den Rand ihrer Tasse hinweg wie eine Katze, die einen Vogel auf der Fensterbank entdeckt hat. »Er ist nicht der Einzige, wenn Sie wissen, was ich meine. Es gibt etliche Leute auf der ›Kein-Alkohol‹-Liste, die hier reinkommen und sternhagelvoll sind.«

»Nein!«

»Sie sind wahrscheinlich in einem Syndikat oder einem Ring oder so was in der Art. Betreiben eine illegale Brennerei, wie irgendwelche Hinterwäldler in den Highlands.«

Er schüttelte den Kopf. »Das ist ja wirklich furchtbar.«

Aber es war durchaus plausibel. Geoff Newman verlässt sein Haus am Montagmorgen, verschwindet im Wald, besucht seine Privatdestille, lässt sich mit Schwarzgebranntem volllaufen und geht dann zum Einkaufen ins Dorf. Das würde jedenfalls die fehlenden zwei Stunden erklären.

Edward nahm einen Schluck Tee. Viel besser als das billige Zeug daheim auf dem Revier. »Wäre es vielleicht möglich, dass ich mir mal die Aufnahmen der Überwachungskameras anschaue? Wenn es nicht zu viel Mühe macht?«

Ms Hamilton schürzte die Lippen, dann nickte sie. »Warum nicht, wenn Sie so nett fragen.« Sie ging voran aus der Küche in den nach Kreuzkümmel und Linsen riechenden Flur und durch eine Tür mit der Aufschrift »LAGER«.

Dahinter verbarg sich ein Labyrinth von raumhohen Regalen voller großer Gebinde von Dosen und Packungen und Flaschen sowie Kisten mit allen dreien. Ein Stapel von diesen badvorlegergroßen Paletten mit frischen Eiern. Ein brusthoher Haufen unförmiger Kartoffelsäcke. Reihen von Toilettenreinigern und Bleichmittel und Deos und Socken. Eine große Metalltür, die zu einer Kühlkammer führte.

Hier war noch mehr Kunsthandwerks-Ramsch gelagert – eine ganze Abteilung nur mit dilettantischen Aschenbechern und Gemälden und Sachen aus Holz und Federn und Muscheln. Was immer ein Mensch ohne jedes künstlerische Talent aus irgendwelchem alten Schrott fabrizieren konnte – hier fand man es.

Ms Hamilton musste seine Grimasse bemerkt haben, denn sie verzog ebenfalls das Gesicht. »Ich weiß, absolut *grässlich*, nicht wahr?« Sie griff in einen Pappkarton und holte eine Keramikvase hervor, die nicht ganz so aussah, als hätte ein betrunkener Grundschüler sie gemacht. Dann einen gestrickten Drachen, der eigentlich gar nicht so übel war. »Ich meine, manches davon ist ganz okay, aber du lieber Gott, müssen wir wirklich so viel davon auf Lager haben?« Sie legte beides zurück in den Karton und wischte sich die Hände an der Hose ab. »Aber so ist unser Kevin nun mal. Ein totaler Softie. ›Es gibt einfach nicht genug Arbeit für alle, Wendy‹ – ›Die Leute brauchen etwas, womit sie die Zeit totschlagen können, Wendy‹ – ›Wir unterstützen hiesige Künstler, Wendy.‹« Sie ergriff wieder Edwards Arm. »Verstehen Sie mich nicht falsch, ich liebe den Mann wirklich über alles, aber ›Künstler‹? Die Hälfte von denen könnte einen Monet nicht von einem Mondrian unterscheiden.«

»Da haben Sie ja so recht. Es muss …« Edward erstarrte und blickte zu den Deckenleuchten auf, die plötzlich summten und flackerten – und dunkler wurden. Und sich dann langsam wieder zu ihrer vollen Leuchtkraft aufschwangen. »Okay.«

Ms Hamilton drückte seinen Arm. »Keine Sorge, das passiert manchmal bei schlechtem Wetter. Letzten Winter hatte das gesamte Dorf eine Woche lang keinen Strom. Da gingen bei uns die Kerzen und die Thermosocken weg wie warme Semmeln.«

Die Lampen summten und flackerten erneut.

»Okaaaaay …«

Sie ging voran zu einer Holztür mit einem schicken Messingschild, auf dem »Kevins Büro« stand, und führte Edward in einen beengten Raum mit Regalen an drei Wänden und einem Schreibtisch an der vierten. Überall hingen Fotos von Jude Law und Russell Crowe mit nacktem Oberkörper, entweder aus Zeitschriften ausgeschnitten oder aus Kalendern entnommen. Dazu weitere männliche Filmstars, allesamt mehr oder weniger leicht bekleidet, die unrealistische Sixpacks und Arme wie Schinken präsentierten.

Sie ließ sich auf den einzigen Stuhl im Raum sinken und tippte auf der Tastatur eines klapprigen alten Computers herum, bis eine Aufnahme der Ladenfläche auf dem Bildschirm auftauchte. Die Kamera war über und hinter dem Tresen montiert und blickte an den Regalreihen vorbei zum Eingang. Bei dem grauen Fleck in der linken unteren Ecke schien es sich um Ms Hamiltons Hinterkopf zu handeln.

Die echte Ms Hamilton lächelte. »So, also: Vorgestern, Montagnachmittag …«

Auf dem Bildschirm sprang das Video laut Zeitstempel achtundvierzig Stunden zurück in die Vergangenheit und zeigte dann im Schnelldurchlauf das Kommen und Gehen im Laden, bis es schließlich kurz vor sechzehn Uhr war und Geoff Newman auftauchte.

Sie ließ die Aufnahmen mit normaler Geschwindigkeit weiterlaufen.

Newman war fest in seine Daunenjacke und Wollmütze eingemummt und hatte die Hände tief in den Taschen vergraben. Er nahm sich einen Korb und schlurfte ein paar Minuten lang durch den Laden, ehe er an die Kasse trat. Er sah Ms Hamilton nicht in die Augen, als sie die drei Artikel, die er auf den Tresen gelegt hatte, eintippte.

Jetzt tippte ihr polierter Fingernagel auf den Bildschirm. »Er kam ein- oder zweimal in der Woche rein und kaufte jedes Mal genau das Gleiche: Würstchen, Bohnen und einen Laib geschnittenes Weißbrot. Ab und zu eine Flasche Milch oder eine Packung Cornflakes, und *einmal* eine Dose Quality Street, aber das war auch schon der Gipfel der Extravaganz.«

»Wow.«

»Ich meine, wofür hat er eigentlich seine Sozialpunkte gespart? Ich habe ihm gesagt: ›Sie sollten sich ab und zu mal was gönnen‹, hab ich gesagt. ›Ein bisschen das Leben genießen!‹«

»Und was hat er gesagt?«

Sie verdrehte die Augen. »Es war, als hätte ich einen flotten Vierer mit ihm, Kevin und einem Cockerspaniel vorgeschlagen.«

Auf dem Bildschirm packte Newman seinen Einkauf in eine Tasche.

Sie kräuselte die Lippe. »Das hätte er wohl gern. Als ob ich irgendetwas mit jemandem zu tun haben wollte, der so eine hässliche Tasche besitzt. Nein, wirklich, schauen Sie sie doch nur mal an.« Sie tippte wieder auf den Bildschirm. »Soll das etwa ein Pferd sein? Das hat doch nicht die geringste Ähnlichkeit mit einem Pferd. Sieht eher aus wie ein Dachs mit Verstopfung. Gustav Spiers macht die, und wir können nur hoffen, dass er als Nekrophiler besser war, als er jetzt als ›Künstler‹ ist.«

Igitt – schon wieder so ein Bild, das man lieber nicht im Kopf hätte.

Edward verdrängte es schnell. »Ist das nicht *übel*?«

»Nicht, dass Geoff Newman den Unterschied erkennen würde.« Sie senkte die Stimme zu einem Flüstern. »Sagen Sie's nicht weiter, aber ich glaube, er war auch auf Drogen. Seine Pupillen waren so groß wie Bowlingkugeln, und er war total zappelig.«

»*Niemals!*« Das war immerhin mal was anderes als immer nur »Wow«.

»Hat sich immer so umgeschaut, als ob jemand ihm folgt.« Ein Nicken. »Aber das kommt davon, wenn man Kokain nimmt, nicht wahr? *Pa-ra-no-ia.*«

»Meine Güte.« Edward schüttelte den Kopf. »Ich wette, er war ein totaler Junkie, hab ich recht?«

Sie blinzelte, als ob Edward gerade vom Drehbuch abgewichen wäre und etwas ganz Absonderliches gesagt hätte. »O nein, es war das erste Mal überhaupt, dass ich ihn so erlebt habe. Herrje, die würden einen sofort aus Glenfarach rausschmeißen, wenn sie den Verdacht hätten, dass man …«

»Constable!« Bigtoria steckte den Kopf durch die Tür zum Lagerraum. »Wir fahren.« Und schon war sie wieder weg.

Edward ließ sich gegen den Schreibtisch sinken. »Tut mir leid. Sie ist manchmal ein bisschen …« Er machte eine unbestimmte Geste.

»Manchmal. Aber es hat mich sehr gefreut, Sie kennenzulernen, Ms Hamilton.« Was nicht einmal annähernd der Wahrheit entsprach.

Nicht nach dem, was sie diesen armen hungernden Kindern angetan hatte. Aber: Honig und Essig.

»Ach was …« Sie lächelte, dann beugte sie sich vor und gab ihm zwei »*muah-muah*«-Luftküsse. Als ob sie alte Kumpels wären, die schon zusammen Pferde gestohlen oder Geld unterschlagen hatten. »Sie dürfen Wendy zu mir sagen.«

Nö.

Zurück im Großen Wagen ließ Edward den Motor an und fuhr vom Bordstein weg. Die Reifen machten wieder dieses beunruhigende knirschende Geräusch, als sie sich durch die immer dicker werdende Schneedecke kämpften. Es würde nicht mehr lange dauern, bis die Straßen hier völlig unpassierbar waren.

Auf dem Beifahrersitz brütete Bigtoria wieder über ihren Papieren.

»Chefin?«

Sie brummte etwas und las weiter.

»Wie sind Sie mit Kevin Clarke zurechtgekommen – irgendwas erreicht?«

Sie blätterte weiter. »Nicht wirklich. Sie?«

»Ms Hamilton glaubt, dass Geoff Newman betrunken und/oder bekifft war, als er in den Laden kam.«

Die Augen der DI verengten sich. »Sagt sie das? Und das, wo wir gerade vier verschiedene Sorten Drogen im Nachttisch einer vermissten Sozialarbeiterin gefunden haben …«

»Und er darf gar keinen Alkohol kaufen, also muss er ihn sich anderswo beschafft haben.« Edward zog konzentriert die Stirn in Falten, als sie an der Thistle Lane um die Ecke bogen – im Schritttempo. Wozu irgendwelche unnötigen Risiken eingehen?

»Vielleicht hat Caroline Manson ihn ja deswegen umgebracht. Ein gescheitertes Drogengeschäft.« Bigtoria ließ ihre Papiere sinken und blickte nachdenklich aus dem Fenster. »Vielleicht schmuggelt Manson den Stoff rein, und Newman hat für sie gedealt? Sie findet raus, dass er sich von ihren Lieferungen etwas für sich selbst abzweigt, und dann wird es hässlich.« Sie runzelte die Stirn, dann seufzte sie resigniert.

»Nein, das ergibt für mich keinen Sinn. Solange sie nicht zu einem mexikanischen Drogenkartell gehört. Es muss mehr dahinterstecken als nur Drogen. Etwas Größeres.« Bigtoria blickte nach links, als ob sie durch die Reihen kleiner Granithäuser bis zum Sanctuary House schauen könnte. »Ich frage mich, was wir finden würden, wenn wir die Wohnungen des *gesamten* Sozialarbeiterteams durchsuchen würden.«

»Oder vielleicht hat er ja seinen eigenen Schnaps gebrannt? Ms Hamilton glaubt, dass eine Gruppe von Bewohnern im Wald eine illegale Brennerei betreibt. Sollten wir da vielleicht mal nachsehen, Chefin?« Er ließ den Großen Wagen ausrollen und holte die Karte hervor, die Sergeant Farrow ihm gegeben hatte – die mit der krakeligen roten Linie. »Er verlässt sein Haus, wendet sich nach links und verschwindet für zwei Stunden im Wald. Um zur Brennerei zu gehen? Oder vielleicht haben sie da ihr Drogenversteck? Vielleicht ist er deswegen ermordet worden – damit er das Geheimnis nicht verraten kann – was immer es ist.«

»Oder vielleicht hatte Sergeant Farrow recht, und er hat nur einen Spaziergang gemacht und sich im Wald einen runtergeholt.« Bigtoria nahm Edward die Karte ab und studierte sie eine Weile eingehend. »Wenn dieser Idiot Samson sich gestern nicht eins hätte überziehen lassen, dann wüssten wir jetzt schon, was da draußen ist.« Die Furchen zwischen ihren Brauen wurden tiefer. »Wie viele Stationen haben wir noch?« Sie fuhr die rote Linie um das Dorf herum mit dem Finger nach. »Die Bücherei, irgend so eine Werkstatt und die Bäckerei. Und dann nehmen wir uns den Wald vor.«

Edwards Magen knurrte. »Können wir nicht die Bäckerei vorziehen, Chefin? Das Frühstück ist schon ewig her, und wir hatten nicht mal eine Kaffeepause.«

»Nein – zuerst die Bücherei.« Sie warf ihm die Karte wieder zu. »Und wenn Sie nicht fahren würden wie eine alte Oma, würde es auch nicht den ganzen Tag dauern.«

Besser, als die Karre gegen einen Laternenmast zu fahren.

Aber dann holte Edward tief Luft und gab dennoch Gas.

Warum sollte er nicht auch »ein bisschen das Leben genießen«?

12

Glenfarach war bei Weitem nicht groß genug für eine Bücherei von diesen Dimensionen. Das dreigeschossige Gebäude sah aus, als ob es aus der gleichen Zeit stammte wie der Anbau des Polizeireviers – ein riesiger Borg-Kubus aus Glas und Stahl, vollgepackt mit Regalen und Büchern und Leseecken.

Okay, aus der Nähe betrachtet waren die Regale ein bisschen ramponiert, der Teppich war zu einem schäbigen Braunton verblasst und löste sich an manchen Stellen vom Fußboden ab, aber immerhin gab es viele, viele, *viele* Bücher. Schulter an Schulter standen sie nach Sachgebieten geordnet in windschiefen Reihen, eselsohrig und abgegriffen, die Rücken der Taschenbücher zerknittert. Diese Bücher dienten nicht nur zur Dekoration – sie wurden tatsächlich gelesen.

Der Bau stand auf einer kleinen Anhöhe, durch die bodentiefen Fenster blickte man auf der einen Seite über die putzigen Häuschen und Läden von Glenfarach, auf der anderen fiel das Gelände zu einem Bachtal ab und stieg auf der anderen Seite wieder an, wo der Wald sich im Schneegestöber verlor.

Überwachungskameras starrten aus allen Ecken herab, und auch aus diesen Dingern an der Decke, die wie umgedrehte glänzende Dalek-Köpfe aussahen.

Ungefähr ein Dutzend Leute hatten sich vor dem Wetter hierher geflüchtet und bevölkerten das Erdgeschoss in klösterlicher Stille. Manche stöberten in den Regalen, andere hatten sich allein oder zu zweit in die Lesenischen zurückgezogen, wo sie in zerschlissenen Sesseln saßen, die Nase in Trollope oder King oder Dostojewski vergraben.

Kaum hatten Edward und Bigtoria die heiligen Hallen betreten, schlug das Schweigen von ehrfürchtig in feindselig um. Alle Blicke richteten sich auf sie. Und diesmal lächelte niemand.

Das heißt, bis auf Sergeant Farrow.

Sie stand in der Mitte des Saals, die Hände in die Taschen ihrer schwarzen Police-Scotland-Fleecejacke gesteckt, und nickte ihnen zu. »Inspector. Constable.«

Bigtorias Kiefermuskeln spannten sich an. »Sergeant. Sollten Sie nicht eine Suchaktion organisieren?«

»Deswegen bin ich hier, Ma'am. Ich habe bereits zwei *kleine* Teams zur Anwohnerbefragung losgeschickt, aber die Bücherei ist immer eine gute Anlaufstelle, wenn man Leute braucht.« Sie deutete auf die Leser. »Kann ich Ihnen behilflich sein, bevor ich anfange, sie zusammenzutrommeln?«

»Von mir aus.«

Sie ging voran über den abgetretenen Teppichboden zu einer geschwungenen Ausleihtheke, wo ein alter Mann hinter einem vorsintflutlichen beigefarbenen Computer kauerte wie eine Kröte mit Strickweste. Seine überkämmte Glatze war von geradezu trumphafter Absurdität, und eine kleine runde Brille saß auf seiner Nasenspitze. Die feuchten Lippen gespitzt, las er in einem Gedichtband.

Sergeant Farrow klopfte auf den Tresen. »Theodore.«

Er blickte nicht auf. »Sergeant.«

»Hatten Sie die ganze Woche Dienst?«

»Wo sollte ich sonst hingehen?« Theodore befeuchtete eine Fingerkuppe an seiner blassrosa Zunge und blätterte um. »Also, wollen Sie was von mir, oder kann ich mich jetzt weiter Louise Bogan widmen?«

»Geoff Newman war am Montag hier.«

Nichts. Keine Antwort, keine Reaktion.

Sie stemmte die Fäuste auf den Tresen. »Theodore, muss ich Sie daran erinnern, dass Sie bereits den zweiten Verstoß auf Ihrem Konto haben? Noch einer, dann müssen nicht nur *wir* uns einen neuen Chefbibliothekar suchen, sondern *Sie* können Ihre Sachen packen und sich eine neue Unterkunft suchen.«

Bei diesen Worten hob er endlich ruckartig den Kopf, und die Farbe wich aus seinen schlaffen Wangen.

»Also, wollen Sie jetzt Ihr Buch weglegen und kooperieren, oder soll ich schon mal die Papiere fertig machen?«

Er ließ Louise Bogan fallen, als ob sie radioaktiv wäre, setzte ein strahlendes Lächeln auf und breitete die Arme aus. »Sergeant Farrow! Welch eine Freude, Sie hier bei uns begrüßen zu können! Wie kann ich behilflich sein? Vielleicht wäre das neueste Werk von E. L. James von Interesse? Es ist angeblich furchtbar schlecht geschrieben, aber ganz schön versaut.«

Bigtoria zog ihren Dienstausweis hervor. »Haben Sie Newman bedient oder nicht?«

Er spitzte die Lippen. »Ich glaube schon.«

Die Pause dehnte sich, während sie einander anstarrten.

Drüben in der Ecke nieste jemand.

Der Schnee fiel.

Edward trat von einem Fuß auf den anderen.

Bigtoria blinzelte als Erste. *»Und?«*

Theodore wandte sich an Sergeant Farrow. »Muss das sein, dass Ihre ›Freundin‹ so unhöflich ist, Sergeant? Ich bemühe mich doch, zu helfen.«

»Bemühen Sie sich mehr.« Bigtoria baute sich vor ihm auf. »Was – hat – Newman – am – Montag – hier – gemacht?«

»Verstehe.« Theodore schloss die Augen, ließ sich zurücksinken und seufzte zur Decke hinauf, dann setzte er sich auf und räusperte sich. »Mr Newman kam, um einige Bücher zurückzugeben, von denen zwei überfällig waren, sodass ich ihn mit einem Bußgeld belegen musste. Er war darüber nicht glücklich, und ich musste ihm mit dem Entzug seiner Büchereiprivilegien drohen, ehe er sich beruhigte.«

Wow. Das klang nach einer gnadenlosen Konfrontation, gegen die *Reservoir Dogs* das reinste Sandkastenscharmützel war. Entzug der Büchereiprivilegien? Ganz schön schweres Geschütz.

Edward lehnte sich gegen ein Regal mit Paperback-Western. »Kommt mir eher milde vor.«

Ein Schniefen. »Niemand will von der Bücherei ausgeschlossen werden, Unbekannte Constable-Person. Da ist der Tod noch willkommener.«

Bigtoria gab ihre Imponierhaltung auf. »War's das?«

»Sie müssen verstehen, Inspector Wer-immer-Sie-sind: Hier gibt es weder Sky TV noch Netflix, nichts, was auch nur annähernd als schlüpfrig oder sexuell anregend betrachtet werden könnte. Nicht einmal Teletubbies. In Glenfarach sind Bücher das *Leben*.«

»Er hat also sonst nichts gemacht? Mit niemandem gesprochen? Sich mit niemandem geschlagen oder gestritten?«

Theodore richtete sich zu voller Krötengröße auf und funkelte sie über seine Brille hinweg an. »Ganz gewiss nicht! Solch einen Unfug dulden wir nicht hier in der Bücherei. Sie befolgen die Regeln, sonst werden Sie ausgeschlossen.«

»Alles klar.« Ein eisiges Lächeln. »Vielen herzlichen Dank, dass Sie sich die Zeit genommen haben.« Bigtoria drehte sich um und stampfte in Richtung Ausgang davon.

Edward blieb, wo er war. »Wenn ich fragen darf ... welche Bücher hat Mr Newman zurückgegeben?«

Theodore sah im Computer nach. »Zwei Bände *Harry Potter* und *die unredigierten Adverbien der Exposition*, zum x-ten Mal. Sie glauben ja nicht, wie oft diese fürchterlichen Romane hier ausgeliehen werden. Und wenn sie zurückkommen, sind die Seiten ganz verklebt ...« Er schüttelte sich. »Sein Exemplar von *The Scientific American Boy* war überfällig, und auch das Physikbuch für die fünfte Klasse.« Theodore setzte ein herablassendes Lächeln auf. »Wie die meisten unserer Nutzer glaubt er ... *glaubte* er, er könne durch höhere Bildung zu einem besseren Menschen werden.«

Bigtoria war schon zur Tür hinaus, aber Sergeant Farrow hatte sich zurückfallen lassen und lauschte dem Gespräch.

»Moment mal ...« Edward zog das Kinn ein. »*The Scientific American Boy?*«

»Oh, es ist nicht so schlimm, wie es sich anhört, Namenlose Constable-Person – es ist eine Anleitung zum Bau von albernen Dingen wie Brücken und Kanus und Theodoliten aus alten Holzstücken und Fetzen von Zeltleinwand, das Ganze in Form eines fiktionalen Campingausflugs einer Gruppe von Jungen. Es ist nicht einmal ansatzweise pornografisch.«

Na, Gott sei Dank.

»Hat er auch etwas Neues ausgeliehen?«

»Um zu unterstreichen, wie wichtig es ist, dass man die ausgeliehenen Bücher rechtzeitig zurückgibt, habe ich ihn auf ein einziges Medium beschränkt. Zum Glück, muss ich sagen, da er es fertiggebracht hat, sein Haus mit *diesem* Buch darin niederzubrennen.«

Wow. Kalt wie eine Hundeschnauze.

»Und welches Buch war das?«

»Vladimir Nabokov. *Lolita.*«

Edwards Augen weiteten sich. »*Lolita?*« Wie zum Teufel konnte …

»Wenn hier keine ›schlüpfrigen Sachen‹ im Fernsehen erlaubt sind, wie kann es dann sein, dass man schmutzige Bücher ausleihen darf?«

»*Literatur* ist nicht ›schmutzig‹, junger Mann!« Er reckte beide Kinne und beäugte Edward missbilligend. »Was für eine entsetzlich vulgäre Sicht auf die Welt der Bücher! Als Nächstes werden Sie sie noch auf der Straße verbrennen, wie ein Nazi.«

»Nein, aber *Lolita*? Für jemanden mit Mr Newmans Strafregister?«

»Literatur ist nicht schmutzig.« Theodore griff demonstrativ nach seinem Lyrikband, den Rücken gestrafft, die Ellbogen ausgestreckt. »Ich wünsche Ihnen noch einen guten Tag, Sir.«

»Alles klar.«

Unglaublich.

Edward ging zum Ausgang.

Sergeant Farrow schloss sich ihm an. »Machen Sie sich nichts draus, Edward – Theodore ist so, seit er in Belmarsh gesessen hat.«

Sie traten hinaus in den Schutz einer betonierten Veranda mit Blick über die Straße. Der Große Wagen war das einzige Fahrzeug dort draußen. Bigtoria saß auf dem Beifahrersitz und hatte die Nase wieder in ihre Papiere gesteckt.

Der Schnee fiel immer noch, langsam und unerbittlich, und verwandelte die Welt in ein Gespenst. Lautlos wie die Schwingen einer Eule. Kalt wie ein Grab im Wald.

»Was hat Theodore gemacht?«

»Er hat früher Rezensionen für den *Guardian* geschrieben.« Eine

Pause. Dann schnellten Sergeant Farrows Augenbrauen ihre Stirn hoch. »Ach so, Sie meinen, was er *getan* hat?« Sie bleckte die Zähne und wand sich. »Ist wohl besser, wenn Sie das nicht wissen, es sei denn, Sie wollen unbedingt eine schlaflose Nacht. Es ist ...«

Die Hupe des Großen Wagens zerriss die fedrige Luft, und Bigtoria schickte böse Blicke durch die Windschutzscheibe.

Umgangsformen wie ein tollwütiges Wiesel.

»Tja ... So ist sie nun mal.«

Sergeant Farrow klopfte ihm auf die Schulter. »Viel Glück.« Dann drehte sie sich um, ging wieder hinein und ließ Edward allein draußen stehen.

Die Hupe des Großen Wagens ertönte noch einmal.

Edward winkte und packte noch ein fröhliches Lächeln obendrauf – als ob er einer der Bewohner wäre. »KOMME SCHON!« Er senkte die Stimme, als er die Stufen hinunterging, obwohl sie ihn bei geschlossenen Fenstern unmöglich hören konnte. »Du mieses, ekelhaftes, tobsüchtiges, kackgesichtiges Miststück.«

Denn es war wichtig, die kleinen Triumphe des Lebens zu genießen.

Wilkins' Schreinerwerkstatt war ungefähr so groß wie eine Doppelgarage und mit Spanplatten ausgekleidet. Ein tiefes Regal an einer der Wände enthielt Holzstücke in verschiedenen Größen. Werkbänke waren an die übrigen drei Wände geschoben, weitere standen auf dem Betonboden und konkurrierten um den begrenzten Platz mit diversen frei stehenden Maschinen, die wahrscheinlich interessante und wichtige Dinge mit Holz machen konnten, wenn man sich mit so etwas auskannte. Hätte alles Mögliche sein können, um ehrlich zu sein.

Über den Werkbänken waren jede Menge Werkzeuge aufgehängt, jedes von seiner eigenen, mit Filzstift gemalten Umrisslinie gerahmt.

Ein Holzofen prasselte und bullerte in der Ecke vor sich hin und füllte den Raum mit Hitze und würzigem Rauchgeruch.

Ein wenig unangenehmer war da das schrille Kreischen der Maschine, die auf vollen Touren lief und parallele Rillen in ein Brett aus hellem Kiefernholz schnitt. Die kräftige Frau in der Latzhose, die sie bediente, schien ungefähr so groß zu sein wie Bigtoria – schwer zu sagen wegen ihrer gebeugten Haltung –, aber noch muskulöser. Ihre feuerroten Locken waren mit einem blauen Kopftuch zurückgebunden. Wulstige Stirn, leicht vorstehender Unterkiefer. Breite, schwielige Hände. Sie trug Sicherheitsschuhe, Schutzbrille, Gesichtsmaske und Gehörschutz.

Edward trat vorsichtig näher, die Finger in die Ohren gesteckt. »MS WILKINS? MS SIOBHAN WILKINS! HALLO?«

Keine Reaktion.

Neuer Versuch. Er stellte sich auf die andere Seite der Holzbearbeitungsmaschine und wedelte mit den Armen.

Jetzt endlich blickte sie auf und beäugte ihn durch die Schutzbrille, dann legte sie einen Schalter um, worauf das Kreischen allmählich durch die Tonleitern und Oktaven abebbte, bis am Ende wohltuende Stille herrschte. Sie nahm ihren Gehörschutz ab, hielt aber weiter Abstand. Die Brust gewölbt, den Kopf gesenkt, die Fäuste geballt. »Wer sind Sie?«

»Detective Constable Reekie. Das ist DI Montgomery-Porter. Wir müssen Ihnen ein paar Fragen zu Geoff Newman stellen.«

»*Oh aye?*« Sie nahm das Brett von der Maschine und trug es zu einer großen Werkbank, eingeklemmt zwischen einer Bandsäge und einer … Drechselmaschine?

Bigtoria lüftete wieder ihren Dienstausweis. »Newman war hier. Vorgestern.«

»Wenn Sie es sagen.«

»Was hat er gewollt?«

Sie funkelte Edward an. »Was kann ein Mann schon wollen?«

Bigtoria funkelte zurück. »Möchten Sie vielleicht, dass ich mit Sergeant Farrow über Ihre mangelnde Kooperation spreche? Drei Verstöße, und man fliegt raus, so ist es doch, nicht wahr? Wie viele haben Sie schon auf dem Kerbholz, Ms Wilkins?«

Wilkins seufzte. Dann entrollte sie ein Maßband und brachte mit einem flachen roten Bleistift ein halbes Dutzend Markierungen an ihrem Brett an. »Er wollte einen Rat zu so einem blöden Buch, das er gelesen hatte. Er sagte, er hätte vor, eine Brücke zu bauen oder irgend so einen Unsinn.«

»Eine *Brücke*?« Bigtoria sah zu Edward, um sich zu vergewissern, dass er auch alles mitschrieb – als ob er ein Anfänger wäre.

»Man ist hier für sehr lange Zeit, da braucht man eine sinnvolle Beschäftigung. Ein Hobby. Etwas, womit man die Zeit totschlagen kann.« Sie hantierte mit einem Metallstück herum und markierte ein Rechteck zwischen den Rillen. »Er würde eine Brücke bauen, er würde einen Abschluss in Physik machen, er würde einen Krimi schreiben, er würde bla-bla-bla.«

Edward drehte mit seinem Notizbuch eine kleine Runde durch die Werkstatt. Es war ein regelrechter Hindernisparcours aus verschiedenen Holzobjekten in unterschiedlichen Stadien der Fertigstellung. Stühle. Ein Polsterhocker. Ein Sideboard. »Haben Sie die gemacht? Die sind wirklich gut.«

Ms Wilkins ignorierte ihn. »Ich *arbeite* für meinen Lebensunterhalt. Hab ich immer schon gemacht und werd' ich auch immer machen.«

»Und hat er gesagt, wo er diese Brücke bauen wollte?«

Sie zog einen Meißel von seinem markierten Platz an der Wand. »Irgendwo draußen im Wald.«

Edward sah sich zu Bigtoria um. Sie fing seinen Blick auf und nickte. Dann war ihr das also auch aufgefallen.

Der Meißel schälte einen perfekt geformten Kiefernholzkringel aus dem Brett heraus. »Er wollte wissen, ob ich ihm eine Axt verkaufen könnte.«

»Und haben Sie es gemacht?«

»Natürlich nicht. Am Ende wäre er damit noch auf jemanden losgegangen.«

Edward schlenderte weiter und sah sich ein bisschen auf der Werkbank um, die die gegenüberliegende Wand einnahm. »Ich habe immer davon geträumt, ein Schaukelpferd zu bauen. Als Kind hatte ich ein Buch über einen kleinen Jungen mit einem Zauber-Schaukelpferd, mit dem er alle möglichen Abenteuer erlebt hat.« Er befreite eine Säge aus ihrem Umriss. »Meinen Sie, dass das sehr schwierig wäre?«

Ms Wilkins knallte ihren Meißel hin, stürmte auf ihn zu und nahm ihm die Säge aus der Hand, um sie wieder an ihren angestammten Platz zu hängen. »Nicht anfassen!« Sie ging ein paar Schritte bis zum Ende der Werkbank und lehnte sich mit dem Hintern dagegen, die Arme seitlich ausgestreckt, die Fäuste auf die Arbeitsfläche gestemmt, und rang sich ein Lächeln ab. »Die ist scharf. Sie könnten sich übel wehtun.«

Edward wich ein paar Schritte zurück und hob die Hände.

Bigtoria warf ihm einen nicht gerade begeisterten Blick zu und funkelte dann wieder Ms Wilkins an. »Also – was haben Sie Newman zu der Brücke gesagt?«

»Ich habe ihm gesagt, dass es möglich wäre. Aber er ganz allein? Keine Chance. Man muss zuerst die einzelnen Teilstücke bauen und sie an Ort und Stelle transportieren und richtig anordnen und fixieren, während man alles miteinander verbindet … Aber Sie wissen ja, wie Männer so sind.«

Wieder ein Blick zu Edward. »Das können Sie laut sagen.« Pause. »Hat Newman jemals von Caroline Manson gesprochen?«

»Sie glauben, dass sie ihn getötet und sich aus dem Staub gemacht hat?« Die Pause dehnte sich. Dann zuckte Ms Wilkins mit den Schultern. »Sergeant Farrow ist vorbeigekommen und wollte Freiwillige für die Suche rekrutieren. Mein Job ist es, Dinge zusammenzufügen.« Ihr Lächeln war so kalt und scharf wie ihre Meißel. »Eine Sozialarbeiterin ermordet einen beschissenen Ex-Bullen und Pädo? Da finden Sie hier keinen, der ihr dafür nicht den roten Teppich ausrollen würde.«

Also, das war jetzt interessant – die ganze Zeit hatte Ms Wilkins sich keinen Millimeter von der Stelle gerührt. Und die Arbeit an ihrem Brett hatte sie unterbrochen.

Interessant und verdächtig.

Edward legte den Kopf schief und sah ihr beim Sich-nicht-Rühren zu.

Ms Wilkins nickte. »Die Leute werden meilenweit Schlange stehen, um auf sein Grab zu pissen, wenn das, was von ihm übrig ist, unter die Erde kommt.«

Edward trat auf die Werkbank zu, an der sie gearbeitet hatte, und hob das Kiefernholzbrett mit den merkwürdigen Rillen hoch. Dann griff er sich den Meißel und drehte die lange, dünne Klinge hin und her. »Ich konnte noch nie gut mit so was umgehen.«

Und immer noch blieb Ms Wilkins, wo sie war. »Fassen Sie das nicht an!«

»Ich haue immer gleich große Stücke aus dem Holz raus. Es ist wie …«

»*Constable!*« Bigtoria schlug mit der Faust auf die Werkbank. »Seien Sie jetzt *bitte* still!«

Er setzte eine unschuldige Miene auf. »Tut mir leid, Chefin.« Dann legte er das Brett wieder an seinen Platz und setzte den Meißel an einer der Bleistiftmarkierungen an. Schob die Zungenspitze aus dem Mundwinkel, während er einen Holzspan abschabte. »Wow, der ist aber scharf!«

»Nicht!« Ms Wilkins blieb weiter wie angewurzelt stehen, einen Arm nach ihm ausgestreckt, die Finger gespreizt. »Das ist Maßarbeit, Sie ruinieren es noch!«

»Constable, ich sag's Ihnen nicht noch einmal.«

»Tut mir leid, Chefin.« Ein weiterer Span ringelte sich von dem Brett weg.

Und immer noch rührte sich Ms Wilkins nicht von der Stelle.

Bigtoria zeigte mit dem Finger auf ihn. »Was zum Teufel veranstalten Sie da?«

»Ich nerve ein bisschen, Chefin.« Er drehte den Meißel um und setzte ihn erneut an.

Ms Wilkins' Augen wurden größer und größer – zusehen zu müssen, wie er an ihrem Werk herumpfuschte, bereitete ihr offensichtlich große Qualen, aber nicht einmal das konnte sie dazu bringen, ihre Position aufzugeben.

Edward nickte. »Sehen Sie, die ganze Zeit hat Ms Wilkins an diesem … was immer es ist, gearbeitet. Als ich ihre Säge angefasst habe, kam sie gleich angerannt und hat sie mir weggenommen, dann ist sie ein Stück weitergerückt und hat sich genau *dort* hingestellt.« Er zeigte auf sie. »Und seitdem hat sie sich nicht von der Stelle gerührt. Nicht einen Millimeter.«

Seine scharfsinnige Beobachtung wurde mit Schweigen quittiert. Nein?

»Ist das nicht ganz offensichtlich?«

Immer noch keine Reaktion.

Na gut, dann musste er wohl ein bisschen deutlicher werden. »Was ist es, was wir nicht sehen sollen, Ms Wilkins? Was haben Sie hier versteckt?«

Bigtoria drehte sich zu Siobhan Wilkins um und starrte sie an.

Er neigte sich zur Seite und spähte zwischen Ms Wilkins' Beinen hindurch. »Was ist in dem Karton?«

Es war ein Pappkarton, ungefähr so groß wie ein Mikrowellenherd, auf dem mit schwarzem Filzstift »GEBRAUCHTE ÖLLAPPEN« stand. Er war in einem Regal unter der Werkbank ganz nach hinten geschoben. Gut versteckt.

Ms Wilkins leckte sich die Lippen. »Nichts.«

Bigtoria sah Edward an und zog eine Braue hoch. »Vielleicht sind Sie ja doch nicht ganz so unfähig.«

»Treten Sie zur Seite, Ms Wilkins.«

Wilkins vergrub ihr Gesicht in den Händen, dann ließ sie den Kopf sinken und zog die Schultern ein. Ihre Stimme war kaum vernehmbar. »Es tut mir leid.«

Jawohl, Leute – Detective Constable Edward Reekie schlägt wieder zu.

Er trat auf sie zu, um den Karton an sich zu nehmen und …

Ms Wilkins beschleunigte von null auf Vollsprint in gerade mal zwei Schritten. Räumte Edward mit einem Bodycheck aus dem Weg und holte ihn von den Beinen, sodass er krachend auf dem Hintern landete. Feuerwerke explodierten in beiden Pobacken, als sie auf dem Beton auftrafen.

Bigtoria ging in die Knie und beugte den Oberkörper vor, die

Arme ausgestreckt wie eine Torhüterin beim Elfmeter, doch Ms Wilkins schlug einen Haken nach links, griff in einen Stapel von langen Holzleisten und riss ihn um.

Die Latten prasselten auf Bigtoria herab, sie hielt sich die Arme über den Kopf, während sie polternd auf den Betonboden fielen. Und schon war Ms Wilkins an ihr vorbei und sprintete in einem Affenzahn davon.

Im nächsten Moment schoss sie zur Werkstatttür hinaus, die hinter ihr zuknallte.

Bigtoria stieß die letzten Leisten weg und rannte ihr nach. Riss die Tür auf, dass sie krachend gegen die Wand prallte. Und verschwand im Schneegestöber.

Herrgott noch mal.

Edward rappelte sich auf und hielt sich mit einer Hand den schmerzenden Hintern. Blickte nach links, nach rechts.

Sinnlos, einfach hinter Bigtoria herzurennen, sie war sowieso schneller als er mit ihren langen, muskulösen Beinen. Aber es gab doch bestimmt einen besseren Weg, diese beiden einzuholen …

Aha!

Er machte kehrt und lief in die andere Richtung los, auf die Vordertür zu.

13

Edward stürmte durch die Werkstatttür hinaus ins Schneegestöber. Der Atem stockte ihm in der Kehle, ehe er zu Dampf wurde.

Er drehte sich auf der Stelle, blickte sich suchend um …

Da – auf der rechten Seite blitzte Bigtorias Rücken auf, in der Lücke zwischen einer Schmiede und einem verfallenen Gebäude. Mist. Der Große Wagen stand in die falsche Richtung.

Okay.

Er rannte auf die Fahrertür zu, riss sie auf und schwang sich auf den Sitz, warf den Motor an und kurbelte das Lenkrad herum. Dann trat er das Gaspedal durch und ließ den mächtigen Dieselmotor aufheulen.

Das Heck schlingerte, als die Reifen mit dem Schnee kämpften, und vollführte fast einen Dreihundertsechzig-Grad-Schwenk, ehe Edward das Steuer bis zum Anschlag in die andere Richtung drehte und noch mal kräftig auf die Tube drückte.

Die Augen weit aufgerissen, die Knöchel weiß. Ein erstickter, gurgelnder Schrei steckte in seiner Kehle fest.

Er zwang sich, eine Hand vom Steuer zu nehmen, und fummelte den Gurt ins Schloss, während der Wagen einen Satz nach vorn machte.

Ein Blick zur Seite, und da war Ms Wilkins. Sie rannte immer noch durch den Schnee, hinter den Häusern parallel zur Straße. Ihr Vorsprung auf Bigtoria wurde größer.

Am Ende der Straße trat Edward auf die Bremse und bog rechts ab.

Das Heck brach aus und schlitterte im großen Bogen durch den Schnee. Edward kurbelte hektisch am Lenkrad, um den Wagen unter Kontrolle zu bringen, und sah mit zusammengebissenen Zähnen zu, wie ein Laternenpfahl genau auf die Motorhaube des Großen Wagens zuraste.

Bitte, bitte, bitte, bitte, bitte …

Fünfzehn Zentimeter fehlten zum Crash, dann gelang es Edward, den Wagen in die Spur zu bringen, und er raste los. Die Lücke zu Ms Wilkins und Bigtoria wurde kleiner, als Edward an einer Reihe malerischer kleiner Häuschen entlangbretterte, vorbei an einem Friseurladen und einer Bäckerei.

Der Motor heulte wie eine Bandsäge, die sich durch Blech frisst.

Es gab nur ein Problem: Sie hatten den Ortsrand erreicht. Die Straße endete an einer Reihe von Pollern, dahinter kamen nur noch Bäume. Ms Wilkins lief jedoch nicht in den Wald, sondern schlug einen Haken nach links und raste einen langen, verschneiten Abhang hinunter auf einen kleinen Bach zu. Auf der anderen Seite stieg das Gelände wieder an bis zum Waldrand. Man hätte gedacht, dass es sie ein bisschen langsamer machen würde – die Schneeverwehungen waren hier bestimmt doppelt so tief wie im Ort –, aber sie lief einfach weiter.

Bigtoria legte einen Zwischenspurt ein, Ellbogen und Knie flogen nur so durch die Luft, als sie von der Straße abbog und die Böschung hinunterstürmte. Wobei es half, dass Ms Wilkins ihr schon eine Spur freigepflügt hatte.

Edward holte tief Luft.

»Du schaffst das …«

Er schlug nach links ein, und der Große Wagen verabschiedete sich von der Straße, rumpelte über ein Hindernis – vermutlich der unter dem Schnee vergrabene Bordstein – und setzte über die Hangkante hinweg.

»Keine gute Idee! KEINE GUTE IDEE!«

Die Schnauze des Land Rover hob sich für einen Moment, als alle vier Räder den Kontakt zum Boden verloren, und senkte sich wieder, ehe der Wagen den Hang hinuntersauste und dabei mächtige weiße Fontänen aufwarf. Schnee klatschte auf die Motorhaube und legte sich auf die Frontscheibe, sodass er Bigtoria und Ms Wilkins aus den Augen verlor. Und auch sonst nichts mehr sehen konnte, weil die Scheibenwischer komplett nutzlos waren.

Er fuhr jetzt blind.

»AAAAAAAAAAAAAAAAAAHH!«

Ein Rumpeln und Ruckeln, die Schnauze des Großen Wagens schnellte wieder hoch, wie bei einem kleinen Hund, der durch hohes Gras hüpft, und der Schneeschleier lüftete sich für einen Moment, gerade lange genug, um zu sehen, dass er Bigtoria *und* Ms Wilkins überholt hatte.

Edward fuhr eine weite Kurve, um Wilkins den Weg abzuschneiden, und dann …

RUMMS.

Ein gewaltiger Schlag erschütterte den Wagen, und irgendwelche Teile flogen durch die Luft, offenbar Trümmer eines Lattenzauns. Sie polterten mit mörderischem Getöse auf die Motorhaube und krachten in die Windschutzscheibe, in der ein Spinnennetz von Rissen zurückblieb.

»AAAAAAAAAAAAAAAAAAAAAAAAAAAAAAHHH!«

Er machte eine Vollbremsung, und der Große Wagen kam schlitternd zum Stehen, bis zu den Rückspiegeln im Schnee versunken.

Verdammte Oberkackscheiße.

Edward saß da, steif wie ein Brett, keuchend wie ein kaputtes Akkordeon, während er die zitternden Hände vom Lenkrad löste.

Na los doch.

Beweg dich.

Er schnallte sich ab und drückte gegen die Fahrertür. Sie öffnete sich zwei oder drei Zentimeter weit, und dann – *klonk* – ging nichts mehr. Eingekeilt von den Schneemassen da draußen.

Konnte denn nicht mal *irgendwas* klappen?

»Gottverdammte, beschissene, beknackte, vermale*schneite* …« Er ließ die Scheibe herunter, krabbelte durch die Öffnung und – *wump* – versank mit dem Gesicht voran in der beißend kalten, verharschten weißen Masse.

Tiefgefrorene Wespen attackierten seine Wangen, bohrten eisige Stachel in seine Stirn und ließen Nase und Ohren vor giftiger Kälte summen.

Er kämpfte sich zurück an die Oberfläche, mit Armen und Beinen rudernd wie ein Ertrinkender, hustend und prustend und wabernde Atemwolken ausstoßend. Das verdammte Zeug lag hier brusthoch. Und das meiste klebte an ihm.

Ms Wilkins rannte weiter, pflügte durch den Schnee in einem Tempo, das man schier nicht für menschenmöglich gehalten hätte. Offenbar hatte sie den Großen Wagen bemerkt, denn erstens war das Ding ziemlich schwer zu übersehen, und zweitens hatte sie die Richtung geändert und war nach links abgebogen. Was bedeutete, dass sie vorhatte, hinter dem Land Rover vorbeizulaufen und weiter bis zum Bach, dann den Hang hinauf, um im Wald zu verschwinden.

Nix da, vergiss es ...

Die Ellbogen auf Schulterhöhe gehoben, watete Edward auf die Stelle zu, wo ihre Wege sich kreuzen würden. »Verdammt noch mal ...« Es war, als ob man sich durch weiß gefärbten Sirup quälte. »STOPP, POLIZEI!«

Der Große Wagen hatte einen rechteckigen Graben in den Schnee gefräst, der jetzt mit den Trümmern des Lattenzauns übersät war. Ms Wilkins stürmte hinein, geriet ein wenig ins Wanken, als der Widerstand plötzlich nachließ, und lief auf die gegenüberliegende Wand zu. In diesem Moment tauchte urplötzlich Bigtoria hinter ihr auf. Die DI stürzte sich mit ausgestreckten Armen auf sie, im Stil eines klassischen Rugby-Tacklings.

Sie rammte Ms Wilkins auf Hüfthöhe, beide krachten in die andere Wand des Grabens. Und verschwanden im Schnee. Kurz darauf tauchten sie wieder auf, in einem Gewirr rudernder Arme und Beine, ächzend und fluchend, während sie mit ihrem Gezappel ein Loch in die Schneewand schaufelten.

Edward stolperte über die Zaunstücke hinweg auf den Hohlraum zu, den Bigtoria und Ms Wilkins stetig vergrößerten. »SO, DAS REICHT! Siobhan Wilkins, ich verhafte Sie gemäß Abschnitt eins des Criminal Justice Scotland Act von 2016 wegen ...«

Ach, wozu der Aufwand? Es hörte ihm ja sowieso niemand zu.

Die zwei setzten ihren Ringkampf fort, fluchend und ächzend.

»Ich habe Pfefferspray dabei, Ms Wilkins. Wollen Sie, dass ich das Pfefferspray einsetze? Denn ich *werde* es einsetzen, okay?«

Sie rangen weiter.

Herrgott noch mal.

Er versuchte es auf die sanfte Tour. »Zwingen Sie mich nicht, das Pfefferspray einzusetzen, Ms Wilkins. Das wird Ihnen nicht gefallen, und ich muss nachher einen Haufen Formulare ausfüllen.« Er seufzte. »Es ist vorbei.«

Das schien tatsächlich zu wirken, denn der Ringkampf stoppte jäh.

Blut rann über Bigtorias Gesicht und tropfte aus ihrer schiefen Nase auf Ms Wilkins' Hinterkopf. Die nicht ausweichen konnte, da Bigtoria sie im Schwitzkasten hatte. Sie drückte Ms Wilkins mit dem Gesicht nach unten in den Schnee.

Ms Wilkins sagte etwas, vermutlich etwas nicht Jugendfreies, doch zum Glück war es zu einem unverständlichen Gebrummel gedämpft.

Alle drei waren sie von Kopf bis Fuß mit Schnee bekleckert.

Dann polterte Bigtoria los, ihre Stimme ganz verstopft und nasal. »Los, aufsdehen!« Sie zerrte ihre Gefangene hoch und legte ihr die Handschellen an. Dann richtete sie ihre Aufmerksamkeit auf Edward. »Schauen Sie nur, wad Nie mid dem Großen Wagen gemachd ham!«

Er wich zurück. »Ich kann nichts dafür! Es war eine Verfolgungsjagd …«

»Umgebn von *Idiodn*!« Sie schubste Ms Wilkins in Edwards Arme, dann watete sie zum Auto und kämpfte eine Weile mit der Fahrertür, zerrte sie hin und her, bis die Lücke groß genug war, um sich hineinzwängen zu können.

Der Motor stotterte und hustete, dann sprang er endlich an.

Edward zog Ms Wilkins aus dem Weg, als die Rückfahrscheinwerfer aufleuchteten. Doch er hätte sich die Mühe sparen können, denn als Bigtoria Gas gab, drehten die Räder nur durch und flutschten über den dicht gepackten Schnee. Der Große Wagen rührte sich nicht von der Stelle.

Die Fahrertür wurde wieder aufgestoßen, und heraus quoll eine grimmig dreinschauende Bigtoria.

Ein zaghaftes Lächeln. »Tut mir leid, Chefin.«

Sie stand da und starrte ihn eine Weile finster an. Dann kam sie herbeigestampft, packte Ms Wilkins' Arm und führte sie durch den tief eingeschnittenen Hohlweg davon, alle beide humpelnd. »Wad immer Sie da versdeckt ham, ich will schwer howwn, dad ed dad werd isd!«

Bigtoria humpelte in die Schreinerwerkstatt und schleifte Ms Wilkins hinter sich her. Edward bildete die Nachhut und schloss die Tür hinter ihnen, während die Wärme des Holzofens ihn begrüßte wie ein allein gelassener Labrador.

Alle drei waren sie immer noch voller Schnee, der aber jetzt endlich zu schmelzen begann.

Edward steuerte sofort auf das prasselnde Feuer zu und stellte sich davor, um seine lila verfärbten Finger zu wärmen. Wenn es so etwas wie Gerechtigkeit gab, würde er nie mehr von dieser Stelle weichen. Er würde einfach …

»*Consdable!*«

Natürlich.

Edward riss sich widerstrebend vom Ofen los und schlurfte hinüber zu Bigtoria, die mit Ms Wilkins vor dem Pappkarton mit der Aufschrift »GEBRAUCHTE ÖLLUMPEN« stand.

Die DI schüttelte ihre Gefangene ein wenig. »Wolln Sie edwas sang, bevor wir ihn aufmachn?«

Ms Wilkins zog die Schultern zurück und reckte das Kinn. »Ich will einen Anwalt. Ich habe nichts verbrochen.«

»Consdable Reekie?«

Er zog den Karton aus dem Regal und stellte ihn auf die Werkbank.

Ein spöttisches Grinsen. »Ich hab diesen Karton noch nie gesehen. Den muss jemand anders hier reingestellt haben.«

Edward hauchte in seine schmerzenden Hände, dann nahm er ein Paar Nitrilhandschuhe aus der Jackentasche und streifte sie über seine steifen Wurstfinger. Er öffnete den Karton. Und rümpfte die

Nase angesichts des Durcheinanders von öligen Lumpen – ein Sammelsurium von alten T-Shirts, Unterhosen und dergleichen, das einen fettigen, bitteren Geruch nach Leinöl ausströmte. Er fischte die Lumpen aus dem Karton und warf sie auf den Boden. »Sie sollten die nicht in einem Pappkarton aufbewahren, wegen der Selbstentzündungsgefahr. Das wissen Sie doch, oder?« Weitere Lappen landeten auf dem Haufen, der stetig anwuchs. »Sie brauchen einen Metallbehälter. Und Sie müssen sie von allen brennbaren Materialien fernhalten, sonst riskieren Sie …«

Okay – damit hatte er jetzt nicht gerechnet.

Bigtoria reckte den Hals. »Was isd?«

Ganz unten in dem Karton versteckte sich eine ganze Sammlung von Kindersachen. Ein Plüsch-Pinguin, eine Trinklerntasse, ein Strampler in verwaschenem Rosa, ein Action-Man, ein Plastikbagger, ein Plastiktraktor, eine Plastikpuppe und zwei Blisterpackungen aus geformtem Plastik.

Die nahm er zuerst heraus.

Jede umschloss einen Satz Walkie-Talkies – das eine in Form eines Tigers und eines Löwen, während das andere einen Teddybären und einen Clown darstellte, alle sicher verwahrt in ihren Zellen aus transparentem Kunststoff. Neu und unbenutzt. Er legte sie auf die Werkbank, dann reihte er die restlichen Gegenstände daneben auf.

Ms Wilkins versteifte sich. »Ich seh das alles zum ersten Mal.«

»Weiß nicht, wie's Ihnen geht, Chefin, aber ich hatte eher mit Drogen oder einer Pistole gerechnet. Das ist alles ein bisschen … Oh.« Da war noch etwas, ein großer Umschlag aus braunem Papier, fast die gleiche Farbe wie der Karton, sodass er sich kaum von der Pappe abhob. Er hielt ihn hoch. »Chefin?«

»Machen Sie ihn auf.«

Der Umschlag war nicht verschlossen. Er schlug die Lasche zurück und spähte hinein.

Räusperte sich.

Schlug die Klappe wieder um.

Dann schob er den Umschlag über die Werkbank zu Bigtoria, wäh-

rend etwas Kaltes in seiner Magengrube umherzukriechen begann.
»Das müssen Sie sich anschauen.«

Sie zog ebenfalls Handschuhe an und riskierte einen Blick. Dann stand sie da, stumm und reglos. Ihre Miene verhärtete sich, und sie schloss den Umschlag wieder.

Ms Wilkins scharrte mit den Füßen. »Was immer Sie da gefunden haben, es hat *nichts* mit mir zu tun.«

»Ach ja?« Bigtorias Stimme war ruhig, neutral und ausdruckslos. »Danke, Constable.« Sie gab ihm den Umschlag zurück. »Legen Sie los.«

»Ja, Chefin.« Er warf das widerliche Ding zurück in den Karton. »Siobhan Wilkins, ich verhafte Sie gemäß Abschnitt eins des Criminal Justice Scotland Act von 2016 wegen des Besitzes unzüchtiger Bilder von Kindern.«

»Das ist Blödsinn. Ich will einen Anwalt!«

»Der Grund für Ihre Verhaftung ist, dass ich Sie verdächtige, eine Straftat begangen zu haben, und der Meinung bin, dass …«

Sie begann sich zu sträuben. »Ich bin keine Pädo! Das weiß doch jeder!«

»… Ihre Ingewahrsamnahme notwendig und verhältnismäßig ist, um Sie …«

Ms Wilkins versuchte sich von Bigtoria loszureißen, doch die DI hielt sie fest. »VERDAMMT, ICH WILL EINEN ANWALT! DA WILL MIR JEMAND WAS ANHÄNGEN!«

»… einem Richter vorzuführen oder auf andere Weise in Übereinstimmung mit dem Gesetz mit Ihnen zu verfahren. Haben Sie verstanden?«

»LASSEN SIE MICH LOS!«

Bigtoria packte sie noch fester. »Stillhalten!«

»Haben – Sie – verstanden?«

Ms Wilkins ließ ein Wutgebrüll vom Stapel, zuckte mit den Schultern vor und zurück und versuchte Bigtoria einen Kopfstoß zu versetzen. Doch sie verfehlte ihr Ziel. Stattdessen zog Bigtoria sie mit einem Ruck nach hinten, sodass sie mit einem dumpfen Knall auf dem Betonboden landete. Die DI warf sich auf ihre Gefangene und hielt sie nieder, während Ms Wilkins um sich schlug und fluchte und schrie und biss und brüllte …

Soll ich dir was sagen? Das wird mir allmählich zu blöd.

Edward zückte sein Pfefferspray. Und da ging das Geschrei erst richtig los.

Ms Wilkins humpelte am Schalter des Gewahrsamstrakts vorbei. Sie wankte ein wenig, die Wangen und Augen aufgequollen und rot, das Gesicht tränenüberströmt, und ihr Atem ging schwerfällig und rasselnd, als Sergeant Farrow sie zu einer gemütlichen kleinen Zelle führte.

Edward zuckte mit den Schultern und zupfte den feuchten Stoff seiner Hose von seinen teilweise tauben Beinen weg. »Ich hab doch gesagt, es wird Ihnen nicht gefallen.«

»Hmmmpf.« Bigtoria stand über eines der Edelstahlwaschbecken gebeugt und betupfte ihre Augen mit einem feuchten Papierhandtuch. In jedem Nasenloch hatte sie einen kleinen Papierpfropfen stecken, vom Blut dunkel verfärbt. Aber wenigstens hatte sie diesen albernen Akzent abgelegt. »Ich war auch nicht gerade hellauf begeistert.«

»Ich hab doch ›Zurück!‹ gerufen, Chefin. Sie haben gehört, wie ich ›Zurück!‹ gerufen hab.«

Tupf, tupf. »Und dann haben Sie nicht gewartet, bis ich aus dem Weg war.«

Stimmt auch wieder.

»Tut mir leid, Chefin.« Er gab sich alle Mühe, so zu klingen, als ob er es ernst meinte.

Sergeant Farrow kam mit finsterer Miene aus der Zelle, hantierte mit den Handschellen und knallte die Tür hinter sich zu. Dann vergewisserte sie sich noch einmal, dass sie abgeschlossen war. »Ich kann einfach nicht glauben, dass Siobhan so was getan haben soll.«

Edward tippte auf den Pappkarton mit der Aufschrift »GE-BRAUCHTE ÖLLAPPEN«.

Sie winkte ab. »Ich weiß, aber … man glaubt doch, einen Menschen zu kennen.« Ein Blick zurück zu der verrammelten Zelle. »Siobhan Wilkins ist keine Sexualstraftäterin. Sie ist hier, weil sie für Malk the Knifes Truppe das Drogengeschäft in Edinburgh gemanagt hat. Ihre Spezialität waren Strafaktionen. Hat für Cash Leute zusammengeschlagen, um ein Exempel zu statuieren.« Ein missmutiges Brummen, dann schüttelte sie den Kopf und zog eine angewiderte Grimasse. »Und jetzt *das*?«

Bigtoria richtete sich am Waschbecken auf und trocknete sich die Wangen. »Habe ich vorhin diesen Idioten PC Harlaw gesehen, als wir vor dem Revier geparkt haben?«

»Hmmmm …? Was? Ach so, ja. Er war Essen holen.«

Dieser grollende, ominöse Ton schlich sich wieder in Bigtorias Stimme. »Ach ja, tatsächlich?« Sie marschierte durch den Gewahrsamstrakt und stürmte zur Verbindungstür hinaus.

Edward wandte den Blick von der Tür zu Sergeant Farrow. Sie starrte ihn an, dann starrten sie beide ein, zwei Sekunden lang die Tür an, ehe sie Bigtoria nachliefen, in einen schmalen Flur mit Hohlblockwänden, gestrichen in zwei verschiedenen schlammigen Grautönen.

Am Ende des Flurs angelangt, polterte Bigtoria die Treppe hinauf. Die offenen Metallstufen schepperten unter ihren Stiefelsohlen.

Sergeant Farrow eilte ihr nach. »Es ist nicht zufällig denkbar, dass Siobhan die Wahrheit sagt, wenn sie behauptet, man hätte ihr den Karton untergeschoben?«

»Nee.« Edward schloss zu ihr auf. »Ms Wilkins wollte den Karton vor uns verstecken. Sie wusste ganz genau, dass er dort war.«

»Mist …«

Die Stimme der DI hallte von den Hohlblockwänden wider. »Sie hat uns erzählt, Geoff Newman hätte am Montag bei ihr vorbeigeschaut, um sie wegen irgendeiner blöden Brücke auszufragen, die er im Wald bauen wollte. Dabei haben sie in Wirklichkeit obszöne Bilder ausgetauscht!« Sie blickte sich zu ihnen um. »Sie haben einen aktiven Pädophilenring in Glenfarach.«

Sergeant Farrow wurde langsamer und blieb schließlich stehen.

Ihre Miene trübte sich, als ihr klar wurde, was das bedeutete. »O Gott ... Die werden unseren Laden dichtmachen, nicht wahr?«

»Wir müssen uns alle vornehmen, die im Register sind – sie in die Mangel nehmen, ihre Häuser und ihre Arbeitsplätze durchsuchen. Irgendeiner wird am Ende schon einknicken.«

»Ähm ...« Edward stellte sich auf die Zehenspitzen, um über den gesenkten Kopf der Sergeant hinwegzuspähen. »Das sind um die hundertachtzig Leute, Chefin. Und wir sind nur zu viert. Und wir müssen Caroline Manson finden und Geoff Newmans ...«

»Die Situation ist mir bekannt, *Constable*.«

Sergeant Farrow schleppte sich weiter die Treppe hinauf. »Anderseits wär das vielleicht gar nicht so übel? Aus diesem besch...eidenen Dreckloch rauszukommen und zur Abwechslung mal wieder richtige Polizeiarbeit zu machen.«

Die DI umkurvte den Treppenabsatz und nahm die nächsten Metallstufen in Angriff. »Der diensthabende Inspector kann sich darum kümmern, wenn er hier ist. *Wir* müssen einen Mörder finden.«

Okay, irgendwie musste er an Sergeant Farrow vorbei, sonst wurde das heute nichts mehr. »'tschuldigung, Sarge.« Er quetschte sich durch die Lücke zwischen ihr und der Wand und trabte die Stufen hinauf, um zu Bigtoria aufzuschließen. »Was, wenn Mr Newman deswegen gefoltert wurde – weil zu diesem Ring gehörte?«

Hinter ihnen glitt Sergeant Farrows Stimme aus ihrem Mund wie eine niedergeschlagene Nacktschnecke. »*Glenfarach ist, als wäre man in Bernstein eingeschlossen. Jahrelang passiert rein gar nichts ...*«

Bigtoria blieb stehen, die Falten in ihrer Stirn wurden tiefer. »Könnte sein. Und wenn es stimmt, was Dr. Singh über Caroline Mansons Vergangenheit gesagt hat ...?«

»Das würde passen.«

Sie drehte sich um und blaffte die Treppe hinunter. »HABEN IHRE SUCHTRUPPS SCHON EINE SPUR VON UNSERER VERMISS-TEN SOZIALARBEITERIN GEFUNDEN?«

»*Was?*« Pause. »*Nein, sie suchen noch. Es gibt eine* Menge *Nebengebäude, die sie durchkämmen müssen ...*«

»Typisch.« Bigtoria marschierte weiter.

»Und karrieremäßig sieht es auch äußerst mau aus. Sechs Jahre bin ich schon hier, und die Chancen, dass ich jemals den Inspector mache, sind gleich null.«

Edward folgte der DI hinaus ins Erdgeschoss und weiter zur nächsten Treppe. »Dann ist Ms Manson also definitiv unsere Hauptverdächtige?«

»Wir müssen trotzdem die Akten durchgehen, nur für alle Fälle, und schauen, ob sonst noch jemand in der Vergangenheit Missbrauch erlitten hat.«

»Ja, Chefin.«

»Obwohl ich zugeben muss, dass es schön wäre, zur Abwechslung mit einer besseren Sorte von Kriminellen zu tun zu haben.«

Edward hatte Mühe, Schritt zu halten. Seine Oberschenkel brannten vom Waten durch den hohen Schnee und dem anschließenden Fußmarsch durch den halben Ort. »Vielleicht sollten wir versuchen …« Er wurde langsamer und blieb stehen.

Moment mal.

Er drehte sich um und blickte durch die Lücken zwischen den Stufen auf Sergeant Farrow mit ihren hängenden Schultern und dem gesenkten Kopf herab.

Bigtoria stieg weiter hinauf. *»Und dann schnappen Sie sich diesen unfähigen Trottel Harlaw und fragen ihn, ob er vielleicht mal rausgefunden hat, wer von Caroline Mansons Klienten sie zuletzt gesehen hat.«*

Aber Edward blieb, wo er war, und sah zu, wie Sergeant Farrow sich schwerfällig die Treppe hinaufschleppte. Nein, er sah nicht zu, er *starrte* – fixierte sie mit zusammengekniffenen Augen.

Sie schlurfte die Stufen hinauf. »Und es ist ja nicht so, als könnten die da oben *mir* die Schuld geben, oder? Ich meine, ich habe hier schließlich nicht das Kommando, das hat Inspector Draper. *Er* müsste den Kopf hinhalten, nicht ich.«

»Und ich will regelmäßig über die ›Fortschritte‹ der Suchtrupps informiert werden.« Bigtorias Stiefel polterten die Stufen hinauf, während

Edward und Sergeant Farrow zurückblieben. »*Caroline Manson muss irgendwo da draußen sein.*«

Sergeant Farrow stieg schwerfällig zu Edward hinauf, den Blick auf ihre Füße gerichtet, ihre Stimme monoton und deprimiert. Sie badete regelrecht im Selbstmitleid. »Aber er wird wahrscheinlich versuchen, es uns in die Schuhe zu schieben. Sie wissen doch, wie die Vorgesetzten so sind. Wie es uns geht, interessiert die nicht die Bohne.«

»*CONSTABLE!*«

Edward kam mit einem Ruck ins Hier und Jetzt zurück. »Die Tasche!«

Aber natürlich.

Die *Tasche*.

Er hastete die letzten Stufen hinauf bis zum Treppenabsatz im ersten Stock und lief weiter, vorbei an der üblichen Sammlung von Police-Scotland-Mitteilungen, miserablen Motivationspostern, Memos und dergleichen.

Hinter ihm trampelten schwere Schritte die Metallstufen wieder hinunter, und dann vernahm er Bigtorias Lieblingswort: »*Was?*«

Ja, was wohl?

Edward strahlte den großen zusammengesetzten Bildschirm an. »Ha! Ich hatte recht!«

Sie hatten sich um die mittlere Konsole im Videoüberwachungsraum versammelt und sahen zu, wie Geoff Newman die Straße entlangging, auf die andere Seite wechselte und im Glenfarach General Store verschwand. Kurz nach vier Uhr nachmittags, dem Zeitstempel in der Ecke zufolge.

Sergeant Farrow wandte sich Bigtoria zu. »Haben Sie eine Ahnung, wovon er redet?«

Edward winkte ab. »Nein, schauen Sie doch. Gehen Sie ein paar Sekunden zurück.«

Sie drückte ein paar Tasten, worauf Newman rückwärts aus dem Laden kam und davor erstarrte, eine Hand am Türgriff.

War schwer, sich das selbstzufriedene Grinsen zu verkneifen, wenn man so auf der ganzen Linie richtiglag. »Fällt Ihnen was auf?«

Bigtoria warf ihm einen finsteren Blick zu, ihre Stimme eine unterschwellige, düstere Warnung. »Constable …?«

»Teilen Sie den Bildschirm, Sarge, und gehen Sie zu der Stelle, wo er sein Haus verlässt.«

Ihre Finger flogen über die klackernden Tasten, und das Bild teilte sich in der Mitte. Die eine Hälfte zeigte weiter den Laden, die andere Newman Cottage in der Gallows Row, wo der Bewohner des Hauses gerade den Gartenweg entlangging und auf den Gehsteig trat.

»Halten Sie da an.« Edward lächelte. »Sehen Sie?«

Eisiges Schweigen.

Bigtoria rieb sich die blutunterlaufenen Augen.

»Nee.« Sergeant Farrow atmete hörbar aus. »Ich kapier's nicht.«

Okay, dann musste er es wohl für die Begriffsstutzigen im Team erläutern.

»Ich bin draufgekommen, weil Sie von einer ›besseren Sorte von Kriminellen‹ gesprochen haben, und dann davon, dass es die da oben ›nicht die Bohne‹ interessiert, wie es uns geht, und dann haben Sie, Chefin, gesagt, dass Geoff Newman zu einem Ring gehört.« Edward machte eine Ta-daa-Geste, aber die beiden standen immer noch auf dem Schlauch. »Sehen Sie, Ms Hamilton hat sich über die Sorte Kriminelle beschwert, mit denen sie sich herumschlagen muss, und dann hat sie mir die Überwachungskamera vom Laden gezeigt, und man sieht, wie Geoff Newman Brot und Würstchen und eine Dose Bohnen kauft. Die er in seiner hässlichen Tragetasche rausgetragen hat. Also habe ich mich gefragt …?«

Jetzt *mussten* sie es doch schnallen.

Es sprang einem geradezu ins Gesicht.

»Ah.« Es dauerte eine Weile, aber dann hellte sich Bigtorias grimmige Miene auf. »Er hat eine rote Sporttasche dabei, als er das Haus am Morgen verlässt und im Wald verschwindet, aber im Laden …?«

Und jetzt fiel endlich auch bei Sergeant Farrow der Groschen. »Genau – keine Sporttasche!«

Manchmal musste man sich einfach nur zurücklehnen und warten, bis die anderen von selbst dahinterkamen.

»Und der Laden war seine letzte Station an dem Tag. Was bedeutet, dass er sie irgendwo gelassen haben muss.«

Edward nickte. »Was *überhaupt nicht* verdächtig ist.«

Bigtoria hob eine Braue und musterte ihn von oben bis unten. »Na, Sie stecken ja heute voller Überraschungen.« Sie wandte sich Sergeant Farrow zu. »Ich brauche sämtliche Aufnahmen vom Montag, auf denen Newman zu sehen ist. Fangen Sie beim Laden an und gehen Sie von dort rückwärts.«

Farrow zog eine Grimasse. »Drücken Sie uns die Daumen, dass die nicht auch gelöscht wurden …« Sie drückte ein paar Tasten, und die Bildschirme vereinigten sich wieder zu einem einzigen großen Bild, das den Platz vor dem General Store zeigte.

Die Zeitanzeige flackerte rückwärts, und auf dem Bildschirm setzte Newman aus dem Laden zurück, in der Hand seine hässliche Einkaufstasche. Er ging rückwärts über die Straße, bog links ab und verschwand aus dem Bild.

Sergeant Farrow drückte die Steuertasten, und das Bild wechselte zu einer Einstellung, in der Newman im Moonwalk an einer Reihe anderer Geschäfte in Glenfarach vorbeiglitt. Es sah alles fast normal aus: ein Secondhand-Kleiderladen, ein Charity-Shop, ein Kunstgewerbeladen, ein Café, eine Metzgerei, ein Friseur … Er verschwand aus dem Bild, dann wechselte es zu einer anderen Kamera.

Die Schreinerwerkstatt tauchte auf. Keine Sporttasche, als er rückwärts hineinging, und auch keine Sporttasche, als er rückwärts wieder herauskam.

Ein halbes Dutzend Überwachungskamera-Einstellungen weiter, und er stattete der Bücherei einen umgekehrten Besuch ab.

Keine Sporttasche.

Noch eine Handvoll Einstellungen, und immer noch keine Spur von der Tasche.

Rein in die Bäckerei, raus aus der Bäckerei. Keine Sporttasche.

Sergeant Farrow grinste gequält. »Ihnen ist schon klar, was das bedeutet?«

Newman bewegte sich rückwärts durch eine Einstellung nach der anderen, überquerte im Rückwärtsgang eine Straße, vorbei an einer Reihe im Winterschlaf liegender Kleingärten, und verschwand zwischen den Bäumen dahinter.

Bigtoria verschränkte die Arme. »Hab ich's Ihnen nicht gesagt – irgendjemand muss den Wald absuchen.«

Beide sahen Edward an.

Och nee jetzt …

War das vielleicht fair?

Ein Stöhnen entwich ihm, und er sackte zusammen.

Er hatte die fehlende Sporttasche bemerkt! Dafür sollte er belohnt werden und nicht die Drecksarbeit aufs Auge gedrückt kriegen.

Bigtoria stand auf und ging zur Tür. »Aber bevor Sie gehen, müssen wir noch mit einer gewissen Idiotin über einen Anwalt sprechen.« Sie stampfte hinaus auf den Flur.

Die Tür fiel ins Schloss, und sie blieben im gespenstischen Schein der Monitore sitzen.

Das war's dann mit seinem Hercule-Poirot-Moment.

Ehrlich, da fragte man sich doch, warum man sich überhaupt die Mühe machte.

Sergeant Farrow klopfte ihm auf die Schulter. »Gut gemacht, Edward. Das war blitzsaubere Polizeiarbeit.«

Schön, dass es jemandem aufgefallen war.

Sie wies mit dem Daumen zur Tür. »Sagen Sie, was sollte das da eben?«

»Keine Ahnung, Sarge.«

Aber es bedeutete wahrscheinlich nichts Gutes.

14

Bigtoria war in der obersten Etage angelangt und stürmte grummelnd wie eine wütende Bärin an der Tür der Leitstelle vorbei, als Edward sie einholte.

»Chefin? Warum gehen wir ...«

Sie blieb abrupt stehen, sodass er um ein Haar auf sie aufgelaufen wäre. Dann verharrte sie reglos, den Kopf zur Seite geneigt, und lauschte.

Durch die offene Tür hörte man jemanden »Scotland the Brave« pfeifen.

»Das reicht jetzt.« Bigtoria drehte sich um, schob sich an Edward vorbei und platzte in die Leitstelle.

Er folgte ihr.

Der Raum sah verlassen aus, doch auf einem Schreibtisch nahe der Fensterfront stand ein überdimensionaler Werkzeugkasten, was nur bedeuten konnte ...

»CONSTABLE HARLAW!« Bigtoria spannte die Schultern an. »Wenn ich Ihnen einen Auftrag erteile, erwarte ich verdammt noch mal, dass Sie ihn *erledigen*!«

Aber es war nicht Harlaw, der hinter einem der Schreibtische auftauchte – in der einen Hand eine RJ45-Crimpzange, in der anderen ein Stück Cat6-Kabel –, es war Jenna Kirkdale, die sich zu ihrer vollen Größe von eins vierzig aufrichtete. Sie hatte ihre äußeren Schichten abgelegt und trug nur noch Jeans und ein tief ausgeschnittenes ärmelloses Top, das mehr Dekolleté als Raffinesse zeigte. »Dave ist nicht hier. Es ist ...« Dann fiel ihr Blick auf Edward, und ein laszives Lächeln zauberte Grübchen in ihre Wangen. »Hallo, mein Hübscher.« Ein neckisches Winken. »Bist du gekommen, um mir zur Hand zu gehen?«

»Ähh ...«

»Hmmmpf.« Bigtoria hob einen Hörer von der Gabel. »Haben Sie die Telefone inzwischen repariert?«

»Ach Gott, schön wär's. Ich hab alles durchgeprüft, aber an diesem Ende ist alles in Ordnung.« Sie hielt die Crimpzange hoch. »Hab versucht, einen Leitungstester zu basteln, aber alles deutet auf einen Fehler da draußen in der winterlichen Landschaft hin. Da genügt ein toter Ast, der unter der Schneelast abbricht, und zack-bumm, schon ist die Leitung hinüber.«

Sie legte ihre Crimpzange ab und trippelte auf Edward zu, stellte sich *viel* zu dicht vor ihn hin und blickte mit großen Rehaugen zu ihm auf, wobei sie ihn in eine betäubende Duftwolke aus Lötzinn und Pfirsichen und warmem Zimt hüllte. Sie biss sich auf die Unterlippe. »Hast du mich vermisst?«

»Ähh …« Warum kam es ihm hier drin plötzlich so unangenehm warm vor?

Bigtoria ließ den Hörer wieder auf die Gabel fallen. »Die Videoüberwachungsanlage muss …«

»Tu mir einen Gefallen, Eddie, und stöber mal ein bisschen in meinem Werkzeugkasten.«

Das war ein Euphemismus, nicht wahr? Einer, bei dem ihm der Schweiß ausbrach und im Nacken zu prickeln begann.

»Ääähhh …«

Sie zwinkerte. »Du bist süß.« Dann streckte sie die Hand aus und öffnete ihren Werkzeugkasten, aus dem sie eine rechteckige Platine hervorholte. Der größte Teil davon war in dem gewohnten künstlichen Grasgrün, mit einem Spinnennetz aus kleinen Drähten, gespickt mit Transistoren und Chips und überzogen mit einer dicken Staubschicht. Aber fast ein Viertel war dunkel verfärbt und sah aus wie verbrannter Toast. »Das passiert, wenn man zu geizig ist, einen Überspannungsschutz einzubauen, Inspector. Anscheinend hat es Schwankungen in der Stromversorgung gegeben, und empfindliche Elektronikteile mögen so etwas gar nicht.« Wieder sah sie Edward tief in die Augen und fuhr dabei mit einem Finger den tiefen Ausschnitt ihres Tops entlang. »Weißt du, was *ich* sehr mag, Eddie?«

Er wich zurück, doch der Türrahmen stoppte ihn mit einem dumpfen Schlag. »Iiek.«

Von Bigtoria kam ein Knurren. »Jetzt … reparieren Sie einfach die Telefone.« Dann packte sie Edward am Kragen. »Constable, mitkommen.« Sie marschierte zur Tür hinaus und schleifte ihn hinter sich her.

Oh, dem Himmel sei Dank.

Das Archiv des Reviers Glenfarach befand sich am Ende des Gangs im Obergeschoss. Es brannte kein Licht dort, aber dünne graue Streifen schimmerten zwischen den Lamellen der Jalousien hindurch und hellten die Düsternis wenigstens einigermaßen auf.

Reihen von verstaubten Aktenschränken marschierten in zwei Kolonnen Rücken an Rücken durch die Mitte des niedrigen Raums, weitere hatten an den Seitenwänden Posten bezogen. Drei Arbeitsnischen versteckten sich am hinteren Ende, die Trennwände bezogen mit zerfranstem blauem Filz, der unter einem Wust von Memos und Notizzetteln mit eingerollten Ecken fast verschwand. Jeder Arbeitsplatz war mit einem klobigen Tischcomputer und einem altmodischen Röhrenmonitor ausgestattet, der in einem Museum nicht fehl am Platz gewirkt hätte, die Kunststoffgehäuse zu einem gammligen Eierschalenton verfärbt.

PC Harlaw saß vor dem mittleren Rechner und nickte im Takt der Musik aus seinen Kopfhörern, während er an einem Krabbensandwich mit Mayonnaise kaute und gleichzeitig tippte, vornübergebeugt, den Blick auf den Bildschirm geheftet.

Bigtoria ließ ihre Pranke auf seine Schulter fallen. »Constable Harlaw!«

Ein schrilles Quieken entfuhr ihm, begleitet von einem Schwall Brotkrümel. Harlaw fuhr auf seinem Sitz herum, die Augen weit aufgerissen, und schnappte nach Luft. »Chefin. Meine Fresse, Sie haben mir vielleicht einen Scheißschrecken eingejagt.« Er sackte auf dem Stuhl zusammen, biss noch einmal in sein Sandwich, raffte einen Stapel Ausdrucke zusammen und hielt sie ihr hin, während er mit vollem Mund weiterredete. »Hier ist die Liste der Bewohner und die

Karte, die Sie wollten.« Er zog die Stirn in Falten. »Was ist denn mit Ihrer Nase passiert?«

Sie trat näher und nötigte ihn so, an den Schreibtisch zurückzuweichen. »Sollten Sie nicht *eigentlich* Caroline Mansons Klienten befragen?«

»Hab ich doch gemacht!« Harlaw steckte sich das Sandwich zwischen die Zähne, um beide Hände frei zu haben, und begann in einem anderen Papierstapel zu wühlen. Er zog ein einzelnes Blatt hervor und hielt es hoch wie ein Kruzifix, um Graf Dracula abzuwehren, während er die Worte um das Sandwich herummanövrierte. »Witte wehr!«

Es war eine Liste von Namen und Adressen. Ungefähr ein Drittel war mit blauem Kuli in wackligen Linien durchgestrichen, aber ohne irgendeine erkennbare Ordnung – es gab jede Menge Lücken zwischen den Linien. Harlaw nahm das Sandwich aus dem Mund. »Ich hab mir ihren Kalender vorgenommen und mich von ihrem letzten Termin rückwärts durchgearbeitet, bis ...«

»Schon gut, wie Sie's gemacht haben, interessiert mich nicht. Wen hat sie zuletzt getroffen?«

»Ah. Okay ...« Er drehte das Blatt wieder zu sich um und deutete darauf. »Adrian Bedwin. Hat früher eine Konfessionsschule in Lanarkshire geleitet – Sie können sich also denken, warum er hier ist. Er sagt, Caroline hätte ihn gegen zwei Uhr besucht.«

»Und sie wirkte nicht aufgeregt oder wütend oder so?«

Harlaw zuckte mit den Schultern. »Alles wie üblich. Sie hat ihm gesagt, dass sie morgen noch mal vorbeischauen würde, sprich: heute, und dann ist sie gegangen.« Der Constable wies auf einen anderen Namen. »Laura Dundry war ...«

Die Lichter im Raum flackerten auf, obwohl niemand auf den Schalter gedrückt hatte. Dann erloschen sie und tauchten das Archiv wieder in die gewohnte stygische Düsternis.

Alle sahen sich mit großen Augen an.

»O je ...« Harlaw räusperte sich. »Das ist neu.« Er biss von seinem Sandwich ab. »Also, wo waren wir? Laura Dundry. Sie erinnern sich an diese Geschichte mit den dreizehn afghanischen Flüchtlingen, die im Kühlraum einer Hühnerfleischfabrik erstickt sind? Das war sie. Sie sagt, Caroline Manson sei erst um Viertel nach zu ihrem Termin aufgetaucht.«

Edward warf einen Blick auf die Namensliste. »Was ist mit Dr. Singh?«

»Sie war um Viertel nach eins bei ihm.«

Das war eine Erleichterung.

Bigtoria runzelte die Stirn. »Was?«

»Nur so.« Wäre nicht das erste Mal, dass so ein raffinierter Mistkerl sich in eine Ermittlung zu einem Verbrechen hineinmogelte, das er in Wirklichkeit selbst begangen hatte.

Sie steckte die Liste ein. »Wir hätten uns natürlich einfach nur die Aufnahmen der Überwachungskameras anschauen und so herausfinden können, was mit ihr passiert ist, wenn Sie die Anlage nicht kaputt gemacht hätten.«

Harlaw duckte sich auf seinem Stuhl. »Das war ich nicht, Ma'am! Jenna sagt, dass eine Platine oder so was durchgebrannt ist, und ...«

»Was ist mit Geoff Newmans Fallakten von der Met, die Sie besorgen sollten?«

Er blinzelte sie an. »Aber ...«

»Sie sollten sie doch anfordern ...«

»Wie denn?« Seine Unterlippe zitterte kaum merklich. »Die Telefonleitungen sind doch tot.« Er deutete mit seinem halb aufgegessenen Sandwich auf den Monitor. »Deswegen gehe ich die Datenbank durch und versuche festzustellen, ob irgendjemand von den Bewohnern hier in London war, als Geoff noch bei der Polizei war.« Seine Augen wurden feucht, und er zog einen Schmollmund. »Ich gebe hier mein Bestes, Ma'am ...«

Edward warf ihr einen Seitenblick zu.

Sie seufzte. Dann wurde ihre Miene weicher. »Okay.« Sie klopfte Harlaw auf den Rücken – linkisch und steif, als ob sie nicht so recht wüsste, wie diese Geste funktioniert. »Guter Mann. Das war saubere Arbeit. Übrigens – von Ihren zweihundert Bewohnern ...«

»Hundertneunundneunzig sind's jetzt.«

Bigtoria nahm ihre Hand weg, und die sanfte Miene wich etwas deutlich Kälterem. »Von Ihren *hundertneunundneunzig* Bewohnern, wie viele von denen waren in ihrem früheren Leben Rechtsanwälte?«

»Mal sehen ...« Er wandte sich wieder seiner Tastatur zu. »Bin sicher, dass wir ein paar von denen hier haben.«

Edward lehnte sich an die Wand der Arbeitsnische. »Rechtsanwälte, Chefin?«

»Da haben wir's: Lewis Nichols, ehemaliger Rechtsanwalt.« Harlaw tippte auf den Bildschirm. »Bestechlichkeit, Rechtsbeugung und fahrlässige Tötung durch rücksichtsloses Verhalten im Straßenverkehr.«

Bigtoria nickte. »Zulassung entzogen?«

»Nehme ich doch an. Hier steht nichts darüber. Aber das wird wohl bei allen so sein.«

»Egal, zur Not tu er's auch. Holen Sie ihn her.«

»Ähm, Ma'am?« Harlaw blickte zu ihr auf. »Wenn er fragt, warum ...?«

»Weil Siobhan Wilkins einen Anwalt verlangt, und ich kann sie nicht ohne einen vernehmen. Ob mit oder ohne Zulassung – schaffen Sie ihn her.«

»Ja, Ma'am.« Er stopfte sich den Rest seines Sandwichs in den Mund, erhob sich hastig von seinem Stuhl und lief an den Reihen von Aktenschränken vorbei zum Ausgang.

Edward sah auf seine Uhr. »Mittagessen wär keine schlechte Idee. Ist schließlich schon nach zwei.«

»Ignorieren Sie Ihren Magen, Constable.«

»Aber wir könnten uns doch die Bäckerei vornehmen. Sie wissen schon, Geoff Newmans erste Station am Montag? Der letzte Ort auf unserer Liste vor dem verdammten Wald?« Na ja, einen Versuch war es doch wert, oder? Und seit dem Frühstück war schon *sehr* viel Zeit vergangen. »Wenn wir sowieso hingehen, können wir auch gleich zwei Fliegen mit einem Sandwich schlagen.«

Sie stand da und starrte ihn an. »Unglaublich.« Dann drehte sie sich um und marschierte davon.

Edward grinste. »Was denn – ich finde, das war gar nicht so schlecht. Chefin? Chefin!«

Der Schnee rieselte in scharfkantigen kleinen Flocken herab, die von Böen arktischer Kaltluft erfasst und zu eisigen Tornados verwirbelt wurden.

Edward stapfte den Gehweg entlang, die Hände tief in den Taschen seiner geliehenen Warnjacke vergraben, die Schultern bis zu den Ohren hochgezogen, seine Nase ein Klumpen gefrorenes Hackfleisch mit schwarzem Pfeffer, aus dem Atemwolken hervorströmten und vom unbarmherzigen Wind hin und her geschleudert wurden. »Verdammt noch mal, ist das *arschkalt*.«

Bigtoria marschierte neben ihm her, als ob die Kälte ihr überhaupt nichts ausmachte. Denn das wäre ja noch schöner, wenn sie irgendeine *menschliche* Schwäche zeigte. »Und wessen Schuld ist das?«

In einiger Entfernung schlurfte eine Gruppe von Bewohnern im Gänsemarsch die Straße entlang und spähte im Vorbeigehen in Gassen und Hauseingänge. Das musste eines von Sergeant Farrows Suchteams sein.

Edward fröstelte. »Ich hab das Wetter ja nicht gemacht, Chefin.«

»Nein, aber Sie haben den Großen Wagen kaputt gemacht.«

»Er ist ja nicht kaputt, nur ein bisschen … außer Gefecht. Und was ist so verkehrt an einem strammen Spaziergang, hm?« Ja doch, scheiß auf stramme Spaziergänge, zumal in dieser Saukälte mit dem saumäßig kalten Sauschnee.

Aber immerhin waren sie fast am Ziel – da vorne lockten schon die Lichter von Lisa's Country Bakery.

Der Laden hatte nichts von diesem altmodischen Charme, der viele der Geschäfte in Glenfarach auszeichnete. Statt pittoresker Sprossenfenster war da nur eine einzige große Glasscheibe mit vertikalen Jalousien, die aufgezogen waren und eine ziemlich beeindruckende Auswahl von Backwaren sehen ließen. Eine Handvoll Pappschilder mit gezackten Rändern priesen die Spezialitäten des Tages an und schrien Dinge wie »BAPS – 4 SOZ-PKT/DTZ!!!«, »NEU: FONDANT-KONFEKT!!!« und »SAUERTEIG-ROWIES!!!«.

Die Bäckerei war eingepfercht zwischen zwei Wohnhäusern, direkt gegenüber von einem Bestatter, dessen Schaufenster mit schwarz verhängten Särgen und einer Schneiderpuppe in voller Trauerkleidung mit dazu passendem Zylinder dekoriert war.

Der hatte jetzt vermutlich ein bisschen mehr zu tun als gewöhnlich …

Ein Mitglied des Suchteams stand etwas abseits von den anderen, sah eine Weile zu, wie Edward und Bigtoria den Gehsteig entlangknirschten, und kam dann auf sie zu.

Mitte fünfzig, mit strenger Frisur und ebensolchem Gesicht. Stechender Blick und schmallippiger Mund. Die Körpersprache einer Frau, die es gewohnt war, das Kommando zu führen. Der weiche, singende Highlands-Akzent passte nicht so recht zu ihrer stahlharten Ausstrahlung. »Sind Sie Montgomery-Porter?« Und dann, ohne die Antwort abzuwarten: »DCI Miller, Lothian and Borders. Wie ist der Stand der Dinge?«

Edward trat auf der Stelle in dem Versuch, das Blut in seinen schmerzenden Füßen wieder zum Fließen zu bringen. »Wir befragen …«

»Mittagessen.« Bigtoria richtete sich zu ihrer vollen Größe auf. »Wir holen uns etwas zu essen, Ms Miller.«

Die Augen der Frau verengten sich. »Für Sie immer noch *Detective Chief Inspector* Miller.«

»Das waren Sie mal, aber jetzt sind Sie eine der Bewohnerinnen hier, nicht wahr?« Sie deutete über die Straße auf die Gruppe von Leuten. »Ich nehme an, dass Sergeant Farrow Ihnen das Kommando über diesen kleinen Suchtrupp übertragen hat?«

Millers Miene verhärtete sich.

Der Schnee wirbelte um sie herum wie gefrorenes Sandpapier.

Edward fröstelte.

Dann zog Bigtoria einen Stoß zusammengeheftete Papiere aus

der Jackentasche und blätterte ihn durch, bis sie gefunden hatte, was sie suchte. »Wie ich sehe, haben Sie einen Mann zu Tode geprügelt, Ms Miller, und anschließend seine Leiche an das Geländer der Princes Street Gardens gehängt.«

Die Muskeln in Millers Kiefer spannten sich an, als ob sie etwas sehr Hässliches da drin festhalten müssten.

Bigtorias Lächeln passte zum Wetter. »Weshalb Sie es mir nachsehen werden, dass ich keinen Kotau vor Ihnen mache.«

Denn sie konnte ja nicht jemanden kennenlernen und einfach nur mit ihm oder ihr reden, nicht wahr? Nein, sie schien immer neue Rekorde in der Disziplin »Leute vor den Kopf stoßen« aufstellen zu wollen.

Miller hob das Kinn. »Fünf Frauen ermordet in drei Jahren, alle auf dem Calton Hill. Sie waren alle voll mit Sandy Ettricks DNA. Ein Taxifahrer hat ihn am Tatort des dritten Mordes gesehen. Er hat gestanden, bevor er starb.«

»Und doch … sind – Sie – hier.«

»Er hat *gestanden*!«

Bigtoria legte den Kopf schief. »Wie läuft die Suchaktion, Ms Miller?«

Die Antwort wurde zwischen zusammengebissenen Zähnen hervorgestoßen. »Bis jetzt Fehlanzeige.«

»In diesem Fall wollen wir Sie nicht länger von Ihrer wichtigen Arbeit abhalten.«

Die Farbe schoss in Millers Wangen, ihre behandschuhten Hände ballten sich zu Fäusten. Das war's – gleich würde sie explodieren. Und sie würden grün und blau geschlagen, durchfroren und nach Pfefferspray stinkend zum Revier zurückkehren. Schon wieder.

Edward nickte.

Jetzt war er gefragt.

Er musste die Situation entschärfen, sonst konnte er das Mittagessen vergessen.

Er wollte gerade den Mund aufmachen, aber offenbar war der Moment schon wieder vorbei.

Millers Fäuste öffneten sich, sie ließ die Schultern sinken, drehte sich um und ging zu ihrem Suchtrupp zurück, ohne sich noch einmal umzusehen.

Edward ließ einen langen, nebligen Atemzug entweichen. »Musste das sein, Chefin?«

»Gibt nichts Schlimmeres als einen dreckigen Cop, Constable.« Bigtoria stieß die Tür der Bäckerei auf und trat ein.

Edward sackte ein wenig zusammen, schickte einen entnervten Blick in den eisengrauen Himmel und folgte ihr.

Drinnen war Lisa's Country Bakery deutlich altmodischer und schlichter als ihre Fassade. Gefliester Fußboden, Vitrinen mit Gebäckstücken, Pasteten und Kuchen, an den Wänden Schrägregale mit verschiedenen Brotsorten. Nichts Ausgefallenes. Keine Werbemätzchen. Und der ganze Laden hätte dringend einen neuen Anstrich nötig gehabt.

Ein Berggorilla von einem Mann stand hinter der Theke, die Nase in einem Buch – *À la recherche du temps perdu* im französischen Original. Er trug eine gestreifte Schürze und ein Namensschild mit der Aufschrift »HALLO, MEIN NAME IST ADAM!«.

Er sah aber eher wie ein Kurt oder wie ein Clint aus.

Bis auf ihn war der Laden leer.

Er blickte auf, als Edward und Bigtoria hereinkamen und sich auf der Matte den Schnee von den Stiefeln traten, während das *Pling-Plong* der Türglocke verhallte.

Adam legte sein Buch weg. Er sprach mit dem gedehnten, nasalen und modulationsarmen Akzent des Central Belt. »Was darf's sein?«

Edward blies warmen Atem in seine hohlen Hände. »Haben Sie irgendwas Heißes?«

Bigtoria hielt ihm ihren Dienstausweis hin. »Haben Sie Geoff Newman gekannt?«

»Ich kann Ihnen Tee, Kaffee und Linsensuppe anbieten oder eine Pie in die Mikrowelle tun.«

Sie nickte. »Eine heiße Steak Pie, Linsensuppe und eine Rosinenschnecke. Und haben Sie Geoff Newman gekannt?«

Ein Schnauben. »*Aye*, Geoff war ab und zu hier. Mieses Kinderfickerschwein, das er war.« Er notierte ihre Bestellung.

Edward räusperte sich. »Ich bekomme eine Macaroni Pie, Suppe und eins von diesen Maple-Plait-Dingern. Ach ja, und einen Tee, bitte.«

»Hmmmpf.« Adam notierte auch das.

Bigtoria klopfte mit den Knöcheln auf die Vitrine. »Sie konnten Newman nicht leiden?«

»*Niemand* konnte ihn leiden. Schlimm genug, dass er auf Kinder stand, aber dann auch noch ein Ex-Bulle?« Das freundliche Lächeln wandelte sich zu einem Haifischgrinsen. »Ich hoffe, er war noch am Leben, als sie sein Haus abgefackelt haben. Ich hoffe, er ist *verbrannt.*« Er riss das oberste Blatt seines Notizblocks ab und knallte es neben die Registrierkasse. »Das macht sechs Punkte für die Macaroni und sieben für die Steak Pie.«

Edward holte seine Brieftasche hervor. »Kann ich bar zahlen?«

»Was soll ich mit Bargeld anfangen?« Adam zerriss ihre Bestellungen. »Lisas Regeln: keine Sozialpunkte, keine Pies.«

Edward trat näher an die Theke. »Aber wir sind *Polizisten.* Uns können Sie doch vertrauen, oder?«

Adam runzelte die Stirn und tat so, als würde er ernsthaft darüber nachdenken. Dann zuckte er mit den Schultern, als wäre er zu einem Schluss gelangt. »Nein.«

Bigtoria klopfte wieder auf die Vitrine. »Die Leute sagen, dass Newman am Montag betrunken war. War er das?«

»Keine Ahnung. Ich arbeite nur Dienstag, Donnerstag und Samstag. Sollte eigentlich gar nicht hier sein, aber Pauline ist heute Morgen nicht aufgekreuzt, das nutzlose Weibsstück.«

»Angeblich ist in Glenfarach ein Pädophilenring aktiv.«

Adam zog die Schultern nach hinten und wölbte seine Gorillabrust. »Miese Dreckschweine. Wohnen hier Tür an Tür mit anständigen, *normalen* Leuten. Die sollte man für den Rest ihres verdorbenen, hässlichen kleinen Lebens einsperren.«

Die Ladentür machte wieder *Pling-Plong*, und jemand schob sich rückwärts über die Schwelle, begleitet von einem eisigen Windzug und dem Quietschen eines schlecht geölten Rollstuhls.

Edward eilte hinüber. »Warten Sie, ich helfe Ihnen.«

»*Aye*, danke, junger Mann.« Mr Richards grinste ihn an.

Mr Bishop sah blinzelnd von seinem Rollstuhl auf, eingehüllt in mehrere Lagen Stoff, mit einer dicken Daunenjacke und einer Tartandecke, die ebenso wie seine Pelzmütze im russischen Stil mit Schnee bestäubt war. Seine Sauerstoffmaske war mit dem Gummiband fixiert, es zischte und rasselte bei jedem mühsamen Atemzug.

Mit vereinten Kräften hievten sie Mr Bishop über die Stufe auf den Fliesenboden.

Adam schimpfte immer noch. »Oder noch besser – führt die Todesstrafe wieder ein. Wenn es nach mir ginge, würden wir die Schweine aufknüpfen« – er deutete durch das große, mit Werbung gespickte Fenster nach draußen – »einen an jedem verdammten Laternenpfahl.«

»Hallo.« Edward bückte sich und musterte Mr Bishop kritisch. »Wie geht es Ihnen?«

Nicht so gut, nach seinem Aussehen zu schließen.

Es war, als wäre er seit gestern um zwanzig Jahre gealtert. Der vor Selbstbewusstsein strotzende Mistkerl, der auf dem Parkplatz des Grampian-Gefängnisses geraucht hatte, war zu einem gebrechlichen alten Männlein geschrumpft, das es wahrscheinlich nicht mehr lange machen würde.

Mr Bishops zitternde Hand kam unter der Tartandecke hervor und nahm die Maske ab. Seine heisere Stimme war fast nicht zu verstehen. »Kalt wie 'n Hexenarsch da draußen …« Dann warf ihn ein ausgiebiger, rasselnder Hustenanfall in seinem Rollstuhl hin und her.

»Und wessen Schuld ist das?« Mr Richards half Mr Bishop, die Sauerstoffmaske wieder aufzusetzen, eifrig bemüht wie eine fürsorgliche Mutter. »Hab dir doch gesagt, dass das 'ne dumme Idee ist. Aber du bist nun mal 'n dickköpfiger alter Sack, nicht wahr?« Er sah Edward an und verzog das Gesicht. »Wollte ein bisschen was von Glenfarach sehen, bevor wegen dem Schnee gar nichts mehr geht.

Ein Gefühl für den Ort kriegen.« Ein betrübtes Kopfschütteln. »Ich hab ihm gesagt, ›da draußen ist's heut' *Doktor-Schiwago* hoch zehn‹, aber hört der vielleicht auf mich?« Mr Richards winkte Adam zu. »He, Großer, wir kriegen zwei Vollkorn-Torpedos, eine Packung von diesen Sauerteig-Rowies und ein halbes Dutzend Pies. Dreimal Hackfleisch, dreimal Mealie.«

»Ja, Mr Richards. Ich habe auch diese Eclairs, die Sie so mögen, heute Morgen frisch gebacken.«

»*Aye.*« Er stellte eine Einkaufstasche auf die Theke. »Pack uns noch zwei von denen ein.«

Bigtoria gab sich alle Mühe, die Kontrolle zurückzugewinnen. »Wer handelt in Glenfarach mit schwarz gebranntem Schnaps?«

»Keine Ahnung.« Adam machte sich an die Arbeit und griff zu einer Zange, um Mr Richards' Bestellung in Papiertüten zu packen.

»Sie wissen nicht gerade viel, wie?«

Adam ging zu der Vitrine mit den Pies. Seine Stimme war vollkommen ausdruckslos, als ob er die Sätze so lange einstudiert hätte, bis er ihnen alles Leben ausgetrieben hatte. »Ich kooperiere nach bestem Wissen und Gewissen mit den zuständigen Behörden, gemäß den Konditionen meines Aufenthalts in Glenfarach.«

Bigtoria schnaubte nur. »Ja klar, was sonst?«

Mr Richards hüllte Mr Bishop wieder in seine Decke. Er nickte Edward zu. »Na, schauen wir uns die Sehenswürdigkeiten an, mein Sohn?«

Ehe er antworten konnte, schaltete sich Bigtoria ein. »Wir ermitteln in einem *Mordfall*, Mr Richards. Der zufälligerweise, wie durch Zauberei, just an dem Tag geschah, als Mr Bishop in Glenfarach eintraf.« Sie baute sich drohend vor ihm auf. »Sie wissen nicht zufällig irgendetwas darüber?«

Ein Grinsen. »Keinen blassen Schimmer, Mädel.«

Sie richtete ihren finsteren Blick auf Mr Bishop. »Und Sie?«

Diese zittrige Hand tauchte wieder auf, um die Maske abzunehmen. »Ich war ... mit euch zusammen ... du Hirni.« Er nahm einen rasselnden Atemzug. »Das hab ich doch ... schon mit dem ... jungen

Burschen geklärt … Außerdem, hast du … dir mal meine … Hände angeschaut?« Er hielt eine zitternde, arthritische Klaue hoch. »Kann mir kaum … selber den Arsch abwischen … geschweige denn … jemanden umbringen.«

Bigtorias Giftblick heftete sich auf Edward.

Er wich zurück. »Wir haben uns unterhalten, und da kamen wir irgendwie auf das Thema.«

»Mit Ihnen befasse ich mich *später*.«

Na toll. Da hatte er was, auf das er sich freuen konnte.

Mr Bishop streckte die Hand aus und klopfte Edward auf den Ärmel. »Wenn mir was einfällt … Junge, dann … sag ich dir Bescheid.« Er blickte zu Mr Richards und Adam auf, die Augen zusammengekniffen, der Mund ein harter Strich. »Ich … verpfeif niemanden … aber ich lass nicht zu … dass irgendein *Dreckskerl* … mir meine letzten … Tage versaut … indem er rumläuft und … Leute kaltmacht!«

Adam nickte und wandte den Blick ab. »Ja, Mr Bishop.«

Mr Richards drückte Mr Bishops knochige Schulter. »*Aye*, mach dir keinen Kopf, Marky. Das lassen wir nicht zu.«

Bigtoria plusterte sich wieder auf. »Wenn Sie Beweise oder Informationen *jedweder* Art haben, kommen Sie zuerst zu mir. Verstanden?«

Die einzigen Geräusche, die die darauffolgende Stille durchbrachen, waren das Geraschel von Adams Papiertüten und Mr Bishops gequältes Keuchen.

Bigtoria packte beide Armlehnen des Rollstuhls und beugte sich vor, bis ihr Gesicht nur noch Zentimeter von dem Mr Bishops entfernt war. »Ich sagte: Haben Sie verstanden?«

»Das reicht – dem Mann geht's nicht gut.« Mr Richards zog den Rollstuhl ein Stück zurück und zwang sie, ihn loszulassen, während er auf ihre blutunterlaufenen Augen und die Papierpfropfen in ihren Nasenlöchern starrte. »Kein Wunder, dass Ihnen jemand eine gescheuert hat.« Er setzte Mr Bishop die Maske wieder auf. »Alles gut, Marky, schön tief einatmen.« Er funkelte Bigtoria mit gefletschten

Zähnen an. »Sie sollten sich was schämen.« Dann vergewisserte er sich noch einmal, dass Mr Bishop gut eingemummelt war. »Komm, wir bringen dich nach Hause.«

Edward verzog das Gesicht. »Ich würde ja anbieten, dass ich Sie zum Jenkins House fahre, aber wir haben kein Auto. Tut mir leid.«

»*Bishop* House, jetzt, wo Mrs Jenkins zwei Meter näher bei Satan ist.«

Mr Bishops Stimme tönte Darth-Vader-haft unter der Sauerstoffmaske hervor. »Da hat sie's wenigstens schön warm.«

»So, jetzt ist's erst mal wieder genug mit der bürgernahen Polizeiarbeit, Constable. Wir haben noch zu tun.« Bigtoria zog ihre Bewohnerliste hervor und blätterte sie durch. Sie blickte zu Adam auf. »Diese Pauline, die heute nicht zur Arbeit gekommen ist – hat die auch einen Nachnamen?«

Er stellte eine Reihe von Papiertüten auf den Tresen. »Thomson, mit ›Th‹ und ohne ›p‹. Und wenn Sie sie sehen, sagen Sie ihr, dass ich gesagt habe, dass sie …«

»Ein ›nutzloses Weibsstück‹ ist. Ich hab's gehört.«

Er verstaute die Tüten in Mr Richards' Einkaufstasche. »So, bitte sehr. Geht auf's Haus. Warten Sie, ich mach Ihnen noch zwei Tees dazu.«

Edwards Magen ließen einen hohlen, jammervollen Klagelaut des Neids vernehmen. »Aber wir wollten doch nur zwei kleine Pies …«

Bigtoria steuerte auf den Ausgang zu. »Lassen Sie sich nur Zeit, Constable.« *Pling-Plong*, und weg war sie.

Es gab Tage, da wäre man besser in seiner Zelle geblieben.

15

Filigrane Holzornamente hingen von der Dachtraufe von Ms Thomsons Haus herab, aus dem Schornstein ragte eine Wetterfahne in Form einer schwarzen Katze, und kleine Sprossenfenster blickten in die winterliche Welt hinaus. Zusammen mit dem braunen Rauputz und der üppigen Schneedecke gab das dem Ganzen eine beunruhigende Pfefferkuchenhaus-Anmutung, nur dass das Häuschen nicht mitten im Wald stand, sondern in einem überwucherten Garten am Rand von Glenfarach, das letzte in einer Reihe von ebenso kitschigen Cottages. Vorne und an der einen Seite rückte der Wald bedrohlich nahe heran und verstärkte noch die Gleich-kommt-der-böse-Wolf-Stimmung.

Das hier war das letzte Haus, bevor man sich in der Wildnis verirrte, um nie mehr zurückzukehren.

Bigtoria und Edward stapften den Gehweg entlang. Der Typ mit der Schneefräse hatte es sich offensichtlich gespart, diesen Teil des Dorfs zu räumen, sodass der Schnee hier fast knietief lag. Was bedeutete, dass sie beide sich im Storchenschritt hindurchkämpfen mussten.

»Es tut mir leid, okay?« Kälte und Nässe drangen durch Edwards Hosenbeine, das Schmelzwasser rann herab und tränkte seine Socken. Wenn es so weiterging, würden sie mit Frostbeulen und Fußbrand nach Hause kommen.

Bigtoria drehte sich um und bohrte ihm einen eisenharten Finger in die Brust. »Sie reden *nicht* ohne meine Erlaubnis mit Verdächtigen!«

»Hab ich doch gar nicht! Okay, vielleicht irgendwie schon, aber ich hab ihn nur gefragt, wie es ihm geht, weil er nicht gut aussah, und da sind wir irgendwie auf das Thema gekommen. Er glaubt nicht, dass es etwas mit ihm zu tun hat, aber wenn doch, könnte es eine Botschaft oder ein Geschenk sein. Aber was genau – keine Ahnung.« Edward zuckte mit den Schultern. »Er ist Geoff Newman nie begegnet. Hat den Namen noch nie gehört. Also …?«

Sie schloss die Lücke, bis sie auf ihn herabschaute. »Ich bin diejenige, die diese Ermittlung leitet. Ist das klar, Constable?«

»Immerhin wird er für uns Augen und Ohren offen halten, ja? Wir haben jemanden auf unserer Seite.«

»Ist – das – klar?«

Hatte ja eh keinen Zweck.

»Ja, Chefin.«

Sie brummte, dann schob sie das Gartentor von Thomson Cottage auf. Der Gartenweg war sogar noch schlimmer als der Gehsteig. Das verdammte Ding war unter mindestens einem halben Meter Schnee begraben.

Bigtoria watete auf die Haustür zu.

Edward schleppte sich hinterher, wobei er es sich ein wenig einfacher machte, indem er die Füße in ihre Fußstapfen setzte. Und das Vordach aus geschnitztem Holz bot immerhin ein wenig Schutz vor den erbarmungslos herabfallenden Flocken.

Eine angenehme Abwechslung.

Sie drückte auf die Klingel, dann trat sie zurück und betastete mit einem Finger die Papierhandtuch-Pfropfen in ihren Nasenlöchern. Vorsichtig schob sie sie hin und her, ehe sie sie herauszog und in das Hexen-Winter-Wunderland schnippte, das sich als Garten ausgab. Mit verkniffener Miene fuhr sie mit dem kleinen Finger unter ihrer Nase durch und untersuchte die Kuppe eingehend auf Spuren von frischem Blut.

Dann hielt sie inne und blickte auf, um festzustellen, dass Edward sie anstarrte. »*Was?*«

Wie sollte er es am besten formulieren …?

Er leckte sich die Lippen, wandte sich ab und blickte in den düsteren Rachen des Waldes, der hinter der Gartenmauer aufragte. Er war sich gar nicht sicher, ob es eine gute Idee war, das Thema jetzt anzusprechen, aber sie war ohnehin schon sauer auf ihn, also warum nicht? »Es ist nur, und ich sage das mit allem gebührenden Respekt, Chefin, aber Ihre Befragungstechnik erscheint mir ein wenig … konfrontativ?«

Sie ließ von ihren Nasenlöchern ab und setzte stattdessen ihren einschüchternden Blick auf. »Was?«

Er hob die Hände. »Verstehen Sie mich nicht falsch. Ich meine, die alte Guter-Cop-böser-Cop-Nummer hat sicher nach wie vor ihre Berechtigung, aber es *könnte* doch sein, dass die Leute eher geneigt wären, mit uns zu kooperieren, wenn wir es nicht gar so sehr darauf anlegen würden, sie zu verprellen.« Er scharrte mit den Füßen. »Rein hypothetisch gesprochen.«

Ihre Augen verengten sich, als sie näher trat, umwabert von kaltem Brandgeruch und mehr als nur einem Hauch von drohender Gewalt. »Zweifeln Sie etwa meine Kompetenz an?«

»Ich? Nein, nicht doch, keineswegs.« Er sah weg. »Tut mir leid, dass ich es angesprochen habe.«

Immer noch rührte sich nichts in Thomson Cottage, also versuchte er hilfreich zu sein und drückte noch einmal auf die Klingel.

Bigtoria machte sich noch ein bisschen größer. »Ich *verprelle* die Leute nicht.«

»Natürlich nicht, Chefin. Wie dumm von mir.« Na los doch, mach die verdammte Tür auf. Er bearbeitete den Knopf mit dem Finger. »Es ist nur, ich meine … wie Mr Bishop sagt, man fängt mehr Fliegen mit Honig und Scheiße als mit Essig. Ich rede mit ihm – er will uns helfen. Sie schnauzen ihn an – er sagt, wir sollen uns verpissen. Und Sie schnauzen *jeden* an!«

Sie trat noch einen halben Schritt vor und blickte finster auf ihn herab. »Sie bewegen sich auf sehr dünnem Eis, Constable.«

Na ja, immerhin hatte er es versucht.

»Sie haben gewonnen. Ich gebe auf.« Edward schlug mit der flachen Hand gegen die Tür. »MS THOMSON, POLIZEI! MACHEN SIE AUF!« *Bamm, bamm, bamm.* »MS THOMSON? MS THOMSON!« Ein gequältes Lächeln. »Sie macht nicht auf.«

»Das seh ich selbst, vielen Dank. Schauen Sie mal durch die Fenster.«

Natürlich. Bigtoria blieb, wo sie war, auf dem Gartenweg, während er sich wieder durch den verdammten Schnee kämpfen musste, wo seine Hosenbeine so schon an der Haut seiner vor Kälte gefühllosen Beine klebten.

Er stellte sich auf die Zehenspitzen und erspähte ein verstaubtes Wohnzimmer. Dann eine staubige Abstellkammer. »Ich glaub, hier hat schon länger niemand mehr gewohnt.«

»Dann versuchen Sie's mal hinten.«

Och nee …

Edward watete zurück zur Vorderseite des Hauses, die Klamotten fast bis zum Bauchnabel mit Schnee verkrustet. »Fehlanzeige. Küche, Bad und zwei Schlafzimmer – alles eingestaubt und verlassen.« Er klopfte seine Schuhe an der obersten Stufe ab, worauf eine kleine Lawine aus gebrauchten Schneeflocken herabrieselte und sich um seine erfrorenen Füße herum aufhäufte. »Und bevor Sie fragen: Ja, ich habe die Hintertür probiert. Verschlossen.«

Sie starrte hinaus in den Zeitlupen-Wirbel aus kalten weißen Splittern, die ihr Gewicht der unter Schneemassen erstickten Welt hinzufügten. Dann streckte sie die Hand aus. »Geben Sie mir Ihr Airwave.«

Er tat wie ihm geheißen, und sie drückte die Tasten.

»DI Montgomery-Porter an Sergeant Farrow. Sprechbereit?«

Sergeant Farrows Stimme tönte aus dem Lautsprecher des Apparats. Sie klang wesentlich verzerrter als letztes Mal. »*Golf Foxtrot Vier an Alpha Charlie Eins, ich höre.*«

»Wir stehen vor Pauline Thomsons Haus. Sie macht nicht auf.«

»*Haben Sie es in Millbrae Cottage versucht? Wahrscheinlich ist sie dort.*«

Bigtoria fischte zwei Zettel aus der Tasche und klatschte sie Edward an die Brust. »Nachschauen, wo das ist.« Dann wieder ins Airwave: »Was ist der Stand der Dinge bei den Suchteams?«

»*Kann ich noch nicht sagen.*«

Ihre Miene verfinsterte sich. »Sie sollten mir doch *regelmäßig* Bericht erstatten!«

Edward fuhr mit dem Finger suchend über den Ortsplan, dann gab er es auf und suchte nach »Millbrae« in der Liste der Bewohner. Denn so funktionierte ja offenbar das Benennungssystem in Glenfarach.

»Würde ich ja gerne machen, Ma'am, aber ich sitze hier im Revier fest. Wir können eine Gefangene nicht ohne Aufsicht im Gewahrsamsblock zurücklassen. Stellen Sie sich vor, es passiert etwas – dann wär die Hölle los.« Millbrae, Millbrae, Millbrae ... Ah, da haben wir's: Kerry Millbrae, Millbrae Cottage, Soldier's Row. Das war ja einfach.

Das Plastikgehäuse des Airwave knackte in Bigtorias Pranke, ihre Knöchel wurden weiß, während ihre Stimme immer lauter wurde. »Dann lassen Sie halt diesen Idioten Harlaw da. Los, raus mit Ihnen!« Sie beendete das Gespräch, dann stand sie da und starrte wutschnaubend auf den verschneiten Wald. »Ich schwöre bei Gott ...«

Edward ließ sie noch ein paar Minuten schäumen, ehe er sich räusperte und auf die Straße wies. »Falls es hilft – zu Millbrae Cottage geht's da lang.«

Sie knurrte, drückte ihm das Airwave in die Hand, drehte sich um und stiefelte davon, über den Gartenweg und hinaus in den Schnee.

Also wirklich, wie ein kleines Kind in der Trotzphase ...

Die Soldier's Row war eine ruhige kleine Straße mit Häusern auf der einen Seite und freiem Blick auf die Berge und den Wald auf der anderen.

In einiger Entfernung konnte man gerade so einen weiteren Suchtrupp ausmachen. Vermummte Gestalten rückten in einer Reihe vor, die Köpfe gesenkt, und stocherten mit Stöcken in den Schneeverwehungen herum. Die Winterlandschaft dämpfte alle Geräusche.

Edward sah auf den Plan und deutete auf ein Haus. »Da wären wir.«

Diese Reihe von Cottages war längst nicht so verkitscht wie die letzte. Größer, aber auch zweckmäßiger, mit Isolierverglasung, ausgebauten Dachgeschossen und grauen Wänden. Und wie es aussah, hatte jemand auch alle Wege geräumt, was ein willkommener Bonus war.

Sie konnten sogar ohne Waten zur Haustür von Millbrae Cottage gelangen.

Bigtoria klingelte. »Was wissen wir über die Frau?«

»Ja, also: Kerry Millbrae ...« Edward konsultierte die Liste. »Hier steht, dass sie in Edinburgh eine Bordellkette der russischen Mafia gemanagt hat. Eins der Häuser hat sie in Brand gesetzt, als die Polizei eine Razzia durchführte. Sie war die ganze Zeit drin – außer ihr ist niemand lebend rausgekommen.« Er verzog das Gesicht. »Klingt entzückend.«

Der Suchtrupp suchte weiter.

Der Schnee schneite weiter.

Bigtoria klingelte noch einmal. Zählte bis drei und hämmerte dann mit der Faust auf das Holz. »KERRY MILLBRAE, MACHEN SIE SOFORT AUF! POLIZEI!«

Edward ging ein paar Schritte zur Seite und spähte durch das erste Fenster. Ein gemütlich aussehendes Wohnzimmer, sauber und aufgeräumt. Auf dem Couchtisch hockte ein großer, dicker roter Kater und putzte sich. »Es brennt Licht.«

Sie hämmerte noch zweimal gegen die Tür. »MACHEN SIE AUF, MS MILLBRAE! DAS IST KEIN SCHERZ!« Und noch einmal. »POLIZEI!«

Edward schniefte. »Wie sind hier wohl die Vorschriften für das Betreten eines Hauses ohne Erlaubnis der Bewohner?«

»Finden wir es raus.« Sie drehte den Türknauf und drückte. Es war nicht abgeschlossen, und sie blickten in einen pastellrosa gestrichenen Hausflur mit gerahmten Drucken von bunten Blumen an den Wänden. Polierte Bodendielen, ein Läufer mit einem hübschen geometrischen Muster.

»Sergeant Farrow hat gesagt, die Bewohner müssten bei der Suchaktion kooperieren. Also, vielleicht suchen wir ja nur?«

Ein Knurren, dann trat Bigtoria über die Schwelle. »KERRY MILLBRAE! POLIZEI!«

Er folgte ihr ins Haus und zog die Tür hinter sich zu. Stille. Er stand da, eine Hand an das lackierte Holz gelegt. »Kriegen Sie nicht auch allmählich ein mulmiges Gefühl bei der Sache?«

Edward schaute in das erste Zimmer, das vom Flur abging.

Es war das Wohnzimmer mit dem Yoga-Kater, der gerade eines seiner Hinterbeine bearbeitete. Die Einrichtung hätte man wohl »feminin« genannt: ein lila Sofa, überhäuft mit Dekokissen. Ein Sessel, behängt mit exotisch gemusterten Decken. Blumen auf dem Kaminsims. Quastenbehängte Stehlampen in Pastellfarben. Hübsche gerahmte Drucke an den Wänden.

Der Kater hielt im Lecken seiner Kniekehlen inne und starrte Edward an, dann fuhr er mit seiner Körperpflege fort.

Edward warf einen Blick hinter das Sofa. »Hallo? Ms Millbrae?« Er sah auch unter dem Couchtisch nach, nur für alle Fälle. »Ms Thomson?« Auch da war niemand.

Wieder zurück in den Flur.

Bigtoria stand in der Tür eines Raums, der sein Leben wohl als Esszimmer begonnen hatte und in eine Art Handarbeitsraum oder Atelier umgewandelt worden war. »Wo zum Teufel stecken die?« Sie holte tief Luft. »PAULINE THOMSON, POLIZEI!«

Moment mal, war das …?

Er hob die Hand, den Kopf zur Seite geneigt, und lauschte. »Schhhh …«

»Was soll das heißen – ›schhh‹?«

»Nein, Chefin, ich meine ›psst‹. Hören Sie das?« Ein ganz schwaches, hohes, irgendwie abgehacktes Geräusch. Weinte da jemand? Wenn ja, war die Person entweder sehr weit weg oder gab sich große Mühe, kein Geräusch zu machen.

Bigtoria hielt den Atem an und legte den Kopf schief, dann kniff sie die Augen zusammen und stieß die Tür am Ende des Flurs auf.

Schlagartig hörte das Schluchzen auf, und der unverwechselbare Gestank von rohem Fleisch ergoss sich in den Flur, so überwältigend, als stünde man in einer Metzgerei.

Bigtoria blieb abrupt auf der Schwelle stehen. »Hallo? Ist da jemand?« Dann ging sie hinein.

Edward folgte ihr.

Die Küche war genauso ansprechend eingerichtet und gemütlich wie das Wohnzimmer. Schlicht, aber einladend. Traditionell, aber nicht bieder. Die Art Küche, in der man sich gerne eine leckere Quiche zubereiten oder sich von einer älteren Dame mit einem farbenfrohen Kopftuch aus der Hand lesen lassen würde. Was den Anblick dessen, was sich in der Mitte des Raums befand, umso entsetzlicher machte.

Eine Frau lag auf dem Rücken auf der zentralen Kochinsel. Hand- und Fußgelenken an die Scharniere der Schranktüren gefesselt. Der Kopf hing über die Kante und starrte mit leeren Augenhöhlen auf den burgunderfarbenen Aga-Herd.

Sie war bis auf die Unterwäsche entkleidet, ein magerer Körper mit hervorstehenden Hüftknochen und Rippen. Alte Narben vom Ritzen schlängelten sich über ihre Unterarme und Oberschenkel, doch sie waren nichts im Vergleich mit dem, was man ihr angetan hatte. Schnittwunden und Blutergüsse bedeckten fast jeden Quadratzentimeter der bleichen, blutüberströmten Haut. Noch mehr Blut war an den Schranktüren der Kochinsel herabgeflossen und hatte sich auf dem Fliesenboden in einer dunklen, klebrigen Lache gesammelt.

Sie trug noch ihre elektronische Fußfessel.

Genau wie Geoff Newman.

Edward holte tief Luft. Ließ sie zischend entweichen. »Du Scheiße …«

Bigtoria verharrte reglos. Blinzelte. Dann wurden ihre Züge hart.

Er griff nach seinem Airwave. »Alpha Charlie Zwei an Golf Foxtrot Vier. Egal ob sprechbereit oder nicht, es ist dringend. Over.«

Ein erschauderndes Brummeln, dann zog die DI ein Paar blaue Nitrilhandschuhe aus der Tasche und sah Edward an. »Sie auch.« Sie rückte weiter in die Küche vor, wobei sie einen Bogen um die erkennbaren Blutspritzer machte.

Edward ließ das Airwave sinken. »Sind Sie sicher, dass Sie das tun sollten, Chefin? Was ist mit den Vorschriften und …«

»Das letzte Mal haben wir alles verloren.« Sie holte ihr Handy hervor und hielt es hoch wie für eine Landschaftsaufnahme, um die Szene zu filmen. »Den Fehler mache ich nicht noch einmal.«

Na schön.

Er klemmte das Airwave zwischen Wange und Schulter, sodass er die Hände frei hatte, um sich Nitrilhandschuhe überzustreifen.

Sergeant Farrows Stimme quäkte ihm ins Ohr, noch verzerrter als zuletzt. »*Sprechbereit, Alpha Charlie Zwei. Was gibt's?*«

»Wir haben wieder eine Leiche, Sarge.« Er schluckte, versuchte nicht zu würgen trotz des widerlichen warmen Kupfergeruchs von rohem Fleisch, der in der Luft lag. »Gleicher Modus Operandi wie bei Geoff Newman.«

»*Verflixt* ...«

Bigtoria stockte plötzlich in ihrem Rundgang durch die Küche, den Blick auf etwas geheftet, das hinter der Kochinsel verborgen war. Ihre Stimme war gespenstisch ruhig, wie ein Monster, das in einer dunklen Ecke lauert. »Constable Reekie, würden Sie mal eben herkommen?« Sie ließ das, was sie gefunden hatte, nicht aus den Augen, wedelte aber jetzt hektisch mit der linken Hand, um ihm zu bedeuten, auf die andere Seite der Kochinsel zu kommen.

»Chefin? Sollten wir nicht versuchen, den Tatort so wenig wie möglich zu kontaminieren und ...«

»*Jetzt*, Constable.«

Okay ...

Er umkurvte vorsichtig die Blutlache, umkreiste die Kochinsel mit ihrer grausigen Dekoration, und dann blieb er ebenso jäh stehen wie sie.

Eine Frau saß auf dem Boden, mit dem Rücken in die Ecke zwischen zwei Küchenschränken gequetscht, die Knie zur Brust angezogen. Bekleidet mit blutbefleckten Socken, blutbefleckter Jeans und einem blutbefleckten rosa Sweatshirt. Ihre Gesichtshaut war straff und glänzte, überzogen von Narbengewebe, und Tränen rannen in die Falten, aus schief stehenden Augen, von denen das eine nur noch eine milchig graue Kugel war. Die Nase – kaum mehr als ein Stumpf mit länglichen Nasenlöchern. Diese langen schwarzen Haare waren eindeutig eine Perücke. Keine Augenbrauen, keine Wimpern.

Genau das, was man erwarten würde, wenn jemand ein Bordell in Brand steckte und mit Mühe und Not mit dem Leben davonkam. Gerahmte Fotos spickten die Küchenwand, sie zeigten die Frau, die vor ihnen saß, und eine andere, bei der es sich *vielleicht* um das Opfer handelte. Schwer zu sagen, bei all dem Blut ...

»Kerry Millbrae?« Er hielt die Hände so, dass sie sie sehen konnte, und machte keine plötzlichen Bewegungen. »Ms Millbrae, wir sind hier, um Ihnen zu helfen. Ist das okay? Dürfen wir Ihnen helfen?«

Sie schaukelte leicht mit dem Oberkörper vor und zurück. Ihre rechte Hand war kaum mehr als eine Keule, Finger und Daumen nur noch kurze Stummel, die sie an ihren zitternden Mund drückte, während die andere, an der zwei Finger fehlten, eine gekrümmte Klaue bildete, die ein Kochmesser mit Zwanzig-Zentimeter-Klinge umklammerte. Sie stierte geradeaus, als ob sie durch die Kochinsel hindurch in ein anderes Land sehen könnte, wo nie irgendetwas Scheußliches, Brutales und Blutrünstiges passierte …

Bigtoria schlich sich näher. »Sie müssen das Messer fallen lassen.«

Keine Reaktion.

»DAS MESSER FALLEN LASSEN!«

Es war, als ob Ms Millbrae gar nicht wüsste, dass sie da waren.

Edward rückte von der anderen Seite näher und sprach mit leiser, beruhigender Stimme, während er neben ihr in die Hocke ging. »Wir tun Ihnen nichts, okay?« Noch ein bisschen näher. »Schhhh … schhhh … Es ist alles gut.«

Er streckte die Hand aus, so langsam wie möglich, und zog ihr das Messer aus den verstümmelten Fingern. Oh, dem Himmel sei Dank. Sie hatte nicht einmal *versucht*, auf ihn einzustechen. Er atmete zittrig aus. »So ist's recht.«

Dann wich er zurück und beeilte sich, das Messer aus ihrer Reichweite zu schaffen.

Bigtoria trat vor, ihre Stimme hart wie ein Rottweiler und doppelt so dunkel. »Kerry Millbrae, ich verhafte Sie gemäß Abschnitt eins des Criminal Justice Scotland Act von 2016 wegen der Morde an Geoff Newman und Pauline Thomson.«

Kaum hatte Bigtoria Paulines Namen ausgesprochen, da warf Ms Millbrae den Kopf in den Nacken und heulte ihren Schmerz und ihre Tränen heraus, schluchzend und schreiend, während die DI sie hochzog und ihr die Handschellen anlegte.

– nicht bewegen –

(nicht mal atmen)

16

Ein mattgrauer Lichtschein sickerte aus dem dunkler werdenden Himmel herab, als PC Harlaw sich zur Haustür hereinschob. Er stampfte sich den Schnee von den Stiefeln und schüttelte ihn von seiner gefütterten Warnjacke, während er mit großen Augen zusah, wie Bigtoria Ms Millbrae aus der Küche führte. »Scheiße, Mann. Kerry?«

Fraglich, ob die Handschellen wirklich nötig waren, angesichts ihres nahezu katatonischen Zustands.

Edward bildete die Nachhut. »Haben Sie die Messerrolle mitgebracht?«

Harlaw zog einen durchsichtigen Kunststoffzylinder mit schwarzem Verschluss aus der Tasche und hielt ihn Edward hin. »Hab den ganzen Asservatenschrank durchwühlen müssen, um das Ding zu finden. Ich glaub nicht, dass wir das schon jemals benutzt haben.«

»Danke.« Edward nahm es und ging zurück zum Schauplatz des Gemetzels, wobei er den Anblick dessen, was von Pauline Thomson übrig war, sorgfältig vermied. Falls es tatsächlich Pauline Thomson war – eine formelle Identifizierung stand noch aus.

Schwer zu entscheiden, ob man hier drin besser durch die Nase oder durch den Mund atmete. Im ersten Fall bekam man den vollen Fleisch-und-Eingeweide-Gestank eines abgeschlachteten menschlichen Wesens ab, im zweiten den Geschmack: Eisen und Jod, Salz und bittere Eier.

Er zog sein letztes Paar Nitrilhandschuhe an, steckte das Zwanzig-Zentimeter-Kochmesser in die Röhre und drückte den Deckel drauf. Dann verließ er die Küche und schloss die Tür zwischen sich und dem Grauen.

Sie hatten Ms Millbrae eine Steppjacke umgelegt und den Reißverschluss hochgezogen, sodass ihre gefesselten Arme darin eingeschlossen waren. Und sie hatten ihr eine Wollmütze aufgesetzt, wobei ihre Perücke ein wenig verrutscht war.

Bigtoria bohrte Harlaw den Zeigefinger in die uniformierte Brust. »Constable, Sie bewachen diesen Tatort. Sie verlassen das Haus nicht. Sie lassen niemanden ins Haus. Sie lassen niemanden das Haus *anzünden*. Und das Wichtigste: Sie latschen *nicht* kreuz und quer durch den verdammten Tatort!«

»Ja, Ma'am.«

Sie zeigte auf Edward. »Sie kommen mit mir.« Dann zerrte sie ihre Gefangene zur Haustür hinaus.

Edward folgte ihr und sog die saubere, eisige Abendluft tief in seine Lunge, während die Straßenlaternen aufflackerten und ihren grellen, kalten Schein in das grau-weiße Schneegestöber warfen.

»Nehmen Sie sie und geben Sie mir Ihr Airwave.«

Edward tat, wie ihm geheißen.

Die Kälte versengte seine Ohrläppchen, brannte sich durch seine Wangen und ließ seinen erfrischten Atem im LED-Licht dick wie Holzrauch aussehen. Doch Ms Millbrae zitterte nicht einmal. Sie schaute auch nicht, wohin sie ging, sondern starrte nur mit leerem Blick vor sich hin.

Bigtoria drückte die Sprechtaste. »DI Montgomery-Porter an Sergeant Farrow, sprechbereit.«

Sie stapften den Gehsteig entlang, von einem taghellen weißen Lichtkegel zum nächsten, und hinterließen Fußspuren, die bei diesem Schneefall wahrscheinlich eine Lebensdauer von kaum einer halben Stunde hatten.

Eine kleine Ladenzeile säumte die andere Straßenseite, wo die Auslagen in Fenstern mit Kunsthandwerks-Plunder, gebrauchten Möbeln und mittelmäßigen Aquarellen in warmes, einladendes Licht getaucht waren.

Endlich drang Sergeant Farrows Stimme rauschend und stotternd aus dem Lautsprecher. »*Ma'am? Wie geht es Kerry, ist sie okay? Ich kann gar nicht glauben, dass sie …*«

»Ist dieser verdammte Anwalt schon aufgetaucht?«

»*Lewis? Er sitzt gerade mit Siobhan Wilkins zusammen. Sind Sie sicher, dass Kerry die …*«

»Und ich will einen Zwischenbericht über die Suchaktion.« Sie wischte sich den Schnee aus dem Gesicht.

»*Na ja, es sind noch nicht alle zurück, und ich kann hier nicht weg, also …*«

»Dann sollten Sie besser möglichst schnell Abhilfe schaffen, finden Sie nicht?«

Trotz Rauschen und Verzerrung war der gequälte Seufzer am anderen Ende nicht zu überhören. »*Ja, Ma'am.*«

Bigtoria legte auf und drückte Edward das Airwave wieder in die Hand. »Dieses Kaff ist die totale Katastrophe …«

»Tut mir leid, Chefin.«

Und sie stapften weiter durch den Schnee.

Im Gewahrsamstrakt war es wenigstens warm. Edward führte Ms Millbrae zum Schalter, wo Sergeant Farrow die Formalitäten erledigte. Was nicht gerade einfach war, da die einzige Lautäußerung, zu der die Gefangene in der Lage war, ein hohes, schrilles Wimmern war, gefolgt von Schluchzen. Ihr verbliebenes Auge war auf nichts gerichtet, sie ließ die Schultern hängen, die gequälte Grimasse verwandelte sich in einen Ausdruck tiefster Resignation. Sie halfen ihr aus der Daunenjacke und nahmen ihr die Wollmütze ab, ihre Schuhe und ihr Gürtel kamen in eine Schale auf dem Tresen.

Bigtoria zog den Reißverschluss ihrer Warnjacke auf und schüttelte den Schnee ab. »Siobhan Wilkins?«

Sergeant Farrow deutete auf eine blaue Tür mit einem kleinen runden Guckloch. »Beratungsraum eins.«

Die DI stampfte darauf zu und spähte durch die Scheibe. Ein Knurren, dann drehte sie sich um. »Sind Sie bald fertig?«

»Fast, Ma'am.« Sergeant Farrow füllte das letzte Formular aus.

»So, das hätten wir.« Sie sah Edward an. »Halten Sie für mich die Stellung?«

»Okay, Sarge.«

Dann raffte sie eine Handvoll Beweismittelbeutel und einen Schutzanzug in Plastikverpackung zusammen, legte Kerry eine behandschuhte Hand auf die Schulter und führte sie zu Zelle sechs. »Kommen Sie, Kerry, jetzt ziehen wir Ihnen mal die dreckigen Sachen aus.« Sobald sie drin waren, schloss sie die Tür hinter sich.

Da kam man schon ins Grübeln, nicht wahr? Was brachte jemanden dazu, so etwas zu tun? Was ging im Kopf von jemandem vor, der es in Ordnung fand, einen anderen Menschen abzuschlachten? Kein Wunder, dass sie seitdem neben der Spur war. Wie konnte man es da überhaupt noch mit sich selbst aushalten?

Pfff …

Na ja, vielleicht erst mal einen Tee machen.

Als Edward aus dem Hinterzimmer zurückkkam, beladen mit drei Tassen und einem Plastikbecher mit extra kräftigem Gebräu, war von der DI weit und breit nichts zu sehen. Was ehrlich gesagt eine massive Erleichterung war.

Die Tür von Zelle sechs flog auf, und heraus kam Sergeant Farrow mit ihren Beweismittelbeuteln, die nunmehr mit Ms Millbraes blutverschmierten Klamotten gefüllt waren. Sie deponierte alles auf dem Tresen, ihre Miene verkniffen und unglücklich.

Edward reichte ihr eine Tasse. »Hab Ihnen einen Tee gemacht.«

Ein Seufzer. »Danke.« Sie trank einen kleinen Schluck, dann blickte sie sich im Gewahrsamstrakt um und senkte die Stimme zu einem Flüstern. »Wo ist denn der Gar Grässliche Drache von Alt-Aberdeen?«

Er hatte Mühe, sich das Grinsen zu verkneifen. »Sarge, ich bin schockiert, so etwas von Ihnen zu hören.« Er nahm den Plastikbecher und nickte zu Zelle sechs. »Soll ich …?«

»Bitte.«

Er ging mit dem Tee hin und betrat die Zelle. Die Tür ließ er offen, damit Sergeant Farrow die Situation im Auge behalten konnte. Nur für alle Fälle.

Ms Millbrae saß auf der Matratze, die Knie an die Brust gezogen, als ob sie die Küche nie verlassen hätte, bekleidet mit einem frischen

Tatort-Schutzanzug. Die Kapuze war nach hinten geschlagen, sodass man den vernarbten Hautstreifen sehen konnte, der sich über ihren Schädel zog, und die unförmigen knorpeligen Wülste, die von ihren Ohren übrig geblieben waren.

Sergeant Farrow hatte die Perücke konfisziert.

Na ja, natürlich hatte sie sie konfisziert. Warum auch nicht? Aber das machte den Anblick nicht weniger schmerzhaft. Nicht weniger traurig.

Edward ließ sich in die Hocke fallen. »Hallo, Kerry. Ist es okay, wenn ich Sie Kerry nenne?«

Keine Antwort.

»Ich hab Ihnen eine schöne Tasse Tee mitgebracht.« Er stellte den Plastikbecher neben sie auf den Boden. »Bitte sehr.«

Sie rührte sich nicht. Nicht mal ein Blinzeln.

»Ich weiß, dass das alles ein ziemlicher Schock war, aber wir bekommen das schon hin, okay?«

Nichts.

»Erinnern Sie sich an das, was passiert ist, Kerry?«

Ihre wiederhergestellten Lippen zuckten, dann bewegte sie den Oberkörper ein kleines Stück vor und zurück. Vor und zurück. Vor und zurück. Und weinte leise. Sie sah aus, als ob ihre ganze Welt gestorben wäre.

»Kerry? Hallo? Können Sie mich hören?«

Vor und zurück. Vor und zurück.

»Okay ...«

Er ging und zog die Tür ganz behutsam hinter sich zu, sodass sie kaum ein Geräusch machte.

Sergeant Farrow trug gerade die Beweismittelbeutel in das Asservatenverzeichnis ein, als er über den schmuddeligen Terrazzoboden auf sie zukam. »Hatten Sie mehr Erfolg als ich?«

Edward schüttelte den Kopf. »Vielleicht sollten Sie sie mal von Ihrem Bereitschaftsarzt anschauen lassen. Bin mir ziemlich sicher, dass sie unter Schock steht.«

»Da haben Sie wohl recht.« Sergeant Farrow griff nach dem

Telefon. »Hätte nie gedacht, dass Kerry *so* etwas tun würde. Mit Geoff Newman *vielleicht*, aber nicht mit Pauline.« Sie tippte auf dem Tastenfeld und hielt sich den Apparat ans Ohr. »Na los doch, Doc.«

Edward trat näher und griff sich eine Handvoll Nitrilhandschuhe aus der Schachtel auf dem Tresen. »Sarge?« Steckte sie in die Tasche. »Wär's vielleicht möglich, dass Sie uns ein paar Sozialpunkte abgeben? Der Bäcker nimmt kein Bargeld, und ich bin am Verhungern.«

»Hallo, Doc? Ich bin's, Louise. Wir brauchen Sie auf dem Revier, Kerry Millbrae ist ein bisschen komisch drauf … Ja, absolut … Nein, sie zeigt so gut wie keine Reaktion. … Was passiert ist? Sie hat möglicherweise Pauline Thomson und Geoff Newman ermordet …« Ein Seufzer. »Ja, das hab ich auch gesagt … Okay, danke … Bis dann.«

Bigtoria kam von draußen in den Gewahrsamstrakt gestürmt, ihr Gesicht gerötet, die Miene verbissen. »Die verdammten Telefonleitungen sind immer noch tot!«

Er hielt eine Tasse hoch. »Hab Ihnen einen Tee gemacht, Chefin.«

Sie nahm ihn ohne ein Wort des Danks und wandte sich stattdessen an Sergeant Farrow. »Schauen Sie auf den Überwachungsvideos nach, ob jemand beim Betreten oder Verlassen von Millbrae Cottage gefilmt wurde. Wobei ich mir da keine allzu großen Hoffnungen mache.«

»Äh …« Sergeant Farrow sog die Luft durch die Zähne ein. »Ich kann es versuchen, Ma'am, aber Jenna sagt, solange wir nicht die Teile haben, die für die Reparatur gebraucht werden, nehmen die Kameras gar nichts auf.«

Bigtoria starrte sie an. »Das ist doch nicht zu fassen.«

»Tja.« Sie holte ein Bezugsscheinheft hervor und legte es vor Edward auf den Tresen. »Sozialpunkte für eine Woche. Aber verprassen Sie sie nicht alle für Bier und Süßigkeiten.« Ein Blick auf die Uhr. »Jetzt schnappen Sie sich Ihre Jacke, wir müssen mit einer Ex-DCI über eine Suchaktion reden.« Sie sah Bigtoria an und hob fragend die Augenbrauen. »Das heißt, falls Sie nichts dagegen haben, so lange den Gewahrsamstrakt im Auge zu behalten, Ma'am?«

Die Antwort war nur ein Knurren.

Da war sie wieder, die legendäre Sozialkompetenz.

Das Schneegestöber dämpfte den grellen Schein der Straßenlaternen und verwischte ihre Ränder, als der Wind über den Dorfplatz fegte und die Flocken zu tanzenden Derwischen und wallenden Wirbeln aufpeitschte, die alles in mehr als vier Meter Entfernung verschluckten.

Edward und Sergeant Farrow duckten sich im Windschatten des Uhrturm-Denkmal-Gebildes, die Hände tief in den Taschen vergraben, die Schultern hochgezogen, Police-Scotland-Wollmützen auf dem Kopf, darüber die Stirnlampen, die nach Kräften leuchteten, aber nicht allzu viel ausrichten konnten.

Edward stampfte in seinen feuchten, halb gefrorenen Schuhen auf der Stelle und drängte sich noch dichter an den Granit des Denkmals, das Gesicht verkniffen – zumindest die Teile, die er überhaupt noch bewegen konnten. Nase und Ohren schmerzten wie von Millionen winzigen Nadelstichen.

Wessen Schnapsidee war es eigentlich gewesen, zur Polizei zu gehen? Welcher bescheuerte, von allen guten Geistern verlassene Vollidiot entschied sich für so einen Beruf? Wessen …

»Alles okay, Constable?«

Ein kribbelnder Schauer lief ihm über die Schultern. »Haben Sie auch manchmal Zweifel, ob Sie den richtigen Beruf gewählt haben, Sarge?«

»Jane wird bestimmt bald da sein.«

»Ich wollte Astronaut werden, oder Fußballer, oder Rockstar. Und jetzt schauen Sie mich an.«

»Tja.«

Eine Windbö schleuderte dicke weiße Flocken um das Denkmal herum, die auf ihre Warnjacken prasselten und im Schein der Stirnlampen glitzerten.

»Sarge? Dieses Ding, das Sie Mr Bishop gegeben haben – das Willkommensgeschenk?«

»Das kriegt jeder Bewohner – ein schönes, eigens für ihn angefertigtes schmiedeeisernes Schild mit seinem eigenen Namen und dem Zusatz ›House‹ oder ›Cottage‹ oder was auch immer. Damit sie sich ein bisschen wie Hauseigentümer fühlen können.«

Klang plausibel. Wenn sie sich als Teil der Gemeinschaft fühlten, neigten sie vielleicht weniger dazu, allen anderen Stress und Ärger zu machen. Obwohl, im Moment schien das ja nicht so richtig zu funktionieren, sonst würden nicht dauernd gefolterte …

Sergeant Farrow stieß Edward den Ellbogen in die Rippen. »Da ist sie.«

Eine einsame Gestalt tauchte wankend aus dem Schneesturm auf und kam näher.

»Sie haben sich aber Zeit gelassen, Jane.«

Ex-DCI Jane Miller war sogar noch dicker eingemummt als sie, nur ihre Nase und ihre Ohren leuchteten knallrot aus ihrer Polarforscher-Montur hervor. »Das passiert eben, wenn man seine Arbeit gründlich macht.« Sie stemmte sich gegen den Wind, während sie zu der roten Linie auf dem Zifferblatt aufschaute, die den Beginn der Ausgangssperre markierte. »Machen wir's kurz. Wir haben alles von Flesher's Brae bis Gallows Row abgesucht – keine Spur von Caroline Manson in sämtlichen Nebengebäuden, Gärten und Schuppen. Und wir haben mit allen Bewohnern gesprochen, die wir angetroffen haben. Niemand hat sie gesehen. Oder sagen wir lieber, niemand will sie gesehen haben.«

Sergeant Farrow nickte. »Schei…benkleister. Aber damit hab ich irgendwie gerechnet.«

Edward hob die Hand. »Was ist mit den leer stehenden Häusern und Cottages und so?«

»Glauben Sie, ich wäre Detective Chief Inspector geworden, wenn ich nicht wüsste, wie man eine Suchaktion organisiert, *Constable*?« Ex-DCI Miller wandte sich ab und spähte in das Schneetreiben hinaus. »Falls sie da draußen irgendwo ist, hat sie eine Nacht im Freien überlebt. Eine zweite wird sie nicht überleben. Wenn sie überhaupt noch in Glenfarach ist. Mein Vorschlag: Sie stellen mir eine Abordnung von Personen zur Verfügung, die offiziell befugt sind, die Häuser von Bewohnern zu durchsuchen.« Sie deutete nach Osten, Westen und Norden. »Wir richten an allen Ausfallstraßen Straßensperren ein. Dann durchkämmen wir Haus für Haus. Stellen den ganzen Ort auf den Kopf, wenn es sein muss.«

»Ich gebe das an DI Montgomery-Porter weiter.« Sergeant Farrow trat einen Schritt vor, dann torkelte sie ein paar Schritte, als der Wind an ihrer Warnjacke zerrte und schubste. »Danke, Jane, ich weiß Ihre Hilfe sehr zu schätzen.«

Die Ex-DCI warf einen letzten Blick auf die Uhr mit der Ausgangssperren-Linie, dann stapfte sie durch den Schneesturm davon und verschwand wie ein Geist im weißen Gestöber.

Edward wartete, bis sie ganz bestimmt außer Hörweite war. »Wie kommt es, dass die Leute ab der Beförderung zum DI unweigerlich zu totalen Arschlöchern mutieren?«

Sergeant Farrow lehnte sich gegen den Wind und stapfte los in Richtung Revier, das Gesicht von den peitschenden, eisigen Flocken abgewandt, und hob die Stimme, um das Sturmgeheul zu übertönen. »MUSS WOHL EINS DIESER UNERGRÜNDLICHEN NATURGESETZE SEIN …«

Dampf stieg von Edwards Hosenbeinen auf, gesättigt mit dem säuerlichen Essiggeruch von Stoff, der schon viel zu oft nass geworden, getrocknet und wieder nass geworden ist. Die grießigen Rauchnoten, Überbleibsel von dem gestrigen Brand, trugen das ihre zu dem allgemeinen Mief bei, der Edward ein *klein wenig* wie ein abgebranntes Urinal riechen ließ.

Er hinterließ eine Pfütze auf dem Boden des Gewahrsamstrakts – geschmolzener Schnee von seinen Schuhen, vermischt mit dem Wasser, das aus den Ösen heraussickerte. Die Socken quatschten feucht bei jedem Schritt.

Bigtoria stand mit dem Rücken zu ihm, die Arme vor der Brust verschränkt, während ein rotgesichtiger Mann von Mitte sechzig zur Abwechslung auf sie herunterschaute, während er auf sie einredete.

Sein fülliger grauer Haarschopf fiel in Locken auf den Kragen eines maßgeschneiderten Dreiteilers in sattem Dunkellila, komplett mit frisch gebügeltem weißem Hemd und alter Schulkrawatte. Die Art von tiefer, polternder Advokatenstimme, die mit ihrer Lautstärke und Arroganz einem Geschworenengericht auf hundert Meter Entfernung seine Sicht der Dinge aufzwingen konnte. »Ich möchte darauf hinweisen, dass meiner Mandantin der Aufenthalt außerhalb ihres Wohnhauses nach Beginn der Ausgangssperre nicht gestattet ist, und da es jetzt« – er konsultierte demonstrativ eine überdimensionale, protzige Rolex – »sechzehn Uhr sechsunddreißig ist, mithin sechzehn Minuten darüber hinaus, schlage ich vor, dass Sie sie auf eigene Verantwortung entlassen.«

Die DI schüttelte den Kopf. »Keine Chance.«

»Und was ist mit *mir*, Detective Inspector? Für mich gilt die Ausgangssperre genauso.«

»Ihnen wurde eine Ausnahmegenehmigung erteilt, Mr Nichols. Anstelle eines Honorars.«

Eine Augenbraue kletterte an seiner Stirn hinauf und ließ einen spöttischen Ausdruck zurück. »Meine Mandantin hat eine Erklärung vorbereitet.« Dann schweifte sein Blick zu Ms Millbraes Zelle ab. »Und wie ich sehe, haben Sie eine weitere bedauernswerte Seele in Haft genommen. Benötigt sie ebenfalls einen Rechtsbeistand? Denn wenn dem so ist, erwarte ich eine *angemessene* Entschädigung für meine Bemühungen.«

»Aber sicher doch.« Bigtoria hielt inne. Dann drehte sie sich um und sah Edward stirnrunzelnd an. Hatte sein rauchiger Essiggeruch sie erreicht? »Was tun Sie denn noch hier?«

Er wich einen Schritt zurück. »Ich wollte nur …«

»Sie haben doch noch einen Geländewagen auszugraben.«

Augenblick mal.

»Aber Chefin, es ist stockdunkel, draußen tobt ein Sturm, und es schneit immer noch! Wir …«

»Sie haben ihn festgefahren, dann können Sie ihn auch wieder rausholen. Und da man sich offensichtlich nicht darauf verlassen kann, dass Sie irgendetwas selbstständig erledigen, kommt Sergeant Farrow mit Ihnen.«

Sergeant Farrow starrte sie an. »Bei allem gebührenden Respekt, Ma'am, Constable Reekie hat recht: Da draußen tobt ein Schneesturm …«

»Ach, und wenn Sie schon dabei sind – der Wald muss immer noch abgesucht werden. Ich will wissen, was Geoff Newman zwei Stunden lang dort getrieben hat, bevor er starb.« Sie deutete auf Kerry Millbraes Zelle. »Nur weil wir durch einen weiteren Mord abgelenkt wurden, heißt das noch nicht, dass dieser Job von der Prioritätenliste gestrichen ist. Sie können das erledigen, während Sie draußen sind.«

Edward machte den Mund auf. Und wieder zu. Setzte erneut an: »Aber ...«

»Hat sich das angehört wie eine *Bitte*, Constable?« Sie straffte die Schultern.

Puh ...

»Nein, Chefin.«

Edward stapfte hinter Sergeant Farrow den Gehsteig entlang, nach hinten gelehnt, um sich gegen den böigen Wind zu stemmen, der nach seinem Rücken krallte. Schnee fegte vorbei und bildete einen wirbelnden, schwindelerregenden Windkanal im harten weißen LED-Licht der Gallows Row.

Die Gummistiefel, die er aus dem Lager requiriert hatte, waren ihm ein bisschen zu groß, aber das ließ nur umso mehr Platz, um sie mit zusätzlichen Socken auszupolstern, die er aus dem Umkleideraum hatte mitgehen lassen. Schöne, warme, dicke, wollene, *trockene* Socken.

Und was noch besser war: Handschuhe! Okay, sie waren uralt und ramponiert – er hatte sie aus dem verstaubten alten Spezialgerätefundus des Reviers stibitzt –, und jedes Mal, wenn er die Finger krümmte, lösten sich kleine Bröckchen von zersetztem Leder von der runzligen schwarzen Oberfläche. Aber es war immer noch zehnmal besser, als mit schmerzenden, verkrümmten, lila verfärbten Würstchen anstelle von Fingern herumlaufen zu müssen.

Er hielt die Schneeschaufel quer vor dem Bauch, das Blatt so gedreht, dass die Sturmböen es nicht erfassen konnten. Einmal die Schneeschaufel voll gegen die Brust bekommen, und schon hatte er es kapiert. Denn er war, wie gesagt, kein Idiot.

Sergeant Farrow hatte ihre Schaufel unter den Arm geklemmt, sodass sie eine Hand frei hatte, um die Fingerspitzen ihres Handschuhs zwischen die Zähne zu nehmen und das Ding abzuziehen. Dann fummelte sie eine Weile mit ihrem Handy herum.

Das Löschfahrzeug stand nicht mehr vor Newman Cottage, und außer den verkohlten Überresten des Hauses war nichts mehr zu sehen. Die Granitmauern standen noch, ebenso wie beide Giebelwände, aber alles dazwischen war eine kohlschwarze Ruine. Die immer noch leise vor sich hin rauchte, während der Schnee fiel und fiel und fiel …

In den Fenstern der drei anderen Häuser brannte Licht. Ex-DCI Miller stand in ihrem Wohnzimmer und starrte zu ihnen heraus.

Edward lächelte ihr zu und winkte kurz. Dann ließ er die Hand wieder sinken. Erst anderthalb Tage hier, und er benahm sich schon wie einer der unheimlichen Bewohner.

Aber Ex-DCI Miller rührte sich nicht von der Stelle und ließ auch nicht erkennen, ob sie ihn überhaupt wahrgenommen hatte. Sie starrte einfach nur weiter aus dem Fenster.

Na, die konnte ihn mal.

Als sie das letzte intakte Haus in der Straße erreichten, sah Leonard Walker, ein Buch in der Hand, aus seiner sicheren, warmen Privatbibliothek zu, wie sie vorbeigingen. Dann zog er die Vorhänge zu, um mit seinen »Kindern« allein zu sein.

Der konnte ihn auch mal.

Sergeant Farrow blieb vor Newman Cottage auf dem Gehsteig stehen und stemmte sich gegen den Wind, während sie die Ruine anstarrte. Sie hob die Stimme, um das Gebrause zu übertönen. »SECHS JAHRE BIN ICH JETZT HIER, ABER SO WAS HATTEN WIR NOCH NIE.«

»DENKEN SIE IMMER NOCH DRÜBER NACH, HIER WEGZUGEHEN?«

Sie verzog den Mund, und ihre Nasenflügel blähten sich, als ob sie den verbrannten Geruch der Niederlage witterte. »Schauen Sie sich das an.« Sie deutete mit ihrem Handy auf das Trümmerfeld.

»WETTEN, DASS SIE ES SO HINBIEGEN WERDEN, DASS ALLES *MEINE* SCHULD IST? WÄR VIELLEICHT BESSER, ICH SPRINGE AB, BEVOR ICH GESCHUBST WERDE.«

Edward beugte sich über die Gartenmauer und rammte das Blatt seiner Schaufel in den Schnee, sodass der Stiel herausschaute wie ein Grabstein.

Sie sah ihn fragend an.

Er zuckte mit den Schultern. »NA JA, WARUM DIE DINGER MIT IN DEN WALD SCHLEPPEN, NUR UM SIE NACHHER WIEDER ZURÜCKZUSCHLEPPEN?«

»AUCH WAHR.« Sie steckte ihre Schaufel neben seiner in den Schnee.

Sie blieben noch einen Moment stehen, dann drehten sie sich um, und der Wind packte sie an den Schultern, als sie durch den knietiefen Schnee auf den Wald zustapften.

»BRINGEN WIR'S EINFACH HINTER UNS.« Sie steckte ihr Handy ein und zog eine Grimasse.

Er fummelte an seiner Stirnlampe herum – nicht einfach mit den dicken, verstärkten Handschuhen –, bis das Ding mit einem Klick anging und sein eigenes privates Scheinwerferlicht durch den heulenden Flockenwirbel sandte.

Sergeant Farrow tat es ihm gleich, dann zog sie ihren Handschuh wieder an. »VIELLEICHT LASSE ICH MICH JA IRGENDWOHIN VERSETZEN, WO ES WÄRMER IST, ZUM BEISPIEL NACH GLASGOW?« Sie hatten das Ende der Straße erreicht und wateten weiter durch den noch tieferen Schnee. »DIE ÄUSSEREN HEBRIDEN SOLLEN JA AUCH GANZ NETT SEIN.«

Edward schob sich an einem zugeschneiten Stechginsterstrauch vorbei, womit er einen eigenen Mini-Blizzard erzeugte und die Samenkapseln rasseln ließ. »HAB GEHÖRT, DASS ES DA PALMEN UND WEISSE SANDSTRÄNDE GIBT. SEHR NOBEL ...«

Er blieb am Waldrand stehen.

Von hier an kam das einzige Licht von ihren Stirnlampen, das von einem reifüberzogenen Baumstamm zum nächsten sprang und über die Umrisse von abgestorbenen Farnwedeln, verschlungenen Brombeerranken und spitzigem Ginster hinwegglitt – Schatten, die sich wanden und tanzten wie wilde Kreaturen.

Tja …

Dies war einer der Orte, von denen die Menschen sich seit Jahrhunderten mahnende Geschichten erzählten. *Geh nicht in den tiefen, dunklen, Wald, denn da lauern Ungeheuer, die dich fressen wollen.*

Edward blies eine Atemwolke in die Luft und straffte die Schultern. »DAS IST EINE GANZ, GANZ SCHLECHTE IDEE, NICHT WAHR?«

»TOTAL SCHLECHT.«

Okay.

Sie wateten in den Wald.

17

Bäume umzingelten und bedrängten sie, als sie sich tiefer in den Wald vorarbeiteten. Einen Vorteil hatte es: Je weiter sie gingen, desto dichter wurden die Baumkronen über ihnen, sodass deutlich weniger Schnee unten ankam. Er verschwand nie ganz – außer vielleicht unter den mächtigsten Kiefern –, aber wenigstens lag er nicht mehr knietief.

Dummerweise machten die tief hängenden Zweige und der schwere Lehm des Waldbodens das Vorankommen genauso schwierig wie draußen im Schneesturm. Allerdings war es hier viel stiller. Das heißt, wenn man das Knarren und Ächzen der schwankenden Äste ignorierte und das ferne, gespenstische Flüstern des Winds, der durch die Nadeln strich.

Das hier war kein staatlicher Forst, wo alles in ordentlichen Reihen angepflanzt war, um das Fällen zu erleichtern – das hier war ein richtig alter Wald. Riesige, knorrige Bäume, die Äste gebeugt unter der Last des Schnees, die Stämme mit einem Schorf von frostigen Flechten überzogen, die im Schein der Stirnlampen glitzerten.

Ein schriller Schrei zerriss die Dunkelheit, irgendwo rechts von ihnen, und hallte durch den Wald, ehe die Dunkelheit ihn wieder verschlang.

... alle Bäche färbten sich rot ... Die Legende sagt, dass man in einer stillen Nacht immer noch ihre Geister schreien hört ...

Edward erstarrte, dann drehte er sich langsam um die eigene Achse, ließ den Strahl der Stirnlampe über Stämme und Äste gleiten, während die Atemwolken seinen Kopf umnebelten. Nichts zu sehen von der Quelle des Geräuschs. Irgendwie war das alles gar nicht so beruhigend.

Er leckte sich die Lippen. Trat ein paar Schritte näher zu Sergeant Farrow. »Meine ich das nur, oder kommt Ihnen das auch so vor wie der Beginn eines Horrorfilms?«

Statt einer Antwort begann sie zu pfeifen – »The Teddy Bears' Picnic«, allerdings nicht die normale, fröhliche, kindgerechte Version. Nein, sie pfiff es ungefähr zwei Oktaven tiefer und *sehr* langsam, jede Note so lang gezogen, dass sie ihr ganzes ominöses Potenzial entfalten konnte. Dann grinste sie. »Ich sag, dass Sie als Erstes gefressen werden.«

Sie hatte den Handschuh wieder angezogen und die Karten-App auf ihrem Handy aufgerufen. Die Art, wie das Display ihr Gesicht von unten anstrahlte, trug nicht gerade dazu bei, das Horrorfilm-Gefühl zu zerstreuen. Das Blatt mit Geoff Newmans Route am Tag seines Todes war in ihrer anderen behandschuhten Hand, als sie sich nach links und dann nach rechts drehte, den Blick auf das Display geheftet. Ein Nicken, dann marschierte sie los und folgte einem Pfad, der sich durch die Bäume schlängelte.

Oder vielleicht war es auch gar kein Pfad – schwer zu sagen bei all dem Schnee.

Edward eilte ihr nach. »Ich kann nicht als Erster gefressen werden – meine Mum hat mir eine Entschuldigung geschrieben.«

»Na, was schauen Sie mich an? Ich bin die attraktive, tugendhafte weibliche Hauptdarstellerin, und damit bin ich das ›Final Girl‹, wie sie beim Film sagen. Ich bleibe am Schluss übrig und lebe glücklich bis ans Ende meiner Tage, während Sie als Monster-Frühstück enden.«

Das war ein Lächeln wert, wie er zugeben musste.

Sie runzelte die Stirn. »Was?«

»Nichts. Ist einfach nur nett, zur Abwechslung mit jemandem zusammenzuarbeiten, der einen Sinn für Humor hat.«

»Echt? Dabei wirkt DI Montgomery-Porter auf mich immer so *herzlich* und *umgänglich*.«

Sie stapften weiter, tiefer in den Wald hinein.

Gut, dass sie immer noch ein GPS-Signal hatten, denn das hier war einer von diesen Orten, wo Menschen sich verirrten und nie mehr gesehen wurden. Nicht mal ihre säuberlich abgenagten Knochen …

Edward drehte sich noch einmal um die eigene Achse, aber seine Stirnlampe schaffte gerade mal drei Meter, ehe das Licht vom Wald verschluckt wurde. »Was glauben Sie, was wir finden werden, wenn wir dort sind? Wäre ja ziemlich enttäuschend, wenn es bloß eine popelige Brücke wäre.«

Sie blieb nicht stehen. »Da ist bestimmt keine Brücke. Warum sollte jemand eine Brücke bauen? Wo soll die überhaupt hinführen? Ich wette, die ganze Geschichte ist bloß eine Tarnung für den Handel und/oder Tauschgeschäfte mit Kinderpornografie. Und dann die ...« Sie räusperte sich. »... na ja, die Sache mit dem Sichvergnügen.«

»Entzückend.« Edward bahnte sich seinen Weg um den planschbeckengroßen Wurzelteller einer umgestürzten Kiefer herum. »Aber was, wenn er wirklich etwas gebaut hat? Er hat sich doch dieses Buch ausgeliehen, nicht wahr? *The Scientific American Boy*?«

»Und?«

Vor ihnen fiel das Gelände zu einer breiten Mulde ab, wie mit einer Riesenkelle aus dem Waldboden geschöpft. Die Bäume standen hier weniger dicht, mit einer kreisförmigen Lichtung in der Mitte. Und das lückenhafte Kronendach bedeutete natürlich, dass der Schnee sich hier so lange hatte ansammeln können, bis die Verwehungen alles unter sich begruben.

»Na ja, ich meine ...« Edward watete die Böschung hinunter. »... macht Ihnen das keine Sorgen? Es ist ja vielleicht ein Projekt, an dem er mit den anderen aus seinem Ring arbeitet? Und wenn es keine Brücke ist ...?«

Sie blieb stehen. »Was denn – so eine Art Clubhaus für Perverse?«

»Kann doch sein.« Edwards Stirnlampe bestrich die verschneite Senke, eingefasst von diesem düsteren, abweisenden Wald. Winzige Eispünktchen glitzerten im Lichtschein. »Aber dazu müsste man schon ganz schön einen an der Waffel haben.«

Er kämpfte sich quer über die Lichtung, während Sergeant Farrow neben ihm durch die Schneewehen pflügte.

Bergab zu waten war ja schon schwer genug, aber bergauf?

Du lieber Gott ...

Jeder Schritt ein Kampf.

Der Atem wummerte in seiner Lunge, brannte in seinem Hals.

Der Puls hämmerte in seinen Ohren wie ein defekter Drumcomputer.

Oben angekommen, strauchelte er noch ein paar Schritte und blieb stehen, keuchend und japsend, während große, wabernde weiße Wolken im Schein der Stirnlampe aufstiegen.

Sergeant Farrow stemmte die Hände auf die Knie und rang nach Luft. »Uff ...« Ein paar pfeifende Atemzüge, Husten, dann richtete sie sich auf, ihr Gesicht ganz glänzend und gerötet. »Alles ... alles klar bei Ihnen?«

»Nein.« Edward hob sein Gesicht in den Schnee, Schweiß rann an seiner Wirbelsäule herab in seine Unterhose. Das Hemd klebte feucht und klamm an seiner Haut. »Gott, ich hasse ... hasse Detective Inspector ... Montgomery-Porter ...«

»Yep.« Sergeant Farrow sah auf ihre Karte und ihr Handy. »Jetzt ... ist es ... nicht mehr weit.«

Er sackte wieder nach vorn, um zu verschnaufen. »Dieses Bauprojekt – was, wenn es kein Clubhaus ist? Was, wenn Ms Hamilton recht hat und sie eine Schwarzbrennerei betreiben?«

»Vorstellen könnte ich's mir.« Sergeant Farrow arbeitete sich am Rand der Senke entlang, wobei sie alle sieben oder acht Schritte auf ihr Display schaute.

Edward stapfte schwerfällig hinterher. »Oder vielleicht ist es ein Platz, wo ...« Er schwenkte die Hand in einer vagen kreisförmigen Bewegung. »... Drogen?«

»Könnte sein.« Sie blieb abrupt stehen. »Da wären wir.« Sie zog den Reißverschluss ihrer Warnjacke herunter und wedelte den Dampf heraus.

»Hier?« Er drehte sich langsam taumelnd im Kreis, ließ den Strahl seiner Stirnlampe von Baum zu Baum springen und über den Rand der Senke gleiten, über die parallelen Furchen hinweg, die sie durch den Schnee gezogen hatten, und wieder die Böschung hinauf, über noch mehr Bäume – bis das Licht wieder auf Sergeant Farrows verschwitztes Gesicht fiel. »Sind Sie sicher?«

»Sehen Sie?« Sie hielt ihm ihr Handy und die Karte hin. »Das sind die genauen GPS-Koordinaten.«

»Aber hier ist doch gar nichts!«

Keine amateurhafte Brücke, kein Clubhaus für Perverse, keine illegale Schnapsbrennerei. Meilenweit nichts als Dunkelheit, Wald und Schnee.

Er ließ sich gegen den nächstbesten Baum sinken – eine mächtige Kiefer mit rissiger Borke – und schnaufte und japste, bis sich seine Atmung und sein Puls wieder auf ein weniger herzinfarktverdächtiges Niveau gesenkt hatten.

Sergeant Farrow versetzte einer Schneewehe einen Tritt. Weiße Klumpen flogen auf und leuchteten fluoreszierend im Schein der Stirnlampe. »Das war ja wohl ein Schuss in den Ofen.«

Diese verdammte Bigtoria hatte *gewusst*, dass das Ganze eine einzige Zeitverschwendung sein würde. Eine einzige schreckliche, eiskalte, scheußliche, anstrengende, fürchterliche Zeitverschwendung.

Sein Kopf kippte nach hinten gegen den Baumstamm.

Und sie machte es nur, um ihn dafür zu bestrafen, dass er *aus Versehen* den Großen Wagen festgefahren hatte. Während einer Verfolgungsjagd. Was übrigens ganz sicher nicht seine Schuld war, aber interessierte sie das vielleicht?

Was für eine absolute …

Sein Blick blieb an einem seltsam geformten Ast hängen. Er wuchs ein Stück über Edwards Kopf ganz normal aus dem Stamm und machte dann einen Knick fast senkrecht nach oben. Das wäre allein noch nicht außergewöhnlich gewesen, wenn er nicht so zurechtgestutzt worden wäre, dass der verbliebene fünfzehn Zentimeter lange Stumpf eine mehr als flüchtige Ähnlichkeit mit einem erigierten Penis aufwies.

Iih …

Edward schürzte die Lippen und wich von dem Pimmelbaum zurück. »Okay, gehen wir logisch an die Sache ran. Sie latschen den ganzen Weg hier raus – was tun Sie dann zwei Stunden lang?«

Verbitterung machte sich in der Schneenacht breit. »Sie wissen schon, dass das die Rache Ihrer DI an mir ist, weil die Videoüberwachung nicht funktioniert und die Suchtrupps Caroline nicht gefunden haben? Als ob *ich* über das verflixte Budget bestimme oder über das Wetter oder überhaupt irgendwas. Ich bin Sergeant, nicht Polizeipräsidentin!«

Wow. Man konnte aber auch *alles* auf sich selbst beziehen.

Er streckte die Hand aus. »Zeigen Sie mal den Ausdruck, Sarge.«

Sie reichte ihn herüber, und er studierte die Karte. Zu jeder Station von Newmans letztem Ausflug waren der Zeitpunkt des Eintreffens und die Dauer des Aufenthalts angegeben. Edwards dick behandschuhter Finger folgte der Linie von Newman Cottage – »11.50, 19 St. 26 min« bis in den Wald, wo sie jetzt waren: »12.05, 2 St. 17 min«.

Sergeant Farrow breitete die Arme aus, als ob sie am Kreuz hinge. »Wie oft habe ich schon einen Antrag auf ein System-Upgrade eingereicht? Hundertmal, wenn nicht öfter!«

»Laut dem hier war er zwei Stunden siebzehn Minuten hier. Wie hoch ist die Auflösung bei dieser Darstellung?« Er fixierte die Karte im Schein der Stirnlampe. »Ich hätte Ihnen sagen sollen, dass Sie einen vergrößerten Ausschnitt ausdrucken sollen, Sarge. So kann man nicht erkennen, ob er an einer Stelle stehen geblieben ist oder ob er rumgelaufen ist und Sachen gemacht hat.«

Sie trat noch einmal in die Schneewehe, und wieder flogen glitzernde weiße Bröckchen auf. »Ich glaube allmählich, dass er nur hergekommen ist, um uns wie die allerletzten besch…eidenen Trottel aussehen zu lassen.«

Nein, Newman musste etwas im Schilde geführt haben, nicht wahr?

Edward schlurfte um den Pimmelbaum herum und scharrte mit den Füßen im Schnee. Keine Spur von dieser roten Sporttasche oder sonst irgendetwas Verdächtigem. Nur Steine, Zweige, Erde und uringelbes Gras.

Man hätte doch wenigstens einen Haufen benutzter Wichstaschentücher erwartet.

Oder hatten die sich alle aufgelöst?

Er blickte nachdenklich zu dem geschnitzten Penis auf. »Oder vielleicht hat Newman ja auf jemanden gewartet? Vielleicht hat sich Caroline Manson hier mit ihm getroffen, und er hat ihr die Tasche übergeben? Und bei dem, was wir in ihrer Sockenschublade gefunden haben, könnte ich wetten, dass es etwas mit Drogen zu tun hatte.«

Sergeant Farrow blies die Backen auf. »Würde sich vielleicht lohnen, dem nachzugehen. Wir könnten uns noch mal Carolines Klienten vornehmen, um festzustellen, ob es in ihrem Terminplan eine Lücke gibt in der Zeit, als Geoff hier draußen war.« Ein Schnauben. »Das hilft uns allerdings auch nicht.«

Sergeant Farrow setzte sich in Bewegung und folgte der Spur, die sie durch den Schnee gepflügt hatten, den Hang hinunter.

Na ja, Bigtoria konnte jedenfalls nicht behaupten, sie hätten es nicht versucht.

Wobei das für sie kein Hindernis wäre.

Sie würde trotzdem einen Weg finden, ihm die ganze Schuld in die Schuhe zu schieben …

Sie wankten schwer atmend aus dem Wald heraus.

Sergeant Farrow beugte sich vor, stützte sich auf ihre Knie und rang nach Luft, während Edward leicht nach hinten gelehnt dastand, die Hände auf den Rippen, und dicke weiße Wolken in den unentwegt fallenden Schnee blies.

Du lieber Gott …

Ihre Stimme klang gedämpft und abgehackt. »So was … will ich bitte … nie wieder … machen.«

Es dauerte eine Weile, aber endlich rafften sie sich auf und schleppten sich hinüber zur Ruine von Newman Cottage.

Edward griff über die Gartenmauer, packte den Stiel seiner Schneeschaufel, zog das Blatt heraus und hielt es mit theatralischer Geste hoch. »Excalibur!« Er grinste. »Jetzt, wo ich König der Briten bin, stehe ich offiziell im Dienstgrad über Ihnen, und Sie müssen Tee kochen.«

Sie schüttelte den Kopf, zog ihre eigene Schaufel aus dem Schnee und stapfte davon.

»Sarge? Ich dachte, wir hätten da einen Moment kollegialer Verbundenheit gehabt. Sarge? Sarge!«

Pah …

Dabei hatte er doch nur die Stimmung ein wenig auflockern wollen.

Von wegen, mit jemandem zusammenarbeiten, der einen Sinn für Humor hat.

Offenbar waren Sergeants genauso schlimm wie Detective Inspectors.

Jeder einzelne Schritt war eine verdammte Plackerei, als sie von der South Street in die Meadowburn Lane abbogen. Der Schnee reichte ihnen schon bis zu den Knien.

Edward hatte seine Warnjacke offen und ließ den Dampf im gleißenden LED-Licht der Straßenlaternen herauswabern. Sein Atem ging wie eine rostige Crackpfeife, seine eiskalten Zehen schmerzten in den geliehenen Gummistiefeln, seine Hose war klatschnass und klebte an seinen Beinen, die zugleich taub und kribblig und heiß und erfroren waren.

Kniehoch. Und das war auf dem Gehsteig – es wurde sogar noch schlimmer, als sie sich auf die andere Straßenseite kämpfen mussten.

»Wir hätten den verdammten Schneepflug requirieren sollen.«

Sie stapfte weiter. »Das hier ist Ihre Schuld, schon vergessen?«

Sie schleppten sich an Wilkins' Schreinerwerkstatt vorbei – verriegelt und verrammelt, seit sie Siobhan Wilkins in Gewahrsam genommen hatten.

»Im Ernst – der Schneepflug würde alles viel leichter machen.«

»Wie denn? Wir müssten uns ja trotzdem durch den ganzen Schnee kämpfen, um überhaupt ranzukommen.« Sie deutete auf ein großes, scheunenartiges Holzgebäude am Ende der Straße, auf dessen Seitenwand »GRAMPIAN ROADS DEPARTMENT« stand. »Und bevor Sie fragen: Shammy ist der Einzige, der das Ding fahren kann.«

Sie stapften weiter.

»Dürfte ich es mal versuchen?«

Sie hatten die letzte Straßenlaterne erreicht – von hier an war alles ein graues Einerlei, ohne Konturen oder Details. Der Wind hatte auch aufgefrischt. Ohne den Schutz der Häuser blies er ungehindert von der Wildnis herein, mit Säcken voll scharfkantiger Flocken beladen, die er auf sie losließ, während er den frisch gefallenen Schnee zu einem gespenstischen Nebel aufwirbelte. Edward zog den Reißverschluss seiner Jacke hoch und neigte das linke Ohr bis zur Schulter herab, während er sich gegen den Sturm stemmte.

»SIND SIE WAHNSINNIG?« Sergeant Farrows Schatten wurde schwächer und verschwand, während sie weiter durch die Düsternis wateten. »SIE DÜRFEN JA NICHT MAL EIN VERFLIXTES FAHRRAD FAHREN, OHNE VORHER EINE OFFIZIELLE SCHULUNG VON POLICE SCOTLAND ABSOLVIERT ZU HABEN. GLAUBEN SIE, DIE WÜRDEN SIE AUF EINEN *SCHNEEPFLUG* LOSLASSEN?«

»VON MIR AUS KÖNNEN SIE MICH FEUERN, SARGE, DAS IST MIR INZWISCHEN WURST.«

Sie blieben an einer Delle im Schnee stehen – es war die Stelle, wo der Große Wagen zu seinem Offroad-Abenteuer aufgebrochen war. Die Verwehungen hatten die Kanten verwischt, der unaufhörliche Schneefall hatte ein Übriges getan. Von hier fiel das Gelände zu dem Bach am Fuß des Hügels ab, den man bei einer Sichtweite von kaum drei Metern allerdings nur erahnen konnte.

Sie lehnten sich auf ihre Schneeschaufeln und schalteten die Stirnlampen ein.

Edward drehte sich seitwärts zum tosenden Wind, um ihm eine kleinere Angriffsfläche zu bieten. »DAS WIRD EIN ALBTRAUM, NICHT WAHR?«

Sie tätschelte seinen Arm. »SO IST'S RECHT, MEIN TAPFERER, OPTIMISTISCHER SOLDAT.« Dann marschierte sie los und wagte sich in die Wildnis jenseits des Gehsteigs.

Na ja, jetzt waren sie schon so weit gekommen.

Auch die Rinne, die er bei der Verfolgung von Siobhan Wilkins mit dem Großen Wagen gefräst hatte, war inzwischen teilweise zugeschneit, doch hier sank man nur bis zur Mitte des Schienbeins ein. Und der Schnee war locker, nicht verharscht, und er blieb längst nicht so an den Gummistiefeln kleben. Das war doch mal etwas. Doch wirbelnde Flocken wehten über den Rand des brusthohen Grabens herein, ein dichter Nebel, der sich wie gefrorenes Sandpapier auf seine Haut legte. »ICH KANN MEINE FÜSSE NICHT SPÜREN. KÖNNEN SIE IHRE FÜSSE SPÜREN?«

»DAS HIER IST *IMMER NOCH* IHRE SCHULD.«

»WENN ICH VERSPRECHE, ES NIE WIEDER ZU TUN, HÖREN SIE UND ALLE ANDEREN DANN VIELLEICHT MAL AUF, DRAUF RUMZUREITEN?« Er rutschte aus und strauchelte, seine Schaufel knallte gegen die Grabenwand, und er wäre fast der Länge nach hingefallen. »AAAAAAH! VERFLUCHTER SCHNEE!«

»GEHT'S VIELLEICHT EIN BISSCHEN SCHNELLER?«

Sie hatte gut reden.

Er stampfte weiter durch den Schnee, immer der Biegung des Canyons nach, und stieß halblaute gefrorene Flüche aus.

Da blitzte etwas Farbiges vor ihm auf – gelb und rot. Die reflektierenden Streifen auf dem Kofferraum des Großen Wagens. Na, Gott sei Dank.

Und was das Beste war: Als sie darauf zustolperten, hörte der Wind schlagartig auf. Nicht überall – hinter ihnen hörte man ihn immer noch heulen, doch durch irgendeinen merkwürdigen und glücklichen Effekt von Bäumen und Topografie wehte hier kaum mehr als ein kleines, erfrischendes Lüftchen. Und der Schnee stürzte nicht wild auf einen ein, sondern taumelte in dicken, trägen Flocken herab.

Edward blieb wankend stehen und stützte sich auf seine Schaufel, den Kopf auf die Arme gelegt. »Oh, Gott sei … Gott sei Dank.«

Sergeant Farrow stieß ihn mit dem Ellbogen an. »Fast geschafft.«

»Nichts für ungut, Sarge, aber ich *hasse* Glenfarach.«

»Kommen Sie.« Sie legte einen Arm um ihn und schob ihn vorwärts. »Falls es hilft – Glenfarach scheint Sie zu mögen. Jenna war ganz begeistert.«

»Ms Kirkdale? Ihre IT-Frau?« Er zuckte betont lässig mit den Schultern. »Ist mir gar nicht aufgefallen.« Was nicht nur gelogen war, sondern auch völlig unglaubwürdig. Dass sie ihn angebaggert hatte, hätte man vom Mond aus sehen können.

»Ja, klar doch.«

»Will ich wissen, was sie getan hat?«

»Ach, sie ist eigentlich gar nicht so übel. Ist in zwielichtige Gesellschaft geraten und hat am Ende für einen Haufen Drogendealer, Kreml-Strohmänner und konservative Abgeordnete Geld gewaschen.«

Ob das die Sache besser oder schlimmer machte – keine Ahnung.

Endlich hatten sie den Großen Wagen erreicht. Eine fünfzehn Zentimeter dicke, blütenweiße Decke überzog Dach und Motorhaube, wölbte sich über dem Reserverad und bedeckte Außenspiegel und Scheinwerfer. Die Schneeverwehungen auf beiden Seiten reichten ihm jetzt nicht mehr nur bis zur Hüfte, sondern bis zur Mitte der Brust.

Sergeant Farrow rammte ihre Schaufel vor sich in den Schnee und lehnte sich kraftlos auf den Stiel. »Scheint, als hätten Sie richtig gelegen: Das wird ein Albtraum.« Sie ließ den Kopf hängen und blies eine hellgrau schimmernde Nebelbank in die Luft. »Wir verschnaufen jetzt erst mal einen Moment. Dann graben wir die Türen frei, und danach machen wir einen Wendekreis. Okay?«

Einen *Wendekreis*?

Er zeigte hinter sich. »Können wir nicht einfach rückwärts rausfahren?«

Sie rührte sich nicht von der Stelle. »Ja, Edward, das ist eine viel bessere Idee. Wir setzen einfach zurück, durch den Tiefschnee, zwei- oder dreihundert Meter weit, bergauf, in einem Schneesturm, im Dunkeln.« Ein sarkastisch gereckter Daumen. »Kinderspiel.«

Puh …

Dass es Leute gab, die Schnee mochten. Idioten …

Edwards Schaufel fuhr knirschend in die weiße Wand. Dann riss er sie hoch, hob einen Klumpen von der Größe einer Teekiste heraus, die sich auf dem Schaufelblatt türmte, ehe er sie über die Kante des Grabens wuchtete und ablud. Schweiß glänzte auf seinem Gesicht und rann zwischen seinen Schulterblättern herab, die schwarzen Lederhandschuhe waren klatschnass und klebrig. Dampf stieg von der offenen Warnweste auf, denn schließen konnte man das verfluchte Ding auch nicht, weil man sonst glatt zu schmelzen drohte …

Und noch eine Schaufel voll.

Sergeant Farrow war neben ihm zugange, genauso verschwitzt wie er – graben, werfen, graben, werfen, graben, werfen.

So ging es schon eine gefühlte Ewigkeit, und bis jetzt hatten sie erst einen halben Wendekreis. Das würde noch *Stunden* dauern.

Was sie brauchten, war ein Flammenwerfer. Damit könnten sie das verdammte Zeug einfach wegpusten, das wäre …

Sergeant Farrows Airwave gab drei Piepser von sich, dann platzte ein vornehmer Dundee-Akzent in die verschneite Luft hinaus.

»Louise? Dr. Singh hier. Sind Sie für einen Plausch zu haben?«

Sie ließ ihre Schaufel fallen und richtete sich ruckartig auf, dann fischte sie hastig das Mobiltelefon aus der Tasche. »Kuwarjeet? … Sind Sie …« Sie ließ sich gegen den Großen Wagen sinken, panisch nach Luft ringend, mit einem leisen Pfeifen am Ende jedes Atemzugs. »Wie sind Sie an ein … Airwave gekommen? Sie dürfen doch keine Telefone … oder Funkgeräte besitzen!«

»Ich weiß, aber ich hatte heute Besuch von zwei Polizeibeamten, einer DI Montgomery-Porter und irgend so einem DC.«

Edward rammte seine Schaufel in den Schnee und hängte sich über den Stiel. »Immer wieder schön, wenn man wahrgenommen wird.«

»Sie haben mich wegen des Mordes an Geoff Newman um Hilfe gebeten, aber ich konnte nicht viel tun, weil sie keine Tatortberichte hatten, und auch keine Fotos oder Obduktionsergebnisse.«

Sie benutzte das verstärkte Polster auf dem Handrücken ihres Spezialausrüstungs-Handschuhs, um sich den Schweiß aus dem rot angelaufenen Gesicht zu wischen. »Ich hab noch immer nicht gehört, warum Sie ein Airwave-Telefon haben, Kuwarjeet.«

»Dazu komme ich noch. Also, ich habe nachgedacht, und dann hatte

ich eine Eingebung. Der junge DC hatte gesagt, dass sie keine Fotos von Newmans Leiche mit ihren Handys gemacht hätten, weil das nicht mehr erlaubt sei. Aber was, wenn noch jemand anders am Tatort war, der vielleicht ein bisschen weniger … professionell ist?«

Das rot glänzende Gesicht spannte sich an. »Sie sprechen von PC Harlaw und PC Samson, nicht wahr?«

»Aha! Ja, in der Tat!« Er klang, als ob es das Entzückendste wäre, was er seit Jahren gehört hatte. *»Zwei Seelen, ein Gedanke, kann ich da nur sagen. Und ich weiß, ich sollte mich an die Ausgangssperre halten, aber ich dachte, angesichts der Umstände – um Ihnen und Ihren Kollegen bei Ihren Ermittlungen zu helfen –, wäre es meine Pflicht, es zu riskieren.«*

»Wo sind Sie?«

»Ich genieße gerade ein schönes Tässchen Tee mit Dr. Griffiths in seiner Arztpraxis. PC Samson ist ein bisschen groggy, aber er war dennoch in der Lage, mir einen Blick in sein Mobiltelefon zu gewähren und mir die Fotos und Videos zu zeigen, die er von Mr Newmans doch ziemlich … grausigem Ende gemacht hat.«

Sergeant Farrow drückte das Airwave an ihre Brust und schickte finstere Blicke in den gnadenlosen Himmel. »Ich bring sie um, alle beide.«

»Also, wenn Sie DI Montgomery-Porter ausrichten möchten: PC Samsons Aufnahmen stehen zur Verfügung, sollte sie sie brauchen. Und ich begebe mich derweil zurück in meine bescheidene Behausung und mache mich schon mal an meine verhaltensbasierte Fallanalyse.« Ein selbstgefälliges Glucksen. *»Das heißt, falls Sie kein Problem damit haben, dass ich noch einmal gegen die Ausgangssperre verstoße, indem ich die Praxis des guten Doktors verlasse?«*

Ihr Kiefer verkrampfte sich. Als ob sie sich *sehr* große Mühe gäbe, sich eine Bemerkung zu verkneifen. Dann setzte sie ein gekünsteltes Lächeln auf und zwang es in ihre Stimme. »Ja. Natürlich. Danke, Kuwarjeet.« Sie beendete das Gespräch und steckte das Airwave ein. Ließ den Kopf nach hinten gegen den Großen Wagen dotzen. Und stöhnte.

Edward richtete sich auf. »Na, das ist doch immerhin ein Fortschritt, oder nicht?«

»Haben Sie auch manchmal das Gefühl, einen Haufen *verf...lixter* Idioten als Kollegen zu haben?«

»Die ganze Zeit.« Er ruckelte seine Schaufel aus dem Schnee los. »Sarge, verstehen Sie mich bitte nicht falsch, aber wenn die Leute hier nach der Ausgangssperre einfach so rumspazieren können, was hat es dann für einen Zweck ...«

»Oh, in diesem Moment dürfte gerade ein kleines rotes Licht in der Leitstelle aufleuchten, und vielleicht gibt es einen kleinen Alarm im Videoüberwachungsraum, und niemand ist da, der es sieht.« Sie bleckte die Zähne. »Weil wir ja nur *drei* Beamte brauchen, um einen Ort mit zweihundert gefährlichen Ex-Sträflingen zu überwachen! Was kann denn da schon schiefgehen?«

Er hielt den Mund und ließ sie eine Weile in Ruhe schäumen. Wollte sich nicht zur Zielscheibe machen. Denn er war ja, wie bereits erwähnt, kein Idiot.

Endlich beugte sie sich vor und schlug sich beide behandschuhten Hände vors Gesicht. Dann seufzte sie, ihre Stimme tonlos und schwer wie ein Wackerstein. »Kommen Sie, dieses Ding gräbt sich schließlich nicht von alleine aus.«

Sie ließen sich schwer atmend gegen die Motorhaube des Großen Wagens sinken.

Edward wischte sich über das verschwitzte Gesicht und hauchte große Cumulonimbus-Wolken aus, die im Schein seiner Stirnlampe schimmerten. Er war klatschnass, ihm war heiß, er fühlte sich beschissen, und warum zur Hölle hatte er sich dazu überreden lassen, Polizist zu werden?

Sergeant Farrow hatte den Reißverschluss ihrer Warnjacke wieder geöffnet und fächelte den Dampf weg. »Verflixte Scheibe ...« Sie zog die Handschuhe aus, dann griff sie in eine Tasche und fischte eine Dose Irn-Bru heraus, riss den Ringverschluss mit einem Zischen ab und nahm einen langen Schluck. Seufzte, als ob sie noch nie so eine exzellente Brause gekostet hätte. Dann hielt sie ihm die Dose hin. »Auch einen Schluck?«

Was für eine Frage!

»Danke, Sarge.« Er nahm einen tiefen Zug, gluckerte gierig diesen süßen, mit Kohlenstoff versetzten Nektar mit dem merkwürdig unidentifizierbaren Fruchtaroma in sich hinein. Eine halbe Sekunde später brach sich ein gewaltiger, zwerchfellerschütternder Rülpser Bahn, begleitet von einer scharf riechenden Wolke.

Oha. Vielleicht nicht die allerbeste Idee, angesichts der humorlosen Reaktion auf seine Excalibur-Nummer.

Er hielt sich die Hand vor den Mund. »Entschuldigung, Sarge!«

Sergeant Farrow nickte und runzelte anerkennend das Kinn. »Da war ein kleines Echo dabei.« Sie nahm die Dose und trank noch einmal. Aber diesmal kam kein vornehmer Seufzer, stattdessen riss sie den Mund weit auf und ließ einen donnernden Rülpser entweichen, ungefähr doppelt so laut wie seiner.

Edward applaudierte. »Oh, wow, Supertechnik.« Dann nahm er die Dose, die sie ihm hinhielt, aber sie enthielt gerade mal noch genug Irn-Bru für ein bescheidenes, schaumiges *Örps*.

Sie schüttelte den Kopf. »Das war wirklich knapp. Der beherzte junge Mann von der NE-Division scheitert an der letzten Hürde.« Sie warf die Hände in die Luft. »SIEG NACH PUNKTEN!«

»Und das Publikum tobt!«

»Ich möchte meiner Mutter danken und meinem Agenten und dem fantastischen Team von Irn-Bru …« Sie zerdrückte die Dose in ihrer gereckten Siegerfaust. »Na los, packen wir's an.«

Edward wischte die dicke Schneeschicht von Motorhaube und Windschutzscheibe, während Sergeant Farrow ihre Schneeschaufeln in den Kofferraum warf.

Dann stiegen sie ein.

Sie steckte den Schlüssel ins Zündschloss, und – o Wunder über Wunder – der Motor sprang beim ersten Versuch an. »Okay, wenn wir es richtig angestellt haben …« Sie schaltete auf Allradantrieb und legte den ersten Gang ein, dann drehte sie das Lenkrad bis zum Anschlag und tippte das Gaspedal an.

Der Wagen ruckelte und protestierte, rollte knirschend ungefähr einen Meter weit, immer am Rand ihres in mühevoller Arbeit geschaffenen Wendekreises entlang, und dann kam das ominöse *Wwwwwwwwwwipp* von Reifen, die auf kompaktem Schnee und Eis durchdrehen.

Sergeant Farrow stellte den Motor ab und sank über dem Lenkrad zusammen. »*Verflixt.*« Tief Luft geholt. »Na schön.« Sie richtete sich wieder auf. »Im Kofferraum ist ein Satz Schneeketten.« Sie stieg hinaus in die Nacht. Dann steckte sie den Kopf wieder herein. »Was ist? Kommen Sie jetzt oder was?«

Stöhn.

»Ja, Sarge.«

18

Sie stiegen wieder ein, und Sergeant Farrow startete den Wagen.
»Also, auf ein Neues.«

Die Scheibenwischer klackten und ächzten und räumten einen
Doppelbogen vom wirbelnden Schnee frei.

Edward drückte die Daumen, und diesmal machte der Große
Wagen nicht nach einem Meter schlapp – er ruckelte und schlingerte durch den Wendekreis, bis die Schnauze in die Richtung zeigte,
aus der sie gekommen waren. Es ging im Schneckentempo vorwärts,
aber es ging vorwärts. »Wir sind die Champions!«

Sie fuhr nicht schneller als Schritttempo, aber selbst mit den
Schneeketten drauf rutschte das Heck hin und her und machte
scheußliche schleifende Geräusche, wenn es an die Wände des Grabens stieß und daran entlangschrappte. »Wehe, du bleibst mir jetzt
stehen, du verflixte Karre …«

Je weiter sie in dem ausgefrästen Canyon vorrückten, desto größer wurde die Bugwelle aus frischem Schnee, die sich vor ihnen auf-
türmte – bis sie sich über die Motorhaube ergoss und von den Vibra-
tionen des Motors durchgeschüttelt wurde.

Dann hatten sie das Ende der flachen Strecke erreicht, und es ging
bergauf.

Sergeant Farrow bleckte die Zähne, als das Geräusch der schlit-
ternden Reifen lauter wurde, und kurbelte das Lenkrad hektisch hin
und her, um in der Spur zu bleiben. »Tu mir das nicht an!«

Komm jetzt, liebes Autochen, nicht stehen bleiben. Bist ein ganz
braver Land Rover. Du schaffst das. Du schaffst …

Es ging nicht mehr weiter. Jedenfalls nicht vorwärts. Sie blieben
auf der Stelle, während das Heck von einer Seite des Grabens zur
anderen und wieder zurückwanderte.

»Mist.«

Sie steckten fest.

»Okay.« Sergeant Farrow schnallte sich ab. »Schaufeln raus.«

»Hab ich schon erwähnt, wie sehr ich Glenfarach hasse, Sarge?«

»Ja.«

»Ich weiß, aber wann *zuletzt*?« Er öffnete seine Tür ... doch sie ließ sich gerade mal eine Handbreit aufdrücken, ehe der dicht gepackte Schnee sie bremste. »Scheiße.«

Er zwängte sich zum Fenster hinaus und plumpste ein weiteres Mal mit dem Gesicht voran in die weiße Pracht. »ICH HASSE GLEN-FARACH!«

Graben und Schaufeln.

Fluchen und Schwitzen.

Antirutschmatten unter die Räder legen.

Drei oder vier Meter vorrücken.

Wieder durchdrehende Räder.

Noch mehr Graben.

Noch mehr Fluchen.

Und das Ganze noch mal von vorn, wieder und wieder und wieder ...

Edward ließ sich hinterrücks in den Schnee fallen. Dort blieb er liegen, keuchend und schnaufend wie ein sterbender Büffel, und blinzelte zu den Flocken auf, die über ihm dahinjagten.

Du lieber Gott ...

Alles tat weh.

Alles war nass.

Alles war furchtbar.

Der Motor des Großen Wagens heulte und röhrte vor Anstrengung, ein wütender Kontrapunkt zum elektrischen Sirren der Seilwinde. Ganz langsam ging es den Hang hinauf.

Er ließ den Kopf nach rechts kippen.

Das Seil war straff gespannt wie eine Gitarrensaite, das eine Ende um den letzten Laternenpfahl in der Straße geschlungen, während das andere unten am Hang im Schneegestöber verschwand. Es surrte unter der Belastung, während Suchscheinwerfer ihre Lichtspeere in den heulenden Schneesturm schleuderten. Und dann, *endlich*, tauchte die Schnauze des Großen Wagens aus dem Gestöber auf, und danach der Rest, die Scheinwerfer auf Fernlicht gestellt, während die Räder Schauer von festgefahrenem Schnee aufwarfen und das Heck hin und her flutschte wie eine Schlange in einem Sack voll Milch.

Und dann stand das ganze Auto auf der Straße. Das empörte Grollen des Motors flaute zu einem erschöpften, klapprigen Tuckern ab, und das wie eine Garrotte gespannte Seil sank schlaff herab.

Hurra.

Nur zu dumm, dass er jeden Moment sterben würde.

Was, um ehrlich zu sein, in diesem Augenblick eine irrsinnige Erleichterung wäre.

Vielleicht könnten sie …

Die Hupe des Großen Wagens ertönte, und als er den Kopf hob, erblickte er Sergeant Farrow, die auf ihn zeigte und dann auf den Laternenpfahl, während sie die Lippen bewegte, als ob er sie auf diese Entfernung tatsächlich hören könnte.

Uff …

Na los, bei drei. Eins …

Zwei.

Drei.

Er wälzte sich auf die Seite, dann benutzte er die Schneeschaufel als Krücke, um sich in die Vertikale zu hieven. Versuchte den Krampf in seinem steifen Rücken und den Schultern zu lösen. Stöhnte. Und humpelte auf den Laternenpfahl zu.

Er hakte das Seil aus und zeigte Sergeant Farrow den erhobenen Daumen.

Die Winde holte quietschend das Seil ein, dann schnurrte der Große Wagen vorwärts, bis er direkt neben Edward stand.

Er blieb, wo er war, immer noch keuchend wie ein defekter Fesselballon.

Sie drückte wieder auf die Hupe.

Na toll.

Edward kletterte auf den Beifahrersitz, nahm seine Wollmütze ab und schüttelte Klümpchen von feuchtem Schnee in den Fußraum.

Sergeant Farrow beäugte ihn vom Fahrersitz aus. »Sie sehen echt fürchterlich aus, ganz rosig und glänzend. Wie ein in der Mikrowelle aufgewärmter Perversling.« Sie lächelte. »Das wird Sie lehren, den Großen Wagen zu Bruch zu fahren.«

Für eine geistreiche Erwiderung fehlte ihm die Energie, also zeigte er ihr nur den Stinkefinger.

»Dann bring ich Sie mal zurück aufs Revier.«

Der Land Rover rollte knirschend über die glatte Schneedecke. Diese Ketten waren vielleicht keine große Hilfe, wenn man im Gelände durch gewaltige Schneeverwehungen fuhr, aber immerhin funktionierten sie auf der Straße.

Aber verdammt warm war es hier drin. Entweder das, oder jemand hatte Edwards Gesicht und Ohren und Hals und alles andere in Brand gesteckt, ohne dass er es mitbekommen hatte. Der Schweiß lief ihm nur so herunter und sickerte in Stellen, wo Schweiß nichts zu suchen hatte. Er zog seine Handschuhe aus und benutzte sie als Fächer, um die dampfige Luft umherzuwedeln.

Sergeant Farrow rutschte auf ihrem Sitz vor und spähte durch die Frontscheibe, als die Wischer sie gerade mal wieder freigeschafft hatten. »Da vorne wird's ganz schön tief.«

Die dicke Schneedecke glitzerte und funkelte im Scheinwerferlicht – noch nicht ganz knietief, aber auf dem Weg dahin.

Es sollte eine ausladende Geste werden, aber heraus kam nur ein kraftloses Wedeln der Hand am Ende eines schlaffen Arms. »Sch... Schneepflug ...« Es kostete Mühe, genug Luft in seine stacheldraht-umwickelte Lunge zu ziehen. »So ... bleiben wir ... früher oder später ... wieder ... stecken.« Er ließ die Hand wieder in den Schoß fallen. »Uhh ...«

»Wissen Sie was – da könnten Sie tatsächlich recht haben.« Sie lehnte sich zu ihm herüber und stupste ihn an. »Das musste ja früher oder später passieren.«

»Bei allem ... Respekt, Sarge ...« Er zeigte ihr wieder den Finger. Dann nestelte er seine Clip-Krawatte los, öffnete die drei obersten Hemdknöpfe und imitierte ihre Wedelbewegung, um ein bisschen Luft reinzulassen, während Glenfarach an den schon halb beschlagenen Fenstern vorbeiglitt. »Bin total durchnässt ... Meine Unterhose ... schwimmt regelrecht ...«

»Ja, vielen Dank für dieses entzückende Bild. Wir können in den Secondhandladen einbrechen – ich habe einen Generalschlüssel.« Sie rümpfte die Nase. »Außerdem – und bitte fassen Sie das so auf, wie es gemeint ist – *stinken* Sie.«

»Danke ... Sarge ... sehr nett von Ihnen.«

»Ehrlich, es ist, als ob jemand die verschwitzte Unterwäsche eines Teenagers angezündet hätte.«

Sie drückte den Knopf am Lenkrad, und ihr Airwave piepste. »Golf Foxtrot Vier an Golf Foxtrot Sechs, sprechbereit?«

PC Harlaws Stimme ertönte, verzerrt und verrauscht und von Knacken begleitet. »*Hallo, Sarge. Kannst du mich hören? Hier ist alles ruhig. Allerdings riecht es allmählich ein bisschen ... streng. Ich meine, ist ja auch kein Wunder, oder ...?*«

Edward wedelte mit der Hand. »Sagen Sie ... Sagen Sie ihm, er soll ... die Zentralheizung.« Er machte eine drehende Handbewegung. »Leiche.«

Sie sprach wieder in den Apparat. »Dreh die Heizung runter, Dave, das dürfte helfen.«

»*Ah, cool. Danke, Sarge. Prima Idee.*«

Und bekam Edward vielleicht ein bisschen Anerkennung dafür? Nein, natürlich nicht.

Sergeant Farrow fuhr durch eine kleine Seitenstraße und hinaus auf den Marktplatz. »Halt die Augen offen, okay, Dave? Wir wollen doch nicht, dass das Haus mit dir drin niederbrennt.«

»*Alles klar.*« Er hörte sich kein bisschen besorgt an. »*Wär's vielleicht möglich, dass mir jemand was zu essen vorbeibringt? Bin am Verhungern. Und ich bin mir ziemlich sicher, dass die DI mir den Kopf abreißt, wenn ich quer über den Tatort latsche und den Kühlschrank plündere.*«

Kaum war das Wort »essen« durch den Äther geschwebt, knurrte Edwards Magen so laut, dass er den Dieselmotor des Großen Wagens übertönte.

»Okay. Pass auf dich auf, Dave. Ende.«

»Er hat wenigstens noch Mittagessen gehabt. Ich habe seit dem Frühstück nichts mehr gegessen.«

Sie kaute eine Weile auf ihrer Lippe herum. »Wir können Dave nicht die ganze Nacht allein dort lassen. Was ist, wenn etwas passiert?«

»Stimmt.« Edward wischte sich den frisch ausgebrochenen Schweiß aus dem Gesicht. »Was, wenn Caroline Manson zurückkommt?«

»*Genau.*« Sie parkte vor dem Polizeirevier, stellte den Motor ab und blickte zu dem Schandfleck aus Beton und Stahl auf. »Und dann haben wir hier noch das Problem, dass wir zwei Gefangene in den Zellen haben, also brauchen wir mindestens eine Person vor Ort, um sicherzustellen, dass ihnen nichts zustößt.«

»PC Samson?«

»Shammy?« Sie zog die Stirn in Falten. »Kommt drauf an, was Doc Griffiths sagt. Ich möchte nicht, dass er den Dienst wieder antritt, nur um dann tot umzufallen.« Sie zog den Zündschlüssel ab. »Erstens wäre es total schade um einen guten Mann, und zweitens wäre mein Hintern dann garantiert zum Abschuss freigegeben.«

Sie stieg aus, und Edward folgte ihr. Dann erstarrte er.

Kaum hatte die kalte Luft sein durchweichtes Hemd erfasst, da schlug sie auch schon ihre Krallen tief in seine Brust. Seine Brustwarzen waren wie kleine spitzige Einhörner. Gänsehaut überzog schlagartig seine Arme und seinen Hals. Er zog den Reißverschluss der Warnjacke hoch, um wenigstens einen Teil der Wärme drinnen zu halten, und stülpte sich die feuchte Wollmütze auf den Kopf. Dann eilte er Sergeant Farrow nach. »Einen Versuch wär's jedenfalls wert. Kann mir nicht vorstellen, dass Bigtoria begeistert wäre, wenn sie Ihren Gewahrsamstrakt bewachen müsste.« Es musste doch noch irgendjemanden geben, der ... Ah. Perfekt. »Was ist mit dem Sozialarbeiterteam?«

Sie schloss die Tür auf. »Bigtoria?«

Oh, verdammt.

Oh nein, nein, nein, verdammter Mist, nein …

Er holte tief Luft. »Nein! Nennen Sie sie *auf keinen Fall* so. Und wenn Sie es tun, sagen Sie ihr *nicht*, dass Sie es von mir haben! Sagen Sie, es war Mr Bishop – den hasst sie sowieso schon.« Edward eilte hinein. »Oder nein, vergessen Sie einfach, dass Sie es gehört haben, okay? Wir reden nie wieder darüber.«

»Bigtoria.« Sergeant Farrow schloss die Tür hinter ihnen ab. »Big-*toria*.«

Warum lernte er nie, seine dumme Klappe zu halten?

»Im Ernst, Sarge, sie würde hochgehen wie eine Rakete. Eine Interkontinentalrakete.«

Ein Grinsen. »Und jetzt habe ich Sie in der Hand – Buahahahahahaaa!« Sie zog den Reißverschluss ihrer Jacke auf und schüttelte sie. »Aber wir können die Sozialarbeiter nicht unseren Gewahrsamstrakt überwachen lassen – die sind so schon total überlastet. Zehn Minuten pro Besuch, schon vergessen?« Das Grinsen verflog. »Bloß, seit Caroline verschwunden ist, haben sie nicht mal mehr die.«

Zweihundert Straftäter, geteilt durch *vier* Sozialarbeiter, also fünfzig Straftäter pro Kopf, das machte … »Nicht mal acht Minuten pro Besuch.« Er folgte Sergeant Farrow die Treppe hinunter. »Wenn der Schnee nicht bald nachlässt, werden sie sowieso zu Hause festsitzen. Bei diesen Verhältnissen fährt niemand im Ort herum. Sagte er. Zwinker, zwinker.«

Sie blieb auf halbem Weg stehen, legte den Kopf in den Nacken und blickte stöhnend zu den offenen Stufen über ihnen auf. »Na schön, na schön. Gleich morgen früh holen wir den Schneepflug.« Dann schniefte sie und zog das Kinn ein. »Aber was noch wichtiger ist: Wir müssen Sie dringend entstinken.« Sprach's und marschierte den Flur mit den Hohlblockwänden entlang zum Gewahrsamstrakt.

Edward hastete hinterher.

Bis auf zwei standen alle Zellentüren offen. Bigtoria saß hinter dem Schalter und brütete über irgendwelchen Papieren. Abgesehen davon war es angenehm warm.

Edward schälte sich aus seiner Warnjacke und schlurfte leise dampfend auf sie zu. »Auto aus dem Graben geholt.« Er ließ sich gegen die verschrammte Resopalplatte sinken. »Können wir jetzt *bitte* etwas zu essen besorgen?«

Sergeant Farrow schlüpfte hinter den Schalter und bückte sich, um etwas unter dem Tresen hervorzuholen. »Bitte.« Sie warf Edward einen kleinen Schlüsselbund zu. »Duncan's Secondhand-Kostbarkeiten, Farmer's Lane. Alarmanlage ist hinter der Tür: sieben-drei-drei-fünf-eins. Vergessen Sie nicht, sie wieder scharf zu stellen, wenn Sie gehen.«

Er klimperte vor Bigtoria mit den Schlüsseln. »Ich besorg mir Klamotten zum Umziehen.«

»Und Sie finden, dass das eine angemessene Verwendung von Polizei…« Eine Pause, dann nahm die DI selbst eine ausgiebige Nase voll – und schürzte die Oberlippe. »Sie haben vermutlich recht.« Sie faltete ihre Papiere zusammen und steckte sie in die Tasche. »Wie lange servieren sie im Hotel Essen?«

»Offiziell bis zur Ausgangssperre.« Sergeant Farrow streifte ihre neongelbe Jacke ab und hängte sie zum Trocknen auf. »Hat ja wenig Sinn, Essen zu kochen, wenn niemand das Haus verlassen darf, um es zu essen. Aber Andy und Charlie wohnen dort, also, wenn Sie sie vielleicht nett bitten? Wenn nicht, müssen Sie wieder herkommen und mit dem vorliebnehmen, was der Verkaufsautomat hergibt. Und der ist zuletzt vor der Pandemie aufgefüllt worden, da spielen Sie also mit Ihrem Leben.«

Nein, danke.

Edward griff wieder nach seiner Jacke.

Er watete die Farmer's Lane entlang.

Der Schnee reichte ihm bis zu den Knien, weit über den Rand seiner Gummistiefel hinaus, und jeder Schritt zerrte an seinen durchtränkten Hosenbeinen, während die Kälte ihm bis in die Knochen kroch. Die Beine taten ihm weh von dem ganzen Rumgerenne heute.

Bigtoria stapfte neben ihm her, weil er ja angeblich ein »fauler

Sack« war, wenn er sie vorangehen ließ, damit er in ihre Fußstapfen treten konnte.

Die Farmer's Lane war reinstes Dickens-Territorium – eine schmale Straße mit gusseisernen Laternenpfählen und Sprossenfenstern. Manche hatten das Klischee sogar auf die Spitze getrieben und Butzenscheiben eingesetzt. Zwei Kunstgewerbeläden beäugten einander über die Gasse hinweg, ihre Schaufenster voll mit Wolle und Krepppapier und Mal- und Bastelbedarf. Ein paar Wohnhäuser an beiden Enden. Und genau in der Mitte: Duncan's Secondhand-Kostbarkeiten.

Die Ladenfront war in Lila und Gold gestaltet, mit dem Namen des Geschäfts in einer altmodischen Schrifttype. Es brannte kein Licht, aber der LED-Glanz der gusseisernen Laternen reichte aus, um die Auslagen bewundern zu können: Schaufensterpuppen, bekleidet mit Pullovern und Chinos und Strickjacken und geblümten Blusen, Stapel von vergilbten Zeitschriften, dazu diverse Haushaltsartikel – Bratpfannen, Wasserkessel, einer von diesen altmodischen Teppichkehrern …

Sah nicht gerade vielversprechend aus, um ehrlich zu sein.

Er kämpfte sich zum Eingang vor. »Hätten wir nicht den Großen Wagen nehmen können?«

»Dienstliche Notwendigkeiten haben Vorrang, das wissen Sie genau, Constable.«

War ohnehin fraglich, ob sie mit der Karre überhaupt so weit gekommen wären. Noch ein bisschen mehr Schnee, und das ganze Dorf würde unpassierbar sein.

Was ihn allerdings nicht daran hinderte, weiter halblaut vor sich hin zu schimpfen. »Saukalt. Klatschnasse Hose. Hol mir noch den Tod hier.« Zumal er die total durchweichten Handschuhe hatte zurücklassen müssen. Er probierte die Schlüssel an dem kleinen Bund durch, bis einer sich endlich im Schloss drehen ließ. Er öffnete die Tür. Und fiel mehr hinein, als dass er ging, begleitet von einer kleinen Schneelawine.

Drinnen sah es nicht ganz so einladend aus.

Das einzige Licht drang von draußen durch das Schaufenster ein, vor dem sich die Silhouetten der Puppen abzeichneten und vampirhafte Schatten auf den Linoleumboden warfen. Der Rest war die Art von Dunkelheit, in der *Dinge* lauerten.

Der Laden war nicht groß. Kleiderständer entlang der einen Wand, Regale an den anderen. In der Mitte drängten sich eine Handvoll Verkaufsständer, beladen mit noch mehr Kunsthandwerks-Krempel. Nur wenige Bücher, aber Unmengen von Tellern und Gläsern und Auflaufformen und Schongarern und diverse staubige Fonduesets und …

Ein schrilles *Piep-piep-piep* gellte durch den düsteren Laden – die Alarmanlage.

Mist.

Edward lief zu dem beleuchteten Tastenfeld und gab den fünfstelligen Code ein, den er sich auf dem Handrücken notiert hatte.

Stille.

Bigtoria trat ein und schaltete das Licht ein, dann stampfte sie mit ihren neu beschafften Police-Scotland-Gummistiefeln auf und schüttelte den Schnee von ihrer Warnjacke, während die Leuchtstofflampen an der Decke klickten und aufflackerten.

O nein … Neonröhren – die machten doch garantiert alles dreimal so deprimierend.

Edward stieß einen langen, leisen Pfiff aus. »Boah, schauen Sie sich nur dieses Zeug an.« Er deutete auf ein Regal, das mit scheußlichem vergoldetem Zierrat beladen war. »Meine Oma hatte genau diese Uhr.«

Bigtoria drehte sich um die eigene Achse, mit einem Blick, in dem fast so etwas wie Anerkennung lag. »Das wäre was für unseren Fundus. Könnten einen Haufen Geld sparen, wenn wir keine historischen Requisiten mehr mieten müssen.«

Vielleicht konnte sie die Schönheit und das Potenzial in einem Samtbild eines weinenden Elvis sehen, aber Edward konnte es nicht. Er hängte seine Warnjacke an einen frei stehenden Garderobenständer, der sich dabei leicht zur Seite neigte, dann nahm er sich einen

Kleiderständer vor, der mit »HERREN!« beschriftet war, und schob die klappernden Kleiderbügel über die Metallstange. »Dann ist es also ein historisches Stück? Ihre Produktion?« Er zog ein Hemd mit fröhlichem schwarz-rot-blau-gelbem Muster heraus. »Was meinen Sie?«

»Zu hawaiianisch.«

Tja, da hatte sie wohl recht.

Er hängte es wieder auf die Stange.

Bigtoria stöberte derweil in einem anderen Ständer. »Es ist ein Serienmörder-Thriller. Jemand entführt junge Mädchen kurz vor ihrem dreizehnten Geburtstag und schickt den Eltern dann jedes Jahr eine selbst gebastelte Karte, auf der man sieht, wie sie langsam zu Tode gefoltert werden.«

»Klingt entsetzlich.« Er zog einen Anzug aus der Reihe von Klamotten und hielt ihn sich an die Brust. »Wie wär's mit dem hier?«

»Nadelstreifen? Nein.«

Na schön.

Das einzige Geräusch war das Klappern und Klimpern der Kleiderbügel.

Bigtoria nahm ein paar Blusen heraus und hängte sie gleich wieder zurück. »Ich spiele so eine richtig fiese Gangsterin.« Sie imitierte einen irischen Akzent – hart und aggressiv. »›Du tust jetzt, was ich dir sage, sonst mach ich dir 'n Knoten in den Schwengel!‹«

Er zog die Augenbrauen hoch und setzte eine treuherzige Miene auf. »Wusste gar nicht, dass Sie einen walisischen Akzent nachmachen können, Chefin.«

Die Reaktion war ein vernichtender Blick.

»Das war ein Witz! Ich hab einen Witz gemacht!«

Sie knurrte missbilligend, dann nahm sie eine petrolblaue und eine cremefarbene Bluse vom Ständer und warf sie auf den Tresen neben die Kasse.

Edward arbeitete sich an einem Trio hässlicher Sportsakkos vorbei zu einem schicken schwarzen Anzug vor. »Ui!« Na, das kam der Sache doch schon näher. »Armani!« Er hielt das Jackett hoch und drehte es ein wenig hin und her.

Ein Nicken. »Viel besser.« Sie wählte eine dunkelgraue Hose aus. »Ich finde den ganzen Prozess faszinierend. Bühnenbild, Beleuchtung, Ton, Spezialeffekte, Kostüme, Requisiten …«

Er nahm sich noch vier Hemden, die ganz okay aussahen und vermutlich einigermaßen passen würden. »Das Letzte, wo *ich* mitgespielt habe, war das Krippenspiel in der Schule.«

»Irgendwann möchte ich Regie führen.« Sie griff nach einer seriösen schwarzen Jacke. »Aber ich glaube, um es richtig zu machen, muss man erst mal wirklich verstehen, was die einzelnen Abteilungen machen. Ein bisschen Erfahrung sammeln.«

»Hmmm …« Er zog sein schmutziges Jackett aus und eine braune Lederjacke an, stellte sich vor einen Spiegel mit vergoldetem Rahmen und warf sich in Pose. Er hatte darin etwas von einem jungen James Dean. Das heißt, wenn James Dean käsig gewesen wäre. Und Schotte. Mit Knebelbart. Und ohne Motorrad. »Können Sie sich vorstellen, für den Rest Ihrer Tage hier gefangen zu sein? Na ja, nicht direkt gefangen, weil es ja freiwillig ist, aber trotzdem.« Jetzt war er sich doch nicht mehr so sicher mit der Jacke. Aber egal – er musste die Klamotten ja nicht bezahlen. »Man darf nach Sonnenuntergang nicht vor die Tür, man kriegt gesagt, mit wem man befreundet sein darf und mit wem nicht, und es gibt weder Telefon noch Internet.«

»Tja, dumm gelaufen.« Sie schien mit einer dunklen Jacke zu liebäugeln, bei der man sofort das mittlere Management eines Gartencenters bei Peebles vor Augen hatte. »Wenn es ihnen nicht gefällt, können sie ja ihr Glück in der wirklichen Welt versuchen.« Die Jacke kam auf den Tresen. »Wer vergewaltigt, mordet oder Kinder missbraucht, muss nun mal mit Konsequenzen rechnen.«

»Stimmt.« Er schlenderte ein wenig umher, sichtete den Inhalt der Regale und Kisten. »Was ist mit Unterwäsche? Socken und Unterhosen und so?«

Sie starrte ihn an. »Secondhand-Unterwäsche? In einem Dorf mit hundertachtzehn Sexualstraftätern? Denken Sie noch mal drüber nach.«

Gutes Argument.

Dann würde er eben die aktuelle Garnitur im Waschbecken des Gewahrsamstrakts waschen müssen, bevor er ins Bett ging. Und sie in seinem »Zimmer« zum Trocknen aufhängen.

»Also, das kommt ja schon eher hin.« Bigtoria zog ein burgunderfarbenes T-Shirt aus einer Reihe pastellfarbener heraus. Vorne drauf war eine schwarze Comic-Katze, die aus unerfindlichen Gründen eine Augenklappe und eine Fliege trug und in James-Bond-Manier mit einer Saugnapfpfeil-Pistole posierte.

Über Geschmack lässt sich nicht streiten.

Sie spürte wohl, dass er sie anstarrte, denn jetzt drehte sie sich um und kniff die Augen zusammen. »Was?«

»Nichts.« Er wich zwei Schritte zurück. »Na ja, es ist vielleicht ein bisschen …«

»Ich *mag* Katzen.« Schultern gestrafft, Brust gewölbt, Kinn gereckt. »Ist das okay für Sie?«

»Doch, absolut. Null Problem. Sieht toll aus, finde ich. Echt schick. Ich wünschte, ich hätte auch so eins.«

»Hmmmpf.« Sie faltete es ordentlich zusammen und legte es zu ihren anderen Entdeckungen.

Edward zog den schwarzen Plastik-Müllsack aus der Tasche, den Sergeant Farrow ihm im Revier gegeben hatte, und stopfte seine ganzen »Einkäufe« hinein.

Bigtoria rollte ihren eigenen Müllsack auf und faltete ihre neuen Sachen säuberlich zusammen, ehe sie sie hineinlegte.

Dann banden sie ihre Säcke zu.

Er warf sich seinen über die Schulter – ein Billig-Weihnachtsmann in einem rußfleckigen, stinkenden Anzug. »Essen?«

Sie sah sich ein letztes Mal um. Träumte wahrscheinlich wieder von ihrer Requisitenabteilung. Dann nickte sie. »Essen.«

Oh, Gott sei Dank.

19

Sie saßen an einem Ecktisch in dem menschenleeren Speiseaal, im nicht sonderlich romantischen Schein einer flackernden Kerze und der grellen Deckenbeleuchtung. Beide mit einem Pint Bier vor sich und dem Müllsack mit den Klamotten neben sich auf einem Stuhl. Glenfarach House Hotel war im klassischen schottischen Stil eingerichtet, mit Tartan-Teppichboden und Vorhängen und Bildern mit Highland-Motiven an den orangefarbenen Wänden – Hirsche und Wasserfälle, Auerhähne und Heidekraut, Männer in Kilts, die Schafe zusammentrieben ... Das übliche kitschige Schottland-Idyll, allerdings in sehr amateurhafter Machart.

Das Einzige, was einen professionellen Eindruck machte, war das laminierte Schild im A4-Format: »Der Billardtisch ist für *alle* da. Hört auf, die Kugeln zu stehlen!!!«

Edward drehte sein Glas zwischen den Fingern. »Chefin? Ich habe nachgedacht ...«

»Ach ja?« Nicht im Geringsten interessiert.

Eine Männerstimme dröhnte durch die Tartan-Landschaft. »*Hallo, hallo, hallo, hallo.*« Und dann tauchte ihr Gastgeber auf – mit zwei Tellern und einem strahlenden Lächeln rauschte er durch die Tür mit der Aufschrift »Küche« herein. Er hatte eine Schürze mit dem Tartan des Black-Watch-Regiments vor sein weites scharlachrotes Hemd gebunden, und die dünnen Strähnen seiner schulterlangen grauen Haare flatterten im Luftzug, als er unter dem Heizlüfter durchging. Die große kahle Stelle an seinem Scheitel blieb davon allerdings völlig unberührt. »Ta-daaaaaaa!« Er stellte ihre Teller auf den Tisch, als ob es ein Zaubertrick wäre, für den er Applaus erwartete. »Einmal der pikante Chorizoburger mit extra Bacon und ohne Mayo mit Süßkartoffel-Pommes für unsere neue Freundin DI Montgomery-Porter, und einmal Käsemakkaroni und Pommes für ihren reizenden Assistenten DC Reekie. Ihre Zwiebelringe kommen sofort.« Er wippte auf seinen bequemen Brogues und grinste. »Kann ich Ihnen sonst noch etwas bringen?«

Bigtoria knurrte, dann beugte sie sich vor und machte sich über ihren Burger her.

Also wirklich – null Umgangsformen.

»Wow.« Edward lächelte. »Danke, Mr Haig, das sieht köstlich aus.«

Ihr Gastgeber legte die Hand aufs Herz. »Andy ist ein wahrer Zauberer in der Küche, nicht wahr?« Ein beflissenes Lächeln. »Möchten Sie Ketchup oder Senf?«

Die DI blickte nicht auf. »Ketchup. Viel Ketchup.«

Edward senkte seine Gabel in seine dampfende Nudel-Käse-Pampe. Schön fettig und sämig. »Mmmmmh … Sehr lecker.«

»Oh, das freut mich aber sehr.«

»Mein Kompliment an den Koch.« Er setzte eine offene, freundliche Miene auf. »Sagen Sie, Mr Haig, sind Sie schon lange hier?« Er vollführte eine vage Geste mit einer Gabel voll Makkaroni. »In Glenfarach, meine ich?«

»Seit vierundachtzig.« Ein Seufzer und ein Lächeln. »Ah, die Torheiten der Jugend.«

»Wow. Neunzehnhundertvierundachtzig? Dann kennen Sie bestimmt alle hier.«

»Ich denke schon. Nun ja, das muss man wohl, wenn man ein Restaurant mit Bar führt, nicht wahr? Und den Gastgeber für das ganze Dorf spielt.« Er grinste und wackelte mit dem Kopf.

»Haben Sie Pauline Thomson gekannt?«

Mr Haigs Augen weiteten sich. »O mein Gott, ja, Adam hat mir davon erzählt! Adam Kirkwood. Er arbeitet in Teilzeit in der Bäckerei, wegen seines Rückens.« Mr Haig senkte die Stimme zu einem verschwörerischen Flüstern und beugte sich herab, als ob es das Aufregendste von der Welt wäre. »Es heißt, sie wäre in kleine Stücke zerhackt worden. Wie furchtbar ist *das* denn?«

Okay, was du kannst, kann ich schon lange.

Edward imitierte den Tonfall und die Körpersprache ihres Wirts.

»Oh, ich *weiß*. Was ist mit den anderen Bewohnern – gab es mit irgendjemandem Streit oder Differenzen?«

»Oh, da fragen Sie mich was.« Er biss sich auf die Unterlippe und blickte ein paar Sekunden lang stirnrunzelnd zu der Stuckdecke auf. Und dann: »Nicht dass ich wüsste. Sie hat ziemlich zurückgezogen gelebt. Nun ja, wie die meisten hier. Aber Sie sollten Kerry Millbrae fragen – sie und Pauline waren *so*.« Er legte die Zeigefinger aneinander. »O je, hören Sie mich nur an – da quassle ich Ihnen die Ohren voll, und Sie warten immer noch auf Ihre Zwiebelringe! Ich geh gleich mal schauen, wo die bleiben.«

Er rauschte davon und ließ sie am Tisch zurück.

Einen Versuch war's wert gewesen.

Immerhin *hatte* er es versucht.

Edward schob sich noch eine Fritte in den Mund und kaute nachdenklich. »Wo war ich stehengeblieben …? Ach so, ja: Chefin, ich habe nachgedacht …«

»Nein, Sie können sich nicht den Rest des Abends freinehmen.« Sie schlug die Zähne in ihren Burger und riss einen großen Fetzen heraus. »Wir stecken mitten in einer Ermittlung, schon vergessen?« Ein großer Schluck Bier. »Nach dem Essen reden wir noch einmal mit Dr. Singh – vielleicht ist ihm ja inzwischen etwas eingefallen –, und dann geht's zurück aufs Revier, um einen Schlachtplan für morgen auszuarbeiten. Wir müssen die Falltafel ergänzen. Und unser Suchraster erweitern. Vielleicht alle Bewohner einzeln befragen? Caroline Manson muss doch *irgendwo* sein.«

»Ex-DCI Miller hat das Gleiche gesagt.« Er durchbohrte sie mit einem Eiszapfenblick. »Und ich wollte gar nicht fragen, ob ich den Abend freinehmen kann – worüber ich nachgedacht habe, ist Folgendes: Wir wissen, dass Pauline Thomson bei Kerry Millbrae gewohnt hat, nicht wahr?«

Bigtoria schaute ihn an, als ob er nicht ganz bei Trost wäre.

»Nein, hören Sie zu, Chefin. Thomson Cottage steht einfach so da, ganz leer und verlassen …?« Er hielt den Generalschlüssel hoch.

Sie blinzelte. Runzelte die Stirn. Und dann schlich ein verschlagener Ausdruck über ihr Gesicht. »Ein leeres Haus, das einfach so dasteht.« Es folgte tatsächlich ein waschechtes Lächeln. »Ich muss heute Nacht nicht in dieser verdammten Zelle schlafen.«

»Und vielleicht hat Pauline Thomson ja ein Gästezimmer?« Er spießte noch eine Gabel voll Makkaroni auf. »Ich meine nur, weil es schließlich meine Idee war?«

Sie hob eine Schulter, dann widmete sie sich wieder ihrem Burger.

»Chefin? Och bitte, Chefin, es ist ja nicht so, als ob ich schnarche oder so!«

»Mein Gott, Sie sind so ein Jammerlappen. Na schön, in Ordnung. Wenn es ein Gästezimmer gibt, können Sie es haben. Aber *nur* wenn es ein Gästezimmer gibt.«

»Super.« Noch ein paar Pommes. »Danke, Chefin.«

»Und *wehe*, Sie schnarchen!«

Mr Haig kam wieder schwungvoll herbeigerauscht. »Zwiebelringe und Ketchup für meine Lieblingsgäste.« Er stellte beides auf den Tisch. »So, darf ich Ihnen sonst noch etwas bringen? Noch etwas zu trinken? Nein? Okay, super. Dann wünsche ich noch einen guten Appetit.« Und weg war er.

Bigtoria griff sich die Drückflasche mit No-Name-Ketchup, rümpfte die Nase, als sie das Etikett las, und ertränkte den Rest ihres Burgers in einem gewaltigen blutroten Lavastrom. Ein Lächeln. Und dann biss sie hinein.

Urgh …

Es erinnerte irgendwie an die Fütterung der Haie.

Sie blickte auf. »Was?«

»Nichts, Chefin.«

Edward verzichtete darauf, sich die Hand vor den Mund zu halten, und gähnte ebenso herzhaft wie ungeniert, als er aus der Eingangstür des Hotels in die winterliche Hölle hinaustrat.

Schnee, Schnee und noch mehr Schnee.

Immerhin fegte das Zeug nicht mehr horizontal durch die Luft, sondern trudelte in trägen, schweren Flocken herab. Um die Pfützen aus grellweißer Straßenbeleuchtung herum war die Welt eine einzige grau-blaue Suppe.

Bigtoria kam hinter ihm herausgepoltert und zog den Reißverschluss ihrer Warnjacke hoch. »Wo geht's lang?«

Er sah auf den Plan und deutete in die ungefähre Richtung der Oldmill Road, dann steckte er schnell die Hände wieder in die Taschen, ehe ihm die Finger abfrieren konnten. Der Schnee reichte bis über den Rand seiner Gummistiefel, als er lostrottete. »Wie halten die Pinguine das nur jeden Tag aus? Im Ernst, das ist doch nicht mehr …«

Drei Airwave-Piepser ertönten in seiner Jackentasche.

Edward zog den Apparat hervor, da fauchte und quäkte auch schon Sergeant Farrows Stimme aus dem Lautsprecher, fast vergraben unter einem dichten Pelz aus Rauschen. Die verdammten Dinger wurden immer schlechter.

»*Golf Foxtrot Vier an Alpha Charlie Zwei, sprechbereit?*«

»Und voll mit Käsemakkaroni, danke, Sarge.«

»*Ist die DI bei Ihnen?*«

Bigtoria riss ihm das Airwave aus der Hand. »Was?«

»*Ma'am, Doc Griffiths sagt, Sie können jetzt mit Kerry Millbrae sprechen, wenn Sie sich kurz fassen. Sie ist gerade mit Lewis im Vernehmungsraum zwei.*«

Bigtoria lutschte eine Weile an ihren Zähnen und blickte die Straße hinunter zur Oldmill Road und Dr. Singhs Haus, und dann wieder über den Marktplatz, wo das Polizeirevier leuchtete wie ein Neon-Überbein. »Machen Sie schon mal Tee, wir sind gleich da.« Sie hielt Edward das Airwave hin. Kein »danke«, nichts.

Er steckte es ein. »Neuer Plan?«

»Neuer Plan.«

Der Vernehmungsraum war deutlich weniger schäbig als neunzig Prozent des Reviers, was wahrscheinlich daran lag, dass er noch nie benutzt worden war. Oder jedenfalls nicht sehr oft. Eine klaustrophobisch enge Kammer mit einem Tisch in der Mitte – am Boden verschraubt –, eine Reihe von Aufzeichnungsgeräten, die in einem historischen Theaterstück nicht fehl am Platz gewirkt hätten, dazu vier Stühle und vier Kameras, die aus den Ecken des Raums herabschauten, ihre allsehenden Augen starblind von Staub.

Kerry Millbrae saß zusammengesunken auf der anderen Seite des Tischs. Ihr weißer Tyvek-Anzug raschelte, als sie mit ihren verbliebenen Fingern an einem Ärmel herumzupfte. Dann an der Schulternaht. Dann am Reißverschluss. Dann an der Brust. Dann an den Beinen. Als ob allein das Gefühl des Stoffs auf ihrer vernarbten Haut unerträglich wäre. Sie hatte die Kapuze zurückgeschlagen, und da Sergeant Farrow ihre Perücke als Beweismittel sichergestellt hatte, trug Ms Millbrae nun stattdessen eine Police-Scotland-Mütze aus schwarzem Fleece.

Neben ihr saß Lewis Nichols, vor sich ein in Leder gebundenes Notizbuch und einen Füllfederhalter. Makellos gekleidet in seinem dunklen dreiteiligen Nadelstreifenanzug, beäugte er Edward und Bigtoria mit hochgezogener Braue, als ob sie Schmuddelkinder wären. »Sie müssen darauf nicht antworten, Kerry.«

Die DI trug ihre neue schwarze Jacke, eine dunkelgraue Hose und eine cremefarbene Bluse, während Edward immer noch in seinem ruß-, schmutz- und schweißfleckigen Kampfanzug steckte. Roch inzwischen schon ein bisschen streng, aber was blieb ihm anderes übrig? Mussten sie eben aushalten.

Ms Millbrae nickte und betupfte ihre Augen mit einem sauberen Taschentuch. Ihre Stimme war rau und hauchig, gepresst und ein wenig breiig. »Nein, ich will antworten.« Sie zitterte. »Ich … Ich habe geschlafen. Ich habe manchmal Kopfschmerzen, und dann gibt Doc Griffiths mir Tabletten. Ich habe geschlafen.«

Bigtoria strahlte steinernes Schweigen aus.

Okay, wenn sie unbedingt wieder den bösen Cop spielen wollte, dann gab es nur eins.

Edward sprach mit betont sanfter Stimme. »Und was ist passiert, als Sie aufgewacht sind?«

»Ich bin … Ich bin rüber ins Atelier. Pauline malt gerne nachmittags, aber sie war nicht …« Ms Millbraes Mimik war wegen des Narbengewebes mehr oder weniger starr, aber da hatte sich eindeutig etwas verändert – so etwas wie ein Stirnrunzeln? »Ich kann seit dem Brand nicht mehr gut riechen, aber irgendwie war im Haus dieser merkwürdige … wie Eisen und Kupfer? Und Pauline war nicht im Wohnzimmer, aber Captain Fluffingham wollte sein Futter, also habe ich seine Schüssel genommen und die Küchentür aufgemacht, und …«

Stille.

Mr Nichols nickte. »Es ist in Ordnung, Kerry, wir können hier abbrechen und eine Pause machen. Sie müssen nicht …«

»Und …« Ihr unversehrtes Auge verengte sich, als ob sie durch Edward hindurch in die Ferne starrte. »Ich konnte nicht … Ich …« Sie rang mit den Worten. »Alles ist grau und verschwommen, und dann sitze ich auf dem Boden, versuche vor dem *Ding* da auf der Kochinsel zu fliehen, aber die Schranktüren sind im Weg, und ein Griff bohrt sich mir in den Rücken, und …« Ms Millbrae schüttelte sich, Tränen quollen über den Rand ihrer straffen Augenlider. »Und da war ein Geräusch an der Haustür, und ich dachte, was, wenn es *die* sind? Was, wenn sie zurückgekommen sind, um … dasselbe mit mir zu machen? Und da … hab ich ein Messer von der Arbeitsplatte genommen und …« Sie blinzelte. Leckte sich die rekonstruierten Lippen. »Dann war ich hier.«

Bigtoria gähnte. »Sie behaupten also, Sie hätten Pauline Thomson nicht getötet. Und das sollen wir Ihnen glauben?«

Mr Nichols klopfte mit seinem Füllfederhalter auf das Notizbuch. »Meine Mandantin hat Ihnen gesagt, was passiert ist, Inspector. Lassen Sie es gut sein.«

»Wenn Sie sie nicht getötet haben, wer dann?«

»Meine Mandantin ist nicht hier, um Ihnen die Arbeit abzunehmen, Inspector. Dafür zahlen wir schließlich Steuern.«

Bigtoria griff unter den Tisch und zog eine blaue Mappe hervor. Sie schlug sie auf und nahm eine Handvoll Ausdrucke heraus. »Pauline Thomson: hat achtzehn Jahre in Cornton Vale gesessen wegen der Entführung und Ermordung von Eloise Linton.«

Herrgott noch mal.

Edward warf ihr einen gequälten Blick zu. »*Vielen* Dank, Chefin.«

Wieder an Kerry gewandt. »Wenn Sie wissen, wer Pauline getötet hat, müssen Sie es uns sagen, Ms Millbrae. Das sind Sie ihr doch schuldig, oder nicht?«

Die DI streckte sich auf ihrem Stuhl. »Ich erinnere mich noch an die Schlagzeilen: ›Perverse Sadistin foltert Einser-Studentin zu Tode‹. Neunzehn Jahre alt. Sie wollte Krankenschwester werden.«

»Inspector!« Mr Nichols pochte mit dem Finger auf den Tisch. »Ich kann nicht erkennen, wie uns das weiterbringen soll. Meine Mandantin ist nicht …«

»Ihre Mandantin hat sämtliche Knochen in den Händen und Füßen dieses jungen Mädchens gebrochen, nicht wahr, Kerry? Hat ihr die Rippen eingedrückt. Ihr Knie und Ellbogen zerschmettert.«

»Es … So war das nicht.« Sie betupfte wieder ihre Augen.

Edward startete noch einen Versuch. »Ms Millbrae, ich weiß, dass es schwer für Sie ist, aber …«

»Wie kann ein Mensch so etwas tun?« Bigtoria kräuselte die Oberlippe. »Ich habe die Obduktionsfotos bei einer Forensiktagung in Glasgow gesehen. Sie sah aus, als wäre sie von einem Mähdrescher überfahren worden.«

Mr Nichols stand auf. »So, das reicht jetzt endgültig. Meine Mandantin hat gerade Ihre Lebenspartnerin verloren, und wir müssen nicht hier sitzen und uns anhören, wie Sie Paulines Andenken in den Dreck ziehen.«

»Für die arme Eloise muss es eine Erlösung gewesen sein, als der Tod endlich eintrat.«

Tränen glitzerten in dem Netz aus Narbengewebe. »Pauline war … o Gott … und jetzt ist sie tot.«

»Ich möchte, dass diese Vernehmung sofort beendet wird!«

Warum musste Edward der einzige Erwachsene hier sein?

Er versuchte beruhigend zu klingen. »Ms Millbrae, wir werden alles in unserer Macht Stehende tun, um den oder die Täter zu finden. Das verspreche ich Ihnen.«

Ein bitteres, gurgelndes Lachen brach aus Kerry Millbraes Kehle hervor. »Den oder die Täter‹? Sie haben nicht den leisesten Schimmer, stimmt's? Der einzige Mensch, den ich je geliebt habe, ist *tot* … und ich bin immer noch hier – AUF MICH ALLEIN GESTELLT!« Sie schüttelte den Kopf. »Für immer …«

Mr Nichols schlug sein ledergebundenes Notizbuch zu. »Kommen Sie, Kerry, wir gehen.«

»Ich habe ihr gesagt, sie soll sich von diesen Leuten fernhalten, aber sie wollte nicht auf mich hören. Pauline musste immer alles besser wissen. Mit ihrer gottverdammten Sturheit« – sie heulte es hinaus in die seelenlose kleine Kammer –, »und jetzt ist sie tot!« Schluchzend über den Tisch gebeugt, die fingerlose Hand an die Stirn gepresst.

Mr Nichols versuchte ihr aufzuhelfen, aber sie stieß ihn weg.

»FASSEN SIE MICH NICHT AN!«

Er prallte zurück, als hätte sie ihm einen Stich versetzt.

Bigtoria zog eine Augenbraue hoch. »Von wem sollte sie sich fernhalten, Kerry?«

»All die Jahre …« Sie unterdrückte das Schluchzen. »Wer hätte gedacht, dass man erst in einem scheußlichen Ort wie *diesem* hier landen muss, um die andere Hälfte seiner Seele zu finden?«

»Von wem hätte sie sich fernhalten sollen?«

Ms Millbrae rückte auf ihrem Stuhl vor und fixierte Bigtoria mit feuchten Augen. »Sie verstehen nicht: Pauline hat es nicht getan! Sie hat Eloise Linton nicht gefoltert, das war dieses Dreckschwein Rupert Fraser. Pauline hat das Mädchen nur entführt – das war ihr Job.«

Ein angewiderter Ausdruck schlich sich über Bigtorias Gesicht. »Dieser Rupert Fraser hat sie also dafür bezahlt, dass sie ein Opfer findet, dass er missbrauchen und töten konnte?«

»Haben Sie mir nicht zugehört?« Kerry Millbraes Handstumpf knallte auf die Tischplatte. »Eloise Lintons Mutter war eine große Nummer bei Newtonmore Asset Capital Finance. Pauline war Teil eines vierköpfigen Teams, Fraser war der Mann fürs Grobe. Er sollte Linton für das Erpressungsvideo aufmischen. Es sollte überzeugend aussehen. Und Sie wissen, wie das ausgegangen ist.« Sie starrte auf die Tischplatte. »Aber sie haben Paulines DNA an der Leiche gefunden, also war sie es, die hinter Gitter kam.«

Edward blies die Backen auf. »Wahnsinn.«

»Wollen Sie damit sagen, dass sie *unschuldig* war?« Lewis Nichols ließ sich wieder auf seinen Stuhl plumpsen. »Pauline wurde also in der Presse verteufelt, alle hielten sie für ein Monster, sie saß achtzehn Jahre in Cornton Vale – und dabei war sie unschuldig? Du meine Güte …« Er blinzelte mit offenem Mund. Dann schüttelte er sich. »Die Leute behaupten immer, sie hätten die Verbrechen nicht begangen, für die sie verurteilt wurden, aber ich habe noch nie jemanden erlebt, der die Wahrheit gesagt hätte.«

Ms Millbrae hielt den Kopf gesenkt. »Du verpfeifst dein Team nicht, Kerry. Du hältst die Klappe und sitzt deine Zeit ab.« Ein kleines, trauriges Lächeln. »Und wenn sie das nicht getan hätte, hätte ich sie nie kennengelernt. Pauline konnte nicht begreifen, dass sie es dermaßen vermasselt hatte – DNA am Opfer zurücklassen? Dafür war sie doch viel zu vorsichtig.«

Niemand dachte gerne schlecht über die Toten.

Edward legte so viel Verständnis wie möglich in seine Stimme. »Jeder macht Fehler.«

»Nicht Pauline. Sie war die Beste in der Branche. Sie war diejenige, an die man sich wandte, wenn man jemanden kidnappen lassen wollte.« Ms Millbrae zupfte wieder an dem kratzigen Overall. »Jemand aus dem Team muss sie reingelegt haben. Als Absicherung für den Fall, dass die Polizei Lintons Leiche findet.« Es kostete sie sichtlich Mühe, aber Kerry fletschte die Zähne. »*Dreckschweine.*«

Edward blätterte in seinem Notizbuch und zückte den Stift. »Wohnen irgendwelche Mitglieder von Paulines Bande hier in Glenfarach?«

Keine Antwort.

Es war, als wäre sie erstarrt.

»Ms Millbrae? Hat Pauline mit Ihnen jemals über Geoff Newman gesprochen?«

Sie hob ruckartig den Kopf. »Dieses Arschloch?« Ein hartes, grausames Lächeln verzerrte ihre vernarbten Wangen. »Ich hoffe, er hat *gelitten.* Geschieht ihm nur recht, diesem homophoben Stück Scheiße.« Dann wandte sie sich an ihren Anwalt. »Ich bin jetzt müde. Ich möchte nichts mehr sagen.«

»Selbstverständlich.« Er half ihr hoch. »Diese Vernehmung ist beendet, Detective Inspector.« Ein Nicken. »Constable Reekie.«

Die DI rührte sich nicht. Saß einfach nur da und ließ das Schweigen anwachsen. Und anwachsen. Und anwachsen … Dann stand sie auf. »Schön. Vernehmung unterbrochen um einundzwanzig Uhr sechzehn.« Bigtoria marschierte hinaus und hielt nur kurz inne, um mit dem Finger auf Edward zu zeigen. »Bringen Sie sie zurück in ihre Zelle.«

20

Edward schlappte in die Leitstelle, einen Kaffeebecher an die Brust gedrückt, um sich zu wärmen, während ein kiefererschütterndes Gähnen auf seinen Lippen erstarb.

Das Licht war ausgeschaltet, doch durch die schmutzigen Fenster drang genug von Glenfarachs greller LED-Straßenbeleuchtung, um zu erkennen, dass Bigtoria dort mit dem Rücken zum Raum stand und durch ein Guckloch hinausschaute, das sie in den Staub gewischt hatte.

Er schlurfte hinüber und gab sich keine Mühe, ein Gähn-Nachbeben zu unterdrücken, das fast so heftig war wie das erste. »Mr Nichols ist weg.« Er parkte seinen Hintern auf einem Schreibtisch. »Ms Millbrae geht es nicht so gut. Vielleicht sollten wir ...« Was? »Keine Ahnung.« Ein Schluck bitteren kalten Kaffee. »Glauben Sie, dass sie es getan hat?«

Bigtorias Stimme war so tonlos wie ein kaputtes Radio. »Es spielt keine Rolle, was ich glaube. Wir können sie nicht nach Hause gehen lassen – nicht, solange Pauline Thomsons malträtierte Leiche an ihre Kochinsel gefesselt ist. Hier ist sie sicherer.«

»Alles klar.« Vor allem nach dem, was mit Geoff Newmans Cottage passiert war. »Wollen Sie noch mal mit Dr. Singh sprechen? Oder machen wir Schluss für heute?« Er sah auf seine Uhr. »Ist schon fast halb zehn.«

Ihre Schultern senkten sich, ein langer Atemzug glitt aus ihr heraus und beschlug die Fensterscheibe. »Gerade mal anderthalb Tage sind wir hier, und wir haben schon den zweiten Mord.« Sie stöhnte und ließ die Stirn an das mit Eisblumen überzogene Glas sinken.

Edward stieß sich vom Schreibtisch ab und wischte sich ein eigenes Guckloch frei. Draußen begrub der unablässig fallende Schnee die Welt unter sich, die Flocken glitzerten im grellen Lichtschein der

Straßenlaternen, ehe sie alles in eine weiße Decke hüllten. Es war beinahe hübsch. Auf eine ominöse, »Gleich wird irgendetwas Schreckliches passieren«-Art und Weise. »Wissen Sie, was ich …«

»Na los jetzt, keine Müdigkeit vorschützen.« Sie richtete sich auf und drehte sich um. Kräuselte die Oberlippe, während sie ihn von oben bis unten musterte. »Wozu haben Sie sich denn saubere Klamotten besorgt, wenn Sie sie dann nicht anziehen? Gehen Sie sich umziehen.«

»Man zieht einem schmutzigen Körper keine sauberen Sachen an – das ist unhygienisch. Wenn wir irgendwann *endlich* fertig sind für heute, nehme ich eine lange, heiße Dusche, und *dann* ziehe ich mich um.«

Einen Moment lang sah es so aus, als ob sie ihm einen Befehl erteilen wollte, dann knurrte sie nur und zuckte mit den Schultern. »Mir doch egal.« Und marschierte auf die Tür zu. »Schnappen Sie sich Ihre Schmuddeljacke, Constable, wir gehen einen forensischen Psychologen besuchen.«

Dr. Singh kippte sich einen ordentlichen Schuss Schnaps in die Tasse. »Sind Sie sicher, dass ich Sie nicht in Versuchung führen kann?« Er schwenkte die Flasche mit billigem Brandy.

Im Arbeitszimmer war es angenehm warm, im Kamin loderte ein Kohlenfeuer. Der Doktor trug einen eleganten Pyjama mit Paisley-Muster, Wildlederpantoffeln und einen seidenen Morgenrock. Edward und Bigtoria hatten ihre Warnjacken und ihre Gummistiefel ausgezogen, was nicht *ganz* den gleichen Effekt hatte. Aber er hatte die Heizung aufgedreht und ihnen beiden eine Tasse Bovril gemacht, was eine Steigerung gegenüber dem Empfang war, der ihnen in den meisten anderen Häusern bereitet worden war, seit sie in diesem gottverlassenen Kaff angekommen waren.

Edward hielt die Hand über seine Tasse. »Nein, danke – bin im Dienst.«

»Sehr pflichtbewusst von Ihnen.« Er nahm ein Schlückchen von seiner Rinderbrühe mit Schuss. »Die Videoaufnahmen auf PC Samsons Handy waren sehr aufschlussreich. Wenn ich nun auch den Tatort des Mordes an Pauline Thomson in Augenschein nehmen könnte, würde das die Dinge ins rechte ...«

»Hier.« Bigtoria zog ihr Handy hervor und wischte ein wenig darauf herum, ehe sie ihm das Display hinhielt. Es war das Video, das sie in Millbrae Cottage aufgenommen hatte – Pauline Thomsons gefolterte Leiche, an die Kochinsel gefesselt.

Dr. Singh lächelte. »Wie ich sehe, haben Sie Ihre ›berufsbedingte Empfindlichkeit‹ in Bezug auf Regelverstöße überwunden. Gut. Gut.« Er tauschte seine Fernbrille gegen eine Lesebrille und betrachtete das Video. »Interessant ... Darf ich?« Er streckte die Hand aus.

Sie reichte ihm das Handy, und er sah sich das Video dreimal hintereinander an, ehe er es anhielt. Dann öffnete er eine Schublade, holte ein zerkratztes altes iPhone hervor und entsperrte es. Wischte eine Weile auf dem Display herum, um dann beide Mobiltelefone nebeneinander auf den Tisch zu legen.

Das iPhone zeigte Geoff Newman, an den Küchentisch in seinem eigenen Haus gefesselt. Blutüberströmt. Gefoltert. Geblendet. Und sehr, sehr tot. Das Foto, das Dr. Singh ausgewählt hatte, war aus fast dem gleichen Blickwinkel aufgenommen wie das Bild von Pauline Thomsons auf Bigtorias Handy.

»Sie werden mir zustimmen, dass das Muster der Blutergüsse und Schnittwunden praktisch identisch ist, ja? Ich hatte spekuliert, dass die Folterung zwar vorsätzlich erfolgte, aber ohne einen festgelegten Plan, sozusagen Freistil. Jetzt aber, da wir beide Leichen miteinander vergleichen können, wird klar, dass jede einzelne Drehung der Klinge, jeder einzelne Hammerschlag ganz bewusst platziert wurde mit dem Ziel, ein Höchstmaß an Schmerzen zu verursachen. Beide Male an den gleichen Stellen. Dann sind da die Blutergüsse um den Hals – die lassen an eine Garrotte denken, die mehrmals abwechselnd angezogen und wieder gelockert wurde. Finden Sie nicht auch?« Dr. Singh kaute eine Weile auf seiner Lippe herum. »Meine Vermutung als Fachmann: Man lockert sie, um Fragen zu stellen, und zieht sie wieder an, um die Schreie zu dämpfen.«

Entzückend.

Edward verzog das Gesicht. »Wäre Kerry Millbrae zu so etwas fähig?«

»Grundsätzlich? Zweifellos. Aber praktisch – nein.« Noch ein Schluck Bovril. »Sie haben ihre Hände gesehen, nehme ich an? Oder das, was davon übrig ist. Ich habe Zweifel, ob sie überhaupt in der Lage wäre, die Knoten an den Hand- und Fußgelenken des Opfers zu binden. Das da« – er deutete auf die Handys, während eines der Displays schwarz wurde – »ist das Werk eines Experten.«

Bigtoria entsperrte ihr Handy wieder. »Hammer.«

»Wie bitte?«

»Sie sagten, der Täter hätte ein Messer und einen *Hammer* benutzt.«

»Die Prellungen haben alle ein kreisförmiges Muster in der Mitte, ungefähr zwanzig Millimeter im Durchmesser.« Ein Lächeln. »Ich habe eine *Menge* Erfahrung mit diesen Dingen.«

Edward zog eine gequälte Grimasse. »Mist …« Als er die Augen wieder aufschlug, starrten beide ihn an. »Ich meine nicht den Hammer, ich meine Caroline Manson. Glaubt irgendjemand, dass sie eine Expertin für Foltermethoden ist?«

Dr. Singh wirkte einen Moment lang beeindruckt. Doch der Moment verging wieder. »Ich fürchte, wir müssen die Möglichkeit in Betracht ziehen, dass der armen Caroline entweder irgendetwas zugestoßen ist oder dass sie etwas erlitten hat, was Laien wie Sie als ›Zusammenbruch‹ bezeichnen würden.« Er malte die Gänsefüßchen in die Luft. »Wenn die Belastung so groß wurde, dass ihre gewohnten Bewältigungsstrategien versagten … Wer weiß?« Er schüttelte den Kopf. »Dass sie in so großer zeitlicher Nähe zu den beiden Morden verschwunden ist, macht mich sehr besorgt um ihre Sicherheit.«

Bigtoria starrte grimmig in ihre Fleischbrühe. »Wunderbar.«

»Okay …« Edward unternahm einen Versuch, die Diskussion wenigstens *ein bisschen* voranzubringen. »Wir suchen also nach jemandem, der Geoff Newman, Pauline Thomson und *vielleicht* Caroline Manson kannte? Und der auch weiß, wie man Menschen foltert.«

Der Psychologe klickte sich durch die übrigen Fotos auf PC Samsons Handy. »Haben Sie an den Tatorten irgendwelche Anzeichen für Selbststimulation gefunden? Die Videos geben da wenig Aufschluss. Zum Beispiel ein kleines Knäuel gebrauchter Papiertaschentücher.«

Gebrauchte …?

Igitt. Okay, also *die* Art von »Selbststimulation«.

»Sehen Sie, es ist wichtig zu wissen, ob die Taten sexuell motiviert waren – in diesem Fall müssten wir uns auf Bewohner der Kategorie Gelb oder *vielleicht* Orange konzentrieren – oder ob es darum ging, den Opfern Informationen zu entlocken. Dann hätten wir es mit den Kategorien Grün und Blau zu tun.«

»Nein.« Bigtoria ließ von der Inspektion des Inhalts ihrer Tasse ab und blickte stirnrunzelnd in die Ferne, als ob das, was sie da sah, wesentlich interessanter wäre. »Da ist immer noch das Problem mit den elektronischen Fußfesseln. Es muss jemand aus dem Sozialarbeiterteam sein. Oder der Polizeiarzt. Oder die Polizisten.«

Das Feuer brannte.

Das fleischige Aroma des Bovril mischte sich mit Edwards strengem Geruch.

Bigtoria stand auf und ging ein paar Schritte.

Seltsam – aber gut, wenn sie es unbedingt ihm überlassen wollte …

Edward schlug sein Notizbuch auf. »Wir können einigermaßen sicher davon ausgehen, dass es irgendeine Verbindung zwischen Ms Thomson und Mr Newman gab, nicht wahr? Warum hätte man sie sonst foltern sollen? Was wir wissen müssen, ist, welche Verbindungen es noch …« Er streckte die Hand aus. »Kann ich noch mal diese Liste haben, Chefin?«

Doch Bigtoria starrte nur ins Leere.

Dr. Singh beäugte ihn über den Rand seiner Lesebrille hinweg. »Welche Liste?«

»Die sämtlicher Bewohner von Glenfarach.«

»Alles hier drin, mein lieber Detective Constable.« Er tippte sich an die Stirn. »Nach wem suchen Sie?«

»Als wir Kerry Millbrae vernahmen, sagte sie, dass nicht Ms Thomson diese Schwesternschülerin getötet hätte, sondern ein Mann namens *Rupert Fraser*. Und ich habe mich gefragt ...«

»Rupert Fraser?« Dr. Singh rollte seinen Stuhl zu den Aktenschränken und stöberte eine Weile. »Mal sehen, Fraser, Fraser ... Ah, da haben wir ihn.« Er rollte zurück und warf eine Aktenmappe auf den Tisch. »Rupert Daniel Fraser. Hat zwei junge Frauen so übel zusammengeschlagen, dass sie nie wieder das Bewusstsein erlangten. Drei weitere brauchten einen Streckverband.« Er schlug die Mappe auf und blätterte darin. »Mr Fraser war im Lauf des vergangenen Jahres in eine Reihe von Vorfällen verwickelt, bei denen es zu Gewaltanwendung kam. Es gibt natürlich nie irgendwelche Konsequenzen, weil seine Opfer zögern, die Polizei einzuschalten.«

Na also. Er war doch schließlich nicht blöd.

Edward gestattete sich einen kleinen Moment des Triumphs. »Also, Rupert Fraser ist hier, er ist als gewalttätig bekannt, und er wusste, dass Pauline Thomson etwas gegen ihn in der Hand hatte.«

Bigtoria kam schlagartig in die Gegenwart zurück. »Was denn – hat sie ihn vielleicht erpresst, und er hat sie deswegen umgebracht?«

»Er war nicht zufällig einer von Caroline Mansons Klienten, oder, Doc?«

»Das würde nur zu gut passen, nicht wahr? Aber nein, leider nicht.«

Tja, schade.

»Wissen Sie, was ich interessant finde?« Dr. Singh erhob sich aus seinem Sessel und trat vor den Plan von Glenfarach. »Nur weil Mr Fraser in diese ganzen Entführungen und Überfälle auf Postämter verwickelt war, denken alle, dass er nur ein brutaler Schwerverbrecher ist, aber lassen Sie sich gesagt sein: Der Mann ist ein Sexualstraftäter.« Er ergriff die Aufschläge seines Morgenrocks und begann vor dem Ortsplan auf und ab zu gehen wie ein dozierender Professor. »Seine Gewalt gegen Frauen ist ein offensichtlicher psychosexueller Ausdruck seiner Gier nach Dominanz. Wahrscheinlich, weil seine Mutter seinen Vater herablassend behandelt und ihn dominiert hat. Ich wäre überrascht, wenn Rupert Frasers sexuelle Identität nicht völlig verschüttet wäre in der nebulösen Schnittmenge des Weiblichen als ›Ernährerin‹, ›Hure‹, ›Beschützerin‹ und ›Bestraferin‹. Es ist kein Wunder, dass er …«

»Auf das Psychogeschwätz über seine Vorgeschichte können wir verzichten. Wo ist er?«

Ein gequälter Gesichtsausdruck. »Bitte, Inspector, gönnen Sie mir doch dieses kleine Vergnügen. Das war für mich immer das Beste bei einer Ermittlung: Wenn ich dem Team meine Analyse vortragen konnte, kontextualisierte Porträts von Menschen und Ereignissen zeichnen, während die versammelten Beamten mir gebannt lauschten.«

Sie zog die Liste hervor. »Na schön – ich finde ihn auch selbst.« Sie marschierte aus dem Zimmer und verschwand, ohne die Tür hinter sich zuzumachen.

Dr. Singh stand vor seiner handkolorierten Karte, zusammengesunken wie ein drei Tage alter Partyballon.

»Tja …« Edward rümpfte die Nase und zuckte mit den Schultern. »Sie müssen entschuldigen – sie kann manchmal ein bisschen … brüsk sein.« Er ging auf Dr. Singh zu und klopfte ihm auf die Schulter. »Das haben Sie gut gemacht.« Dann wies er mit dem Daumen zur Tür. »Ich gehe ihr besser mal nach.« Aber auf halbem Weg drehte er sich noch einmal um. »Nur so aus Interesse – wer von den Bewohnern hat sonst noch Verbindungen zu Rupert Fraser?«

»Ähm …« Dr. Singh brauchte ein, zwei Atemzüge, um sich zu sammeln. »Nun ja, Mr Fraser verbringt viel Zeit mit Anna Radcliffe und Catherine Johansson. Ich bin mir sicher, dass er mit Radcliffe nur seine sexuellen Aggressionen auslebt, aber ich weiß, dass Johansson früher mal zu seiner Bande gehört hat. Und Joseph Ivanson natürlich, die zwei sieht man oft in der Bücherei zusammenhocken.« Der Partyballon schrumpfte noch weiter zusammen. »Damals in der guten alten Zeit, da hat oft ein ganzer Saal voller Beamter an meinen Lippen gehangen – und jetzt schauen Sie mich an.«

»Lassen Sie sich von der DI nicht ärgern. Sie meint es gut, aber manchmal …« Augenblick mal. »*Was* sagten Sie gerade, mit wem er zusammenhockt? In der Bücherei?«

»Joseph Ivanson?«

»Doch nicht ›*Black Joe*‹ Ivanson?« Denn »Ivanson« war ja nicht gerade ein häufiger Name.

»Sie treffen sich drei- oder viermal die Woche.« Dr. Singh eilte wieder zu seiner Kartei und stöberte darin. »Da haben wir ihn: Joseph Ivanson alias Black Joe. Achtzehn Jahre in HMP Kilmarnock. Verurteilt wegen eines Tiger-Kidnappings, das einen *sehr* fatalen Ausgang nahm. Opfer waren die Tochter und der Enkel eines schottischen Parlamentsabgeordneten. Viele der Details standen damals nicht in den Zeitungen, aber die beiden nahmen ein ganz besonders unschönes Ende. Und ich habe Grund zu der Annahme, dass er, Geoff Newman und Rupert Fraser zu einem Syndikat gehörten, das die Clydesdale-Bank in Fraserburgh ausraubte. Natürlich wissen *sie* das nicht, aber« – er tippte sich an die Stirn – »Sie würden staunen, was ein aufmerksamer, geschulter Fachmann so alles kombinieren kann.«

»Wie kann es sein, dass sie nicht wissen, dass sie an ein und demselben Raubüberfall beteiligt waren?«

»Offenbar hat Newman seine kriminellen Aktivitäten nach Schottland verlagert, weil seine Kollegen bei der Met Verdacht schöpften.«

»Doc – *wie kann es sein, dass sie es nicht wissen?*«

»Hmm? Oh. Der Gentleman, der das alles organisiert hat, ›Big Craig‹ McPherson, war ein sehr vorsichtiger Zeitgenosse. Er gab jedem Mitglied des Syndikats einen Codenamen und untersagte ihnen die Benutzung ihres richtigen Namens. Und alle mussten *jederzeit* eine Maske tragen. So war sichergestellt, dass ein Mitglied, das der Polizei in die Hände fiel, keinen von den anderen identifizieren konnte.« Ein Schulterzucken. »Natürlich wäre es schon vor Jahren ans Licht gekommen, wenn es den Bewohnern hier nicht so widerstreben würde, mit ihren Nachbarn über ihre kriminelle Vergangenheit zu sprechen. Aber so ist es nun mal, also ist es nicht passiert. Hilft Ihnen das weiter?«

Irgendwie schon. Um nicht zu sagen *sehr*.

Nicht bei der Frage, was mit Pauline Thomson und Geoff Newman passiert war, oder auch mit Caroline Manson, aber es half trotzdem. Und es warf einen ganzen Haufen neue Fragen auf.

Dr. Singh neigte den Kopf zur Seite. »Ist alles in Ordnung?«

»Ich muss los.« Edward tätschelte ihm noch einmal die Schulter. »Danke für den Bovril.« Er lief aus dem Zimmer, den Flur entlang, schnappte sich seine Warnjacke und stopfte die Füße in seine Gummistiefel, dann stürzte er hinaus in die frostige Nachtluft.

Bigtoria war schon auf halbem Weg die Straße hinunter und zog zwei parallele Furchen durch den Schnee.

Er watete hinterher, während noch mehr von dem verdammten Zeug aus dem verhangenen Himmel herabtrudelte. »Chefin? Chefin! Chefin!«

Sie verlangsamte nicht einmal ihre Schritte. »Wenn ich etwas noch mehr hasse als korrupte Polizisten, dann sind es selbstgefällige forensische Psychologen.«

»Schauen Sie auf der Liste nach!«

»Ich *weiß*, wo Rupert Fraser wohnt.«

»Nein, schauen Sie, ob Joseph Ivanson draufsteht.« Er geriet schon außer Atem, weil in Gummistiefeln durch Tiefschnee zu laufen anstrengender war, als es aussah.

Sie blieb abrupt stehen, drehte sich um und starrte ihn an. »Und warum sollte ich das tun?«

»Joseph Ivanson? Alias *Black Joe* Ivanson.«

Nein, keine Reaktion.

Er baute sich leicht schwankend direkt vor ihr auf. »Auf dem Weg nach Glenfarach, als wir die Pinkelpause eingelegt haben, erinnern Sie sich? Da hat Mr Bishop mir erzählt, dass *Ivanson* Emily Lawrie getötet hätte, aber er hat mir *auch* erzählt, Mr Ivanson sei dement gewesen und hätte im Heim gelebt. Bis er sich mit Covid infizierte und *starb.*« Edward zog eine Braue hoch. »Aber wenn Mr Ivanson an Covid gestorben ist …«

»Wie kommt er dann dazu, hier zu wohnen?« Sie schürzte die Lippen. »Interessant …«

»Warum sollte Mr Bishop mir erzählen, dass Mr Ivanson tot ist, wenn es gar nicht stimmt? Es sei denn, er weiß es nicht besser. Ich meine, er hat mir nur von dem Mord erzählt, weil er dachte, Ivanson

273

sei tot.« Hey, das war doch eine Idee … »Was, wenn Ivanson im Rahmen von so einem Zeugenschutzprogramm hier ist? Ich weiß, das sind sie alle irgendwie, aber was, wenn irgendwo ganz oben entschieden wurde, Ivansons Tod zu fingieren, damit er seinen Lebensabend in Glenfarach verbringen kann, ohne dass jemand von seiner Identität weiß?« Obwohl … »Dann ist es aber irgendwie nicht ganz so schlau, seinen richtigen Namen zu verwenden. Aber wenn man kein Bewohner ist oder hier arbeitet, wie sollte man es dann herausfinden?«

Bigtoria stand da wie eine Steinsäule und starrte ins Leere.

»Und nach dem, was Dr. Singh sagt, waren sowohl Mr Ivanson als auch Mr Newman an diesem Überfall auf die Clydesdale-Bank in Fraserburgh beteiligt. Dann können wir also den Mord an Emily Lawrie *und* diesen Raubüberfall aus den Büchern streichen.« Edward lächelte. »Der Boss wird sich freuen.«

Nichts.

Schnee sammelte sich in ihren Haaren und auf ihren Schultern. Taumelte träge durch den Lichtschein der Straßenlaterne. Und dämpfte alle Geräusche bis auf Edwards Atem.

»Chefin?«

Als sie endlich sprach, war ihre Stimme ruhig und leise. »Ja, das wird er wohl …«

Man hätte doch gedacht, dass sie ein bisschen mehr Begeisterung zeigen würde. Zwei zum Preis von einem – ein Mord und ein großer Banküberfall. Aber es war, als hätte er ihr erzählt, was für ein leckeres Sandwich er vor drei Wochen gegessen hatte.

»Chefin? Ist alles in Ordnung?«

Sie marschierte weiter durch den Schnee und ließ ihn einfach stehen.

»Chefin!« Er senkte die Stimme zu einem Flüstern. »Erstens: Gern geschehen. Und zweitens: Sie sind ein absoluter Albtraum.«

Aber er beeilte sich trotzdem, zu ihr aufzuschließen.

Die Byre Road war nicht *ganz* so nobel wie die Straße, in der Dr. Singh wohnte. Zwei heruntergekommene Cottages gammelten einsam vor sich hin, mit windschiefen Dachrinnen, aus denen Schösslinge wuchsen, die Fenster mit Brettern vernagelt. Gegenüber war eine kurze Reihe von vier Häusern, die aussahen, als ob ihnen das gleiche Schicksal blühte. Immerhin hatte eines von ihnen ein Obergeschoss, aber der Rauputz war stellenweise abgebröckelt, sodass der Granit darunter frei lag.

Edward schleppte sich durch den kompakten grauen Wall aus Schnee, während sein Atem in dicken, blassen Wolken ausströmte, begleitet von schwerfälligem Keuchen. Der Schweiß rann ihm den Rücken hinunter – wieder einmal. »Wir hätten … zum Revier … zurückgehen sollen … um die … die Schlüssel … für den verdammten … Schneepflug zu holen!«

Selbst Bigtorias Gesicht glühte im LED-Schein der Straßenlaterne wie eine von innen beleuchtete Rote Rübe. »Hören Sie auf mit dem Gejammer.«

»Ich ›jammere‹ nicht, ich *beschwere* mich. Das ist ein Unterschied.« Vor dem zweigeschossigen Haus kam er wankend zum Stehen. Ein einsames Licht brannte in einem der Erdgeschossfenster, und an der Gartenmauer hing ein handgeschnitztes Schild: »Fraser House«.

»Da wären wir.«

An den anderen drei Cottages waren die Vorhänge zugezogen, doch jetzt zuckte einer nach dem anderen, dann wurden sie aufgezogen, und Silhouetten schauten heraus. Beobachteten sie. Regungslos.

Niemand winkte.

Okay, weil das ja irgendwie noch unheimlicher war.

Edward stieß wieder einen gequälten Atemzug aus. »Wenn wir zu Hause sind, geh ich nie wieder zu Fuß irgendwohin.«

»Sehen Sie – das nenne ich Jammern.« Sie kämpfte mit der Gartenpforte, zerrte sie vor und zurück, vor und zurück, um einen kleinen Halbkreis in den knietiefen Schnee zu scharren. Schließlich gab sie es auf und stieg einfach drüber. »Sie sollten schauen, dass Sie ein bisschen fitter werden.« Dann bahnte sie sich einen Weg zur Haustür und klingelte Sturm.

»Pffff …« Er kletterte mühsam über das Tor – es hatte seine Nachteile, wenn man nicht unter Riesenwuchs litt – und stolperte hinter ihr her. »Durchfroren. Nass. Fix und fertig. Und ich *rieche*.«

Bigtoria klingelte noch einmal. »Wir brauchen dringend Verstärkung. Wie soll ich einen Mörder fangen, nur mit Ihnen, Sergeant Farrow und diesem Idioten Harlaw?«

Edward beugte sich vor, stützte die Hände auf die Knie und sog die eisige, scharfe Luft in seine Lunge. »Ich habe vorgeschlagen, das Sozialarbeitsteam zu rekrutieren, aber Sergeant Farrow sagt, die sind so schon völlig überlastet.«

»Es ist mir egal, was Sergeant Farrow sagt, außer vielleicht ›Ja, Ma'am‹. Im Übrigen ist es …« Sie sah auf ihr Handy. »… nach zehn. Die müssten schon seit Stunden mit ihren Besuchsrunden durch sein.« Mit gefletschten Zähnen ließ sie ihre Wut an der Klingel aus, drückte mit aller Kraft drauf, als wollte sie sie umbringen. »Was dauert das denn so lange?«

Edward richtete sich wieder auf. »Vielleicht liegt er da drin flach auf dem Rücken, an den Küchentisch gefesselt, mit ausgestochenen Augen.«

»Hören Sie bloß auf.« Sie hämmerte gegen die Tür. »AUFMA-CHEN! WIR WISSEN, DASS SIE DA DRIN SIND!«

Der Inbegriff von Takt und Bürgernähe, wie immer.

Edward watete durch den Schnee zu dem erleuchteten Erdgeschossfenster und stellte sich auf die Zehenspitzen, um über das Fensterbrett zu spähen. Was aber nicht viel half. Das Einzige, was von hier unten zu sehen war, war eine Zimmerdecke mit Zierleisten, mit einem handgefertigten Lampenschirm in der Mitte, und drei in schmuddeligem Mattweiß gestrichene Wände, mit einer Tapete, die in den Ecken abblätterte.

»Da drin rührt sich nichts, Chefin.«

»RUPERT FRASER! POLIZEI! ÖFFNEN SIE DIE TÜR!«

Er stapfte zurück zur Haustür. »Sieht allerdings ziemlich runter-gekommen aus.«

»WENN SIE NICHT SOFORT AUFMACHEN, IST DAS EIN VERSTOSS GEGEN IHRE AUFENTHALTSBEDINGUNGEN!«

»Vielleicht ist er ja auf dem Klo? Oder unter der Dusche?«

Bigtoria hämmerte wieder mit der Faust an das Holz. »ICH LASSE SIE AUS GLENFARACH RAUSWERFEN! WOLLEN SIE DAS VIELLEICHT?«

Edward wies mit dem Daumen auf die Lücke zwischen diesem und dem Nachbarhaus. »Vielleicht sollten wir mal hinten nachsehen?«

Er schob sich durch die Schneewehen und warf einen Blick um die Ecke, doch statt eines Tors oder eines Durchgangs, der zum Garten hinter dem Haus führte, versperrte eine zweieinhalb Meter hohe Mauer den Weg. Mit weiteren dreißig Zentimetern Schnee obendrauf. Und wahrscheinlich noch einer gut zehn Zentimeter dicken Schicht Glasscherben, wie es in schottischen Städten so Tradition war.

Okay, versuchen wir's auf der anderen Seite.

Als er an Bigtoria vorbeischlurfte, stellte sie das Hämmern ein. »Allmählich glaube ich, dass Sie recht haben. Er liegt da drin und ist tot.«

Auch hier eine Zweieinhalb-Meter-Mauer mit Schneekrone.

Zu dumm. Zeit für Plan B.

Er trottete zurück zur Haustür, fischte den Bund mit den Hauptschlüsseln aus der Tasche und hielt ihn hoch. »Nur so eine Idee.«

Bigtoria riss ihm die Schlüssel aus der Hand und hantierte am Schloss herum, bis die Tür aufging und den Blick in einen schmuddligen, in Dunkelheit gehüllten Hausflur freigab. Sie trat ein und schaltete das Licht an.

Es war wohl in besseren Zeiten eine ziemlich noble Bleibe gewesen, mit hoher Decke und aufwendig gearbeitetem Fliesenboden. Große Türen mit Mahagonitäfelung führten in die anderen einstmals edlen Gemächer. Auch hier blätterte die Tapete ab, Schmutz sammelte sich entlang der Fußleisten, Staub bedeckte alles, was nicht regelmäßig berührt oder benutzt wurde.

Sie schnupperte. »Riechen Sie das?«

Edward zwängte sich nach ihr hinein und blähte die Nasenflügel. »Was soll ich riechen?«

»Ich auch nicht.« Sie steuerte direkt auf die Tür am Ende des Flurs zu, wobei Schneeklumpen von ihren Gummistiefeln auf die schmutzigen Bodenfliesen fielen und zu schmelzen begannen. »Ich meine die zwei anderen Leichen – in den Häusern hat es nach rohem Fleisch gestunken.«

»Ah, verstehe.«

Bigtoria stieß die Tür auf – dahinter war nichts als Dunkelheit. Sie blieb auf der Schwelle stehen, hielt sich am Türrahmen fest, um mit dem anderen Arm an der Zimmerwand entlangzutasten, und …

Klick.

Im aufflackernden Licht kam eine große, altmodische Küche mit mehr Staub als Möbeln zum Vorschein. Eine Handvoll Arbeitsflächen und Schränke verloren sich fast in dem Raum. Ein uralter Kühlschrank, ein verbeulter Wasserkocher, ein antiker Herd, Töpfe und Pfannen, die sich in dem gesprungenen Spülstein stapelten.

Aber das Wichtigste fehlte.

Keine Leiche, die gefesselt auf dem klapprigen Holztisch lag.

Was eine Erleichterung war, ehrlich gesagt.

Edward folgte Bigtoria in die Küche und warf einen Blick in den Kühlschrank, während sie einen ersten Rundgang machte. Die gläsernen Fächer waren mit zwei Packungen Würstchen, einer Tüte Hackfleisch, etwa einem Dutzend Flaschen alkoholfreiem Bier und einem Laib Brot bestückt. Fischstäbchen im Tiefkühlfach. Kein Obst, kein Gemüse. Nicht einmal *Backofenpommes.* Die Kühlschranktür klappte zu wie ein Sargdeckel. »Mr Fraser ernährt sich offenbar nicht besonders gesund.«

Neben der Hintertür waren mehrere Schalter, die Bigtoria ebenfalls betätigte. Sie waren offenbar für die Außenbeleuchtung, denn ein schwacher bernsteingelber Schein legte sich über den Garten und wurde allmählich heller, als die Lampen sich aufwärmten.

Er schlurfte zum Fenster und schaute hinaus.

Es war ein ziemlich großes Grundstück – Büsche und Schuppen und Zeugs, alles fast unter der weißen Decke begraben. Und ganz offensichtlich war jemand vom Haus zum Zaun an der hinteren Grundstücksgrenze gewatet und in der Nacht verschwunden.

Bigtoria verzog das Gesicht. »Mist.« Die Hintertür schwang auf, als sie die Klinke herunterdrückte. Nicht abgeschlossen. »Durchsuchen Sie den Rest des Hauses. Na los, worauf warten Sie noch?«

Das Wohnzimmer hatte die gleiche Anmutung heruntergekommener Eleganz wie der Hausflur und die Küche, nur mit fleckigem Teppichboden anstelle schmutziger Fliesen. Ein durchgesessenes Sofa stand vor dem leeren Kamin, flankiert von zwei Stehlampen. Kein Fernseher, keine Stereoanlage.

Edward machte einen schnellen Rundgang und ging dann weiter ins Esszimmer, das aussah, als wäre es die letzten dreißig Jahre nicht mehr renoviert oder auch nur geputzt worden. Großer Esstisch, acht Stühle, ein Sideboard.

Kein Rupert Fraser.

Jede Stufe knarrte unter Edwards Füßen, bis hinauf zum Treppenabsatz, wo der Teppichboden in der Mitte bis auf die Unterlage durchgescheuert war. Vier Türen gingen davon ab.

Er öffnete die erste – offenbar das Schlafzimmer. Während die Energiesparlampen ihren kläglichen Schein verbreiteten, sah sich Edward im Zimmer um, warf einen Blick in die zwei Mahagoni-Kleiderschränke und die dazu passende Kommode. Er schaute auch unter das Doppelbett mit der schmuddligen Tagesdecke, die offensichtlich seit Ewigkeiten nicht gewaschen worden war, und hielt dabei ausreichend Sicherheitsabstand zu den benutzten Papiertaschentüchern, die sich am Kopfbrett gesammelt hatten.

Igitt.

Dr. Singh wäre *begeistert*.

Tür Nummer zwei: Ein kleineres Gästezimmer, das im mickrigen Licht weiterer billiger, veralteter Energiesparlampen schmachtete. Ein großes Doppelbett, überhäuft mit muffigen Klamotten und diversem Krimskrams.

Tür Nummer drei: Beleuchtungsmäßig ein gewaltiger Fortschritt – einmal auf den Schalter gedrückt, und das Zimmer wurde mit Licht geflutet wie ein Fußballstadion. Es hatte sein Leben anscheinend als ein weiteres Gästezimmer begonnen, war dann aber in ein Atelier umfunktioniert worden. Im LED-Licht, das von den weiß gestrichenen Wänden reflektiert wurde, erblickte er Unmengen von aufgespannten Leinwänden, Gläser mit Stiften und Pinseln und einen ganzen Haufen Ölfarben in verschiedenen Schachteln. Eine Staffelei stand in der Mitte des Zimmers, darauf ein großes Gemälde: ein Gewirr verschlungener Gedärme in Rot, Schwarz und Violett, mit dem zerfetzten Körper einer Frau in der Mitte.

Dr. Singh hatte recht, was Rupert Fraser betraf: Der Mann war wirklich gestört.

Hinter Tür Nummer vier kam ein großes Badezimmer zum Vorschein. War wohl ganz gut, dass die Beleuchtung hier drin nicht allzu viel gegen die Dunkelheit ausrichten konnte. Der Geruch war schlimm genug.

Eine frei stehende Badewanne dominierte die eine Wand, mit einem schimmelfleckigen Duschvorhang darüber. Dunkelorange und braune Kalkablagerungen um den Abfluss herum. An der Toilette waren der Deckel und die Brille hochgeklappt und erlaubten einen ungehinderten Blick auf eine ganze Formel-1-Saison von Bremsspuren …

Dieser Rupert Fraser war wirklich eine gute Partie.

Edward stieg die knarrenden Stufen hinunter.

Ging zurück in die Küche.

Bigtoria war noch da, wo er sie zurückgelassen hatte – sie blickte immer noch finster zu der offenen Hintertür hinaus und blies Atemwolken in die Luft. »Was gefunden?«

»Er ist nicht hier.«

»Hmmpf.« Sie knallte die Tür zu und drehte sich um. »Eine Ausgangssperre mit elektronischen Fußfesseln durchsetzen zu wollen, ist eine totale …«

Die Lampen summten und flackerten. Dann flutete Dunkelheit den Raum.

»Chefin?«

Jetzt war die einzige Lichtquelle das blassgraue nächtliche Schimmern des Schnees – gerade eben hell genug, um den verschneiten

Garten in eine Ansammlung lauernder Tiergestalten zu verwandeln. Bären und Wölfe, die aus dem Märchenwald, der Glenfarach umschloss, in den Ort vordrangen. Auf der Suche nach Frischfleisch.

»*Na super.*« Ein dünner weißer Lichtstrahl durchstieß die kalte Luft und wurde vom Küchenfenster zurückgeworfen, in dessen Scheibe zu sehen war, wie Bigtoria ihre Handy-Taschenlampe hochhielt. »Das hat uns gerade noch …«

Ein Knistern, das Licht ging wieder an, es flackerte ein wenig … aber diesmal ging es nicht wieder aus.

Edward kramte in den Taschen seiner Warnjacke nach der Stirnlampe. »Doch, wirklich, sehr vertrauenerweckend.«

Bigtoria schloss die App ihres Handys und streckte die Hand aus. »Airwave.«

Edward gab es ihr, und sie drückte die Tasten, womit sie ein schrilles Feedback-Kreischen auslöste.

Sie versuchte es noch einmal. »DI Montgomery-Porter an Sergeant Farrow: sprechbereit?«

Ein grässliches elektronisches Quäken zerriss die Luft, gefolgt von einem lauten Zischen und Knistern und einer kaum vernehmbaren Stimme. »… *fff Foxtrot Fffff … Hallo? … mich hören?* …« Dann ein alles übertönendes Rauschen. Und dann Stille.

Sie drückte noch einmal die Taste.

Nichts. Nicht einmal Störgeräusche.

Noch zwei weitere Versuche brachten dasselbe Ergebnis.

Sie warf Edward den Apparat zu. »Gehen Sie zurück zum Revier und sagen Sie Sergeant Farrow, sie soll ihren GPS-Tracker einschalten, solange es noch Strom gibt. Ich will wissen, wo dieser Mistkerl steckt.«

»Was ist mit Ihnen, Chefin?«

Ein fieses, wölfisches Grinsen senkte die Temperatur um weitere fünf Grad. »Ich warte hier …« Sie ließ die Schultern kreisen und ballte die Fäuste. »… um Mr Fraser einen warmen Empfang zu bereiten, wenn er nach Hause kommt.«

Oje …

21

Was war das für ein blödes Kaff, das kein Telefon hatte? Wie sollte man *irgendetwas* erledigt bekommen, wenn man niemanden anrufen konnte? Und was, wenn es einen Notfall gab? Und das hier *war* verdammt noch mal ein Notfall, um es ganz klar und deutlich zu sagen.

Edward schleppte sich durch den mehr als knietiefen Schnee auf der West Main Street. Jeder einzelne Schritt war ein Kampf. Der Schnee mogelte sich zwischen seiner Hose und den Gummistiefeln hindurch, um drinnen zu schmelzen und seine Socken zu tränken. Schon wieder! Wozu hatte man denn Gummistiefel, wenn sie auch nicht besser waren als seine durchnässten Schuhe? Dieses quatschnasse, kalte, frostige, ungemütliche, *gottverdammte* Glenfarach.

»Ich hasse dieses Dreckloch …«

Das einzig Gute war, dass der Sturm jetzt keine fetten, tellergroßen Flocken mehr herunterhaute, sondern nur noch ein feines wirbelndes Gerieseln.

Und so kämpfte er sich weiter voran, ganz allein in einer blaugrauen Welt, im blendend grellen Schein der LED-Straßenlaternen, auf Schritt und Tritt beobachtet von Kameras.

»Oh, du *musst* zur Polizei gehen, Teddy‹ – ›Es ist eine *Familientradition*, Teddy‹ – ›Glaubst du nicht, dass dein Bruder *überglücklich* wäre, an deiner Stelle zu sein? Er ist so enttäuscht. Und er sitzt im *Rollstuhl*, Teddy‹ – ›Du bist so *undankbar*, Teddy.‹« Edward atmete tief ein – die Luft schmeckte nach Eis und Holzrauch und Frust und Winter. »AAAAAAAAAAAAAAAAAAAAAAAHH!«

Edward zitterte sich durch den Flur mit den Hohlblockwänden, durch die Tür und hinein in die herrliche Wärme des Gewahrsamstrakts. Dort humpelte er schnurstracks auf den tragbaren Radiator zu, der in der Mitte des Raums stand, und versuchte mehr oder weniger, in das Ding hineinzukriechen.

Seine Zähne klapperten, während die Hitze durch seine tiefgefrorene, pitschnasse Hose und in seine lila verfärbten, zu Klauen erstarrten Hände sickerte. Wangen, Nase und Ohren taten weh. Nur die Zehen nicht, die waren völlig taub.

Konnte froh sein, wenn ihm nicht die Hälfte abgefroren waren.

Er zog den Reißverschluss seiner Warnjacke auf und beugte sich vor, sodass sie zu beiden Seiten des Heizkörpers herabhing, und ließ die warme Luft seinen Rumpf umspülen.

Okay, dann war es eben würdelos, aber egal – er war schließlich allein hier.

Na ja, vielleicht nicht *ganz* allein. Zwei der Zellentüren waren geschlossen, also waren Kerry Millbrae und Siobhan Wilkins noch hier zu Gast. Aber ansonsten hatte er den Laden für sich.

»Dieses g-g-g-ganze D-D-D-Dorf ist wie ein G-G-G-G-Geisterschiff. Hätt ich mich b-b-b-b-bloß nie für diesen Sch-Sch-Sch-Scheißjob gemeldet ...«

»Müssen wir ein bisschen Dampf ablassen, hm?« Sergeant Farrow trat aus dem kleinen Zimmer, das sich hinter dem Gewahrsamsschalter versteckte, in den Händen zwei Plastikbecher mit etwas Heißem. Sie runzelte die Stirn, dann drehte sie sich um und folgte mit dem Blick der Spur aus Schmelzwasser, die er von der Eingangstür durch das Revier gezogen hatte. »Sie haben mir meinen schönen sauberen Gewahrsamstrakt ganz vollgetropft!«

»Es ist w-w-w-w-wie eine T-T-T-T-Tiefkühltruhe da draußen. Und die S-S-S-S-Stromversorgung ist total w-w-w-w-w-wacklig. Hat bei Ihnen das L-L-L-L-Licht auch so geflackert? W-W-W-W-Was ist, wenn der S-S-S-S-Strom ganz ausfällt? Hier ist es ja schon zu normalen Z-Z-Z-Z-Zeiten wie eine Mischung aus *Das D-D-D-Ding aus einer anderen Welt* und *Beim Sterben ist jeder der Erssssste*. Und die Airwaves sind auch schon wieder im Eimer.«

»Jenna kann allein mit Spucke und Bindfaden auch keine Wunder bewirken. Ich sag ihr, sie soll sich das morgen noch mal anschauen.«

Sergeant Farrow boxte ihn im Vorbeigehen in den Arm. »Und jetzt gehen Sie von dem Radiator da weg, Sie Dussel, sonst holen Sie sich noch Frostbeulen.«

Keine Chance.

Er würde bleiben, bis sie ihn mit der Brechstange loseisten.

Sie klopfte an eine der geschlossenen Zellentüren und klappte dann das Guckloch auf. »Siobhan? Tee für Sie.«

Edward schob seine Knie vor das warme Metall. »Rupert F-F-F-F-Fraser ist verschwunden.«

Sergeant Farrow stand einen Moment lang nur da, regungslos wie ein Schneemann. Dann öffnete sie die Zellentür und stellte den Becher drinnen auf den Boden. »Vorsicht, heiß.« Sie machte die Tür wieder zu. Drehte sich um. Leckte sich die Lippen. »Wenn Sie sagen ›verschwunden‹, soll das …«

»Wir sind zu seinem Haus gegangen, und er war nicht d-d-da.«

Sie machte Stielaugen. »Was soll das heißen, ›er war nicht da‹? Natürlich ist er da – es ist Ausgangssperre!«

»W-W-W-Wir mussten uns mit d-d-d-dem Hauptschlüssel Zugang verschaffen. K-K-K-K-Keine Spur von ihm.« Edward rüttelte den Heizstrahler ein wenig. »K-K-K-K-Können wir das Ding vielleicht h-h-h-h-höher drehen?«

»Herrgott noch mal!« Sie biss die Zähne zusammen und drehte den Kopf einen Moment lang weg. Atmete ein paarmal tief durch. Dann klopfte sie an die Tür der anderen Zelle. »Kerry?« Ihre Stimme war wieder ganz ruhig. »Möchten Sie einen Tee, Kerry?«

Er packte den Heizstrahler fester. »Wie geht es ihr?« Immerhin hatten seine Zähne aufgehört zu klappern.

Sergeant Farrow zuckte zusammen. Sie straffte die Schultern, schüttelte den Kopf, dann öffnete sie die Zellentür. »Kommen Sie, Kerry, vielleicht hilft ja eine schöne Tasse Tee?«

Ms Millbrae war gerade so zu sehen in der Lücke zwischen Farrow und dem Türrahmen. Sie trug immer noch den weißen Schutzanzug und lag auf der Plastikmatratze, mit dem Gesicht zur Wand. Sie rührte sich nicht, sagte kein Wort. Weinte nicht einmal.

»Okay. Also, falls Sie es sich noch anders überlegen.« Sergeant Farrow stellte den Tee neben die Matratze, dann zog sie sich zurück und schloss die Zellentür. Atmete hörbar aus. »Die Ärmste ...«

»Dr. Singh sagt, er glaubt nicht, dass sie Pauline Thomson getötet hat. Er glaubt, es war das Werk von Profis.«

Sergeant Farrow blieb, wo sie war, die Schultern gesenkt, die Stimme tonlos. »Es ist alles wie verhext, Edward. Früher war es so *einfach*, hier zu arbeiten – alle haben sich anständig benommen, nie gab es Stress oder Einbrüche oder Schlägereien im Suff.« Sie ließ einen langen, betrübten Seufzer entweichen. »Und jetzt schauen Sie uns an.«

Tja.

Edward richtete sich auf und nahm die Knie vom Radiator weg. Wurde allmählich ein bisschen brenzlig da unten. »Ich soll Ihnen was ausrichten von DI Montgomery-Porter ...«

»Bigtoria.«

»Nein. Vergessen Sie das *sofort* wieder. Sie will, dass Sie Rupert Frasers elektronische Fußfessel orten, damit wir durch noch mehr gottverdammten Schnee waten können, um ihn zu finden und zu verhaften. Und sie sagt, Sie müssen ein paar Leute vom Sozialarbeitsteam hinzuziehen, um den Gewahrsamstrakt zu besetzen und Millbrae Cottage zu bewachen. Damit Sie und PC Harlaw für andere Aufgaben frei sind.«

»Ah ...« Sergeant Farrow ging langsam zum Schalter zurück. »Das höre ich gar nicht gerne, um ehrlich zu sein, Edward.«

»Ich bin hier nur der Überbringer der schlechten Nachricht, Sarge. Und wo wir gerade dabei sind – wo ist Ihre Asservatenkammer?«

Sie deutete nach oben. »Im ersten Stock. Warum?«

»Könnte ich mal den Schlüssel haben? Ich muss da etwas holen.«

Sergeant Farrow telefonierte, als Edward in den Gewahrsamstrakt zurückquatschte, in der Hand seine Beute – eine große braune Papiertüte für Beweismittel.

»Ich weiß, aber was sollen wir machen?«

Er setzte sie auf dem Tresen ab und legte den Schlüssel zur Asservatenkammer daneben. Und wartete, während sie das Telefonat beendete.

»Stimmt ... Danke, Ian, du hast was gut bei mir ... Okay. Bye, bis dann.« Sie legte auf. »Ian ist auf dem Weg zu Kerrys Haus, um Dave abzulösen. Clive übernimmt dann hier, obwohl er nicht eine einzige der vorgeschriebenen Schulungen absolviert hat.« Sie hob einen Finger. »Was, um es noch einmal festzuhalten, meiner Meinung nach eine *verflixt* schlechte Idee ist, okay?«

»Wie gesagt – bin nur der Überbringer, Sarge.« Er klopfte auf die braune Papiertüte. »Sie müssen bitte unterschreiben, dass ich das hier aus der Asservatenkammer entnommen habe.«

»Ach ja?« Sie nahm den Schlüssel und legte ihn in eine Schublade unter dem Tresen zurück, dann zog sie die Tüte zu sich und las stirnrunzelnd das handgeschriebene Etikett. Sah ihn an, sah wieder die Tüte an. »Warum?«

»Nennen Sie es das Resultat unvorhergesehener Komplikationen bei der Ausübung unserer Dienstpflichten, die den Gebrauch dieser Gegenstände notwendig machen, um den Fortgang der Ermittlungen und die Sicherheit der Bewohner zu gewährleisten.«

»Und der *wahre* Grund?«

Er öffnete die Tüte und kippte den Inhalt heraus – zwei transparente Plastikverpackungen, von denen jede ein Paar nagelneue Spielzeug-Walkie-Talkies enthielt. Es waren die, die er in Siobhan Wilkins' Schreinerwerkstatt sichergestellt hatte.

Sie blinzelte ihn an. »Leiden Sie an Unterkühlung? Ist es das?«

»Nein, überlegen Sie doch mal.« Er fummelte mühsam eine der Plastikverpackungen auf. »Unsere Airwaves sind im Eimer, es gibt keinen Handyempfang, und wir können kein Festnetz benutzen, weil die Bewohner keins haben. Und daher: Walkie-Talkies.« Er pfriemelte den Clownskopf und den Teddybären aus ihrem durchsichtigen Gefängnis heraus, dann befreite er auch den Löwen und den Tiger.

Sergeant Farrow hob Letzteren auf und drehte ihn in den Händen. »Ich glaube nicht, dass die eine allzu große Reichweite haben.«

Edward nahm den Teddybären. »Immer noch besser als gar nichts.«

Er klappte die glänzende braune Rückseite seines nagelneuen Walkie-Talkies auf, unter der eine leere Aussparung zum Vorschein kam.

Mist.

»Haben Sie Batterien da, Sarge?«

»Verdammter Schnee. Gottverdammter kalter Schnee, so verdammt kalt und verschneit und einfach nur verdammt …«

Eine schrille, elektronische, monophone Version von »Teddy Bears' Picnic« plärrte aus seiner Jackentasche, als er sich durch die West Main Street zurückkämpfte, durch wirbelnde Strudel von noch mehr *beschissenem* Schnee. Man sollte meinen, dass man leichter vorankäme, wenn man gerade erst vor einer halben Stunde durch dieselbe Straße gegangen war und sich an die Spur hielt, die man hinterlassen hatte – aber nein. Weil in diesem furchtbaren Kaff alles immer *noch* schwieriger sein musste.

Er zog das Teddybären-Walkie-Talkie aus der Tasche und bohrte ihm den Daumen in den Bauch. Es piepste, und er hielt sich das Ding vors Gesicht. »Dr. Schiwagos Ich-hasse-den-verdammten-Schnee-Warenhaus, Eisbären heute im Sonderangebot!« Er nahm den Daumen vom Bauch des Bären, um die Übertragung freizugeben.

Sergeant Farrows Stimme klang ein wenig versummt und verzerrt, aber immer noch deutlich besser als die Airwaves, bevor sie den Geist aufgegeben hatten. »*Golf Foxtrot Vier an Alpha Charlie Zwei, sprechbereit?*«

Edward stapfte weiter, während er den Knopf erneut drückte. »Wir beide sind die Einzigen mit Walkie-Talkies hier, Sarge.«

»*Wir haben unsere Vorschriften nicht ohne Grund, Edward.*«

Als ob das in dieser Situation eine Rolle spielte. Aber es hatte ja eh keinen Sinn, mit jemandem zu diskutieren, die einen höheren Dienstgrad hatte. Die hörten doch nie zu.

»Ja, Sarge.« Er bog rechts ab und ging zurück, wie er gekommen war, die Byre Road entlang.

»*Ich habe Rupert Frasers Fußfessel überprüft. Laut meinen Informationen ist er zu Hause. Hat das Haus seit gestern Morgen nicht verlassen.*«

»Ha. Ha. Ha.« Mit null Nachdruck gesprochen.

»Haben Sie im ganzen Haus nachgesehen? Vielleicht hat sich Rupert ja im Keller oder auf dem Dachboden versteckt? So was in der Art?«

Mist.

»Na ja ... Wir hatten es ... schon ein bisschen eilig.«

Ein Stöhnen polterte aus dem Teddybären. *»Dann sagen Sie Bigtoria, sie soll noch mal nachsehen!«*

Er schloss die Augen. »Sarge, ich *flehe* Sie an. Wenn sie hört, dass Sie sie ›Bigtoria‹ nennen, rastet sie aus.«

»Und genau deshalb, mein lieber Constable Reekie, sagen wir ›sprechbereit?‹ am Anfang jedes Funkgesprächs. Golf Foxtrot Vier, Ende.«

Umgeben von Möchtegern-Komikern.

Er verstaute den Teddybären wieder in der Innentasche und stapfte weiter. Vorbei an den baufälligen Cottages mit den vernagelten Fenstern und den durchhängenden Dachrinnen und hinüber zu Fraser House mit seinem versifften Glanz.

Die Vorstellung, bei diesem Wetter draußen zu sein – es war bestimmt unter null Grad, und im Lauf der Nacht würde es nur noch kälter werden ...

Kein Wunder, dass alle glaubten, Caroline Manson sei schon tot. Selbst wenn Rupert Fraser sie nicht getötet hatte, wäre sie jetzt schon halb erfroren. Es sei denn, sie hätte einen Unterschlupf gefunden.

Oder jemand hätte sie irgendwo versteckt.

Edward blieb an der Gartenpforte stehen, eine Hand an der metallenen Klinke. Dann drehte er sich um und spähte durch den Schleier aus wirbelnden Schneeflocken zu den beiden abbruchreifen Gebäuden gegenüber.

Wenn man Rupert Fraser wäre, bekannt und berüchtigt als gewalttätiges, misogynes Arschloch, und man hätte eine Sozialarbeiterin entführt, würde man sie dann an einem leicht zugänglichen Ort gefangen halten, oder eher ganz weit weg, um keinen Verdacht zu erregen?

Einen Versuch war es wert, nicht wahr?

Und so durchgefroren und klatschnass, wie er ohnehin schon war, konnte es ja kaum noch schlimmer werden.

Edward folgte seinen eigenen Fußspuren zurück auf die Straße, dann kletterte er über die kniehohe Mauer, die den Vorgarten des ersten Cottage vom Gehsteig trennte, und watete zur Haustür.

Zu sehen war da natürlich nichts, da die Fenster alle mit einer dicken Haut aus aufgequollenem Sperrholz bedeckt waren. Aber man fragte sich schon, nicht wahr?

Er drückte die Klinke, doch die Tür war mit etwa einem Dutzend großer, rostiger Nägel gesichert, die durch das Holz in den Rahmen getrieben waren, sodass sie sich keinen Millimeter bewegen ließ. Auf diesem Weg konnte Rupert Fraser jedenfalls nicht hineingelangt sein.

Das Nachbarcottage war ebenfalls verrammelt, doch als er sich zur Rückseite durchkämpfte, stellte er fest, dass bei einem Fenster die Sperrholzplatte nur an einem einzigen Nagel hing, sodass man sie zur Seite drehen konnte.

Na, wer war jetzt der Idiot?

Edward zerrte an dem Ding, bis das aufgequollene Holz sich knarrend und quietschend um seine rostige Angel drehte und ein dunkles, abweisendes Loch freilegte, wo einmal die Fensterscheibe gewesen war.

Der Strahl seiner Stirnlampe fiel durch die Öffnung auf den Fußboden des Cottages. Bloß war da gar kein Fußboden – nur ein quadratisches Stück blanke Erde in zweieinhalb Meter Tiefe, übersät mit Bruchstücken verrotteter Holzbalken. Fast alle Träger waren verschwunden, übrig war nur ein einsamer Balken, der sich in der Dunkelheit verlor.

Ungefähr am Ende des ersten Drittels blickte ein funkelndes Augenpaar zu Edward auf. Es gehörte zu einer großen braunen Ratte, die ihn böse anstarrte, wie um ihn davor zu warnen, in ihr Reich einzudringen.

O nein, vergiss es.

Er zog den Kopf zurück und ließ die Sperrholzplatte wieder vor die Öffnung fallen.

Natürlich gab es hier Ratten. Denn das Einzige, was in diesem elenden Loch noch fehlte, um die heitere, einladende, romantische

Atmosphäre perfekt zu machen, war ein Haufen dicker, fetter, Krankheiten übertragender, nacktschwänziger Mistviecher. Wahrscheinlich wimmelte es im ganzen verdammten Dorf von ihnen.

Die Hintertüren beider Cottages waren auch mit Brettern vernagelt, und die übrigen Fenster waren verrammelt. Wenn Rupert Fraser Caroline Manson also irgendwo versteckt hatte, dann jedenfalls nicht hier.

Außerdem waren die einzigen Fußspuren im Schnee die von Edward.

So viel zu dieser genialen Idee …

Er schloss die Tür von Fraser House auf, trat ein und schlug sie hinter sich zu. Lehnte sich mit dem Rücken dagegen und stieß einen schaudernden Atemzug aus. Dann klopfte er sich den Schnee von den Gummistiefeln. »CHEFIN?«

Ihre Stimme hallte durch den Flur »*Hier bin ich.*«

Seine Gummistiefel quietschten auf den schmutzigen Fliesen, als er zur Küche schlurfte.

Bigtoria füllte gerade den Wasserkocher – sie musste ihn fast waagerecht halten wegen des schmutzigen Geschirrs, das sich im Spülbecken türmte.

»Sind Sie sicher, dass das eine gute Idee ist, Chefin? Ist ja nicht gerade hygienisch.« Er zog den Reißverschluss seiner Warnjacke auf. »Ich habe Sergeant Farrow Mr Frasers Fußfessel überprüfen lassen, und …«

»Er hat das Haus nicht verlassen.« Jedes Wort wie aus Granit gemeißelt.

O nein, nicht schon wieder.

»Sie haben doch nicht etwa eine Leiche gefunden …?«

Sie hielt eine graue Fußfessel hoch. Sie sah mehr oder weniger genauso aus wie die, die Sergeant Farrow Mr Bishop angelegt hatte, nur dass sie nicht fest geschlossen war – stattdessen waren Fessel und Sender nur durch einen kleinen Regenbogen von Drähten mit Krokodilklemmen verbunden. Sodass sie weit genug war, um sich mühelos abstreifen zu lassen. »Die war im Schlafzimmer.« Sie kräuselte die Oberlippe. »Und wenn *ein* Bewohner das macht, können Sie sich ziemlich sicher sein, dass alle es machen.« Die Fußfessel fiel polternd auf die verschmierte Arbeitsplatte. »Dieser ganze Ort ist ein einziger Witz.«

Aber keiner, über den man lachen konnte.

Er trat ans Fenster und spähte hinaus. »Was glauben Sie, wo Mr Fraser hin ist?«

»Bei seinem Vorstrafenregister? Da wäre es die ideale Lösung, wenn er irgendwo erfroren im Straßengraben läge.« Sie knallte den Kocher auf den Untersatz und steckte ihn ein.

»Sprich, da draußen läuft ein misogyner, gewalttätiger Drecks-kerl, der wirklich sehr großen Spaß daran hat, Frauen zu quälen, frei herum, ohne dass wir eine Möglichkeit hätten, ihn zu orten, und Ca-roline Manson wird immer noch vermisst.« Edward ließ sich gegen einen Küchenschrank sinken. Man musste kein Genie sein, um zu erraten, was das bedeutete. »Wir suchen also morgen nur noch nach ihrer Leiche, oder?«

Der Wasserkocher knackte und bollerte.

»Sie haben es erfasst.«

»Scheibenkleister.«

Der wütende Gesang des kochenden Wassers war das einzige Ge-räusch, das die Stille durchbrach, während Bigtoria dastand, mit mahlendem Unterkiefer, die Stirn in Falten gezogen, die Zähne ge-fletscht. Dann machte etwas *Klick*, sie riss den Wasserkocher von der Arbeitsplatte – das Kabel spannte sich straff, dann flog der Stecker aus der Dose – und schleuderte ihn mit wutverzerrter Miene quer durch die Küche, dass er über dem Herd in die Fliesen krachte. Das Metall verbog sich, das Wasser spritzte durch die Gegend, der Kocher fiel scheppernd auf die Herdplatte, sprang hoch und landete polternd als verbeulte Leiche auf dem Fußboden.

Tja …

Das war ein gutes Zeichen.

Vielleicht würde ein kleines Geschenk ihre Mordlust ein wenig dämpfen?

291

Er griff in die Jackentasche. »Bitte sehr.« Hielt ihr das Clownskopf-Walkie-Walkie hin, mit seinem breiten, fröhlichen Grinsen, der roten Nase, den lockigen Haaren und dem kleinen spitzen Hut.

Sie sah das Ding an, dann Edward – als ob er die wenigen Tassen, die er noch im Schrank hatte, auch noch verloren hätte.

»Nein, das ist eine gute Sache, sehen Sie?« Er holte den Teddybären hervor und drückte auf seinen Bauch. »Alpha Charlie Zwei an Golf Foxtrot Vier, sprechbereit?« Er ließ die Taste los.

Das Echo seiner Stimme tönte aus dem Clown, ungefähr um drei Wörter versetzt. »*Alpha Charlie Zwei an Golf Foxtrot Vier, sprechbereit?*«

Sergeant Farrow hörte sich an, als säße sie in der Badewanne, aber davon abgesehen war die Tonqualität gar nicht so schlecht. »*Was können wir für Sie tun, Edward?*«

»Wir haben …«

Bigtoria hielt ihm die Hand vor den Mund und drückte auf die Nase des Clowns, ihre Stimme abgehackt und wütend. »Rupert Fraser hat seine Fußfessel abgestreift und ist durch den Schnee abgehauen.«

Pause.

Gefolgt von Schweigen.

Er deutete auf den Clown. »Sie müssen den Knopf loslassen, Chefin, sonst kann der Teilnehmer am anderen Ende nicht antworten.« Schulterzucken. »Die Dinger sind ziemlich primitiv – wenn mehr als ein Gerät im Sendemodus ist, funktionieren sie alle nicht. Aber trotzdem – besser als gar nichts, oder?«

Sie ließ die Nase des Clowns los, und ein leises Stöhnen entwich in die Küche.

Gefolgt von: »*Das ist doch … Ich fass es nicht … Verflixt!*«

»Die Sicherheit Ihres ganzen Dorfs ist gefährdet, Sergeant.«

»*Wie zum Kuckuck hat er das geschafft? Rupert Fraser ist ja nicht gerade ein Intelligenzbolzen.*« Dann ging ihr offenbar auf, was das bedeutete, denn jetzt kaperte blankes Entsetzen ihre Stimme. »*O Gott. Wenn er es kann …*«

»Ab sofort ist er unser Hauptverdächtiger. Und wundern Sie sich nicht, wenn Sie morgen früh eine Bewohnerin weniger haben.«

Edward hob die Hand. »Wir könnten von Tür zu Tür gehen und alle warnen? Und schauen, ob sich sonst noch jemand unerlaubt entfernt hat?«

Ihre Miene wurde noch finsterer. »Als ob wir nicht schon genug zu tun hätten.« Sie drückte wieder auf die Clownsnase. »Sergeant, ich will, dass Sie und Harlaw rausgehen und alle Bewohner einzeln überprüfen. Sie übernehmen alles westlich des Marktplatzes, Constable Reekie und ich machen alles östlich davon.«

»Sobald Clive Fox-Johnson hier eintrifft, um den Gewahrsamstrakt zu bewachen, gehe ich Dave holen, und wir legen los.«

»Tun Sie das. Ende.« Sie ließ den Knopf los und betrachtete stirnrunzelnd den Clownskopf. »Soll das hier so eine Art verschlüsselte Botschaft sein, Constable?«

Echt jetzt?

Sie wollte ernsthaft dieses *absolut* brillante Beispiel von Eigeninitiative in eine Beleidigung umdeuten?

»Sergeant Farrow hat sich den Löwen und den Tiger genommen, und sie steht im Dienstgrad über mir, also …?« Er zuckte mit den Schultern. »Sie können den Teddybären haben, wenn Sie möchten? Es ist nur, weil meine Mum mich immer so genannt hat, als ich klein war … ›Teddy‹, meine ich. Nicht ›Teddybär‹.« Hitze schoss in seinen Hals und seine Wangen. »Obwohl, manchmal schon« – die Worte purzelten schneller und schneller heraus –, »aber das hätte ich wohl besser nicht erwähnt, weil es echt total peinlich ist, also vergessen wir, dass ich das gesagt habe, und gehen nachschauen, ob alle anderen Bewohner zu Hause sind.« Er räusperte sich. »Tut mir leid, Chefin.«

»Hmmm.« Sie schob den Clownskopf in ihre Jackentasche. Dann ging sie zur Tür. »Zuerst müssen wir noch einen Zwischenstopp einlegen.«

22

Die Brindle Lane verlief parallel zur Byre Road – kaum mehr als eine enge Gasse, eingeklemmt zwischen zwei Gebäuden. Was bedeutete – o jauchzet und frohlocket gefälligst –, dass der Schnee hier längst nicht so hoch lag wie anderswo. Oder jedenfalls nicht zu Anfang. Sobald sie an den Giebelseiten vorbei waren und zu dem Abschnitt kamen, der an die Gärten hinter den Häusern grenzte, sank Edward schon wieder bis zu den Knien ein.

Eine kleine Reihe von drei schmalen Häusern nahm die Mitte der Gasse ein, gegenüber den verfallenen Resten eines Stallgebäudes – das Dach eingestürzt, die Scheiben gesprungen, die hölzernen Trennwände verrottet. Die Häuser machten allerdings einen recht heiteren Eindruck: Licht schimmerte durch die Ritzen der zugezogenen Vorhänge, Mansardenfenster schauten aus den schneebedeckten Dächern hervor wie fröhliche, glänzende Augen mit flaumigen weißen Augenbrauen.

Die Haustüren waren direkt an der Straße, sodass Edward ausnahmsweise nicht durch einen nicht geräumten Vorgarten waten musste.

Ivanson House war das mittlere von den dreien, die schlichte weiße PVC-Tür mit einer Reihe von drei Sicherheitsschlössern versehen, übereinander platziert wie die Sterne auf den Schulterklappen eines Inspectors. In einem normalen Dorf hätte man das übertrieben gefunden, aber bei der Sorte Menschen, die in Glenfarach lebte, wunderte man sich, dass es nicht alle so machten.

Bigtoria bearbeitete den Klingelknopf. Dann schlug sie mit der flachen Hand an die Tür. »JOSEPH IVANSON, AUFMACHEN! POLIZEI!«

Ging doch nichts über ein bisschen Geduld und Zurückhaltung.

Bumm, bumm, bumm.

»IVANSON! MACHEN SIE SOFORT DIE TÜR AUF!«

Bumm, bumm, bumm.

Von drinnen kam ein gedämpftes Grummeln, das langsam lauter wurde. *»Ja doch, ja. Herrgott noch mal. Ich komm ja schon!«* Ein Rasseln, dann ein wiederholtes dumpfes Klacken, dann wurde die Tür aufgerissen. »Was zum Henker wollen Sie?«

Joseph »Black Joe« Ivanson war ein sichtlich auf Krawall gebürsteter kleiner Giftzwerg in gefängnistypischer Kluft aus blauem Sweatshirt und Jogginghose. Flip-Flops an den Füßen, grauer Schnurrbart und Do-it-yourself-Haarschnitt, einschließlich sorgfältig getrimmtem Backenbart. Er hatte den klassischen Altmännerbuckel, seine Hände waren dürr und knochig.

Sogar Edward hätte ihn einfach packen und über die Straße werfen können … aber Mr Ivanson hatte etwas an sich, das Bilder von gebrochenen Knochen und zertrümmerten Kniescheiben heraufbeschwor. Eine ominöse Aura der Bedrohung.

Seine Miene schien anzudeuten, dass Edward und Bigtoria ihn jetzt schon langweilten. »Und?«

Der aggressive Unterton beunruhigte Bigtoria offenbar nicht im Geringsten. »Geoff Newman.«

»Falsche Adresse.« Er deutete mit einem gichtigen Finger auf das schmiedeeiserne Schild an der Hauswand.

Er machte Anstalten, die Tür zu schließen, doch Bigtoria drückte schnell die Hand darauf und hielt sie offen.

»Sie haben zu seiner Bande gehört. Sie waren mit ihm befreundet.«

Ein Schniefen. »Nie gehört von dem Typen.«

»Sie haben noch nie von Geoff Newman gehört. Obwohl Sie seit fünf Jahren im selben Dorf wohnen.« Sie wandte sich zu Edward um. »Also, das hört sich für mich absolut plausibel an. Was meinen Sie, Constable?«

Edward rümpfte die Nase. »Ich bin da ehrlich gesagt ein bisschen skeptisch, Chefin.«

Wieder zu Mr Ivanson: »Und ich nehme an, Sie haben auch noch nie von Rupert Fraser gehört?«

Die gelangweilte Miene verfinsterte sich.

»Caroline Manson?«

Noch einen Tick finsterer.

»Was ist mit Emily Lawrie? An die werden Sie sich doch wohl erinnern?«

Sein linkes Auge zuckte, seine Kiefermuskeln spannten sich an, und dann schob sich die Maske des abgebrühten harten Kerls wieder davor. »Kommt da noch 'ne Pointe?«

Edward hob die Hand. »Draußen scheinen alle zu glauben, dass Sie tot sind, Mr Ivanson. Hat das einen bestimmten Grund?«

Schweigen.

Er zog die Lippen ein.

Die knochigen Finger krümmten sich zu Fäusten.

Seine Nasenflügel blähten sich.

Dann verschwanden seine Hände in den Hosentaschen, und er hob die Schultern. »Wissen Sie eigentlich, wie spät es ist? Ich brauche meinen Schönheitsschlaf. Bin auch nicht mehr der Jüngste.«

Bigtoria baute sich bedrohlich vor ihm auf. »Ihnen ist doch bewusst, was passiert, wenn Sie nicht mit der Polizei kooperieren, Mr Ivanson?«

»Ich kooperiere nach bestem Wissen und Gewissen mit den zuständigen Behörden, gemäß den Konditionen meines Aufenthalts in Glenfarach.« Exakt dieselben Worte, die Adam in der Bäckerei benutzt hatte, und auch vorgetragen mit der gleichen ausdruckslosen, einstudierten Intonation.

Ein Lächeln drängte sich in Bigtorias versteinerte Züge. »Dann haben Sie sicher nichts dagegen, dass wir Ihr Haus durchsuchen. Constable?«

»Ja, Chefin.«

Die Durchsuchung von Ivanson House war schnell erledigt, weil es erstens winzig klein und zweitens so gut wie leer war.

Sämtliche Wände waren bis auf den Putz freigelegt, die diversen Dellen und Löcher mit Spachtelmasse gefüllt – alles bereit für die neuen Tapeten.

Alle Teppichböden hatte er herausgerissen, nur noch die Nagelleisten mit ihren spitzen kleinen Zähnchen und die blanken Bodendielen waren übrig, sodass bei jedem Schritt ein Echo zwischen den kahlen Wänden hin und her geworfen wurde.

Die einzigen Möbel im ganzen Haus waren eine Matratze auf dem Fußboden im Schlafzimmer und ein Campingstuhl im Wohnzimmer. Sogar die Küchenschränke waren verschwunden.

Bigtoria stieß den Stuhl mit ihrem Gummistiefel an. »Wirklich hübsch haben Sie's hier. Sind wir vielleicht ein bisschen knapp bei Kasse, hm?«

Er reckte das Kinn, sein Backenbart sträubte sich. »Ich hab alle meine Möbel an die Tauschbörse zurückgegeben, wenn Sie's genau wissen wollen. Ich krieg alles neu, sobald die Teppichböden gelegt und die Wände tapeziert sind.« Eine Schulter hob und senkte sich. »Also, neu für *mich* jedenfalls.«

»Sind wir aber empfindlich.« Sie schnippte mit den Fingern. »Constable, ich denke, es wird allmählich Zeit, dass Sie Mr Ivansons Dachboden und den Kriechkeller durchsuchen, meinen Sie nicht? Und vergessen Sie nicht den Schrank unter der Treppe.«

Na, vielen Dank auch …

Und dann standen sie wieder auf der Straße. Bigtoria und Mr Ivanson tauschten Giftblicke über die Schwelle hinweg, während Edward sich Staub und Spinnweben und etwas, das verdächtig nach Mäusedreck aussah, von der reflektierenden Jacke und der nicht reflektierenden Hose wischte.

Sie neigte den Kopf zu einem sarkastischen Nicken. »*Vielen* Dank für Ihre Mitwirkung.«

Er funkelte sie an, fletschte die Zähne und knallte die Tür zu.

Doch bevor er abschließen konnte, drehte Bigtoria die Klinke und schob die Tür einen Spaltbreit auf. »Wenn ich Ihnen einen guten Rat geben darf, Mr Ivanson: Rupert Frasers Freunde und Komplizen scheinen diese Woche eine schlagartig erhöhte Sterblichkeit aufzuweisen.«

Ein Auge fixierte sie durch die Öffnung. »Ich bin niemandes ›Freund‹.«

Ein kaltes Lächeln. »Achten Sie darauf, alle Türen und Fenster verschlossen zu halten.«

Sie ließ los, und er knallte die Tür wieder zu. Es folgte eine kurze Aufführung von Ivansons Sinfonie für Sicherheitsschlösser und Riegel.

»War der nicht entzückend?« Edward griff sich eine Handvoll Schnee von der Fensterbank und wusch sich damit den Schmodder von den Fingern. »Und danke, dass Sie mich gezwungen haben, die ganzen dreckigen Ecken und Winkel zu durchstöbern.« Er schüttelte den Schneematsch ab und schob die Hände tief in die Hosentaschen. »Sehr freundlich von Ihnen.«

Aber Bigtoria ging nicht darauf ein. Sie starrte nur die geschlossene Tür an, als ob sie durch sie hindurch in den kahlen Hausflur mit dem bösartigen alten Mann darin sehen könnte. Dann nickte sie. Schniefte. Und marschierte durch den Schnee davon.

Manche DCs durften für *nette* Detective Inspectors den Sidekick machen. Manche DCs wurden in *nette* Städte und Dörfer geschickt. Manche DCs hatten mit *netten* Bürgerinnen und Bürgern zu tun. Und dann gab es die armen Schweine, die mit DI Montgomery-Porter geschlagen waren und sich mitten in der Nacht in einem arktischen Höllenloch voller Sexualstraftäter und Schwerverbrecher von Tür zu Tür schleppen mussten, um sicherzustellen, dass keiner der Bewohner draußen herumlief und Leute umbrachte.

Edward seufzte, sackte ein wenig zusammen, ächzte, stöhnte noch einmal und stolperte dann hinter ihr her.

White Cottage, 23.28 Uhr

Edward watete über den Gartenweg zu einer Haustür, die von verschlungenen, abgestorbenen Efeuranken bedrängt wurde, und klingelte. Er riskierte einen bösen Blick in Bigtorias Richtung.

Sie stand einfach nur da auf dem Gehsteig und starrte ins Leere. Es schien sie nicht einmal zu interessieren, wie dieser Besuch lief.

Und wieso machten sie eigentlich nicht die Westhälfte von Glenfarach? Sie waren doch schon in der Westhälfte von Glenfarach – Rupert Fraser und Mr Ivanson wohnten beide im Westen von Glenfarach. Aber nein – sie mussten ja den ganzen Weg hier rüberlatschen und Sergeant Farrow und PC Harlaw den einfachen Teil überlassen. Diese Hälfte war übrigens auch größer. Es war, als ob sie wollte, dass sie beide erfroren und …

Ein kleiner Mann in einem teuer aussehenden Morgenrock aus glänzender Seide öffnete die Tür. Fieser Blick aus zusammengekniffenen Augen, schiefe Nase. Er beäugte Edward kurz und zog die Kordel um seinen Bauch stramm. »Es interessiert mich nicht, was man Ihnen erzählt hat – ich war es nicht. Die lügen alle.«

Edward versuchte ein wenig Munterkeit in seine Stimme zu legen und so zu tun, als ob er sich hier draußen nicht die Eier abfrieren würde. »Wir wollten uns nur vergewissern, dass Sie wohlauf sind, Mr White – und Sie haben nicht zufällig irgendetwas Verdächtiges beobachtet?«

Mr White zog das Kinn sein. »Inwiefern verdächtig?«

»Nun ja, vielleicht …«

Bigtorias liebliche Stimme donnerte durch den Schnee. »HABEN SIE RUPERT FRASER GESEHEN – JA ODER NEIN?«

»Was denn – heute?« Die Stirn in Falten gezogen, der Mund ein schiefer Strich, als ob es die kniffligste Frage wäre, die ihm je gestellt worden war. »*Nein.* Wir haben doch schon Ausgangssperre.«

Greeb Cottage, 23.50 Uhr

Ein dicker Mann mit tätowiertem Gesicht lehnte sich an den Türrahmen, umwabert von Kardamom- und Nelkendüften, die sich mit dem bitteren Zwiebelaroma von Körpergeruch mischten. SpongeBob-SquarePants-T-Shirt, Boxershorts, haarige Beine. »Rupert Fraser? Nee, schon ewig nicht mehr. Der Mann ist ein Arschloch.«

299

Silverman House, 00.00 Uhr

»Etwas Verdächtiges?« Ms Silverman beäugte Edward durch eine Hornbrille mit dicken Gläsern, die ihre Augen riesig erscheinen ließen. Große, beigefarbene Hörgeräte in ihren großen, beigefarbenen Ohren. Ein Gebiss, das zwei Nummern zu groß für ihren Kopf schien. Braune Strickweste über einem verschlissenen Pyjama. Was aus irgendeinem Grund Assoziationen von Wölfen und Wäldern und Rotkäppchen weckte.

Edward trat von einem Fuß auf den anderen, um wieder ein bisschen Gefühl in seine Zehen zu bekommen. »Nein, Ms Silverman, gehen wir noch mal zurück zu …«

»Warum sollte ich etwas Verdächtiges getan haben? Ich bin eine vorbildliche Staatsbürgerin!«

Himmelherrgott …

»Nein, nicht Sie. Haben Sie heute Abend irgendetwas Verdächtiges *gesehen*?«

»Ich bin jetzt neunundzwanzig Jahre hier, und es hat noch nicht *eine* Beschwerde über mich gegeben.«

»Okay. Also, vielleicht sollten wir noch mal von vorne anfangen …«

Barrow Cottage, 00.10 Uhr

Ms Barrow beugte sich vor und fixierte Edward mit weit aufgerissenen Augen. »Ob wir Rupert Fraser gesehen haben?« Sie zog den Knoten ihres Bademantels fester. Rote Wangen, die nicht zu dem blau-weiß gestreiften Pyjama passten, so wenig wie zu den Lederpantoffeln.

Ihr Ehemann stand neben ihr, bekleidet mit einem identischen Nachtgewand. Die Haare in einem makellosen Seitenscheitel angeklatscht. Er hatte den gleichen bohrenden Blick. »Wir haben Rupert Fraser nicht gesehen, nicht wahr, Marion?«

Oh, wenn diese beiden nicht *direkt* aus einem Horrorfilm entsprungen waren.

Edward leckte sich die Lippen. »Vielleicht können Sie …«

»Nein, Peter. Wir haben weder Rupert Fraser noch Caroline Manson gesehen.«

Er wich zwei Schritte zurück. »Okay …«

Mrs Barrow trat vor, ihre Pantoffeln versanken knirschend im Neuschnee. »Aber wollen Sie wissen, *wen* wir gesehen haben?«

Mr Barrow war direkt hinter ihr. »Sag ihm, wen wir gesehen haben, Marion.«

»Wir haben Unseren Herrn und Erlöser Jesus Christus gesehen.«

»Haben *Sie* Unseren Herrn und Erlöser Jesus Christus gesehen, Constable Reekie?«

»Also, ich sollte jetzt wohl besser …« Edward wies hinter sich. »Ich glaube, die DI ruft mich. Wir müssen noch eine *Menge* Häuser überprüfen.«

Mr Barrows Hausschuhe schlurften näher. »Möchten Sie bei diesem scheußlichen Wetter nicht hereinkommen und erfahren, wie Sie Unseren Herr und Erlöser Jesus Christus in Ihr Herz lassen können?«

Mrs Barrow streckte die Hand nach ihm aus, ihre abgekauten Fingernägel wie Tentakel, die nach ihrer Beute griffen. »Ich habe einen Kuchen gebacken!«

Nie und nimmer würde er irgendetwas essen, das diese beiden angefasst hatten.

»Okay, vielen Dank. Wiedersehen.« Edward ging zurück zum Gehsteig, wo Bigtoria wartete.

Mrs Barrows Stimme glitschte hinter ihm durch die Luft. »*Schauen Sie jederzeit wieder vorbei, Constable Reekie, wir würden uns sehr über Ihren Besuch freuen!*«

Und als er sich umdrehte, lächelten sie beide und winkten ihm zu.

Ein Schauder jagte ihm über den Rücken. Er eilte davon und senkte die Stimme, damit die zwei Spinner ihn nicht hören konnten. »Ich weiß nicht, was sie getan haben, und ich *will* es auch nicht wissen.«

Bigtoria nickte. »Ist wahrscheinlich besser so.«

Edward kämpfte sich durch einen weiteren verschneiten Vorgarten, während eine kleine alte Dame mit einer Vorgeschichte von Kindesentführungen lächelte und ihm nachwinkte.

»Kommen Sie bald wieder, ich krieg so selten Besuch!«

Kein Wunder, du gruslige alte Schachtel.

Bigtoria wartete auf dem Gehsteig auf ihn. Oder jedenfalls auf dem knietief mit Schnee bedeckten Streifen, wo man den Gehsteig vermuten konnte. Sie sah mit finsterer Miene zu, wie Mrs Stourbridge ins Haus zurückschlurfte und die Tür schloss. »Und?«

»Sie hat seit Wochen niemanden mehr gesehen. Angeblich sind die Bewohner nicht mehr so ›nett‹ wie früher.« Er sackte zusammen. »Total erledigt.«

Das einzig Positive war, dass es *endlich* aufgehört hatte zu schneien. Es hatte sich sogar eine kleine Lücke in den Wolken aufgetan – ein Riss in dem kohlschwarzen Schleier, in dem man eine Handvoll Sterne funkeln sah. Es hätte eigentlich beruhigend sein sollen, aber irgendetwas daran war … verstörend. Als würde man beobachtet.

Kälter wurde es auch – seine Atemwolke war fast opak, als der gnadenlose Blick der Straßenlaternen sie traf. Eiskristalle glitzerten in den Schneewehen, überzogen die Fensterscheiben mit einem Spinnennetz, puderten den Rücken von Bigtorias Warnjacke und funkelten auf Edwards neongelben Ärmeln.

Bigtoria stapfte die Flesher's Brae entlang, pflügte einen Pfad durch den Schnee und rollte dabei mit den Schultern wie eine wütende Bärin. Edward schlappte hinter ihr her und unterdrückte ein Gähnen.

Obwohl …

Wieso eigentlich unterdrücken?

Er blieb stehen und ließ es raus – den Kopf in den Nacken gelegt, den Mund weit aufgesperrt. Schüttelte sich und sackte ein wenig zusammen, als es vorbei war.

Pffff …

Sein Atem wallte heraus, die Wolke leuchtete, flackerte und verschwand dann ganz, als die Straßenbeleuchtung erlosch und alles in bläulich getönter Dunkelheit versinken ließ.

Okay, das war jetzt nicht gut.

Bigtoria blickte zur nächsten Laterne auf, mit ihrem Dornenkranz aus Überwachungskameras.

»Chefin? Vielleicht sollten wir …«

Die Lampen britzelten und summten, und obwohl sie wieder angingen, brannten sie jetzt mit kaum der halben Helligkeit – ihr grellweißer Schein zu einem schwachen grauen Glimmen verblasst.

Keine Ahnung, warum das zur Folge haben sollte, dass es noch kälter wurde, aber irgendwie war es so.

Edward zog die Schultern bis zu den Ohren hoch, die Hände tief in den Taschen vergraben, alle Muskeln krampfhaft angespannt. Diese ganze Aktion war reine Zeitverschwendung. Da zockelten sie von Haus zu Haus, um mit Kinderschändern und Mördern und Vergewaltigern und Brandstiftern und Gewaltverbrechern und korrupten Polizisten und sämtlichen scheußlichen Kombinationen davon zu reden.

Und was hatten sie vorzuweisen?

Wahrscheinlich diverse Erfrierungen.

Und sonst gar nichts.

Ein Schauer ließ seine Zähne klappern und verflog gleich wieder. Und nahm das letzte bisschen Wärme mit, das er noch im Leib gehabt hatte.

Verdammt, das musste doch irgendwie anders gehen …

»Okay, also, vielleicht ist es ja gar nicht so, dass Rupert Fraser gerade wen zu Tode foltert, vielleicht ist er … weiß nicht. Dr. Singh hat doch gesagt, dass Fraser so eine Sex-und-Gewalt-Kiste mit Anne Radcliffe am Laufen hat, also ist er vielleicht bei ihr und treibt es die ganze Nacht? Oder vielleicht plant er irgendwas mit seinen alten Komplizen? Wir wissen, dass er nicht bei Mr Ivanson ist, aber …«

Edward zog den Ortsplan heraus und suchte Radcliffe Cottage. Er deutete in die ungefähre Richtung. »Zu Ms Radcliffe geht's da lang.« Er schwenkte den Finger. »Zu Catherine Johansson da lang. Wir könnten die Sache abkürzen und einfach zu ihnen *hingehen*.«

Keine Antwort von Bigtoria. Sie war nicht einmal stehen geblieben.

»Okay, wenn Sie die Idee nicht gut finden, könnten wir vielleicht ...«

Sie ging immer noch weiter, watete durch den Schnee, als ob es sie kein bisschen interessierte, was er sagte.

Herrgott noch mal.

Er fuhr sich mit der Hand übers Gesicht – es war irgendwie kalt und verschwitzt gleichzeitig.

»Chefin?«

Immer noch nichts.

»CHEFIN!«

Endlich blieb sie ruckartig stehen, drehte sich aber nicht um. »Was?«

Im Ernst?

»Es ist weit nach Mitternacht, und wir sind seit sieben Uhr heute Morgen zugange!« Er ballte die Fäuste und blickte finster über die eisige Schneedecke hinweg. Wen juckte es, ob er sich weinerlich anhörte? Er hatte allen Grund, zu jammern. »Mir ist kalt, ich bin fix und fertig, ich habe Hunger, ich kann meine Füße nicht mehr spüren, und ich will einfach nur eine schöne Tasse Tee und mich fünf *verdammte* Minuten hinsetzen dürfen!«

Bigtoria blickte in die Ferne, ihre Schultern hoben und senkten sich, lange, träge Kringel von Atemluft umwaberten ihren Kopf wie blasse Gespenster, bis sie sich auflösten und von der nächsten Erscheinung ersetzt wurden.

Dann nickte Bigtoria. Und stapfte davon durch den Schnee – in *keine* der Richtungen, in die Edward gezeigt hatte.

Denn das wäre ja noch schöner, wenn seine Meinung es verdient hätte, gehört zu werden.

Aber es fiel auf, dass sie jetzt irgendwie gebeugt ging, anders als vorher, und ihr Gang hatte etwas Schwerfälliges, wie sie sich da einen Pfad durch die dicke weiße Decke spurte.

»Chefin?«

Als ob irgendetwas ernsthaft schiefgegangen wäre.

»Chefin, alles in Ordnung?«

Denn sie sah nicht so aus.

Er hatte Mühe, zu ihr aufzuschließen, obwohl er sich an die Schneise hielt, die sie hinterlassen hatte. »Wo gehen wir hin?«

Ihre Stimme war so frostig wie der Schnee. »Es ist Zeit.«

Warum hatte das so einen furchtbar unheilvollen Klang?

23

Das zweigeschossige Haus gegenüber dem Friedhof hatte sich nicht viel verändert, seit sie Mr Bishop gestern Nachmittag dort abgesetzt hatten. Der einzige wirkliche Unterschied war das nagelneue schmiedeeiserne Schild, das anstelle des alten aufgehängt worden war: »BISHOP HOUSE.«

Es brannte kein Licht.

Vermutlich, weil sie – wie es sich für vernünftige Leute gehört – um diese Zeit alle im Bett lagen. Und nicht mitten in der gottverdammten schottischen Winternacht durch die arktische Kälte latschten.

Bigtoria marschierte zur Tür und deutete auf die Klingel. »Klingeln.«

Oh, diese Detective Inspectors ...

»Jetzt kann ich auch meine Finger nicht mehr spüren.« Er drückte mit dem Handballen auf den Klingelknopf, worauf im Haus ein Glockenspiel ertönte. »Im Ernst, Chefin, es ist nicht zu spät für eine schöne Tasse Tee und ...«

»Wie alt sind Sie – siebzig?«

»Nein, ich bin ein *Mensch*, okay? Nur weil Sie immun gegen die Kälte sind, muss ich das noch lange nicht sein!«

Sie drehte sich um und schaute drohend auf ihn herab. »Haben Sie etwas zu sagen, *Constable*?«

»Allerdings hab ich das!« Er hob das Kinn und setzte ihr den Zeigefinger auf die Brust. »Ich bin nicht Ihr verdammter Sklave, *Detective Inspector*. Ich bin Polizist. Und sobald wir wieder in Aberdeen sind, gehe ich als Erstes zu meinem Gewerkschaftsvertreter und ...«

Licht fiel durch die kleinen Fenster links und rechts der Tür, dann verdunkelte ein Schatten die eine Scheibe, und ein rauer, verstopft klingender Glasgow-Akzent knurrte: *»Verpisst euch! Wisst ihr eigentlich, wie spät es ist? Er ist im Bett!«*

»UND OB ICH DAS WEISS!« Sie hämmerte mit der Faust an das Holz, dass es nur so donnerte. »LOS, AUFWACHEN! RAUS AUS DEN FEDERN! ES IST ZEIT FÜR EINE ABRECHNUNG!«

Also, das klang ja immer schlimmer.

»Eine Abrechnung?« Edward sah sich um – niemand zu sehen, aber er senkte trotzdem die Stimme. »Chefin? Was für eine Abrechnung? Könnten Sie mich vielleicht mal aufklären? Müssen wir Sergeant Farrow und PC Harlaw holen?« Er betastete das Teddybär-Walkie-Talkie in seiner Jackentasche. »Ist das eine Art von …«

Die Tür wurde aufgerissen, und Mr Richards funkelte sie an. An seiner Nasenspitze hing ein kleiner Tropfen. Es ist aber auch nicht einfach, sein Gegenüber einzuschüchtern, wenn man einen Flanell-Schlafanzug und einen Frottee-Bademantel trägt. Die nackten, behaarten Füße spreizten sich wie ein zweites Händepaar auf dem Teppichboden. Er kräuselte die Lippe. »Hartnäckig seid ihr schon, das muss man euch lassen.«

Bigtoria schob sich an ihm vorbei ins Haus. »Hol ihn aus dem Bett, Razors. Ich habe das letzte Puzzleteil, und ich will auf keinen Fall, dass Marky die große Enthüllung verpasst.«

Mr Richards musterte sie finster von Kopf bis Fuß – die verdreckte Warnjacke, die Gummistiefel, an denen Schnee klebte, die geballten Fäuste. Dann schnaubte er, drehte sich um und humpelte über den Flur davon. •

Edward blieb in der Tür stehen. »Chefin? Im Ernst, ich habe nicht …«

»Reinkommen, Constable.« Jedes Wort kalt und hart, wie direkt aus der Tiefkühltruhe.

Okay …

Er folgte ihr ins Wohnzimmer.

Die Wandleuchten waren mit nackten Energiesparlampen bestückt, ohne Lampenschirme. Das war auch ganz gut so, da sie unter dem gleichen Problem litten wie die Straßenlaternen und es mit halber Leistung gerade mal fertigbrachten, die Schatten noch dunkler zu machen. Aber es war immer noch hell genug, um zu sehen, dass sich hier jemand mit rosaroter Dispersionsfarbe ausgetobt hatte. Eine

Trittleiter, Pinsel, Rollen und einige Farbeimer standen in der Ecke, bereit für den nächsten Anstrich. Sämtliche Holzleisten, Steckdosen und Lichtschalter waren mit Kreppband abgeklebt, ein großes Stück des alten Teppichbodens mit Plastikfolie abgedeckt.

Sie hatten sämtliche Möbel und Bilder herausgeschafft, alles bis auf diesen quietschenden Rollstuhl. Es war vielleicht nicht ganz so gründlich entkernt wie Mr Ivansons Haus, dafür hing noch dieser muffige Geruch nach Zigaretten und Schimmel in der Luft, den der chemische Gestank der Farbe nicht völlig plattmachen konnte.

»Also nee!« Mr Richards zeigte mit dem Finger auf ihre Gummistiefel. »Tut mir 'nen Gefallen, ihr tropft ja hier alles voll! Und ich muss nachher sauber machen!« Er schwenkte den Finger zu der Abdeckfolie. »Los, stellt euch da drüben hin.« Dann putzte er sich die Nase und trippelte wieder hinaus wie eine wütende Ratte. Grummelte vor sich hin, während er die Treppe hinaufstapfte. »*Diese verdammten Schmutzfinken von Bullen, trampeln hier rum und machen alles schwerer als nötig ...*«

Sie schlurften auf die Folie, wo sich sogleich Pfützen von geschmolzenem Schnee um ihre Füße bildeten.

Edward schniefte, drehte sich um die eigene Achse und begutachtete den neuen Anstrich. »Die Farbe überzeugt mich nicht. Das ist ja, als ob man in einer Warze wohnt. Oder in jemandes Enddarm.«

Keine Reaktion von Bigtoria.

»Herrgott noch mal, Chefin, können Sie ...«

Das Licht flackerte, die Lampen wurden schwächer, bis sie kaum heller glommen als ein Glühwürmchen.

»Oje ...«

Aber diesmal gingen sie nicht aus. Es dauerte sieben oder acht Sekunden, aber schließlich steigerten sie sich wieder auf die halbe Leistung. Oder vielleicht einen Tick weniger.

»Ms Hamilton – die vom Laden, Sie erinnern sich? – hat gesagt, letzten Winter wäre der Strom mal eine ganze Woche ausgefallen.« Edward schauderte. »Oh Mann, können Sie sich diesen Ort hier in völliger Dunkelheit vorstellen?«

Aber Bigtoria gab keine Antwort. Stattdessen drehte sie eine kleine Runde auf der Plastikplane, die Hände in den Hosentaschen, und neigte den Kopf mal nach links, mal nach rechts, während sie an Wandleuchten und Tür- und Fensterstürzen und allem, was sonst noch aus der Wand ragte, vorbeiging.

Am Ende des Rundgangs blieb sie genau dort stehen, wo sie gestartet war, direkt hinter Edward. Dräuend.

»Wollen Sie mir vielleicht verraten, was hier abgeht, Chefin?«

»Und die große Überraschung verderben?«

Autsch, das hörte sich nicht gut an.

Anscheinend musste sich Mr Bishop, wenn er endlich kam, auf einen ziemlichen Schock gefasst machen.

Na ja, immer noch besser er als Edward.

Das Sirren des Treppenlifts gurgelte durch das stille Haus, dann half Mr Richards Marky, ins Zimmer zu schlurfen. Er hielt seine Arme und ließ ihn ganz vorsichtig in den Rollstuhl hinab, als ob er ein rohes Ei wäre. War wahrscheinlich ganz gut so, denn Mr Bishop sah aus, als ob er nur noch zwei Trippelschritte davon entfernt wäre, über die Schwelle des Todes zu stolpern.

Die Sauerstoffmaske *zischhhhh*te und *ffffummp*te mit jedem hallenden Atemzug. Die rote Flasche war durch eine nagelneu glänzende in Grün ersetzt worden.

Edward hob die Hand zum Gruß. »Guten Abend, Mr Bishop. Sie lassen gerade renovieren?«

Mr Richards knurrte, eine Hand auf die Schulter seines sterbenskranken Freundes gelegt. »Was geht Sie das an?« Er reckte das Kinn. »Der Mann hat ein *Recht* auf eine schöne Wohnung.«

Mr Bishop fummelte mit zitternden Fingern an seiner Maske und zog sie ab. »Hab die ganzen Jahre … nur auf Zellenwände geschaut, Junge … Wenn ich hier sterbe … will ich, dass es … dass es wenigstens …«

»Lass gut sein, Marky.« Mr Richards tätschelte seine Schulter. »Der Bursche ist ein Idiot.«

Das hatte man davon, wenn man nett zu den Leuten war.

»Lass den … kleinen Kerl in Ruhe … Razors … Er meint es gut.«
Er lächelte Edward an. »Wir haben … uns nach Ihrem … Geoff Newman umgehört … Junge.«

Denn: Mehr Fliegen mit Honig.

»Danke, Mr Bishop. Hat irgendjemand etwas gesagt?«

»Ich glaube, wir sind … kurz davor, rauszufinden … wer hinter
der … ganzen Sache steckt.« Er nahm zwei mühsame, rasselnde
Atemzüge Sauerstoff. »Wird nicht mehr … lange dauern … Versprochen.«

»Sind Sie jetzt endlich fertig?« Bigtoria verschränkte die Arme.
»Kommen wir aufs Thema zurück. Ich habe Nachforschungen angestellt, wie es mein Job ist, *Mr* Bishop. Und nun raten Sie mal, was
ich herausgefunden habe.«

Eine wegwerfende Geste. »Bin müde.«

»Oh, Sie werden gleich ganz wach sein, wenn Sie das hören.« Sie
deutete auf Edward. »Wir können Constable Reekie dafür danken,
dass er die richtige Frage zur richtigen Zeit gestellt hat. Und die richtigen Zusammenhänge hergestellt hat.« Sie nickte Edward zu. »Ich
muss sagen, ich bin *tatsächlich* beeindruckt.«

O Wunder über Wunder.

Mr Richards warf sich in die Brust. »Ihr habt zwei Minuten, dann
bring ich ihn wieder nach oben. Und ich hab schon offiziell Beschwerde eingelegt, also bin ich gespannt, was du zu bieten hast,
Mädel.«

»Black Joe Ivanson ist gar nicht tot. Er ist hier in Glenfarach.«

»Also, das ist doch …« Mr Richards verdrehte die Augen. »Sie
dusslige Nuss! Das weiß ich doch längst! Er wohnt drüben in der
Brindle Lane und arbeitet montags und donnerstags in Duncan's
Secondhand-Kostbarkeiten.« Er sah auf Mr Bishop hinunter. »Hab
dir doch gesagt, dass sie 'ne Nulpe ist.«

Jetzt kommt's …

Was immer es ist.

»Was Sie vielleicht noch *nicht* wussten, ist, dass Rupert Fraser seine
Fußfessel abgestreift und sich abgesetzt hat. Er hat wahrscheinlich

mitbekommen, dass Sie wegen des Überfalls auf die Clydesdale Bank in Fraserburgh hinter ihm her sind. Aber raten Sie mal, wer *noch* mit dabei war – das allerletzte Mitglied der Bande?«

»Black Joe?« Mr Bishop richtete sich in seinem Rollstuhl auf. »Habt ihr ihn?«

»Nein, aber er ist jetzt in seinem Haus. Reif für die Ernte.«

Reif für die Ernte? Was sollte das denn heißen?

Edward wandte sich um. »Chefin?«

»Ha!« Mr Bishop hatte sich noch nie so lebendig angehört, seit sie ihn vom Gefängnisparkplatz abgeholt hatten. »Nach so langer Zeit.« Er rieb sich die arthritischen Klauen. »Black Joe Ivanson ... du verschlagener kleiner Mistkerl ... Ich hätte wissen müssen, dass du die Finger mit drin hast.«

Edward starrte Bigtoria an, dann Mr Bishop. »Okay, was genau geht hier vor sich?«

Mr Richards schüttelte den Kopf. »Du bist ganz schön schwer von Begriff, Junge.«

Und da stürzte sich Bigtoria von hinten auf ihn – legte ihm den rechten Arm um den Hals und klemmte seine Kehle in der Ellenbeuge ein, sodass sein Kinn nach oben gedrückt wurde. Mit der rechten Hand ergriff sie ihren linken Bizeps und legte zugleich die linke an seinen Hinterkopf, drückte ihn nach vorn und nahm ihn so in den Würgegriff.

Das alles dauerte keine drei Sekunden.

Ihre Muskeln spannten sich an, und kleine schwarze Punkte begannen vor seinen Augen zu tanzen.

Edward versuchte ihre Arme zu packen, doch seine Fingernägel rutschten auf dem glatten fluoreszierenden Material ab. »CHEFIN!«

Sie drückte fester zu, und der Druck hinter seinen Augen stieg an, bis sie schier aus den Höhlen zu springen drohten.

»Chefin! Gggggggg ...« Er strampelte und stampfte mit den Füßen, versuchte sie am Schienbein oder am Fuß zu treffen, doch seine Gummistiefel glitten an ihren ab, als ob sie mit Teflon beschichtet wären.

Bigtorias Lippen berührten sein Ohr. »Nicht bewegen – nicht mal *atmen.*«

Mr Bishop hob einen Finger. »Wir wollen doch nichts überstürzen, Bigtoria … Der Bursche hat schließlich … unseren Mann gefunden.«

Sie ließ ein wenig locker, aber nur so viel, dass das Blut wieder in sein Gehirn strömen konnte, als ob es ein defekter Presslufthammer wäre. Der Atem pfiff in seiner gequetschten Gurgel.

»Hörst dich schlimmer an als ich, Junge.« Mr Bishop ließ ein raues, wisperndes Lachen entweichen. »Danke für alles … Ich weiß deine Hilfe zu schätzen, glaub mir … Aber wir teilen … diese Sache … so schon durch vier … und noch einer mehr … kommt für mich nicht infrage.« Ein Zwinkern. »Das verstehst du doch … oder?«

»Nein! Tun Sie das nicht!« … hätte er gerne gerufen, aber Bigtoria drückte seinen Kopf wieder nach vorne und klappte seine Kiefer zusammen, sodass nur ein gutturales »NNNNNNN! DNNNNNNS-SSDNNNNNNNT!« herauskam.

Mr Bishop nahm einen Zug Sauerstoff. »Siehst du, Junge? … Ich hab versprochen, dass du rausfinden würdest … wer hinter alldem steckt … nicht wahr?« Er hob eine zittrige Hand. »Oh, die zweieinhalb Millionen … sind ja nicht übel, aber … was in diesen Tresorboxen war … *das* ist der eigentliche Hauptgewinn.« Er ruckelte in seinem Rollstuhl nach vorne. »Und es ist nicht bloß Geld, es ist *Macht* … Du hast ja keine Ahnung, wie lange … ich gebraucht hab, um … hierher-zukommen … und alle, die bei diesem Bankraub dabei waren … der Reihe nach zu bearbeiten … Lauter kleine Fühler und Tentakel … ausgestreckt in die böse Welt da draußen … Leute dafür bezahlt, dass sie sie aufspüren … und für mich ›höflich befragen‹ … Jeder hat mit dem Finger … auf die nächste arme Sau in der Reihe gezeigt … Jeder mit seinem eigenen Puzzleteil des Geheimnisses.«

Mr Richards' leberfleckige Hand glitt in die Tasche seines Bade-mantels und zog einen Gegenstand aus graviertem Ebenholz hervor, leicht gebogen, zwei Finger dick und fünfzehn Zentimeter lang. »War die reinste Schatzsuche.« Er hielt sich das Ding vors Gesicht, wie eine Art Kultobjekt, dann drückte er eine Metallfeder, die an einem Ende hervorschaute, und ließ die Klinge eines altmodischen Rasiermessers ausklappen.

Der polierte Stahl reflektierte den schwachen Schein der Wandleuchten und ließ einen Streifen kaltes Licht über die Wand gleiten, über den Ärmel von Bigtorias Warnjacke, grell aufflackernd, als er Edwards Augen traf, dann wieder verlöschend. Seine eigene private Discokugel, für diesen letzten grausigen Tanz.

Nein.

Nein, nein, nein, nein, nein ...

Edward wand sich und zappelte und trat aus und wehrte sich nach Kräften, doch Bigtoria hielt ihn fest umklammert.

Mr Bishop nickte. »Eine Schatzsuche ... die uns schließlich hierher geführt hat ... nach Glenfarach ... Haben die Teile zusammengesetzt ... wie ein blutiges Puzzle ... Und jetzt, dank *dir* ... wissen wir, wer das letzte Teil hat!« Er lächelte Mr Richards an. »Razors, du hast dir extra ... die Mühe gemacht, diese ... Plastikfolie auszulegen ... Wär doch schade, wenn es umsonst gewesen wäre.«

»NNNNNNNNNNN! TNNNNSSDSSNNNNNNNNT!«

»*Oh aye* ...« Mr Richards wackelte mit dem Kopf und ließ sein Gebiss sehen, mit weit aufgerissenen Augen wie ein grinsender Totenkopf. »Bist du bereit zu *schreien*, kleiner Mann?«

»NNNNNNNNNNNNNNNNNNN!« Seine Hände trommelten auf Bigtorias kräftige Arme, seine Füße schlugen aus, in einem hilflosen Aufbäumen gegen den Würgegriff um seinen Hals. »NNNNNNNN! TNNNNNNSDSNNNNNNNNT!«

»Hör auf zu zappeln!« Bigtoria trat einen Schritt zurück und zog Edward mit. »Und du kannst dieses blöde Rasiermesser wieder einstecken, Freundchen. Dieser nervige kleine Scheißer geht mir schon seit gestern Morgen auf den Geist. Er gehört *mir*.«

Der Druck wich von Edwards Hinterkopf, als sie die linke Hand wegnahm. Als sie wieder auftauchte, umfasste sie den dicken Griff eines Jagdmessers mit Zehn-Zentimeter-Klinge.

Ihre Lippen streiften wieder sein Ohr. »Good-bye, Constable.«

»NNNNNNNNNNNNNNNNNNNNNNNNNNNN!«

Etwas Hartes traf ihn im Kreuz, und Eissplitter explodierten tief drinnen. Ein zweiter Schlag, und Feuer jagte durch seinen Körper, ließ seine Füße von der Plastikplane hochschnellen. Noch einer, und sein ganzer Körper wurde von Zuckungen erfasst.

Sie hielt das Messer hoch, dunkelrotes Blut tropfte von der Klinge. Der neongelbe Ärmel ihrer Warnjacke war mit scharlachroten Flecken beschmiert.

Sie hatte ihn erstochen.

SCHEISSE, SIE HATTE IHN ERSTOCHEN!

Mr Bishop zuckte mit den Schultern. »Tut mir leid, dass es nicht anders ging ... Junge. Ich hab dich gemocht ... Doch, wirklich.«

RAUS HIER.

HILFE HOLEN ...

ARZT ...

ES MUSS DOCH IRGENDWAS ...

Bigtorias linke Hand klatschte wieder an seinen Hinterkopf, das warme Blut tränkte seine Haare. Dann musste sie sich zu voller Größe aufgerichtet haben, denn er wurde hochgehoben, der Druck auf seiner Kehle wurde stärker und stärker, diese dunklen Punkte schwärmten aus den Ecken zusammen und füllten seine Augen, während ein schrilles Kreischen in seinen Ohren tönte und sein Puls hämmerte und pochte ... und schwächer wurde ... und seine Beine versagten den Dienst ... und seine Arme hingen schlaff herab ... und die dunklen Punkte ... und dann war alles weg.

...

Sie hatte ihn umgebracht.

– detective inspector –

(Victoria Elizabeth Montgomery-Porter)

Vierundzwanzig

Victoria ließ DC Reekies schlaffen Körper auf die Abdeckfolie gleiten. Da lag er nun, blutüberströmt, still wie ein Grab im Wald.

Razors riss die Augen auf, sein Mund bewegte sich um sein Gebiss herum, als ob er sich zu einem beleidigten Flunsch formen wollte. »Hmmmpf ...« Er steckte sein Rasiermesser ein. »Und ich hatte mich schon so drauf gefreut.«

Sie stieß einen langen, zufriedenen Seufzer aus. »Und ich erst.« Dann streckte und reckte sie sich, um die Verspannungen und Knoten zu lösen, die sich in den letzten zwei Tagen um ihre Wirbelsäule angesammelt hatten, und breitete genüsslich die Arme aus. »Ahhhh.« Welch eine Erleichterung.

Marky Bishops Grinsen war fast schon obszön, als er seinem Kumpan zuzwinkerte. »Und da hast du immer gesagt, wir könnten ihr nicht vertrauen.«

»Sag ich immer noch.«

Als ob sie nicht gerade *bewiesen* hätte, dass sie zum Team gehörte. Manchen Leuten konnte man es einfach nicht recht machen.

Victoria zog die Ecken der Plastikfolie von der Wand ab und begann DC Reekies Körper darin einzuschlagen, wobei sie darauf achtete, dass kein Blut auf den Teppichboden tropfte. Sie wollten auf keinen Fall Spuren hinterlassen. Auch wenn an diesem Tatort ausnahmsweise kein Forensiker-Team DNA-Proben und Fingerabdrücke sichern würde.

Marky rieb sich die gichtigen Greisenhände. »Sie hat das letzte Teil unseres Puzzles gefunden, Razors.« Er hob einen verkrümmten Finger. »Sie hat den Knaben für uns getötet.«

Victoria nahm eine Rolle Kreppband von der Trittleiter in der Ecke. »Das letzte Stück? Was ist mit Rupert Fraser?«

Razors schniefte. »Mach dir wegen dem mal keinen Kopf, Mädel.

Ich hab für den alten Stinker heute Nachmittag 'ne Abschiedsparty geschmissen. Er war sehr gerührt. Regelrecht geplättet.« Das anzügliche Grinsen machte unmissverständlich klar, was damit gemeint war.

»Was ist mit Caroline Manson? Hast du für die auch eine Party geschmissen?«

»Hä?« Er zog das Kinn ein, wobei sich das Narbengewebe auf seiner linken Gesichtshälfte in Runzeln legte. »Ich hab die sentimentale Tussi nicht angerührt.« Razors sah Victoria bei ihren Bemühungen zu und machte eine ungehaltene Geste. »Was soll das denn werden, verdammt? So wickelt man doch keine Leiche ein! Bist du nicht ganz dicht?«

Musste man sich eigentlich dieses misogyne, ignorante Macho-Geschwätz endlos gefallen lassen? Nein, musste man nicht.

Sie warf das Kreppband auf die Leiche und straffte die Schultern. »Hast wohl mal wieder 'ne gründliche Abreibung nötig, wie, ›Paul‹?« Das Ganze mit bedrohlichem Unterton. »Da kann ich dir gern behilflich sein.«

Er ließ die Klinge seines Rasiermessers ausklappen. »Ich bin schon mit ganz anderen Kalibern fertiggeworden, glaub mir.«

Vielleicht war es Zeit, die Probe aufs Exempel zu machen.

Victoria reckte das Kinn, ballte die Fäuste und trat einen Schritt vor. »Wann immer es dir passt, alter Mann.«

»*Oh aye?*« Er leckte sich die ledrigen Lippen. »Wie wär's mit jetzt? Wie wär's, wenn ich …«

»JETZT BENEHMT EUCH GEFÄLLIGST, ALLE BEIDE!« Marky bebte vor Empörung, seine Wangen färbten sich dunkelrosa, seine Augen traten schier aus den Höhlen, sein Atem ging rasselnd und keuchend, während es ihn in seinem Rollstuhl hin und her warf. Mit einer fahrigen Hand griff er nach seiner Sauerstoffmaske, drückte sie sich auf den Mund und sog schaudernd einen qualvollen Atemzug nach dem anderen ein.

Razors starrte sie immer noch finster an, als ob er damit irgendjemanden beeindrucken könnte.

Endlich kam Marky mit einem pfeifenden Atemzug wieder zur

Besinnung. »Razors, hör auf … so ein Sexistenschwein zu sein. Bigtoria … hör auf, so eine empfindliche Tusse zu sein. Ist mir egal … ob du grade deine Tage hast … wir sind ein Team.«

Was fiel diesem verschrumpelten alten Sack eigentlich ein, sie »Bigtoria« zu nennen?

Und wer gab ihm verdammt noch mal das Recht, so mit ihr zu reden?

Ob sie »ihre Tage hätte«?

Oh, Razors war nicht der Einzige, der eine gründliche Abreibung nötig hatte.

Aber wenn sie ihm den Gefallen täte, würde sie nie an die Beute kommen. Nicht einmal an das Viertel, das ihr zustand.

Eisiges Schweigen breitete sich aus.

Sie rührte sich nicht.

Dann senkte Razors den Blick und scharrte mit seinen widerlichen nackten Füßen auf dem hässlichen Teppichboden. Und was noch wichtiger war – er klappte die Klinge des Rasiermessers wieder ein.

Also schön.

Sie würde den richtigen Zeitpunkt abwarten.

Victoria trat zurück und entspannte die Fäuste wieder zu Händen.

Marky sah sie beide böse an. »Ihr könnt euch gegenseitig abmurksen … wenn ich es sage … und nicht eher.« Er nahm noch einen tiefen Zug aus seiner Sauerstoffmaske. »Ich will Black Joe Ivanson.«

Razors steckte sein Rasiermesser ein. »Willst du ihn *hier* haben, oder willst du, dass ich es ihm besorge?«

Marky sah Victoria an. »Hast du ein Auto?«

»Nein.« Sie wandte sich wieder DC Reekies Leiche zu und befestigte die Ränder der Folie mit Kreppband – in mehreren Lagen, damit auch wirklich nichts herausrinnen konnte.

Razors deutete auf sie. »Die zwei Trottel da waren zu Fuß unterwegs.«

Eine weitere Schicht Klebeband sicherte den losen Plastikbeutel, der DC Reekies Kopf umhüllte. »Sergeant Farrow hat den Großen Wagen. Aber ich bezweifle, dass man damit bei diesem Wetter allzu weit kommen würde.«

Nicht bei diesem Tiefschnee.

»Verflucht …« Markys Augenbrauen senkten sich, und er kaute eine Weile auf seiner Oberlippe herum. »Hierherbringen können wir ihn nicht … zu riskant … dürfen keine Spuren hinterlassen.« Er fixierte DC Reekies Leiche. »Wir werden zu ihm gehen müssen.«

»Unsinn, Marky! Das kommt überhaupt nicht infrage. Du bleibst hier im Warmen, und …«

»Red keinen Scheiß.« Er hievte sich ächzend und stöhnend aus seinem Rollstuhl hoch, als ob es das komplizierteste Manöver der Welt wäre, bis er endlich mit gebeugtem Rücken danebenstand. »Ich bin fit wie 'n verdammter Turnschuh, Mann.«

Sah aber nicht so aus.

Er sah aus wie ein verhutzelter alter Mann, der sich langsam, aber unaufhaltsam zu seinem Grab hinschleppte.

»Das ist doch Quatsch, Marky, du bist nicht …«

»Doch, bin ich.« Er deutete auf Victoria. »Schaff das da weg.«

O nein.

Sie richtete sich zu voller Größe auf und blickte grimmig auf die beiden Männer hinunter. »Wenn ihr glaubt, dass ich euch beide ohne mich ziehen lasse, um Black Joe Ivanson sein Geheimnis aus den Rippen zu schneiden, dann seid ihr noch blöder, als ihr ausseht.«

»Wir haben eine *Vereinbarung*, schon vergessen?«

Victoria lachte – laut und aus vollem Hals, ein richtiges Schenkelklopfer-Lachen. »Ich *vertraue* euch nicht.«

Marky stand da und wartete schweigend ab, bis sie fertig war. »Ist mir egal, ob du uns vertraust oder nicht … Bigtoria. Solange ich … das Kommando habe, tust du, was ich dir sage.« Wieder hob er den verkrümmten Finger, um auf die in Plastik gehüllte Leiche zu zeigen. »Und jetzt schaff das da weg.«

Sie knirschte mit den Zähnen.

Schluckte die Erwiderung hinunter.

Denn früher oder später würde Marky Bishop sowieso herausfinden, wie unklug es war, auf ihrer schwarzen Liste zu stehen.

Razors half ihm in den Rollstuhl und schob ihn aus dem Zimmer, dann war das träge elektrische Surren des Treppenlifts zu hören, der Marky wieder in den ersten Stock beförderte. Wo Razors ihm zweifellos der Witterung angemessene Kleidung anlegen würde für ihren Besuch bei Black Joe Ivanson.

Was bedeutete, dass ihr wahrscheinlich *gerade eben* genug Zeit blieb, sich DC Reekies zu entledigen und zu Ivanson House zu eilen, bevor die zwei dort eintrafen.

Okay ...

Victoria raffte die Leiche in ihrem Plastikkokon auf, warf sie sich über die Schulter wie einen Sack Kartoffeln, stakste hinaus auf den Flur und zur Haustür hinaus in den endlosen Schnee.

Sie steckte den Hauptschlüssel in das Schloss der Hintertür, drehte ihn um und stolperte in die Küche.

Es war dunkel hier drin, und so sollte es auch bleiben, denn sie würde sich hüten, das Licht einzuschalten.

Ein blassblauer Schein wurde von der Schneedecke draußen durch die offene Tür und das Fenster geworfen und raubte dem Raum sämtliche Farben. Altmodisch, aber zweckmäßig. Ein dichter Pelz aus Staub bedeckte sämtliche horizontalen Flächen, Spinnennetze zierten die Ecken und hingen von den Lampen herab.

Und es roch auch nicht gerade angenehm. Eine scharfe Mischung aus Malzessig und ungeklärten Abwässern verpestete die Luft mit ihrem penetranten dunkelbraunen Gestank.

Handtellergroße Schneebatzen fielen von ihren Gummistiefeln ab und klatschten auf die billigen Fliesen, wo sie Mini-Eisberge bildeten.

Sie wäre nicht ganz so tief eingesunken, wenn sie den Vordereingang genommen hätte, aber dann hätte jemand sie sehen können, wie sie mit einer in Plastikfolie gehüllten Leiche über der Schulter die Straße entlangstapfte. Bisher hatte es keine Zeugen gegeben, und das sollte auch so bleiben.

Sie durchquerte die Küche und kam in einen schmalen Flur, von dem vier Türen abgingen. Die erste führte in ein Wohnzimmer, die nächste in ein kleines Schlafzimmer, gerade groß genug für ein Doppelbett, einen Kleiderschrank und noch mehr Staub. Doch die dritte gehörte zu einem noch kleineren Schlafzimmer mit einem Einzelbett an der Wand unter dem Fenster.

Pauline Thomson hatte sich nicht die Mühe gemacht, die Betten abzuziehen, als sie bei Kerry Millbrae eingezogen war. Vielleicht hatte sie gedacht, dass es nicht von Dauer sein würde, und wollte einen Zufluchtsort behalten, für alle Fälle? Eine Versicherung gegen Enttäuschung und Liebeskummer.

Es *war* natürlich nicht von Dauer gewesen. Dafür hatten Marky Bishop und Razors Richards gesorgt.

Aber egal, dieses Versteck war so gut wie jedes andere.

Victoria lud ihre Last auf dem Bett ab – die Federn ächzten und protestierten, als DC Reekies Gewicht mit einem *Fffumpp* auf die Matratze niederging und eine Staubwolke aufwirbelte, deren körniger Geruch die Luft erfüllte.

Wenigstens würde ihn hier niemand finden. Nicht, dass irgendjemand nach ihm suchen würde.

Sie sah auf die Uhr, dann bedachte sie DC Reekie mit einem grimmigen Blick. »Wenn ich wegen *dir* zu spät komme und die beiden Black Joe Ivanson schon getötet haben, bevor ich dort bin …«

Nein, das war nicht auszudenken.

Sie rannte durch den Flockenwirbel, warf die Knie hoch und ruderte mit den Ellbogen, bremste auch für die Schneewehen nicht ab und schleuderte glitzernde graue Fontänen in die Luft, die im gedimmten Licht der Laternen schimmerten. Die kalte Luft brauste in ihrer Kehle und brannte in ihrer Lunge, ihre Beine schmerzten, als sie die Brindle Lane hinauflief.

Vor Ivanson House kam sie schlitternd zum Stehen und stieß große Atemwolken aus ihrem gemarterten Brustkorb hervor. Die Nachbarhäuser links und rechts lagen im Dunkeln, doch aus einem Fenster im ersten Stock fiel ein schwacher Schein.

Schwer zu sagen, ob sonst noch jemand hier gewesen war, angesichts der tiefen Furchen, die sie und DC Reekie bei ihrem letzten

Besuch hinterlassen hatten, aber zumindest waren keine Spuren von Rollstuhlrädern zu sehen.

Was bedeutete, dass sie ihnen zuvorgekommen war.

Oh, Gott sei Dank.

Sie beugte sich vornüber, fasste ihre Knie und atmete tief durch. Hustete, als ob ihre Lunge aus dem Brustkorb zu entkommen versuchte, und spuckte schließlich einen Batzen Glibber in den Schnee.

»Der muffige ... alte Mistkerl ... hat sie wohl ... aufgehalten.«

Die ganzen Jahre, die sie Rugby gespielt hatte, waren doch nicht umsonst gewesen.

Sie ließ ein Knie los, ballte die Faust und reckte sie in die Höhe. »Vorwärts, Team ... Team Victoria.« Noch ein Hustenanfall. »Aaaah ...«

Endlich erklärte sich ihre Lunge bereit, an Ort und Stelle zu bleiben, und sie richtete sich auf. Dann schlurfte sie durch den Neuschnee zur Haustür und drückte die Klinke.

Sie war nicht abgeschlossen.

Drei Sicherheitsschlösser, und keines davon verriegelt. Und Black Joe Ivanson hatte demonstrativ jedes einzelne abgeschlossen, nachdem er ihnen die Tür vor der Nase zugeschlagen hatte.

Das war *kein* gutes Zeichen.

Sie stieß die Tür auf und trat in den kahlen Flur.

Und erstarrte, als sich hinter der Schlafzimmertür zwei Stimmen vernehmen ließen – ein nasaler Glasgow-Akzent und das heisere Keuchen eines alten Mannes.

Razors Richards und Marky Bishop.

Sie war ihnen doch nicht zuvorgekommen.

Aber vielleicht war es noch nicht zu spät.

Sie packte die Klinke und platzte ins Zimmer.

Und erstarrte ein zweites Mal.

Himmel ...

Fünfundzwanzig

Das Zimmer war leer bis auf die Matratze, die auf den verzogenen Bodendielen lag. Bettdecke und Kissen waren in die Ecke geworfen worden. Kahle Wände, Flecken von weißer Spachtelmasse auf dem orange-rosafarbenen Putz. Der schwache Schein der einsamen nackten Glühbirne, die an ihrem Draht an der Decke hing, reichte gerade so aus, um das Tableau zu erkennen. Keine Vorhänge, die den trüben Schimmer des schneebedeckten Gartens ausschlossen, doch auf der Fensterbank stand ein kleiner CD-Player, aus dem fröhliche Folkmusik blubberte.

Marky saß auf dem Campingstuhl, der zuletzt im Wohnzimmer gesehen worden war, und sog an seiner Sauerstoffmaske, als ob es die Zitze einer riesigen, fauchenden Bestie wäre. Die Haut hing bleich und lose über seinem knochigen Schädel. Er schien dem Tod näher als je zuvor.

Aber nicht so nahe wie Black Joe Ivanson.

Der lag auf dem Rücken, nackt bis auf eine verwaschene blaue Unterhose, die weißen Haare auf seiner Brust dunkelrot verfärbt. Irgendwie hatten sie seine Hand- und Fußgelenke an die Ecken der Matratze gebunden und ihn in dieser ausgestreckten Haltung fixiert, während Razors ihn bearbeitet hatte. Und eine Riesenschweinerei aus Blut und Schnittwunden und Prellungen und Höllenqualen hinterlassen hatte.

Ein dickes Seil war um Ivansons Hals geschlungen und so fest zugezogen, dass alle Sehnen sich auf der geröteten Haut abhoben. Zwischen den gebleckten Zähnen blubberten rötliche Speichelbläschen, während er den Kopf ruckartig auf und ab bewegte. Von einem Auge war nur noch eine zerfetzte, suppende Höhle übrig.

Der Metzgereigeruch von rohem Fleisch schlug Victoria entgegen – jeder Atemzug schmeckte nach kaltem Eisen und warmem Kupfer.

Razors pfiff die Melodie eines schwungvollen Reels mit, während er eine behandschuhte Hand auf Ivansons Stirn legte und seinen Kopf auf die Matratze niederdrückte. Dann bohrte er die Klinge seines Rasiermessers in das verbliebene Auge des armen Schweins. Drehte sie hin und her und kratzte die Ränder der Augenhöhle aus, während Ivansons Körper zuckte und sich wand.

Das einzige Geräusch, das es an der Garrotte vorbeischaffte, war ein gedämpftes, ersticktes Gurgeln.

Victoria sog den ersten Atemzug ein, seit sie die Tür geöffnet hatte, und stieß die Luft mit einem Flüstern wieder aus. »Du *Scheiße* ...«

Marky hob eine zitternde Hand und zog sich die Maske herunter, unter der ein dünnes Lächeln zum Vorschein kam. »Du kommst zu spät. Hast das Beste verpasst.«

»Wie habt ...« Sie konnte den Blick nicht von Ivansons blutverschmiertem, schmerzverzerrtem Gesicht wenden. »War er ... Wie ...?«

Razors zog sein Rasiermesser mit einem feuchten *Schlopp* heraus – ein Geräusch, bei dem der Chorizoburger in Victorias Magen verklumpte.

Er wischte die Klinge an der Bettdecke ab. »Was tust du hier? Du solltest doch den toten Bullen entsorgen!«

Auf der Matratze hob und senkte sich Ivansons Brustkorb einmal, zweimal, dreimal – seine Arme und Beine zitterten, als sämtliche Muskeln in seinem Körper sich zusammenzogen. Dann erschlaffte er, und sein letzter Atemzug zischte heraus, begleitet von dunkelrotem Schaum.

Es war, als ob das Licht im Raum noch schwächer geworden wäre und das letzte bisschen Wärme mitgenommen hätte.

Victoria schluckte. Und schaffte es endlich, wegzusehen. »Hat er ...?«

»Klar hat er, Mädel. Das tun sie alle« – er hielt das Rasiermesser hoch, sodass die nunmehr saubere Klinge funkelte –, »sobald *Mortimer* zum Spielen rauskommt.« Er tätschelte die Schulter des Toten. »*Aye*, Black Joe war ein zäher alter Stiefel, aber wir haben's dann doch hingekriegt.«

Das war nicht …

Wie sollte sie …

Sie blinzelte.

Schluckte den bitteren Metallgeschmack hinunter.

Schüttelte sich, als Marky zu ihr aufblickte.

»Was hast du mit dem Knaben gemacht?«

Reiß dich zusammen. Du schaffst das.

Sie legte wieder ein bisschen Härte in ihre Stimme. »Keine Sorge, seine Leiche ist an einem sicheren Ort.«

Marky nahm einen Zug Sauerstoff. »Nein, nein, nein, nein, nein. Es hat dir nicht gefallen, als *Razors* das gesagt hat, also warum sollte es mir gefallen?« Sein Ton wurde finsterer. »Also: Wo – ist – der – Knabe?«

Victoria hob das Kinn. Zeit, das Heft wieder in die Hand zu nehmen. »Ich habe ihn versteckt.«

»Nein. Man *vergräbt* eine Leiche. Man *verbrennt* eine Leiche. Man umwickelt sie mit Hasendraht, beschwert sie mit Steinen und versenkt sie in der *Nordsee*. Aber man lässt sie nicht irgendwo herumliegen, wo sie gefunden werden kann. Schon gar nicht, wenn es sich um einen Polizisten handelt!«

Razors richtete sich mit knirschenden Gelenken auf. »Siehst du, das ist das Problem, wenn man sich mit Amateuren ins Bett legt, Mann.« Er deutete mit seinem Rasiermesser auf sie. »Es sind Schwachköpfe wie sie dort, wegen denen man geschnappt wird.«

Komm jetzt, lass dir das nicht gefallen.

Sie warf sich in die Brust und senkte die Stimme zu einem bedrohlichen Grollen. »Das Angebot mit der Abreibung steht noch, ›Paul‹.«

»Denkst wohl, du kannst mir Angst machen, Mädel?« Er deutete auf Black Joe Ivansons geschundenen Leichnam. »Du denkst, *du* kannst *mir* Angst machen?«

Er war ein kleiner alter Mann – es wäre kein Problem, ihm dieses Rasiermesser abzunehmen. Mit der Linken abblocken, ein Schlag mit der flachen Hand auf die Nase, das Handgelenk packen, den Arm brechen.

Sie ging in die Knie, um den Schwerpunkt nach unten zu verlagern. Sprungbereit. »Fick dich.«

»Gesprochen wie eine wahre Kampflesbe.«

Sie knirschte mit den Zähnen. »*Wie* hast du mich gerade genannt?«

Er kam langsam näher und schwenkte seinen funkelnden »Mortimer« in einer kreisenden Bewegung hin und her. »Du hast mich gehört, *Kampflesbe.*« Um die Matratze herum. »Du bist eine dumme, amateurhafte Kampflesbe. Du wüsstest nicht, wie man eine Leiche versteckt, und wenn dein Leben davon abhinge.« Die Klinge sauste einmal durch die Luft – weit genug entfernt, um keine Gefahr darzustellen – und vollführte dann wieder ihren funkelnden Tanz. »Und glaub mir, Mädel, dein Leben *hängt* davon ab.«

Vergiss die flache Hand – diesem Neandertaler-Schwein gehörte die Faust in die Fresse geschlagen. »Ich brauche keine Belehrung von irgendeinem glatzköpfigen, schlappschwänzigen alten Arschloch.«

Spucketröpfchen blitzen im Dämmerlicht auf, seine Augen traten hervor. »NIEMAND REDET SO MIT MIR!«

Markys Stimme blaffte durch die metallische Luft. »Zum Donnerwetter noch mal, könnt ihr euch vielleicht mal wie ERWACHSENE benehmen?« Von der Anstrengung sackte er gleich wieder zusammen und atmete pfeifend in seine Sauerstoffmaske, während seine Schultern bebten wie die von Ivanson in seinem Todeskampf.

Razors' Wangen liefen rot an, und er ließ Mortimer sinken.

Victoria öffnete die Fäuste.

Sie traten beide einen Schritt zurück, während Marky um jeden Atemzug kämpfte, den er aus der Sauerstoffflasche saugen konnte. Endlich beruhigte sich seine Atmung, und er tauchte wieder auf. Ein Ertrinkender, der es ans rettende Ufer geschafft hatte. »Wie zwei Kinder seid ihr. Wir sind fertig, kapiert? … Wir haben …« – er deutete auf die blutüberströmte Leiche – »Wir haben alles, was wir brauchen. Jetzt müssen wir nur noch … den Schnee aussitzen … Sobald die Straße frei ist, sind wir weg.« Seine Lippen verzogen sich zu einem müden Lächeln. »Sand, Meer, Wellen und mehr Geld, als ihr in einem Leben ausgeben könnt.«

Das Adrenalin brauste immer noch durch Victorias Adern, ließ das Blut in ihren Ohren wummern und rauschen. Machte sie das entscheidende Stückchen größer. Machte alles scharf und hart. »Ich brauche mehr als vage Versprechungen von einem sterbenden Mann.«

»Na schön.« Er nahm noch einen tüchtigen Zug Sauerstoff. »HMP Grampian, vor drei Jahren. Plötzlich taucht da dieser warzige alte Opa in unserem Trakt auf. Von Glenochil verlegt, weil er einen Ex-Bullen im Hof abgestochen hatte. Aber dann stellt sich raus, dass es sich bei diesem warzigen alten Opa um Big Craig McPherson handelt.«

Marky hielt inne, die Augenbrauen hochgezogen, als ob er einen Ausruf der Überraschung und des Wiedererkennens erwartete.

Tja, da war er an die Falsche geraten.

Noch nie gehört von dem Kerl.

Ein enttäuschter Seufzer rasselte aus Markys Mund. »Herrgott noch mal. Big Craig *McPherson*? Er war der Kopf hinter einem Dutzend Banküberfällen. Der Mann ist eine Legende.«

Sie zuckte mit den Schultern. »Hör ich zum ersten Mal.«

»Das liegt daran, dass er schlau war. Vorsichtig. Hatte seine kleinen Tricks und Spielchen, auf die er ganz stolz war. Zum Beispiel durfte niemand seinen richtigen Namen benutzen. Masken und Handschuhe waren jederzeit zu tragen – ja, auch wenn sie gerade keine Bank ausgeraubt haben. Alles hinter Codewörtern versteckt … Er war der Einzige, der das ganze Team kannte.« Marky schüttelte den Kopf. »Wär da nicht dieser Arsch aus den Slums von Birmingham gewesen, der einen auf Kronzeuge gemacht hat … Ihr Schweine hättet ihn nie zu fassen gekriegt … Wie dem auch sei: Big Craig war der Mann, der … diesen Überfall auf die Clydesdale Bank in Fraserburgh organisiert hat … Na ja, ich hab Gerüchte darüber gehört, was sie da mitgenommen haben – geglaubt hab ich's nie … bis Big Craig Mc-Pherson mir die Wahrheit gesagt hat.«

Marky ließ sich Zeit, nippte an seinem Sauerstoff, als ob es ein edler Wein wäre. »Natürlich war die gute Ware zu heiß, um sie vor Ablauf von mindestens zehn Jahren anzurühren, also haben er und sein siebenköpfiges Team … diese Vereinbarung unterschrieben: Jeder kriegt ein Stück vom Puzzle – so was wie 'ne Schatzkarte, nicht wahr … und sie rühren die Beute nicht an, bis sie abgekühlt ist.«

Ein Schnauben brach sich Bahn. »Was für ein Haufen *Schwachsinn!*«

»He!« Razors straffte wieder die Schultern. »Pass bloß auf.«

»Ach, hör doch auf!« Sie breitete die Arme aus. »Es war nicht vor zehn Jahren, es war vor *sechsundzwanzig* Jahren. Und sie haben ihre grandiose Beute in all der Zeit nicht mal angerührt?« Victoria wandte sich wieder Marky zu. »*Wie?* Wie haben sie es so lange geheim gehalten? Wieso haben sie nicht alles ausgegeben?«

»Weil sie Angst hatten, meine liebe Detective Inspector. Angst vor dem, was sie in ihre langen Fingerchen gekriegt hatten. Ihnen fehlte die Vision. Sie hatten nicht die *Eier.*« Noch ein langer Zug am Sauerstoff. »Natürlich hatte Big Craig McPherson dann einen *schlimmen* Unfall, kurz nachdem ich ihn dazu ›ermuntert‹ hatte, mir seinen Teil des Geheimnisses anzuvertrauen.« Marky zuckte mit den knochigen Schultern. »Zu schade nur, dass sein armes Herz schwächer war, als ich gedacht hatte. Wenn ich gewusst hätte, dass er schlappmachen würde, hätte ich … den alten Sack ein bisschen behutsamer angefasst, und dann hätte er vielleicht lange genug gelebt, um mir alle Namen seiner Komplizen zu nennen. Aber egal, so hatte ich wenigstens ein Hobby, nicht wahr? … Etwas, um mir die Zeit zu vertreiben – mit der Arbeit … an meiner kleinen Schatzsuche.« Der Monolog hatte Marky offenbar schwer mitgenommen, denn er hörte sich zunehmend atemlos an, als er mit einer zitternden Hand auf das zum Schlachtzimmer gewordene Schlafzimmer deutete. »Und hier sind wir nun … am Ende der Suche. Das letzte Puzzleteil ist an seinem Platz.«

»Und das sollten wir dir einfach glauben, wie?«

Die Hand fiel schlaff in Markys Schoß zurück, und er ließ den Kopf hängen. »Keine Sorge, Bigtoria … Ich halte meine Versprechen. Ich habe gesagt, du bist mit einem Viertel dabei … und du bist mit einem Viertel dabei. Sobald … sobald wir auf diesem … Fischerboot nach Norwegen sind … hast du es geschafft.« Diesmal nippte er nicht am Sauerstoff, sondern schlang ihn in großen Schlucken hinunter. Seine Stimme hallte in der Maske, als er auf Razors deutete. »Es ... es ist spät, und ... ich bin müde ... Bring mich ... nach Hause.«

Razors steckte Mortimer ein, dann half er Marky auf die wackligen Beine. »Na, dann komm, Großer.«

»Sind zu dritt hier ... Spurensicherung ... DNA. Wenn die ... Polizei eintrifft. Die werden ... Fragen stellen.«

Und das war ihm erst jetzt eingefallen?

War wohl doch nicht ganz der Meisterkriminelle, für den er sich hielt. Oder hatten vielleicht die ganzen Palliativ-Medikamente den Killerinstinkt des alten Knackers getrübt?

Razors zog den Reißverschluss von Markys Jacke hoch und verge-wisserte sich fürsorglich, dass sein Schützling schön warm verpackt war. »*Aye*, wohl wahr. Aber mach dir keine Sorgen, Großer, das kann ich regeln, kein Problem.« Dann half er Marky, aus dem Zimmer zu schlurfen.

Victoria blieb, wo sie war. Ihr Blick ging zurück zu dem, was von Joseph »Black Joe« Ivanson übrig war. Der Atem stockte ihr in der Kehle, als ob er aus Fettschminke und Siegelwachs gemacht wäre.

Es war eine Sache, solche Leichen hinterher zu sehen, wenn sie in einem blitzblanken Sektionssaal auf dem Edelstahltisch lagen. Oder an einem Tatort, wo das gelb-schwarze Absperrband hinter ihr flat-terte und die Zuständigen Fotos machten und DNA-Proben nahmen. Wenn alles durch Vorschriften und Regeln eingehegt und entschärft war. Aber hier zu stehen und *zuzusehen*, wie es passierte ...

Zu sehen, wie einem Menschen das Leben unter unvorstellbaren Qualen aus dem Leib gerissen wurde.

Zu sehen, wie sein ganzer Körper sich wand und krümmte und verkrampfte, während das Blut ...

Razors' Stimme hallte vom Flur herein. »Beeil dich, Mädel. Hier drin wird's gleich *sehr* heiß.«

Sie zog ihr Handy aus der Tasche.

Machte schnell drei Fotos.

Und sah zu, dass sie rauskam.

Sechsundzwanzig

Ein warmer orangeroter Schein flackerte durch die Vorhangritzen, als das Feuer sich in Ivanson House ausbreitete. Rauch wirbelte aus einem Dachfenster – das genau zu diesem Zweck geöffnet war – und stieg in den tintenschwarzen Himmel auf.

Bald würde sich der widerlich süße Geruch von ausgelassenem Fett dazugesellen.

Victoria stand vor dem Haus und sah gebannt zu, wie die Flammen um sich griffen. »Warum hast du Pauline Thomsons Leiche nicht verbrannt?«

Ein Schniefen – dann platzte ein gewaltiger Nieser aus Razors heraus, gefolgt von einem Trompetenstoß ins Taschentuch und noch mehr Geschniefe. »Weil ich kein Unmensch bin, du blutrünstiges Biest.« Er streckte die Hände aus, um sie an der Feuersbrunst zu wärmen. »Kerry Millbrae hat schon genug gelitten, da muss ich nicht auch noch ihr Haus abfackeln. Die Ärmste besteht ja so schon zu fünfundneunzig Prozent aus Narben.«

Der Rauch wurde dunkler, dicht und fettig vor dem Hintergrund des schweren, schneeverwirbelten Himmels.

Sie räusperte sich. »Was ist mit den anderen Häusern?«

»Ach was.« Er deutete nach links. »Auf *der* Seite haben wir einen Mörder und Vergewaltiger.« Dann nach rechts. »Und da drüben einen ehemaligen Abgeordneten und Triebtäter. Kein Mensch wird einen von den beiden vermissen.«

Markys Gesicht hatte noch nie besonders gesund ausgesehen, aber das Licht, das von Ivanson House ausstrahlte, verlieh seinen Zügen einen öligen, gelbsüchtigen Schimmer. Er hielt sich nur mit Mühe aufrecht und stützte sich schwer auf die Schulter seines furchtbaren Spießgesellen. »Ich will … dass die Leiche von dem Jungen … morgen früh vergraben wird.« Eine Dosis Sauerstoff zischte durch die Maske, während er mit geschlossenen Augen dastand und sie keuchend einsog. »Ein Feuer … ein Feuer pro Nacht … reicht wohl fürs Erste.«

Man hätte nicht gedacht, dass ein leeres Haus so schnell in Flammen aufgehen würde. Vielleicht waren die hölzernen Bodendielen ja viel leichter entflammbar, als sie aussahen? Oder die dünnen Birkenholzleisten, die als Putzträger verwendet worden waren. Oder vielleicht war Razors einfach nur ein richtig guter Brandstifter?

Was immer der Grund war, die Flammen breiteten sich rasend schnell aus.

Ivanson House war wie Ivansons Leiche – auf eine Art faszinierend. Sie konnte kaum den Blick von dem wachsenden Inferno wenden. »Es spielt keine Rolle, was sie getan haben, wir sollten den Nachbarn trotzdem Bescheid sagen. An die Tür klopfen und ihnen die Chance geben …«

»Razors wird dich morgen im Auge behalten, Bigtoria. Nur um sicherzustellen, dass es keine … Komplikationen gibt. Nicht wahr, Razors?«

»*Oh aye.* Aber ganz genau.«

Sie blinzelte, riss sich vom Bann des Feuers los. »Ich brauch keinen Babysitter.«

»Du kriegst trotzdem einen, Mädel, ob's dir gefällt oder nicht.«

Ging das schon wieder los.

Victoria drehte sich um und baute sich vor dem bösartigen alten Mann auf. »Du kannst mich mal …«

Eine muntere Version dieser bekannten Zirkusmelodie dudelte tief in der Tasche ihrer Warnjacke. Sie zog das Spielzeug-Walkie-Talkie hervor, während Farrows Stimme schon aus dem offenen Mund des Clowns tönte.

»*Golf Foxtrot Vier an Alpha Charlie Eins, sprechbereit?*«

Sie ließ Razors noch ein paar Sekunden lang die volle Wucht ihres finsteren Blicks spüren, dann drückte sie auf die Nase des Clowns. »Sprechbereit.«

»*Ich bin in der Farrier's Lane, Ma'am. Sind Sie gerade draußen? Sehen Sie das? Sieht aus, als ob es schon wieder brennt!*«

»Moment mal.« Sie warf einen Blick auf Marky, der dastand und mit einem rhythmischem *Zischhhh-ffffump* in seine Sauerstoffmaske atmete. »Jetzt sehe ich es.«

»Verflixt. Wir müssen den Löschtrupp alarmieren …« Eine Pause. »Ach, Mist! Ich hab vergessen, dass Ian ja Kerry Millbraes Haus bewacht – wir können ihn nicht von dort abziehen. Was ist, wenn der Feuerteufel als Nächstes dort zuschlägt?«

Das Licht flackerte in den Dachfenstern, was bedeutete, dass das Feuer sich entweder über die Treppe oder direkt durch die Decke des Erdgeschosses nach oben ausgebreitet hatte.

»Ma'am, Sie sind näher am Sanctuary House als wir – können Sie hingehen und den Alarm auslösen? Helen und Aggie halten dort die Stellung. Sagen Sie ihnen, wir haben einen Code Schwarz!«

Aber sie war ja gar nicht näher dran – sie war hier drüben auf der Westseite von Glenfarach, obwohl sie eigentlich auf der Ostseite sein sollte. Wenn die Sache mit Joseph Ivanson nicht gewesen wäre …

Marky nahm seine Sauerstoffmaske ab, nickte Victoria zu und formte mit den Lippen überdeutlich die Worte: »Ja, wird gemacht!«

Womit er sie wahrscheinlich nur loswerden wollte, aber was blieb ihr anderes übrig?

Sie drückte wieder die Clownsnase. »Verstanden.«

»Danke, Ma'am. Wir kommen, so schnell wir können. Ende.«

Marky tätschelte ihren Arm, als ob sie ein wohlerzogener Pudel wäre. »Braves Mädchen. Und lass dir ruhig Zeit. Wir wollen doch nicht, dass sie hier löschen … bevor alle Spuren vernichtet sind.« Er packte Razors' Arm. »Komm jetzt, die Bullen sind im Anmarsch. Wir müssen los.«

»Aye, bringen wir dich heim.« Er drehte sich um und half dem alten Knacker, durch den Schnee davonzuwackeln, immer der Spur nach, die Victoria gezogen hatte, als sie hierhergerannt war.

Bei dem Tempo würde es bis nächsten Donnerstag dauern, ehe sie zu Hause ankamen.

Razors blickte sich um. »Nicht vergessen, Mädel: Gleich morgen früh entsorgen wir beide den toten jungen Kerl.« Ein Lächeln. »Aber zwing mich nicht, dich holen zu kommen.«

Als ob er ihr damit Angst einjagen könnte.

Black Joe Ivanson schüttelt sich und zerrt an seinen Fesseln, seine Schreie durch das Seil um seinen Hals erstickt, als Razors Mortimers Klinge in sein verbliebenes Auge rammt.

Razors war bloß ein kleiner alter Mann.

Das Blut sprudelt aus der zerstörten Augenhöhle und rinnt über seine Wangen, in seinen albernen buschigen Backenbart hinein, und tropft von dort auf die Matratze, die sich in eine Mohnblumenwiese verwandelt.

Man könnte ihr eine Hand auf den Rücken binden und die andere in eine Plastiktüte stecken, und sie würde immer noch mit ihn fertig-werden.

Arme und Beine zittern, die Muskeln krampfen, während der letzte gequälte Atemzug aus seinem blutigen Mund entweicht ...

Der konnte ihr keine Angst machen.

Sie stieß einen flatternden Atemzug aus und sah zu, wie die zwei über die Brindle Lane davonstapften.

Zeig ein bisschen Rückgrat, Herrgott noch mal.

Victoria formte die hohlen Hände zu einem Megafon. »Und ich will hoffen, dass ihr euch nicht über Nacht davonstehlt. Ich will meine fünfundzwanzig Prozent!«

Markys Reibeisenstimme wehte ihr durch das Schneegestöber ent-gegen. »Was lange währt, wird endlich gut.«

Und sie verschwanden um die Ecke in die West Main Street.

Oh Mann ...

Sie sackte zusammen.

Fuhr sich mit der Hand übers Gesicht.

Schüttelte sich.

So, jetzt schnell den Löschtrupp alarmieren.

Aber vorher hatte sie noch etwas zu erledigen.

Victoria hämmerte an die Tür des perversen Abgeordneten. »SIE DA DRINNEN! RAUS AUS DEM BETT, ABER SCHNELL – HABEN SIE NICHT GEMERKT, DASS ES BRENNT?« Dann das Gleiche bei dem Mörder und Vergewaltiger. »FEUER! AUFSTEHEN! NA LOS, RAUS AUS DEM HAUS!«

In beiden Häusern ging das Licht an.

Das musste reichen.

Sie watete durch den unberührten Schnee auf die North Street zu. Mit etwas Glück wäre sie längst weg, bevor Farrow oder dieser Idiot Harlaw eintrafen.

Denn die durften um Himmels willen *nie* erfahren, was hier heute Abend passiert war.

Siebenundzwanzig

Au, au, au.

Seitenstechen …

Victoria wankte, als sie wieder in die Brindle Lane einbog. Ihr Gesicht war heiß und feucht, ihr Atem ging raspelnd und stoßweise, große graue Wolken quollen aus ihrem offenen Mund. Verschwitzt. Müde. Alles tat weh. Sie hielt sich mit einer Hand die Rippen auf der linken Seite, versuchte die Schmerzen durch ihre Warnjacke hindurch wegzudrücken.

Ivanson House stand in hellen Flammen – sie schlugen aus den zerborstenen Fenstern, während schwarzer Rauch hervorquoll und sich in einer gewaltigen, giftigen Schlange emporwand, immun gegen den Schneesturm. Das Inferno war nicht mehr auf das eine Haus begrenzt: Die Flammen waren auf die beiden Nachbarhäuser übergesprungen – waren vermutlich an den Balken entlanggekrochen und hatten sich in die angrenzenden Dachgeschosse eingeschlichen, um auch dort ihr Unheil anzurichten.

Das musste man Razors lassen: Wenn er irgendwo Feuer legte, dann richtig.

Die heruntergedimmten Straßenlaternen warfen ihren erbärmlichen Schein über die schmale Straße. Mit der lodernden Lightshow von Ivanson House konnten sie längst nicht mehr mithalten, doch sie boten den Bewohnern der Brindle Lane einen halbwegs sicheren Zufluchtsort, wo sie sich versammeln und zusehen konnten, wie ihr Leben ein Raub der Flammen wurde.

PC Harlaw hinderte sie daran, in ihre Häuser zurückzugehen, wo sie wahrscheinlich retten wollten, was sie im Lauf der Jahre an Krempel angesammelt hatten. Er stand mit ausgestreckten Armen da und versperrte ihnen den Weg. »Ich bitte euch, Leute, ihr wisst, dass das zu gefährlich ist.«

Und wie aufs Stichwort stürzte irgendetwas in Ivanson House ein. Ein krachender Donnerschlag ertönte, als die letzten verbliebenen Fenster zersprangen und eine mächtige Flammenzunge an der Fassade des Hauses emporschlug.

Farrow prallte von dem Hitzeschwall zurück und hielt sich schützend den Arm vors Gesicht.

Besser keinen Verdacht erregen. Victoria zog ihre Warnjacke aus und warf sie sich so über die Schulter, dass der blutverschmierte Ärmel von den Falten des neongelben Stoffs verdeckt war. Dann humpelte sie keuchend und schnaufend auf Farrow zu. Schweiß tränkte das Unterbrustband ihres BHs und rann an ihren Seiten herab. »Sind alle heil rausgekommen?«

Farrow nickte. »Wo ist denn …« Sie runzelte die Stirn. »Ist Ihnen nicht kalt?«

Victoria öffnete noch einen Knopf an ihrer Bluse und zupfte an dem Stoff. »Nachdem ich den ganzen Weg zum Sanctuary House und dann hierher gerannt bin? Und dann noch das da?« Sie deutete auf die Feuersbrunst. »Ich glühe regelrecht.«

Das überzeugte offenbar.

»Das Löschfahrzeug ist aber unterwegs, oder?«

»Sie müssen es erst ausgraben. Keine Ahnung, wann es hier ist.« Marky Bishop würde es freuen.

»Schei…benkleister!« Farrow starrte wütend in die Flammen, deren flackernder Schein Schatten über ihr Gesicht jagte.

Wieder ein krachender Schlag, und ein großes Stück des Dachs von Ivanson House brach ein. Das Feuer breitete sich jetzt viel schneller durch die beiden anderen Häuser aus, aber da fand es schließlich auch mehr Nahrung. Wenn es so weiterging, würde bis auf die Hauswände kaum etwas übrig bleiben.

Farrow deutete auf die Bewohner, den perversen Abgeordneten und den Mörder/Vergewaltiger. »Was soll ich mit den beiden machen?«

»Puh …« Victoria beugte sich vor, stützte sich mit durchgedrückten Armen auf die Knie und rang keuchend nach Luft. »Stecken Sie sie in den Speisesaal des Hotels, oder in die Bücherei, oder in die Zellen – ist mir alles gleich.«

»Geht es Ihnen gut?«

Ein bitteres bellendes Lachen entfuhr ihr. »War ein verdammt langer Tag. Es ist ...«

Das funzelige Licht der Straßenlaternen wurde noch schwächer, und ein wespenartiges Summen war zu hören, das leiser und leiser wurde, während die LED-Lampen dunkler und dunkler wurden.

Und dann verloschen.

Jetzt kam das einzige Licht von den brennenden Häusern.

Alle starrten gebannt die Laternen an, doch diesmal erwachten sie nicht britzelnd und flackernd wieder zum Leben.

Das Feuer prasselte und knisterte.

Rauch wallte im Schein der Flammen in den dunklen Himmel auf.

Der Schnee fiel, die Flocken umkreisten die Säule aus aufsteigender heißer Luft.

Und immer noch blieb das Licht aus.

Victoria holte tief Luft und stemmte sich hoch. »Na, das ist ja einfach wunderbar.« Sie deutete auf die Feuersbrunst. »Können Sie sich darum kümmern?«

Farrow bleckte die Zähne. »Ma'am?«

»Weil ich mich nämlich hinlegen werde – bevor ich noch umfalle.« Ihre Hand verschwand in der Warnjacke und kam mit dem Clownskopf-Walkie-Talkie wieder hervor. »Aber nur im Notfall.«

»Bitte?« Farrow sah sie blinzelnd an, dann ging ihr Blick zu den brennenden Häusern. »Das hier ist *kein* Notfall?«

»So wie ich das sehe, ist es ein stinknormaler Wochentag.«

Victoria schleppte sich über die Schwelle von Thomson Cottage und hielt sich gähnend die Hand vor den Mund, während sie mit dem Absatz ihres Gummistiefels die Tür zudrückte.

Dann schloss sie ab.

Denn Glenfarach war nicht gerade das, was man als »sicheres Umfeld« bezeichnen würde. Und wer wusste, was die Nachbarn alles auf dem Kerbholz hatten.

Nun ja, es wäre ein Leichtes, herauszufinden, was sie auf dem Kerbholz hatten – sie hatte schließlich die Liste in ihrer Jackentasche –, aber sie würde vermutlich besser schlafen, wenn sie nicht nachsah.

Sie war gerade mal drei Schritte weit gekommen, als die nervige Stimme in ihrem Hinterkopf sie zwang, zur Tür zurückzugehen, den Schlüssel wieder ins Schloss zu stecken und ihn um neunzig Grad zu drehen. So konnte niemand von außen aufschließen oder das Schloss mit einem Dietrich knacken.

Nachdem sie noch einmal herzhaft gegähnt hatte, streckte sie die Hand nach dem Lichtschalter aus und knipste ihn dreimal an und aus, ehe die Tatsache, dass das nicht funktionieren konnte, in den heißen Wattebausch eindrang, der sich gerade als ihr Gehirn ausgab.

Der – Strom – war – ausgefallen.

»Himmelherrgott ... Ich *hasse* Glenfarach.« Sie zerrte sich die geliehenen Gummistiefel von den Füßen und tappte auf schweißnassen Socken in Pauline Thomsons Schlafzimmer, wobei sie feuchte Fußabdrücke hinterließ.

Es war eigentlich zu klein für das Doppelbett, die zwei Nachttische und den massiven Kleiderschrank aus dunklem Holz, die man hier reingequetscht hatte, aber wenigstens war das Bett noch bezogen. Auch wenn auf dem Bettbezug viel zu viele Pferde waren, als dass er jemandem über zwölf gehören könnte.

Es wäre wahrscheinlich eine gute Idee, nach sauberen Bettlaken, Kissenbezügen und einem Bettbezug für Erwachsene zu suchen, aber ... nee.

Victoria ließ sich auf das Bett kippen und wirbelte damit eine Wolke aus körnigen grauen Partikeln auf, die in der Luft hing wie ihre persönliche kleine Nebelbank. Noch ein Gähnen, das nach verbranntem Plastik und muffigem weißem Pfeffer schmeckte. Könnte ein Jahr lang durchschlafen.

Sie nahm ein gerahmtes Foto vom Nachttisch: Pauline Thomson

und Kerry Millbrae bei einem Picknick, umgeben von Sonnenschein, Gänseblümchen und Butterblumen. Im Hintergrund war leicht verschwommen die Bücherei von Glenfarach zu erkennen.

Kerry trug ein ärmelloses Top, und man sah die Narben, die sich über ihre Arme, Schultern und ihren Hals bis zu ihrem Gesicht zogen, ehe sie unter einer gewellten kastanienbraunen Perücke verschwanden. Paulines T-Shirt zeigte vier Porträts von Sandi Toksvig im Stil von Warhols Monroe-Siebdrucken.

Sie sahen glücklich aus, Kerry und Pauline, als ob das Leben ihnen endlich freundlich gesinnt wäre. Als ob sie jetzt die Garantie hätten, glücklich und zufrieden bis ans Ende ihrer Tage zu leben.

Victoria legte das Foto mit dem Gesicht nach unten auf den Nachttisch.

In Glenfarach lebte *niemand* glücklich und zufrieden bis ans Ende seiner Tage.

Sie wälzte sich stöhnend auf den Rücken und streckte alle viere von sich. »Was für ein Tag ...«

Moment mal.

Wieder entfuhr ihr ein rasselndes Stöhnen, und sie bedeckte ihre Augen mit beiden Händen, drückte sich mit den Fingern auf die Stirn, als müsste sie sie am Explodieren hindern. Morgen in aller Frühe, noch ehe die Ausgangssperre endete, musste sie DC Edward Reekie raus in den Wald schleppen und ihn unter den wachsamen Augen von Paul »Razors« Richards verscharren.

Warum musste so eine Scheiße *immer* ihr passieren?

Achtundzwanzig

Victoria hievte die letzte Schaufel Erde auf das aufgefüllte Grab und krönte ihr Werk noch mit einer Schicht Schnee. Gerade genug, um es zu kaschieren für den Fall, dass zufällig jemand vorbeikam.

Was nicht passieren würde.

Sie hatte sich eine geschlagene halbe Stunde durch den verdammten Wald kämpfen müssen, um hierherzugelangen, und das Ganze mit dem toten Gewicht von DC Reekie auf der Schulter. Ein entlegenes Tal tief im Wald, wo zwischen schneebedecktem Gras und Gebüsch ein kleiner Bach gluckerte. Eiszapfen hingen wie Dolche an den Felsen, die den Wasserlauf säumten. Eiskristalle bildeten einen Pelz auf dem Dornengestrüpp der kahlen Brombeersträucher und den schlaffen Klumpen erfrorener Farne.

Eine friedliche Winteridylle – wäre es gewesen, ohne die ganze Schufterei.

Sie warf den Spaten weg und richtete sich auf, die Hände in die Hüften gestemmt, den Kopf in den Nacken gelegt, und ließ zarte weiße Atemwolken in den fahlen Morgenhimmel aufsteigen.

Von der Sonne war nichts zu sehen, aber da war ein heller Schimmer um die schweren grauen Wolken, der wohl als Tageslicht durchging.

Dicke, eisige Schneeflocken legten sich auf ihre Haut und schmolzen dahin, während Dampf von ihren nackten Armen und ihrem neuen T-Shirt mit der James-Bond-Katze aufstieg.

Aber sie konnte nicht den ganzen Tag hier vertrödeln, es gab schließlich noch das eine oder andere zu erledigen.

Sie stapfte durch die Schneewehen zu dem Ast, an dem sie ihre petrolblaue Bluse und ihre Jacke aufgehängt hatte. Beides sah nicht mehr ganz so hübsch aus wie gestern Abend in dem Secondhandladen. Hätte besser weitergesucht, bis sie etwas Schickeres und Hochwertigeres gefunden hatte. Die Reue der Ladendiebin.

Na ja. Zu spät, sich jetzt noch Gedanken darüber zu machen.

Sie nahm Spitzhacke und Schaufel und legte sich beides links und rechts über die Schultern, während sie den Hang wieder hinaufstapfte. Zu dumm, dass sie die Warnjacke nicht hatte behalten können – es würde wahrscheinlich kälter werden auf dem langen Marsch zurück ins Dorf. Aber wenigstens war ihr nach der ganzen Buddelei ordentlich warm, und das würde hoffentlich noch eine Weile vorhalten.

Oben am Hügelkamm blitzte ein Licht auf.

Victoria kniff die Augen zusammen.

Da war er – Razors. Ihr Wachhund, der aufpasste, dass sie das hier nicht verbockte.

Von wegen.

Seine Konturen zeichneten sich deutlicher ab, je höher sie stieg: die gekrümmte Gestalt eines zaundürren alten Mannes, der einen dunkelgrünen Parka mit Kaninchenpelzkragen trug. Tweedmütze und dunkelblaue wasserdichte Hose. Die Hände steckten in dicken, gefütterten Skihandschuhen, in der einen hatte er das Teddybär-Walkie-Talkie, während er mit der anderen ein Fernglas an die Augen hielt, um ihren Weg zu verfolgen.

Er schaute immer noch durch das blöde Ding, als sie auf gleicher Höhe waren, obwohl sie nur noch ein Dutzend Schritte von ihm entfernt war. Idiot.

Sie watete an ihm vorbei und ging einfach weiter.

Er lief neben ihr her. »Als Totengräberin bist du übrigens 'ne Niete.«

Nein. Sie würde sich nicht provozieren lassen.

Das Fernglas baumelte an seinem Hals. »Du musst den Kerl *zerlegen*, bevor du ihn verbuddelst. Und das machst du auch nicht an Ort und Stelle …«

Manche Leute waren einfach verliebt in den Klang ihrer Stimme. Und es waren immer die, die am allerwenigsten zu sagen hatten.

Victoria legte einen Zahn zu und hängte ihn ab.

»He, ich red mit dir!«

Schön für dich.

Trotzdem, es wäre unhöflich, ihn völlig zu ignorieren. Sie blieb nicht stehen, aber sie ließ die Spitzhacke sinken und schwenkte die Schaufel seitwärts, sodass sie quer auf beiden Schultern ruhte und er einen guten Blick auf ihre rechte Hand hatte, als sie ihm den Mittelfinger entgegenreckte.

In diesem Moment dudelte die Zirkusmelodie in ihrer Tasche.

Sie ließ es dudeln und watete weiter durch den Schnee, zurück in Richtung Dorf.

Razors' Weegie-Akzent plärrte aus den Tiefen von Victorias Secondhand-Jacke. »*Glaubst du, ich hätte Rupert Fraser einfach nur verscharrt? Nix da, Mädel – er ist Hackfleisch.*«

Okay. Jetzt zog sie das Walkie-Talkie doch aus der Tasche.

»*Ich weiß nämlich, was ich tu. Weil, ich bin nämlich kein …*«

Sie drückte auf die Clownsnase, um ihm das Wort abzuschneiden, und hob die Stimme – so laut, dass gar kein Walkie-Talkie nötig war, um die Worte klar und deutlich bis in die Elefantenohren des alten Bastards zu tragen. »FICK DICH DOCH INS KNIE!«

Dann schaltete sie das Funkgerät aus, steckte es wieder in die Tasche und ging weiter. »Hätte mich niemals auf diesen Mist einlassen sollen, so eine gottverdammte, beschissene …« Und noch einmal Luft geholt für das große Finale: »AAAAAAAAAAAAAAAAAAAAA AAAAAAAH!«

– noch mal tief Luft holen –

(es könnte dein letzter Atemzug sein)

29

Der Motor des Schneepflugs grollt wie eine kaputte Wurlitzer-Orgel, das Gebläse heult auf Hochtouren, die Scheibenwischer führen einen aussichtslosen Kampf gegen den Schnee, den der heulende Sturm in nahezu undurchdringlichen Schwaden horizontal vor sich herjagt. Die Flocken blitzen orange und weiß, während Warnleuchte und Scheinwerfer um die Vormacht kämpfen.

Eine wirbelnde Bugwelle von körnigem Weiß spritzt vor der Pflugschar auf und wird zur Seite geworfen, als das Gefährt durch die Schneewehen brettert. Die Sichtweite beträgt nicht einmal vier Meter, was besonders fatal ist angesichts des Tempos, mit dem es unterwegs ist.

Es ist keiner von den modernen, neongelben Schneepflügen mit eingebautem Streuautomaten, sondern eine Art umgebauter Lastwagen. Mindestens dreißig Jahre alt, wenn die Staubschicht auf dem Armaturenbrett als Indiz gelten kann. Der Innenraum ist auch ziemlich schäbig, vom Lenkrad blättert der schwarze Kunststoff ab, beide Sitze sind frankensteinmäßig mit silberfarbenem Isolierband geflickt. Im Fußraum rollen Bonbonpapierchen herum.

Das Einzige, was nicht antik anmutet, ist das Tigerkopf-Walkie-Talkie, das an der Sonnenblende auf der Fahrerseite befestigt ist. Ein fröhliches, lächelndes Gesicht inmitten von Staub und Schmodder.

Obwohl – nach allem, was so passiert ist, ist das nicht das Merkwürdigste an diesem Schneepflug.

Nein, das *Merkwürdigste* ist die Person, die ihn fährt.

Eigentlich wollte ich ja nie Polizist werden, aber es ist ein bisschen zu spät, sich jetzt noch Gedanken darüber zu machen. Es ist so einiges passiert seitdem …

Edward sieht fürchterlich aus – voller Schmutz und Kratzer –, und seine Warnjacke ist an den Schultern eingerissen, sodass die weiße Kapok-Füllung hervorquillt wie Gedärme aus einem aufgeschlitzten Bauch.

Die Brust der Jacke ist mit dunkelroten Flecken verschmiert, die den neongelben Stoff überlagern und ihn nach heißen Batterien riechen lassen. Was nicht so richtig zu dem verbrannten Staub passt, den das Gebläse herausschleudert.

Seine Oberlippe ist auch blutig, aber wenigstens tropft es nicht mehr von seinem Kinn. Seine Nase ist vielleicht nicht mehr ganz so gerade, wie sie einmal war. Kratzer und Blutergüsse wuchern wild auf Wangen und Stirn. Und sein schöner neuer Armani-Anzug ist am Kragen ganz zerfetzt.

Jetzt fragen Sie sich wahrscheinlich, warum ich immer noch da bin und nicht längst auf der anderen Seite. Allein schon wegen der Sache mit dem Verscharren im Wald.

Edward reißt das Steuer nach rechts, der Schneepflug schwingt herum, schlingernd wie ein Boot auf hoher See, und macht einen Satz, als er über etwas rumpelt, das unter dem Schnee verborgen ist. Hoffentlich kein Mensch. Aber so, wie sich die Dinge in Glenfarach in den letzten drei Tagen entwickelt haben, will man lieber nichts ausschließen.

Und das mit dem Erstechen natürlich, das dürfen wir nicht vergessen. Ach ja, und das Erwürgen. Aber hauptsächlich das Verscharren im Wald, nicht wahr?

Eine Silhouette taucht vor ihm aus dem Schneesturm auf und verschwimmt wieder, als erneut ein Schwall orange und weiß leuchtender Flocken gegen die Windschutzscheibe prasselt und die Wischer Mühe haben, mitzuhalten.

Die Silhouette formt sich zu einer dicken grauen Linie mit einem klobigen Rechteck dahinter, gekrönt von einem Turm, der in den tief hängenden, wirbelnden Wolken verschwindet. Und immer größer wird, als der Schneepflug darauf zurast.

Tja, es ist eine lange Geschichte ...

Dreißig

Victoria lud ihre Last auf dem Bett ab – die Federn ächzten und protestierten, als DC Reekies Gewicht mit einem *Fffumpp* auf die Matratze niederging und eine Staubwolke aufwirbelte, deren körniger Geruch die Luft erfüllte.

Wenigstens würde ihn hier niemand finden. Nicht, dass irgendjemand nach ihm suchen würde.

Sie sah auf die Uhr, dann bedachte sie DC Reekie mit einem grimmigen Blick. »Wenn ich wegen *dir* zu spät komme und die beiden Black Joe Ivanson schon getötet haben, bevor ich dort bin ...«

Nein, das war nicht auszudenken.

Sie bohrte die Fingernägel in die Plastikfolie, die DC Reekies Gesicht bedeckte – ganz beschlagen nach dem Gewaltmarsch durch den Schnee von Bishop House hierher –, und riss sie mit einem Ruck auf.

Seine Haut war blass und mit dunkelroten Flecken verschmiert. Keine Bewegung. Kein Lebenszeichen.

Bitte nicht. Nicht nach allem, was sie durchgemacht hatte ...

Und dabei war sie doch so vorsichtig gewesen, hatte reichlich Lücken und Luftlöcher gelassen, selbst als Razors dabeigestanden und geschimpft hatte, dass sie sich so blöd anstellte.

Aber ...

Was, wenn sie nicht *ganz* so vorsichtig gewesen war, wie sie gehofft hatte? Was, wenn DC Reekie auf dem Weg hierher erstickt war? Was, wenn er *wirklich* tot war?

»Wag es ja nicht, verdammt!«

Sie holte mit der Hand aus, zielte und schlug zu. Erwischte ihn voll auf der Wange, sodass sein Kopf zur Seite flog und der Knall in dem scheußlichen kleinen Zimmer widerhallte. Keine Zeit für halbe Sachen.

DC Reekie schlug die Augen auf, dann drehte er ruckartig den Kopf, bis er sie direkt anstarrte, die Kinnlade heruntergeklappt. Der Atem rasselte und röhrte in seiner Kehle, und der Ansatz eines schrillen Schreis schaffte es gerade eben über seine Lippen, ehe sie ihm die Hand auf den Mund drückte und den Rest am Hervorbrechen hinderte.

»Klappe, Sie Idiot! Wollen Sie, dass alle mitkriegen, dass Sie gar nicht tot sind?«

30

Was zum ... gottverdammten, verfluchten, kreuzverfickten *Henker* ...??

Edward blickte wutentbrannt zu Bigtorias Gesicht auf, das dicht über ihm schwebte. Ihre große, schwielige Pranke hielt ihm den Mund zu und drückte seinen Kopf in die Plastikfolie, während glühende Glasscherben seine linke Wange versengten.

Er sog einen zischenden Atemzug durch die Nase ein und brüllte es noch einmal heraus: »SIE HABEN MICH UMGEBRACHT! SIE HABEN MICH ERSTOCHEN, UND SIE HABEN MICH UMGE-BRACHT!« Aber alles, was herauskam, war ein wütendes, unverständliches Gemurmel.

Noch etwas anderes hielt ihn auf dem Bett fest. Nicht nur dieses miese Mörderschwein, das sich als Detective Inspector ausgab, sondern etwas, das seine Arme fest an seine Brust drückte und seine Beine lähmte.

»AAAAAAAAAAAAAH!«

Er warf sich hin und her, versuchte verzweifelt, sich zu befreien, aber das Teufelszeug hielt ihn fest wie ...

Verdammt – es war die blöde Plastikfolie aus Mr Bishops Haus.

»SIE HABEN MICH ERSTOCHEN!«

Das war jetzt offenbar durchgedrungen, denn sie runzelte die Stirn. »Ich habe Sie natürlich *nicht* erstochen, Sie Trottel.« Bigtorias rechte Hand verschwand in einer Tasche und kam mit dem furchteinflößenden Jagdmesser wieder heraus, das sie ihm in den Rücken gerammt hatte. Sie setzte die Spitze der Klinge auf ihren Unterarm, unmittelbar oberhalb der Hand, die ihm den Mund zuhielt, und stach zu.

Aber die Klinge bohrte sich nicht durch den Stoff ihrer Jacke in ihr Fleisch – sie glitt einfach in den Griff zurück, wobei ein kleiner Klacks roter Farbe auf den neongelben Ärmel spritzte.

Sie hielt das Messer wieder hoch und drehte es im Halbdunkel hin und her. »Es ist noch nicht mal Metall.« Diesmal drückte sie es mit der flachen Seite gegen ihren Arm, worauf die ganze Klinge sich bog wie eine Banane. »Verchromter Gummi. Professionelle Theaterproduktionen – schon vergessen?« Bigtoria nahm ihre Knebelhand weg und lehnte sich zurück. »Sehen Sie?«

Er starrte.

Starrte sie an.

Starrte das Messer an, das kein Messer war.

Starrte die dunkelroten Tropfen an, die an ihrem Ärmel herabrannen.

Starrte wieder sie an.

»Aber … Es … Sie …«

»Kunstblut. Mein eigenes Rezept. Es ist …«

»Sie haben den Ketchup aus dem Hotel mitgehen lassen, nicht wahr? Ich hab's gewusst!«

Natürlich – jetzt wurde ihm alles klar.

Sie musste die Flasche eingesteckt haben, bevor die Nachspeise serviert wurde – hatte sie wohl in ihrer Jackentasche verschwinden lassen, als er gerade nicht hinschaute.

»Was?« Sie zog das Kinn ein und die Augenbrauen zusammen. »Nein! Machen Sie sich doch nicht lächerlich – Ketchup ist *überhaupt* nicht wie Blut. Wie blöd müsste man sein, um einen Klacks Ketchup für Blut zu halten?« Sie kräuselte die Oberlippe. »Es *riecht* noch nicht mal wie Blut. Wie könnte irgendein Mensch es jemals mit Blut verwechseln?«

»Ja, ja, ist ja schon gut. Das ist nicht der …«

»Maissirup. Maissirup, rote, grüne und blaue Lebensmittelfarbe, dazu ein Schuss Wasser. Im richtigen Verhältnis gemischt ergibt es das perfekte Theaterblut.«

Sie atmete hörbar aus, ließ die Schultern hängen und rubbelte sich das Gesicht. »Und ja, ich musste ein bisschen improvisieren, aber das wäre ja nicht nötig gewesen, wenn dieser Dödel DC Guthrie nicht im Vollsuff die Treppe runtergefallen wäre.« Sie ließ sich nach hinten fallen und starrte grimmig zur Decke auf. »Es hätte alles so einfach sein sollen: Ich ›töte‹ Guthrie, Marky Bishop glaubt, dass ich tatsächlich auf seine Seite übergelaufen bin, und ich bleibe an ihm dran, bis wir rausfinden, wo diese verdammten Tresorboxen sind.«

»Aha.« Edward nickte – soweit ihm das unter den Umständen überhaupt möglich war. »Das klingt absolut plausibel.« Er entspannte sich ein wenig. »Zumal, nachdem Sie jetzt alles erklärt haben.« Und dann zappelte er und wand sich in seinem Plastik-Kokon wie ein sterbender Hering. »SIE HÄTTEN MIR VERDAMMT NOCH MAL SAGEN KÖNNEN, DASS SIE VORHATTEN, MICH ...«

Sie drückte ihm wieder die Hand auf den Mund. »Ich wusste doch nicht, ob ich Ihnen vertrauen kann. Ich wusste nicht, ob wir beobachtet werden. Ich wusste nicht, ob sie versteckte Mikrofone hatten ... oder sonst irgendeinen James-Bond-Scheiß.«

Es war schade, dass Bigtoria nichts als empörtes Genuschel hören konnte, denn er hatte ihr eine Menge zu sagen – extrem ordinäre Schimpfwörter, Flüche und einige exquisite, anatomisch herausfordernde Ratschläge.

Endlich ging ihm die Luft aus, und er sackte aufs Bett zurück.

Sie zog eine Augenbraue hoch. »Sind wir fertig?«

Er funkelte sie an. Dann schloss er die Augen und nickte.

Sie nahm den fünffingrigen Knebel weg. »Gut.«

»Wie konnten ...« Er presste es mit zusammengebissenen Zähnen hinaus. »Ich dachte, ich würde *sterben*!«

Bigtoria machte eine wegwerfende Handbewegung. »Ein schlichter Naked Reverse Choke Hold. Setzt einen für zehn, maximal fünfzehn Minuten außer Gefecht. Nur sehr wenige Menschen sind bisher daran gestorben.«

Sehr wenige?

»Soll mich das vielleicht beruhigen?«

»*Und* ich habe Sie vor Razors gerettet, oder nicht? Er hätte Ihnen die Kehle aufgeschlitzt. Falls Sie Glück gehabt hätten.«

Das war doch nicht der Punkt.

Na ja, vielleicht doch.

Aber nur teilweise.

Und sie hätte ihm trotzdem verdammt noch mal sagen können, was passieren würde.

Wie würde *sie* es finden, wenn er *sie* umbringen und dann wieder zum Leben erwecken würde, in einem popeligen kleinen Schlafzimmer, das nach Schimmel und ... Fürzen stank?

Bigtoria zog eine Schicht der dicken, transparenten Plastikfolie ab.

»Bitte, gern geschehen.«

»Sie hätten es mir sagen sollen.« Und wenn er sich beleidigt anhörte, na und? Er hatte schließlich allen Grund dazu. Er setzte sich auf und blickte sich um – der staubige Kleiderschrank, der staubige Nachttisch, das staubige Fensterbrett, die staubige Bettdecke, und dieser fürchterliche Kloakengestank ... »Wo sind wir?«

»In Pauline Thomsons Haus. War Ihre Idee, schon vergessen?«

Irgendwie hatte er nicht gedacht, dass es so versifft sein würde.

»Ich weiß, das ist alles ziemlich verfahren.« Bigtoria ballte die Fäuste und blickte stirnrunzelnd auf sie hinunter. »Aber was immer in diesen Tresorboxen ist – die Oberbosse machen sich schier in die Hosen deswegen. Es ist unsere oberste Priorität, den Zugang dazu zu sichern – alles andere ist sekundär.« Ein Lächeln ließ Grübchen in ihren Wangen erscheinen. »Wenn es irgendein Trost ist: Ihre schauspielerische Leistung war perfekt. Absolut oscarreif.«

»Oh, danke. *Vielen* herzlichen Dank auch.«

Sie zerriss die letzte Schicht Plastikfolie und befreite seine Arme und Beine. »Marky und Razors glauben, dass Sie tot sind, und sie glauben, dass ich auf ihrer Seite bin. Und das soll auch so bleiben.« Sie stand auf. »Und jetzt muss ich so schnell wie möglich rüber zu Black Joe Ivansons Haus, bevor sie dort ankommen und ihn auch umbringen.«

Er setzte sich auf. »Was soll ich denn ...«

»Sie bleiben hier, Sie lassen das Licht aus, und Sie stellen sich *tot*. Verstanden?«

Er rutschte nach hinten, bis er gegen das Kopfbrett stieß. »Das war ich auch um ein Haar!«

Bigtoria rührte sich nicht. »Haben Sie eine Ahnung, wie lange es gedauert hat, diese Operation auf die Beine zu stellen? Was ich alles tun musste, um hierherzukommen? Um das Vertrauen dieser Kotzbrocken zu gewinnen?« Sie hob einen Wurstfinger und zeigte genau auf Edwards Stirn. »Sie vermasseln mir das nicht, verstanden?«

Dann drehte sie sich um und marschierte hinaus in den Flur.

Er kickte die Plastikfolie auf den Boden. »Ich will schwer hoffen, dass diese Tresorboxen es wert sind.«

»*Halten Sie einfach still und lassen Sie mich meinen verdammten Job machen.*«

Ihre Gummistiefel trampelten über den Flur. Dann das Geräusch einer Tür, die geöffnet wurde. Dann noch eines, aber wesentlich leiser. Und dann fiel die Tür ins Schloss.

Und das war's.

Er war wieder lebendig, aber ganz allein. Im Dunkeln, im Haus einer toten Frau.

Super.

Edward ließ sich gegen das Kopfbrett sinken.

In dieser Woche war irgendwie der Wurm drin …

Irgendwie komisch.

Fix und fertig, aber zu müde, um schlafen zu können.

War aber auch wirklich kein Wunder – nach allem, was in den letzten zwei Tagen passiert war. Mit dem Sterben und den Morden und so. Und der Kälte.

Keine Ahnung, wann Pauline Thomson ihr Haus aufgegeben hatte, um zu Kerry Millbrae zu ziehen, aber vermutlich war die Heizung seit Monaten nicht mehr eingeschaltet worden. Man kam sich vor wie in einem Kühlschrank. Selbst mit dieser staubigen Bettdecke, die er um seine Warnjacke geschlungen hatte.

Ganz zu schweigen von der sehr realen Gefahr, dass Mr Richards und Mr Bishop herausfanden, dass Bigtoria ihn nicht *wirklich* getötet hatte, und hier aufkreuzten, um die Sache zu Ende zu bringen. Und mit diesem scheußlichen Rasiermesser an ihm herumzuschnippeln …

Kein Wunder, dass er nicht schlafen konnte.

Edward rieb sich die Brösel aus den Augen und stellte den Ton an seinem Handy leiser, bis der Song, der gerade lief, kaum noch zu hören war. Musste schließlich den Akku schonen. Der ohnehin schon fast leer war. Und es gab natürlich keine Möglichkeit, ihn aufzuladen, weil der Strom komplett ausgefallen war.

Es fühlte sich ein bisschen unheimlich an, ins Wohnzimmer zu schleichen und wie ein Perverser über den Fenstersims zu spähen, auf die unbeleuchteten Straßen von Glenfarach hinaus. Keine grellen LED-Laternen, kein Licht in den Fenstern. Nur der gespenstische blau-graue Schimmer des Schnees, der sich durch die Ritzen im Vorhang stahl und schwächer wurde, als Edwards Atem das kalte Glas beschlug.

Obwohl – da war doch ein Lichtschein am Himmel, irgendwo am anderen Ende des Dorfs. Gelb und orange und rot, reflektiert von der Unterseite einer öligen schwarzen Rauchwolke.

Da brannte offenbar wieder ein Haus – wahrscheinlich ein weiterer Tatort, an dem Spuren vernichtet werden sollten. Die Bilanz lautete bisher: zwei ermordete Bewohner, eine vermisste und vermutlich tote Sozialarbeiterin und ein Polizeibeamter mit Schädelbruch. Was sollte diesmal vertuscht werden – noch ein gefolterter Sexualstraftäter? Oder war es vielleicht Caroline Mansons Leiche, die da in Rauch aufging, damit die Spurensicherung auch bestimmt nichts Verwertbares mehr vorfinden würde?

Falls sie jemals hier ankämen.

Wenn das so weiterging, wären bis dahin alle tot, und von Glenfarach wäre nichts mehr übrig als ein Haufen schwelende Trümmer.

Wäre nicht schade drum.

Er ließ den winzigen Schlitz, den er im Vorhang geöffnet hatte, wieder zufallen, und atmete tief durch, während die Foo Fighters ihm ins Ohr flüsterten.

Es stank wirklich erbärmlich hier drin – ein säuerlicher, brauner Ungeputzte-Toilette-Gestank, der sich aus der Küche und dem Bad ausbreitete. Nicht gerade einladend.

Aber es blieb ihm keine Wahl. Wenn die Natur nach ihrem Recht verlangte, musste man dem Ruf folgen oder sich in die Hose machen. Er holte noch einmal tief Luft, dann tappte er ins Bad, schloss die Tür und schaltete dann erst seine Stirnlampe ein.

Er klappte den Klodeckel und die Brille hoch und erblickte eine saubere, leere Schüssel. Na ja, bis auf diesen Ring am Porzellan, wo es in den trockenen Siphon überging. Aber nichts, was den fürchterlichen Geruch erklären würde.

Edward war gerade mittendrin, als es irgendwo hinter ihm einen dumpfen Schlag tat, der ihn aus dem Konzept brachte, sodass ein paar Tropfen das Ziel verfehlten und auf dem Fliesenboden landeten.

Dann ein Klacken.

War das die Haustür?

Okay …

Keine Panik.

Oder nur ein kleines bisschen.

Er schaltete die Stirnlampe aus, beendete sein Geschäft so schnell wie möglich im Dunkeln, packte den kleinen Ted ein und zog das Schälmesser aus der Tasche, das er aus der Küche hatte mitgehen lassen. Die Bettdecke, die er sich übergeworfen hatte, ließ er im Bad liegen – im Moment waren Unauffälligkeit und uneingeschränkte Beweglichkeit wichtiger als Wärme.

Das Knarren und Quietschen von Scharnieren bedeutete, dass der Eindringling in eines der anderen Zimmer vorgedrungen war.

Edward tastete sich an der Wand entlang zur Badtür und öffnete sie vorsichtig einen Spalt breit, um in den Flur zu spähen.

Niemand zu sehen.

Es war Mr Richards, nicht wahr? Mit seinem blutigen Rasiermesser. Gekommen, um die Sache zu Ende zu bringen.

Tja, da erwartete ihn eine höchst unangenehme Überraschung, denn ein Edward Theodore Reekie würde sich nie und nimmer kampflos geschlagen geben.

Er packte das Messer fester.

Du schaffst das, Edward.

Eine Diele knarrte irgendwo im Haus. Dann noch eine.

Edward schlich hinüber zur Küche und lugte vorsichtig um die Ecke … Fehlanzeige. Dann sah er im Wohnzimmer nach … Wieder Fehlanzeige. Gästezimmer … Zum dritten Mal Fehlanzeige. Blieb nur noch das Schlafzimmer.

Mit zusammengebissenen Zähnen riss er die Tür auf und stürmte hinein, das Messer in der einen Hand, während er mit der anderen seine Stirnlampe einschaltete, deren Strahl die Dunkelheit durchschnitt. »POLIZEI! KEINE BEWEGUNG!«

»Du Scheiße!« Bigtoria lag ausgestreckt auf dem Bett, als der Lichtstrahl sie traf. Sie warf sich zur Seite – ihre Warnjacke blitzte auf wie eine radioaktive Zitrone –, rutschte über die Bettkante und landete krachend auf dem Boden.

Oh.

Sie sprang auf, die Augen weit aufgerissen, die Fäuste gehoben. Ihr Gesicht war mit Ruß und Dreck verschmiert, ihre Haare an den Spitzen ein bisschen gekräuselt und angesengt, wo sie nicht nass von geschmolzenem Schnee waren. Der Rauchgeruch, den sie ausströmte, war so intensiv, dass er sogar diesen eigenartigen Küchen-Toiletten-Gestank überlagerte.

»Chefin?«

»Lassen Sie den Quatsch!« Sie hob eine Hand vors Gesicht, um sich vor dem Lichtstrahl zu schützen. »Und schalten Sie die verdammte Lampe aus!«

»'tschuldigung, Chefin.« Er tat, wie ihm geheißen, und es ward Finsternis.

»Wollen Sie vielleicht, dass wir beide draufgehen?«

»Aber ich wusste doch nicht, ob Sie es sind oder irgendein anderer Ganove!« Er griff mit der freien Hand in die Jackentasche. »Sie hätten mich anrufen sollen …« Ah. Kein Teddybär.

Sie schüttelte den Kopf. »Razors hat Ihr Walkie-Talkie.«

Mist.

Er deutete auf die rundliche Silhouette, bei der es sich vermutlich um ihren Kopf handelte. »Es hat wieder ein Feuer gegeben, nicht wahr?«

»Ach was?«

Kleine Details lösten sich aus der Dunkelheit, als seine Augen sich allmählich daran gewöhnten. Er konnte sehen, wie Bigtoria ihre Warnjacke auszog und auf den Boden fallen ließ, wo sie mit einem verdächtig lauten, metallischen *Klonk* landete. Dann ließ sie sich auf die Bettkante sinken, als ob sie gerade drei Marathons gelaufen wäre und nie wieder froh werden würde. »Ich bin zu spät gekommen. Joe Ivanson war schon tot. So gut wie.« Sie rieb sich mit beiden Händen das Gesicht. »Marky Bishop will, dass wir Ihre Leiche gleich morgen früh beseitigen. Razors wird ›ein Auge darauf haben‹, dass ich es auch richtig mache.«

»Augenblick mal – meine *Leiche* beseitigen?«

»Genau.« Bigtoria zog ihren Blazer und ihre Socken aus. »Ich dachte an Verscharren.«

Edward wich zwei Schritte zurück und fiel beinahe über etwas, das in der Düsternis lauerte. Ein rechteckiges Etwas aus Metall, mit Aufklebern zugepflastert. Ihr blöder Werkzeugkasten. »Mit Verlaub, Detective Inspector Montgomery-Porter, aber Sie können mich mal.«

»Sie sind so eine Mimose.« Ein kurzes Lachen. »Und ich sollte es wissen – hab schließlich mit genug von der Sorte gearbeitet.« Sie bückte sich und hob ihre Warnjacke wieder auf. »Bitte sehr.«

Bigtoria hatte offenbar tiefere Innentaschen in ihrer Jacke als er, denn sie zog eine braune Sauerstoffflasche hervor, so lang wie ihr Unterarm. Sah aus wie die Flasche, die Mr Bishop am Dienstag dabeigehabt hatte, als sie ihn vom Gefängnis abgeholt hatten. Es war sogar eine Maske daran angeschlossen. »Doc Griffiths hat einen Nachfüllservice für Bewohner mit Atemproblemen. Zum Glück hat er auch Reserveflaschen.«

Was zum Teufel hatte *das* mit alldem zu tun?

War auch egal, denn er wollte mit diesem … total durchgeknallten Zirkus nichts zu tun haben.

Er zog das Kinn ein. »Nee. Nix da. Ich mach da nicht mit.«

»Klappe.« Ihre Stimme wurde härter. »Wir beide sind hier ganz auf uns gestellt. Wir sind eingeschneit, die Verstärkung kommt nicht durch, es gibt kein Entkommen. Entweder wir ziehen das durch, oder sie erwischen uns, und dann sind wir wirklich tot.« Bigtorias Schultern senkten sich. Sie rieb sich mit den Handballen die Augen, als ob sie ihnen ein bisschen Leben einmassieren wollte. Dann ließ sie einen langen, erschöpften Seufzer entweichen. »Also, folgender Plan ...«

– Schnee, Blut, Tod und Schmerz –

(hier kommt der Sturm)

31

Edward checkte sein Handy in der Dunkelheit. War gar nicht so einfach – es war verdammt eng hier, und er lag auf der Seite, in Embryonalstellung zusammengerollt, und dann noch das ganze Gewicht, das auf ihm lastete ... Aber irgendwie schaffte er es.

Auf dem Display leuchtete etwa eine Sekunde lang »09:50« auf, dann wurde es schwarz und blieb schwarz.

Akku leer.

Natürlich, was sonst.

Ha. Ha. Ha ...

Wirklich zum *Schreien.*

Er holte zischend Luft und brüllte es hinaus, der Schrei gedämpft von der Sauerstoffmaske vor seinem Mund. Dann lag er da, die Stirn in die Falten von Bigtorias Warnjacke gepresst. Der Rest war um seinen zusammengerollten Körper gewickelt – als wäre er mit dem Kopf voran in einen Schlafsack gekrochen.

Klaustrophobisch, unbequem – aber immerhin war er noch am Leben.

Obwohl ...

Es war ein bescheuerter Plan.

Hätte sich nie darauf einlassen dürfen. Zur Hölle mit der »Mission«, zur Hölle mit den Oberchefs, zur Hölle mit den mysteriösen Tresorboxen, zur Hölle mit Glenfarach, und zur Hölle mit Detective Inspector Victoria Elizabeth Montgomery-Porter.

Uff ...

Die zusätzliche Warnjacke hielt *etwas* von der Kälte ab, die aber trotzdem seinen Hintern schockfrostete und die Gummistiefel in Gefriertruhen verwandelte, in denen seine Füße längst über das Stadium der Taubheit hinaus waren und nur noch zwickten, pochten und schmerzten.

Bestimmt waren die Erfrierungen in seinen Zehen schon voll im Gange.

Pfff ...

Und es gab nichts zu tun. Was sich wahrscheinlich wie das geringste Problem anhörte im Vergleich dazu, lebendig begraben zu sein, aber er war jetzt schon eine halbe Ewigkeit hier unten und langweilte sich zu Tode.

Dazu kam noch, dass seine Gesichtshaut ganz straff und schmierig war von der Fettschminke, die ihm Bigtoria in Pauline Thomsons Haus draufgeklatscht hatte. *Oh, Sie müssen unbedingt überzeugend aussehen, Constable. Die erwarten doch, dass Sie wie eine Leiche aussehen, Constable. Ich weiß, was ich tue, Constable.*

Ja, okay, mochte schon sein, dass sie ihn erfolgreich in ein wachsgesichtiges, leichenblasses, ausgeblutetes Messerstich-Opfer verwandelt hatte, aber darum ging es nicht. Das Zeug stank auch noch ganz übel – der Geruch nach ranzigem Kerzenwachs füllte seine Sauerstoffmaske, denn an frische Luft war hier in diesem dunklen, kalten, elenden Loch selbstverständlich nicht zu denken.

Verdammt. Neun Uhr fünfzig, plus ein paar Minuten – das hieß, dass es jetzt schon fast eine Stunde war. Wer auch immer da oben gestanden und zugeschaut hatte, dürfte sich längst vom Acker gemacht haben.

Er wälzte sich in die Bauchlage, rutschend und glitschend in seinem neongelben Kondom, zwang seine Arme und Knie unter die Brust und machte die Mutter aller Liegestütze. Die Zähne zusammengebissen, die Augen zugekniffen, schob und drückte er mit aller Kraft ... Die Erde, die Steine und das ganze Zeug waren wahrscheinlich nach dem endlosen Schneefall hart gefroren. Er würde niemals hier rauskommen, und der Sauerstoff in der Flasche würde ausgehen, und er würde ersticken und sterben, und niemand würde jemals seine Leiche finden, und es wäre alles die Schuld dieser *verfluchten* Bigtoria!

Und dann bewegte sich die Erde über ihm.

Anfangs noch nicht sehr viel, nur ein paar Zentimeter. Dann immer mehr und immer schneller – die zusätzliche Warnjacke rutschte von seinem Rücken herunter, als es ihm gelang, die Gummistiefel unter seinen Körper zu bekommen, und er seine tauben Füße zwang mitzuhelfen, während er mit aller Kraft drückte und schob und mit einem weiteren Urschrei aus voller Kehle die letzten Reserven mobilisierte.

Sein Kopf tauchte als Erstes auf, gefolgt von seinem rechten Arm, und er kämpfte sich aus der modrigen grau-braunen Erde heraus wie eine Gestalt in einem Zombiefilm. Dann kam der linke Arm nach.

Ha!

Er reckte die Faust gen Himmel und ließ einen von der Sauerstoffmaske gedämpften Triumphschrei vom Stapel. »FREIHEIT!«

Oh, Gott sei Dank ...

Er riss sich die Maske herunter und sog gierig die nach Pfeffer schmeckende Winterluft ein. Und fing sofort wie blöd zu husten und zu prusten an, weil er anscheinend keine Ahnung hatte, wie Atmen ging. Oder weil er es vergessen hatte.

Mannomann ...

Lebendig begraben.

Also, das war eine Erfahrung, die er nie wieder machen wollte.

Er begann die Erde um seinen Brustkorb herum wegzuschaufeln, mit Fingern, die schon die Farbe von tiefgefrorenen Rindswürstchen angenommen hatten. Sie brannten, als ob er sie in Brennnesseln eingewickelt und dann angezündet hätte. Aber es dauerte nur eine Minute, das Loch so zu erweitern, dass er sich hinauswinden konnte.

Dann lag er da auf dem Rücken im Schnee und blinzelte hinauf in die weichen weißen Flocken, die auf ihn herabrieselten, und blies Dampfwolken in die Luft.

Es dauerte aber nicht lange, bis die Kälte durch seine nackte Haut und seine Hose drang, während die durch die körperliche Anstrengung erzeugte Wärme in der eisigen Luft des Donnerstagmorgens verflog. Und er am ganzen Leib zitterte.

Oder vielleicht war es der Schock?

Oder vielleicht hatte es etwas damit zu tun, dass er keine zwei Stunden ununterbrochenen Schlaf gehabt hatte, seit sie in Glenfarach angekommen waren?

So oder so, es war einfach nur furchtbar.

Er brauchte drei Versuche, um sich in die Vertikale zu hieven. Er stampfte mit den Füßen, um wieder etwas Leben in die verdammten Eisklötze am Ende seiner Beine zu bekommen. Dann drehte er sich im Kreis und ließ den Blick über die schnee- und eisbedeckte Landschaft schweifen.

Okay, das war nicht gut.

Wo war die Spur?

Es war nicht einfach gewesen, zu verfolgen, welchen Weg Bigtoria in den Wald genommen hatte, da er A) auf ihrer Schulter gelegen hatte und B) in ein muffig riechendes Betttuch aus Pauline Thomsons Wäscheschrank gehüllt war. Doch er hatte sein Bestes getan. Und auch wenn er sich nicht an jede Wegbiegung erinnern konnte, hatte Bigtoria doch eine schöne breite Schneise hinterlassen, als sie durch den Schnee gewatet war. Er musste nichts weiter tun, als dieser Spur zurück in den Ort zu folgen.

Er drehte sich noch einmal um die eigene Achse.

Immer mehr dicke weiße Flocken trudelten aus dem trüben, anthrazitfarbenen Himmel herab. Wie sie es wahrscheinlich die letzte Stunde getan hatten. Mit der Folge, dass weit und breit nichts mehr darauf hindeutete, dass sie ihn hierhergetragen hatte.

Er klappte nach vorne um und schlug sich die erfrorenen Hände vor das glühende Gesicht. »AAAAAAAAAAAAAAAAAAHH!«

Dann richtete er sich auf.

Moment mal – es war trotzdem okay. Auch wenn er ihre Spuren nicht finden konnte – das *GPS* funktionierte doch auch ohne ein Handynetz. Sergeant Farrow hatte das bewiesen, als sie gestern im Wald gewesen waren, um nach Geoff Newmans »Brücke« zu suchen. Er musste nichts weiter tun, als die Karte auf seinem Handy aufzurufen und dem digitalen Pfad bis nach Glenfarach zu folgen.

Doch als er sein Handy hervorzog …

»Verdammte Hacke!«

Kein Akku – schon vergessen? Du Vollidiot! Hast da unter der Erde gelegen und alle fünf Minuten auf die Uhr geschaut, anstatt den

Akku für etwas viel Wichtigeres zu schonen. Wie willst du jetzt den Weg zurück ins Dorf finden?

Edward biss sich auf die Unterlippe und legte den Kopf in den Nacken. Blickte blinzelnd auf in das gottverdammte Schneegeriesel.

Er würde hier draußen erfrieren, in diesem saublöden Scheiß-Winter-Wunderland.

»ICH HASSE DIESES VERDAMMTE KAFF!«

Der Wald warf das Echo seiner Worte von Baum zu Baum und verhöhnte ihn mit seiner eigenen Stimme: »*Kaff. Aff. Aff. Aff. Aff.*«

Oh Mann.

Reiß dich zusammen, Edward.

Du wirst nicht hier sterben.

Du bist doch ein großer Junge und nicht auf den Kopf gefallen, oder?

Aber klar doch.

Glenfarach liegt in einem Tal. Das bedeutet, dass du nur immer bergab gehen musst, bis du entweder auf das Dorf oder auf die Straße stößt.

Kein Problem.

Solange du nicht unterwegs an Unterkühlung stirbst.

Tja …

Gut, eine Sache würde vielleicht helfen. Er kramte seine Police-Scotland-Wollmütze aus der Tasche, stülpte sie sich auf den Kopf und zog sie so weit herunter, wie es nur ging, sodass sie seine Ohren fast ganz bedeckte.

Oder besser gesagt, *zwei* Sachen.

Er ging zitternd zurück zum Rand des Grabs und griff in das Loch, durch das er rausgeklettert war. Scharrte mit schmerzenden Fingern in der Erde und den Steinen herum, bis er ein Stück glatten Stoff zu fassen bekam.

Er zog Bigtorias Warnweste aus der Erde und schüttelte sie. Innen war sie teilweise mit der graugrünen Fettschminke von seiner Stirn und seinen Wangen verschmiert. Er vergrub sein Gesicht im Futter der Jacke und rieb und rieb, bis dieser muffige Kerzenwachs-Geruch nachließ. Wenigstens dürfte er jetzt nicht mehr ganz so zombiehaft aussehen.

Anschließend zog er ihre mit Kunstblut und Leichen-Schminke versaute Jacke über seine eigene an. Denn zum Glück war sie ungefähr so groß wie ein Einmannzelt.

Wahrscheinlich sah er darin aus wie ein neongelbes Michelin-Männchen, aber es war besser, als zu erfrieren.

Okay.

Ene, mene, mu.

Er wählte aufs Geratewohl eine Richtung und stapfte durch den Schnee davon.

Wie sollte ein Mensch in dieser verfluchten weißen Hölle den Weg finden?

Edward watete durch eine weitere Lichtung, wo der Schnee knietief lag, immer an der Baumreihe entlang, die sie säumte, eine Atemwolke hinter sich herziehend wie eine altmodische Dampflok, schnaufend und keuchend, die Hände in die Taschen der äußeren Warnjacke gesteckt, die Schultern hochgezogen, den Kopf gesenkt.

Vorbei an großen, fetten Felsbrocken und halb zugeschneiten Ginsterbüschen, während noch mehr von dem Teufelszeug aus dem granitgrauen Himmel herabwehte. Und die Welt unter sich begrub. Tiefer und tiefer, bis nur eine einzige, endlose weiße Einöde übrig blieb und die Menschheit vom Antlitz der Erde getilgt war.

Und an allem war nur diese blöde DI Montgomery-Porter schuld.

Schwer atmend kämpfte sich Edward den Hang hinauf und benutzte die Stämme von halb versunkenen Buchen als Griffe, um sich durch den hüfthohen Schnee zu schleppen. Jeder Schritt ein Kampf. Schweiß lief ihm über Gesicht, Brust und Rücken, die Socken quatschten in seinen Gummistiefeln, die klatschnasse Hose klebte ihm an Schienbeinen und Oberschenkeln.

Müde.

Fix und fertig.

Durstig …

Hätte dran denken sollen, bevor sie von Pauline Thomsons stinkendem Haus aufgebrochen waren. Eine Flasche Wasser einstecken. Oder Wein. Oder Gin.

Ein großer, fetter Gin wäre jetzt genau das Richtige.

Aber es gab keinen, also schöpfte er eine Handvoll Schnee aus den Massen, in denen seine Beine steckten, und stopfte sich das Zeug in den Mund. Was ungefähr so unbefriedigend war, wie es sich anhörte.

Von wegen, »folgender Plan« … Bigtoria würde einen vernünftigen Plan nicht einmal erkennen, wenn er ihr ein Messer in den Rücken rammen und sie im Wald verscharren würde.

Es sah alles gleich aus. Wie konnte es sein, dass *alles* gleich aussah? Es musste doch irgendein Stück in diesem Bastard von einem Wald geben, das nicht haargenau so aussah wie jedes andere verdammte Stück. Aber nein – überall nur Bäume und Schnee und Buckel und Hubbel, alles unter einer endlosen, lückenlosen weißen Decke begraben …

Edward blieb schwankend stehen und drehte sich langsam im Kreis. Bäume. Schnee. Buckel. Hubbel. Mehr gab es hier nicht. Immer und immer und immer wieder das Gleiche.

Und von wegen immer bergab gehen – es ging immer so lange bergab, bis es irgendwann nicht mehr weiterging und er sich den nächsten Hang hinaufschleppen musste, und warum hatte er sich von dieser blöden DI Montgomery-*Leckmichdochkreuzweise*-Porter dazu überreden lassen?

»AAAAAAAAAAAAAAAAAAAAAAH!« Der Urschrei wurde in einer gespenstisch grauen Wolke vom Wind davongetragen und vom Schneegestöber verschlungen.

Inzwischen war jeder einzelne Schritt so, als hätte ihm jemand an jedes Bein einen Betonklotz gebunden.

Edward stolperte auf die nächste Lichtung, wurde langsamer und langsamer und blieb schließlich stehen. Reglos wie eine Statue.

Oder wie eine tiefgefrorene Leiche, die er bei diesem Wetter bald sein würde, wenn er nicht weiterging.

Weitergehen oder sterben, so sah es aus.

Wunderbar …

Das Gelände fiel vor ihm ab und riss eine Lücke in die endlosen Reihen von Kiefern, die sich in der Ferne im weißen Dunst verloren und mit ihren Wipfeln die Unterseite der Wolken berührten.

Seine betonschweren Beine kamen abrupt zum Stillstand, und Edward kippte nach vorne. Und mit beiden Händen in den Jackentaschen hatte er keine Chance, den Sturz abzufangen oder das Gleichgewicht …

Ffummmppp – mit dem Gesicht voran landete er im Schnee.

Er zog die Hände heraus, rappelte sich auf die Knie hoch und spuckte kalte weiße Batzen aus, während er sich das verfluchte Zeug von den Wangen und aus den Augen wischte. Dann stand er auf und wankte ein paar Schritte zurück. Zitternd am ganzen Leib, das Zischen des Bluts in seinen Ohren, die Zähne zusammengepresst wie ein Schraubstock.

Musste das jetzt *auch noch* sein? War das alles nicht schon schlimm genug?

Da ragte etwas aus dem Boden, wo seine Füße gewesen waren, als er gestolpert war – ein Busch. Er war über einen saublöden *Busch* gestolpert. So einen bescheuerten Klumpen von saudummem Heidekraut, der hier in der verschneiten Wildnis gelauert und nur darauf gewartet hatte, dass jemand vorbeikam und über ihn stolperte.

Verdammt noch mal.

Er trat das blöde Ding, trampelte darauf herum und trat es noch einmal. Gab ihm Saures mit seinen Gummistiefeln, bis kleine Zweige abbrachen. Dann stand er da, schwer atmend, das Gesicht heiß wie glühende Kohle, der Atem brennend wie Chili in seiner Kehle.

Nur ein Busch.

Er beugte sich vor und packte seine kalten, feuchten Knie, während Tränen des Frusts auf seinen glühenden Wangen verdampften.

Also, wenn er das hier überlebte … und wenn er dann Detective

Inspector Montgomery-Porter in die Finger bekäme? Kein Gericht im ganzen Land würde ihn verurteilen. Im Gegenteil, man würde ihm einen Orden verleihen und eine verdammte Parade für ihn veranstalten.

Edward richtete sich auf. Wischte sich den Schweiß aus dem Gesicht.

Und sank wieder ein Stück in sich zusammen.

Denn das hier war einer von diesen Orten, wo Menschen sich verirrten und nie mehr gesehen wurden. Nicht mal ihre säuberlich abgenagten Knochen ...

Er schüttelte sich.

Komm schon, du weißt doch, dass du es schaffen kannst, oder?

Er drehte sich um.

Es gab wahrscheinlich irgendeinen schlauen Pfadfinder-Trick, mit dem man sich orientieren konnte, irgendwas von wegen auf welcher Seite der Baumstämme Moos wuchs oder wo die Sonne stand ... Aber er hatte keinen blassen Schimmer.

Hätte sich dieses Buch aus der Bücherei ausleihen sollen – *The Scientific American Boy*, so wie Geoff Newman. Da stand bestimmt solches Zeug drin.

Er wollte sich gerade noch einmal um die eigene Achse drehen, als es plötzlich laut krachte und ein Ast zu Boden ging, der die allzu schwere Last des Schnees nicht länger hatte tragen können.

Absolut nachvollziehbar ...

Also, zurück zur ...

Moment mal.

Er rückte langsam weiter vor. Kniff die Augen zusammen. Legte den Kopf schief. Da war irgendwas Komisches dort am Rand der Lichtung, vielleicht fünf Meter von der Stelle entfernt, wo der abgebrochene Ast niedergegangen war. Je näher er kam, desto weniger natürlich sah das Ding aus – dafür war es allein schon zu regelmäßig: oben rechteckig, an den Seiten schräg.

Nach drei weiteren schwerfälligen Schritten war klar, dass es sich um irgendeine behelfsmäßige Holzkonstruktion handelte: Baumstämme und Äste, zusammengebunden mit haarigen braunen Stricken. Ungefähr so groß wie ein kleiner Wohnwagen, teilweise in den Hang hineingebaut und getarnt mit Ballen von Ginster und Farn. Zweige waren in die Wände geflochten, eine dicke Schicht auf dem schneebedeckten Dach aufgehäuft.

Es gab sogar eine primitive Holztür mit einem Knebelverschluss als Klinke, der aussah, als stammte er von einem alten Dufflecoat.

Halleluja. Aber so was von.

Okay, sonderlich warm war es da drin wahrscheinlich nicht, aber bestimmt *trocken*, und die Chance, mal fünf Minuten auf seinem Hintern zu sitzen, geschützt vor diesem gottserbärmlichen Scheißwetter, wäre der größte Luxus seit Erfindung der elektrischen Heizdecke.

Er lief darauf zu …

Und blieb stehen.

Vor der Tür war eine halbkreisförmige Furche durch den Schnee gezogen. Mit scharfen Konturen, noch kaum verwischt von dem anhaltenden Schneesturm. Die Tür war vor Kurzem geöffnet worden.

Das war ja *überhaupt* nicht verdächtig.

Edward schlich auf die selbst gebastelte Tür zu und legte das Ohr ans Holz.

Stimmen. Genauer gesagt, eine männliche Stimme und jemand anderes, der weinte.

»Na los doch, tu was. Wehr dich ein bisschen, Herrgott noch mal!«

Okay.

Er straffte die Schultern, packte den Knebelverschluss mit seinen violett verfärbten Fingern und riss die Tür auf. »POLIZEI! KEINE BEWEGUNG!«

Eine batteriebetriebene Campinglampe hing an einem Balken in der Mitte der Decke und warf einen schmierig gelben Schein über einen Raum von den Dimensionen eines größeren Gartenschuppens. Regale säumten alle vier Wände, bestückt mit Wodka- und Whiskyflaschen, Konservendosen, Kekspackungen, einer Reihe Kreppbandagen, Pflastern, Schmerztabletten und Salben. Eine Reihe von Haken war in eine der Wände geschraubt, daran aufgehängt ein Sortiment

Bondage-Utensilien, dem Anschein nach alles selbst gemacht: Ball-knebel, Handschellen, Lederpaddel, Riemen und Fesseln.

Mehrere schmuddlige Teppiche waren auf dem Boden ausgelegt, vermutlich direkt auf der blanken Erde, und genau in der Mitte lag eine Matratze, bezogen mit einem Spannbetttuch, darauf eine Bett-decke mit Postman-Pat-Bezug und ein Peppa-Pig-Kopfkissen.

Und von dort kamen die Geräusche.

Eine Frau wich ängstlich gegen die hintere Wand zurück. Sie trug nichts als einen schmutzigen alten Bademantel und ein Paar Wollsocken. Ihre Haut war gerötet und zerschrammt, frischer Schorf auf Wangen, Stirn, Händen und Knien. Der Mund auf einer Seite geschwollen. Ihre lange, gerade Nase war nicht mehr gerade, eine Kruste von getrocknetem Blut zog sich um die Nasenlöcher und über die Oberlippe.

So übel zugerichtet, wie sie war, dauerte es einen Moment, bis er sie erkannte, aber das dunkelbraune, gewellte Haar gab den ent-scheidenden Hinweis: Es war Caroline Manson, die vermisste Sozial-arbeiterin.

Du *Scheiße* …

Ihre Handgelenke waren mit einem blauen Nylonseil zusammen-gebunden, und eine massive Kette – um ihren linken Fußknöchel geschlungen und mit einem Vorhängeschloss gesichert – fesselte sie an einen der dickeren Pfosten der Hütte.

Wie hatte Sergeant Farrow es genannt? *Ein Clubhaus für Perverse.*

Ms Manson blickte auf und sah Edward aus tellergroßen Pupillen an.

Der Mann war ein untersetzter, käsebleicher Fettsack von Ende vierzig, mit einem Kurzhaarschnitt, der wahrscheinlich die gras-sierende Glatzenbildung auf seinem hässlichen Schädel kaschieren sollte. Er trug einen dicken blauen Pullover, der aussah, als ob seine Oma ihn gestrickt hätte, doch seine Hose und Unterhose hingen ihm um die Knöchel und gaben den Blick auf einen schlaffen, haarigen Hintern frei. Seine Augen weiteten sich hinter den beschlagenen Brillengläsern, als er hastig an seiner Hose zerrte, um seinen rapide schrumpfenden Stummel von einem Penis zu bedecken, während er von der offenen Tür zurückwich. Seine Stimme war ein hohes, nasales Winseln. »Es ... Es ist nicht so, wie Sie glauben!«

Edward sah ihn entgeistert an. »Du lieber Himmel ...« Er wischte sich mit einer gefrorenen Hand über den Mund, dann fletschte er die Zähne. »HINLEGEN! GESICHT NACH UNTEN, HÄNDE HINTER DEN KOPF!«

»Ich bin bloß im Wald spazieren gegangen, und da hab ich sie um Hilfe rufen hören, und ... Ich muss wohl *gestolpert* sein, und da ist mir die Hose runtergerutscht, und ...«

»ICH SAG'S NICHT NOCH MAL! HINLEGEN, ABER DALLI!«

»Es tut mir leid, es tut mir leid.« Das knallrote Gesicht verzerrt zu einer unterwürfigen Grimasse, die Hände erhoben, als würde er mit einer Waffe bedroht. »Ich habe nichts getan, ich schwör's!« Zitternd, den Tränen nahe. »Das ist alles ein gewaltiges Missver...«

»NAME?«

Er zuckte zusammen, schlug die Arme über dem Kopf zusammen und murmelte in seine Ellenbeuge. »Adrian. Adrian Bedwin. Aber das ist alles ...«

»SIE BLEIBEN, WO SIE SIND, *MISTER* BEDWIN, UND SIE HALTEN GEFÄLLIGST DIE KLAPPE!« Nicht, dass der Drecksack es verdient hätte, »Mister« genannt zu werden.

Ein kleines Quieken, und Bedwin kauerte sich noch weiter zusammen.

Sicher würde er sich gleich vor Angst in die Hose machen.

Gut.

Mit runtergelassener Hose würde er jedenfalls nicht weit kommen. Aber lieber auf Nummer sicher gehen.

Edward packte Bedwins linkes Handgelenk, zog die Handschellen heraus und legte ihm den einen Ring um. Blickte auf und schenkte Miss Manson ein beruhigendes Lächeln, während er nach Bedwins anderer Hand griff. »Es ist alles gut, ich bin Polizist. Geht es Ihnen ...«

Weiter kam er nicht, denn in diesem Moment stellte der kahlköpfige Vergewaltiger die Kooperation ein. Und zwar schlagartig ...

32

Bedwin bäumte sich auf und schlug mit den Armen um sich, worauf Edward nach hinten umkippte und der Schwung sie beide über die schmuddligen Teppiche rollen ließ, bis sie gegen den Türpfosten krachten.

Etwas Hartes traf Edward mit voller Wucht in den Rippen. Und noch einmal – so fest, dass es ihm den Atem verschlug. Nur gut, dass er mit einer doppelten Schicht Warnjacken-Futter gepolstert war, denn Bedwin fackelte nicht lange.

Dann durchzuckte ein scharfer Schmerz Edwards linke Hand – der Mistkerl hatte ihn *gebissen*.

O nein, Freundchen.

Edward rammte einen Ellbogen in etwas Weiches, und Bedwin stieß einen Grunzlaut aus. Dann prügelten und traten sie wild aufeinander ein, landeten manchmal einen Treffer, meistens aber nicht, und rollten unter wildem Gerangel durch die offene Tür hinaus in den Schnee.

Eine Faust krachte in Edwards Schläfe, und es dröhnte in seinen Ohren, als das lose Ende der Handschellen hinterherklatschte. Dann landete die andere Faust zum dritten Mal in den letzten dreißig Sekunden in seinen Rippen.

Bedwin war stärker, als er aussah, und ein Schlag nach dem anderen fand sein Ziel. Die Handschellen, die an seinem linken Handgelenk hingen, behinderten ihn kein bisschen.

Das Dröhnen wurde lauter, jetzt begleitet von grellen Explosionen schwarzer und gelber Pünktchen, die noch schneller wirbelten als die Schneeflocken im Sturm.

»Aaaaaahh!« Edward schlug zu, doch sein Haken verfehlte das Ziel, und diese verfluchte Faust knallte ihm erneut in die Rippen.

Auch mit der Hose um die Knöchel ließ Adrian Bedwin ihn ganz schön alt aussehen. Und der Himmel wusste, was passieren würde, wenn er diesen Kampf gewann. Aber es würde jedenfalls nicht gut enden für Edward oder Ms Manson.

Edwards nächster Schlag streifte Bedwins Schulter, doch dann traf ein weiterer Fausthieb Edwards Wange, und ein stechender Schmerz durchfuhr ihn, als der Metallreif der Handschellen von seinem Schädel abprallte.

So wird das doch nichts …

Scheiß auf die Boxregeln – geh ihm an die Eier!

Edward zog den Kopf ein, um eine kleinere Trefferfläche zu bieten, und rammte seine rechte Hand in Bedwins Gesicht, um es nach hinten zu drücken, während seine Linke sich auf Hüfthöhe zwischen seinen und Bedwins Körper zwängte.

O Gott … Er stand schon wieder wie eine Eins.

Tief durchgeatmet. Edward griff an Bedwins Latte vorbei, packte seinen Hodensack und drückte zu. Bohrte die Fingernägel hinein und zerrte das verdammte Ding hin und her, als wollte er es abreißen.

Ein schrilles, nasales Quieken zerriss die Luft, und Bedwin drehte sich weg, um sich von Edwards Entmannungsgriff zu befreien. Sein dunkelrot angelaufenes Gesicht war eine schmerzverzerrte, zähnefletschende Maske. Speichel rann ihm über die Lippen, Tränen glitzerten in seinen blutunterlaufenen Augen.

Gut.

Hoffentlich hatte er sie *beide* zerquetscht.

Edward rieb die flache Hand im Schnee, um dieses fettige, schwitzige, haarige Gefühl abzuwaschen. Jetzt musste er nur noch …

Augenblick mal.

Bedwin war auf den Knien, die Stirn in den zertrampelten Schnee gepresst, und hielt sich mit der linken Hand das Gemächt, während ein Lächeln sich auf seinen Zügen ausbreitete. Eine eigenartige Mischung aus Grollen und Kichern glitt aus seinem Mund, als er Edward angrinste. Und seine Pupillen waren wie Stecknadelköpfe.

Oh, ganz toll.

Ms Manson war nicht die Einzige auf Drogen.

Edward versuchte aufzuspringen – und fast hätte er es geschafft, bevor Bedwin sich auf ihn stürzte und in seinen Bauch donnerte. Edward klappte zusammen wie ein Taschenmesser und ging zu Boden, wobei er unterwegs noch mit dem Kopf gegen den Türpfosten krachte. Er blieb auf dem Rücken liegen, halb im Clubhaus und halb draußen, während die Welt sich in ein Karussell verwandelte – ein verschwommenes Kreiseln und Wirbeln, Geschrei in den Ohren, brodelnde Übelkeit in seiner Magengrube.

Dann war Bedwin wieder obenauf, kichernd und fauchend, und bearbeitete Edwards Kopf und Brust und Schultern abwechselnd mit beiden Fäusten.

Das war's.

Er würde hier sterben.

Zu Tode geprügelt von einem perversen Junkie mit runtergelassener Hose.

Nach allem, was er durchgemacht hatte?

Nix da.

Edwards Hände schnellten hoch, packten Bedwin am Halsausschnitt seines scheußlichen Pullis und zogen ihn nach vorne, sodass er das Gleichgewicht verlor und sein Gesicht genau in der richtigen Position für Edwards Kopfstoß war. *Krack* – voll auf die Nase.

Bedwin prallte zurück, die Augen halb geschlossen, seine Nase wie ein geplatztes Würstchen, aus dem Blut in alle Richtungen spritzte.

Was ihn aber so gut wie gar nicht aus dem Konzept brachte.

Er stürzte sich wieder auf Edward. Die Blutstropfen blitzten im matten Schein der Campinglampe auf, als er Edwards Kopf seitwärts gegen den Türpfosten knallte. Dann schlang er ihm die Hände um den Hals.

Und drückte zu.

Die schwarzen und gelben Punkte waren wieder da.

Edward versuchte Bedwins Hände zu fassen, zerrte an seinen Fingern, schlug ihm auf die Handgelenke, doch der Effekt war gleich null.

Die Handschellen! Die dicke Plastikstange greifen und *drehen,* dann brichst du dem Schwein das Handgelenk ... Aber sosehr er an dem verdammten Ding zerrte, das Kichern wurde nur noch lauter. Dann wurde es vom Rauschen des Bluts übertönt, das durch Edwards Schädel brauste, immer lauter und stärker, während die Punkte an den Rändern seines Gesichtsfelds dichter wurden, nach innen drängten und alles verengten, bis er nur noch Bedwins zugekokstes, blutendes Gesicht sehen konnte, das ihn angrinste und volltropfte und ...

Ein Händepaar schob sich ins Bild – an den Handgelenken mit blauem Nylonseil gefesselt –, die Finger zu spitzen Krallen gekrümmt. Ms Manson fiel neben Edward auf die Knie und bohrte ihre Fingernägel in Bedwins Wangen, kurz vor den Ohren. Dann zog sie die Hände ruckartig zurück und riss die Haut in breiten Streifen auf, aus denen noch mehr scharlachrotes Blut von seiner wabbeligen Haut troff. Er heulte vor Schmerz auf.

»DU MISTSTÜCK!«

Er ließ Edwards Hals los und versetzte Ms Manson einen Schlag mit dem Handrücken, der sie rücklings auf die Matratze warf.

ATMEN.

Edward sog zwei brennende, kratzige Züge Luft in seine ausgehungerte Lunge, dann holte er mit der Rechten aus und versetzte Bedwin einen Fausthieb auf die Wange. »Lass mich los!«

Der Dreckskerl schien den Treffer kaum zu registrieren. Stattdessen stürzte er sich auf Edward und legte ihm wieder die Hände um den Hals. Und grinste, während er Edwards Kopf auf den siffigen Teppichboden knallte. Einmal. Zweimal. Dreimal.

Edward krallte nach Bedwins Augen, doch der zuckte zurück und brachte sein blutiges Gesicht außer Reichweite von Edwards Fingern.

Die Worte klemmten in Edwards zusammengequetschter Kehle fest, aber irgendwie würgte er sie hervor: »Helfen ... Sie mir!«

Plötzlich war Ms Manson wieder da und bäumte sich über den beiden Kontrahenten auf. Etwas baumelte von ihren zusammengebundenen Händen herab – es sah aus wie der Ballknebel aus dem Bondage-Sortiment: ein Lederriemen mit einer Metallschnalle an einem Ende und einer zweckentfremdeten Billardkugel in der Mitte. Eine weiße mit einem roten Streifen und der Zahl Elf. Massiv. Schwer.

Sie schleuderte das Ding nach unten, und es krachte mit einem satten *Klonk* auf Bedwins Schädel.

Er ächzte und prallte zurück, und sie schlug ihn noch einmal, schwang den Knebel mit gefletschten Zähnen und traf ihn mit solcher Wucht an der Schläfe, dass die Haut aufplatzte.

Bedwin ließ Edwards Hals los und hielt sich beide Hände schützend über den Kopf, aber nicht schnell genug – die Elf krachte voll in sein Gesicht und drückte das linke Jochbein ein.

Er wankte, gurgelte und kippte nach vorne auf den Boden des Clubhauses.

Oh, Gott – sei – Dank.

Edward sackte zusammen.

Noch am Leben.

Und begraben unter einem halb nackten Vergewaltiger.

»RUNTER VON MIR!«

Er wand sich heraus, schob den schlaffen Körper von sich weg und rappelte sich auf die Knie hoch, während er sich unter Husten und Keuchen den malträtierten Hals massierte. Musste sich erst wieder ans Atmen gewöhnen.

Ms Manson ließ den Ballknebel fallen – das Geräusch, mit dem er auf dem Boden auftraf, klang verstörend ähnlich wie das beim Kontakt mit Bedwins Schädel – und wankte einen Schritt rückwärts. Sie stieß mit dem Fuß gegen die Kante der Matratze und fiel hart auf den Hintern. Ihre Gesichtszüge verzerrten sich, Tränen stiegen ihr in die Augen und quollen über, während sie sich die gefesselten Hände vor den Mund hielt und Bedwins reglosen Körper anstarrte.

Edward sah sie an und reckte den Daumen, dann sank er an die Wand des Clubhauses, keuchend und schnaufend und hustend, während der Atem in seiner Kehle pfiff und rasselte.

Trotzdem – war doch ganz nett, nicht mehr tot zu sein. Wieder mal.

Er wusste nicht, wie lange er dort gelegen hatte wie ein nasser

Sack, aber irgendwann tat es nicht mehr ganz so weh, Luft in seine Lunge zu ziehen, und die Welt hörte auf, ein Karussell zu imitieren. Das einzige Problem war das dumpfe, hämmernde Pochen, das von den Stellen, wo Bedwins Fäuste ihn getroffen hatten, durch Kopfhaut und Wangen ausstrahlte.

Ms Mansons Tränen wichen einem Zitteranfall – wahrscheinlich eine Mischung aus Schock und Kälte, wenn man bedachte, was sie durchgemacht haben musste. Ihre Stimme war schwerfällig und verwaschen, als ob ihre Zunge nicht mehr richtig funktionierte. »Wer … sind …« – sie blinzelte ihn an, immer noch benebelt von dem Stoff, mit dem man sie vollgepumpt hatte. »Wer sind Sie?«

Er stieß sich von der Wand ab. »Detective Constable Edward Reekie.« Ein weiterer mit Stacheldraht umwickelter Hustenanfall scheuerte ihm die Kehle auf. »Danke für die Hilfe. Sie waren echt super.« Er rutschte auf den Knien zu Bedwin hin.

Besser, er brachte die Formalitäten gleich hinter sich.

Doch als er zwei Finger an Bedwins Hals legte, gleich unterhalb des Unterkieferknochens, war da doch tatsächlich ein Puls. Und zwar ein ganz schön kräftiger.

Sie starrte ihn an. »Ist … Ist er …?«

»Nein.« Er lächelte. »Sie haben ihn doch nicht getötet.« Edward schloss endlich das andere Ende der Handschellen um Bedwins rechtes Handgelenk, dann setzte er sich auf die Fersen zurück und sah stirnrunzelnd das zugekokste Vergewaltigerschwein an und dann Ms Manson, ehe er den Blick zu der groben Holzdecke hob. Das war wirklich ein ausgewachsener Schlamassel. Den Plan, nach Glenfarach zurückzuschleichen und sich in Thomson Cottage zu verstecken, bis Bigtoria die Operation Wie-auch-immer-sie-hieß zu Ende gebracht hatte, konnte er jetzt natürlich vergessen.

Nach allem, was passiert war, war »einfach nur die Füße stillhalten« keine Option mehr.

Er konnte nur ahnen, was Ms Manson in dieser Hütte durchgemacht hatte, gefesselt an diesen Pfosten. Nach dem Aussehen dieser Blutergüsse und Schrammen zu urteilen, war es nicht das erste

Mal, dass Bedwin ihr einen ungebetenen Besuch abgestattet hatte. Sie brauchte einen Arzt – und Wärme, und Hilfe, und Unterstützung, und was noch alles.

Und apropos Bedwin – falls er seine Verletzungen überlebte, musste er verhaftet und in Gewahrsam genommen werden, bis die Wetterverhältnisse es zuließen, ihn wieder ins Gefängnis zu karren. Wo sie hoffentlich die Zellentür abschließen und den Schlüssel wegschmeißen würden.

Nein, der Plan war offiziell tot.

Er musste die beiden zurück nach Glenfarach schaffen, und Bigtoria musste sehen, wie sie damit klarkam. Was immer in diesen Tresorboxen war, es war nicht wichtiger als Caroline Manson. Oder als Adrian »Dreckstück« Bedwin.

Und ja, wie er Bigtoria kannte, würde sie einen Weg finden, ihm die Schuld an allem in die Schuhe zu schieben, aber egal. Manchmal musste ein Detective Constable tun, was ein Detective Constable tun musste.

»Wie geht es Ihnen, Ms Manson? Sind Sie verletzt? Können Sie gehen?«

»Na... Natürlich bin ich *verletzt*. Was glauben Sie ... was ich ... hier mache?«

Schon recht – es *war* eine dumme Frage.

»Entschuldigung.«

Er ging Bedwins Taschen durch und fand ein Päckchen Kaugummi, ein verrotztes Taschentuch, eine kleine Schachtel mit drei Kondomen mit abgelaufenem Haltbarkeitsdatum, ein Bezugsscheinheft mit Sozialpunkten und einen kleinen silbernen Schlüssel.

»Kommen Sie, ich bring Sie hier raus.« Er rutschte auf Knien zu Ms Manson und band ihre Handgelenke los. Sie rieb sich die dunkellila Striemen, die das Seil hinterlassen hatte, während er den Schlüssel in das Vorhängeschloss steckte und die Kette von ihrem Knöchel löste. »So.« Er lehnte sich zurück und sah sich suchend um. »Was hat dieses Arschloch mit Ihren Klamotten gemacht?«

»Keine ... keine Ahnung.«

Okay, dann machen wir uns mal auf die Suche.

Edward zwängte seine kalten Hände in ein Paar Nitrilhandschuhe und arbeitete sich von der Tür aus im Uhrzeigersinn vor. Neben dem Alkohol, den Konservendosen, dem Medizinbedarf und der Bondage-Ausrüstung war das Einzige, was er fand, ein Stapel widerlicher selbst produzierter Sexheftchen, der in der hinteren Ecke lag. Ach ja, und Adrian Bedwins dunkelblauer Parka. Und eine rote Sporttasche, die ihm doch sehr bekannt vorkam.

Er zog den Reißverschluss auf.

Nach der ganzen Aufregung war es irgendwie enttäuschend, dass kein goldenes Licht herausströmte, begleitet von einem kleinen Engelschor, der »Aaaaa-AAAA!« sang. Stattdessen enthielt sie einen Block Cannabisharz – vermutlich ein halbes Kilo –, eine große wiederverschließbare Plastiktüte voll Gras, das seinen süßlichen Schweißgeruch verbreitete, als er die Tüte öffnete, um nachzusehen, außerdem einen Gefrierbeutel mit einer Handvoll weißem Pulver, mehrere unbeschriftete Schachteln mit losen Pillen, noch eine Schachtel voller leerer, kleiner Plastiktütchen zum Aufteilen des Stoffs, und einen braunen A4-Umschlag.

Er holte tief Luft und warf einen Blick hinein.

Dann verschloss er ihn wieder und warf ihn in die Tasche zurück.

Er erschauderte.

Nur gut, dass er Handschuhe trug, denn ... Oh, Mann.

Edward streifte sich die *kontaminierten* Handschuhe von den Händen und stopfte sie in eine Jackentasche. Gab sich einen Ruck. »Okay, das Klamottenproblem ist noch nicht gelöst.« Wie sollte er Ms Manson den langen Weg nach Glenfarach zurückbringen, wenn sie nichts zum Anziehen hatte außer Socken und einem Bademantel?

Obwohl ...

Er sah Bedwin an und zuckte mit den Schultern. »Tja, das hast du dir selbst zuzuschreiben.«

Edward nahm dem bewusstlosen Mann die Handschellen ab und zog ihm mit einiger Mühe den scheußlichen blauen Pulli über den Kopf. Dann ließ er die Handschellen ganz schnell wieder einrasten. Nur kein unnötiges Risiko eingehen. Anschließend löste er seine Schnürsenkel, zog ihm Schuhe und Hose aus und ließ ihn in Unterhemd, Unterhose und Socken zurück.

Wahrscheinlich stand in der Genfer Konvention irgendetwas darüber, dass so etwas verboten war, aber egal. Besser, *Bedwin* musste strumpfsockig durch den Schnee stapfen als …

Augenblick mal.

Jedes der blassen, haarigen Beine endete in einer blaugrauen Socke. Aber wo war die verdammte Fußfessel?

»He!« Edward stieß ihn mit dem Fuß an. »Wo ist deine Fußfessel?«

Keine Antwort.

Wunderbar. Dann hatte Bigtoria also recht. Rupert Fraser war nicht der Einzige, der nach Lust und Laune in Glenfarach herumspazieren konnte.

»Bitte.« Edward legte den Parka, den Pulli, die Hose und die Schuhe vor Ms Manson hin. »Sie haben das mehr verdient als er.«

Sie sah den Kleiderhaufen an, dann starrte sie Edward mit diesen großen Knopfaugen an. Ihr Gesicht wurde schmal, und sie zog den Bademantel fester zu.

Ach so. Ja, natürlich.

»Ich hab eine bessere Idee.« Edward wies über die Schulter zu der offenen Tür. »Wie wär's, wenn ich draußen warte, während Sie sich umziehen? Okay, so machen wir's.« Er setzte die Sporttasche auf Bedwins Rücken ab. »Komm jetzt, du alte Pottsau, lassen wir der Dame ihre Privatsphäre.«

Er packte Bedwin an den fußfessellosen Knöcheln und schleifte ihn hinaus in den Schnee, weit genug, um die Tür des Clubhauses wieder schließen zu können.

Vielleicht war es die Bewegung, vielleicht auch der plötzliche Temperaturabfall, als Edward ihn in einer Schneewehe deponierte, aber jedenfalls begann Bedwin plötzlich zu ächzen und zu stöhnen. Dann wälzte er sich auf die Seite und zog die Knie an, während die Sporttasche von seinem Rücken rutschte.

Sein unverletztes Auge zuckte und blinzelte, ohne wirklich auf etwas gerichtet zu sein, und ein lang gezogener, rauer Flüsterlaut entrang sich seiner Kehle. Die Stellen an seinem Kopf, wo der Billardkugel-Knebel ihn getroffen hatte, begannen schon anzuschwellen. Das gebrochene Jochbein wölbte sich nach außen, und das Auge darüber hatte eine Dracula-rote Färbung angenommen. Und das Blut aus seiner zertrümmerten Nase und den zerkratzten Wangen rann in den Schnee und färbte ihn zuerst rosa, dann scharlachrot.

Geschah ihm recht.

Wenn es nach Edward ging, konnte er ruhig erfrieren.

Dieses Dreckstück.

Edward versetzte der nächstbesten Schneewehe einen Tritt.

Verdrehte die Augen.

Seufzte.

Na schön.

Er schälte sich aus seiner äußersten Schicht – Bigtorias Warnjacke – und hievte Bedwin hoch in eine halbwegs stabile sitzende Haltung, um ihm die Jacke wie einen Sack über Kopf und Rumpf zu stülpen. Dann zog er den Reißverschluss zu. Mit Bedwins hinter dem Rücken gefesselten Händen ergab das eine Art neongelbe Zwangsjacke. Anschließend half er ihm auf die Füße. Bedwin schwankte und taumelte, aber irgendwie schaffte er es, sich auf den Beinen zu halten.

Gut so, denn Edward hatte nicht vor, den Fettsack auch noch zu tragen.

Er war gerade mitten in seinem Sermon von wegen »Ich verhafte Sie gemäß Abschnitt eins des Criminal Justice Scotland Act«, als die Tür des Clubhauses aufging. Ms Manson trat hinaus in den Schnee, mit langsamen, vorsichtigen Bewegungen, wie eine Betrunkene, die so tat, als wäre sie nüchtern. Bedwins Klamotten waren ihr in der Mitte viel zu weit und an den Hand- und Fußgelenken zu kurz, da er deutlich kleiner und dicker war als sie. Unter seinem Parka trug sie immer noch den Bademantel.

Edward nickte. »Das sieht schon besser aus. Wir sollten jetzt aber aufbrechen, weil …«

Ah.

Sie hatte eine Flasche Whisky von dem Regal im Clubhaus in der Hand. Es machte *Krick*, als sie den Verschluss abschraubte, dann nahm sie einen großen Schluck und kippte den Rest vor ihren Füßen in den Schnee. Als die Flasche leer war, packte sie sie am Hals und schlug das dicke Ende gegen den Türpfosten. Das Glas zersprang, glitzernde grüne Scherben flogen durch die Luft, und sie behielt den Rest in der Hand – eine flaschengrüne Blume mit rasiermesserscharfen Kanten.

»He, jetzt mal ganz ruhig!« Edward hob die Hände. »Ich weiß, er hat es verdient, aber Sie können ihm nicht einfach die Kehle aufschlitzen. Oder die Eier abschneiden. Oder … was auch immer.«

Mr Manson marschierte schnurstracks an Edward und Bedwin vorbei und hielt nur kurz inne, um Bedwin einen Batzen blutigen Speichel ins Gesicht zu spucken.

Sie ging weiter bergauf, und am ersten Baum, den sie erreichte, blieb sie stehen, um mit der zerbrochenen Flasche einen Pfeil in die Borke zu ritzen, der zum Clubhaus zeigte.

»Oh!« Edward nickte. »Alles klar. Cool. Hab schon verstanden – Hänsel und Gretel.« Er nahm die Sporttasche und hängte sie sich wie einen Rucksack um, mit den Griffen als Schulterriemen, dann packte er einen der leeren Ärmel von Bedwins Zwangsjacke. »Komm, wir geh'n Gassi.« Er führte Bedwin den Hang hinauf und folgte Ms Manson, denn sie schien tatsächlich den Weg zu kennen.

Das war doch mal eine erfreuliche Abwechslung.

33

Sie schleppten sich einen weiteren Hang hinauf, kämpften sich durch noch mehr verfluchten Schnee. Wenigstens standen die Bäume hier so dicht, dass er nur knöcheltief lag, aber das verhinderte nicht, dass jeder Atemzug in Edwards Hals raspelte wie Sandpapier, um dann seine eisigen Krallen in seine Lunge zu schlagen und als gespenstisch blassgraue Wolke wieder aus seinem Mund zu quellen.

Ms Manson ging voran und bahnte Edward und Bedwin den Weg. Alle paar Minuten ritzte sie einen weiteren Pfeil in einen Baumstamm, dann stapfte sie weiter, duckte sich unter Ästen hindurch, umkurvte Felsbrocken, kletterte über umgestürzte Bäume …

Bedwin schlurfte an seiner Ärmel-Leine dahin und gab dabei ein seltsames Wimmern von sich, als ob er die zweite Stimme zum Heulen des Winds in den Baumkronen singen wollte, während seine Zähne dazu einen Stakkato-Rhythmus schlugen. Seine nackten Beine hatten sich von blass und schwabbelig zu rot und schwabbelig und von da zu fleckig-lila und schwabbelig verfärbt, aber jetzt schienen sie sich auf ein mattes Blau eingependelt zu haben. Was wahrscheinlich nicht besonders gesund war, aber was hätte Edward denn tun sollen – ihn im Clubhaus zurücklassen? Allein und unbewacht? Mit Verdacht auf Schädelbruch und Gehirnerschütterung – so hart, wie Ms Manson mit diesem Billardkugel-Knebel zugeschlagen hatte?

Wer sollte Edward da irgendwelche Vorwürfe machen?

Das Gelände wurde flacher, und die endlosen Reihen von Kiefern wichen Buchen und Eichen, deren kahle Äste null Schutz vor dem Wetter boten. Folglich wurde der knöcheltiefe Schnee sehr bald schienbeintief und dann knietief, je weiter sie sich im Schneesturm vorankämpften.

Die Flocken wirbelten aus dem tiefen, tintenfleckigen Himmel herab, umhergejagt von einem gnadenlosen Wind, der die Schöße von Ms Mansons Bademantel, die unter ihrem konfiszierten Parka hervorschauten, hin und her peitschte.

Es schien ihr ein bisschen besser zu gehen, als ob die Wirkung der Drogen nachließe. Ihr Gang wirkte sicherer, sie machte einen entschlosseneren Eindruck.

Als sie stehen blieb, um mit ihrer zerbrochenen Flasche einen weiteren Pfeil in einen Baumstamm zu ritzen, schloss Edward zu ihr auf und kehrte dem unersättlichen Wind den Rücken zu.

»Sind Sie sicher, dass Sie wissen, wo wir sind? Ich meine, Sie haben schließlich einen schweren Schock erlitten und so.«

Ihre Aussprache war auch nicht mehr so vernuschelt. »WAS?« Sie stemmte sich gegen die Böen und sah ihn mit zusammengekniffenen Augen an.

Ach so, ja. Er hob die Stimme, um das Geheul des Schneesturms zu übertönen. »SIND SIE SICHER, DASS SIE WISSEN, WO WIR SIND?«

»KLAR WEISS ICH DAS.«

»ICH GLAUBE NÄMLICH NICHT, DASS SIE WIRKLICH WISSEN, WO WIR SIND.« Er deutete auf den Schnee und die halb verschütteten Brombeersträucher und die Bäume und den gottverdammten Wind. »KÖNNTE WEISS GOTT WO SEIN!«

»ICH *WEISS*, WO WIR SIND.« Sie ging weiter und zog die Kapuze ihres Parkas hoch, bis nur noch ihre Augen aus dem pelzbesetzten Periskop hervorschauten.

Er hätte wetten können, dass sie im Kreis gingen.

Immerhin musste er jetzt nicht mehr befürchten, ganz allein in den Wäldern eines abgelegenen schottischen Glens zu erfrieren. Nein, er würde Gesellschaft haben, wenn der Sensenmann ihn holen kam.

Er stolperte hinter ihr her, mit Bedwin an der Leine. Und wählte seine Worte mit Sorgfalt. »MS MANSON, BEI DER DURCHSUCHUNG IHRER WOHNUNG HABEN WIR IN IHREM NACHTTISCH ETWAS GEFUNDEN. IN DER UNTERSTEN SCHUBLADE, GENAUER GESAGT.«

Ms Manson hielt einen Moment inne, und dann wurde ihr offenbar die volle Bedeutung seiner Worte bewusst, denn ihre Augen verengten sich in den Tiefen ihrer Kapuze. Gleich darauf setzte sie sich wieder in Bewegung und stapfte um den Wurzelteller einer umgestürzten Birke herum.

»GIBT ES VIELLEICHT IRGENDETWAS, DAS SIE MIR SAGEN MÖCHTEN, MS MANSON? DA ICH IHNEN SCHLIESSLICH DAS LEBEN GERETTET HABE?«

Ein Schnauben. »ICH HABE *IHNEN* DAS LEBEN GERETTET.«

Stimmt.

»OKAY, DANN HABEN WIR UNS ALSO GEGENSEITIG DAS LEBEN GERETTET.« Der Schnee wurde wieder tiefer und reichte ihm fast schon bis zur Mitte der Oberschenkel, als sie sich einen weiteren Hang hinaufkämpften. »WOHER HABEN SIE DIE DROGEN, MS MANSON?«

»ICH WERDE MEINEN JOB VERLIEREN, NICHT WAHR?«

Wahrscheinlich.

Edward zuckte mit den Schultern. »WOLLEN SIE *WIRKLICH* WEITER HIER ARBEITEN, NACH ALLEM, WAS PASSIERT IST?«

Sie wateten ein paar Minuten schweigend weiter, kamen immer langsamer voran, weil die Schneewehen ihnen inzwischen bis an die Hüften reichten. Bedwins Stöhnen wurde flattriger, während seine Zähne vor Kälte klapperten.

Ms Manson blieb stehen, um den nächsten Baum zu markieren. »GEOFF NEWMAN. ER WAR MEIN LIEFERANT.« Sie schnitt den Pfeil tief in die helle Borke einer Birke und hinterließ eine blutende Wunde. »KEINE AHNUNG, WO ER SIE HERHATTE – HAB NIE GEFRAGT –, ABER ICH HABE MEINE VON IHM BEKOMMEN.« Sie ließ von der malträtierten Birke ab und stampfte weiter durch den Schnee. »NUR EIN BISSCHEN KOKS, AB UND ZU EINEN UPPER, ODER EIN ODER ZWEI DOWNER, WENN ICH EIN REFERAT HALTEN MUSSTE ODER SO. VIELLEICHT EIN BISSCHEN HASCH.« Sie räusperte sich. »HAUPTSÄCHLICH HASCH. EINE MENGE HASCH. MACHT ES LEICHTER, DIE ARBEIT HIER AUSZUHALTEN.«

Edward führte Bedwin an einem stachligen Ginsterstrauch vorbei. »WUSSTEN SIE, DASS ER TOT IST? GEOFF NEWMAN, MEINE ICH?«

Sie blieb abrupt stehen. »ER IST *TOT*?«

»DAS WUSSTEN SIE NICHT?«

»WOHER SOLL ICH …?« Ms Manson starrte Edward aus den Tiefen ihres Pelz-Periskops an. »SIE DACHTEN, *ICH* HÄTTE ES GETAN?«

»TUT MIR LEID, ABER ES IST NUN MAL SO: SIE SIND UNGEFÄHR ZUR GLEICHEN ZEIT VERSCHWUNDEN, UND SEIN MÖRDER TRUG KEINE ELEKTRONISCHE FUSSFESSEL, UND ZU DER ZEIT MUSSTEN WIR NOCH DAVON AUSGEHEN, DASS DIE DINGER SICH UNMÖGLICH ENTFERNEN LASSEN!« Er wies mit dem Daumen auf Bedwin. »ABER JETZT STELLT SICH RAUS, DASS SIE ALLE DEN TRICK KENNEN.«

Sie schien einen Moment darüber nachzudenken. Der Moment zog sich hin, dann schüttelte sie den Kopf, drehte sich um und marschierte in den Schneesturm davon.

Na ja, es war doch nicht Edwards Schuld, oder? Dr. Singh hatte den Zusammenhang zwischen ihrem furchtbaren Vater und Geoff Newmans Verbrechen hergestellt, nicht er. Obwohl man fairerweise feststellen musste, dass zu dem Zeitpunkt niemand gewusst hatte, dass Mr Newman ihr Dealer war, auch nicht Dr. Singh.

Vielleicht war es Ms Manson leichter gefallen, Geoff Newmans Fehler zu übersehen, weil er ihr Drogen besorgte? Ganz gleich, wie verdammt abscheulich diese Fehler gewesen waren …

Edward folgte ihr und zerrte das torkelnde Wrack namens Adrian Bedwin weiter hinter sich her.

Der sah nicht allzu gut aus. Seine Beine hatten einen noch stärkeren Blaustich, und sein Gesicht nahm inzwischen die gleiche Färbung an, trotz der Kapuze, die er über den Kopf gezogen hatte.

Allmählich fragte sich Edward, ob es nicht doch besser gewesen wäre, ihn im Clubhaus zurückzulassen – natürlich angekettet, damit er sich nicht aus dem Staub machen konnte.

Ja, aber was, wenn er innere Blutungen bekam und tot umfiel, bevor Edward mit Hilfe zu ihm zurückkam?

Schon, aber was, wenn er innere Blutungen bekam und hier im Wald tot umfiel? Dann wäre er ganz genauso tot.

Puh …

Eine echte Lose-lose-Situation.

Und vielleicht war es ja *gut* für ihn, hier draußen in der Kälte zu sein? Also, wenn man innere Blutungen hatte, dann würde die Kälte doch helfen, weil sie den Blutfluss irgendwie hemmen würde … oder so.

Ja, red dir das nur ein.

Edward schleppte sich den Pfad entlang, den Caroline Manson durch den tiefen, tiefen Schnee spurte.

Das Ganze war ein einziges Fiasko.

Sie hätten im Clubhaus bleiben sollen, alle drei. Da wären sie wenigstens vor dem Schneesturm geschützt. Irgendwann hätte man schon nach ihnen gesucht, oder nicht? Eine Rettungsmannschaft, ausgestattet mit Decken und Schneemobilen und warmer Suppe?

Aber das könnte Tage dauern.

Wochen.

Wochenlang in diesem versifften kleinen Verschlag festzusitzen, mit nichts als Schnaps und Keksen und kalten Dosenbohnen, streng rationiert, um überleben zu können …

Edwards Magen knurrte wie ein hungriger Wolf.

War wohl besser, nicht ans Essen zu denken.

Am Ende war es doch egal, wie scheußlich es dort im Clubhaus gewesen wäre – es wäre immer noch besser gewesen als *das hier.*

Denn es war verdammt offensichtlich, dass sie sich jetzt absolut hoffnungslos verlaufen hatten.

Vor ihm verschwand Ms Manson in einer großen Stechginsterhecke, die den Weg versperrte. Der Schnee rieselte von den dornartigen Blättern, die Samenkapseln rasselten wie Klapperschlangen, als sie die Zweige beiseiteschob.

Er folgte ihr mit dem stöhnenden Bedwin im Schlepptau.

Vielleicht gab es ja in der Nähe irgendetwas, wo sie unterkriechen und ausharren konnten, bis der Schneesturm sich legte? Eine Höhle oder so. Oder man könnte aus Zweigen und Ästen einen Unterstand bauen? Oder einen umgestürzten Baum suchen, sich darunter verkriechen und die Lücken zustopfen, um Wind und Schnee abzuhalten.

Wäre einen Versuch wert, oder nicht?

Edward schob sich durch das große Gebüsch und kam auf einer großen Lichtung heraus, wo das Gelände vor ihm abfiel und weiter hinten wieder anstieg, als ob jemand mit einer riesigen Schöpfkelle die Erde ausgehöhlt hätte.

Moment mal.

Ms Manson ging weiter und arbeitete sich am Rand der Senke entlang.

Keine vier Meter von der Stelle entfernt, wo Edward stand, ragte eine uralte Kiefer in den Himmel. Die hatte er garantiert schon einmal gesehen, und die Senke, und … Er drehte sich langsam um die eigene Achse. Doch, ganz sicher. Hier war er mit Sergeant Farrow herausgekommen, als sie versucht hatten, Geoff Newmans letzte Stunden zu rekonstruieren.

»ICH WEISS, WO WIR SIND!«

Er zerrte Bedwin zu dem Baum und blickte am Stamm hinauf. Da – ein kleines Stück über Kopfhöhe war dieser eigenartige Ast mit dem Knick nach oben, den irgendjemand so zurechtgeschnitzt hatte, dass er einem erigierten Penis glich. Es war der Pimmelbaum. Nur dass er jetzt mit einem Ring versehen war – jemand hatte eine elektronische Fußfessel daran aufgehängt, bei der Fessel und Sender durch eine Handvoll Drähte mit Krokodilklemmen verbunden waren. Der gleiche Trick wie bei der von Rupert Fraser.

Er zog die Fußfessel von dem Penishaken ab und verstaute sie in der Seitentasche von Bedwins neongelber Zwangsjacke. Dann steckte er sich zwei Finger in den Mund und ließ einen schrillen, ohrenbetäubenden Pfiff vom Stapel.

Ms Manson fuhr zusammen und blieb stehen, dann drehte sie

die Öffnung ihres Kapuzen-Periskops in seine Richtung. »WAS IST DENN?«

Er deutete mit der Hand den Verlauf des Wegs an – den Hang hinunter, über die Lichtung und auf der anderen Seite wieder hinauf. »ZUM DORF GEHT'S DA LANG.«

Sergeant Farrow saß hinter dem Schalter im Gewahrsamstrakt, die Nase in einer zerfledderten Taschenbuchausgabe von *Feuer und Stein*, die Stirn in Falten gezogen, während sie in Zeitlupe Salt-and-Vinegar-Chips aus einer Tüte in ihren Mund beförderte und krachend darauf herumkaute. Sie war völlig in ihre Lektüre versunken und schien das leise Schluchzen, das aus einer der Zellen kam, ebenso wenig zu hören wie das Dieselgrummeln des Notstromaggregats und das Geräusch, mit dem die Tür zu den anderen Räumen des Reviers ins Schloss fiel.

Sie blickte nicht einmal auf, als Edward auf sie zuschlurfte und Adrian Bedwin und Caroline Manson ins gelobte Land von Heizung und elektrischem Licht führte – und hoffentlich einer schönen Tasse heißem Tee, denn allen dreien klebte der Schnee in einer dicken Schicht vorne an den Klamotten.

Bedwins Zustand hatte sich auf dem Weg aus dem Wald hierher nicht verbessert. Wenn überhaupt, sah er noch schlimmer aus. Seine Socken hinterließen feuchte Flecken auf dem grauen Terrazzoboden, seine nackten Beine waren wachsbleich und steif wie gefrorene Butter, und er zitterte so sehr, dass er sich bewegte wie eine Figur in einem billigen Trickfilm aus der Sowjet-Ära. Ein Batzen Schneematsch glitt von der Brust seiner Warnjacke herab und klatschte ihm auf die Füße.

Edward führte sie zum Schalter. Dann nahm er die rote Sporttasche vom Rücken und setzte sie neben dem Tresen ab.

Sie sah immer noch nicht auf.

Er klopfte auf das zerkratzte Holz des Tresens – *rat-tat-tat.*

Auch dann dauerte es noch ein paar Sekunden, bis Sergeant Farrow sich von den Abenteuern einer zeitreisenden Krankenschwester und ihres häufig halb nackten Highlander-Lovers losreißen konnte.

Der verärgerte Blick wich einer erstaunten Miene, als sie Edward erkannte. »Ich dachte, Sie liegen mit Dünnpfiff flach. Bigtoria sagte ...« Sie musterte ihn von Kopf bis Fuß, registrierte die Kratzer und die Schrammen und das Blut und die verdreckte Warnjacke. Er sah aus, als käme er von einer Antarktis-Expedition. »Was zum *Geier* ist denn mit Ihnen ...?« Ihr Blick ging zu seinen Begleitern, und ihre Augen weiteten sich. »Adrian? Caroline?« Sie ließ ihr Buch fallen und stand auf. »Ist das ...? Ist sie ...? Was ...?«

»Ich habe herausgefunden, was Geoff Newman im Wald gebaut hat.«

Sie sprang hinter dem Schalter hervor, dann blieb sie unschlüssig stehen, weil sie offenbar Schwierigkeiten hatte, zu entscheiden, wer dringender Hilfe benötigte – Ms Manson oder Bedwin.

Edward bugsierte seinen zitternden Gefangenen zum Schalter hin, um ihn registrieren zu lassen. »Adrian Bedwin, verhaftet wegen Entführung, Freiheitsberaubung, sexueller Nötigung, versuchten Mordes – und was Ihnen sonst noch so einfällt.«

Sergeant Farrow wich Bedwin aus und half Ms Manson auf einen Plastikstuhl. Sie ging vor ihr in die Hocke und strich ihr die Haare aus dem lädierten Gesicht. »Was haben sie mit dir *gemacht*?«

Ms Mansons Unterlippe zitterte, dann liefen ihr die Tränen über die Wangen, als die Kraft und die Tapferkeit und die ganze hartnäckige Entschlossenheit sich in Luft auflösten. Endlich in Sicherheit.

Edward schüttelte sich, wobei noch mehr Schneematsch auf den Boden klatschte. »Sie brauchen beide einen Arzt. Und bei Ms Manson sollte wahrscheinlich ...« Er senkte die Stimme und schaute auf die Pfütze hinunter, die sich um seine Gummistiefel ausbreitete. »... Abstrich.«

Sergeant Farrow nahm Caroline Manson in den Arm. »Es tut mir leid. Es tut mir ja so leid.« Sie schluchzte, während sie Mansons Haare streichelte.

Edward räusperte sich. »Mr Newman hat sich ein Versteck gebaut. Es gibt da eine Matratze und Vorräte an Alkohol und Drogen, die ganze Palette. Er und seine *feinen Freunde* haben es sich geteilt.«

Sergeant Farrow hob den Blick zur Decke, den Mund zu einer Grimasse verzogen, die Stirn in tiefe Falten gezogen. Als ob jedes Wort ein Nadelstich wäre. »*Schei…be!*« Dann sprang sie auf, eilte um den Tresen herum, griff nach dem Telefon und hackte auf die Tasten ein. »Doc? … Doc, Louise hier … Doc, nein, hören Sie zu! Sie müssen sofort herkommen!«

Sergeant Farrow blieb auf der Schwelle von Edwards Zelle stehen, klopfte an die offene Tür und hielt zwei Becher hoch. »Sind Sie angezogen?«

Edward trocknete sich weiter die Füße ab. »Wieso müssen wir eigentlich den Zellentrakt bewachen? Was ist denn mit dem Sozialarbeitsteam?«

»Sie riechen jedenfalls deutlich besser.«

Die Freuden einer schnellen Dusche mit richtig heißem Wasser. »Hätte ruhig eine Viertelstunde länger sein dürfen.«

»Seien Sie nicht undankbar. Wir haben keinen Strom, und der Boiler läuft nicht über das Notstromaggregat.«

Na schön.

Er zog ein Paar frisch geklaute Socken an – entwendet aus irgendeinem Spind. Schwarz – passend zu seinem geklauten Armani-Anzug. Der wirklich todschick aussah, das musste man schon sagen. Kombiniert mit einem Paar geklauter Turnschuhe, die nicht ganz so todschick waren. Aber sie waren trocken, also beklagte er sich nicht. »Ich verstehe immer noch nicht, warum wir den Zellenblock bewachen müssen.«

»Das Sozialarbeitsteam muss Hausbesuche machen.« Sie reichte ihm einen der Becher – Tee mit reichlich Milch und, nach dem Geschmack zu urteilen, zwei Stück Zucker. »Doc Griffiths sagt, Adrian hat eine Gehirnerschütterung, *möglicherweise* einen Schädelbruch und *eindeutig* einen Jochbeinbruch. Er kann von Glück sagen, dass er das Auge nicht verloren hat.«

»Der Ärmste.« Edward warf sein nasses Handtuch auf die blaue Plastikmatratze seiner Zelle. »Was ist?«

Sie sah ihn missbilligend an. »Er ist immer noch ein Mensch, Edward!«

»Ja, klar – ein Mensch, der versucht hat, mich *umzubringen*.« Er betastete ganz vorsichtig seine Wangen, auf denen sich schon dunkle Blutergüsse bildeten. »Ich kann nun mal nicht viel Mitleid für dieses Vergewaltigerschwein aufbringen.«

Ihre Miene wechselte zu »nicht wütend, nur enttäuscht«.

Edward seufzte. »Okay, okay. Habt Mitleid mit dem armen Adrian Bedwin. Ich hoffe wirklich sehr, dass er bald wieder auf dem Damm ist.« Er schniefte. Nun zur wichtigeren Frage: »Was ist mit Ms Manson?«

Sergeant Farrow starrte in ihren Tee. »Sie hat mir drei Namen genannt.«

Oh Mann …

Er schüttelte den Kopf. Und hielt den Mund. Denn was konnte man dazu schon sagen?

Sergeant Farrow hob langsam den Blick, und ihre Augen verengten sich. »Was haben Sie eigentlich da draußen gemacht, ganz allein im Schneesturm?«

Gute Frage.

Und Bigtoria würde nicht wollen, dass er sie beantwortete.

Aber dafür war es zu spät, nicht wahr? Der Plan war im Eimer von dem Moment an, als er Caroline Manson in diesem entsetzlichen Clubhaus entdeckt hatte, und jetzt war er wieder hier in Glenfarach, wo jeder sehen konnte, dass er quicklebendig war, wo doch eigentlich seine Leiche im Wald vergraben sein sollte. Und es würde nicht lange dauern, bis das Mr Richards und Mr Bishop zu Ohren kam. Und sobald die beiden es spitzkriegten …

Er nahm einen Schluck heißen, süßen Tee.

Verdammt. Er würde Hilfe brauchen, wenn nicht noch mehr ganz fürchterlich schiefgehen sollte.

Was bedeutete, dass er Sergeant Farrow ruhig die Wahrheit sagen konnte.

»Es ist Mr Bishop. Er und Mr Richards haben Geoff Newman,

Pauline Thomson und ›Black Joe‹ Ivanson getötet. Das heißt, Mr Richards hat sie getötet, weil Mr Bishop ja Krebs im Endstadium hat, aber er ist der Kopf hinter alldem. Sie sind hinter ein paar Tresorboxen von einem Banküberfall her – anscheinend sind die ein Vermögen wert.«

Sie trat näher und hielt ihm eine Hand vors Gesicht. Ihre Stimme klang besorgt. »Wie viele Finger halte ich hoch?«

Er schob ihre Hand weg. »Seien Sie nicht albern, Sarge. Die DI ist in Gefahr. Sie musste so tun, als würde sie mich töten und im Wald verscharren, damit sie nicht dahinterkommen, dass sie nicht wirklich korrupt ist. Ich sollte mich in Pauline Thomsons Haus versteckt halten – das übrigens ganz übel stinkt –, weil wir nicht wissen, wem wir vertrauen können, aber dann habe ich das Clubhaus gefunden, und das war alles … Sie wissen schon.« Er zuckte mit den Schultern. »Und ich musste hierher zurückkommen, nicht wahr? Ich konnte ja Ms Manson und Mr Bedwin nicht da draußen zurücklassen – sie hätten sterben können.«

Sie blinzelte ihn eine Weile an. »Wow.« Dann schüttelte sie sich ein wenig. »Okay. Alles klar.« Sie blies die Backen auf. »Verflixte Hacke.«

Edward folgte ihr aus seiner Zelle, über den Flur und in den Gewahrsamstrakt. »Sarge?«

»Die Klärgrube.«

Okay, damit hatte er jetzt nicht gerechnet. »Hä?«

»Deswegen riecht es in Paulines Haus. Es ist seit Ewigkeiten nicht bewohnt gewesen, also verdunstet das Wasser in den Siphons – Toiletten, Waschbecken, Badewanne, ganz egal –, sodass der Abwassergestank ungehindert durch die Rohre ins Haus gelangen kann.« Sergeant Farrow ging auf Newmans rote Sporttasche zu, die immer noch auf dem Boden stand, wo Edward sie abgestellt hatte, und stieß sie mit dem Fuß an. »Was hat Geoff da versteckt?«

Edward hob das Ding auf und stellte es auf den Tresen. Er zog den Reißverschluss auf, sodass sie den Inhalt sehen konnte. »Dem Anschein nach Kokain, Gras, Cannabisharz und diverse Pillen.« Er kräuselte die Lippe und deutete auf den braunen Umschlag. »Und ein Haufen widerliche Fotos. Kinder. Sie wissen ja, worauf Newman stand.«

»Verflixt …« Sergeant Farrow schlug sich die Hände vors Gesicht. »Kinderpornos, Koks und Cannabis.« Sie sackte einen Moment lang zusammen, dann richtete sie sich wieder auf, straffte die Schultern, ging hinter den Tresen und griff nach ihrem Walkie-Talkie. Drückte auf die Nase des Tigers. »Golf Foxtrot Vier an …«

Edward sprang auf sie zu, wedelte mit den Armen und formte mit den Lippen lautlos das Wort »NEIN!«.

Sie sah ihn an, als ob er vor ihr auf den Boden gekackt hätte.

Er senkte die Stimme zu einem Zischeln. »Schhhhhhh! Nein! Die haben mein Walkie-Talkie, und sie glauben, dass ich *tot* bin!«

Sergeant Farrow nickte. »Golf Foxtrot Vier an Golf Foxtrot Sechs, sprechbereit?« Ganz ruhig und gelassen, weil ja gar nichts Besonderes passiert war und sie nicht soeben von einem Komplott erfahren hatte, Bewohner von Glenfarach und eine Polizeibeamtin zu ermorden.

PC Harlaws Stimme war laut und deutlich zu vernehmen. »*Sprechbereit, Sarge.*«

»Komm doch mal eben zurück aufs Revier, ja, Dave? Jemand muss für eine halbe Stunde den Gewahrsamstrakt bewachen.«

»*Roger Wilco.*«

»Und nimm eine große Tüte Milch mit, wenn du am Laden vorbeikommst. Und vielleicht ein paar Kekse. Die Leute hier im Zellenblock fressen mir die Haare vom Kopf.«

Oh, sie machte das *richtig* gut.

Edward reckte beide Daumen.

»*Bin so in … fünfzehn Minuten da, okay?*«

»Vergiss nicht die Kekse.« Sie ließ den Knopf los und legte den Tiger weg. »Diese ganze Sache ist ein verflixtes Desaster, nicht wahr?«

Edward nickte. »Kann man so sagen, Sarge.«

»Dann müssen wir uns überlegen, wie wir da wieder rauskommen.« Sie deutete auf seinen Becher. »Trinken Sie Ihren Tee aus, und dann sehen wir weiter.«

Laut der verstaubten Uhr an der Wand der Leitstelle war es gerade mal zwanzig nach eins, aber das Tageslicht begann schon zu schwinden. Die Sonne war irgendwo hinter einer dicken Schicht von kohlrabenschwarzen Wolken versteckt. Der Wind fauchte und heulte hinter den Fenstern und attackierte die Scheiben mit seinen eisigen weißen Zähnen.

Die einzige Beleuchtung kam von einem Trio von Stirnlampen, als Edward, Sergeant Farrow und PC Harlaw sich vor dem Lageplan von Glenfarach versammelten, der die eine Wand beherrschte. Da die beiden anderen Uniform trugen, wirkte Edward in seinem neuen Armani-Anzug umso schicker.

Könnte sich dran gewöhnen.

Er nahm den Finger herunter, mit dem er auf Bishop House gezeigt hatte, und zuckte mit den Schultern. »Mehr weiß ich auch nicht.«

Harlaw setzte eine skeptische Miene auf. »Und DI Montgomery-Porter hat Ihnen das alles erst erzählt, *nachdem* sie Sie getötet hatte?«

»Angeblich wäre mein Auftritt ›nicht überzeugend gewesen‹, wenn ich es gewusst hätte.«

»Nicht zu fassen.« Der Constable schüttelte den Kopf und erzeugte dabei einen Zeitlupen-Stroboskopeffekt mit seiner Stirnlampe. »Detective Inspectors sind wirklich ein einziger Albtraum.« Dann runzelte er die Stirn. »Moment mal, wie kann es sein, dass Sie nicht erstickt sind, als sie Sie von Kopf bis Fuß in Plastikfolie gewickelt hat?«

»Sie hat es absichtlich schlampig gemacht – überall dicht, nur oberhalb von hier ganz locker und voller Luftlöcher.« Er tippte sich auf die Schulter. »Es ist ...«

»Ja, schon klar.« Sergeant Farrow sah die beiden streng an. »Könnten wir jetzt vielleicht mal zur Sache kommen?«

Harlaws Stirnlampe senkte sich. »Ja, Sarge.«

Die von Edward ebenso. »Tut mir leid, Sarge.«

»Schlimm genug, dass ich drei tote Bewohner habe und einen weiteren, der vermisst wird, dazu einen mit Schädelbruch auf der Krankenstation und eine traumatisierte Sozialarbeiterin. Ganz zu schweigen von Shammy mit seiner Gehirnerschütterung. Nein, jetzt stellt sich auch noch heraus, dass es im Wald ein geheimes Clubhaus für Perverse gibt und dass direkt vor unserer Nase ein Drogenring sein Unwesen treibt.« Ihre Stirnlampe ließ ein kreisförmiges Stück schmuddlige Deckenfliesen aufleuchten, als sie tief Luft holte und es hinausbrüllte: »VERFLIXTE HACKE!«

Edward und Harlaw tauschten gequälte Blicke, während das Echo vom Staub verschluckt wurde.

Sie schlug sich die Hände vors Gesicht und nuschelte hinein. »Alles ist ruiniert. Alles, wofür wir die ganzen Jahre gearbeitet haben. *Ruiniert.*« Dann richtete sie sich auf. »Gut, wir müssen jetzt folgendermaßen vorgehen.« Sie zählte die Punkte an den Fingern ab. »*Erstens:* Wir nehmen Razors und Marky fest. Das wird ihrer Mordserie ein Ende setzen. *Zweitens:* Wir gehen zu Geoffs Versteck im Wald und sichern den Tatort. *Drittens:* Wir verhören alle und nehmen jeden fest, der darin verwickelt ...« Sie starrte Edwards erhobene Hand an. »Was?«

»Wir sollten doch wohl erst einmal versuchen, DI Montgomery-Porter zu retten, Sarge. Ich befürchte, dass Mr Bishop früher oder später dahinterkommen wird, dass sie nicht wirklich auf seiner Seite ist.«

Harlaw wies mit dem Daumen über die Schulter. »Und jemand muss hierbleiben, um den Zellenblock zu bewachen.«

Edward schubste ihn. »Scheiß auf den Zellenblock! Und wenn sie noch so sehr nervt – sie ist eine von uns, und die werden sie umbringen, wenn wir nicht bald etwas *tun*!«

Sergeant Farrow stöhnte, dann sackte sie zusammen. »Also gut.« Sie schritt zum Ausgang. »Jeder schnappt sich Schutzweste, Warnjacke, Schlagstock, Pfefferspray, Gummistiefel und so weiter.« Dann riss sie mit einer dramatischen Geste die Tür auf. »Es gibt viel einzubuchten – packen wir's an.«

Na, das klang doch schon viel besser.

34

Oh Mann ...

Edward zog das Kinn ein und neigte den Kopf gegen den Wind, damit statt seines Gesichts die Police-Scotland-Wollmütze das meiste abbekam. Jede Bö ließ eisige Splitter auf seine Haut prasseln und bombardierte seine nagelneue, frisch ausgepackte, blendend-neongelbe Warnjacke mit immer neuen Schneeschichten, während er die East Main Street entlangwatete. Als ob ihn irgendetwas mit aller Gewalt aufhalten wollte.

Okay, so konnte seine Stirnlampe zwar nur die oberschenkeltiefen Schneewehen unmittelbar vor ihm beleuchten, aber egal – man konnte ohnehin nicht weiter sehen, als man spucken konnte.

Sein Atem hatte gar keine Zeit, zu kondensieren, so schnell riss ihn der Sturm von seinen Lippen weg. Das einzig Gute war, dass seine verstärkten Handschuhe aus dem Spezialgerätefundus inzwischen getrocknet waren – auch wenn das Leder fast völlig steif war.

PC Harlaw ging voran. Er kämpfte sich durch den Schneesturm, eine Schulter gesenkt und nach vorne gedreht, einen Arm gehoben, um sein Gesicht zu schützen, während er eine Schneise durch die Verwehungen schlug. Sergeant Farrow bildete die Nachhut und hielt sich dicht hinter Edward, um ihn als Windschutz zu benutzen. Ihre Stirnlampe schwenkte hin und her und ließ Lichtkegel aus dichtem weißem Gestöber um sie herum aufflackern.

Harlaw blieb abrupt stehen und drehte sich mit dem Rücken zum Wind, um mit einer Hand auf eine schmale Gasse zu deuten. »ABKÜRZUNG!« Dann stapfte er schlingernd über die Straße.

Edward folgte ihm in die Gasse, die kaum mehr als ein Durchgang zwischen zwei Häusern war: zwei Stockwerke hoch, raue Granitwände, die Dächer auf beiden Seiten mit einem halben Meter Überstand, was die Lücke über ihren Köpfen noch schmaler machte.

Was wiederum den gewaltigen Vorteil hatte, dass etwa neunundneunzig Prozent des Winds und ungefähr gleich viel Schnee abgehalten wurden. Auf der East Main Street hatte ihm das Zeug fast bis zum Schritt gereicht, aber hier sank er gerade mal bis zur Mitte seiner Gummistiefel ein.

Halleluja.

Aber dunkel war's – geradezu zappenduster, denn in die enge Gasse drang nicht einmal das bleiche blaugraue Leuchten, das überall sonst im Dorf herrschte.

Er ließ sich gegen die Granitwand sinken, während seine Atemwolken im Strahl der Stirnlampe aufleuchteten und die Kälte in seine Wangen biss, kein bisschen weniger schmerzhaft als der heulende Schneesturm. »Was machen wir, wenn Mr Bishop nicht zu Hause ist?«

Sergeant Farrow wischte sich mit einer behandschuhten Hand den Schnee von der Brust. »Oh, er wird schon zu Hause sein. Ein Mann in seinem Alter und in seinem Zustand, bei diesem Wetter? Wäre schön blöd, das zu riskieren.«

»Seid ihr so weit?« Als Harlaw sie beide nicken sah, setzte er seinen Weg durch die Gasse fort und führte sie tiefer in die lautlose Dunkelheit hinein.

Mit etwas Glück würden sie in der Church Row herauskommen, nicht weit von Mr Bishops Haus. Und sie würden rechtzeitig dort sein, um Bigtoria vor dem schrecklichen Schicksal zu bewahren, das ihr von Mr Richards drohte.

Nicht, dass sie ihm dankbar sein würde. Wahrscheinlich würde sie ausrasten und Edward die Schuld an allem geben. »*Wie können Sie es wagen, von den Toten aufzuerstehen und alles zu ruinieren, indem Sie mich retten und dafür sorgen, dass ich nicht mit einem verdammten Rasiermesser in Stücke geschnitten werde?*«

»Moment mal.« Harlaw blieb abrupt stehen und hob die Hand. Senkte die Stimme zu einem Flüstern. »Habt ihr das gehört?«

Nee.

Edward drehte sich um und lauschte angestrengt in der relativen

Stille, während der Strahl seiner Stirnlampe leuchtturmmäßig über Granit und Backstein glitt. Sie hatten schätzungsweise zwei Drittel der Gasse hinter sich gebracht, und bis auf eine Handvoll dunkler Türen war nichts zu sehen.

Sergeant Farrow spitzte ebenfalls die Ohren und sprach im Flüsterton. »Was soll ich hören?«

»Pssst …« Harlaw schlich auf eine rote Tür zu – zerschrammt und funktional, mit einem Schild, das an das lackierte Holz geschraubt war: »ROSEBARK'S MÖBELTAUSCHBÖRSE – NUR FÜR MITARBEITER.« Er legte das Ohr an die Tür. »Ich dachte, ich hätte jemanden um Hilfe rufen hören. So was wie ›Lass mich raus!‹. So was in der Art. Und mit so weinerlicher Stimme. Wie ein kleines Kind!«

Verdammt.

Edward sah Sergeant Farrow an und zog die Augenbrauen hoch. Nach dem, was er im Wald gefunden hatte?

Sie nickte. »Aufbrechen.«

Harlaw holte Luft, trat einen Schritt zurück und versetzte der Tür einen Tritt mit seinem Gummistiefel, gleich unterhalb der runden Messingscheibe eines Sicherheitsschlosses. Es gab einen dumpfen Donnerschlag, das ganze Ding wackelte, gab aber nicht nach. Also versuchte er es noch einmal. Und noch einmal. Legte sein ganzes Gewicht dahinter, die Arme bei jedem Tritt auf Schulterhöhe gehoben.

Ohne Erfolg.

»Moment mal.« Edward streifte einen Handschuh ab und fischte die Hauptschlüssel aus der Tasche. Er brauchte ein paar Versuche, doch Schlüssel Nummer drei glitt ins Schloss und drehte sich. Ein *Klonk*, und dann musste er der Tür nur noch einen leichten Schubs geben, damit sie aufschwang.

»Okay.« Harlaw ging voran. Seine Gummistiefel schienen über einen Betonboden zu schlurfen – das Geräusch hallte leise in der Dunkelheit.

Edward folgte ihm und fand sich in einem niedrigen Raum mit kahlen Granitwänden, so lang, dass der Strahl seiner Stirnlampe nicht bis zum Ende reichte. Ein muffiger Schimmelgeruch verpestete die kalte Luft und würgte ihn tief im Hals.

Sofas und Sideboards lauerten im Halbdunkel, Kommoden, Bücherregale und Bettgestelle tauchten im Schein der Stirnlampe auf und versanken wieder in der Finsternis. Manche standen einzeln, andere waren mit staubigen Laken verhüllt. Wie altmodische Gespenster – oder ein Ku-Klux-Klan-Treffen von rassistischen, schwachsinnigen, aus der Mode gekommenen Möbeln.

Er rückte langsam weiter vor und ließ mit seinem Lichtstrahl Details aus der Dunkelheit hervortreten. Ein Unterschrank mit zerkratzter Oberseite, eine mit Farbe bekleckerte Staffelei, ein Fernsehsessel mit dazugehörigem Fußschemel. Alles mit einer dicken Staubschicht überzogen, alles gebraucht. Hier hatte Black Joe Ivanson sich offenbar seine neue Einrichtung besorgen wollen, sobald das Haus fertig renoviert war.

Nur dass es jetzt nicht mehr renoviert würde. Jedenfalls nicht von *ihm.*

Edward bog an einem Dreisitzer-Ledersofa mit Katzenkratzern an den Seiten rechts ab und schlich sich weiter an einer Reihe von Fernsehmöbeln vorbei, die Ohren gespitzt, um auf das Weinen zu lauschen, das Harlaw gehört hatte, doch es war totenstill im Raum. Vielleicht hatte derjenige, der sich hier versteckte, das Kind weggebracht? Oder er hielt ihm den Mund zu? Vielleicht waren sie hier ganz in der Nähe, versteckt unter einer der Staubdecken …

Er hob die Stimme nicht über Murmellautstärke. »Was meinen Sie, Sarge – jemand von Geoff Newmans Ring?«

Stille.

Edward versuchte es noch einmal. »Wohnt hier eigentlich jemand – in diesem Gebäude, meine ich – oder ist es bloß ein Möbellager?«

Immer noch Stille.

»Sarge?«

Er blieb neben einem Küchenbuffet stehen und blickte sich um.

Hinter ihm war alles dunkel.

Nirgendwo eine Stirnlampe.

Okay, das war jetzt nicht gut.

Er hob die Stimme ein wenig. »Sarge? Constable Harlaw?«

Vielleicht hatte derjenige, der das Kind gefangen hielt, sich von hinten an Sergeant Farrow und PC Harlaw angeschlichen und sie nacheinander ausgeschaltet, sodass nur noch er übrig war? Vielleicht schlich er sich in diesem Moment an Edward an, und er konnte sie nur alle retten, wenn er es schaffte, nicht selbst in den nächsten paar Minuten getötet zu werden. Und nach dem heutigen Tag hatte er für alle Zeiten die Nase voll vom Im-Wald-verscharrt-Werden.

Die Frage war: Wo versteckte sich der Kerl?

Und in diesem Moment glitt Sergeant Farrows Stimme durch die Dunkelheit. »*Es tut mir leid, Edward, glauben Sie mir.*«

O nein …

»Sarge?« Seine Stirnlampe schwang in die Richtung, aus der die Stimme kam, fand aber nichts als gespenstische Möbelsilhouetten.

»*Ich fürchte, Ihre Reise endet hier.*«

Na toll – als ob alles nicht schon verkorkst genug wäre.

Er wandte sich nach links, dann nach rechts, ließ den Strahl der Stirnlampe über die Staubdecken gleiten. »Habe ich Sie gerade richtig verstanden, Sarge? Sie sind mit Mr Bishop und Mr Richards in ein Komplott verwickelt, etliche Menschen zu ermorden? Denn ich bin mir ziemlich sicher, dass das unter grobes Fehlverhalten fällt.«

»*Natürlich nicht! Ich hatte ja keine Ahnung, dass das alte Ekel Amok läuft.*« Ein Seufzer hallte durch den niedrigen Raum. »*Ich habe versucht, Sie vor Schaden zu bewahren, das können Sie mir glauben, aber Sie mussten ja unbedingt im Wald rumlaufen und Geoffs blödes Clubhaus finden.*«

Hä?

»Wieso ist das …«

»*Was glauben Sie, wo er die Drogen herhatte, Edward? Was glauben Sie, für wen er gedealt hat? Ich habe immer so ein strenges Regiment geführt, und dann geht Geoff hin und dröhnt sich mit meinem Stoff zu.*«

»Und deshalb haben Sie ihn umgebracht.« Edward hob die Stimme ein wenig. »Constable Harlaw, wie es aussieht, hängt es jetzt an uns beiden. Zwei gegen eine!« Er holte tief Luft. »Sergeant Louise Farrow, ich verhafte Sie gemäß Abschnitt eins des Criminal Justice Scotland Act von 2016 wegen des Mordes an Geoff Newman …«

»Ich habe niemanden umgebracht, Sie Dussel. Aber wissen Sie was, Edward? In einem Punkt haben Sie recht – es sind tatsächlich zwei gegen einen.«

Harlaws Stimme ertönte irgendwo in der Nähe – sehr viel näher als die von Sergeant Farrow. Viel zu nahe. *»Nur dass es andersrum ist.«*

Ach du Scheiße.

Edward schnellte zu dem Geräusch herum, seine Stirnlampe ließ Schatten um die verhüllten Möbel tanzen. Wo zum Teufel steckte er?

»Geoff Newman war schon tot, als wir dort ankamen, ich schwör's. Ich wusste nur nicht, was er in seinem Haus alles versteckt hatte. Stoff? Dinge mit unseren Fingerabdrücken drauf? Dinge, die er versteckt hatte, um Sarge Farrow und mich damit zu erpressen? Dinge, die jedes einigermaßen fähige Spurensicherungsteam finden würde, wenn sie sein Haus durchsuchten …?«

Ein scharrendes Geräusch, irgendwo zur Linken.

Edward wirbelte in die Richtung, ließ sich in die Hocke fallen, die Arme ausgestreckt, bereit zur Attacke. Aber da war niemand. Nur noch mehr Schatten, die sich im Strahl der Stirnlampe wanden.

»Das mit Shammy tut mir echt leid. Ich wollte ihm nicht wehtun, aber ich musste das Haus niederbrennen, und Zeugen …« Harlaw zog die Luft mit einem scharfen Zischen durch die Zähne ein. *»Aber das Problem ist jetzt aus der Welt geschafft. Oder wird es in einer Minute sein.«*

Scheißescheißescheißescheiße …

»Denken Sie, Sie können mir Angst machen?« Edward kramte in seinen Taschen – oder versuchte es jedenfalls mit den steifen, dicken Spezialausrüstungs-Handschuhen. Pfefferspray. Pfefferspray. Wo war das *gottverdammte* Pfefferspray? »Können Sie nicht!« Aha. Gut. Da war es.

Na, Gott sei Dank.

»So ein spilleriger Schlaks wie du? Da komm ich nicht mal ins Schwitzen.«

Edward steckte sich die Fingerspitzen in den Mund, zog die

Lederhandschuhe ab und ließ sie auf den Boden fallen, während er die Sicherung von dem kleinen Zylinder entfernte. »Sie wissen, dass Sie damit nicht durchkommen.« Er hielt das Spray mit ausgestrecktem Arm wie Dirty Harrys Magnum. Entsichert und zu allen Schandtaten bereit. »Der Staatsanwalt und Ihr diensthabender Inspector und der ganze Zirkus sind schon unterwegs hierher!«

Lautes Gelächter ertönte in der Dunkelheit. Und nachdem das Echo verhallt war, nahm Sergeant Farrows Stimme den Tonfall einer Moderatorin im Kinderprogramm an: ein amüsierter, herablassender Singsang: »*Ach, Eddie. Ach, Edward. Ach, Eddie McTedward ... Die Kavallerie kommt nicht, solange der Pass nicht frei ist, und das wird noch Tage dauern. Bis irgendjemand hier ankommt, sind Sie längst über den Jordan.*«

Er wich zurück, bis hinter ihm nur noch die Granitwand war, und schwenkte die Stirnlampe hin und her, auf der Suche nach Harlaw, das Pfefferspray im Anschlag. »Kommen Sie, Sarge, das ist doch alles nicht nötig.«

»*Es ist so: Sie, Edward, hatten herausgefunden, dass einer unserer besonders zwielichtigen Bewohner etwas im Schilde führte – wer genau, spielt keine Rolle, sie sind alle entbehrlich –, und als Sie und ich ihn zur Rede stellten ... rastete er aus und griff uns an.*« Wieder ein Seufzer. »*Bedauerlicherweise erlitten sowohl er als auch Sie bei dem Kampf tödliche Verletzungen, obwohl Sie unglaublich tapfer waren. Vielleicht werde ich sogar sagen, dass Sie mich gerettet haben? Das klingt doch vorbildhaft heroisch, finden Sie nicht?*«

Die Frau war vollkommen durchgeknallt.

»*Sie bekommen ein Heldenbegräbnis. Ich mache einen Deal mit Marky Bishop und verpfeife Ihre DI – und verdiene mir damit einen schönen fetten Anteil von dem ›Vermögen‹, von dem Sie erzählt haben. Und dann kündigen Dave und ich in Glenfarach, denn dann werden wir sehr, sehr, sehr reich sein.*«

Ein Rascheln irgendwo in der Dunkelheit, ein Klicken, und dann dudelte eine kurze, monophone Version von »The Lion Sleeps Tonight« irgendwo links von Edward.

Er fuhr herum, zielte mit dem Pfefferspray in die Richtung. Holte tief Luft.

Sergeant Farrows Stimme bekam plötzlich ein elektronisches Echo, als sie von irgendwo in der Dunkelheit und zugleich aus PC Harlaws Walkie-Talkie ertönte. Mit leichter Verzögerung, sodass die Worte ineinander übergingen. »*Golf Foxtrot Vier an Alpha Charlie Eins, sprechbereit?*«

Bigtorias Stimme antwortete in Stereo – sie plärrte gleichzeitig aus Sergeant Farrows Tiger und aus Harlaws Löwen. »*Sprechbereit.*«

»*Ich weiß, was Sie getan haben. Und Sie werden verflixt noch mal dafür bezahlen.*«

Aus den Lautsprechern der Walkie-Talkies kam nur Rauschen.

»*Haben Sie mich gehört, Bigtoria? Wir wissen, dass Sie den Jungen nicht wirklich getötet haben – Sie haben die ganze Geschichte gefakt. Sie sind ein Undercover-Spitzel, und das wird Mr Bishop gar nicht gefallen.*«

Immer noch nichts.

»*Hallo? Sind Sie da? Hallo? Hmm …*« Stille. »*Na, was soll's. Dave, wenn du so freundlich wärst?*«

Harlaws Stimme war viel näher, als sie eigentlich sein sollte, und anstatt vor Edward zu sein, wo das Walkie-Talkie war, erklang sie direkt hinter ihm. »*Tut mir leid, Kollege. Ich mach's kurz und schmerzlos.*«

Der Mistkerl hatte ihn reingelegt.

35

Edward fuhr herum – gerade rechtzeitig, um im Strahl seiner Stirnlampe zu sehen, wie PC Harlaw sich über eine Chaiselongue auf ihn stürzte.

Beide fielen polternd zu Boden, überschlugen sich ein paarmal und krachten in einen Mahagoni-Kleiderschrank. Der Aufprall war so heftig, dass sie sich für einen Moment voneinander lösten – es war nicht viel Platz, aber es reichte.

Edward rappelte sich auf die Knie hoch und zielte mit dem Pfefferspray, den Daumen auf dem Auslöser.

Harlaw schlug seine Hand zur Seite, der Zylinder flog davon, kullerte über den Betonboden – *ping-klang-klonnnng* – und rollte unter einen Unterschrank mit einem ovalen Spiegel darauf, etwa drei Meter weiter. Zu weit, um dranzukommen, es sei denn …

Die Hand schlug wieder zu und krachte in Edwards Nase. Die Luft roch plötzlich nach brennendem Pfeffer und heißem Eisen.

Du – verdammter – Hurensohn.

Er konterte mit einem Schlag, der Harlaws Ohr traf.

Eine Faust flog und erwischte Edward am Kinn. Er warf sich mit gefletschten Zähnen auf Harlaw, versuchte ihn niederzuringen, setzte zu einem Tritt an, während Harlaw seine Handgelenke packte und ihn mit einem Kopfstoß nur ganz knapp verfehlte.

Sie rumpelten in eine Kommode, die umkippte und in einem Crescendo von splitterndem Holz auf einen Couchtisch krachte.

Edward wand sich los, riss das Knie hoch und warf Harlaw mit einem Tritt in die Magengrube auf den Rücken.

Gut so.

Er drehte sich um und krabbelte hastig auf den Unterschrank zu – doch Harlaw packte ihn an den Knöcheln und zog ihm die Knie unter dem Leib weg.

Er landete mit einem *Wump* bäuchlings auf dem Beton, wobei sein Kinn noch heftiger durchgeschüttelt wurde als vorhin bei Harlaws Fausthieb. Aber nicht so heftig, dass es ihn daran gehindert hätte, sich nach vorne zu werfen, den rechten Arm ganz ausgestreckt, um mit den Fingern in den tanzenden Schatten unter dem Unterschrank nach der glänzenden Dose zu tasten.

Ein Gewicht drückte auf seinen Rücken, dann klatschte eine Faust in seine ungeschützten Rippen – die jetzt nur noch mit einer einfachen Schicht Warnjacken-Kapok geschützt waren. Splitter von brennendem Schotter jagten durch seine Seite.

Fast geschafft …

Ein weiterer Schlag traf dieselbe verdammte Stelle und ließ ein gutturales Ächzen aus seinem Mund hervorbrechen, das eine Staubwolke aufwirbelte und im Schein der Stirnlampe tanzen ließ.

Seine Finger streiften die glatte Metallhülse.

Komm schon, du glitschiges kleines Miststück …

Eine Hand griff in die Haare an Edwards Hinterkopf, zog ihn hoch und knallte ihn mit dem Gesicht auf den Boden.

Klonk.

Das verdammte Pfefferspray war *ganz knapp* außerhalb seiner Reichweite.

Herrgott noch mal, bitte …

Klonk.

Seine Stirn donnerte wieder auf den Beton, worauf eine Million altmodische Telefone zu klingeln begannen, eingehüllt in eine Woge von gleißenden schwarz-gelben Punkten.

Vergiss es, du kriegst das Ding doch nicht zu fassen. Schlag's weg.

Er ballte die Hand zur Faust und ließ dann die Finger vorschnellen – die Spitzen schnippten die Dose weg, die gegen die Wand knallte und zurückrollte. Er hatte sie noch nicht ganz in der Hand, aber jetzt war er nahe genug dran, um …

Klonk.

Das Klingeln wurde doppelt so laut, die Punkte doppelt so grell, begleitet von einem stechenden Schmerz, der auf Schlittschuhen und geschliffenen Steigeisen durch seinen Schädel tanzte.

Aber seine Finger schlossen sich *endlich* um das Pfefferspray.

Er legte die andere Hand flach auf den Boden und stemmte sich hoch, half mit Knien und Füßen nach, doch Harlaws Gewicht verlagerte sich nur ein bisschen. Immerhin gelang es Edward, sich auf die Seite zu drehen und aus dem Augenwinkel zu dem Mistkerl aufzuschauen.

Edward hielt Harlaw das Pfefferspray ins Gesicht und drückte den Daumen auf den Auslöser.

Nichts passierte.

Keine große Tröpfchenwolke, kein Geschrei, keine knallroten, verquollenen Augen, aus denen Tränen strömten, wenn das teuflische Capsaicin seine verheerende, nervenzerfetzende Wirkung entfaltete.

Er drückte noch einmal auf den Auslöser.

Wieder passierte nichts.

»Tut mir leid.« Harlaw sah lächelnd auf ihn herab. »Hast du wirklich gedacht, wir würden dir ein geladenes geben? Wo doch der Plan war, dich aus dem Weg zu schaffen? Nee, Junge, du bist …«

Edward benutzte das Ding stattdessen als Totschläger und rammte seine Faust mit solcher Wucht in Harlaws selbstgefällige Visage, dass der nach hinten kippte.

Edward kämpfte sich in die Vertikale, die neue Warnjacke halb offen, blutverschmiert und zerrissen.

Scheiß drauf.

Lauf weg.

Er war gerade drei Schritte in Richtung Ausgang gerannt, als eine Hand sich um seinen Knöchel legte und ihn zu Fall brachte. Er krachte mit dem Kopf voran in einen Esszimmerstuhl, der sofort kampflos nachgab, und blieb in einem Durcheinander zersplitterter Streben liegen.

Edward rollte weg, stieß gegen den Tisch, zu dem der Stuhl gehörte, und rappelte sich auf, kurz bevor Harlaw, der Anlauf genommen hatte wie zu einem Freistoß, bei ihm ankam.

Der Fuß schwang durch die Luft, nahm Kurs auf Edwards Eier ...
schaffte es aber irgendwie, stattdessen von seinem Oberschenkel ab-
zuprallen.

Edward schwang die Faust, Harlaw konterte, und dann prügelten
sie aufeinander ein, krallten und grabschten – das Revers von Edwards Armani-Anzug riss in Harlaws Faust. Ein wildes Rempeln und
Stoßen, mit fliegenden Fäusten und Ellbogen.

Harlaw ließ mit einer Hand los und holte zum Schlag aus, doch
Edward warf sich nach vorne, eher er die Faust schwingen konnte,
und schubste ihn, sodass er das Gleichgewicht verlor und rückwärtstaumelte.

Und Edward gerade genug Platz ließ, um den ovalen Spiegel vom
Unterschrank zu packen und ihn Harlaw über den Schädel zu ziehen.

Der Spiegel zersprang, die Scherben blitzten kurz im Schein der
Stirnlampe auf und reflektierten ihre Strahlen, ehe sie auf dem Betonboden zersplitterten.

Harlaw folgte ihnen kurz darauf. Er fiel auf die Knie und kippte
dann zur Seite weg. *Klonk.*

Oh, dem Himmel und allen haarigen Heiligen sei Dank ...

Jeder Atemzug war ein Kampf – Edward sog die Luft in seine
brennende Lunge und stieß sie mit einem dumpfen Keuchen wieder aus. Das Blut hämmerte und wummerte in seinen Ohren und im
ganzen Schädel, der Schweiß lief ihm über den Rücken.

Er zog seine Handschellen aus der Tasche und schloss das eine
Ende um Harlaws rechtes Handgelenk, dann schleifte er ihn über
den Boden zu einem schweren, schmiedeeisernen Bettgestell, steckte
den Arm mit dem Metallring durch eine Lücke zwischen den Streben und ließ das andere Ende um Harlaws linkes Fußgelenk ein-
schnappen.

Jetzt schau, wie du da wieder rauskommst, du Arsch.

Anschließend nahm er Harlaws Handschellen, Schlüssel, Schlagstock und Pfefferspray an sich.

Dann stand er da, keuchend und ächzend, und wischte sich das
Blut von Oberlippe, Mund und Kinn.

»Haben Sie … haben Sie das gehört, Sarge? … Jetzt ist es einer … gegen eine.«

Von irgendwo drüben an der gegenüberliegenden Wand kam das Geräusch von scharrenden Sohlen auf Beton. Es entfernte sich allmählich und ging dann über in das *Klomp-klomp-klomp* von jemandem, der in Gummistiefeln zu rennen versuchte. Dann drang fahles graues Licht in den Raum, als die Tür zur Gasse aufgerissen wurde. Sergeant Farrow hatte die Flucht ergriffen.

»Mist …«

Edward setzte sich in Bewegung, steigerte sich von einem Humpeln über einen leichten Trab bis fast zu einem Sprint, als er zur Tür hinaus in den Schnee stürmte, wo er strauchelte und fast in die gegenüberliegende Hauswand donnerte.

Er richtete sich auf, blickte sich suchend um in der düsteren …

Da!

Sergeant Farrow – sie lief mit großen Storchenschritten in Richtung Polizeirevier, immer dem Strahl ihrer Stirnlampe nach. Als sie am Ende der Gasse ankam, wurde sie von einem Windstoß erfasst und fast umgeworfen. Sie wurde kurz langsamer, dann verschwand sie um die Ecke.

Los jetzt – wir sind noch nicht fertig.

Mit aller Kraft setzte er einen Fuß vor den anderen und steigerte das Tempo nach und nach, bis man fast wieder von Laufen reden konnte. Der Atem rasselte in seiner Kehle, das Herz wummerte in seiner Brust. »SIE KÖNNEN DOCH NIRGENDWOHIN, MENSCH! WIR SIND EINGESCHNEIT!«

Er stürzte aus der Gasse hinaus in den Schneesturm und kam schlitternd zum Stehen, als der Wind ihn mit voller Wucht erwischte und von den Beinen zu holen versuchte. Seine offene Warnjacke flappte und flatterte, Schneeflocken wirbelten um ihn herum und prasselten auf seinen Rücken, als er sich vom Wind abwandte und hinter Sergeant Farrow herlief.

Sie folgte der Furche, die sie auf dem Hinweg durch den Schnee gezogen hatten, aber er lag hier immer noch viel tiefer als in der Dunbrae Lane, und der heulende Wind wehte schon wieder Nachschub in den hüfttiefen, einspurigen Canyon.

Sergeant Farrow hatte wahrscheinlich gar nicht so viel Vorsprung, aber der Schneesturm entzog sie immer wieder für mehrere Sekunden seinen Blicken, ehe sie wieder als graue, verwaschene Silhouette in der Ferne auftauchte. Sie kam deutlich schneller voran als er. Aber sie war ja auch nicht gerade eben erst drüben in der Möbeltauschbörse einem Mordanschlag entgangen.

Sie passierte den dunklen, stillen Block des Glenfarach House Hotel und watete hinaus auf den Marktplatz, die Arme angehoben, um das Gleichgewicht zu halten, wenn alle acht oder neun Schritte der Wind einen neuen Versuch unternahm, sie von den Füßen zu holen.

Und Edward hechelte hinterher. Er wurde langsamer, als der Adrenalinschub nachließ und die Schmerzen und die schiere Erschöpfung der letzten drei Tage in seine Knochen drangen. »SEIEN SIE DOCH VERNÜNFTIG, SARGE! ES IST VORBEI!«

Sie rief ihm etwas zu, doch der Wind riss ihre Worte fort.

Das Polizeirevier ragte auf der anderen Seite des Platzes auf, aus den oberen Fenstern fiel hier und da Licht in den höllischen Nachmittag hinaus und verbrannte den Diesel des Notstromaggregats. Machte es aber auch leichter, zu sehen, wie Sergeant Farrow auf den Großen Wagen zustapfte.

Sie fischte schon die Schlüssel aus der Tasche, als Edward an dem Uhrturm-Denkmal vorbeihumpelte – kaum schneller als in normalem Gehtempo.

Sergeant Farrow kletterte auf den Fahrersitz, und gleich darauf setzte das kehlige Grollen des Motors ein. Die Scheinwerfer leuchteten auf, dann warfen auch die Dachstrahler ihre Lichtspeere durch den wirbelnden Schnee, und das blau-weiße Rundumlicht begann zu flackern.

Edward hatte fast die letzte Baumreihe erreicht, als sie Gas gab und die Räder des Großen Wagens sich auf der Stelle zu drehen begannen, während der aufgewirbelte Schnee im Schein der Rücklichter blutrot aufflammte. Dann griffen die Schneeketten, und der Land Rover machte einen Satz nach vorne.

Und beschleunigte.

Und hielt direkt auf Edward zu.

Er blieb abrupt stehen. »Du Sch…«

Der Große Wagen raste durch den Schnee auf ihn zu – er war jetzt schon schnell genug, um ernsthaften Schaden anzurichten, und wurde mit jeder Sekunde noch schneller.

Kein Zweifel – sie wollte ihn mit voller Absicht über den Haufen fahren.

Mit einem großen, dicken, fetten Land Rover.

JA, DANN STEH HALT NICHT RUM WIE EIN ÖLGÖTZE!

Er sprang zur Seite, und der Große Wagen bretterte über die Stelle, wo er noch eine Sekunde zuvor gestanden hatte.

Sergeant Farrow war offenbar nicht glücklich darüber, dass sie ihn verfehlt hatte, denn die Bremslichter leuchteten auf, und die Schnauze des Wagens senkte sich, während sie das Steuer herumriss, um es noch einmal zu versuchen. Das einzige Problem war, dass diese Schneeketten zwar für eine vernünftige Fahrweise bei winterlichen Verhältnissen taugten, nicht aber für Rallye-Manöver im Tiefschnee.

Das Heck brach aus, und der Große Wagen geriet ins Schleudern, setzte seine Fahrt in die gleiche Richtung fort und drehte mehrere Pirouetten, bis er frontal in den Uhrturm krachte und alles mit einem Schlag zum Stillstand kam.

Das Grollen des Dieselmotors verstummte, aber die Lichter blieben an.

In einem Fernsehkrimi wäre jetzt die Hupe losgegangen, aber es blieb alles still. Nur der Wind und das leise Prasseln der eisigen Flocken machte das Fehlen künstlicher Dramatik ein wenig wett.

Edward stakste schnaufend und keuchend zur Fahrerseite, öffnete die Tür und spähte hinein.

Sergeant Farrow war auf ihrem Sitz zur Seite gesackt, aus einer klaffenden Wunde auf ihrer Stirn tropfte dunkelrotes Blut auf die Polster des Land Rovers.

Das sah nicht gut aus.

Er stieg auf das Trittbrett, während der Wind an seinen Schultern schubste und zerrte und sich in den Großen Wagen zu drängen versuchte, und streckte die Hand aus, um nach einem Puls zu tasten …

Na, Gott sei Dank.

Sie war noch am Leben.

Allerdings würde sie einen gewaltigen Brummschädel haben, wenn sie wieder zu Bewusstsein kam.

Er ließ sich nach vorn fallen, die Augen geschlossen, und kam langsam wieder zu Atem, während Schnee durch die offene Tür hereinwirbelte.

»Okay.«

Edward setzte Sergeant Farrow aufrecht hin und steckte eine ihrer Hände durch das Lenkrad, ehe er die Handschellen hervorzog, die er Harlaw abgenommen hatte, und ihre Handgelenke zusammenschloss. Anschließend nahm er ihr die Schlüssel, ihre eigenen Handschellen und das Tigerkopf-Walkie-Talkie ab.

Er stieg wieder hinunter auf die verschneite Straße und schwankte, als ein neuerlicher Windstoß an seiner Warnjacke ruckelte, dann schlug er die Tür zu.

Und dann, um der guten alten Zeiten willen, zeigte er Sergeant Farrow noch durch das Fenster den Stinkefinger.

Eisige weiße Flocken peitschten vorüber, als er sich wieder in den Schneesturm drehte, eine Hand schützend vor die Augen gehoben, und in die ungefähre Richtung von Mr Bishops Haus spähte.

Wahrscheinlich hatten sie die DI schon umgebracht – zumal, wenn sie Sergeant Farrows »*Ich weiß, was Sie getan haben*«-Anruf auf dem Walkie-Talkie mitgehört hatten. Und da Mr Richards jetzt Edwards Teddybären hatte und jeder Anruf an alle Apparate übertragen wurde, gab es null Grund zu der Annahme, dass sie es nicht gehört hatten. Also war sie mit ziemlicher Sicherheit tot.

Tja …

Aber »mit ziemlicher Sicherheit« war nicht dasselbe wie »mit Sicherheit«, oder?

Und es bedeutete nicht, dass er nicht *versuchen* sollte, sie zu retten.

Edward straffte die Schultern, das Kinn erhoben, und bot dem Sturm die Stirn.

Aber andererseits …

Wie zum Teufel sollte er eine Ein-Mann-Rettungsaktion durchziehen, mit nichts als einem Teleskop-Schlagstock und einem geklauten Pfefferspray-Behälter, mitten im schlimmsten Winter seit mindestens zehn Jahren?

Was er brauchte, war irgendetwas, was ihm einen Vorteil verschaffte – eine Art Geheimwaffe, einen Trumpf, um zu verhindern, dass das Ganze zur Operation »Edward und Bigtoria lassen sich von zwei fiesen alten Verbrecherschweinen abmurksen« entartete.

Er runzelte die Stirn.

Dann drehte er sich von dem wütenden Wind und seinen Millionen gefrorener Dolche weg und blickte stattdessen die West Main Street hinunter.

Und ein Lächeln breitete sich auf seinem schmerzenden Gesicht aus.

»Na, das ist doch eine Idee.«

Sechsunddreißig

Der warme weiße Schein einer Petroleumlampe auf dem Kaminsims ließ lange dunkle Schatten an den blutroten Wänden emporflackern. Ihr Licht wurde verstärkt durch eine Handvoll Kerzen, die in Sturmlaternen flackerten, sodass es schien, als ob sich hier drei Gestalten um ein Lagerfeuer in einer prähistorischen Höhle versammelt hatten, während draußen der Schneesturm heulte wie ein hungriger Wolf. Und sich fragten, ob die Sonne jemals wieder aufgehen würde.

Jemand hatte eine neue Plastikfolie auf dem Teppichboden ausgebreitet, bereit für den nächsten hackfleischfarbenen Anstrich.

Marky Bishop hing schlaff in seinem Rollstuhl, das Gesicht grau und zerknittert wie eine zusammengeknüllte Zeitung, und sog an seiner Sauerstoffmaske, als wäre es das Einzige, was ihn noch aufrechthielt. Eine karierte Decke war über seine cremefarbenen Chinos gebreitet und verbarg seine knochigen Knie. Razors ging vor dem Kamin auf und ab. Seine Pantoffeln quietschten auf der Plastikfolie, und immer, wenn er an der Lampe vorbeikam, wurde es kurz ein wenig dunkler im Zimmer. Für Victoria blieb so nur die Ecke, wo sie DC Reekie »getötet« hatte, und die sie sich jetzt mit einer Trittleiter und einem kleinen Stapel Farbeimer teilen musste. Sie gab sich alle Mühe, Bedrohlichkeit auszustrahlen, denn das war offenbar die Atmosphäre, die alle hier anstrebten.

Jetzt verschränkte sie die Arme. »Und woher weiß ich, dass ihr mich nicht um meinen Anteil bescheißt?«

Markys Stimme drang pfeifend durch die Sauerstoffmaske. »Du bist ja ... ganz schön misstrauisch ... für eine Detective ... Inspector.«

Von Razors kam ein verächtliches Schnauben. »Eine verdammte Meckerziege, das ist sie!«

»Du kriegst ... deinen Anteil ... wenn wir ... aus diesem Kaff raus sind.« Die dürren Schultern zuckten, begleitet von einem mürrischen Brummen. »Falls es irgendwann … aufhört zu schneien.«

»Ich habe nicht …« Tief in der Tasche ihrer Warnjacke ertönte das pseudo-fröhlichen Gepiepse dieser albernen Zirkusmelodie.

Gleichzeitig dudelte eine ebenso grässliche Version von »Teddy Bears' Picnic« aus Razors' Strickjacke.

Sie deutete auf ihn und schüttelte den Kopf, ehe sie das Clown-Walkie-Talkie hervorzog.

Farrows Stimme tönte verrauscht aus beiden Lautsprechern. *»Golf Foxtrot Vier an Alpha Charlie Eins, sprechbereit?«*

Sie hob eine Hand, um zu verhindern, dass Marky oder Razors dazwischenquatschten. »Sprechbereit.«

»Ich weiß, was Sie getan haben.« Verdammt. *»Und Sie werden verflixt noch mal dafür bezahlen.«*

Victoria drückte den Daumen auf die Nase des Clowns und ließ ihn dort, um das Walkie-Talkie im Sendemodus zu halten und zu verhindern, dass Sergeant Farrow noch irgendetwas Dummes – oder Gefährliches – sagen konnte.

Was die erschreckende Frage aufwarf: Was wusste sie? Und wie um alles in der Welt hatte sie es herausgefunden?

Razors' spitzes Kinn hob sich, und ein krummer Finger deutete auf den Clownskopf. »Was meint sie damit – ›was Sie getan haben‹?« Jedes Wort triefte vor Argwohn. »Was hast du getan, Mädel?«

»Ach, schieb dir doch dein Geschirrtuch sonst wo rein, Küchen-junge.«

Marky sackte auf seinem Rollstuhl zusammen. »Nicht … schon wieder.«

»Nee, Mann, sie führt doch was im Schilde.« Seine Augen verengten sich, und er fletschte die falschen Zähne, als er sie anfunkelte. »Was – hast – du – getan?«

»Vielleicht hat Sergeant Farrow herausgefunden, dass ich DC Ree-kie getötet habe.« Sie baute sich vor ihm auf, die Brust rausgestreckt, die Schultern gestrafft, und konterte seinen bösen Blick. »Ich frage mich, wie sie das geschafft hat?«

»Nennst du mich etwa einen *Verräter*?« Er betonte das letzte Wort, als ob es die größte Beleidigung überhaupt wäre.

Marky nahm seine Maske ab. »Jetzt … haltet endlich die Klappe … alle beide.« Dann setzte er sie wieder auf. Sein Atem machte Geräusche wie ein Taucher, der am Meeresboden in den letzten Zügen liegt. »Bitte …«

»Nee, jetzt reicht's.« Razors stampfte über die Plastikfolie und baute sich vor dem Rollstuhl auf. »Du willst einfach nicht sehen, was direkt vor deiner verdammten Nase ist, wie?« Der krumme Finger schwenkte zu Victoria. »Die da ist nicht sauber. Wir können ihr nicht vertrauen. Das war mir von Anfang an klar. Und du bist so blind, dass du es nicht siehst!« Spucketröpfchen funkelten im Kerzenschein. »Du wärst ja gar nicht hier, wenn ich die alte Schlampe nicht die Treppe runtergestoßen hätte! All die Bastarde, die ich gefoltert und getötet hab. *Für dich.* Und jetzt glaubst du *ihr* eher als mir?«

Razors wischte sich mit der Hand über den Mund, dann zog er sein Rasiermesser aus der Tasche. »Nee, besser, ich erlöse die da von ihrem Elend, ehe sie uns übers Ohr haut.« Er klappte die Klinge aus und trat auf Victoria zu, während ein Lächeln seine runzlige Gesichtshaut dehnte. »Wird mir ein Vergnügen sein.«

Victoria ging leicht in die Knie und drehte sich zur Seite, um eine kleinere Angriffsfläche zu bieten. »Du bist doch nichts als ein runzliges altes Weegie-Arschloch, ›Paul‹.« Sie zog ihren Teleskopschlagstock aus der Innentasche und ließ ihn mit einem Klacken ausfahren. Damit waren die Chancen schon etwas ausgeglichener. Ja, die Klinge war scharf, aber der Schlagstock hatte die größere Reichweite. »Ich mach dich fertig.«

Das war der Schlüssel: Selbstsicher auftreten.

Er rückte näher und ließ das funkelnde Rasiermesser kreisen. »Darauf hab ich schon *lange* gewartet.«

Markys Hand schnellte hoch. »Razors, nein!«

Der alte Drecksack ließ Victoria nicht aus den Augen, während das Rasiermesser durch die Luft glitt wie eine Schlange. »Ich hab's satt, deine Befehle zu befolgen, Großer. Sie stirbt, und zwar auf der Stelle.«

Noch drei Schritte, und er würde in Schlagstock-Reichweite sein.

Den ersten Schlag aufs Handgelenk – bei einem Mann in seinem Alter waren die Knochen bestimmt brüchig wie trockene Zweige. Wenn sie ihm das Handgelenk brach, konnte die Klinge noch so scharf sein – wenn das Ding am Boden lag, spielte das keine Rolle mehr.

Razors' Grinsen wurde breiter. »Sieh's doch positiv, Marky – ein Arsch weniger, mit dem wir teilen müssen.«

Die Falten auf Markys Stirn wurden tiefer. »Wenn man's so betrachtet … *Aye.*« Er nickte. Und dann stand er auf – nicht wacklig und mit knirschenden Gelenken wie sonst, wenn er sich von einem Stuhl oder aus seinem Rollstuhl hochhievte, sondern in einer einzigen fließenden Bewegung, an deren Ende er so aufrecht stand, wie sie ihn noch nie gesehen hatte.

Von irgendwo zauberte er eine mattschwarze halb automatische Pistole mit kurzem Lauf hervor und zielte. Ein ohrenbetäubender Knall ertönte, das Echo wurde von den kahlen Wänden hin und her geworfen. Blut spritzte aus Razors' Brust, dunkelrot und glitzernd plätscherte es auf die Plastikfolie, und warme, feuchte Spritzer sprenkelten Victorias Gesicht.

Razors sackte zu Boden, die Augen weit aufgerissen. Seine Lippen bewegten sich, doch es kamen keine Worte heraus, nur rosaroter Schaum. Er krümmte sich und fiel auf die Seite, starrte Marky an und streckte beide Arme nach ihm aus.

Marky ließ den Kopf kreisen und streckte den Rücken. Die Sauerstoffmaske dämpfte immer noch seine Stimme, doch er hörte sich an, als wäre er nur noch halb so alt. »Ein Arsch weniger, mit dem wir teilen müssen.« Die Pistole senkte sich, bis sie auf den Kopf seines Kumpels zielte. »Danke, Razors.«

Der zweite Knall war sogar noch lauter als der erste. Die Kugel schlug ein Loch in Razors' Stirn und ließ seinen Schädel von der Plastikfolie zurückprallen, während es auf der anderen Seite rot, rosa und grau hinausspritzte. Dann klatschte sein Kopf wieder auf den Boden, nur dass er hinten jetzt viel flacher war. Der Mund aufgesperrt, ein gekränkter Ausdruck auf den erstarrten Zügen.

Marky nahm seine Sauerstoffmaske ab und ließ sie mit einem Seufzer auf den Boden fallen. »Schon besser.« Er rieb sich die Furchen, die sie in seiner Haut hinterlassen hatte. »Ich kann mir vorstellen, dass es so ähnlich ist, wie wenn man am Ende eines langen Tages den BH ausziehen kann.«

Victoria rührte sich nicht von der Stelle. Sie hielt den Blick auf Marky Bishop gerichtet und versuchte, nicht die Pistole anzustarren. »Du warst überhaupt nie krank.«

»Ist schon erstaunlich, was man mit ein bisschen Einfluss alles erreichen kann. Mit ein bisschen Bestechung und Korruption. Und der einen oder anderen Drohung, überbracht durch einen kräftig gebauten Partner auf der anderen Seite der Gefängnismauer.« Er stieß Razors' Leiche mit der Schuhspitze an. »Und im Handumdrehen hast du ein gefaktes Blutbild und eine Röntgenaufnahme der verschatteten Lunge von irgendeinem armen Schwein.«

»Er war dein *Freund*. Und du hast ihn getötet.«

»Na ja, er fing an, mir auf die Nerven zu gehen. Versteh mich nicht falsch, ich habe den Kerl geliebt wie einen Bruder, aber er hat wirklich ganz schön über die Stränge geschlagen.« Marky schaute seine Pistole an, als sähe er sie zum ersten Mal. »Im Übrigen hatte er recht, als er sagte, wir müssten dann nur noch durch drei teilen.« Die Pistole schwenkte von links nach rechts und zurück, mattschwarz und furchterregend. »Jetzt sind es also nur noch wir beide und der nette Mann, der dafür sorgen wird, dass wir auf den Seychellen wie Gott in Frankreich leben können.« Ein Lächeln spaltete dieses skelettdürre Gesicht. »Aber vielleicht sollte ich ja auch *deinen* Anteil behalten?« Der Lauf hob sich, bis er genau auf Victorias Brust zielte. »Ich möchte Ihnen für Ihre tatkräftige Hilfe danken, Detective Inspector Montgomery-Porter. Ohne Sie hätte ich das alles nicht …«

Sie warf die Trittleiter nach ihm und wartete nicht ab, ob sie ihn getroffen hatte oder nicht, sondern stürzte sofort aus dem Zimmer, hinaus in den stockdunklen Flur, wo sie gegen den Treppenlift prallte, dann auf das gespenstische Leuchten des Schnees zu, das durch die Glaseinsätze zu beiden Seiten der Haustür drang.

Victoria riss die Tür auf und stolperte hinaus in den Schneesturm, ohne sich noch einmal umzudrehen.

Sie wäre besser vom Fleck gekommen, wenn ihre Füße nicht in einem geliehenen Paar Gummistiefel gesteckt hätten, aber manchmal musste man eben das Beste aus dem machen, was man hatte. So setzte sie zu einem holprigen Sprint an, rannte die geräumte Rampe hinunter und stapfte weiter durch den knietiefen Schnee auf dem Gehsteig, in Richtung …

Die Pistole bellte wieder.

Victorias linkes Bein knickte weg, und sie fiel der Länge nach hin, rollte ein Stück durch den Schnee und blieb auf dem Rücken liegen. Sah blinzelnd auf in den kreischenden Wind.

Was zum Teufel war …

Und da setzte schlagartig der Schmerz ein – strahlte in pulsierenden blutroten Wellen aus, bis ihr ganzer Oberschenkel nur so pochte und glühte.

»Oh Mann …« Sie biss die Zähne zusammen und hielt sich mit beiden Händen das Bein, aus dem im fahlen Licht dunkles Blut rann. Die verdammte Austrittswunde war so groß wie ein Schokokuss, mit einem Saum von zerfetztem Stoff, und sie brannte, als ob eine Million glühende Wespen sich durch ihre Haut bohrten. Ihr Atem ging in kurzen, krampfhaften Stößen.

Abbinden. Sie musste das Bein abbinden. Die Blutung irgendwie stoppen, bevor es zu spät war.

Sie ließ das Bein los, und das Blut schoss wieder hervor, während sie mit zitternden, glitschigen Fingern an ihrem Gürtel herumfummelte. Sie zog ihn heraus und schlang ihn um ihren Oberschenkel, ein paar Zentimeter oberhalb der Wunde, führte das Ende durch die Schnalle, packte es mit der Faust und zog es fest an. Und stöhnte, als der Druck einen ganzen Schwarm weiterer Wespen auf den Plan rief.

»Uups!«

Victoria wandte den Blick von dem Loch in ihrem Bein.

Marky stand in der Tür von Bishop House und winkte ihr zu, als wäre sie gerade zu einem kleinen Nachmittagsspaziergang aufgebrochen. Als ob es ein Kinderspiel für ihn gewesen wäre, ihr aus dieser Entfernung eine Kugel in den Leib zu jagen. Und er es jederzeit wieder tun könnte.

Siebenunddreißig

Victoria wälzte sich auf den Bauch, stemmte sich hoch und schleppte sich mit ihrem verletzten Bein über die verschneite Straße, auf das rostige Friedhofstor zu. Nicht verschlossen – Gott sei Dank. Sie senkte die Schulter und stemmte sich dagegen, um den einen Flügel so weit aufzuschieben, wie es die Schneemassen erlaubten, und quetschte sich durch die Lücke auf den Friedhof.

Die Grabsteine waren größtenteils von einer dicken weißen Decke verhüllt – bröckelnder, flechtenbewachsener Granit unter einer winterlichen Decke, keltische Kreuze und weinende Engel mit Hauben aus Eis und Hochgräber mit einem halben Meter Schnee obendrauf. Und immer noch stürzte kübelweise Nachschub vom Himmel und wirbelte um die dunkle Kirche herum, als ob der Teufel gekommen wäre, um die Seelen der Verdammten zu holen.

Sie pflügte einen Pfad durch die hüfthohen Verwehungen. Ihr linker Arm zitterte schon von der Anstrengung, den Gürtel stramm zu halten, während sie humpelnd und schwankend die Grabsteine umkurvte. Keine Möglichkeit, sich zu verstecken – ohne den Schnee hätte sie vielleicht eine Chance gehabt, aber so zog sie eine tiefe Schneise hinter sich her, verschmiert mit tintenschwarzem Blut.

Wozu dann noch davonlaufen?

Dumme Frage – um nicht erschossen zu werden.

Marky Bishops Stimme dröhnte durch den Schneesturm. *»KEINE SORGE, ES WIRD NUR GANZ KURZ WEHTUN.«*

Nein, danke.

Sie humpelte weiter, bahnte sich einen Weg durch das Labyrinth aus Grabsteinen. Zum Glück waren die meisten fast so groß wie sie, sodass sie einen gewissen Schutz vor der nächsten Kugel boten, die Marky auf sie abfeuern würde.

Hoffentlich.

Mit jedem Schritt wurde es schwieriger – ihr verletztes Bein protestierte jedes Mal schreiend, wenn sie es zu belasten versuchte, wodurch sie noch langsamer wurde.

Er würde sie einholen, und er würde sie töten.

Eine Möglichkeit gab es noch.

Victoria suchte Schutz hinter einer großen Steinplatte mit eingemeißeltem Totenkopfsymbol und zog ihr Walkie-Talkie hervor. Drückte den Daumen auf die Clownsnase. »MAYDAY, MAYDAY! HIER ALPHA CHARLIE EINS. ICH BIN AUF DEM FRIEDHOF. MARKY BISHOP WILL MICH TÖTEN!« Sie ließ den Knopf los, doch es kam keine Antwort. »WIEDERHOLE: ICH BRAUCHE DRINGEND HILFE! ENDE.«

Sie lehnte sich erschöpft gegen den Grabstein und biss die Zähne zusammen, um gegen die Schmerzen anzukämpfen.

»DU VERGEUDEST DEINE ZEIT, BIGTORIA – NIEMAND WIRD KOMMEN, UM DICH ZU RETTEN.«

Wenn sie es vielleicht in die Kirche schaffte, um sich da drin irgendwo zu verstecken? Oder vielleicht könnte sie sich auf die Lauer legen und einen Stein oder irgendwas benutzen, um dem alten Drecksack den Schädel einzuschlagen.

Es wäre natürlich leichter gewesen, wenn sie den verdammten Schlagstock noch gehabt hätte, aber der war in den Schnee gefallen, als er sie angeschossen hatte. Und sie würde *nicht* zurückgehen, um ihn zu holen.

Die Kirche hatte doch bestimmt irgendwo eine Seitentür, oder? Damit der Pfarrer oder Priester oder wie immer sie ihn hier nannten, sich rein- und rausschleichen konnte, ohne von der Gemeinde gesehen zu werden. Das wäre viel einfacher, als durch den Haupteingang einzubrechen. Und auch unauffälliger.

Tief Luft geholt. »SIE SIND SCHON UNTERWEGS, MARKY. DEIN HÜBSCHER PLAN IST TOT UND BEGRABEN! ALSO SEI VERNÜNFTIG UND LASS DIE WAFFE FALLEN.« Dann bückte sie sich ganz tief und humpelte weiter im Schutz der Grabsteine, auf die dunkle Silhouette der Glenfarach Church zu, um sich möglichst schnell möglichst weit von der Stelle zu entfernen, von wo sie gerufen hatte, in der Hoffnung, dass Marky diese Stelle ansteuern würde.

Das würde ihr ein paar Minuten verschaffen, um sich in Sicherheit zu bringen.

Seine Stimme durchschnitt das Geheul des Winds. »*DIE KNALL ICH AUCH ALLE AB, WAS DENKST DU DENN? UND DANN SCHAFF ICH EURE LEICHEN IN DIESE SCHEUSSLICHE BRUCHBUDE UND BRENN ALLES NIEDER!*« Ein schallendes Lachen. »*BIS JEMAND MIR AUF DIE SPUR KOMMT, BIN ICH LÄNGST IRGENDWO AN EINEM WEISSEN SANDSTRAND, WO ICH MICH VOR COCKTAILS, WEIBERN UND CASH KAUM RETTEN KANN.*«

Sie humpelte weiter durch den Schnee, kam mit jedem schmerzhaften Schritt der Kirche etwas näher.

Jetzt waren es vielleicht noch sechs Meter.

Aber ihr linkes Bein gab auf, bevor sie die Hälfte geschafft hatte. Es knickte einfach weg, als wäre es aus Schaumgummi, und sie fiel mit dem Gesicht voran in den tiefen, tiefen Schnee. Und alles Zähneknirschen und Ächzen und Zerren an dem Tourniquet-Gürtel konnte es nicht wieder zum Leben erwecken.

War's das also? Willst du aufgeben und einfach hier liegen bleiben, bis er kommt und dir das Schädeldach wegpustet?

BEWEG DICH.

Victoria schleppte sich in Bauchlage durch den Schnee, legte eine Hand vor die andere und half mit dem unverletzten Bein nach.

Jetzt war es nicht mehr weit. Vielleicht noch anderthalb oder zwei Meter, dann …

»NA BITTE.« Marky trat hinter einer großen Engelsskulptur hervor, die Hand mit der Pistole an seiner Seite. Seine Strickjacke flatterte im Wind, und er hielt sich am Sockel der Statue fest, als wieder eine Bö eisige Flocken über den Friedhof jagte. »MUSS GESTEHEN, DU BIST WIRKLICH VIEL HÄRTER IM NEHMEN, ALS ICH DACHTE. DIE MEISTEN BULLEN SIND BLOSS RAND-

VOLL MIT TESTOSTERON UND HABEN TROTZDEM KEINE EIER. ABER DU HAST WELCHE, UND SIE SIND SO GROSS WIE GANZ STONEHAVEN!«

Nicht anhalten.

Nicht aufgeben.

Gönn dem Dreckschwein nicht die Befriedigung.

Er lehnte sich an den Engel und sah zu, wie Victoria vorbeikroch.

»SCHOTTLAND WIRD MIR SCHON FEHLEN, DENKE ICH. NICHT SO SEHR, DASS ICH MEIN TROPISCHES INSELPARADIES DAFÜR VERLASSEN WÜRDE, ABER DAS EINE ODER ANDERE TRÄNCHEN WERDE ICH DOCH VERDRÜCKEN.«

Marky watete hinter ihr her, ganz gemächlich, angepasst an ihr quälend langsames Tempo. »VOR ALLEM, WENN ICH BEI EINER PIÑA COLADA ODER EINEM MOJITO AN DEN KALTEN, FROSTIGEN WINTERTAG ZURÜCKDENKE, AN DEM ICH DER LEGENDÄREN DI MONTGOMERY-PORTER LEBEWOHL GESAGT HABE.«

Ihre Fingerspitzen streiften die Kirchenmauer.

Wenn du schon sterben musst, stirb wenigstens aufrecht.

Sie ließ den Gürtel los und hievte sich mit erfrorenen Fingern an einem Regenrohr aus schwarzem Metall hoch. Sie hatte die Seitenwand des Gebäudes angesteuert, war aber an der vorderen Ecke herausgekommen, nicht weit vom Haupteingang.

Der Ort war so gut wie jeder andere für ihren letzten Auftritt. Wenigstens hatte die Szenerie ein gewisses dramatisches Flair.

Sie stützte sich mit der rechten Hand an dem Gemäuer ab, während sie humpelnd durch den knietiefen Schnee stakste.

»TAPFER, TAPFER, MÄDEL. SO IST'S RECHT.«

Der Wind hörte abrupt auf, als sie um die Ecke bog, abgehalten durch den massiven Granitbau. Eigentlich hätte es dadurch leichter werden müssen, aber jeder Schritt war jetzt ein Kampf und kostete sie mehr Energie, als sie hatte.

Aber sie ging dennoch weiter.

Kämpfte weiter.

Immer weiter, bis zu der großen zweiflügeligen Tür.

Schwer atmend ließ sie sich gegen das Holz sinken.

Eine Sache lief immerhin in ihrem Sinn – vielleicht war es der Blutverlust, vielleicht die Kälte, aber jedenfalls tat ihr linkes Bein nicht mehr weh. Sie spürte rein gar nichts mehr.

Victoria fletschte die Zähne und hob das Kinn, als Marky am Fuß der Treppe anlangte. »Damit … kommst du … niemals durch.«

Er breitete die Arme aus, wie um die Gemeinde zu segnen. »Machst du Witze? Bei dem, was in diesen Tresorboxen ist? Es gibt keine Polizeibehörde im ganzen Land, die es *wagen* würde, mich zu schnappen.«

Hinter ihm breitete sich ein flackernder orangefarbener Schein aus, der die Schneeflocken in Gold- und Kupferspäne verwandelte. Offenbar hatte wieder jemand ein Haus angezündet. Morgen früh würde Glenfarach wahrscheinlich aussehen wie eine Szene aus *Mad Max*.

Ganz gut, dass sie das nicht mehr erleben würde.

Das ganze Kaff würde brennen.

War nicht schade drum.

Marky hob die Waffe. »Irgendwelche letzten Worte?«

Sie spuckte aus, aber nicht weit genug. »Wir sehen uns in der Hölle.«

»Heb mir 'ne Mistgabel auf.« Er lächelte und zwinkerte ihr zu. »Bye, Bigtoria.«

Das orange Flackern war jetzt heller, begleitet von einem tiefen, dunklen Grollen, das durch das Tosen des Schneesturms brach. Kam die Hölle jetzt etwa zu ihnen anstatt umgekehrt?

38

Okay, auf geht's …

Edward packte das Lenkrad fester und drehte es nach links, als der Schneepflug die Church Row hinunterbretterte.

Der alte Lkw rumpelte über ein Hindernis und krachte dann mit einem spektakulären *KA-SCHONGGG* in das Friedhofstor. Die Torflügel sprangen auf und flogen als verdrehte schmiedeeiserne Schlange aus den Angeln, während der Schneepflug wie ein Rammbock in den Friedhof donnerte.

Es gab offenbar keine direkte Zufahrt zur Kirche selbst, denn zwischen dem Tor und dem Haupteingang standen Reihen von Grabsteinen, während eine Bahn aus jungfräulichem Schnee in einer weiten Kurve von hier nach dort verlief. Wahrscheinlich ganz nett unter normalen Umständen, aber nicht so toll, wenn man zehn oder zwölf Tonnen rasenden Schneepflug unter dem Hintern hatte.

Der erste Grabstein knallte mit einem allmächtigen Scheppern gegen die große metallene Pflugschar und flog durch die Luft, rasch gefolgt vom nächsten und übernächsten und überübernächsten, als das Gefährt förmlich durch die Gräber pflügte und genau auf die zwei Gestalten zuhielt, die im Scheinwerferlicht an der Kirchentür auftauchten.

War das Mr Bishop?

Er war es. Aber er saß nicht mehr in seinem Rollstuhl und stand auch nicht gebückt wie ein kleiner alter Tattergreis – nein, er stand kerzengerade da und hatte eine Pistole in der Hand. Mit offenem Mund und weit aufgerissenen Augen starrte er das Ungetüm an, das mit flackerndem Warnlicht auf ihn zudonnerte.

Dann schnellte der Arm mit der Pistole hoch.

Ach du *Scheiße.*

Edward duckte sich zur Seite weg und hielt das Lenkrad gepackt, als ein grellweißer Blitz von der Pflugschar aufzuckte. Noch einer und noch einer und noch einer traf mit einem *Ping* auf das Metall und prallte ab. Drei Schüsse krachten durch die Windschutzscheibe, überzogen sie mit einem Spinnennetz von Rissen und schlugen Löcher in die Rückwand des Führerhauses.

Und die Kirche kam sehr schnell sehr nahe …

Er stieg auf die Bremse, während zwei weitere Schüsse scheppernd von dem großen Metallschild abprallten, das Lenkrad erzitterte, als ein keltisches Kreuz hochgeschleudert wurde und auf das Dach des Schneepflugs krachte, das dabei gut zwanzig Zentimeter weit eingedrückt wurde.

»AAAAAAAAAAAAAAAAAHH!«

Das Bremspedal wackelte und vibrierte unter seinem Fuß, der ganze Wagen wurde durchgeschüttelt, als die Bremsen griffen. Die Reifen schlitterten über den Schnee und knirschten ein Stück über etwas, das sich wie Kies anhörte, ehe der Motor absoff und der Schneepflug *endlich* zum Stillstand kam.

Edward blieb in Deckung und spähte vorsichtig über den Rand des Armaturenbretts und die Oberkante der Pflugschar hinweg.

Da stand Marky, nur Zentimeter vor dieser Wand aus zerschrammtem Metall, die Augen groß wie Teller, die Kinnlade runtergeklappt, den Arm immer noch ausgestreckt – der Schlitten seiner halb automatischen Pistole war in der hinteren Position verriegelt. Magazin leer. Dann breitete sich ein dunkler Fleck im Schritt seiner hellen Hose aus.

Offenbar hatte seine Prostata endlich ihr Lampenfieber überwunden. Ein bisschen würdelos war es aber schon.

Hinter ihm lehnte Bigtoria schlaff an der Kirchentür. Ihr linkes Bein glänzte vor Blut – aus dem hässlichen Loch in der Mitte des Oberschenkels floss es herab, über ihren Gummistiefel und in den Schnee zu ihren Füßen. Noch mehr davon zog sich in einem dicken, dunklen Streifen an der Kirchenmauer entlang und verschwand um die Ecke.

Ah …

Das war nicht gut.

Dann aber stieß sie sich von der Tür ab und humpelte los. Das linke Knie durchgedrückt, stakste sie auf dem Absatz die Stufen hinunter und hoppelte mit gefletschten Zähnen auf Mr Bishop zu. »HE, MARKY!«

Mr Bishop drehte sich zu ihr um, gerade rechtzeitig, um Bigtorias Faust voll auf die Nase zu bekommen.

Er ging zu Boden wie ein Sack Kartoffeln.

Edward öffnete die Fahrertür und winkte ihr zu. »Kann ich Sie mitnehmen?«

Sie sackte nach vorne, stützte sich mit den Unterarmen auf die Pflugschar, um nicht umzukippen, den Kopf gesenkt, die Augen geschlossen, schnaufend und keuchend und ganz offensichtlich von teuflischen Schmerzen geplagt. »Sie sind ganz schön spät dran.«

»Ja.« Er grinste. »Das krieg ich oft zu hören.«

– hier kommt die Kavallerie –

(besser spät als nie)

39

Schon verblüffend, was so ein bisschen Sonnenschein ausmachte. Der Himmel war strahlend blau wie eine Schottlandfahne, und was das Beste war: Es hatte seit drei vollen Tagen nicht mehr geschneit.

Halleluja, reicht mir den Messwein und eine Tüte Chips, jetzt wird gefeiert!

Edward trat aus der Seitentür des Reviers auf den nassen Gehsteig – glänzend vom Schmelzwasser und körnig von Salz und Sand – und hielt einen Moment inne, um die Augen zu schließen, das Gesicht in die herrliche Sonne zu halten und die wunderbar warmen Strahlen aufzusaugen.

Mmmmmmmm …

Dann ein Schluck leckere heiße Schokolade.

Dann ein zufriedener Seufzer.

Ein Sammelsurium von Streifenwagen, »Black Marias« – den Gefangenentransportern, die übrigens schon längst nicht mehr schwarz waren – und weißen Transit-Lieferwagen voller Spurensicherungs-Ausrüstung parkte vor dem Gebäude und säumte die Straße auf beiden Seiten. Vor Kurzem hatte ihnen auch noch ein Rettungswagen Gesellschaft geleistet. Er hielt direkt gegenüber dem Seiteneingang und verlieh dem Ganzen mit seinem flackernden Rundumlicht eine festliche Atmosphäre.

Nur vom Abschleppwagen war noch nichts zu sehen, weshalb der Land Rover immer noch dort stand, wo Sergeant Farrow ihn zurückgelassen hatte – die Schnauze um den Uhrturm des Kriegerdenkmals gewickelt. Die Uhr schien es übrigens nicht überlebt zu haben – die Zeiger waren bei zwanzig nach zwei stehengeblieben, und die rote Ausgangssperre-Linie war abgefallen. Aber sonst hatte das Denkmal keinen Schaden genommen.

Der Schnee war nicht ganz verschwunden. An den Straßenrändern lag er noch in großen Haufen, das einst reine Weiß zu einem schmutzigen Grau verfärbt. Aber immerhin konnte man schon hier und da den Asphalt sehen.

Der Schneepflug rumpelte die Straße entlang auf ihn zu. PC Phil »Shammy« Samson saß hinterm Steuer, mit einem Mullverband um den Kopf und einem breiten Grinsen im Gesicht kurbelte er im Vorbeifahren die Scheibe herunter, hupte und rief ihm ein fröhliches »EDWAAAAAAAAAAAAARD!« zu.

Tat doch gut, so ein bisschen Anerkennung.

Edward winkte ihm – eine Art Mittelding zwischen Salutieren und dem Lüften eines imaginären Huts.

Dann noch ein Schlückchen süße, schokoladige Köstlichkeit.

Noch ein zufriedener Seufzer.

Die Tür des Reviers ging auf, und heraus kamen Sergeant Farrow und Constable Harlaw, die Hände hinter dem Rücken in Handschellen. Sie blinzelten in die Sonne, die Gesichter mit einem Paisley-Muster von Blutergüssen überzogen, und beäugten Edward missmutig, während sie von uniformierten Constables zu zwei wartenden Streifenwagen geführt wurden.

Er prostete ihnen mit seiner heißen Schokolade zu. »Herrlicher Tag heute!«

Keine Antwort – nur grimmige Blicke.

Manche Leute waren einfach furchtbar unhöflich.

Sie beäugten ihn immer noch finster, als die Streifenwagen vom Bordstein losfuhren, um sie nach Aberdeen zu bringen, zu einem Kurzbesuch beim Haftrichter und – hoffentlich – einem ausgedehnten Aufenthalt in irgendeinem gemütlichen Gefängnis.

Den sich diese zwei Arschlöcher auch redlich verdient hatten.

Er sah ihnen nach, bis sie in der Ferne verschwanden.

Als er sich wieder umdrehte, erblickte er Jenna Kirkdale, die über den Gehsteig auf der anderen Straßenseite auf ihn zugeschlendert kam. Sie trug nicht mehr die Kombi aus Warnjacke und Wollmütze wie an dem Tag, als sie die Airwaves des Reviers repariert hatte, sondern hatte den IT-Chic gegen Jeans und Bluse und eine manierliche

Jacke getauscht. Die angegrauten Haare waren auch nicht mehr angegraut, sondern kastanienbraun gefärbt und gestylt und fielen ihr in Locken über die Schultern.

Richtig fein rausgeputzt.

Sie überquerte die Straße und blieb direkt vor Edward stehen. Nur ein *kleines bisschen* zu dicht für seinen Geschmack. Eine Hitzewelle stieg in Spiralen über seinen Hals in seine Wangen auf. »Hallo, mein Hübscher.« Sie blickte mit ihren großen Rehaugen zu ihm auf. »Mein armer geschundener Held.«

Er schluckte. »Ms Kirkdale.«

»Ach, komm schon, Eddie, du kannst doch Jenna zu mir sagen.« Sie biss sich auf die Unterlippe. »Oder ›Sexypants‹, wenn du verspielt drauf bist.« Sie rückte noch näher. »Du willst uns doch nicht schon verlassen, oder?« Sie setzte einen Schmollmund auf. »Wir haben uns doch gerade erst kennengelernt.«

Edward wich zurück, doch die Wand des Polizeireviers schnitt ihm den Rückzug ab. »Ja … Ähmmm …« Er räusperte sich. »Ich muss … Sie wissen schon … mit den ganzen Festnahmen?«

Sie schloss die Lücke wieder und drückte sich an ihn, quetschte ihn ein zwischen ihren Brüsten und der Außenverkleidung. Blinzelte durch die Wimpern zu ihm auf, während sie an seinen Hemdknöpfen herumnestelte. »Du wirst mir fehlen, Eddie. Du schaust doch mal wieder vorbei und besuchst mich, ja?« Ihre rosa Zunge glitt über die glänzenden kirschroten Lippen, langsam und lasziv. »Wir könnten eine Menge *richtig versauten* Spaß haben.«

Iiih …

Seine Augen weiteten sich, als sie sich auf die Zehenspitzen stellte, seinen Kopf mit beiden Händen packte und ihn an sich zog, um ihn nach allen Regeln der Kunst abzuknutschen. So hielt sie ihn fest wie eine menschliche Schraubzwinge.

Eine Stimme übertönte das Klingeln in seinen Ohren. »*Ahem!*«

Ms Kirkdale ließ sich davon nicht aus dem Konzept bringen.

»Störe *ich etwa bei irgendwas?*« Bigtoria.

Ms Kirkdale entließ Edward aus der Umklammerung und begrabschte noch rasch seinen Hintern. »Lass mal was von dir hören, Eddie.« Ein schelmisches Zwinkern, dann zog sie von dannen, ein fröhliches Liedchen auf den Lippen und jede Menge Schwung in den Hüften.

»Haben Sie mir vielleicht irgendetwas zu sagen, Detective Constable Reekie?« Bigtorias Gesicht war zerknittert, ihre Augen schmale Schlitze, der Mund verkniffen. Offenbar war das, was Doc Griffiths ihr verschrieben hatte, nicht stark genug. Sie stützte sich auf einen dicken hölzernen Krückstock, und ihre weite Jogginghose wies um den linken Oberschenkel herum einen Wulst auf, unter dem sich wohl die ganzen Verbände verbargen.

Immerhin begannen die Blutergüsse, die sie sich bei der Verhaftung von Siobhan Wilkins geholt hatte, schon zu verblassen. *Seine* standen in voller Blüte.

Edward strich sich die Haare glatt, während sein Gesicht wie ein Heizofen glühte. »Danke, dass Sie mich gerettet haben, Chefin.« Ein Schauer schlängelte sich zwischen seinen Schulterblättern hindurch. »Keine Ahnung, warum sie mich so ... na ja, unwiderstehlich findet.«

Bigtoria schnaubte, verlagerte ihr Gewicht auf den anderen Fuß und zuckte zusammen. »Ich raube Ihnen ja ungern Ihre Illusionen, *Casanova*, aber stellen Sie sich einfach mal vor, Sie sind die einzige Frau hier, und die einzigen verfügbaren Männer sind alles Pädophile, Vergewaltiger, Mörder oder brutale Schläger. Im Vergleich dazu ist sogar ein schlaksiger Hänfling wie Sie ein guter Fang.«

Wow. Sie verstand es wirklich, sein Ego zu stärken.

Zeit, das Gespräch auf ein nicht ganz so oberpeinliches Thema zu lenken.

Edward deutete auf den Krankenwagen. »Bringen die Sie nach Hause?«

»Nicht direkt.«

Wie aufs Stichwort wurde die Tür des Reviers geöffnet, und zwei Sanitäter rollten Mr Bishop in seinem quietschenden alten Rollstuhl heraus. Er war ganz in sich zusammengesunken, zitternd unter einer NHS-Wolldecke, die sie ihm um die Schultern gelegt hatten. Eine zweite bedeckte seine dürren Knie, und das lädierte Gesicht war wieder von einer Sauerstoffmaske bedeckt – die aber das *gewaltige* Veilchen, das Bigtoria ihm verpasst hatte, nicht ganz verbergen konnte.

Edward zog die Luft durch die Zähne ein und senkte die Stimme. »Verdammt dreist.«

Mr Bishop hob eine zitternde arthritische Klaue, richtete sie auf Bigtoria und gab wieder den gebrechlichen Tattergreis. »Sie hat mich geschlagen! ... Ich habe gar nichts getan ... Ich bin ein armer, kranker ... *todkranker* alter Mann ... und sie hat mich geschlagen.«

Bigtoria baute sich bedrohlich vor ihm auf, soweit es ihr mit dem lädierten Bein möglich war. »DU KANNST NIEMANDEM WAS VORMACHEN, DU DRECKIGER LÜGNER!«

Die Sanitäter sahen sie stirnrunzelnd an, offenbar geschockt von dem Mangel an Mitgefühl, den die große Frau mit dem steifen Bein an den Tag legte. Sie bugsierten Mr Bishops Rollstuhl vorsichtig in den Krankenwagen und fuhren mit ihm davon.

In Glenfarach war wirklich einiges los heute.

Und es war noch nicht vorbei, denn jetzt trat eine Gestalt in voller Police-Scotland-Uniform aus der Tür des Reviers – stolz erhobenes Kinn und stahlblauen Augen, so sah sie dem Krankenwagen nach, der über die East Main Street davonfuhr. Sie setzte ihren Bowler auf, mit dem schwarz-weiß gewürfelten Band, dem überdimensionalen Wappen, dem Querstreifen und dem Eichenlaub, passend zu der Krone und dem Stern auf ihren Schulterklappen. Dann richtete sie den Blick auf Bigtoria, zog eine Augenbraue hoch und ließ unter ihrem affektierten Privatschulakzent mehr als nur eine Spur Glaswegian heraushören. »Nicht gerade *professionell*, Detective Inspector.«

»Tut mir leid, Boss.« So hörte es sich aber ganz und gar nicht an. »Muss an den Schmerztabletten liegen, die ich brauche, weil Marky Bishop mich *angeschossen* hat.«

»Hmm ...« Chief Superintendent Pine musterte Edward von Kopf bis Fuß. »Und wie ich höre, waren Sie maßgeblich daran beteiligt, DI Montgomery-Porter zu retten, Mr Bishop zu fassen, einen Drogenring zu sprengen, zwei korrupte Polizeibeamte dingfest zu machen und eine Sozialarbeiterin vor einer Vergewaltigerbande zu retten.«

Edward wischte sich mit der Hand über den Mund – für den Fall, dass Ms Kirkdale Spuren von Lippenstift oder Lipgloss hinterlassen hatte – und nahm stramm Haltung an. »Ja, Boss. Vielen Dank, Boss.«

»Gute Arbeit.« Die Chief Superintendent klopfte ihm auf die Schulter. »Und jetzt entschuldigen Sie mich bitte, ich muss mich jetzt darum kümmern, wie wir diesen absoluten Riesenschlamassel von einer Situation bereinigen können.« Ein Nicken, dann ging sie wieder hinein und ließ sie mit dem Sonnenschein allein.

»War das nicht nett?« Edward nahm einen Schluck heiße Schokolade. »Aber eines verstehe ich nicht, Chefin – Sie können doch nicht *geplant* haben, dass wir eingeschneit werden, also was war der ...«

»Guthrie und ich hätten eine Autopanne gehabt und hier festgesessen. Am nächsten Morgen meldet sich der diensthabende Inspector krank und bittet mich, ihn zu vertreten. Sodass ich freie Hand habe, um mich mit Marky Bishop zu beschäftigen.« Sie schniefte und blickte die Straße hinunter. »Stattdessen musste ich das Beste aus dem machen, was man mir aufgehalst hat.«

He, Moment mal.

»Aufgehalst? Sie haben gehört, was die Chief Super gesagt hat.« Er tippte sich mit dem Daumen auf die Brust. »Vor Ihnen steht der Held der Stunde.«

Bigtoria räusperte sich. »Ja. Also ...« Sie ließ den Hals kreisen, verlagerte ihr Gewicht auf dem Krückstock. Sah wieder die Straße hinunter. »Danke, dass Sie ... mir das Leben gerettet haben. Ich werde Sie für eine Beförderung empfehlen.«

Na, das klang doch schon besser.

Er grinste. »Ich glaube, wir würden ein ziemlich gutes Team abgeben, finden Sie nicht?«

Ihre Augen verengten sich.

»Im Ernst, Chefin, wir sollten das öfter machen.«

»Treiben Sie's nicht zu weit.« Sie humpelte in Richtung Marktplatz davon, wo ihre verdreckte alte Vauxhall-Kutsche wartete.

Sie fand eindeutig mehr und mehr Gefallen an ihm – das merkte man schon an der Wärme und gutmütigen Herzlichkeit, die von ihr ausstrahlte wie von einem tiefgefrorenen Reispudding.

Es war immerhin ein Anfang.

Edward nahm noch einen Schluck heiße Schokolade. Vielleicht wäre jetzt ein günstiger Moment, um …

Bigtorias Stimme blaffte durch die klare, sonnige Luft. »Kommen Sie jetzt oder nicht?«

Er grinste.

Hab ich's nicht gesagt?

Und zu guter Letzt ein Dankeschön von Stuart ...

Dieses Buch, wie all die anderen, die ich geschrieben habe, wäre nicht möglich gewesen ohne die Hilfe einiger sehr kluger Leute. Und es wäre unhöflich von mir, zum Ende dieser Geschichte zu kommen, ohne ihnen allen zu danken für die Mühen, die sie auf sich genommen haben, um mich auf dem rechten Weg zu halten.

Zunächst also ein dickes Dankeschön an meine unverzichtbare Quelle für alle Polizeifragen – Inspector Bruce Crawford; an meine exzellente Verlegerin Frankie Gray sowie an Imogen Nelson, Sarah Adams, Bill Scott-Kerr, Kate Samano, Richenda Todd, Josh Benn, Jessica Read, Jason Ward, Tom Chicken, Laura Garrod, Emily Harvey, Laura Ricketti, Natasha Photion, Louise Blakemore, Julia Teece, Louis Patel, Leon Dufour, Marie Goodwin, Emma Matthews, Lucy Middleton, Phil Evans, Richard Ogle, Sarah Scarlett, Lucy Beresford-Knox und Larry Finlay, den erstklassigen Stuart-Flüsterer Tom Hill und alle anderen bei Transworld; an die Naturgewalt namens Phil Patterson; an Guy Herbert, Leah Middleton, Sandra Sawicka und das Team von Marjacq Scripts; an meinen guten Freund und Kollegen Mr Allan Buchan alias Allan Guthrie, dessen scharfes Auge und dessen ebenso scharfe Kommentare ich sehr schätze.

Und vergessen wir nicht all die Buchhändler und Bibliothekarinnen da draußen, die einen so großen Beitrag dazu leisten, dass die Zivilisation nicht in einem Sumpf von Dummheit versinkt. Und dann sind da noch Sie. Ja, Sie – der Mensch, der dieses Buch liest. Die Menschheit scheint von Tag zu Tag kollektiv mehr zu verblöden, aber ich sage DANKE, dass Sie sich gegen den Strom stellen!

Wie immer hätte ich das alles ohne Fiona nicht geschafft, aber wir wollen auch Onion, Beetroot und Gherkin zumindest lobend erwähnen. Sie haben zwar nicht direkt *geholfen*, aber wenigstens haben sie nicht allzu sehr dazwischengefunkt (mit Ausnahme von Beetroot).

Autor

Stuart MacBride hat in einigen Berufen gearbeitet, bevor er sich dem Schreiben zuwandte. Doch bereits sein erster Roman mit dem Ermittler Logan McRae sorgte in Großbritannien für Furore. Seither ist die Serie mit Schauplatz Aberdeen aus den Bestsellerlisten nicht mehr wegzudenken. Mit »Das dreizehnte Opfer« begann der Autor eine zweite Thrillerserie mit dem fiktiven Schauplatz Oldcastle. Stuart Mac-Bride lebt mit seiner Frau im Nordosten Schottlands.
Weitere Informationen zum Autor und seinen Büchern finden Sie unter www.stuart-macbride.com, Facebook.com/StuartMacBrideBooks und @StuartMacBride

Stuart MacBride im Goldmann Verlag:

Die Logan-McRae-Thriller:
Die dunklen Wasser von Aberdeen · Die Stunde des Mörders · Der erste Tropfen Blut · Blut und Knochen · Blinde Zeugen · Dunkles Blut · Knochensplitter · Das Knochenband · In Blut verbunden · Totenkalt · Totengedenken · Die dunkle Spur des Blutes · Eine Frage der Sühne. Ein Fall für Roberta Steel

Die Oldcastle-Reihe:
Das dreizehnte Opfer. Ein Ash-Henderson-Thriller
Die Stimmen der Toten. Ein Ash-Henderson-Thriller
Der Garten des Sargmachers. Ein Ash-Henderson-Thriller
Der Totenmacher. Thriller
Das Blut der Opfer. Thriller

(📖 Alle auch als E-Book erhältlich)

Nur als 📖 E-Book erhältlich:

Mit tödlicher Absicht. Zwei E-Book Only Kurzkrimis
mit DS Logan McRae und DI Steel · All die kleinen Toten. E-Book Only
Kurzkrimi mit DS Logan McRae und DI Steel · Zwölf tödliche Gaben:
Zwölf kurze Weihnachtskrimis